U0553656

时 习 文 库

酉阳杂俎

上

〔唐〕段成式 著

杜 斌 杜贵晨 译注

齊鲁書社

·济南·

图书在版编目（CIP）数据

酉阳杂俎 / (唐) 段成式著 ; 杜斌, 杜贵晨译注. 济南 : 齐鲁书社, 2025. 5. -- ISBN 978-7-5333-5118-2

Ⅰ. I242.1

中国国家版本馆CIP数据核字第2025C9P839号

出 品 人：王　路
项目统筹：张　丽
责任编辑：曹新月
　　　　　张　巧
装帧设计：亓旭欣

酉阳杂俎
YOUYANG ZAZU
〔唐〕段成式　著　杜斌　杜贵晨　译注

主管单位	山东出版传媒股份有限公司
出版发行	齊魯書社
社　　址	济南市市中区舜耕路517号
邮　　编	250003
网　　址	www.qlss.cn
电子邮箱	qilupress@126.com
营销中心	（0531）82098521　82098519　82098517
印　　刷	山东临沂新华印刷物流集团有限责任公司
开　　本	710mm × 1000mm　1/16
印　　张	55.25
插　　页	4
字　　数	589千
版　　次	2025年5月第1版
印　　次	2025年5月第1次印刷
标准书号	ISBN 978-7-5333-5118-2
定　　价	149.00元(上下册)

《时习文库》专家委员会

主　　　任：杜泽逊

成　　　员：（以姓氏笔画为序）

王承略　韦　力　方笑一　杨朝明

张志清　罗剑波　周绚隆　徐　俊

程章灿　廖可斌

《时习文库》出版委员会

主　　任：王　路

副 主 任：赵发国　吴拥军　张　丽　刘玉林

成　　员：（以姓氏笔画为序）

于　航　王江源　亓旭欣　孔　帅

史全超　刘　强　刘海军　许允龙

孙本民　李　珂　李军宏　张　涵

张敏敏　周　磊　赵自环　曹新月

裴继祥　谭玉贵

出版说明

文化乃国本所系，国运所依；文化兴盛则国家昌盛，民族强大。在源远流长的中华文化长河中，经典古籍宛如熠熠星辰，承载着先辈们的智慧、思想与情感，是中华民族精神内核的深厚积淀。

2017 年以来，中共中央办公厅、国务院办公厅相继出台《关于实施中华优秀传统文化传承发展工程的意见》及《关于推进新时代古籍工作的意见》等重要文件，有力推动了大众对中华优秀传统文化的关注与重视，古籍事业亦借此良好契机，迎来了前所未有的跨越发展，步入了一个崭新的黄金时代。齐鲁书社作为文化传承的重要阵地，始终秉持对中华优秀传统文化的敬畏之心，肩负守正创新之使命，积建社四十余年之精华，汇国内学界群贤之伟力，隆重推出中华经典名著普及丛书——《时习文库》。

“学而时习之，不亦说乎？”文库之名，正是源自《论语》的这句经典语录。“时习”不仅是对知识的反复学习与实践，更是一种对中华优秀传统文化持续探索、深入理解的态度。文库共分为文化类和文学类两大辑，囊括了经史子集、诗词歌赋、戏曲小说等诸多经典，旨在为读者搭建一座通往中国古代文化瑰宝的坚实桥梁。文库的编纂宗旨在于，引导读者在阅读经典著作的过程中，将学习与思考深度融合，不断从古人的智慧海洋中汲取营养，从而得到心灵的润泽与智慧的启迪。通过对经史子集、诗词歌赋、戏曲小说等多元内容的系统整理与精良审校，让中华古籍真正成为可亲、可读、可传的“活的文化”。

为了确保文库的品质，我们除升级广受好评的原有经典版本作为开发基础外，亦精选其他优质底本，以确保版本选择的卓越性；文库会聚文史学界权威，如高亨、陆侃如、王仲荦、来新夏等学界大家，群贤毕至，各方咸集；文库延聘名家成立专家委员会，严格把控丛书质量，确保学术水准；文库针对不同层次读者，精心设计文化类与文学类品种：前者左原文右译文下注释，后者文中加简注评析，实用性强；文库采用纸面布脊精装，正文小四号字，双色印刷，装帧精美，版面舒朗，典雅大方，方便易读。

在习近平文化思想指导下，《时习文库》的出版是对中华优秀传统文化“两创”“两个结合”的一次重要尝试。我们希望通过这套文库，让更多的人了解和喜爱中国古代典籍，让中华优秀传统文化在新时代焕发出新的生机与活力。同时，我们也期待广大读者在阅读文库的过程中，能够与古圣先贤进行跨越时空的对话，汲取智慧，启迪心灵，不断提升自我的文化素养和精神境界。让我们一起在经典的海洋中遨游，感受中华文化的博大精深，共同书写中华优秀传统文化传承与发展的新篇章。

齐鲁书社

2025 年 3 月

前　言

杜贵晨

《酉阳杂俎》在当今社会和普通读者中并不为人所熟知，不唯比不上“四大奇书”、《聊斋志异》的家喻户晓，也远逊于许多唐传奇名篇的妇孺皆知。但在学者文士群体中，这部书从来就大名鼎鼎，备受推崇。如明代学者胡应麟《增校酉阳杂俎序》说：“志怪之书，自神异洞冥下，亡虑数十百家，而独唐段氏《酉阳杂俎》最为迥出。”清代《四库全书总目》评曰：“自唐以来，推为小说之翘楚，莫或废也。”现代文学大师鲁迅在《中国小说史略》中评曰：“或录秘书，或叙异事，仙佛人鬼以至动植，弥不毕载，以类相聚，有如类书，虽源或出于张华《博物志》，而在唐时，则犹之独创之作矣。……所涉既广，遂多珍异，为世爱玩，与传奇并驱争先矣。”那么，其人其书的实际情况到底如何呢？这当然是一个需要向读者说明的问题。

一、段成式其人

段成式（约 803—863），字柯古，临淄（今山东淄博临淄区北）人，一说为东牟（今山东烟台牟平区）人（《酉阳杂俎·寺塔记序》），出身望族。先祖段志玄为唐朝开国元勋，官至右卫大将军，凌烟阁二十四功臣之一，封褒国公，陪葬昭陵。其父段文昌为中唐名臣，穆宗时曾任中书侍郎、同平章事，文宗时进封邹平郡公，复以使相之尊历镇淮南、荆南、剑南西川。其母则是中唐名相武元衡之女。

段成式生于唐德宗年间，方南生《段成式年谱》系于贞元十九年（803）。其三十三岁之前一直随父游宦，宪宗元和元年（806）岁末出蜀进京，而后居住于长安（今陕西西安）。穆宗长庆元年（821）侍父出镇剑南西川，再度入蜀。长庆四年（824），随其父官拜兵部尚书，再度回到长安。文宗大和元年（827），又随父任辗转镇江、扬州、荆州等地，直到大和九年（835）三月其父卒于任上，段成式才携家扶柩回到长安，开始其独立的仕宦生涯。开成二年（837），段成式以荫入官为秘书省校书郎，后任职集贤殿修撰。宣宗大中元年（847），出为吉州（今江西吉安）刺史。大中七年（853），自吉州返回长安，两年后又出任处州（今浙江丽水）刺史。大中十三年（859）闲居襄阳。懿宗咸通元年（860），又赴任江州刺史。后返回长安，任职太常少卿。咸通四年（863）六月，卒于官。

由此可见，段成式终其一生都在宦海中漂泊，历任多地，诚孔夫子所叹“东西南北之人也”（《礼记·檀弓上》）。其以诗书传家，供职秘书省和集贤殿期间又颇睹秘籍，真所谓“读万卷书，行万里路”。他在多地辗转任职期间还结交了诸多朝野官绅，如温庭筠、李商隐等，一时并称。段成式诗文兼擅，著作颇丰，但存世不多。今所能知者，属笔记小说类有《庐陵官下记》二卷、《锦里新闻》三卷、《新纂异要》一卷，皆佚；诗文有与温庭筠等友人的《汉上题襟集》（已佚）。真可谓“千古江山，英雄无觅，孙仲谋处。舞榭歌台，风流总被，雨打风吹去”（辛弃疾《永遇乐·京口北固亭怀古》）。但相比人生一世“万事转头空”，段成式能有此一书完整传世，也可以笑慰九泉、永垂不朽了！

二、《酉阳杂俎》的成书

《酉阳杂俎》的成书，得益于作者段成式阅历丰富、饱读奇书，加之博闻强记、勤于笔耕。据《四库全书总目》，《酉阳杂俎》书名的选用“盖取梁元帝赋‘访酉阳之逸典’语。二酉，藏书之义也”。“二酉”，即大、小酉山。按，南朝宋盛弘之《荆州记》载：“小酉山石穴中，有书千卷。相传秦人于此而学，因留故梁湘东王云访酉阳之逸典，是也。”又按，元朝郝天挺注《唐诗鼓吹》卷三陆龟蒙《寄淮南郑宝书记》“二酉搜来秘检疏”注引《图经》云：“穆天子藏异书于大酉山、小酉山之中。”因此而有梁元帝“酉阳之逸典”的说法，进而有段氏用作藏诸世外的秘籍奇书的隐喻。至于“杂俎”，本谓古代宴会上用俎杂陈的美味，即今俗说“大杂烩”吧。至于这个书名的用意，则除“无侵于儒”（《酉阳杂俎序》）之外，乃不过使“味之者无极，闻之者动心”“愁者一展眉头”而已，既不为“饰小说以干悬令”（《庄子·外物》），也非汲汲于“治身理家，有可观之辞”（李善注《文选》卷三十一引桓谭《新论》），而显然是受韩愈“以文为戏”主张的影响了。

《酉阳杂俎》的创作多得自段氏于各地的随时见闻，不论虚实，随笔记录。这在书中多留有信息，如“成式以此事颇怪，然大传众口，不得不著之”“集贤张希复学士尝言”“成式见山人郑昉说”“成式见蜀郡郭采真尊师说也”“成式见大理丞郑复说”“成式见倭国僧金刚三昧言”“成式见寺僧惟肃说，忘其姓名”等，充分证明了此书多源采集的成书方式。

三、《酉阳杂俎》的内容

《酉阳杂俎》共三十卷，其中《前集》二十卷、《续集》十卷，为笔记体小说集，各篇依内容分类，涵盖仙佛鬼怪、宫廷秘闻、动植物考据、饮食医药、天文地理、科技民俗等诸多方面。其中既有段成式亲身经历或于友人处得知之事，也有无法查考的神话传说及各类典籍中所记载的稀奇灵怪之事。其主要内容可概括为以下四个方面：(1) 志怪传奇与民俗异闻。《酉阳杂俎》中收录了诸多唐代民间传说，所录《叶限》一文被视作世界最早的“灰姑娘”故事原型，较欧洲版本早八百余年。另，《诺皋记》载巫祝禁咒、鬼神之事，内中颇有诸如屏风人物复活踏歌这般奇幻的情节；《语资》中则有李白令高力士脱靴、王勃腹稿成文等文人轶事；《黥》中亦颇载诸如刺青狂人赵高借毗沙门天王像逃避刑罚的荒诞故事。(2) 博物杂录与科技探索。此部分内容既涵盖了求雨法术、陨石现象、西域历法等古人对于天文历法的探索，又记录了雅州的“舞草”、贝丘的葡萄谷等植物奇观，另涉及古镜聚光求雨（光学）、风筝载人（力学）等科技求索。(3) 社会文化与历史逸闻。书中不仅披露了唐玄宗学隐身术、武则天读骆宾王檄文等宫廷秘事，还记录了南北朝时期的交聘应对、婚丧嫁娶之礼等，或可补史；另有对婆弥烂国、昆吾国等异域风物的详述，体现了唐代丝绸之路的繁荣。(4) 宗教与哲学思想。佛道二教在唐代颇受上层统治者青睐，在民间信众亦颇多。《酉阳杂俎》一书作为时代的产物，亦难免俗。《贝编》辑录佛经故事，《寺塔记》记录了唐代长安及周边地区的佛寺建筑、壁画及宗教活动等。《壶史》《玉格》专述道教方术。……总之，《酉阳杂俎》叙事包罗甚广，但有一个较为鲜明的主旨——劝善惩恶。

四、《酉阳杂俎》的价值与版本

《酉阳杂俎》一书内容广博，融合了志怪、传奇等多种文体，突破了传统志怪小说的单一性，在叙事艺术与题材层面多所开创。其上承六朝志怪传统，下启宋明话本，对后世文学尤其对蒲松龄《聊斋志异》的创作影响颇深。

《酉阳杂俎》为段氏据见闻随笔记录，因此保留了大量正史未载的唐代社会细节，如宫廷秘闻、市井生活、边疆风俗等，为研究唐代政治、经济、文化提供了珍贵资料。不仅如此，唐代的开放包容亦促进了异域与中国的文化互通，因此书中对外来方物的记载俯拾即是，为研究西域历史及早期科技史提供了珍贵的资料。

《酉阳杂俎》一书成书后，刚开始只是以手抄本流传于士林间。直到南宋嘉定七年（1214）才有周登刻本，后又有嘉定十六年（1223）邓复刻本、淳祐十年（1250）广文彭氏刻本，二宋本均已佚，现仍存世版本均为明清刻本，有明万历赵琦美脉望馆本、《津逮秘书》本等。考虑到版本的精良和卷帙的完整性，本次译注以明万历赵琦美脉望馆本为底本，参以汲古阁本、《四库全书》本、许逸民《酉阳杂俎校笺》（中华书局 2015 年版）、张仲裁《酉阳杂俎》（中华书局 2022 年版）等书，在此谨以志谢！本人才疏学浅，整理中各方面一定还存在不足和谬误之处，敬祈读者、专家批评指正。

目　录

CONTENTS

下 册

序

【原 文】

夫《易·象》“一车”之言[1]，近于怪也；《诗》人“南淇之奥”[2]，近乎戏也。固服缝掖者肆笔之余[3]，及怪及戏，无侵于儒。无若《诗》《书》之味大羹[4]，史为折俎[5]，子为醯醢也[6]。炙鸮羞鳖[7]，岂容下箸乎[8]？固役而不耻者，抑志怪小说之书也[9]。成式学落词曼[10]，未尝覃思[11]，无崔骃真龙之叹[12]，有孔璋画虎之讥[13]。饱食之暇，偶录记忆，号《酉阳杂俎》，凡三十篇，为二十卷，不以此间录味也。

【译 文】

《周易·象传》“载鬼一车”的话，近乎怪诞；《诗经》中“南淇之奥”的诗句，近乎戏说。因此，像我这样的儒生在著书立说之余，笔涉怪诞与戏说，原本就不会损害儒道。本书不像《诗经》《尚书》那样味如大羹，也不像史书那样味如折俎，也不像诸子百家的书籍那样味如肉酱。它就像炙鸮羞鳖之类的野味，那些达人君子们岂会对此下筷？我之所以不以为耻，或许是因为这本就是志怪小说。我学问不深，所学杂乱无章，也不曾深入思考过，不像崔骃那样有真才实学使人称道，而只会招致陈琳那样画虎不成反类犬的嘲讽。吃饱喝足之余，偶尔抄录一些怪异之事，命名为《酉阳杂俎》，总共三十篇，编为二十卷，就不在书中记录那些人间正味了。

注释

❶ 夫：发语词。表提示作用，常用于文言文中。《易》：古代卜筮书，包括《连山》《归藏》《周易》，合称三《易》。今存《周易》，儒家“五经”之一。《象》：《象传》，是解释《周易》卦爻辞的文辞，相传为孔子所作。 ❷《诗》：即《诗经》，儒家“五经”之一。南淇之奥（yù）：《诗经·卫风·淇奥》“瞻彼淇奥，绿竹如箦”。 ❸ 缝掖：借指儒生。肆笔：犹纵笔，放手书写。 ❹《书》：即《尚书》，儒家“五经”之一。大羹：祭祀时所用不和五味的肉汁。 ❺ 折俎：古代祭祀、宴会时，杀牲肢解而后置于俎上。俎：盛牺牲的礼器。 ❻ 醯醢（xīhǎi）：用鱼肉等制成的酱。因调制肉酱必用盐醋等作料，故称。 ❼ 炙鸮羞鳖：指野味。炙：烧烤。鸮：猫头鹰。羞：进献。 ❽ 下箸：用筷子取食。 ❾ 志怪小说：小说体裁，以记叙神异鬼怪故事传说为主体内容。 ❿ 落：通“络”，缠杂。曼：通“蔓”，没有条理。 ⓫ 覃思：深思。 ⓬ 崔骃：字亭伯。涿郡安平（今河北安平）人。自幼聪明过人，博学多才。精通训诂学，熟习百家之言，与班固、傅毅齐名。 ⓭ 孔璋：即陈琳，字孔璋。东汉广陵射阳（今江苏宝应东北）人。“建安七子”之一。

前集卷一

忠志

【原 文】

高祖少神勇[1]。隋末，尝以十二人破草贼号毋端儿数万[2]。又龙门战[3]，尽一房箭[4]，中八十人。

【译 文】

高祖年轻时勇猛无比。隋朝末年，曾带领十二人打败以毋端儿为首的草贼数万人。又在龙门一战中，射尽一袋箭，射中八十人。

注 释

❶ 高祖：即唐高祖李渊，字叔德。陇西成纪（今甘肃静宁西南）人。唐朝开国皇帝。 ❷ 毋端儿：隋龙门（今山西河津西北）人。于龙门起兵反隋。后为李渊所败。 ❸ 龙门：在今山西河津西北。 ❹ 一房箭：一袋箭。房：箭囊。

【原 文】

太宗虬须[1]，尝戏张弓挂矢。好用四羽大笴[2]，长常箭一扶[3]，射洞门阖[4]。

【译 文】

太宗长着卷曲的胡须，曾经戏耍着用胡须张弓搭箭。他喜欢用四羽大箭，这种箭比平常的箭长四寸，能射穿门扇。

注释

❶ 太宗：即唐太宗李世民。虬须：卷曲的胡须。 ❷ 笴（gě）：箭杆。这里代指箭。 ❸ 扶（fú）：古代长度计算单位。以一指宽度为一寸，四指宽度为一扶。一扶约四寸。 ❹ 门阖：门扇。

【原文】

上尝观渔于西宫①，见鱼跃焉，问其故。渔者曰："此当乳也②。"于是中网而止③。

【译文】

太宗曾在弘义宫观看捕鱼，看见鱼跃出水面，就询问是什么原因。渔夫说："这是鱼正在产子。"太宗于是下令收网，停止捕鱼。

注释

❶ 上：这里指唐太宗李世民。观渔：观看捕鱼。西宫：指长安西内苑中弘义宫。 ❷ 乳：这里指产子。 ❸ 中网：中途收网。

【原文】

骨利干国献马百匹①，十匹犹骏，上为制名②。决波騟者③，近后足有距④，走历门三限不踬⑤，上犹惜之。隋内库有交臂玉猿⑥，二臂相贯如连环，将表其

【译文】

骨利干国进献了一百匹马，其中十匹尤为神骏，太宗为这十匹马一一取名。有一匹名马叫决波騟，靠近后蹄的部位有尖骨，奔跑起来连跨三道门槛也不会被绊倒，太宗特别喜欢它。隋朝皇宫的府库有臂膊相交的玉雕猿猴，猿猴两臂相交连贯如同连环，侍臣用来装饰在这匹马的辔头

辔[7]。上后尝骑与侍臣游，恶其饰[8]，以鞭击碎之。

上。后来太宗曾骑着决波騟与侍臣出去游玩，因厌恶这件饰物，用鞭子把它击碎了。

注释

❶ 骨利干：古部落名。铁勒诸部之一。地在回纥北，近瀚海（今贝加尔湖）。 ❷ 制名：命名。 ❸ 决波騟（yú）：良马名。 ❹ 距：雄鸡等爪子后面突出像脚趾的部分。这里指马足相应部位的尖骨。 ❺ 限：门槛。踬（zhì）：被绊倒。 ❻ 内库：皇宫的府库。交臂：臂膊相交。 ❼ 表：装饰。辔：缰绳，辔头。 ❽ 恶：讨厌，厌恶。

【原 文】

贞观中[1]，忽有白鹊构巢于寝殿前槐树上[2]，其巢合欢如腰鼓[3]。左右拜舞称贺[4]。上曰："我尝笑隋炀帝好祥瑞[5]。瑞在得贤，此何足贺！"乃命毁其巢，鹊放于野外。

【译 文】

贞观年间，忽然有白鹊在寝宫前的槐树上做窝，窝由两个半圆联结而成，就像腰鼓的形状。侍臣向太宗拜舞庆贺。太宗说："我曾经嘲笑隋炀帝迷信祥瑞。真正的祥瑞在于得到贤才，这个有什么值得庆贺呢？"于是命令捣毁鸟窝，将白鹊放生野外。

注释

❶ 贞观：唐太宗李世民年号。 ❷ 构巢：构木为巢。远古时代的一种居住形式。此指鸟做窝。寝殿：帝王的寝宫。 ❸ 合欢：这里是相聚、联结的意思。 ❹ 拜舞：古代朝拜的礼节。下跪叩首之后进行舞蹈，然后退下。 ❺ 隋炀帝：即杨广。祥瑞：吉祥的征兆。

【原 文】

高宗初扶床[1]，将戏弄笔。左右试置纸于前，乃乱画满纸，角边画处，成草书“敕”字[2]。太宗遽令焚之[3]，不许传外。

【译 文】

高宗初学走路时，想拿笔玩耍。侍从试着把纸铺在他面前，于是高宗满纸乱画，纸的边角之处，笔画像是草书的“敕”字。太宗下令立即将纸烧毁，不许外传。

注 释

❶ 高宗：即唐高宗李治。扶床：年幼扶床学步。此代指年幼。 ❷ 敕：皇帝的诏令。 ❸ 遽：立即。

【原 文】

则天初诞之夕[1]，雌雉皆雊[2]。右手中指有黑毫[3]，左旋如黑子，引之，长尺余。

【译 文】

武则天出生的那天晚上，雌野鸡都在鸣叫。她的右手中指有黑色细毛，向左盘卷起来就像一个黑点，拉伸开来，有一尺多长。

注 释

❶ 则天：即武则天，名曌。并州文水（今属山西）人。武周开国君主。 ❷ 雌雉皆雊（gòu）：雌野鸡鸣叫。喻妇女掌政，发号施令。雊：野鸡鸣叫。 ❸ 黑毫：黑色细毛。

【原 文】

骆宾王为徐敬业作檄[1]，极疏大周过恶[2]。则天览及“蛾眉不肯让人”“狐媚偏能惑主”[3]，微笑而已。至“一抔之土未干，六尺之孤安在”[4]，不悦，曰：“宰相何得失如此人！”

【译 文】

骆宾王为徐敬业作讨武檄文，极力抨击大周的种种过失罪恶。武则天看到“蛾眉不肯让人”“狐媚偏能惑主”时，只是微微一笑。等看到“一抔之土未干，六尺之孤安在”时，很不高兴地说：“宰相怎么能错失这种人才！”

注释

❶骆宾王：唐文学家。婺州义乌（今属浙江）人。“初唐四杰”之一。光宅元年（684）随徐敬业在扬州反武则天，代作《讨武曌檄》，一时传诵。兵败后被杀。徐敬业：曹州离狐（今山东菏泽西北）人。英国公徐世勣长孙，袭爵英国公。光宅元年（684）以勤王救国为名起兵讨武，后兵败被杀。 ❷大周：唐时武则天临朝执政，改国号为周。过恶：错误，罪恶。 ❸蛾眉：美人的秀眉。这里代指美女。狐媚：传说狐狸善以媚态迷惑人，故称。惑主：迷惑君主。 ❹一抔之土：徐敬业起兵之时，高宗下葬不及两月。这里代指高宗乾陵。抔：双手一捧为一抔。六尺之孤：指未成年的孤儿。这里特指幼小之君。中宗李显初即位，被武则天废为庐陵王，迁于房州，故曰“六尺之孤安在”。

【原 文】

中宗景龙中[1]，召学士赐猎[2]，作吐陪行[3]，前方后圆也。有二大雕，上仰望之。有放挫啼曰[4]：“臣能

【译 文】

中宗景龙年间，召集学士们一起狩猎，出行队列模仿吐蕃行阵，前方后圆。有两只大雕在空中飞翔，中宗抬头仰望，有个叫放挫啼的人说：“我能猎取这两只雕。”

取之。”乃悬死鼠于鸢足[5]，联其目[6]，放而钓焉，二雕果击于鸢盘[7]。狡兔起前，上举挝击毙之[8]。帝称：“那庚[9]！”从臣皆呼万岁。

于是，他把死老鼠挂在风筝上，与捕鸟的网连在一起，然后把风筝放上天，就像钓鱼一样。两只大雕果然在鸢盘上互相攻击，争夺死老鼠。这时有只野兔突然在马前跃起，被中宗用挝打死了。中宗称赞放挫啼说：“怎么样！”群臣齐呼万岁。

注释

❶中宗：即唐中宗李显。景龙：唐中宗李显年号。 ❷学士：职官名。唐翰林学士亦为文学侍从之臣，因接近皇帝，往往参与机要。 ❸吐陪：此处或代指吐蕃的一种队列。 ❹放挫啼：打猎时养鸽子的人。一说为吐蕃人名。 ❺鸢：鸟状的风筝。 ❻目：网眼。这里代指捕鸟的网。 ❼鸢盘：似指风筝上缠绕的捕鹰网。 ❽挝：鞭、棰一类的兵器。 ❾那庚：长安俗语，意为如何、怎么样。一说为吐蕃语，聪明之意。

【原文】

三月三日[1]，赐侍臣细柳圈[2]，言带之免虿毒[3]。

【译文】

三月三日，中宗赏赐侍臣细柳圈，说带上可防范毒虫。

注释

❶三月三日：上巳节。汉以前以农历三月上旬巳日为上巳，魏晋以后，定为三月三日，不必取巳日。 ❷赐侍臣细柳圈：《新唐书》载，“凡天子飨会游豫，唯宰相及学士得从。春幸梨园，并渭水祓除，则赐细柳圈辟疠”。 ❸虿(chài)毒：蝎子尾之毒。此处代指蝎子一类毒虫。

【原 文】

寒食日[1]，赐侍臣帖彩球、绣草宣台[2]。

【译 文】

寒食节这天，中宗赏赐侍臣帖彩球、绣草宣台。

注 释

❶ 寒食日：在清明前一日或二日。相传春秋时晋文公负其功臣介之推。介愤而隐于绵山，文公悔悟，烧山逼其出仕，介之推抱树焚死。人们同情介之推的遭遇，相约于其忌日禁火冷食，以为悼念。之后相沿成俗，立寒食节。 ❷ 帖彩球：即蹴鞠。绣草宣台：或指蹴鞠的材料。

【原 文】

立春日，赐侍臣彩花树[1]。

【译 文】

立春这天，中宗赏赐侍臣彩花树。

注 释

❶ 彩花树：剪彩纸为花，而后将纸花挂在真树或假树上以为装饰。

【原 文】

腊日[1]，赐北门学士口脂、蜡脂[2]，盛以碧镂牙筒。

【译 文】

腊日这天，皇帝赏赐北门学士口脂、蜡脂，盛装在有镂雕的碧玉象牙筒里。

注释

❶ 腊日：古时腊祭之日。农历腊月初八。 ❷ 北门学士：唐乾封后，武后以修撰为名，引文学儒臣径由北门入禁中，密令参议朝政，处理百司表疏，以分宰相之权，时称“北门学士”。口脂：唇膏。蜡脂：应是与口脂同类的护肤品。

【原文】

上尝梦日乌飞①，蝙蝠数十逐而堕地。惊觉，召万回②，僧曰：“大家即是上天时③。”翌日而崩④。

【译文】

中宗曾梦到一只三足乌在飞，这只三足乌被几十只蝙蝠追逐，终因体力不支而坠地。中宗被吓醒了，召见万回和尚询问吉凶，万回说：“皇帝您这是要到天上去了。”第二天，中宗就驾崩了。

注释

❶ 日乌：传说太阳中的三足乌。 ❷ 万回：俗姓张，虢州阌乡（今属河南灵宝）人。唐初僧人。有异术，言必成谶，多应验。高宗、武后时常应诏入大内做道场，赐号法云公。 ❸ 大家：宫中近臣或后妃对皇帝的称呼。上天：指死亡。 ❹ 翌日：第二天。崩：古代帝王之死称“崩”。

【原文】

睿宗尝阅内库①，见一鞭，金色，长四尺，数节有虫啮处②，状如盘龙，靶上悬牙牌③，题“象耳皮”④，

【译文】

睿宗曾检查皇宫的府库，看见一条金色的鞭子，有四尺长，其中几节有虫子咬过的痕迹，形状就像一条盘着的龙。鞭柄上悬挂着一个牙牌，上面写着“象

或言隋宫库旧物也。上为冀王时[5]，寝斋壁上蜗迹成“天”字[6]，上惧，遽扫之。经数日如初。及即位，雕玉、铸黄金为蜗形，分置于释道像前[7]。

耳鞭”，有人说这是隋朝皇宫府库的旧物。睿宗当年为冀王时，寝宫墙壁上有蜗牛爬行所分泌的黏液痕迹，形状很像“天”字。睿宗很害怕，急忙把痕迹抹掉。过了几天，又出现了相同的痕迹。睿宗即位后，雕玉铸黄金为蜗牛形状，分别放置在佛、道两教的神像前。

注释

❶ 睿宗：即唐睿宗李旦。 ❷ 啮：咬。 ❸ 靶：鞭柄。牙牌：象牙或骨角制的记事签牌。 ❹ 象耳皮：疑为“象耳鞭”。 ❺ 上为冀王时：李旦于总章二年，徙封冀王。 ❻ 蜗迹：即蜗涎。蜗行所分泌的黏液。 ❼ 释道：佛教和道教。

【原文】

玄宗[1]，禁中尝称阿瞒[2]，亦称鸦。寿安公主[3]，曹野那姬所生也[4]。以其九月而诞，遂不出降[5]。常令衣道服，主香火。小字虫娘，上呼为师娘[6]。为太上皇时，代宗起居[7]，上曰：“汝在东宫[8]，甚有令名[9]。”因指寿安：“虫娘是鸦女，汝后与一名号。”及代宗在灵武[10]，遂令苏发尚之[11]，封寿安焉。

【译文】

玄宗，在宫中的小名叫阿瞒，又名鸦。寿安公主，是曹野那姬所生。因为她在娘胎中九个月就出生了，就没有让她出嫁。玄宗常常让她穿道服，主管宫中的香火。公主小名叫虫娘，玄宗叫她师娘。玄宗为太上皇时，代宗前来问候起居，玄宗说：“你在东宫，名声很好。”又指着寿安公主说：“虫娘是我的女儿，你以后给她一个名号吧。”等到代宗在灵武即位，下令让苏发迎娶虫娘，并封她为寿安公主。

注释

❶玄宗：即唐玄宗李隆基。天宝十五载（756）太子李亨即位，尊其为太上皇。❷禁中：天子居住的地方。阿瞒：唐玄宗在家族中常自称阿瞒。❸寿安公主：小字虫娘，唐玄宗女，曹野那姬孕九月而生，为玄宗所恶。❹曹野那姬：唐玄宗宠姬，生平不详，待考。❺出降：帝王之女出嫁。因帝王位处至尊，故称降。❻师娘：女巫。寿安公主身着道服，主香火，故称。❼代宗：即唐代宗李豫。❽东宫：太子所居之宫。❾令名：好的名声。❿灵武：今宁夏灵武。⓫尚：娶帝王之女为妻。

【原 文】

天宝末[①]，交趾贡龙脑[②]，如蝉蚕形。波斯言老龙脑树节方有[③]，禁中呼为瑞龙脑，上唯赐贵妃十枚[④]，香气彻十余步[⑤]。上夏日尝与亲王棋[⑥]，令贺怀智独弹琵琶[⑦]，贵妃立于局前观之。上数枰子将输，贵妃放康国猧子于坐侧[⑧]。猧子乃上局，局子乱，上大悦。时风吹贵妃领巾于贺怀智巾上，良久，回身方落。贺怀智归，觉满身香气非常，乃卸幞头贮于锦囊中[⑨]。及上皇复宫阙，追思贵妃不已，怀智乃进所贮幞头，具奏他日事。上皇发囊[⑩]，泣曰：

【译 文】

天宝末年，交趾国进贡龙脑香，其形或若蝉，或若蚕。波斯人说这种香要很老的龙脑树干上才有，宫中的人都称其为瑞龙脑，玄宗只赏给杨贵妃十枚。这种香香气弥漫十多步远。玄宗夏日曾与宁王下围棋，让贺怀智独自弹奏琵琶，贵妃站在棋局前观看。眼看玄宗下棋就要输了，贵妃故意把康国进贡的小狗放在座位旁边。小狗爬上棋盘，搅乱了棋局，玄宗非常高兴。这时风把贵妃的领巾吹到贺怀智的头巾上，过了好一阵，在贺怀智转身时方才掉落。贺怀智回家后，感觉满身香气浓郁，于是取下头巾珍藏在锦囊里。等到玄宗从蜀地回到长安，追想思念贵妃不能自已，贺怀智就进献自己所珍藏的头巾，并陈奏当日这件事的详细经过。玄宗打开锦囊，

"此瑞龙脑香也。"

流着泪说："这是瑞龙脑的香气。"

注释

❶天宝：唐玄宗李隆基年号。❷交趾：古地名。初泛指五岭以南地区，后亦指越南北部。龙脑：即龙脑树干析出的油脂所结成的晶体，今称樟脑。❸波斯：古国名。汉时称安息，隋唐称波斯，今伊朗。❹贵妃：即杨贵妃，号太真，小字玉环。蒲州永乐（今山西芮城西南）人。唐玄宗宠妃。安史之乱时在马嵬驿被缢而死。❺彻：弥漫。❻亲王：即宁王李宪，唐玄宗李隆基长兄。初封永平郡王，后改封宁王。因将太子之位让与玄宗，死后谥"让皇帝"。❼贺怀智：玄宗时擅长弹奏琵琶的乐师。❽康国：古国名。故地在今乌兹别克斯坦撒马尔罕一带。猧（wō）子：小狗。❾幞（fú）头：一种古代男子用的头巾。兴起于后周，盛行于唐宋。❿发：打开。

【原文】

安禄山恩宠莫比①，锡赉无数②。其所赐品目有：桑落酒、阔尾羊窟利、马酪、音声人两部、野猪鲊、鲫鱼并鲙手刀子、清酒、大锦、苏造真符宝轝、余甘煎、辽泽野鸡、五术汤、金石凌汤一剂及药童昔贤子就宅煎、蒸梨、金平脱犀头匙箸、金银平脱隔馄饨盘、平脱著足叠子、金花狮子瓶、熟线绫接靿、金平脱大马脑盘、银平脱破觚、八角花鸟屏风、银凿镂铁锁、帖白

【译文】

安禄山受到的恩宠无人能比，获得的赏赐无数。所得赏赐名目如下：桑落酒、阔尾羊窟利、马酪、音声人两部、野猪鲊、鲫鱼并鲙手刀子、清酒、大锦、苏造真符宝轝、余甘煎、辽泽野鸡、五术汤、金石凌汤一剂并药童昔贤子到宅煎制、蒸梨、金平脱犀头匙箸、金银平脱隔馄饨盘、平脱著足碟子、金花狮子瓶、熟线绫接靴筒、金平脱大马脑盘、银平脱破觚、八角花鸟屏风、银凿镂铁锁、帖白檀香床、

檀香床、缘白平绸背席、绣鹅毛毡兼令瑶令光就宅张设、金鸾紫罗绯罗立马、宝鸡袍、龙须夹帖席、八斗金渡银酒瓮、银瓶平脱掏魁织锦筐、银笊篱、银平脱食台盘、油画食藏③。又贵妃赐禄山金平脱装具玉合、金平脱铁面碗④。

缘白平绸背席、绣鹅毛毡并令瑶与令光到宅铺设、金鸾紫罗绯罗立马、宝鸡袍、龙须夹帖席、八斗金渡银酒瓮、银瓶平脱掏魁织锦筐、银笊篱、银平脱食台盘、油漆食盒。另外，杨贵妃赏赐安禄山金平脱装具玉盒、金平脱铁面碗。

注释

❶ 安禄山：胡人，本姓康，后随母嫁突厥人安延偃，更名安禄山。营州柳城（今辽宁朝阳）人。唐玄宗时兼任平卢、范阳、河东三节度使。天宝十四载（755），在范阳起兵叛乱。至德元载（756），自称雄武皇帝，国号燕。至德二载（757），被其子安庆绪所杀。 ❷ 锡赉：赏赐。锡：通“赐”。赉：赏赐。 ❸ 桑落酒：酒名。此酒由于在桑叶凋落时酿熟而得名。阔尾羊窟利：大尾巴羊的肉干。阔尾羊：产于东亚，尾部宽阔。窟利：肉干。马酪：马奶酒。音声人：《新唐书·礼乐志》载，“唐之盛时，凡乐人、音声人、太常杂户子弟隶太常及鼓吹署，皆番上，总号音声人，至数万人”。鲊（zhǎ）：盐腌的鱼类制品。这里泛指腌制食品。鲙手刀子：切鱼片的专用刀具。清酒：过滤后的酒。苏造真符宝轝：苏州织绣辟邪御魔符车篷的马车。余甘煎：余甘子煎的药剂。余甘：即余甘子，味苦回甘，故名。叠子：碟子。熟线绫：一种特制丝织品。靿（yào）：靴筒。龙须夹帖：龙须草茎织就或龙须草纹样的席子。瓮：盛酒或水的陶制器具。笊篱（zhàolí）：用竹篾或柳条编成蛛网状供捞物沥水的器具。❹ 装具玉合：盛纳行装的玉质器具。装具：行装。

【原 文】

肃宗将至灵武一驿①，黄

【译 文】

肃宗行至灵武的一个驿站附近时，

昏，有妇人长大[2]，携双鲤咤于营门[3]，曰："皇帝何在？"众谓风狂[4]，遽白上，潜视举止。妇人言已，止大树下。军人有逼视，见其臂上有鳞。俄天黑，失所在。及上即位，归京阙[5]，虢州刺史王奇光奏女娲坟云[6]："天宝十三载，大雨晦冥[7]，忽沉。今月一日夜，河上有人觉风雷声，晓见其坟涌出，上生双柳树，高丈余，下有巨石。"兼画图进。上初克复[8]，使祝史就其所祭之[9]。至是而见，众疑向妇人是其神也。

约当黄昏时分，有一个身材高大的妇人，提着两条鲤鱼在营门前大声吵嚷，问："皇帝在哪里？"众人认为她有疯病，马上禀告肃宗，同时偷偷观察她的举动。妇人说完后，站在大树下。有一个军士凑近观看，看见她胳膊上有鳞片。一会儿天黑了，妇人就不见了。等到肃宗即位，回到京城，虢州刺史王奇光上奏女娲坟一事，说："天宝十三载，有一天大雨倾盆，一片昏暗，女娲坟忽然沉没。本月初一晚上，黄河边上有人听到风雷声，天亮后就看见女娲坟从水中冒出来，坟上生长着两棵柳树，高一丈多，树下面有巨石。"奏本上达时附有图样一并进呈。肃宗刚收复京城，就派负责官员前往女娲坟祭祀。到那里目睹了实际情形后，众人怀疑先前的妇人就是女娲神。

注释

❶肃宗：即唐肃宗李亨。 ❷长大：身材高大。 ❸咤：怒吼。 ❹风狂：疯狂，发疯。 ❺京阙：京城、皇宫。 ❻虢州：今河南灵宝。刺史：职官名，州行政长官。女娲坟：相传坟在河南灵宝黄河中。 ❼晦冥：昏暗，阴沉。 ❽克复：收复失地。 ❾祝史：职官名。祭祀时掌祝告鬼神。

【原文】

代宗即位日，庆云见[1]，黄

【译文】

代宗即位那天，天空中出现五

气抱日。初，楚州献国宝一十二[②]，乃诏上监国[③]。诏曰："上天降宝，献自楚州。神明生历数之符[④]，合璧定妖灾之气[⑤]。"初，楚州有尼真如，忽有人接去天上，天帝言："下方有灾，令此宝镇之。"其数十二，楚州刺史崔侁表献焉[⑥]。一曰玄黄，形如笏[⑦]，长八寸，有孔，辟人间兵疫。二曰玉鸡[⑧]，毛文悉备，白玉也，王者以孝理天下则见[⑨]。三曰谷璧[⑩]，白玉也，如粟粒，无雕镌之迹，王者得之，五谷丰熟[⑪]。四曰西王母白环[⑫]，二枚，所在处，外国归伏。五曰碧色宝，圆而有光。六曰如意宝珠，大如鸡卵。七曰红靺鞨[⑬]，大如巨栗，赤如樱桃。八曰琅玕珠[⑭]，二枚，逾常珠，有逾径一寸三分。九曰玉玦[⑮]，形如玉环，四分缺一。十曰玉印，大如半手，理如鹿形，啖入印中[⑯]。十一曰皇后采桑钩[⑰]，细如箸，屈其末。十二曰雷公石斧，长四寸，阔二寸，无孔。其一缺。诸宝置之日中，

色祥云，一道黄气直冲太阳。起初，楚州献上十二件定国之宝，于是肃宗下诏令代宗监国。诏书说："上天降宝，献自楚州。神明生天道之符，完璧定妖灾之气。"起初，楚州有个叫真如的尼姑，忽然有一天被人接到天上去了。天帝说："下界发生灾难时，就用这些宝物镇服。"宝物共十二个，楚州刺史崔侁上表进献。第一个叫玄黄，形状像笏板，长八寸，有孔，可以让人间免于战争和瘟疫。第二个叫玉鸡，毛羽纹理齐备，是块白玉，帝王若以孝理治天下，这件宝物就出现。第三个叫谷璧，也是白玉，像谷粒，没有雕刻的痕迹。帝王得到它，天下就会五谷丰收。第四个叫西王母白环，两枚，白环所在的国家，外国就会归服。第五个叫碧色宝，圆润而有光泽。第六个叫如意宝珠，有鸡蛋那么大。第七个叫红靺鞨，有大栗子那么大，颜色红得像樱桃。第八个叫琅玕珠，两枚，比平常的珠子大，有的直径超过一寸三分。第九个是玉玦，形状如同玉环，但缺少四分之一。第十个叫玉印，有半只手大小，有鹿形纹理，深陷印中。第十一个叫皇后采桑钩，像筷子一样细，末端弯曲。第十二个叫雷公石斧，长四寸，宽二寸，没有孔。另外还缺一件。把这些宝物放置在太阳底

皆白气连天。

下，都有白气冲天。

注释

❶庆云：五色云。古人以之为喜庆、吉祥之气。见：同“现”。 ❷楚州：今江苏淮安。 ❸监国：监管国事。太子代君主管理国事称“监国”。 ❹历数：帝王代天理民之顺序，也指帝王、气数更迭次序。 ❺妖灾之气：指安史之乱。 ❻表：给皇帝的奏章。 ❼笏（hù）：笏板。臣子上朝时所执的手板，按品第分别用玉、象牙或竹制成，以为指画及记事之用。 ❽玉鸡：指纹理毕肖的白玉鸡。 ❾理：治理。 ❿谷璧：六瑞之一。古代子爵诸侯所执之玉。⓫五谷：五种谷物。古代有多种说法。一说为麻、黍、稷、麦、豆，一说为稻、黍、稷、麦、菽。丰熟：丰收。 ⓬西王母：此指地处西方的古代部族。⓭靺鞨（mòhé）：红玛瑙。 ⓮琅玕：似珠玉的美石。 ⓯玉玦：佩玉的一种。形如环而有缺口。 ⓰啖：疑为“陷”字之误。 ⓱皇后采桑钩：即皇后采桑，垂范天下。

礼异

【原文】

西汉，帝见丞相，谒者赞曰[①]：“皇帝为丞相起。”御史大夫见[②]，皇帝称“谨谢”[③]。

【译文】

西汉时，皇帝接见丞相，谒者唱礼说：“皇帝为丞相起身。”御史大夫觐见，皇帝只说“谨谢”。

注释

❶谒者：职官名。秦汉时，掌宾客接待及赞礼，即为天子传令。赞：唱礼。

❷ 御史大夫：职官名。主管弹劾、纠察，掌管图籍秘书。 ❸ 谨谢：敬谨辞谢。

【原 文】

汉木主①，缠以皓木皮②，置牖中③，张绵絮以障外，不出室④。玄堂之上⑤，以笼为俑人⑥，无头，坐起如生时。

【译 文】

汉朝所用的牌位，用白木皮缠裹，放置在窗户下，张设绵絮遮住窗户，不拿出太室以外。坟墓之上，用竹笼制作一个无头俑人，坐姿就像死者生前那样。

注 释

❶ 木主：木制的神位。上书死者姓名以供祭祀。又称神主，俗称牌位。 ❷ 皓：白。 ❸ 牖（yǒu）：窗户。古人常以死于牖下为寿终正寝。 ❹ 室：宗庙中的太室。 ❺ 玄堂：指坟墓。 ❻ 俑人：古代殉葬用的木制或陶制人偶。

【原 文】

凡节①，守国用玉节②，守都鄙用角节③，使山邦用虎节，土邦用人节，泽邦用龙节。门关用符节④，货贿用玺节⑤，道路用旌节⑥。古者安平用璧⑦，兴事用圭⑧，成功用璋⑨，边戎用珩⑩，战斗用璩⑪，城围用环⑫，灾乱用隽⑬。大旱用龙⑭，龙，节也。

【译 文】

大凡使用符节均有其规制：诸侯掌管国家使用玉节，大夫掌管边邑使用角节。出使山地邦国使用虎节，出使平原邦国使用人节，出使湖泽邦国使用龙节。出入门禁关卡使用符节，买卖货物使用玺节，道路通行使用旌节。古时报平安用璧，做事用圭，事如果成功了就呈递璋表示办妥，守边用珩，战事用璩，城池被围用环，发生灾乱用琼。大旱用珑，珑就是祈雨的符节。大丧用琮

大丧用琮[15]。

随葬。

注释

❶节：符节。古代使者所持以为凭证。 ❷守：掌管。 ❸都鄙：周公卿、大夫、王族子弟的采邑，封地。 ❹门关：出入必经的门禁与关卡。 ❺货贿：财货，财物。玺节：古代准许通商的凭证。上有印章，故名。 ❻旌节：古代使者所持的节，以为凭信。 ❼璧：玉器，扁平、圆形，中间有小孔。 ❽圭：帝王、诸侯在举行典礼时拿的一种玉器。 ❾璋：玉器，形状像半个圭。 ❿边戎：此指守边。珩：玉佩上面的横玉，形状像古代的磬。 ⓫璩（qú）：玉环。 ⓬环：璧之一种，可以为符信。 ⓭隽：即“琼”，红色美玉。 ⓮龙：通“珑”。古代求雨时所用的玉，上刻龙纹。 ⓯大丧：指帝王、皇后、世子之丧。琮（cóng）：玉器。方柱形，中间有圆孔。

【原文】

北齐迎南使[1]，太学博士、监舍迎使[2]。传诏二人骑马荷信在前[3]，羊车二人捉刀在传诏后[4]。监舍一人，典客令一人[5]，并进贤冠[6]。生朱衣骑马罩伞十余[7]，绛衫一人[8]，引从使车前。又绛衫骑马、平巾帻六人[9]，使主、副各乘车，但马在车后[10]。铁甲者百余人。仪仗百余人，剪彩如衣带，白羽间为矟[11]，髻发绛袍[12]，帽凡

【译文】

北齐迎接南朝的使者，由太学博士、监舍担任。两名传诏官骑马手持符节在前，驾驶羊车的两名卫士提刀跟在传诏官后面。一位监舍，一位典客令，都戴着进贤冠。十多名身穿红衣、骑马擎着伞盖的太学生，一位身穿绛衫的武官，在使者车前引导。另有身穿绛衫、戴平巾帻的六名武官骑马跟随，协助主、副使各自乘车，车后跟着备用的马。铁甲武士有一百余人。仪仗队一百余人，皆佩纸帛彩带，持白色羽毛装饰的槊，红袍披发，帽子共五种颜色，袍子颜色随所披头发

五色，袍随髯色，以木为矟、刃、戟[13]，画彩为虾蟆幡。

颜色而定，持木制长矛、刀、戟，高举绘有虾蟆幡的旗帜。

注释

❶ 北齐：北朝之一。550年，权臣高洋废东魏孝静帝，自立为帝，国号齐，都邺城（今河北临漳西南），史称北齐。南：南朝。东晋之后建立于南方的宋、齐、梁、陈四个朝代的总称。 ❷ 太学博士：职官名。汉、魏置五经博士，分经教授生员。东晋南朝时，统称太学博士，教授太学生，亦备咨询，参议礼仪。监舍：职官名。即中书监、中书舍人。负责起草诏诰、外交文书，也承担外交接待。 ❸ 传诏：传达诏命的官员。荷信：带着符节。 ❹ 羊车：宫中小车，以羊挽之。捉刀：借指卫士。 ❺ 典客令：职官名。掌接待四方宾客。 ❻ 进贤冠：古代冠名。 ❼ 生：太学生。 ❽ 绛衫：南北朝兵制规定军人以绛色衣衫为戎装。绛：深红色。 ❾ 平巾帻（zé）：魏晋时代武官所戴头巾，因帻上平如屋顶，故名。帻：头巾。 ❿ 但马：古代仪仗队中不备鞍鞯以示备用的马。 ⓫ 矟（shuò）：即槊，长矛。 ⓬ 髯（róng）发：先驱骑兵披着头发的装束。 ⓭ 戟：古代一种戈、矛一体的兵器。

【原文】

梁正旦[1]，使北使乘车至阙下[2]，入端门[3]，其门上层题曰“朱明观”。次曰应门，门下有一大画鼓[4]。次曰太阳门，左有高楼，悬一大钟，门右有朝堂，门辟[5]，左右亦有二大画鼓。北使入门，击钟磬[6]，至马道北、悬钟内道西北立。引其宣城王

【译文】

梁国正月初一朝会，请北朝使者乘车到阙下，进入端门，端门上层题为“朱明观”。二重门为应门，门下有一面大画鼓。三重门为太阳门，左面有高楼，悬挂一口大钟，门右边是朝堂，打开大门，左右也有两面大画鼓。北朝使者进门后，敲击钟磬，走到马道北面、悬钟内道西北面站立。然后引导宣城王等人进门，再次击

等数人后入[7]，击磬，道东北面立。其钟悬外东西厢，皆有陛臣[8]。马道南、近道东有茹茹、昆仑客[9]，道西近道有高句丽、百济客[10]，及其升殿之官三千许人[11]。位定，梁主从东堂中出，云斋在外宿，故不由上阁来。击磬鼓，乘舆警跸[12]，侍从升东阶，南面幄内坐。幄是绿油天皂裙，甚高，用绳系著四柱。凭黑漆曲几坐定，梁诸臣从西门入，著具服博山远游冠[13]，缨末以翠羽、真珠为饰，双双佩带剑，黑舄[14]。初入，二人在前导引，次二人并行，次一人擎牙箱、班剑箱[15]，别二十人具省服[16]，从者百余人。至宣城王前数步，北面有重席为位[17]，再拜[18]，便次出。引王公登献玉，梁主不为兴[19]。

磬，在内道东北面站立。悬钟处外面有东西厢房，近臣肃立于此。马道南面、靠近道路东面有柔然、昆仑来宾，马道西面近道有高句丽、百济来宾，以及前来参与朝会的三千多名官员。众人位置站定后，梁国皇帝从东堂中走出来，因为斋戒在外住宿，所以不从上阁出来。击磬鸣鼓，乘舆清道戒严，侍从簇拥皇帝走上东面台阶，在帷幄内面向南方坐下。幄幕是绿油顶黑边，非常高，用绳子系在四根柱子上。梁国皇帝靠着黑漆曲几坐定，梁国大臣从西门进入，身穿朝服头戴博山远游冠，冠缨末梢用翠羽、珍珠为饰物，两人一队，各佩剑，脚穿黑色双层木底鞋。刚进入时，由两人在前面引导，后面两人并排随行，后面又有一人托着牙箱、班剑箱，另外二十人身穿公服，后面跟随的有一百余人。这队人来到宣城王面前几步远的地方，北面设有重席，为行礼的位置，行再拜礼，便依次退出。又引导王公上前献玉，梁朝皇帝不用起身答谢。

注释

❶梁：南朝之一。萧衍灭南齐后建立。建都建康（今江苏南京）。正旦：正月初一。 ❷阙下：借指帝王所居的宫廷。 ❸端门：宫殿的正南门。 ❹画鼓：有彩绘的鼓。 ❺辟：打开，开启。 ❻钟磬：钟和磬，都是古代礼乐器。

❼ 宣城王：即萧大器，字仁宗。南兰陵（今江苏常州）人。梁简文帝萧纲长子，中大通四年（532），封宣城王。 ❽ 陛臣：皇宫前夹阶而立执兵器守卫的近臣。陛：宫殿的台阶。 ❾ 茹茹：即北方古族柔然。 ❿ 高句（gōu）丽、百济客：今朝鲜半岛来的使者。高句丽、百济，均为朝鲜半岛古国名。 ⓫ 升殿之官：参与朝会并可登殿的官员。 ⓬ 乘舆：古代特指天子和诸侯所乘坐的车子。警跸（bì）：古代帝王出入时，于所经路途派侍卫警戒，清道止行，谓之"警跸"。 ⓭ 具服：朝服。博山：器物表面雕刻作重叠山形的装饰。远游冠：冠名。 ⓮ 舄（xì）：加木底的复底鞋。古时最尊贵的鞋，多为帝王大臣穿。 ⓯ 牙箱：装牙旗的器具。班剑箱：盛班剑的器具。班剑，有纹饰的剑。 ⓰ 省服：即从省服，公服。 ⓱ 重（chóng）席：层叠的坐席。古人席地而坐，以坐席层叠的多少表示身份的高低。 ⓲ 再拜：连拜两次。 ⓳ 兴：起身。

【原 文】

魏使李同轨、陆操聘梁①，入乐游苑西门内青油幕下②。梁主备三仗③，乘舆从南门入，操等东面再拜，梁主北入林光殿④。未几，引台使入⑤。梁主坐皂帐，南面。诸宾及群官俱坐定，遣中书舍人殷灵宣旨慰劳，具有辞答。其中庭设钟悬及百戏⑥。殿上流杯池中行酒具⑦，进梁主者题曰"御杯"，自余各题官姓之杯，至前者即饮。又图像旧事，令随流而转，始至讫于座罢，首尾不绝也。

【译 文】

魏朝使者李同轨、陆操出访梁国，进入乐游苑西门内青油幕下。梁国皇帝排列勋仗，乘坐銮舆从南门进入，陆操等人面东行再拜礼，梁国皇帝向北进入林光殿。接着，引导台使进殿。梁国皇帝坐在黑色帷帐里，坐北面南。等各位来宾及群臣都已坐定，派中书舍人殷灵宣旨慰劳，群臣都有言辞答谢。殿的中庭设有钟悬及各种散乐杂技。殿上流杯池中漂流酒杯，进奉梁国皇帝饮用的写着"御杯"，其余酒杯各题写官员姓名，随水漂流到各自面前就伸手取饮。又仿效古人的做法，使酒杯随水漂流循环不止，从上座到末席，首尾相连不绝。

注释

❶李同轨：赵郡（今河北）人。仕魏，出任中书侍郎，兼任通直散骑常侍，出使梁。陆操：字仲志。代（今山西大同）人。仕魏，兼散骑常侍，出使梁。聘：访问。 ❷乐游苑：古苑名。故址在今江苏南京。 ❸梁主：即梁武帝萧衍，字叔达，小字练儿。南兰陵（今江苏常州）人。南朝梁开国皇帝。三仗：即勋仗。仗，仪仗。 ❹林光殿：在乐游苑内。 ❺台使：六朝时指朝廷使者。❻钟悬：即“宫县（xuán）”。古代钟磬等乐器悬挂在架上，其形制因用乐者身份地位不同而有别。帝王悬挂四面，象征宫室四面的墙壁，故名。百戏：古代乐舞杂技的总称。 ❼流杯池中行酒具：即流觞曲水。古人依修禊的习俗，在每年农历的三月三日，在水边盥洗，借以驱邪。后来参加者坐在曲折环绕的水流旁，在上游放酒杯，任它顺水流下，停在何处，则由此处之人取酒杯而饮。

【原文】

梁主常遣传诏童赐群臣岁旦酒、避恶散、却鬼丸三种①。

【译文】

梁国皇帝经常在大年初一那天派遣传诏童赏赐群臣岁旦酒、避恶散、却鬼丸这三种东西。

注释

❶传诏童：掌传送诏令的官吏，南朝梁以童子为之，故称。一说为小宦官。岁旦酒：椒酒、柏酒。避恶：避除邪恶。散：研成细末的药。却鬼丸：民间方药，传说于元旦服之可避鬼。

【原 文】

北朝婚礼[1]，青布幔为屋，在门内外，谓之青庐，于此交拜。迎妇，夫家领百余人，或十数人，随其奢俭，挟车俱呼："新妇子，催出来！"至新妇登车乃止。婿拜阁日[2]，妇家亲宾妇女毕集，各以杖打聟为戏乐[3]，至有大委顿者[4]。

【译 文】

北朝举办婚礼，会在大门内外搭起青布帐幔为屋，称为青庐，新人在这里行交拜礼成婚。迎娶新娘时，男方家或带领一百多人，或带领几十人，根据男方家境可奢可俭，拥着婚车一起大喊："新娘子，快出来！"一直喊到新娘子登车为止。女婿拜门这一天，女方家亲戚宾朋中的妇女聚集在一起，各用木杖敲打新女婿闹着玩，以致有的新郎官被弄得伤重不起。

注 释

❶ 北朝：自北魏一统北方至杨坚建隋，中国北方先后出现了北魏、东魏、西魏、北齐、北周五个朝代，史称北朝，与南朝（宋、齐、梁、陈）对峙。❷ 拜阁：魏晋南北朝婚俗，婚后，新郎礼拜于女家，女家为之宴集。犹后来之拜门。❸ 聟（xù）：古同"婿"，女婿。❹ 委顿：颓丧，疲困。

【原 文】

律：有甲娶，乙、丙共戏甲。旁有柜，比之为狱，举置柜中，复之[1]。甲因气绝。论当鬼薪[2]。

【译 文】

律法规定：甲娶妻，乙、丙二人一起戏弄甲。旁边有个柜子，乙、丙二人将其比为监狱，抬起甲放进柜子里，盖上柜盖。甲因此气绝身亡，判处乙、丙两人鬼薪之刑。

注释

❶复：通“覆”，覆盖。 ❷鬼薪：秦汉时的一种徒刑。因最初为宗庙供给柴薪而得名。

【原文】

近代婚礼，当迎妇，以粟三升填臼[①]，席一枚以覆井，枲三斤以塞窗[②]，箭三只置户上。妇上车，壻骑而环车三匝[③]。女嫁之明日，其家作黍臛[④]。女将上车，以蔽膝覆面[⑤]。妇入门，舅姑以下悉从便门出[⑥]，更从门入，言当躏新妇迹[⑦]。又妇入门，先拜猪樴及灶[⑧]。娶妇，夫妇并拜，或共结镜纽[⑨]。又娶妇之家，弄新妇[⑩]。腊月娶妇，不见姑。

【译文】

近代婚礼，迎接新娘子时，夫家要在石臼里装三升粟米，用一张席子盖住井口、三斤麻塞住窗户、三枚箭挂在门上。新娘子上车后，新郎骑马绕车三周。女儿出嫁的第二天，女家要制作肉羹。女儿出阁上车时，用围裙遮住脸。新娘进入夫家大门，自公婆以下的家人都要从旁门走出去，再从大门进来，说是应当踩踏新娘子的足迹。另外，新娘子进入夫家大门后，先祭拜猪栏神及灶神。娶亲时，夫妇对拜，或者一起给镜纽拴结。另外，娶亲的人家，要闹洞房戏弄新娘子。若是腊月娶亲，新娘子不拜见婆婆。

注释

❶臼：舂米的器具，用石头制成，样子像盆。 ❷枲（xǐ）：麻。 ❸三匝：三周。 ❹黍臛（huò）：一种杂以黍米的肉羹。 ❺蔽膝：围于衣服前面的大巾，用以蔽护膝盖。 ❻舅姑：俗称公婆。便门：正门以外的旁门。 ❼躏：踩，踏。 ❽猪樴（zhí）：猪圈。这里指猪栏神。樴：小木桩。灶：这里指灶神。 ❾纽：器物上可以抓住提起来的部分。 ❿弄：戏弄。

【原 文】

婚礼纳彩有合欢、嘉禾、阿胶、九子蒲、朱苇、双石、绵絮、长命缕、干漆[1]，九事皆有词[2]：胶、漆，取其固；绵絮，取其调柔[3]；蒲、苇，取其为心可屈可伸也；嘉禾，分福也；双石，义在两固也。

【译 文】

婚礼的纳彩之礼中有合欢、嘉禾、阿胶、九子蒲、朱苇、双石、绵絮、长命缕、干漆。这九样东西都有寓意：阿胶、干漆，寓意感情牢固、如胶似漆；绵絮，寓意两情调和顺适；蒲、苇做枕芯，寓意能屈能伸、相互包容；嘉禾，寓意福分；双石，寓意两情坚贞不渝。

注 释

❶ 纳彩：古代婚制中六礼之一。男方向女方送求婚礼物。合欢：植物名。其叶夜间成对相合，象征夫妇相爱和睦。嘉禾：长势良好的稻禾。古时以之为吉祥的象征。阿胶：中药名。九子蒲：一种蒲草。古代婚礼纳彩时用之，取“多子”之意。双石：形状颜色相近的一对卵石。长命缕：端午节时，结成各种形状用以避邪的五彩带。 ❷ 词：寓意。 ❸ 调柔：调和顺适。

【原 文】

北朝妇人，常以冬至日进履袜及靴[1]。正月进箕帚、长生花[2]。立春进春书[3]，以青缯为帜[4]，刻龙像衔之，或为虾蟆。五月进五时图、五时花[5]，施帐之上。是日，又进长命缕、宛转绳[6]，皆结为人像带之。夏至日，

【译 文】

北朝的妇人，常在冬至日送鞋袜及靴子。正月送畚箕、扫帚及长生花。立春送春书，春书写在用青缯制作的春幡上，用木雕的龙像或是虾蟆衔着。五月初五送五时图、五时花，装点在帷帐上。当天，还要送长命缕、宛转绳，编织成人形佩戴。夏至日，送扇子及胭脂袋。

进扇及粉脂囊。皆有辞。

这些东西都有寓意。

注释

❶ 履袜：鞋袜。 ❷ 箕帚：即畚箕与扫帚。长生花：即山麻，可入药。 ❸ 春书：春帖。 ❹ 青缯为帜：指制作春幡。缯：丝织品。古时于立春之日挂春幡，以象征春天来临。 ❺ 五时图：一说为立春、立夏、大暑、立秋、立冬五时之图；一说因五月是恶月，画蛇、蝎、蟾蜍、蜈蚣、壁虎，以毒克毒。 ❻ 宛转绳：古时北方妇女在端午日佩戴的结成人形的绳结。

【原文】

秦汉以来，于天子言“陛下”①，于皇太子言“殿下”②，将言“麾下”③，使者言“节下”“毂下”④，二千石言“阁下”⑤，父母言“膝下”⑥，通类相言称“足下”⑦。

【译文】

自秦汉以来，称呼天子为“陛下”，称呼皇太子为“殿下”，称呼将帅为“麾下”，称呼使臣为“节下”“毂下”，称呼俸禄二千石的官员为“阁下”，提到父母为“膝下”，同辈相称为“足下”。

注释

❶ 陛下：对帝王的尊称。 ❷ 殿下：汉代以后，对太子、亲王的尊称。唐以后，唯太子、皇太后、皇后称“殿下”。 ❸ 麾（huī）下：对将帅的敬称。麾指军旗，故称将帅为麾下。 ❹ 节下、毂（gǔ）下：对使臣的尊称。节指旌节，毂指轮毂，使者持节乘车，故称。 ❺ 二千石：汉代内自九卿、郎将，外至郡守、尉，俸禄皆为二千石，其中又分三等：中二千石、二千石、比二千石。阁下：对他人的敬称。古时三公开阁，郡守亦有阁，故以“阁下”为显贵者之敬

称，后来平民相称也可用之。❻ 膝下：指人幼年时常依于父母膝旁承欢，状父母对幼孩之亲昵，故以之尊称父母。❼ 足下：古代下称上或同辈相称的敬辞。

天咫

【原 文】

旧言月中有桂[1]，有蟾蜍[2]，故异书言，月桂高五百丈[3]，下有一人常斫之[4]，树创随合。人姓吴，名刚，西河人[5]。学仙，有过，谪令伐树。

【译 文】

传说月中有桂树，有蟾蜍，以前传奇录异的书上说月中桂树高五百丈，树下有一人挥动大斧砍斫不停，树的创口随砍随愈合。砍树的人姓吴名刚，是西河人，他修仙时犯了过错，因而被罚去砍树。

注 释

❶ 桂：桂花树。❷ 蟾蜍：传说，羿请不死药于西王母，羿妻姮娥窃以奔月，托身于月，是为蟾蜍。❸ 月桂：月中的桂树。❹ 斫（zhuó）：用刀斧砍。❺ 西河：即西河郡。似指山西汾阳一带。

【原 文】

释氏书言[1]，须弥山南[2]，有阎扶树[3]，月过，树影入月中。或言月中蟾、桂，地影也；空处，水影也。此语差近。

【译 文】

佛经说，须弥山南面有阎扶树，月亮从树旁经过，树影映入月中。有人说月中的蟾蜍、桂树，都是大地的影子；空白的地方，是水的影子。这种说法比较接近。

注释

❶释氏书：即佛经。释氏：释迦牟尼佛。 ❷须弥山：古印度神话中的山名，佛教以之为世间的中心。 ❸阎扶树：佛经所言生长在须弥山以南南赡部洲的树王。

【原文】

僧一行[①]，博览无不知，尤善于数[②]，钩深藏往[③]，当时学者莫能测。幼时家贫，邻有王姥[④]，前后济之数十万。及一行开元中承上敬遇[⑤]，言无不可，常思报之。寻王姥儿犯杀人罪，狱未具[⑥]。姥访一行求救，一行曰："姥要金帛，当十倍酬也。明君执法，难以请求，如何？"王姥戟手大骂曰[⑦]："何用识此僧！"一行从而谢之，终不顾。一行心计浑天寺中工役数百[⑧]，乃命空其室内，徙大瓮于中，又密选常住奴二人[⑨]，授以布囊，谓曰："某坊某角有废园，汝向中潜伺[⑩]，从午至昏，当有物入来，其数七，可尽掩之，

【译文】

高僧一行，博览群书无所不知，尤其擅长术数，深研奥秘，遍知古往之学，当时的学者都不能探知他的学问究竟深到何种程度。一行年幼时家里很穷，邻居王姥，前后接济他数十万贯钱。开元年间，一行受到玄宗赏识，所说的话玄宗无不允从，时常想着报答王姥。不久王姥的儿子犯了杀人罪，尚未定案。王姥拜访一行，向他求救。一行说："王姥若要金银财帛，我当十倍相赠。可是贤明的君主按律执法，我难以请求徇私，怎么办呢？"王姥指着一行大骂："认识你这个和尚有什么用！"一行紧随王姥道歉，王姥最终头也不回就走了。一行心中盘算，浑天寺中恰有几百名工匠，于是命令他们腾出一个房间，抬了一口大瓮放在里面。一行又秘密挑选了两名奴仆，而后交给两人一只布袋子，吩咐说："在某坊某角有一处废弃的园子，你们进去后暗中观察，从中午到黄昏，应当有东西进入园子，总

失一则杖汝。”奴如言而往。至酉后[11]，果有群豕至[12]，奴尽获而归。一行大喜，令置瓮中，覆以木盖，封于六一泥[13]，朱题梵字数十[14]，其徒莫测。诘朝[15]，中使叩门急召[16]。至便殿[17]，玄宗迎问曰：“太史奏昨夜北斗不见[18]，是何祥也[19]？师有以禳之乎[20]？”一行曰：“后魏时[21]，失荧惑[22]，至今帝车不见[23]，古所无者，天将大警于陛下也。夫匹妇匹夫，不得其所，则陨霜赤旱[24]，盛德所感，乃能退舍。感之切者，其在葬枯出系乎[25]？释门以瞋心坏一切善[26]，慈心降一切魔。如臣曲见，莫若大赦天下[27]。”玄宗从之。又其夕，太史奏北斗一星见，凡七日而复。成式以此事颇怪，然大传众口，不得不著之[28]。

数是七个，到时全部抓住，少一个我就杖责你们。”两名奴仆领命前往。过了酉时，果然有一群猪进了园子，两人把七头猪全部抓获而归。一行非常高兴，命令把猪放在那口瓮里，盖上木盖，用六一泥封死瓮口，又用红笔在瓮上写了几十个梵字，他的徒弟也不知道是什么意思。第二天早晨，中使敲门说皇上紧急召见一行。一行到了便殿，玄宗迎上前问道：“太史上奏说昨夜北斗星不见了，这是什么征兆？大师有什么办法禳解吗？”一行说：“后魏时，火星曾消失不见；如今北斗星消失不见，自古以来没有发生过，这是上天在严厉警示陛下。天下百姓若不能安居，就会有霜降和大旱，非天子盛德不能感化天心。而最能感化上天的，大概就是掩埋枯骨和释放囚犯吧？佛家认为，瞋心会毁坏一切善行，慈心会降伏一切魔障。依臣愚见，不如大赦天下。”玄宗听从了他的建议。当晚，太史上奏说北斗位置已现一颗星，到第七天七星全部显现。我认为这件事很怪异，但是众口相传，不得不记录下来。

注释

❶ 僧一行：俗姓张，名遂。巨鹿（今属河北）人。唐高僧，天文学家。修有《大衍历》。 ❷ 数（shù）：术数。此指历算、天文、占卜之类。 ❸ 钩深

藏往：探索过去、未来的奥秘。 ❹ 姥（mǔ）：老年妇女。 ❺ 开元：唐玄宗李隆基年号。 ❻ 狱未具：尚未结案。 ❼ 戟手：伸出食指和中指如戟形。指点人或怒骂人时常如此。 ❽ 浑天寺：寺名。浑天，古代认为天形浑圆如鸟卵，地如卵黄，天包于地外，故称天为“浑天”。 ❾ 常住奴：指佛寺中的奴仆。僧、道称寺舍、田地、什物等为常住物，简称常住。 ❿ 潜伺：暗中观察。 ⓫ 酉：酉时。相当于下午五点到七点。 ⓬ 豕（shǐ）：猪。 ⓭ 六一泥：道家炼丹用以封炉的一种泥。晋葛洪《抱朴子·内篇》：“用雄黄水、矾石水、戎盐、卤盐、礜石、牡蛎、赤石脂、滑石、胡粉，各数十斤，以为六一泥。” ⓮ 梵字：古印度文字。 ⓯ 诘朝：第二天早晨。 ⓰ 中使：宫中派出的使者。多指宦官。 ⓱ 便殿：正殿以外的别殿，古时帝王休息消闲之处。 ⓲ 太史：职官名。掌记载史事、编写史书，兼管国家典籍和天文历法等。 ⓳ 祥：吉凶的预兆。 ⓴ 禳：向鬼神祈祷以消除灾殃。 ㉑ 后魏：亦称北魏、拓跋魏、元魏。北朝之一。鲜卑族拓跋珪自立为代王，国号魏。为区别于以前之三国魏，故史称后魏。 ㉒ 荧惑：古指火星。因隐现不定，令人迷惑，故名。 ㉓ 帝车：即北斗星。 ㉔ 陨：降落。 ㉕ 葬枯：掩埋枯骨。系：拘囚。这里指囚犯。 ㉖ 瞋心：佛教语。忿怒怨恨的意念。 ㉗ 大赦天下：国家依法对罪犯减轻或免除刑罚。 ㉘ 之：许本作“也”，今据汲古阁本、《四部丛刊》本改。

【原 文】

永贞年[1]，东市百姓王布[2]，知书，藏镪千万[3]，商旅多宾之[4]。有女，年十四五，艳丽聪悟，鼻两孔各垂息肉[5]，如皂荚子[6]，其根如麻线，长寸许，触之，痛入心髓。其父破钱数百万治之，不差[7]。忽一日，有梵僧乞食[8]，

【译 文】

永贞年间，长安东市有一位叫王布的百姓，知书达理，家财万贯，商人们都敬他为上宾。王布有一个女儿，十四五岁，美丽聪慧，只是她的两个鼻孔各长了一条形如皂荚子的息肉，息肉的根细如麻线，长一寸多，轻轻一碰就痛入心髓。王布花费数百万钱为她治疗，也没治好。忽然有一天，有位梵僧前来化缘，趁机问王布：“听说您女儿有怪病，让我看看，我能治

因问布："知君女有异疾，可一见，吾能止之。"布被问大喜，即见其女。僧乃取药，色正白，吹其鼻中。少顷，摘去之，出少黄水，都无所苦。布赏之百金，梵僧曰："吾修道之人，不受厚施，唯乞此息肉。"遂珍重而去，行疾如飞。布亦意其贤圣也。计僧去五六坊[9]，复有一少年，美如冠玉[10]，骑白马，遂扣其门曰："适有胡僧到无？"布遽延入，具述胡僧事。其人吁嗟不悦[11]，曰："马小踠足[12]，竟后此僧。"布惊异，诘其故，曰："上帝失乐神二人[13]，近知藏于君女鼻中。我天人也[14]，奉帝命来取，不意此僧先取之，当获谴矣[15]。"布方作礼，举首而失。

好。"王布听他这么一说，非常高兴，立即让女儿出来见僧人。僧人取出一种纯白色的药末，吹进王布女儿的鼻孔中。不一会儿，就摘去息肉，鼻孔中出了一点黄水，病人毫无痛感。王布赏给僧人一百两黄金，梵僧说："我是修道之人，不接受丰厚的财物，只要这两块息肉。"梵僧于是把息肉珍藏好，行走的速度像飞一样快。王布猜想这位僧人肯定是佛或菩萨。估计梵僧走过五六条街道后，又有一位骑着白马、貌美如玉的少年来敲王布家的门，说："刚才有没有胡僧来过？"王布急忙把少年请进屋，向他讲述刚才发生的事。那个少年叹了口气，很不高兴地说："我的马稍扭伤了蹄子，竟然落在这个梵僧后面。"王布很吃惊，就问其中原因，少年说："天帝走失了两名乐神，近来才知道他们二人藏在您女儿的鼻孔中。我是天上的神仙，奉天帝之命前来捉拿他们，不想被这梵僧先取走了，我定当受到责罚。"王布刚要向他行礼，抬头间少年就不见了。

注释

❶ 永贞：唐顺宗李诵年号。 ❷ 东市：唐长安城朱雀门街东。 ❸ 镪(qiǎng)：成串的钱。 ❹ 宾：礼敬。 ❺ 息肉：增生组织团块或肉瘤。 ❻ 皂荚：皂角。落叶乔木。 ❼ 差（chài)：同"瘥"，病愈。 ❽ 梵僧：古时泛称域外来华的僧侣。 ❾ 坊：古代把一个城邑划分为若干区，通称为坊。 ❿ 冠

玉：本指装饰帽子的美玉，后多用来形容美貌男子。⑪吁嗟：哀叹，叹息。⑫踠足：足部扭伤。⑬上帝：天帝。乐神：传说中的司乐之神。⑭天人：仙人，神人。⑮谴：责罚。

【原文】

长庆中[1]，八月十五夜，有人玩月[2]，见林中光属天如匹布[3]。其人寻视之，见一金背虾蟆，疑是月中者。工部员外郎张周封尝说此事[4]，忘人姓名。

【译文】

长庆年间，八月十五晚上有人在外赏月，看见树林中有一道光直射夜空，犹如一匹白练。那个人前往察看，只见林中伏着一只金背虾蟆，怀疑它就是月中的蟾蜍。工部员外郎张周封曾说过这件事，但忘了那人的姓名。

注释

❶长庆：唐穆宗李恒年号。❷玩月：赏月。❸属（zhǔ）：连接。❹工部员外郎：职官名。掌城池土木工程建筑之事。张周封：字子望。吴县（今江苏苏州）人。西川节度使李德裕辟为泾州从事，试协律郎。历补阙，长庆中官工部员外郎。

【原文】

太和中[1]，郑仁本表弟，不记姓名，常与一王秀才游嵩山[2]，扪萝越涧[3]，境极幽敻[4]，遂迷归路。将暮，不知所之。徙倚间[5]，忽觉丛中鼾

【译文】

太和年间，郑仁本有个表弟，忘记了他的姓名，曾经与一位姓王的秀才游嵩山，他们二人攀援藤蔓跨越山涧，所到之处幽深隐僻，因而迷失了归路。天将黑，不知该到什么地方去。正犹豫徘徊时，忽然听到草丛中有熟睡时发出的

睡声，披蓁窥之[6]，见一人布衣，衣甚洁白，枕一襆物[7]，方眠熟。即呼之曰："某偶入此径，迷路，君知向官道否[8]？"其人举首略视，不应，复寝。又再三呼之，乃起坐，顾曰："来此。"二人因就之，且问其所自。其人笑曰："君知月乃七宝合成乎[9]？月势如丸，其影，日烁其凸处也。常有八万二千户修之，予即一数。"因开襆，有斤凿数事[10]，玉屑饭两裹[11]，授与二人，曰："分食此，虽不足长生，可一生无疾耳。"乃起，与二人指一支径："但由此，自合官道矣。"言已，不见。

鼾声，拨开荆棘偷偷一看，看见一人身穿洁白的布衣，枕着一个包袱，刚刚睡熟。二人将他叫醒，问道："我俩偶然来到此地，迷失了归路，您知道大道朝哪里走吗？"那人抬头看了一眼，没说话，又睡了。两人再三呼叫，那人才坐起身，转过头来说："来这里。"二人于是走上前去，并问他来自哪里。那人笑着说："你们知道月亮是由七种宝物合成的吗？月亮的形状像个圆球，上面的阴影是其表面凹凸不平，反射了太阳光的缘故。日常有八万二千人修凿月亮，我就是其中一人。"说着，打开包袱，里面有斧子和凿子等工具，还有两团玉屑饭，那人把玉屑饭送给两人说："你俩分着吃玉屑饭，虽然不能长生不老，但可保一生没有疾病。"说着，站起身来，给二人指了一条小路说："只要顺着这条路走，就能走到大路上了。"说完，人就不见了。

注释

❶ 太和：亦作"大和"。唐文宗李昂年号。 ❷ 嵩山：在今河南登封境内，五岳之"中岳"。 ❸ 扪萝：攀援藤蔓。 ❹ 幽敻（xiòng）：幽深，深邃。 ❺ 徙倚：徘徊，来回地走，逡巡。 ❻ 蓁：丛生之草木。 ❼ 襆：同"幞"，包袱。 ❽ 官道：大路。 ❾ 七宝：佛教语。七种王者之宝。 ❿ 斤凿：斧头和凿子。 ⓫ 玉屑饭：仙人的食物。玉屑：玉的碎末。

前集卷二

玉格

【原 文】

道列三界诸天[1]，数与释氏同[2]，但名别耳[3]。三界外曰四人境[4]，谓常融、玉隆、梵度、贾奕四天也。四人天外曰三清[5]，大赤、禹余、清微也。三清上曰大罗[6]。又有九天波利等九名[7]。

【译 文】

道教所说三界诸天，数量与佛教相同，只是名称不同而已。三界之外是四人境，说的是常融、玉隆、梵度、贾奕四天。四人天之外是三清，即大赤、禹余、清微三胜境。三清之上是大罗天。又有波梨答惒天等九天之说。

注 释

❶ 三界：佛教把世俗世界分为欲界、色界、无色界。诸天：佛教语。指护法众天神。 ❷ 释氏：佛教。 ❸ 但名别耳：只是名称不同而已。 ❹ 四人境：即四民天。道教中高于三界的天界。 ❺ 三清：道教所指玉清、上清、太清三清境。 ❻ 大罗：即大罗天。道教最高之天，位于三清之上。 ❼ 九天：指神仙所治的九重天界。波利：即第九天“波梨答惒天”的简称。

【原 文】

天圆十二纲[1]，天纲运关[2]，

【译 文】

上天圆浑有十二纲，天纲绕北

三百六十转为一周，天运三千六百周为阳孛[3]。地纪推机[4]，三百三十转为一度，地转三千三百度为阴蚀。天地相去四十万九千里，四方相去万万九千里。

极星，运转三百六十转为一周，运行三千六百周就会发生阳孛。地轴运行，运转三百三十转为一度，运转三千三百度就会发生阴蚀。天地相距四十万九千里，四方相距一亿九千里。

注释

❶ 纲：纲柄，纲维。 ❷ 关：天关。 ❸ 阳孛（bèi）：指天之阳气运转九千九百周之后，激荡迭变，亢阳为灾，阴阳失调，从而导致整个世界产生毁灭性的灾难。 ❹ 地纪推机：道经所说的地轴运行周期，传说地轴位于九泉之下，由水流推动运行。

【原 文】

名山三百六十，福地七十二[1]，昆仑为天地之齐[2]。又九地、三十六土、八溟仙宫[3]，言冥谪阴者之所。

【译 文】

天下共有三百六十座名山，七十二处福地，昆仑山为天地枢纽。又有九地、三十六土、八溟仙宫这些名称，传说是冥界放逐阴魂的地方。

注释

❶ 福地七十二：道教洞天福地系统，有十大洞天、三十六小洞天、七十二福地。 ❷ 昆仑为天地之齐：传说昆仑山是天地的肚脐。齐：通“脐”。 ❸ 九地、三十六土：九泉之下，阴曹三涂，地之最深处。就是九垒、三十六地，传说中冥界的一种分层方式，共分三十六层，每层有一位“土皇”分治。

【原 文】

有罗酆山[①]，在北方癸地，周回三万里，高二千六百里。

【译 文】

有罗酆山，在北方癸地，四周有三万里，高二千六百里。

注 释

❶ 罗酆（fēng）山：道教传说中的仙山。谓山上有六天鬼神主断人间的生死祸福。

【原 文】

洞天六宫[①]，周一万里，高二千六百里，是为六天[②]，鬼神之宫。

【译 文】

罗酆山有洞天六宫，四周有一万里，高二千六百里，这是六天中鬼神的宫殿。

注 释

❶ 洞天六宫：泛指人死后的鬼神世界。 ❷ 六天：指统领酆都的鬼神，亦代指鬼神世界。

【原 文】

六天，一曰纣绝阴天宫，二曰泰煞谅事宫，三曰明辰耐犯宫，四曰恬照罪气宫，五曰宗灵

【译 文】

六天鬼神之宫，第一宫名为纣绝阴天宫，第二宫名为泰煞谅事宫，第三宫名为明辰耐犯宫，第四宫名

七非宫，六曰敢司连苑宫。人死皆至其中，人欲常念六宫名。空洞之小天，三阴所治也[①]。又耐犯宫主生，纣绝天主死。祸福续命，由恬照第四天鬼官北斗君所治[②]，即七辰北斗之考官也。项梁城《酆都宫颂》曰："纣绝标帝晨[③]，谅事构重阿[④]。炎如霄汉烟，勃如景耀华[⑤]。武阳带神锋，恬照吞清河。阊阖临丹井[⑥]，云门郁嵯峨[⑦]。七非通奇灵，连苑亦敷魔[⑧]。六天横北道，此是鬼神家。"凡有二万言，此唯天宫名耳。夜中微读之，辟鬼魅。

为恬照罪气宫，第五宫名为宗灵七非宫，第六宫名为敢司连苑宫。人死后，灵魂都会到这六宫里，人经常念诵六天的宫名，则鬼祟不侵。空洞小天，由三阴所掌管。另外，明辰耐犯宫主生，纣绝阴天宫主死。祸福续命之事，由第四宫恬照罪气宫的鬼官北斗君掌管，北斗君就是七辰北斗的考官。项梁城《酆都宫颂》写道："纣绝标帝晨，谅事构重阿。炎如霄汉烟，勃如景耀华。武阳带神锋，恬照吞清河。阊阖临丹井，云门郁嵯峨。七非通奇灵，连苑亦敷魔。六天横北道，此是鬼神家。"这篇文章共有两万字，这里只是记录六天宫名而已。夜里轻声诵读六宫名，便可驱除鬼魅。

注释

❶ 三阴：传说，三阴者，五帝之三官，主管罪人之死生。 ❷ 北斗君：又称北斗星君。主管死事的最高神。 ❸ 帝晨：帝星。 ❹ 构重阿：修建起高大的宫殿。阿：宫室宗庙四角翘起来的屋檐，代指宫殿。 ❺ 勃：盛。景耀华：七曜的光芒。景耀：指七曜。 ❻ 阊阖：天宫之门。丹井：炼丹取水的井。 ❼ 云门：高大的楼阁。嵯峨：高峻的样子。 ❽ 敷：通"伏"。降伏。

【原 文】

酆都稻[1]，名重思，其米如石榴子，粒稍大，味如菱[2]。杜琼作《重思赋》曰[3]："霏霏春暮[4]，翠矣重思。灵气交被，嘉谷应时[5]。"

【译 文】

罗酆山的水稻，名叫重思，稻米像石榴籽，但是略大些，味道很像菱角。杜琼作《重思赋》，写道："霏霏春暮，翠矣重思。灵气交被，嘉谷应时。"

注 释

❶ 酆都：即罗酆山。 ❷ 菱：菱角。 ❸ 杜琼：字伯瑜。蜀郡成都（今属四川）人。少受学于任安，精究图谶之术。 ❹ 霏霏：指雨雪之密。 ❺ 嘉谷：古以粟（小米）为嘉谷，后为五谷的总称。应时：适应时令。

【原 文】

夏启为东明公[1]，文王为西明公[2]，邵公为南明公[3]，季札为北明公[4]，四明主领四方鬼。至忠至孝之人，命终皆为地下主者，一百四十年乃授下仙之教，授以大道。有上圣之德，命终受三官书为地下主者，一千年乃转三官之五帝[5]，复一千四百年方得游行太清[6]，为九宫之中仙。又有为善爽鬼、三官清鬼者，或先世有功在三官，流逮后嗣[7]，或易世练

【译 文】

夏启是东明公，周文王是西明公，邵公是南明公，季札是北明公，这四明公分管四方的鬼。至忠至孝的人，死后皆得为鬼官，一百四十年后被传授下仙的教义，得授大道。具有上圣之德的人，死后接受三官手书而成为地下主者，一千年之后就转为三官之五帝，再过一千四百年才能漫游太清胜境，成为九宫的中仙。又有做善爽鬼、三官清鬼的，要么祖先有功于三官，功德延及子孙，要么下一代修炼化育，再世为人，这是祖先七世阴德

化[8]，改氏更生，此七世阴德，根叶相及也。命终，当道遗脚一骨以归三官，余骨随身而迁[9]，男左女右，皆受书为地下主者，二百八十年乃得进受地仙之道矣[10]。

荫及子孙。死的时候，会留下一根脚骨归于三官，其余的骨头随着遗体就迁化了，男的留左脚骨，女的留右脚骨，都接受三官手书成为地下主者，二百八十年后就能达到地仙的阶位了。

注释

❶夏启：姒（sì）启，禹之子。于禹死后继位，开创君主世袭制。 ❷文王：即周文王姬昌。其子周武王伐纣灭商，建立周朝。 ❸邵公：即召公姬奭（shì）。周武王之臣，因封地在召，故名。 ❹季札：春秋时吴王寿梦之子。❺三官：道教所奉的神。天官、地官、水官三帝的合称。传说天官赐福，地官赦罪，水官解厄。五帝：道教神祇，分别为青帝、赤帝、黄帝、白帝、黑帝。 ❻游行：漫游。太清：三清之一。道教谓道德天尊所居之地。 ❼流逮：延及，波及。 ❽练化：修炼化育。 ❾迁：迁化，迁移。 ❿地仙：道教认为住在人间的仙人。

【原文】

炎帝甲为北太帝君[1]，主天下鬼神。《三元品戒》《九真明科》《九幽章》皆律也[2]，连宛泉曲、泰煞九幽、云夜、九都、三灵、万掠、四极、九科，皆治所也。三十六狱，流沙赤等号。溟泠狱[3]，北岳狱也。又二十四狱，有九平、元正、女青、河伯等号。

【译文】

炎帝甲是北太帝君，主管天下鬼神。《三元品戒》《九真明科》《九幽章》都是地府的规章戒律，连宛泉曲、泰煞九幽、云夜、九都、三灵、万掠、四极、九科，都是地府所在地。三十六狱中，有流沙赤等名号。溟泠狱，是北岳地狱。又有二十四地狱，有九平、元正、女青、河伯等名号。人犯了五千恶

人犯五千恶为五狱鬼，六千恶为二十八狱囚，万恶乃堕薜荔狱也[④]。

行打入五狱为鬼，犯了六千恶行就打入二十八狱为囚，犯了万恶就会堕入薜荔狱。

注释

❶ 炎帝甲：特指阪泉之战败给黄帝的一任炎帝，而非更古老的神农炎帝。❷《三元品戒》：即《太上洞玄灵宝三元品戒功德轻重经》。主要记罗酆山三元宫督察三界神仙的种种规章戒律。《九真明科》：即《太上九真明科》，又名《玄都九真明科》。主要记修道者的九种罪过。《九幽章》：疑即《太上慈悲九幽拔罪忏》。 ❸ 溟泠（mínglíng）狱：地狱名。 ❹ 薜荔（bìlì）："薜荔多"的简称，指饿鬼。

【原 文】

罪簿有黑录、白簿、赤丹编简。刑有搪蒙山石副太山、搪夜山石塞河源[①]，及西津水寘东海[②]，风刀，电风，积夜河。

【译 文】

记录罪恶的簿册有黑簿、白簿、红色编简。地府刑罚有担运蒙山石去垒积泰山，担运夜山石去填塞黄河源头，汲引西津水以填东海，受千刀万剐、雷轰电击，填塞积夜河。

注释

❶ 搪：或应为"摙"，担运。太山：泰山。 ❷ 及：通"汲"，汲引。寘：通"填"，填塞。

【原 文】

鬼官有七十五品[①]。仙位有九太帝[②]，二十七天君[③]，一千二百仙官[④]，二万四千灵司，三十二司命。三品、九品、七城、九阶、二十七位、七十二万之次第也[⑤]。

【译 文】

鬼官有七十五种品级。仙位有九太帝，二十七天君，一千二百仙官，二万四千灵司，三十二司命。有所谓三品、九品、七域、九阶、二十七位、七十二万的次序。

注 释

❶品：品类，品级。 ❷太帝：天帝。道教神仙谱系中的高位天神。 ❸天君：道教神仙名称。原指主持祭天神仪式的人，道教用以指称雷部诸神。 ❹仙官：天庭中有官爵的神仙。 ❺七城：或为“七域”，指修仙的七种境界。次第：次序。

【原 文】

老君西越流沙[①]，历八十一国，乌弋、身毒为浮屠[②]，化被三千国[③]。有《九万品戒经》，汉所获大月支《复立经》是也[④]。孔子为元宫仙。

【译 文】

老子西行穿越流沙之地，足迹遍布八十一个国家，在乌弋、身毒国等地，化身佛陀，教化泽被三千个国家。有《九万品戒经》，即汉朝时从大月氏国传入中土的《复立经》。孔子为元宫仙。

注 释

❶老君：即为老子，姓李，名耳，又名老聃。道家学派创始人。汉代以后，

被神化为道教教祖，称为“太上老君”。 ❷ 乌弋：又称乌弋山离，西域古国名。在今阿富汗境内。身毒：古印度别称。浮屠：梵文音译，也作“浮图”，即佛陀，佛教徒。后来也称佛塔为浮屠。 ❸ 化：教化，化育。 ❹ 大月支：也作大月氏（zhī）。秦至汉初游牧于今甘肃河西走廊一带。西汉文帝初年，遭匈奴攻击，被迫西迁，过大宛，西击大夏，使之臣服，并在今阿姆河上游建立政权，史称大月氏。

【原 文】

佛为三十三天仙，延真宫主，所为道在竺乾[1]，有古先生[2]，善入无为[3]。

【译 文】

佛陀为三十三天仙，亦为延真宫主，所传之道来自天竺。有位古先生，善以道法入无为之境界。

注 释

❶ 竺乾：古印度的别称。 ❷ 古先生：指老子。 ❸ 无为：道家主张清静虚无，顺应自然。

【原 文】

《释老志》亦曰[1]：“佛于西域得道[2]。”陶胜力言[3]：“小方诸国多奉佛[4]，不死，服五星精[5]，读《夏归藏》[6]，用之以飞行也。藏经，菩萨戒也[7]。”

【译 文】

《魏书·释老志》说：“佛在西域得道开悟。”陶弘景说：“小方诸国大都信奉佛教，以求长生不死，又服用五星精华，读《夏归藏》经，学习书中法术用来飞行。《夏归藏》经，就是大乘菩萨所受持之戒律。”

注释

❶《释老志》：即《魏书·释老志》，北齐魏收撰。全志分佛、道两大部分，为中国历史上作释道史志的开始。 ❷西域：汉以来对玉门关以西、葱岭以东地区的总称。 ❸陶胜力：即陶弘景，字通明，自号华阳隐居，谥贞白先生。丹阳秣陵（今江苏南京）人。南朝齐梁时道教学者、炼丹家、医药学家。著有《真灵位业图》《真诰》等道书，晚年受佛教五大戒，主张儒、释、道三教合流，认为百法纷凑，无越三教之境。 ❹小方诸国：神仙所居之国。 ❺五星精：金、木、水、火、土五星之精华。 ❻《夏归藏》：一部菩萨戒经。 ❼菩萨戒：大乘佛教中菩萨所受持之戒律。

【原文】

方诸山在乙地①。

【译文】

方诸山在东方。

注释

❶乙地：东方。

【原文】

太极真仙中①，庄周为闱编郎②。八十一戒，千二百善，入洞天。二百三十戒，二千善，登山上灵官③。万善，升玉清④。

【译文】

太极真仙中，庄周为闱编郎。持守八十一戒，行善一千二百件，由此进入洞天福地。持守二百三十戒，行善两千件，由此升为山上灵官。行善一万件，升入玉清胜境为仙。

注释

❶ 太极：古代哲学家用以称最原始的混沌之气。谓太极运动而分化出阴阳，由阴阳而产生四时变化，继而出现各种自然现象，是宇宙万物之本原。 ❷ 庄周：名周，宋国蒙（今河南商丘）人。战国思想家、哲学家、文学家，道家学派代表人物，与老子并称“老庄”。据传庄子尝隐居南华山，故唐玄宗天宝初诏封其为南华真人，《庄子》一书亦因之被奉为《南华真经》。闱编郎：相当于人间的校书郎、修撰之类，为做文字、修史工作的低阶文官。闱编，即韦编，用绳子编连书简。 ❸ 灵官：仙官。 ❹ 玉清：道家三清境之一，为元始天尊所居。

【原文】

名在琼简者①，白志见腹②；名在箓籍者③，目有绿筋；名在金赤书者④，阴有伏骨⑤；名在琳札青书者⑥，胸有偃骨⑦；名在方诸者，掌理回菌⑧。有前相，皆上仙也，可不学，其道自至。其次鼻有玄山⑨，腹有玄丘，亦仙相也。或口气不洁，性耐秽，则坏玄丘之相矣。

【译文】

名字在琼简的人，腹部长有白痣；名字在箓籍的人，眼中布满绿色血管；名字在金赤书的人，阴部有伏骨；名字在琳札青书的人，胸部有偃骨；名字在方诸的人，手掌的纹理盘曲回旋。有前述异相的人，都是上仙，可以不必修炼，仙道自然而来。其次，鼻子上有黑痣，腹部有黑痣，也都是仙人之相。假如有口臭，习惯肮脏污秽，就会破坏神仙骨相。

注释

❶ 琼简：玉简。 ❷ 志：通“痣”。 ❸ 箓籍：指的是道教的秘文与仙人的名籍。 ❹ 金赤书：指道家仙书。 ❺ 伏骨：指仙骨。 ❻ 琳札：道士斋醮所

写的表章。❼偃骨：仙骨。道教称名字上了仙册的人，胸间必有偃骨。❽回菌：盘曲螺旋貌。❾玄山：黑痣。

【原 文】

五脏、九宫、十二室、四支、五体、三焦、九窍、百八十机关、三百六十骨节[①]，三万六千神随其所而居之[②]。魂以精为根，魄以目为户。三魂可拘[③]，七魄可制[④]。庚申日[⑤]，伏尸言人过[⑥]。本命日[⑦]，天曹计人行[⑧]。三尸一日三朝[⑨]：上尸青姑，伐人眼；中尸白姑，伐人五脏；下尸血姑，伐人胃命。亦曰玄灵[⑩]。又曰：一居人头中，令人多思欲，好车马，其色黑；一居人腹，令人好食饮，恚怒[⑪]，其色青；一居人足，令人好色，喜煞[⑫]。七守庚申三尸灭[⑬]，三守庚申三尸伏。

【译 文】

人体五脏、九宫、十二室、四肢、五体、三焦、九窍、一百八十个器官、三百六十根骨节，总共寄居着三万六千鬼神。魂以精为根本，魄以眼睛为门户。三魂可以拘制，七魄可以制御。庚申日，七魄中的伏矢会向天帝告发人的罪过。本命日，天曹计算人的功过。三尸每天三朝：上尸青姑，损人眼睛；中尸白姑，损人五脏；下尸血姑，损人胃部。三尸，也叫作玄灵。有人说，三尸其一位于人的头部，让人产生欲望，贪恋高车大马，颜色是黑色；其二位于人的腹部，让人贪恋美食，性易怒，颜色是青色；其三位于人的脚部，让人贪恋女色，接近恶鬼。七守庚申，三尸就会灭绝；三守庚申，三尸就会被制伏。

注释

❶五脏：指心、肝、脾、肺、肾五种器官。九宫：人体九个部位，有脑部九宫和脏腑九宫。十二室：即十二宫，人的面部据以测算祸福命运的十二个部位。

四支：即四肢。五体：筋、脉、肌肉、皮毛、骨。三焦：指食道、胃、肠等部分，分上、中、下三焦，属于六腑。九窍：指人体的两眼、两耳、两鼻孔、口、前阴尿道和后阴肛门。机关：比喻人体器官。❷三万六千神：据说人体内有三万六千神灵，会将寄主所有善恶举动报知天、地、水三官。❸三魂：道家谓人有三魂。一曰爽灵，二曰胎光，三曰幽精。❹七魄：道家谓人有七魄，各有名目。第一魄名尸狗，第二魄名伏矢，第三魄名雀阴，第四魄名吞贼，第五魄名非毒，第六魄名除秽，第七魄名臭肺。❺庚申日：天干地支计日。庚为天干的第七位，申为地支的第九位。❻伏尸：即七魄中的“伏矢”。❼本命日：与人出生之年干支相同之日。❽天曹：仙官。❾三尸：道家称在人体内作祟的神有三，叫“三尸”或“三尸神”，每于庚申日向天帝呈奏人的过恶。❿玄灵：神灵。⓫恚怒：愤怒。⓬煞：恶鬼。⓭守庚申：道教中的一种修行方法，通过在特定的庚申日彻夜不眠，以消除体内的“三尸”。

【原 文】

仙药有：钟山白胶、阆风石脑、黑河珊瑚、太微紫麻、太极井泉、夜津日草、青津碧荻、圆丘紫柰、白水灵蛤、八天赤薤、高丘余粮、沧浪青钱、三十六芝、龙胎醴、九鼎鱼、火枣交梨、凤林鸣醅、中央紫蜜、崩岳电柳、玄都绮葱、夜牛伏骨、神吾黄藻、炎山夜日、玄霜绛雪、环刚树子、赤树白子、徊水玉精、白琅霜、紫浆、月醴、虹丹、鸿丹①。

【译 文】

仙药有：钟山白胶、阆风石脑、黑河珊瑚、太微紫麻、太极井泉、夜津日草、青津碧荻、圆丘紫柰、白水灵蛤、八天赤薤、高丘余粮、沧浪青钱、三十六芝、龙胎醴、九鼎鱼、火枣交梨、凤林鸣醅、中央紫蜜、崩岳电柳、玄都绮葱、夜牛伏骨、神吾黄藻、炎山夜日、玄霜绛雪、环刚树子、赤树白子、徊水玉精、白琅霜、紫浆、月醴、虹丹、鸿丹。

注释

❶ 钟山：神话传说中的山名。地处极北，为苦寒之地。白胶：又名鹿角胶。鹿乃仙兽纯阳之物，治劳伤羸瘦。阆风：山名，位于昆仑山的山巅，相传为仙人所居。石脑：钟乳石的一种。太微：古代星官名。三垣之一。位于北斗之南，轸、翼之北，大角之西，轩辕之东。诸星以五帝座为中心，作屏藩状。虹丹：仙丹名。

【原文】

药草异号[1]：丹山魂——雄黄[2]，青要女——空青[3]，灵华泛腴——薰陆香[4]，北帝玄珠——消石[5]，东华童子——青木香[6]，五精金羊——阳起石[7]，流丹白膏——胡粉[8]，亭灵独生——鸡舌香[9]，倒行神骨——戎盐[10]，白虎脱齿——金牙石，九灵黄童——石流黄，陆虚遗生——龙骨[11]，章阳羽玄——白附子，绿伏石母——慈石，绛晨伏胎——茯苓，七白灵蔬——薤白华（一名守宅，一名家芝，凡二十四名），伏龙——李，苏牙——树。

【译文】

药草的别名：丹山魂——雄黄，青要女——空青，灵华泛腴——薰陆香，北帝玄珠——消石，东华童子——青木香，五精金羊——阳起石，流丹白膏——胡粉，亭灵独生——鸡舌香，倒行神骨——戎盐，白虎脱齿——金牙石，九灵黄童——石流黄，陆虚遗生——龙骨，章阳羽玄——白附子，绿伏石母——慈石，绛晨伏胎——茯苓，七白灵蔬——薤白华（一名守宅，一名家芝，凡二十四名），伏龙——李，苏牙——树。

注释

❶ 异号：别名。 ❷ 雄黄：别名石黄、黄石。为含硫化砷的矿石。 ❸ 空青：俗称孔雀石。 ❹ 薰陆香：即乳香。 ❺ 消石：即硝石。 ❻ 青木香：又

名蜜香、木香。可入药。 ❼ 阳起石：亦称羊起石，闪石族矿物的一种。柱状或纤维状结晶，绿色、灰绿色或白色，有光泽。 ❽ 胡粉：即铅粉。 ❾ 鸡舌香：即丁香。 ❿ 戎盐：即岩盐。因产于戎地，故名。 ⓫ 龙骨：上古象、犀等骨趾化石。

【原文】

图籍有符图七千章[①]：《雌一玉检》《四规明镜》《五言经》《柱中经》《飞龟帙》《飞黄子经》《鹿庐蹻经》《含景图》《卧引图》《菌芝图》《木芝图》《大隗新芝图》《牵牛经》《玉珍记》《腊成记》《玉案记》《丹台经》《日月厨食经》《金楼经》《三十六水经》《中黄经》《文人经》《协龙子记》《鹿台经》《玉胎经》《官氏经》《凤纲经》《六阴玉女经》《白虎七变经》《九仙经》《十上化经》《胜中经》《百守摄提经》《步三纲六纪经》《白子变化经》《隐首经》《入军经》《泉枢经》《赤甲经》《金刚八叠录》。

【译文】

道家图书典籍有符箓和图谶七千章：《雌一玉检》《四规明镜》《五言经》《柱中经》《飞龟帙》《飞黄子经》《鹿庐蹻经》《含景图》《卧引图》《菌芝图》《木芝图》《大隗新芝图》《牵牛经》《玉珍记》《腊成记》《玉案记》《丹台经》《日月厨食经》《金楼经》《三十六水经》《中黄经》《文人经》《协龙子记》《鹿台经》《玉胎经》《官氏经》《凤纲经》《六阴玉女经》《白虎七变经》《九仙经》《十上化经》《胜中经》《百守摄提经》《步三纲六纪经》《白子变化经》《隐首经》《入军经》《泉枢经》《赤甲经》《金刚八叠录》。

注释

❶ 符图：符箓和图谶的合称。

【原 文】

老君母曰玄妙玉女[①]。天降玄黄[②]，气如弹丸[③]，入口而孕。凝神琼胎宫，三千七百年。赤明开运[④]，岁在甲子[⑤]，诞于扶刀盖天西那玉国郁察山丹玄之阿[⑥]。又曰：老君在胎八十一年，剖左腋而生，生而白首。又曰：青帝劫末[⑦]，元气改运，托形于洪氏之胞。又曰：李母本元君也[⑧]，日精入口[⑨]，吞而有孕。三色气绕身，五行兽卫形[⑩]，如此七十二年而生陈国苦县赖乡涡水之阳、九井西李树下[⑪]。具三十六号，七十二名。又有九名，又千二百老君，又曰九天上皇洞真第一君、大千法王、九灵老子、太上真人、天老、玄中法师、上清太极真人、上景君等号。形长九尺，或曰二丈九尺。耳三门，又耳附连环，又耳无轮郭。眉如北斗，色绿，中有紫毛，长五寸。目方瞳[⑫]，绿筋贯之，有紫光。鼻双柱[⑬]，口方，齿

【译 文】

老君的母亲名叫玄妙玉女。上天降下玄黄，形状有如弹丸，飞入玄妙玉女口中，玉女就有了身孕。玉女聚精会神在琼胎宫，孕育了三千七百年。赤明年代开始，时逢甲子年，诞生在扶刀盖天西那玉国郁察山丹玄阿。又说：老君在母腹孕育八十一年，剖开玉女左腋而出生，出生之时就满头白发。又说：东方青帝遭遇劫难，元气改运，托胎于洪氏身体内，生为老子。又说：老君的母亲本是元君，太阳的精华进入她口中，吞下去就有了身孕，之后有三色真气环绕身体，有五行神兽贴身护卫，这样过了七十二年，老君出生在陈国苦县赖乡涡水北岸、九井之西的李树下面。老子有三十六种变化，七十二个化身。又有九个名号，又名千二百老君，又名九天上皇洞真第一君、大千法王、九灵老子、太上真人、天老、玄中法师、上清太极真人、上景君等。老君身长九尺，也有说是高二丈九尺。耳朵有三个耳洞，附有连环，又说他的耳朵没有耳郭。眉毛形如北斗，绿色，中间有长五寸的紫毛。眼睛是方形瞳孔，布满绿色血管，发出紫光。鼻子有两个鼻柱，嘴巴是方形的，共有六十八颗牙齿。下巴好像方形的土丘，脸颊有如横着的土埂，面如真龙，金光隐隐，额头

数六八。颐若方丘[14]，颊如横垄[15]，龙颜金容，额三理[16]，腹三志，项三约，把十蹈五，身绿毛，白血，顶有紫气。

上有三道皱纹，腹部有三颗痣，颈部有三条环形纹理，手掌有十条祥纹，脚踏阴阳五行，全身长满绿毛，血液是白色的，头顶有紫气。

注释

❶ 玄妙玉女：道教称老子的母亲。 ❷ 玄黄：道教丹药名。指称水银和铅合成的丹药。 ❸ 弹丸：形状、大小如弹丸之物。 ❹ 赤明：道教指天地开辟以后用来计时的年号之一。 ❺ 甲子：古代以干支纪日或纪年。甲为十天干之首，子为十二地支之首，干支次第相配，可配成甲子、乙丑、丙寅……癸亥共六十种，统称为“甲子”。 ❻ 阿：山弯。 ❼ 青帝：即东方青帝，五天帝之一。劫：古印度传说世界经历若干万年毁灭一次，而后重新开始，这样一个周期叫作一“劫”。 ❽ 元君：道教对女仙的尊称。 ❾ 日精：太阳的精华。道教认为服食日精可得长生。 ❿ 五行：水、火、木、金、土五种物质，古人认为五行是构成天地万物的基本元素。五行说的要旨是相生相克，相生指木生火、火生土、土生金、金生水、水生木，相克指水克火、火克金、金克木、木克土、土克水。 ⓫ 陈国：周代诸侯国。故址在今河南东南部和安徽北部。涡（guō）水：今涡河。跨河南、安徽两省。源于河南开封一带，流至安徽怀远入淮河。⓬ 方瞳：方形的瞳孔。古人以为长寿之相。 ⓭ 双柱：形容鼻梁宽。 ⓮ 颐：下巴。 ⓯ 垄：土埂。 ⓰ 理：纹理。此指皱纹。

【原 文】

人死，形如生，足皮不青恶，目光不毁，头发尽脱，皆尸解也[1]。白日去曰上解，夜半去曰下解，向晓向暮谓之地

【译 文】

人死之后，形貌如同生前，脚的皮肤不泛青灰色，眼睛仍然有神，头发全部脱落，这都是尸解的症状。白天尸解称作上解，半夜尸解称作下解，接近黎

下主者。太乙守尸[2]，三魂营骨，七魄卫肉，胎灵录气[3]，所谓太阴练形也[4]。赵成子死后五六年[5]，肉朽骨在，液血于内，紫色发外。又曰：若人暂死，适太阴，权过三官，血沉脉散，而五脏自生，白骨如玉，三元惟息，太神内闭，或三年至三十年。

明或黄昏尸解的就是地下主。太乙神守护尸体，三魂营卫骨骼，七魄侍卫肉身，胎神收纳元气，这就是太阴炼形。赵成子死后五六年，肉身腐烂而骨骼完好，血液在体内流动，紫胞结络在外。又说：尸解之人只是暂时死去，元神进入太阴之界，暂过三官，虽血液沉凝，脉息全散，但五脏不死，白骨洁白如玉，三元停止运行，太神内闭，静等元神归来，这一过程或许需三年到三十年。

注释

❶ 尸解：道教认为道士得道后可遗弃肉体而仙去，或不留遗体，只假托一物（如衣、杖、剑）遗世而升天，谓之尸解。 ❷ 太乙：即太一。天神名。 ❸ 胎灵：即胎神。录：纳。 ❹ 太阴练形：道教谓使死者炼形于地下，爪发潜长，尸体如生，久之成道之术。 ❺ 赵成子：西晋年间的修仙者，是上清派初祖南岳夫人魏华存的入室弟子。

【原文】

又曰：白日尸解自是仙，非解尸也[1]。鹿皮公吞玉华而流虫出尸[2]。王西城漱龙胎而死诀[3]，饮琼精而扣棺[4]。仇季子咽金液而臭彻百里[5]。季主服霜散以潜升[6]，而头足异处。墨狄咽虹丹

【译文】

又有一种说法：于白天尸解者都是尸解仙，而不是解尸。鹿皮公服食玉屑而三虫出尸。王西城服用龙胎醴而死别，服食琼精而叩棺。仇季子服食金液神丹得道，尸臭远至百里之外。司马季主服食霜散潜藏飞升，而身首分离。墨翟服食虹丹而投水

而投水[7]。宁生服石脑而伏火[8]。柏成纳气而胃肠三腐[9]。

尸解。宁封子服食石脑而赴火尸解。柏成子吸纳天地灵气而尸解。

注释

❶白日尸解自是仙，非解尸也：此谓尸解仙，由尸解而得道为仙人。道教认为形神相合则乘云驾龙，这是天仙；相离则尸解化质，即尸解仙。 ❷玉华：道教指服食后可延年益寿的玉屑。虫：三虫，道教谓人体内三种作祟之神。❸王西城：也称“西城王君”，即王远，字方平。龙胎：丹药名。 ❹琼精：丹药名。 ❺金液：古代方士炼的一种丹液，谓服之可以成仙。 ❻季主：即司马季主，西汉方士。楚人，长于占卜。霜散：丹药名。潜：潜藏，龙伏而欲动之象。升：飞升。 ❼墨狄：即墨翟，习称“墨子”。相传为宋国人，后长期居于鲁。春秋战国之际思想家，墨家学派创始人，其学在战国时期为显学。虹丹：丹药名。投水：水解，尸解的一种。 ❽宁生：即宁封子。相传为黄帝的陶正，遇神人教以五色烟火法。石脑：钟乳石的一种，丹家认为服之可以轻身延年。伏火：即赴火，火解。 ❾柏成：即柏成子高，传说为尧时高士。胃肠三腐：尸身腐烂，即尸解。

【原文】

句曲山五芝[1]，求之者，投金环二双于石间，勿顾念，必得矣。第一芝名龙仙，食之为太极仙。第二芝名参成，食之为太极大夫。第三芝名燕胎，食之为正一郎中。第四芝名夜光洞草，食之为太清左御史。

【译文】

句曲山有五种灵芝，想要得到的人就把两双金环放在山石间，不要刻意想念，就一定会得到。第一种灵芝名叫龙仙，服食后能成为太极仙。第二种灵芝名叫参成，服食后能成为太极大夫。第三种灵芝名叫燕胎，服食后能成为正一郎中。第四种灵芝名叫夜光洞草，服食后能成为太清左御第五芝名料玉，食之为三官真御史。

史。第五种灵芝名叫料玉，服食后能成为三官真御史。

注释

❶ 句曲（gōuqū）山：即位于今江苏西南部的茅山。道教圣地，道教上清派的发源地，被称为“上清宗坛”。五芝：五种灵芝。

【原文】

真人用宝剑以尸解者[①]，蝉化之上品也[②]。锻用七月庚申、八月辛酉日[③]，长三尺九寸，广一寸四分，厚三分半，杪九寸[④]。名子干，字良非。

【译文】

真人用宝剑来尸解的，是上乘羽化登仙之道。这种宝剑在七月的庚申日、八月的辛酉日进行锻造，剑长三尺九寸，宽一寸四分，厚三分半，剑锋长九寸。此剑名子干，字良非。

注释

❶ 真人：道家称“修真得道”或“成仙”的人。用宝剑以尸解：即剑解。道教尸解法的一种。道士以宝剑解化，被认为是尸解中的“上品”。 ❷ 蝉化：指修道成真或羽化仙去。 ❸ 锻：锻造。 ❹ 杪（miǎo）：末端。此指剑锋。

【原文】

青乌公入华山[①]，四百七十一岁，十二试三不过。后服

【译文】

青乌公隐居华山修炼，历时四百七十一年，做了十二次试炼，有三次试炼

金汋而升太极[2]，以为试三不过，但仙人而已，不得真人位。

没过。后来虽通过服用金汋神丹而升入太极仙境，因为他有三次试炼没过，所以只能成为仙人，不能达到真人之位。

注释

❶青乌公：彭祖弟子，得其师真传，在华阴山中潜心修道。相传前后经十二次试验，历四百七十一年，才得以吸金液升天成仙。行堪舆之术者多以青乌公为风水学鼻祖，后人又将堪舆术称为“青乌之术”。 ❷金汋（zhuó）：道教炼丹术中内丹名。传说用以炼金，服之长生。

【原文】

有傅先生，入焦山七年[1]，老君与之木钻，使穿一盘石，石厚五尺，曰：“此石穴，当得道。”积四十七年，石穿，得神丹。

【译文】

有位傅先生，隐居焦山修炼七年，太上老君给了他一把木钻，让他凿穿一块厚达五尺的盘石，并对他说：“把这块盘石凿出洞，你就可得道成仙。”傅先生累计用时四十七年，终于把盘石凿穿了，在石中得到了神丹。

注释

❶焦山：山名。在江苏镇江东北长江中。相传东汉处士焦光隐居于此，故名。

【原 文】

范零子，随司马季主入常山石室[①]。石室东北角有石匮[②]，季主戒勿开。零子思归，发之[③]，见其家父母大小，近而不远，乃悲思，季主遂逐之。经数载，复令守一铜匮，又违戒，所见如前，竟不得道。

【译 文】

范零子跟随司马季主在常山石室隐居修炼。石室的东北角有一个石柜，司马季主告诫范零子千万不要打开。范零子想念家乡，就打开了石柜，竟在柜中看到了他的父母家人，如真似幻，只是一切都缩小了，于是更加悲伤感念。司马季主知道后就把他赶走了。过了几年，又让他把守一个铜柜，他又违犯了戒令，所见和以前一样，最终没能得道。

注 释

❶ 范零子：司马季主的弟子。常山：即恒山。在今河北曲阳西北，为五岳中的北岳，汉、宋时为避帝名讳改为常山。 ❷ 匮：古同“柜”。 ❸ 发：打开。

【原 文】

卫国县西南有瓜穴[①]，冬夏常出水，望之如练[②]，时有瓜叶出焉。相传苻秦时[③]，有李班者，好道术，入穴中，行可三百步，朗然有宫宇，床榻上有经书。见二人对坐，须发皓白[④]。班前拜于床下。一人顾曰：“卿

【译 文】

卫国县西南有一处瓜洞，冬夏时节常流出水来，远远望去就像是一匹白练，时常有瓜叶顺水漂出。相传在前秦时，有一个叫李班的人，非常喜欢道术，一次进入瓜洞中，走了大概三百步，眼前就豁然开朗，有宫殿矗立眼前，殿内有张床榻，床榻上堆放着经书。只见两个人相对而坐，胡须头发全白了。李班走近床前施礼。其中一个人回头对他说：

可还，无宜久住。”班辞出。至穴口，有瓜数个，欲取，乃化为石。寻故道得还。至家，家人云班去来已四十年矣。

“你回去吧，这里不宜久留。”李班告辞出来。到了洞口，看到有几个瓜。他想摘取，那瓜竟然变成了石头。李班寻找来时旧路，最终得以回家。到家后，家人说：“你这一去一回已经四十年了。”

注释

❶卫国县：古县名。南朝宋侨置，治今山东济南章丘西南。 ❷练：白绢。❸苻（fú）秦：晋时五胡十六国之前秦。为苻氏所建，故称苻秦。 ❹皓白：洁白。

【原文】

长白山[①]，古肃然山也[②]，岘南有钟鸣[③]。燕世[④]，桑门释惠霄者[⑤]，自广固至此岘[⑥]，听钟声，稍前，忽见一寺，门宇炳焕[⑦]，遂求中食[⑧]。一沙弥乃摘一桃与霄[⑨]，须臾又与一桃，语霄曰：“至此已淹留[⑩]，可去矣。”霄出，回头顾，失寺。至广固，见弟子，言失和尚已二年矣。霄始知二桃兆二年矣[⑪]。

【译文】

长白山，就是古时所称的肃然山，山中某峰南麓常有钟声鸣响。南燕时，有个叫释惠霄的僧人，从广固城来到这里，听到钟声，稍往前走，忽然看见一座寺院，门厅轩朗，庙宇华美，惠霄便进入寺内乞求中食。一位沙弥就摘了一个桃子给他，一会儿又给了他一个桃子，并对惠霄说：“你在这里逗留的时间不短了，可以回去了。”惠霄走出寺门，回头一看，整座寺院都不见了。他回到广固城，见到弟子，弟子说师父已经失踪两年了。惠霄这才了悟原来两个桃子预示着两年时光。

注释

❶ 长白山：即今山东邹平西南会仙山。古称长在山，一说肃然山。以山中云气长白，故名。 ❷ 肃然山：在今山东济南莱芜西北六十里。 ❸ 岘（xiàn）：小而险的山。 ❹ 燕（yān）世：此指南燕。鲜卑族慕容德于后燕永康三年（398），在滑台（今河南滑县东南）自立为王，后迁广固城（今山东青州西北）称帝，史称南燕。410 年，为东晋刘裕所灭。 ❺ 桑门："沙门"的别译。指佛教和尚。 ❻ 广固：广固城。在今山东青州西北。 ❼ 炳焕：鲜明华丽。 ❽ 中食：指佛教徒于中午所进斋食。 ❾ 沙弥：梵语音译的略称。初出家的男性佛教徒。 ❿ 淹留：滞留，逗留。 ⓫ 兆：预示。

【原 文】

高唐县鸣石山①，岩高百余仞②。人以物扣岩，声甚清越③。晋太康中④，逸士田宣隐于岩下⑤，叶风霜月，常拊石自娱⑥。每见一人著白单衣，徘徊岩上，及晓方去。宣于后令人击石，乃于岩上潜伺。俄然果来，因遽执袂诘之⑦。自言姓王，字中伦，卫人⑧，周宣王时入少室山学道⑨，比频适方壶⑩，去来经此，爱此石响，故辄留听。宣乃求其养生，唯留一石，如雀卵。初则凌

【译 文】

高唐县的鸣石山，山岩高一百多仞。人们拿东西敲击岩石，声音清脆激越。西晋太康年间，隐士田宣在此隐居，常于微风拂叶、月色如霜之夜，敲击岩石自以为乐。他经常看见一个人身着白色单衣，在山岩上徘徊，到天亮时才离去。田宣就让其他人敲击岩石，自己爬上山岩暗中观察。不一会儿，那位白衣人果然来了，田宣一把拉住他的衣袖，问他是谁。白衣人说自己姓王，字中伦，卫国人，在周宣王时隐居少室山学道，近来经常到方壶山去，来往都经过这里，喜欢听敲击岩石的声音，因此就留下来倾听。田宣向他拜求养生之道，白衣人只给了他一枚麻雀蛋大小的石头。而后，那人告辞离去，凌空百余步后渐渐地被云雾遮住，就不见了。田宣得到这块石

空百余步犹见，渐渐云雾障之。宣得石，含辄百日不饥。

头，含在嘴里一百天不吃东西也不感觉饥饿。

注释

❶高唐县：今属山东。❷仞：古代长度单位。周制八尺、汉制七尺为一仞。❸清越：清脆激越。❹太康：晋武帝司马炎年号。❺逸士：节行高逸之士。指隐士。❻拊（fǔ）石：敲击石磬。泛谓击石。❼执袂（mèi）：拉住衣袖。❽卫：卫国。西周分封的姬姓诸侯国。❾周宣王：即周宣王姬静。少室山：在今河南登封西北，东与太室山相对，上有三十六峰。❿方壶：又名方丈。传说中的神山名。

【原文】

荆州、利水间[1]，有二石若阙[2]，名曰韶石。晋永和中[3]，有飞仙衣冠如雪，各憩一石[4]，旬日而去。人咸见之。

【译文】

荆州至利水之间，有两块巨石夹河对峙，名为韶石。东晋永和年间，有两位仙人飞来，衣服冠帽洁白如雪，各自在一块石头上休息，十天后才离去。当地人都曾看见。

注释

❶荆州：古九州之一。利水：北魏郦道元《水经注》卷三十八载，“东江又西，与利水合。水出县之韶石北山，南流迳韶石下，其高百仞，广圆五里，两石对峙，相去一里，小大略均似双阙，名曰韶石。古老言，昔有二仙，分而憩之，自尔年丰，弥历一纪”。❷阙：神庙、坟墓之前砌立的石雕。这里指二石夹河对峙。❸永和：晋穆帝司马聃年号。❹憩：休息。

【原 文】

贝丘西有玉女山[1]。传云，晋太始中[2]，北海蓬球[3]，字伯坚，入山伐木，忽觉异香，遂溯风寻之[4]。至此山，廓然宫殿盘郁[5]，楼台博敞[6]。球入门窥之，见五株玉树。复稍前，有四妇人，端妙绝世，自弹棋于堂上[7]。见球，俱惊起，谓球曰："蓬君何故得来？"球曰："寻香而至。"遂复还戏。一小者便上楼弹琴，留戏者呼之曰："元晖，何为独升楼？"球树下立，觉少饥，乃舌舐叶上垂露[8]。俄然，有一女乘鹤西至，逆恚曰[9]："玉华，汝等何故有此俗人！王母即令王方平行诸仙室[10]。"球惧而出门，回顾，忽然不见。至家，乃是建平中[11]。其旧居闾舍[12]，皆为墟墓矣。

【译 文】

贝丘西边有座玉女山。相传西晋泰始年间，北海人蓬球，字伯坚，进山砍柴，忽然闻到一股奇异的芳香，于是就迎风寻找香气来源。到了玉女山，只见山势空旷远大，宫殿幽深美盛，楼台宽广。蓬球进入宫殿大门偷看，看见宫门口有五棵玉树。又稍往前走，见到四位妇人，端庄美丽，冠绝当世，正在堂上玩弹棋游戏。她们看见蓬球，都惊讶地站起来，对蓬球说："蓬先生怎么找到这里的？"蓬球回答说："寻找香气来源到这里来的。"她们又坐下继续玩弹棋。其中一位年龄小的女子跑上楼弹琴去了，留下玩棋的三人喊道："元晖，你为什么独自上楼了？"蓬球站在树下，感觉有点饿，就用舌头去舔树叶上的露珠。突然间，有一位女子乘着仙鹤而来，迎面怒道："玉华，你们这里为什么会有俗世之人！王母马上要派王方平巡视各处仙宫了。"蓬球因为害怕而赶紧跑出宫门，回头一看，什么都不见了。回到家，竟然已是建平年间。他的故居和左右邻舍，都已经变成了荒冢废墟。

注 释

❶ 贝丘：古地名。春秋时齐地。在今山东博兴东南。 ❷ 太始：即泰始，晋

武帝司马炎年号。❸北海：即北海郡。西汉景帝中元二年（前148）置，治营陵（今山东昌乐东南）。❹溯风：谓迎着风。❺廓然：空旷远大的样子。盘郁：纡曲美盛的样子。❻博敞：宽广，宽敞。❼弹棋：古代的一种棋戏。二人对局，白黑棋各若干枚（汉十二枚，魏十六枚，唐二十四枚），先放一枚棋子在棋盘的一角，用指弹击对方的棋子，先被击中取尽的就算输。❽舐（shì）：舔。❾逆：迎，迎着。恚（huì）：愤怒，怨恨。❿王母：又称“王母娘娘”“西王母”“金母”“西姥”等，道教诸女仙之首。王方平：名远，字方平。东汉时期东海（今山东兖州）人。仕至中散大夫。相传后学道成仙。⓫建平：后赵石勒年号。⓬闾舍：房屋。

【原文】

晋许旌阳[①]，吴猛弟子也[②]。当时江东多蛇祸[③]，猛将除之。选徒百余人，至高安[④]，令具炭百斤，乃度尺而断之，置诸坛上。一夕，悉化为玉女，惑其徒。至晓，吴猛悉命弟子，无不涅其衣者[⑤]，唯许君独无，乃与许至辽江[⑥]。及遇巨蛇，吴年衰不能制，许遂禹步敕剑登其首[⑦]，斩之。

【译文】

晋朝人许逊，是吴猛的弟子。当时江东地区多蛇患，吴猛打算为民除掉蛇患。他挑选了一百多名徒弟，来到高安，叫人准备好一百斤木炭，按尺寸断好，放置在祭坛上。一天晚上，这些木炭全部变成了美女，前来引诱他的徒弟。到天亮时，吴猛召集所有徒弟，只见除了许逊，其他人的衣服都被染黑了。于是，吴猛和许逊一起渡辽江斩蛇。后来，二人遇见一条巨蛇，吴猛年老气衰，眼看不敌，许逊于是脚踏禹步仗剑登上蛇头，将蛇斩杀。

注释

❶许旌阳：即许逊，字敬之。汝南（今属河南）人。曾任旌阳令，故称

“许旌阳”。他博通经、史，尤好道术，曾拜吴猛为师。道家又称其“许真君”“许天师”。相传，东晋宁康二年（374）在洪州西山，举家四十二口拔宅飞升。❷吴猛：字世云。豫章（今江西南昌）人，或云濮阳（今河南濮阳）人。晋代道士，西山十二真君之一，世称大洞真君。宋徽宗政和年间赐封“神烈真人”。❸江东：古时指长江下游芜湖、南京以东的南岸地区。 ❹高安：县名。今属江西。 ❺涅：黑色。此处指染黑。 ❻辽江：即今江西境内潦河。 ❼禹步：谓跛行。相传夏禹治水积劳成疾，身病偏枯，行走艰难，故称。

【原 文】

孙思邈尝隐于终南山①，与宣律和尚相接②，每来往互参宗旨③。时大旱，西域僧请于昆明池结坛祈雨④，诏有司备香灯⑤，凡七日，缩水数尺。忽有老人夜诣宣律和尚求救，曰：“弟子昆明池龙也。无雨久，匪由弟子⑥。胡僧利弟子脑，将为药，欺天子，言祈雨。命在旦夕，乞和尚法力加护。”宣公辞曰：“贫道持律而已⑦，可求孙先生。”老人因至思邈石室求救，孙谓曰：“我知昆明龙宫有仙方三十首，尔传与予，予将救汝。”老人曰：“此方上帝不许妄传，今急矣，固无所

【译 文】

孙思邈曾经在终南山隐居，与宣律和尚交游，二人经常互相参证教义。当时天下大旱，有位西域僧请求在昆明池边筑坛求雨，皇帝命令有关官员准备香灯。过了七天，天仍未下雨，但昆明池的水位回落了好几尺。忽然，有一位老人于夜晚前来向宣律和尚求救，说：“弟子是昆明池的龙。长时间不下雨，不是我的原因。这个胡僧想得到我的脑子入药，就欺骗皇帝说要求雨，其实是要用妖法弄干池水。我的生命危在旦夕，恳求大师以法力相护。”宣律和尚推辞说：“我只是坚守戒律的和尚而已，并无法力，你可去向孙先生求救。”老人于是到孙思邈的石室求救，孙思邈对他说：“我知道昆明池龙宫里有三十个仙方，你把仙方传给我，我就救你。”老人说：“这些仙方上帝不许随意传授，如今情况危急，实在没法顾

吝。”有顷，捧方而至。孙曰：“尔第还[⑧]，无虑胡僧也。”自是池水忽涨，数日溢岸，胡僧羞恚而死[⑨]。孙复著《千金方》三十卷，每卷入一方，人不得晓。及卒后，时有人见之。

惜了。”过了一会儿，老人捧着仙方来了。孙思邈说：“你只管回去，不用怕那胡僧。”从此，昆明池水突然上涨，几天时间就溢出了池岸，胡僧羞怒攻心死掉了。孙思邈又撰写《千金方》三十卷，每卷里都藏着龙宫的一个仙方，外人无从知晓。等到他去世后，还不时有人见到他。

注释

❶ 孙思邈：京兆华原（今属陕西铜川）人。唐医药学家，被后人尊称为“药王”。著有《千金要方》《千金翼方》等。终南山：位于今陕西西安。道教圣山，有“洞天之冠”和“天下第一福地”的美称。 ❷ 宣律和尚：即释道宣，俗姓钱，丹徒（今江苏镇江）人，一说长城（今浙江长兴）人。南山律宗创始人。著有《广弘明集》等。相接：相交，交游。 ❸ 宗旨：宗教教义。❹ 昆明池：古湖名。西汉元狩三年（前120）开凿，在今陕西西安西南斗门镇东南。凿之一为解决长安水源不足的困难，一为训练水军以备对昆明国作战。唐太和后干涸，宋以后湮为农田。 ❺ 香灯：祭堂所设的灯。 ❻ 匪：同“非”。 ❼ 贫道：僧道自称的谦辞。晋、南北朝时，僧人自称贫道。唐以后僧人改称贫僧，道士谦称“贫道”。持律：犹持戒。 ❽ 第：只管，尽管。 ❾ 羞恚：指羞愧又恼怒。

【原文】

玄宗幸蜀，梦思邈乞武都雄黄[①]，乃命中使赍雄黄十斤[②]，送于峨眉顶上[③]。中

【译文】

玄宗因安史之乱到了蜀地，梦见孙思邈向他求赐武都雄黄，于是就让中使带着十斤雄黄，送往峨眉山顶。中使还

使上山未半，见一人，幅巾被褐[4]，须鬓皓白[5]，二童青衣丸髻夹侍[6]，立屏风侧，以手指大盘石曰："可致药于此。上有表，录上皇帝。"中使视石上，朱书百余字，遂录之，随写随灭，写毕，石上无复字矣。须臾，白气漫起，因忽不见。

没走到半山腰，就碰见一个人，此人头戴幅巾，身穿粗布短袄，胡须和鬓发都已雪白，左右跟着的两个小童穿着青衣，梳着圆形发髻，站在屏风侧面。那人用手指着一块大石头说："可以把药放在这块石头上。石头上面有一份谢表，你抄录下来呈给皇帝。"中使看那石头上，有用朱砂书写的一百多个字，于是取出纸笔抄录。石头上的字迹随抄随灭，抄写完毕，石头上已没有字迹了。刹那间，白气弥漫，那三人都不见了。

注释

❶ 武都雄黄：武都（治今甘肃西和西南）所产雄黄。 ❷ 赍（jī）：带着。❸ 峨眉：即今四川峨眉山。 ❹ 幅巾：古代男子以全幅细绢裹头的头巾。被（pī）褐：穿着粗布短袄。 ❺ 须鬓：胡须和鬓发。 ❻ 丸髻：圆形发髻。

【原 文】

同州司马裴沆常说[1]，再从伯自洛中将往郑州[2]，在路数日，晚程偶下马[3]，觉道左有人呻吟声，因披蒿莱寻之[4]。荆丛下见一病鹤，垂翼俯咮[5]，翅关上疮坏无毛[6]，且异其声。忽有老人，白衣曳杖[7]，数十步而至，谓曰：

【译 文】

同州司马裴沆曾经讲述一件事，他父亲的堂兄裴某从洛阳出发前往郑州，在路上走了几天，夜里赶路偶然下马，听到路旁有人呻吟，于是拨开杂草寻找。在荆棘丛中发现了一只病鹤，垂着翅膀，耷拉着脑袋，原来其翅膀上生了烂疮，周遭已无羽毛，发出怪异的呻吟声。忽然有一位老人，身穿白衣拄着拐杖，从几十步开外走过

“郎君年少，岂解哀此鹤耶？若得人血一涂，则能飞矣。”裴颇知道，性甚高逸[8]，遽曰：“某请刺此臂血不难。”老人曰：“君此志甚劲[9]，然须三世是人，其血方中。郎君前生非人，唯洛中胡芦生三世是人矣。郎君此行非有急切，可能却至洛中[10]，干胡芦生乎[11]？”裴欣然而返，未信宿至洛[12]，乃访胡芦生，具陈其事，且拜祈之。胡芦生初无难色，开襆取一石合[13]，大若两指，援针刺臂，滴血下满其合，授裴曰：“无多言也。”及至鹤处，老人已至，喜曰：“固是信士[14]！”乃令尽其血涂鹤。言与之结缘，复邀裴曰：“我所居去此不远，可少留也。”裴觉非常人，以丈人呼之[15]，因随行。才数里，至一庄，竹落草舍[16]，庭庑狼藉[17]。裴渴甚，求茗，老人指一土龛[18]：“此中有少浆，可就取。”裴视龛中，有杏核一扇如笠，满中有浆，浆色正白。

来，对裴某说：“郎君年纪轻轻，也懂得哀怜这只病鹤吗？如果能用人血涂抹在它的伤口上，它就能够飞起来了。”裴某颇通道法，性情高雅脱俗，就回答说：“这不难，请刺我的手臂取血。”老人说：“您性情豪迈，但必须取用三世为人的人血才可以。您前生不是人，只有洛阳胡芦生三世都是人。您这一趟出行如果没有急事，能不能再返回洛阳，去求胡芦生呢？”裴某很爽快地答应了，折返行程，不到两晚就回到了洛阳，于是前去拜访胡芦生，详细讲述了这件事情，并且恳求胡芦生帮忙。胡芦生毫不犹豫，打开包袱取出一个两指大小的石盒，取针刺臂，待鲜血滴满石盒，交给裴某说：“什么也不要说了。”等裴某赶到病鹤那里，老人已经先到了，高兴地对他说：“您真是诚实守信的人！”于是，让裴某把鲜血全部涂在病鹤的伤口上。老人说这是与鹤结下缘分了，又邀请裴某说：“我住的地方离这里不远，不妨去稍坐一坐。”裴某觉得老人不是平常的人，就以丈人相称，跟着他去了。才走了几里远，就到了一处村庄，竹篱草轩，廊屋纵横。裴某一路奔走口渴得很，向老人讨要茶喝，老人指着一个土龛说：“这里面有一点浆液，可以取来喝。”裴某看那土龛中，有一枚斗笠大的杏核，里面装满了浆液，浆液颜色洁白。裴某用力举起来喝，一饮而尽，

乃力举饮之，不复饥渴，浆味如杏酪[19]。裴知隐者，拜请为奴仆。老人曰："君有世间微禄[20]，纵住亦不终其志。贤叔真有所得，吾久与之游，君自不知。今有一信，凭君必达。"因裹一襆物，大如羹碗，戒无窃开。复引裴视鹤，鹤所损处，毛已生矣。又谓裴曰："君向饮杏浆，当哭九族亲情[21]，且以酒色为诫也。"裴还洛，中路阅其附信[22]，将发之，襆四角各有赤蛇出头，裴乃止。其叔得信，即开之，有物如干大麦饭升余[23]。其叔后因游王屋[24]，不知其终。裴寿至九十七矣。

就不感到饥渴了，浆液的味道就像杏酪。裴某知道老人是世外高人，就下拜请求作为奴仆相随。老人说："郎君在人间还有些官运，即使隐居修行，也无法得道。您的叔叔已然悟道，我与他交往已经很久了，这些你自然不会知道。我现在有一封信给他，烦请您一定送到。"于是包好一个碗大的包袱，告诫他不要私自打开看。又带着裴某去看那只病鹤，鹤的伤口处已经长出新羽毛。老人又对裴某说："您先前饮用的杏仁浆，可以助您成为家族中最长寿的人，但要记得戒酒戒色。"裴某在返回洛阳途中，想要看那封信，刚要打开，包袱四角各有一条红色的蛇探出脑袋，裴某只好作罢。他的叔叔收到信，马上打开包袱，里面有一升多像是干大麦饭的东西。裴某的叔叔后来游历王屋山，从此杳无踪迹。裴某则一直活到九十七岁。

注释

❶同州：今陕西大荔。司马：职官名。州府佐官。　❷再从伯：与父同祖而长于父者。次于至亲而同祖的亲属关系叫从；又次一层，同曾祖的亲属关系叫再从。洛中：指今河南洛阳一带。　❸程：行程。此指赶路。　❹蒿莱：野草，杂草。　❺俯咮（fǔzhòu）：垂着鸟嘴。咮：鸟嘴。　❻翅关：翅膀。　❼曳（yè）：拖，拉。　❽高逸：高雅俊逸。　❾劲：坚强有力。　❿却：返回。⓫干（gān）：求，求取。　⓬信宿（sù）：连宿两夜。　⓭襆（fú）：同"袱"。⓮信士：诚实守信的人。　⓯丈人：古时对老年男人的尊称。　⓰竹落：竹篱。

⑰庭庑：堂下四周的廊屋。 ⑱龛（kān）：供奉神像、佛像等的小阁子。 ⑲杏酪：杏仁粥。古代多为寒食节食品。 ⑳微禄：微薄的俸禄。此指小官。 ㉑九族：从自己始，上推至四世之高祖，下推至四世之玄孙，共为九族。亲情：亲戚。 ㉒中路：半路。 ㉓麦饭：磨碎的麦煮成的饭。 ㉔王屋：即王屋山，在今河南济源和山西垣曲之间。古以山形似王者之屋，故名。道教以此为“第一洞天”。

【原 文】

明经赵业[①]，贞元中选授巴州清化县令[②]。失志成疾[③]，恶明[④]，不饮食四十余日。忽觉空中雷鸣，顷有赤气如鼓，轮转至床，腾上，当心而住。初觉精神游散，奄如梦中，有朱衣平帻者，引之东行。出山断处，有水东西流，人甚众，久立视。又之东，行一桥，饰以金碧。过桥北，入一城。至曹司中[⑤]，人吏甚众。见妹聟贾奕[⑥]，与己争杀牛事，疑是冥司，遽逃避。至一壁间，墙如石黑，高数丈，听有呵喝声[⑦]。朱衣者遂领入大院，吏通曰：“司命过人[⑧]。”复见贾奕，因与辨对[⑨]。奕固执之，无以自明。忽有巨镜径丈，虚

【译 文】

贞元年间，明经出身的赵业被选任为巴州清化县令。赵业仕途不得志，郁郁成疾，很讨厌光亮，不吃不喝已四十多天。一天，空中忽然响起雷鸣声，随即有一团鼓形的红色云气，翻滚着来到床前，腾跃上床，悬停在他的心口位置。赵业开始觉得精神游散，如同做梦一样。有一位身着红衣、头戴平巾帻的人，引领他向东走。走出山谷，有一条河横亘东西，岸边站满了人，都定睛看着河水。他们接着往东走，经过一座雕金饰玉的桥。过了桥，往北走，进入一座城。来到一处官署，来往的百姓和官吏很多。赵业见到妹夫贾奕正和另外一个自己争执杀牛的事，开始怀疑这是阴曹地府，赶紧躲避到一堵墙壁处。墙壁像是黑色石头砌成，有几丈高，随即听见里面有大声喝斥的声音。红衣人把赵业领进大院，小吏通报说：“司命提审犯人。”赵业又见到了贾奕，于是和他争辩。贾奕坚持自己的意见，赵业无法

悬空中。仰视之，宛见贾奕鼓刀[⑩]，赵负门，有不忍之色。奕始伏罪。朱衣人又引至司，入院，一人被褐帔紫霞冠[⑪]，状如尊像[⑫]，责曰："何故窃拨、幞头二事[⑬]，在滑州市隐橡子三升[⑭]？"因拜之无数。朱衣者复引出，谓曰："能游上清乎？"乃共登一山，下临流水，其水悬注腾沫，人随流而入者千万，不觉身亦随流。良久，住大石上，有青白晕道。朱衣者变成两人，一道之，一促之，乃升石崖上立，坦然无尘。行数里，旁有草如红蓝[⑮]，叶密无刺，其花拂拂然飞散空中。又有草如苣[⑯]，附地，亦飞花，初出如马勃[⑰]，破大如叠，赤黄色。过此，见火如山，横亘天，候焰绝乃前。至大城，城上重谯[⑱]，街列果树，仙子为伍，迭谣鼓乐[⑲]，仙姿绝世。凡历三重门，丹雘交焕[⑳]，其地及壁，澄光可鉴。上不见天，若有绛晕都覆之。正殿三重，悉

自证清白。忽然，有一面直径一丈的大镜子，虚悬在空中。赵业抬头一看，清楚可见贾奕磨刀杀牛，而自己倚着门，面露不忍之色。贾奕这才认罪。红衣人又领赵业到了司人院，进入大院，有一个披着褐帔，戴着紫霞冠，模样如同天尊像的人，责问他说："你为什么要偷梳子和头巾这两件东西，又在滑州集市上偷了别人三升橡子？"赵业认罪，一再叩拜。红衣人又领他出来，对他说："能否随我到上清仙境一游？"于是一起登上一座山，山下是激流，飞流直下，水花翻腾，成千上万的人随着水流而下，赵业不知不觉也随着水漂流。过了很久，才爬上一块大石头，石头上有一青一白两条模模糊糊的纹路。红衣人也变成两个人，一人在前面带路，一人在后面催促，于是他们登上石崖，这里平坦干净，别有洞天。又走了几里路，路旁有一种草就像红蓝，叶片茂密，没有刺，花瓣漫天飞舞。又有一种草像苣荬菜，贴地生长，也有花飘飞，刚长出时形如马勃，绽开后大如碟子，花瓣红黄色。走过这里，看见火势如山，横亘天地之间，等到火熄灭后几人继续前行。终于到了一座大城，城门上耸峙着双层谯楼，街道两侧遍种果树，成群的仙女轮番唱歌奏乐，美妙的姿态世间难见。几人过了三重门，只见朱门交相辉映，地面和墙壁光亮如镜，可照人影。往上看不见天，好像被一层淡淡的绛色

列尊像。见道士一人，如旧相识，赵求为弟子，不许。诸乐中如琴者，长四尺，九弦，近头尺余方广，中有两道横以变声。又如一酒榼[21]，三弦，长三尺，腹面上广下狭，背丰隆。顷有过录[22]，乃引出阙南一院，中有绛冠紫霞帔，命与二朱衣人坐厅事[23]，乃命先过戊申录[24]。录如人间词状[25]，首冠人生辰，次言姓名、年纪，下注生月日；别行横布六旬甲子，所有功过，日下具之，如无，即书“无事”。赵自窥其录，姓名、生辰月日，一无差错也。过录者数盈亿兆[26]。朱衣人言：“每六十年，天下人一过录，以考校善恶，增损其筭也[27]。”朱衣者引出北门，至向路，执手别，曰：“游此是子之魂也。可寻此行，勿返顾，当达家矣。”依其言，行稍急，蹶倒，如梦觉，死已七日矣。赵著《魂游上清记》，叙事甚详悉。

笼罩住了。正殿有三重，全都供奉着神像。碰到一位道士，好像是旧相识，赵业请求做他的弟子，那道士不答应。殿中诸般乐器中有一种像琴的，长四尺，九弦，靠近琴头处有一尺多宽，琴身有两根弦轴用来变换音调。又有一种乐器形状像酒具，三根弦，长三尺，正面上宽下窄，背面饱满而隆起。一会儿，开始检阅簿录。红衣人领着赵业走到宫殿南面的一个院子，里面有一位头戴红冠、披紫霞帔的官员。这位官员让他和两位红衣人坐在大厅里候审，命令先审阅戊申年出生人的簿录。这本簿录和人间的诉讼文书差不多，首先录人的生辰，然后是姓名、年龄、出生年月日；另起一行，横列六十个干支，所有的功过都在每一天下面详细记载，如果无功无过，就写“无事”。赵业偷看自己的簿录，只见姓名、出生年月日，丝毫不差。这种簿录数以亿兆。红衣人说：“每六十年，就要检查一次天下所有人的簿录，用来考评他的善恶，据此增减他的阳寿。”待审完簿录，红衣人领着赵业走出北门，到了来时的路，握手告别，说：“来这里游览的是你的魂魄。你顺着这条路走，不要回头，便可到家。”赵业依其言往家走，走得稍急了点儿，不慎跌了一跤，好像从梦中惊醒，醒后发现自己已死七天了。赵业著有《魂游上清记》，详尽叙述了此事。

注释

❶明经：唐代科举取士的考试科目，常科中以“明经”“进士”二科最盛。以经义取者为明经，以诗赋取者为进士。 ❷贞元：唐德宗李适年号。巴州：今四川巴中。 ❸失志：失意，不得志。 ❹恶（wù）：厌恶。 ❺曹司：官署。诸曹郎中职司所在。 ❻聟（xù）：古同“婿”。妹妹、女儿及其他晚辈的丈夫。 ❼呵喝：发怒而大声呵斥。 ❽司命：掌管生命的神。过人：提审。 ❾辨对：辩论答对。辨，通“辩”。 ❿鼓刀：谓摆弄刀子发出响声。宰杀牲畜时敲击其刀，使之发声，故曰鼓刀。 ⓫帔（pèi）：披肩。 ⓬尊像：对神、佛、菩萨等雕像的敬称。 ⓭拨：即“鬓枣”。古代妇女用以分拨头发、梳理鬓角的梳具，以木制成，两头尖，形如枣核，故称。 ⓮滑州：今河南滑县东。市：集市。 ⓯红蓝：一年生菊科草本植物。高三四尺，其叶似蓟。夏季开红黄色花，古代以之制胭脂及红色颜料。中医以之入药，称红花。 ⓰苣（qǔ）：即苣荬菜。多年生草本植物。野生，花黄色。茎、叶嫩时可食。 ⓱马勃：菌类。其子实体球形。中医学上用其干燥子实体入药。性平味辛，可清肺、利咽、止血。 ⓲重谯（qiáo）：城门上的双层瞭望楼。 ⓳迭谣：轮番唱歌。 ⓴丹臒（huò）：可供涂饰的红色颜料。 ㉑酒榼（kē）：古代的贮酒器，可提挈。 ㉒过录：检阅簿录。 ㉓厅事：官署视事问案的厅堂。 ㉔戊申录：此指戊申年出生人的簿录。 ㉕词状：诉讼的文书。 ㉖亿兆：极言其数之多。 ㉗筭（suàn）：古代用以计数的筹码。这里指寿数。

【原文】

史论在齐州时①，出猎，至一县界，憩兰若中②。觉桃香异常，访其僧。僧不及隐，言近有人施二桃，因从经案下取出，献论，大如饭碗。

【译文】

史论在齐州做官时，曾因外出打猎来到一个县的县界，歇在一所寺庙里。突然他嗅到一股异常浓烈的桃香，就找到寺里的僧人。僧人来不及躲藏，只好说最近有人施舍给他两个桃子，便从经案下面拿出来，献给史论，桃子有饭碗

时饥，尽食之，核大如鸡卵。论因诘其所自，僧笑："向实谬言之。此桃去此十余里，道路危险，贫道偶行脚见之[③]，觉异，因掇数枚[④]。"论曰："今去骑从[⑤]，与和尚偕往。"僧不得已，导论北去荒榛中[⑥]。经五里许，抵一水，僧曰："恐中丞不能渡此[⑦]。"论志决往，乃依僧解衣，戴之而浮[⑧]。登岸，又经西北，涉二小水。上山越涧，数里，至一处，奇泉怪石，非人境也。有桃数百株，枝干扫地，高二三尺，其香破鼻[⑨]。论与僧各食一蒂，腹果然矣[⑩]。论解衣，将尽力苞之[⑪]。僧曰："此或灵境[⑫]，不可多取。贫道尝听长老说[⑬]，昔日有人亦尝至此，怀五六枚，迷不得出。"论亦疑僧非常，取两个而返。僧切戒论不得言。论至州，使招僧，僧已逝矣。

那么大。史论当时正觉饥饿，就把两个桃子全吃了，桃核也有鸡蛋那么大。史论就问他桃子从哪里得来，僧人笑着说："刚才我确实打了诳语。桃子出自距此十多里远的桃林，道路很艰险。我在行脚时偶然见到，感觉很奇特，于是就摘了几个。"史论说："我不带马和随从，与你一同前去。"僧人没有办法，只好领着史论往北面杂草丛生的荒山野林中走去。走了大约五里路，来到一条河边，僧人说："恐怕中丞大人不能渡过这条河。"史论坚持要去，于是按照僧人的办法，脱下衣服顶在头上游至对岸。上了岸，又向西北方向走，蹚过两条小河，翻山越涧走了几里路之后，来到一个地方，这里山泉奇异，怪石嶙峋，不像人间之地。此处有几百株桃树，结满了桃子，桃枝都垂到了地上，树有二三尺高，桃香扑鼻。史论与那僧人各吃了一个桃子，肚子就饱了。史论脱下衣服，想要尽量多包几个桃子带走。僧人说："这里可能是仙境，不能多拿。我曾经听长老说，从前有人也来过这里，怀里揣了五六个桃子，就迷路出不去了。"史论也怀疑这僧人不是常人，只拿了两个桃子就往回走。僧人再三告诫史论不要泄露桃林的秘密。史论回到齐州后，派人去请僧人，僧人已不见了。

注释

❶齐州：今山东济南。 ❷兰若：寺庙。 ❸行脚：僧侣为寻师求法而云游四方。 ❹掇（duō）：摘取。 ❺骑从：马和随从。 ❻荒榛：丛生的草木。 ❼中丞：汉代御史大夫下设两丞，一称御史丞，一称中丞。中丞居殿中，故以为名。这里是对史论的尊称。 ❽戴：用头顶着。 ❾破鼻：扑鼻。 ❿果然：饱足的样子。 ⓫苞：通“包”。 ⓬灵境：此指仙境。 ⓭长老：对住持僧的尊称，或泛指年高德劭的僧人。

壶史

【原 文】

武攸绪[①]，天后从子[②]。年十四，潜于长安市中卖卜[③]，一处不过五六日。因徙升中岳[④]，遂隐居，服赤箭、伏苓[⑤]。贵人王公所遗鹿裘、藤器[⑥]，上积尘萝[⑦]，弃而不用。晚年肌肉始尽，目有紫光，昼见星月，又能辨数里外语。安乐公主出降[⑧]，上遣玺书召[⑨]，令勉受国命[⑩]，暂屈高标[⑪]。至京，亲贵候谒[⑫]，寒温之外，不交一言。封国公。及还山，敕学士赋诗送之。

【译 文】

武攸绪，是武则天的侄子。他十四岁时，悄悄地在长安市中摆摊占卜，每隔五六天就换个地方。后来随武后加封中岳嵩山，他就隐居在那里，服食赤箭、茯苓等药。王公贵族赠送的鹿皮大衣、藤编器物等都弃置不用，任凭积灰长草。晚年时肌肉渐消，眼放紫光，白天能看见星星、月亮，又能分辨出几里外人说话的声音。安乐公主出嫁，中宗派遣使臣手持诏书召他，要他勉为其难奉一次皇命，暂时屈降清高脱俗的风范，下山参加婚礼。到了京城，皇亲贵戚都争相等候谒见他。但除略叙寒温以外，他一句话也不说。朝廷加封他为国公。等他再回嵩山之时，皇帝诏令学士们赋诗为他送行。

注释

❶ 武攸绪：武惟良之子。少有志行。天授中封安平郡王，历迁殿中监、扬州大都督府长史。圣历时，弃官隐居嵩山，以琴书药饵为务。中宗即位，召拜太子宾客，旋复归嵩山。 ❷ 天后：唐武则天做皇后时的称号。从子：侄子。 ❸ 卖卜：以占卜谋生。 ❹ 中岳：即河南嵩山。 ❺ 赤箭：植物名。兰科赤箭属，多年生草本。茎高直如箭杆，呈黄赤色，故称为“赤箭”。根为天麻。 ❻ 鹿裘：鹿皮做的大衣。常用为丧服及隐士之服。 ❼ 尘萝：积尘长草。 ❽ 安乐公主：唐中宗与韦后之女。初嫁武崇训，再嫁武延秀。甚受父母宠爱，势倾天下。景龙四年（710）与韦后合谋毒死中宗，寻为李隆基（玄宗）所杀。 ❾ 玺书：指皇帝的诏书。 ❿ 国命：朝廷命官。 ⓫ 高标：指清高脱俗的风范。 ⓬ 候谒：等候谒见。

【原文】

玄宗学隐形于罗公远[①]，或衣带，或巾脚[②]，不能隐。上诘之，公远极言曰[③]：“陛下未能脱屣天下[④]，而以道为戏，若尽臣术，必怀玺入人家[⑤]，将困于鱼服也[⑥]。”玄宗怒，慢骂之[⑦]。公远遂走入殿柱中，极疏上失[⑧]。上愈怒，令易柱破之。复大言于玉舃中[⑨]，乃易舃观之，舃明莹[⑩]，见公远形在其中，长寸余。因碎为十数段，悉

【译文】

唐玄宗向罗公远学习隐形术，但要么衣带不能隐形，要么头巾束带不能隐形。玄宗责问其缘故，罗公远直言规劝：“陛下不能放下国家大事不管，只需把道术当作游戏即可。如果把我的法术全部学会，肯定会微服隐身进入平常百姓家，这将会给您带来极大的危险。”玄宗大怒，对其一通辱骂。罗公远于是走进大殿的柱子里面，分条陈述玄宗的过失。玄宗更加恼怒，命令把这根柱子拆下来劈开。罗公远又进入玉制的柱础中，在里面高声说话，玄宗又命令拆下柱础来看。玉制的柱础光亮莹洁，只见罗公远藏在其中，身长只有一寸多。于是，玄宗命人把柱础砸碎为十多段，结果每一

有公远形。上惧，谢焉[11]，忽不复见。后中使于蜀道见之[12]，公远笑曰："为我谢陛下。"

段里面都有罗公远的身形。玄宗这才感到害怕，向罗公远道歉，罗公远忽然就不见了。后来中使在蜀道上遇见罗公远，罗公远笑着说："替我向陛下道个歉。"

注释

❶罗公远：一作罗思远。鄂州（今湖北武汉）人。玄宗时道士，有异术。相传长于隐形变化及黄白还丹之术。 ❷巾脚：头巾脚。 ❸极言：谓直言规劝，话说得很重。 ❹脱屣：比喻看得很轻，无所顾恋，犹如脱掉鞋子。 ❺怀玺：谓隐藏君主身份。玺：天子印。 ❻困于鱼服：即"白龙鱼服"。汉刘向《说苑·正谏》："吴王欲从民饮酒。伍子胥谏曰：'不可。昔白龙下清泠之渊，化为鱼。渔者豫且，射中其目。白龙上诉天帝，天帝曰："当是之时，若安置而形？"白龙对曰："我下清泠之渊，化为鱼。"天帝曰："鱼固人之所射也。若是，豫且何罪？"夫白龙，天帝贵畜也。豫且，宋国贱臣也。白龙不化，豫且不射。今君弃万乘之位，而从布衣之士饮酒，臣恐其有豫且之患矣。'"后喻指帝王或贵人微服出行遭遇不测。 ❼慢骂：辱骂，谩骂。 ❽疏：分条记录或分条陈述。 ❾玉舄（xì）：玉制的柱脚石。 ❿明莹：光亮莹洁。 ⓫谢：道歉。⓬蜀道：蜀中的道路。后泛指蜀地。

【原文】

邢和璞偏得黄老之道[1]，善心筭[2]，作《颍阳书疏》[3]，有叩奇旋入空[4]，或言有草[5]，初未尝睹。成式见山人郑昉说[6]：崔司马者[7]，寄居荆州，

【译文】

邢和璞参得黄老之秘要，擅长心算，撰有《颍阳书》三卷，有人得到这部书，钻研透彻，能立即飞升；又有人说这部书的底稿还在，我没有见过。我听隐士郑昉说：有一位姓崔的司马，寄居在荆州，与邢和璞是老朋友。崔司马

与邢有旧。崔病积年且死[8]，心常恃于邢[9]。崔一日觉卧室北墙有人劚声[10]，命左右视之，都无所见。卧室之北，家人所居也。如此七日，劚不已。墙忽透明如一粟，问左右，复不见。经一日，穴大如盘。崔窥之，墙外乃野外耳。有数人荷锹䦆[11]，立于穴前。崔问之，皆云："邢真人处分开此[12]，司马厄重[13]，倍费功力。"有顷，导驺五六[14]，悉平帻朱衣，辟曰[15]："真人至。"见邢舆中，白幍垂绥[16]，执五明扇[17]，侍卫数十，去穴数步而止，谓崔曰："公筭尽[18]，璞为公再三论，得延一纪[19]，自此无苦也。"言毕，壁如旧。旬日，病愈。又曾居终南[20]，好道者多卜筑依之[21]。崔曙年少[22]，亦随焉。伐薪汲泉，皆是名士。邢尝谓其徒曰："三五日有一异客，君等可为予各办一味也。"数日，备诸水陆[23]，遂张筵于一亭，戒无妄窥。众

生病多年，快要死了，心里常想着能依靠邢和璞的帮助好起来。他有一天听到卧室北墙有人凿墙的声音，命仆人前去察看，却什么也没有。卧室的北面，住着他的家人。这样一连七天，凿墙的声音一直没停。一天，这面墙忽然洞穿了一个小孔，透进一线亮光。问身边的人，还是什么也没看见。又过了一天，墙上的洞已像盘子那么大。崔司马向洞外看，墙外是郊野。有几个人扛着铁锹和镐头，站在墙洞前。崔司马问他们干什么，他们都回答说："邢真人吩咐我们挖开这个洞，司马您的病情太重，着实让我们加倍费力。"过了一会儿，有五六名开道的骑卒，都头戴平巾帻，身穿红衣，吆喝着："真人驾到！"只见邢和璞坐在车内，戴着白色便帽，垂着绥带，车后的随从高擎着五明扇，又有几十个侍卫列队跟随，一行人在距离墙洞几步远的地方停下了。邢和璞对崔司马说："先生阳寿已尽，我到阴曹为您再三争论，得以延寿十二年，自此以后不会有病痛之苦了。"说完，墙壁忽然闭合。十天以后，崔司马的病就好了。邢和璞又曾隐居终南山，很多喜欢学道的人都到附近择地建宅，随他学道。崔曙年龄较小，也跟着他修炼。在这里砍柴挑水的，都是名士。有一天，邢和璞对他的徒弟们说："三五天内要来一位特殊的客人，请你们每人帮我准备一道菜。"几天后，山珍海味备具，于是在

皆闭户，不敢謦欬[24]。邢下山迎一客，长五尺，阔三尺，首居其半，绯衣宽博[25]，横执象笏[26]，其睫疏长，色若削瓜，鼓髯大笑[27]，吻角侵耳[28]。与邢剧谈[29]，多非人间事故也。崔曙不耐[30]，因走而过庭。客熟视，顾谓邢曰："此非泰山老师乎[31]？"邢应曰："是。"客复曰："更一转[32]，则失之千里，可惜！"及暮而去。邢命崔曙，谓曰："向客，上帝戏臣也[33]。言泰山老师，颇记无？"崔垂泣言："某实泰山老师后身[34]，不复忆，幼常听先人言之。"房琯太尉祈邢筭终身之事[35]，邢言："若来由东南，止西北，禄命卒矣。降魄之处[36]，非馆非寺，非途非署。病起于鱼飧[37]，休于龟兹板[38]。"后房自袁州除汉州[39]，及罢归，至阆州[40]，舍紫极宫[41]。适雇工治木，房怪其木理成形，问之，道士称："数月前，有贾客施数段龟兹板，今治为屠

一座亭子里摆下盛筵，邢和璞叮嘱徒弟们不许偷看。徒弟们都关好门窗，不敢咳嗽一声。邢和璞亲自下山迎来一位客人，这位客人身高五尺，身宽三尺，脑袋占了身体的一半，穿一件宽大的红袍，手中横拿着象牙手板，眼睫毛长而稀疏，脸色像是削了皮的瓜，鼓动胡须放声大笑时，嘴角都咧到了耳根。客人与邢和璞开怀畅谈，谈的大多不是人间的事情。崔曙在屋内忍耐不住，就跑着经过庭院。这位客人注目细看他，回头对邢和璞说："这不是泰山老父吗？"邢和璞回答说："正是他。"客人又说："一世的轮回，跟他原来差别那么大，太可惜了！"到傍晚时，客人离去。邢和璞叫来崔曙，对他说："先前那位客人是天帝近臣。他刚才所说泰山老父的事情，你还记得吗？"崔曙流泪说："我的确是泰山老父的转世之身，但什么都不记得了，小时候曾听父母说起过这事。"太尉房琯请求邢和璞给自己算命，邢和璞说："你从东南方来，到西北方止步，福禄、生命就此完结。去世的地点，不在驿馆也不在寺庙，不在旅途也不在官署。你是因吃鱼做的食物而病，死后长伴龟兹棺木。"后来，房琯从袁州移任汉州，等罢职归朝时，行到阆州，住在紫极宫。这里正请工匠做木工活，房琯觉得那木材纹理奇特，就问道士，道士说："几个月前，有位商人施舍给道观几段龟兹板，现在要用它打造

苏也[42]。”房始忆邢之言。有顷，刺史具鲙邀房[43]，房叹曰：“邢君神人也。”乃具白于刺史，且以龟兹板为托。其夕，病鲙而终。

屏风。”房琯这才想起邢和璞的话。一会儿，刺史做好了鱼鲙请房琯赴宴，房琯叹息说：“邢先生真是神人啊！”就把邢和璞的预言详细地告诉了刺史，并且托付他用龟兹板为自己做棺材。当晚，房琯因吃鱼鲙染病而死。

注释

❶ 邢和璞：唐玄宗时术士。偏得：独得。黄老之道：即为黄帝之学和老子之学的合称，是华夏道学之渊薮。 ❷ 筭（suàn）：同“算”。 ❸《颍阳书疏》：《新唐书·艺文志》“邢和璞《颍阳书》三卷，隐颍阳石堂山”。 ❹ 叩奇：钻研透彻。 ❺ 草：底稿。 ❻ 山人：隐士。 ❼ 司马：职官名。唐时州府上佐之一，多用来安置贬谪大臣。 ❽ 积年：多年。 ❾ 恃：依赖。 ❿ 斸（zhú）：挖。 ⓫ 䦆（jué）：一种形似镐的刨土工具。 ⓬ 处分：吩咐。 ⓭ 厄：灾难。 ⓮ 导驺（zōu）：开道的骑卒。 ⓯ 辟：开辟。此指吆喝开道。 ⓰ 白幍（tāo）：白色便帽。 ⓱ 五明扇：仪仗中用的一种长柄扇。 ⓲ 筭：筹码。此指年寿。 ⓳ 一纪：十二年。 ⓴ 终南：指终南山。 ㉑ 卜筑：择地建宅，即定居之意。 ㉒ 崔曙：一作崔署。原籍博陵（今河北安平），后居宋州（今河南商丘）。开元二十六年（738）进士，释褐为河内尉。 ㉓ 水陆：水里和陆上所产的食物，特指山珍海味。 ㉔ 謦欬（qǐngkài）：咳嗽。 ㉕ 绯衣：古代朝官的红色品服。 ㉖ 象笏：象牙制的手板。古代品位较高的官员朝见君主时所执，供以指画和记事。 ㉗ 鼓髯：鼓动胡须。 ㉘ 吻角：嘴角。 ㉙ 剧谈：犹畅谈。 ㉚ 不耐：不能忍受。 ㉛ 泰山老师：即泰山老父。 ㉜ 转：轮回。 ㉝ 上帝戏臣：天帝宠幸之臣。 ㉞ 后身：佛教有“三世”的说法，谓转世之身为“后身”。 ㉟ 房琯：字次律。河南（今河南洛阳）人。安史之乱时，从玄宗奔蜀，擢文部尚书、同平章事。至德元载（756），奉使至灵武册封肃宗。后仕于蜀，宝应二年（763）任刑部尚书，入京途中病卒。 ㊱ 降魄：谓生命终止。道教认为人体有三魂七魄，人死则魂升魄降。 ㊲ 鱼飧（sūn）：鱼做的食物。一说即鱼羹。 ㊳ 龟兹（qiūcí）板：古代西域出产的一种木板，可供建筑

及棺木之用。㊴袁州：今江西宜春。除：任职。汉州：今四川广汉。㊵阆州：今四川阆中。㊶紫极宫：道宫名。唐玄宗时改西京玄元庙为太清宫，东京为太微宫，天下诸郡为紫极宫。㊷屠苏：此指门前的屏风。㊸鲙(kuài)：细切的鱼肉。此指用鱼做的美味。

【原文】

王皎先生善他术[①]，于数未尝言[②]。天宝中，偶与客夜中露坐，指星月曰："时将乱矣。"为邻人所传。时上春秋高[③]，颇拘忌[④]。其语为人所奏，上令密诏杀之[⑤]。刑者镢其头数十，方死，因破其脑视之，脑骨厚一寸八分。皎先与达奚侍郎来往[⑥]，及安史平[⑦]，皎忽杖屦至达奚家[⑧]，方知异人也。

【译文】

王皎先生精通法术，但从不轻易预言。天宝年间的一天晚上，他与客人露天而坐，指着天上的星月说："天下将有大乱。"他的话被邻居听到传扬了出去。当时玄宗年纪大了，禁忌颇多。王皎的这句话被人奏报给玄宗，玄宗下达密诏处死王皎。行刑的人用镢头对着他的脑袋砸了数十下，王皎才死，剖开王皎的脑袋一看，脑骨厚达一寸八分。王皎早先和吏部侍郎达奚珣有往来，安史之乱平定后，王皎忽然拄着杖穿着麻鞋来到达奚珣家，大家这才知道他是个神人。

注释

❶王皎：唐星相术士。先生：这里是对道士的称呼。❷数：命运，气数。❸春秋高：年纪大了。春秋：年岁，此处作敬辞。❹拘忌：禁忌。❺密诏：秘密的诏令。❻达奚侍郎：即达奚珣。河南（今河南洛阳）人，鲜卑族。安史之乱前任吏部侍郎，安禄山兵兴范阳，他兵败被俘投降。安禄山成立伪燕国，达奚珣任丞相。安史之乱平定后，以从伪国罪被杀。❼安史：即安史之乱。❽杖屦（jù）：古礼老人得扶杖而行。又古人席地而坐，鞋必脱于室外，出室复

着之。后因以“杖屦”为敬老之辞，亦用指老人出游。屦：古时用麻、葛等做成的鞋。

【原 文】

翟天师名乾祐[①]，峡中人[②]。长六尺，手大尺余，每揖人，手过胸前，卧常虚枕。晚年往往言将来事。尝入夔州市[③]，大言曰：“今夕当有八人过此，可善待之。”人不知悟。其夜，火焚数百家。“八人”乃“火”字也。每入山，虎群随之。曾于江岸与弟子数十玩月，或曰：“此中竟何有?”翟笑曰：“可随吾指观。”弟子中两人，见月规半天[④]，琼楼金阙满焉。数息间[⑤]，不复见。

【译 文】

翟乾祐天师，是峡中人。他身高六尺，手有一尺多大，每次对人作揖时，手都高过胸前，睡觉时常不用枕头。晚年时常常预言未来的事。有一天，他到夔州城中，大声说：“今晚会有八人经过这里，要好好招待他们。”人们没有领会他的意思。当天晚上，大火烧了几百家。原来“八人”是指“火”字。翟乾祐每次进山，都有一群老虎跟随着他。他曾经在江边和几十个弟子赏月，有弟子问：“月亮里到底有什么?”翟乾祐笑着说：“你不妨顺着我的手指看看。”其中两个弟子看到皓月当空，上面全是楼台宫殿。不一会儿，就再也看不到了。

注 释

❶ 翟天师：即翟法言，字乾祐。夔州（治今重庆奉节）人。唐道士，好道家之学。天师：古代对有道术者的尊称。 ❷ 峡中：通常指巫峡一带。 ❸ 夔（kuí）州：今重庆奉节。 ❹ 月规：月亮的别称。因月圆中规，故称。 ❺ 数息：静修方法之一。数鼻息的出入，使心恬静专一。这里形容时间短暂。

【原 文】

蜀有道士阳狂[①]，俗号为灰袋，翟天师晚年弟子也。翟每戒其徒："勿欺此人，吾所不及。"常大雪中，衣布褐入青城山[②]，暮投兰若[③]，求僧寄宿。僧曰："贫僧一衲而已[④]，天寒如此，恐不能相活。"但言："容一床足矣。"至夜半，雪深风起，僧虑道者已死，就视之，去床数尺，气蒸如炊，流汗袒寝[⑤]，僧知其异人。未明，不辞而去。多住村落，每住不逾信宿。曾病口疮，不食数月，状若将死。人素神之，因为设道场[⑥]。斋散，忽起，就谓众人曰："试窥吾口中有何物也？"乃张口如箕[⑦]，五脏悉露，同类惊异，作礼问之，唯曰："此足恶！此足恶！"后不知所终。成式见蜀郡郭采真尊师说也[⑧]。

【译 文】

蜀地有个道士假装疯癫，俗号叫作灰袋，是翟天师晚年收的弟子。翟天师经常告诫其他的弟子们："你们不要欺侮灰袋，我的法术都不如他。"灰袋曾在大雪天穿着粗布单衣进入青城山，天黑时投宿寺庙。庙里的和尚说："贫僧只有一件僧衣，天气这么冷，恐怕不能保你活命。"灰袋只说："能有一张床就足够了。"到了半夜，风起雪大，和尚担心灰袋被冻死，就起床去看，在离床几尺远的地方，热气腾腾如同蒸笼，灰袋光着身子汗流浃背地睡在那里，和尚这才知道灰袋是位神人。天没亮，灰袋就不辞而别。灰袋经常借住在村庄里，每次借住都不超过两晚。他曾口中生疮，几个月不能进食，看着像要死的样子。人们一向认为他是神人，就为他设道场做法事。斋醮仪式刚结束，他忽然起身，对众人说："你们看看我嘴巴里有什么东西？"于是张开像簸箕一样的大嘴，五脏全都露了出来。人们非常吃惊，便向他行礼，问他是怎么回事。他只是说："这东西实在可恶！这东西实在可恶！"后来，人们就不知道他的下落了。这是我从成都郭采真尊师处听来的。

注释

❶阳狂：假装疯癫。　❷布褐：粗布衣。青城山：位于今四川都江堰西南，因其终年常绿，故名。道教圣山，号为“第五洞天”。　❸兰若：寺庙。　❹一衲：指一件僧衣。衲：僧衣。　❺袒：光着身子。　❻道场：指和尚或道士做法事的场所，亦指所做的法事。　❼箕（jī）：簸（bò）箕。扬去米糠的器具。❽蜀郡：这里指代成都。尊师：对道士的敬称。

【原文】

秀才权同休友人①，元和中落第②，旅游苏、湖间③。遇疾贫窘④，走使者本村野人⑤，雇已一年矣，疾中思甘豆汤⑥，令其取甘草。雇者久而不去，但具火汤水，秀才且意其怠于祇承⑦。复见其折树枝盈握⑧，仍再三搓之，微近火上，忽成甘草。秀才心大异之，且意必有道者。良久，取粗沙数掊⑨，挼挼⑩，已成豆矣。及汤成，与饮无异，疾亦渐差⑪。秀才谓曰：“余贫迫若此，无以寸步。”因褫垢衣授之⑫：“可以此办少酒肉，予将会村老⑬，丐少道路资也⑭。”雇者微笑：“此固不足

【译文】

朋友权同休秀才，元和年间科考落榜，漫游于苏州、湖州一带。旅途中不巧生病，弄得贫困窘迫，雇佣的仆人是当地村民，已经雇了一年多了。秀才病中想喝甘豆汤，就让他去寻甘草。仆人却迟迟不去，只是生火烧水，秀才心想他是侍候自己有些倦怠了。又看见他折了一满把树枝，反复揉搓，然后稍微靠近火一烤，树枝突然就变成了甘草。秀才心里非常吃惊，认为他一定是有道行的人。又过了很久，见他弄来几捧粗沙，使劲揉搓了一阵，粗沙变成了豆子。待到甘豆汤做好了，那仆人端给他喝，和真正的甘豆汤味道没有两样，秀才的病也慢慢痊愈。秀才对他说：“我穷困窘迫到如此地步，寸步难行。”于是脱下脏衣服给他，说：“拿这件衣服换点钱备办一点酒肉，我要招待村中父老，乞求一点儿路费。”仆人笑着说：“这的确不够置办酒席，我自会想办

办，某当营之。”乃斫一枯桑树，成数筐札[15]，聚于盘上噀之[16]，悉成牛肉。复汲数瓶水，顷之，乃旨酒也[17]。村老皆醉饱，获束缣三千[18]。秀才惭谢雇者曰：“某本骄稚[19]，不识道者久，今反请为仆。”雇者曰：“予固异人，有少失，谪于下贱，合役于秀才。若限未足，复须力于他人。请秀才勿变常，庶卒某事也[20]。”秀才虽诺之，每呼指，色上面蹙蹙不安[21]。雇者乃辞曰：“秀才若此，果妨某事也。”因说秀才修短穷达之数[22]，且言万物无不可化者，唯淤泥中朱漆箸及发，药力不能化。因去，不知所之也。

法。”于是砍来一棵枯死的桑树，劈成几筐木片，堆积在盘子里，喷了一口水，盘中的木片全都变成了牛肉。又打来几瓶水，一会儿工夫，水就变成了美酒。村中父老都酒足饭饱，秀才也得到了三千钱的细绢。秀才很惭愧，向仆人道歉说：“我本性傲慢幼稚，这么久也没认出您是位高人，今后反过来，请让我当您的仆人。”仆人说：“我的确不是凡人，因为一点过失，被贬为下贱之人，正该被秀才役使。如果时限不够，我还要被其他人役使。请秀才不要改变往常的规矩，像以前一样，或许能了结我的事。”秀才虽然答应了，但每次使唤他时，脸上总有忧惧不安的神情。仆人于是告辞说：“秀才这样子，果真会妨碍我的事。”临走时说了秀才的年寿和仕途穷达，并且说世间万物没有不能用药物炼化的，只有淤泥中的红漆筷子和头发，药力不能化解。说完就离去了，不知去了何处。

注释

❶秀才：唐宋间凡应举者皆称秀才。 ❷元和：唐宪宗李纯年号。落第：科举考试未被录取。 ❸苏、湖间：苏州、湖州一带。 ❹贫窘：贫困窘迫。 ❺走使：使唤，差遣。野人：粗野之人。 ❻甘豆汤：中医方剂名。主要原料有豆、甘草等。 ❼祗（zhī）承：敬奉。 ❽盈握：满握。握：指一手所能握持的数量。 ❾掊（póu）：通“抔”，以手捧物。此处指一捧的量。 ❿挼挼：（nuózùn）：揉搓。 ⓫差（chài）：同“瘥”，病愈。 ⓬褫（chǐ）：脱去，解

下。⑬村老：村中父老。⑭丐：乞求。⑮札：古代写字用的小而薄的木片。⑯噀（xùn）：喷。⑰旨酒：美酒。⑱束缣：整匹的缣帛。⑲骄稚：傲慢幼稚。⑳庶：希望，但愿。㉑蹙（cù）蹙：忧惧不安的样子。㉒修短：长短。指人的寿命。穷达：困顿与显达。

【原文】

宝历中[①]，荆州有卢山人，常贩桡朴石灰[②]，往来于白洑南草市[③]，时时微露奇迹，人不之测。贾人赵元卿好事[④]，将从之游，乃频市其所货，设果茗，诈访其息利之术[⑤]。卢觉，竟谓曰："观子意，似不在所市，意有何也？"赵乃言："窃知长者埋形隐德[⑥]，洞过蓍龟[⑦]，愿垂一言。"卢笑曰："今且验。君主人午时有非常之祸也，若是吾言[⑧]，当免。君可告之：将午，当有匠饼者负囊而至，囊中有钱二千余，而必非意相干也。可闭关，戒妻孥勿轻应对[⑨]。及午，必极骂，须尽家临水避之。若尔，徒费三千四百钱也。"时赵停于百姓张

【译文】

宝历年间，荆州有位卢姓隐士，经常贩卖些木材石灰之类，往来于白洑南边的集市。他不时流露出几手奇术，令人莫测高深。商人赵元卿喜欢多事，想要跟卢隐士交往，于是频频买他的货物，又请他喝茶吃点心，假装向他学习获利之道。卢隐士察觉到他的意图，就对他说："我看您的心思，好像并不在生意上，您到底想做什么？"赵元卿就说："我知道先生埋没姓名隐匿德行，洞晓事情胜过占卜，希望能预示一言。"卢隐士笑着说："这个预言今天就能应验。您的房东中午会有大祸，如果依我之言，就可以化解。您可以告诉他：快到中午的时候，会有一个卖饼的背着口袋前来，那口袋里有两千多文钱，他一定不是无故寻衅。到时让房东把门关上，告诫妻儿不要轻易应答。快到中午时，那人一定会破口大骂，这时要全家躲避到水边。如果这样做了，只需破费三千四百文钱，便可免除一场大祸。"当时赵元卿暂住在张姓家中，立即回去告诉张某。张某平素也认为卢隐

家[⑩]，即遽归语之。张亦素神卢生，乃闭门伺也。欲午，果有人状如卢所言，叩门求籴[⑪]，怒其不应，因足其户，张重篑捍之[⑫]。顷聚人数百，张乃自后门率妻孥回避之。差午，其人乃去，行数百步，忽蹶倒而死。其妻至，众人具告其所为。妻痛切，乃号适张所，诬其夫死有因。官不能评，众具言张闭户逃避之状。识者谓张曰："汝固无罪，可为办其死。"张欣然从断，其妻亦喜。及市槥就轝[⑬]，正当三千四百文。因是，人赴之如市。卢不耐，竟潜逝。至复州界[⑭]，维舟于陆奇秀才庄门[⑮]。或语陆："卢山人，非常人也。"陆乃谒。陆时将入京投相知，因请决疑。卢曰："君今年不可动，忧旦夕祸作。君所居堂后，有钱一瓶[⑯]，覆以板，非君有也，钱主今始三岁。君慎勿用一钱，用必成祸，能从吾戒乎？"陆矍然谢之[⑰]。及卢生去，水波未定，

士很神异，就关门等待。快中午时，果然有一个样子就像卢隐士所说的人前来敲门，说要买粮食。屋内没人吱声，那人很生气，就用脚踹门，张某加上两重竹席堵住门。不一会儿，家门口聚集了几百人，张某就带着妻儿从侧门离家躲避。马上到中午了，那人就离开了，走了几百步远，忽然倒地而死。死者的妻子赶来，围观的众人一五一十地告诉了她死者在这里的所作所为。那妇人非常悲痛，大哭着来到张家门前，诬陷她丈夫的死和张家有关。官府不能评断，众人就详细陈述了张家关门逃避的情形。有见识的人对张某说："你的确无罪，但可为他办理后事。"张某欣然听从，死者的妻子也很满意。买好棺材，雇车搬运下葬，费用正好是三千四百文。因为这件事，人们争相拜见卢隐士，弄得他家门庭若市。卢隐士不能忍受，最后悄悄地离开了。到了复州地界，卢隐士系船停泊在陆奇秀才的庄门。有人对陆奇说："卢隐士不是凡人。"陆奇就前去拜谒。当时，陆奇正要进京投靠朋友，便请卢隐士帮忙决断。卢隐士说："您今年不可妄动，否则很快要有祸事发生。您住的房子后面，埋有一大缸钱，上面盖着板子，但这不是您的钱，钱的主人今年才三岁。您千万不要使用其中一文钱，用了一定会有灾祸，能听从我的告诫吗？"陆奇惊惶地表示感谢。等卢隐士的船一离开，水波都还没

陆笑谓妻子曰："卢生言如是，吾更何求乎！"乃命家童锹其地，未数尺，果遇板，彻之[18]，有巨瓮，散钱满焉。陆喜，其妻以裙运纫草贯之[19]。将及一万，儿女忽暴头痛不可忍。陆曰："岂卢生言将征乎？"因奔马追及，且谢违戒。卢生怒曰："君用之，必祸骨肉。骨肉与利轻重，君自度也。"棹舟去之不顾[20]。陆驰归，醮而瘗焉[21]，儿女豁愈矣。卢生到复州，又常与数人闲行，途遇六七人，盛服俱带，酒气逆鼻。卢生忽叱之曰："汝等所为不悛[22]，性命无几！"其人悉罗拜尘中[23]，曰："不敢，不敢。"其侣讶之[24]，卢曰："此辈尽劫江贼也。"其异如此。赵元卿言卢生状貌，老少不常，亦不常见其饮食。尝语赵生曰："世间刺客，隐形者不少。道者得隐形术，能不试，二十年可易形，名曰脱离。后二十年，名籍于地仙矣。"又言："刺客

平静，陆奇就笑着对妻子说："照卢隐士说的房子后面就有钱，我哪还有别的奢望呢！"就让家童用铁锹掘地，挖不过几尺深，果然有一块板子，拿开板子，下面有一口大缸，满满一缸散钱。陆奇大喜，他的妻子用裙子兜着纫草去穿钱。快穿到一万钱的时候，儿女忽然头痛难受。陆奇说："难道是卢隐士的话要应验了吗？"因而快马加鞭去追赶卢隐士，向他请罪说自己不听告诫，致使儿女遭了报应。卢隐士生气地说："您如果用这钱，一定会殃及骨肉。骨肉和钱财孰轻孰重，您自己掂量吧。"说完就划船离开了，头也不回。陆奇飞马赶回家，向神灵祝告，又把钱重新掩埋好，儿女的病一下子就好了。卢隐士在复州，一次和几个人漫步，路上遇见六七个人，穿着奢华，酒气熏人。卢隐士忽然训斥他们说："你们这帮人再不悔改，命就不长了！"这帮人全都围着他拜倒在地，说："再也不敢了，再也不敢了。"同伴都很吃惊，卢隐士对他们说："这些都是江上的劫匪。"他的神异事迹大抵如此。赵元卿说卢隐士的容貌经常变化，忽老忽少，也没怎么见他吃东西。他曾对赵元卿说："这世上有不少精通隐形术的刺客。道士学会隐形术，如果能克制不用，二十年就可以变化身形，这个叫作脱离。再过二十年，名字就列入地仙名籍了。"又说："身怀隐形术的刺客死后，尸体也会消

之死，尸亦不见。”所论多奇怪，盖神仙之流也。

失。”其奇谈怪论甚多，当真是神仙一流的人物。

注释

❶ 宝历：唐敬宗李湛年号。 ❷ 桡：船桨。朴：未经加工的木材。 ❸ 白洑：地名。湖北潜江旧名。草市：乡村集市。 ❹ 贾人：商人。 ❺ 息利：生财。 ❻ 隐德：隐匿德行。 ❼ 洞：洞晓。蓍（shī）龟：古人以蓍草和龟甲占卜凶吉，因以指占卜。 ❽ 是：认为正确。 ❾ 妻孥（nú）：妻子和儿女。 ❿ 停：暂住。 ⓫ 籴（dí）：买进粮食。 ⓬ 箦（zé）：竹席。这里应是卷成筒状的竹席。 ⓭ 市：买。椟（huì）：小而薄的棺材。 ⓮ 复州：今湖北仙桃、天门一带。 ⓯ 维舟：系船停泊。 ⓰ 甒（wǔ）：古代盛酒的有盖瓦器，口小，腹大，底小，较深。 ⓱ 矍然：惊惧的样子。 ⓲ 彻：撤除，撤去。 ⓳ 纫草：穿钱的草绳。 ⓴ 棹舟：划船。 ㉑ 醮（jiào）：做法事。瘗（yì）：掩埋。 ㉒ 不悛（quān）：不悔改。 ㉓ 罗拜：四面围绕着下拜。 ㉔ 侣：同伴。

【原 文】

长庆初，山人杨隐之在郴州[①]，常寻访道者。有唐居士[②]，土人谓百岁人。杨谒之，因留杨止宿。及夜，呼其女曰：“可将一下弦月子来[③]。”其女遂帖月于壁上，如片纸耳。唐即起祝之曰：“今夕有客，可赐光明。”言讫，一室朗若张烛。

【译 文】

长庆初年，隐士杨隐之在郴州，时常寻访有道之士。听说有位唐居士，当地人叫他百岁人。杨隐之前去拜见，他就留杨隐之住下。到了晚上，唐居士喊他的女儿说：“快取一个下弦月来。”他的女儿就把月亮贴在墙上，看上去只是一张纸片而已。唐居士站起来祝祷说：“今天晚上有客人，请赐给光明。”刚说完，整个房间豁然明亮，就像点了蜡烛一样。

注释

❶ 郴（chēn）州：今属湖南。　❷ 居士：古代称有德才而隐居不仕或未仕的人，多以之为别号。在家奉佛的人亦称“居士”。　❸ 下弦：农历每月二十二、二十三日后，月形如弓，弓形偏东，弦口向西，称为“下弦”。此指月亮。

【原文】

南中有百姓[①]，行路遇风雨，与一老人同庇树阴，其人偏坐敬让之。雨止，老人遗其丹三丸，言有急事即服。岁余，妻暴病卒。数日，方忆老人丹事，乃毁齿灌之，微有暖气，颜色如生。今死已四年矣，状如沉醉，爪甲亦长。其人至今舆以相随。说者于四明见之矣[②]。

【译文】

南方有个百姓，行路时遇到风雨，碰巧和一位老人同在大树下避雨，这个人坐在侧边礼让老人。雨停后，老人送给他三颗丹药，说有急事时就服下。一年后，他的妻子突发急病死了。过了好几天，这人才想起老人送的丹药，赶紧撬开妻子的牙齿给灌下去，只见妻子的身体稍稍有了热气，脸色也恢复了生气。如今，这人的妻子已经死去四年了，样子像是沉醉不醒，指甲也在不断生长。这人至今出门时都用车载着妻子相随。讲这故事的人在四明亲眼看见过那具如生的女尸。

注释

❶ 南中：泛指南方。　❷ 四明：今浙江宁波。因境内有四明山，故名。

前集卷三

贝编

【原 文】

释门三界[1]，二十八天[2]，四洲[3]，至华严藏世界[4]，八寒八热地狱等[5]，法自三身[6]，五位[7]，四果[8]，七支[9]，至十八界[10]，三十七道品等[11]，入释者率能言之。今不复具，录其事尤异者。

【译 文】

佛家所说三界、二十八天、四大部洲，以至莲华藏世界、八寒八热地狱等，佛法中的三身、五位、四果、七支，以至十八界、三十七道品等，学佛的人一般都知道。我就不再重复叙述了，只记录佛经中那些特别奇异的事情。

注 释

❶ 三界：即欲界、色界、无色界。 ❷ 二十八天：即欲界六天、色界十八天与无色界四天。 ❸ 四洲：在须弥山四周有四个大洲，东边的叫东胜身洲，南边的叫南赡部洲，西边的叫西牛货洲，北边的叫北俱卢洲。 ❹ 华严藏世界：即莲华藏世界。 ❺ 八寒八热地狱：即八寒冰地狱和八炎火地狱。 ❻ 三身：即三种佛身。谓佛身有法身、报身和应身三种。 ❼ 五位：即五法，佛教将一切法分为五种：色法、心法、心所法、心不相应法、无为法。 ❽ 四果：佛教修行者入圣道的四种果位。即须陀洹果、斯陀含果、阿那含果、阿罗汉果。 ❾ 七支：谓身三、口四之恶业。身三者，杀生、偷盗、邪淫；口四者，妄语、绮语、恶口、两舌。以七恶支分，故称为支，乃十恶中之前七恶。 ❿ 十八界：佛教以

人的认识为中心，对世界一切现象所做的分类。或说，人的一身即具此十八界。包括能发生认识功能的六根（眼界、耳界、鼻界、舌界、身界、意界），作为认识对象的六境（色界、声界、香界、味界、触界、法界）和由此生起的六识（眼识界、耳识界、鼻识界、舌识界、身识界、意识界）。 ⓫三十七道品：即进入涅槃境界之三十七种修行方法，包括四念处、四正勤、四如意足、五根、五力、七菩提分、八正道。

【原 文】

鬘持天[1]。十住处。十六分中轮王乐不及其一[2]。四种乐：一无怨，二随念，及天女不念余天等。身香百由旬[3]。

【译 文】

鬘持天。有十个住处。人间的圣贤帝王所受之乐和鬘持天众生之乐相比，不及后者的十六分之一。鬘持天第五地处有四种乐：一无怨，二随念，以及天女不念余天等。身体香气能远播百由旬。

注 释

❶鬘（mán）持天：佛教中的一个天界名称，属于欲界六天之一，具体是四天王天中的一层。 ❷轮王：佛教谓四大部洲的统治者。 ❸由旬：古印度计程单位。即公牛挂轭行走一日之旅程，有八十里、六十里、四十里之说。另据《大唐西域记》载，一由旬指帝王一日行军之路程。

【原 文】

迦留波陀天[1]。此言象迹，有十地也。目不瞚[2]。众蜂出妙音。六天香风，皆

【译 文】

迦留波陀天。说的是象迹天，此天有十地。第一地行莲华，视物不眨眼。第二地胜蜂喜，众蜂发出美妙的声音。第五地

入此天。

风行，六天香风，都入此天。

注释

❶ 迦留波陀天：即象迹天，为四天王天之第二天。 ❷ 不瞚（shùn）：同“不瞬”，不眨眼。

【原 文】

四天王[1]。十地：彩地、质多罗地。八林。

【译 文】

四天王天的常恣意天。有十地：彩地、质多罗地等。第九地清凉池有八林树。

注释

❶ 四天王：佛教有四大天王，亦称“护世四天王”，多塑为东方持国天王、南方增长天王、西方广目天王、北方多闻天王。

【原 文】

箜篌天[1]。十地。金流河。无影山。有影游鸟，随其行处，地同其色。众鸟说偈。白身天，身色如拘勿头花。宝树枝叶如殿，其地柔耎，随足上下。乐游戏天，乘鹅殿。

【译 文】

箜篌天。有十地。第一地乾陀罗，有金流河。第二地应声，有无影山。第三地喜乐，有影游鸟，它飞到哪里，地就与其同一颜色。第四地探水，有众鸟唱颂。第五地白身天，生此天者，身着白色衣，颜色如同拘勿头花。第六地共游戏，宝树枝叶像宫殿，地很柔软，随足所履，自然起伏。第七地乐游戏，有乘鹅殿。

注释

❶ 箜篌（kōnghóu）天：为四天王天第四天。

【原文】

三十三天[①]。九十九那由他天女[②]。忆念树，物随意而出。十花池。千柱殿。六时林，一日具六时。千辐轮殿，天妃舍支所坐也。衣无经纬。将死者尘著身。马殿。千鹅驾。金刚綖带。行林，随天所至。众鸟金臆。大象百头，头有十牙，牙端有百浴池。顶有山，名曰界庄严。鼻有河，如阎牟那河水，散落世界为雾。胁有二园，一名喜林，二名乐林。象名伊罗婆那。光明林，四维有如意树。帝释将与修罗战[③]，入此林四树间，自见胜败之相。甲胄林，甲胄从树而生，不可破坏。莲出摩偷，美饮也。修一千二百善业者，生此天。上妙之触，

【译文】

三十三天。第一天：有九十九那由他天女。有忆念树，万物随诸天女心之所想而出。有十大莲花池。有千柱殿。有六时林，一天有六时。有千辐轮车，是天妃舍支所乘坐。第三天：衣服没有经纬，自然天成。第四天：将死之人会有尘土附身。有速度很快的马车。天帝乘坐千只鹅拉的四轮千辐车。第五天：天子以金刚綖带为装饰。第六天：有行林，林中金树，随天所至。第七天：有鸟是金色胸腹。第八天：白象王的化身有一百个头，每头有十牙，牙端有一百浴池。头顶上有山，名叫界庄严。两个鼻孔化作河流，就像阎牟那河，河水散落世界化为雾。两胁各有一园，一名喜林，二名乐林。白象王的名字叫伊罗婆那。第九天：有光明林，四边有四棵像镜子一样的如意毗琉璃树。天帝释将与阿修罗战，天众进入光明林四棵如意树之间，就照见自己的胜败之相。有甲胄林，甲胄从树中长出来，不可以破坏，刀枪不入。第十四天：莲花池中的莲花流出摩偷，摩偷是一种美酒。第二十天：修行一千二百个善业，就可生在此天。第二十三天：上妙之触，犹如看到触迦旃邻提

如触迦旃邻提鸟[4]，此鸟轮王出世方见。开合林，开目常见光明。

鸟，这种鸟在转轮王出世才出现。第三十二天：有开合林，睁开眼睛，就能看见光明。

注释

❶ 三十三天：即忉利天。佛教宇宙观中，此天位为欲界六天之第二天，系帝释天所居之天界，位于须弥山顶；山顶四方各有八天城，加上中央帝释天所住之善见城，共有三十三处，故称三十三天。 ❷ 那由他：梵语音译，又作“那由多”“那庾多”，表数量极多。 ❸ 修罗：即阿修罗。古印度神话中的恶神。因与帝释天争斗不休，以致出现了修罗场、修罗战等名词。 ❹ 迦旃（zhān）邻提鸟：海中之鸟。其羽毛可制成柔软之衣。

【原 文】

夜摩天[1]。住虚空，阎婆风所持也。积崖山，高三百由旬，有七楞七厢。始生天者五相[2]：一光明覆身而无衣，二见物生稀有心，三弱颜，四疑，五怖。又退天五相：一近莲池花不开，二近林蜂离树，三听天女歌而生厌离，四近树花萎，五殿不行空。又见身光[3]，衣

【译 文】

夜摩天。住在虚空，为阎婆风所持。第四地有积崖山，高三百由旬，有七宝一共七厢。始生天者五相：第一相，光明覆被全身，身上没有衣服，心想不能让其他天众见我身体裸露，此念一生，他虽身上无衣，而他天众见他有衣；第二相，园中之物皆未曾见过，故而一一看遍；第三相，见到天女，颜色羞惭，未敢正看；第四相，见其余天众，虽然前去接近，而心存疑虑；第五相，欲升虚空，心生怖畏，既飞不高也飞不远。又有退天五相：第一相，走近莲花池，莲花不开；第二相，走近树林，蜂则离树飞去；第三相，听天女歌声，生厌而舍去；第四

触重如金刚，及照毗琉璃、镜，不见其首。天女九退相：一皮缓；二头花散落；三赤花在首变为黄；四风吹无缕衣，如人衣触；五飞行意倦；六触水而浊；七取树花，高不可及；八见天子无媚；九发散粗涩。又唇动不止，璎珞花鬘皆重[4]。摩尼珠中，有金字偈。十二种离垢布施[5]，生此天。群鸟青影，覆万由旬。

相，靠近树木，树上的花全都枯萎；第五相，想在殿舍游行，不能行于空中。又有十二死相，其中有：光明不出，还入身中，好像日落；衣触重如金刚；又照琉璃壁或镜子，看见自己的影像，但是看不到头部。天女九退相：一皮肤松弛；二头花掉落；三红花戴到头上就变为黄色；四风吹无缕衣而衣缕显现；五空中飞行疲倦；六身上的汗水由清变浊；七到树下摘花，树枝高不可及；八与天子相见，容貌变丑；九头发散乱粗涩。天女另有退相：没有说话而嘴唇翕动不停，所戴璎珞、花鬘等饰物，都变得很沉重。兜率天王所留的摩尼珠，珠子里面有金字偈。做十二种离垢布施的，生于此天。毗琉璃宝庄严之山，众鸟青影，覆被一万由旬。

注释

❶夜摩天：欲界六天之第三天。　❷始生天者五相：新诞生的天人拥有的五种相。　❸身光：佛菩萨身所发之光明。　❹璎珞：由珠玉或花等编缀而成之饰物，多为颈饰。　❺离垢：脱离尘垢。布施：以福利施于他者。

【原 文】

四天王天，有十二失坏：常与修罗斗战等。三十三天，八种失坏，有劣天不为帝释所识等[1]。夜摩天，六失坏：食劣生惭等。兜率

【译 文】

四天王天有十二种失坏：常与阿修罗战斗等。三十三天有八种失坏，即劣天不被帝释所识等。夜摩天有六种失坏：食时劣者心生羞惭等。兜率陀天有四种

陀天[2]，四失坏：不乐鹅王说法声等[3]。化乐天，四失坏：天业将尽，其足无影等。他化自在天，四失坏：宝翅蜂舍去等。

失坏：不喜欢佛说法声等。化乐天有四种失坏：善业将尽时，脚有影子等。他化自在天有四种失坏：宝翅蜂飞走等。

注释

❶ 劣天：指阿修罗。 ❷ 兜率陀天：欲界六天之第四天。 ❸ 鹅王：佛有十二相，其一为“鹅王”。因佛手足中间有缦网，有如鹅足，故称“鹅王”。

【原文】

色界天下石，经一万八千三百八十三年方至地。

【译文】

色界天落下一块大石头，要经过一万八千三百八十三年才到地上。

【原文】

阎浮提[1]。人生三肘半至四肘[2]，骨四十五，脉十三。身虫有毛灯、瞋血、禅都摩虫，流行血中。善色虫，处粪中，令人安乐。起根虫，饱则喜。欢喜虫，能见众梦。又有瘶瘯、蕾等[3]。赊婆罗人穿唇，骆驼面人。有渚，人一足，师子有翼[4]，女人狗面。

【译文】

阎浮提洲。此洲的人身高三肘半到四肘，脊有四十五骨，体内有十三脉。身内有毛灯虫、瞋血虫、禅都摩虫等，寄生在血液中。善色虫寄身于粪便中，能让人安乐。起根虫，膀胱胀满则欢喜。欢喜虫，能制造各种梦。又有赤口臭虫可以让人生病 ，和集虫让人迷糊不醒。阎浮提的赊婆罗人在口唇部穿孔，有面部长得像骆驼的人。又有洲渚，那里的人只有一只脚，狮子长有翅有林名吱多迦，罗刹所住[5]，眴目间行百千由旬。洲有赤贝、金地、黑双、五铜、康白等。

膀，女人长着狗脸。有大林名为吱多迦，是罗刹的居住地，罗刹一眨眼的工夫能疾行千百由旬。围绕大洲的小洲，其中最奇异的是赤贝洲、金地洲、黑双洲、五铜洲、康白洲等。

注释

❶ 阎浮提：即南赡部洲，在须弥山南方。此洲有阎浮树，故名。 ❷ 肘：佛教术语。表长度。以三节（人手中指之中节）为一指，二十四指为一肘。 ❸ 瘨痪（tiǎnhuàn）：病貌。瞢：通“梦”。 ❹ 师子：狮子。 ❺ 罗刹：恶鬼的总名。

【原 文】

郁单越[1]。鸡多迦等大河七十。自在无畏，四天王不如是。鸭音林，麒麟陀树，迦吱多那等二十五鹿名。有山，多牛头栴檀[2]，天人与阿修罗斗，伤者于此涂香。提罗迦树，花见日光即开；拘尼陀树，花见月光即开；无忧树，女人触之花方开；尸利沙树，足蹈即长。又日、龙舌、鹅旋、鼻境界等花。

【译 文】

北俱卢洲。僧迦赊山第四林有鸡多迦香熏河等七十条大河。北俱卢洲人自在无畏，四天王天就不是这样。白云持山鸭音林，有迦吱多那等二十五种鹿，饶山有麒麟陀树。第五山银峰多产牛头栴檀，天众和阿修罗作战，伤者在这里涂上栴檀香，伤口立刻愈合。鬘庄严山上的提罗迦树见到日光就会开花；拘尼陀树则见到月光才会开花；无忧树，受女人触碰才会开花；尸利沙树，有人踏足就会生长。时乐山中有日花、龙舌花、鹅旋花、鼻境界花等。

注释

❶ 郁单越：即北俱卢洲。 ❷ 牛头栴檀：又称赤栴檀。栴檀为香树名，出自牛头山，故名。

【原文】

瞿陀尼[1]。女人三乳。有十亿聚落，一万二千城。大国多伽多支。五大河：月力等。

【译文】

瞿陀尼。此地的女人有三个乳房。瞿陀尼有十亿聚落，一万二千座城。有大国名为伽多支。有月力河等五大河。

注释

❶ 瞿陀尼：即西牛货洲。

【原文】

弗婆提[1]。三大林：峪鬘等。三大城，大者三亿五十万三千五百五十六聚落。

【译文】

弗婆提。大波赊山有峪鬘等三大林。弗婆提国有三大城，最大的城中有三亿五十万三千五百五十六个聚落。

注释

❶ 弗婆提：即东胜身洲。

【原 文】

南洲耳发庄严。北洲眼庄严。西洲顶腹庄严。东洲肩髀庄严[1]。

【译 文】

南赡部洲的人耳朵和头发庄严。北俱卢洲的人眼睛庄严。西牛货洲的人头顶和腹部庄严。东胜身洲的人肩和大腿庄严。

注 释

❶ 髀（bì）：大腿。

【原 文】

生赡部者见白氎[1]。生郁单越者见赤氎，见母如鹅。生瞿陀夷，见黄屋，见母如牛。生弗婆提，见青氎，见母如马。

【译 文】

托生于南赡部洲的，中阴身可见白毛。托生于北俱卢洲的，中阴身可见红毛，见其生母之身为鹅。托生于西牛货洲的，见到黄屋，见其生母之身为牛。托生于东胜身洲的，中阴身可见青毛，见其生母之身为马。

注 释

❶ 氎（dié）：细棉布。

【原 文】

阿修罗，一鬼摄[1]，魔乃鬼有神通者；二畜摄[2]，

【译 文】

阿修罗，一为鬼道所摄，魔身为饿鬼，有神通；二为畜生道所摄，住在海

在海地下八万四千由旬。酒树；又有树，群蜂流蜜，其色如金；婆罗婆树，其实如瓫。四彩女如影等，各有十二那由他侍女。寿五千岁。地名月鬘。不见顶山。十三处：鹿迷、蜂旋、赤目鱼、正走、水行、住空、住山窟、爱池、鱼口等。黄鬘林，鋡毗罗城。战时，手足断而更生，断半身及斩首即死。

底八万四千由旬处。罗睺阿修罗王所住城内有种种异树：酒树；又有金色的如愿树，群蜂酿蜜；婆那娑树，果实有瓫那么大。阿修罗王有四位彩女，名为如影等，各有十二那由他侍女。堕阿修罗道者，寿长五千岁。罗睺阿修罗地下第二地名月鬘。那里有座大城名双游戏，双游戏城有座不见顶山。有遮迷、蜂旋、赤目鱼、正走、水行、住空、住山窟、爱池、鱼口等十三处。第三阿修罗地城名鋡毗罗，有黄鬘林。天众与阿修罗作战时，若被斩断手足，能够重新长出，如果被斩断半身及斩首则死。

注释

❶ 鬼摄：为鬼道所摄。 ❷ 畜摄：为畜生道所摄。

【原文】

鬼怪，阎浮提下五百由旬，有三十六种：魔罗食鬘鬼，此言九子魔；遮咤迦鸟[1]，唯得食雨，苏支目佉饿鬼受此身。

【译文】

饿鬼，住在阎浮提之下五百由旬处，共有三十六种：魔罗食鬘鬼，说的是九子魔；遮咤迦鸟，只能仰口承天上的雨水而饮，是针口鬼转世，受遮咤迦鸟身。

注释

❶ 遮咤迦鸟：属杜鹃之一种。此鸟唯仰口饮天降之雨水，而不饮普通之水，

故常患饥渴之苦恼。

【原 文】

畜生有三十四亿种。龙住阎浮提者五十七亿。龙于瞿陀尼不降浊水，西洲人食浊水则夭。郁单越人恶冷风，龙不发冷。于弗婆提洲不作雷声，不起电光，东洲恶也。其雷声，兜率天作歌呗音[①]，阎浮提作海潮音；其雨，兜率天上雨摩尼[②]，护世城雨美膳[③]，海中注雨不绝如车轴，阿修罗中雨兵仗，阎浮提中雨清净水。

【译 文】

畜生道有三十四亿种畜生。住在阎浮提的龙族部众有五十七亿之多。龙在西牛货洲不降污浊的水，因为西洲人饮用了浊水就会夭亡。北俱卢洲人厌恶冷风，所以龙在那里不兴冷风。龙在东胜身洲不打雷，也不起闪电，因为东洲人厌恶雷电。龙发出的雷声，在兜率天听来是颂唱佛经的声音，在阎浮提听来是海潮的声音。龙所下的雨，在兜率天下的是摩尼珠；在护世城下的是美食；海中大雨如注，有如车轴滚滚不停；在阿修罗下的是兵仗；在阎浮提下的是清净之水。

注 释

❶ 歌呗（bài）：颂唱。 ❷ 摩尼：宝珠。 ❸ 美膳：形容味道好且令人赏心悦目的美食。

【原 文】

地狱一百三十六。三角生死，善、无记也[①]。团生死，诸天

【译 文】

地狱共一百三十六处。有三种投胎去处，行善业生天中，行无记杂业生人中，行不善业生地狱中。在本道轮回，诸天于天中退，复生

也。青生死，地狱。黄生死，饿鬼。赤业[2]，畜生。

天中，于人中退，复生人中。地狱道轮回，地狱之人死则入暗地狱。饿鬼道轮回，仍生饿鬼道。畜生道轮回，赤业所摄，生畜生中。

注释

❶无记：即非善非不善者，因其不能记为善或恶，故名无记。 ❷赤业：畜生血食，血为赤色，故称。

【原文】

活地狱十六别处。下天五千年[1]，此狱一昼夜。金刚虫。瓮热。黄蓝花。心弥泥鱼。排筒。

【译文】

等活地狱有十六别处。地下天五十年，相当于等活地狱一昼夜。等活地狱第一别处为屎泥，此地有金刚虫，进入身体则吃遍全身。第三别处名为瓮热，酷刑是用大锅煮人。第四别处为多苦，此地有种酷刑是吊住人咽部，在黄蓝花中来回拖曳。又有弥泥鱼在无水的鞞多罗尼河中或跃或沉，或入天人道，或堕入地狱道。此地又有一种装置叫排筒，置于人肛中，鼓筒吹气。

注释

❶下天：地下天。五千年：据《正法念处经》或应作“五十年”。

【原文】

黑绳地狱[1]。旃荼处、畏鹫处。

【译文】

黑绳地狱。其地有旃荼黑绳地狱、畏鹫处。

注释

❶ 黑绳地狱：八热地狱之一。

【原文】

合地狱[①]。上、中、下苦：铜汁河中，身洋如苏。鹫腹火人。割刳处。坚鞕[②]。炎口夜干[③]。朱诛虫，铁蚁。泪火处，以佉陀罗炭致眼中。

【译文】

众合地狱。此地有上、中、下三种苦：罪恶生灵被抛入炽热的铜汁河里，立时凝缩为油脂。又有大铁鹫吞食罪人入腹，被吃下的罪人立时火焰焚身，即为火人。第二别处名割刳处。第六别处名多苦恼处，这里的罪人身体坚硬，有如金刚，但一碰就变成碎块。肉块落地之后有怪物炎口野干吃他的肉。第八别处名朱诛处，此地有恶虫朱诛虫，还有铁蚁，以罪人为食。第十别处名泪火处，酷刑是拿佉陀罗炭满满塞进人眼眶里。

注释

❶ 合地狱：即众合地狱，八热地狱之一。 ❷ 鞕（bào）：发硬。 ❸ 夜干：兽名。又称“野干”，似狐而小，形色青黄，如狗，夜鸣如狼。

【原文】

号叫地狱[①]。镴汁鼋[②]。发火流处。火末虫处，四百四病。火厚二百肘。

【译文】

号叫地狱。入此地狱者，会被大鼋驮进镴汁池中，煮得稀烂。此狱中有发火流处。又有火末虫处，所受苦为四百零四种恶病。又有云火雾处，火势高二百肘。

注释

❶ 号叫地狱：八热地狱之一。 ❷ 镴（là）：铅和锡的合金。

【原文】

大号叫地狱[1]。舌长三居赊[2]，口生确虫。火鬘处，金舒迦色赤树，肉泥色也。鱼腹苦。十一炎处：火生十方，及饥渴火也。

【译文】

大号叫地狱。此地罪人舌头有三居赊长，口中长有确虫。火鬘处的罪人会被压为肉泥，颜色鲜红，如同金舒迦色赤树。在受无边苦处的罪人饱受鱼腹灼烧之苦。在十一炎处，有十一处大火。东、西、南、北、东南、西南、东北、西北、上、下十方均有火，再加上罪人因饥渴而从口中喷出的火，恰为十一处。

注释

❶ 大号叫地狱：即大叫唤地狱。 ❷ 居赊：长度单位。

【原文】

燋热地狱[1]。生龙口中。弥泥鱼旋。镬量五十由旬[2]，沸沫高半由旬。

【译文】

焦热地狱。其地第三别处的罪人生在龙口之中，被龙的毒牙反复咀嚼。第四别处名为赤铜弥泥鱼旋。第五别处名为铁锅地狱，有六口五十由旬高的大铁锅，锅里的沸水溅起的水沫高半由旬。

注释

❶ 燋（jiāo）：通“焦”。 ❷ 镬：鼎镬，烹人的刑具。

【原文】

大燋热地狱[1]。针风。吹下三十六亿由旬。地盆虫。釁块乌处：置之鼓中，鼓出恶声。千头龙。

【译文】

大燋热地狱。此地有炽热扎人的必波罗针风，业风一吹就有三十六亿由旬。第九处有地盆虫，专门啃食骨髓。在第十二处釁块乌处：罪人被放置在鼓里，鼓发出恶声，震破罪人的心脏。第十三处悲苦吼处有一条千头龙，一刻不停地在吃人。

注释

❶ 大燋热地狱：即大焦热地狱。

【原文】

阿鼻[1]。十六别处。衣裳健破[2]，浣而速垢[3]：将生阿鼻之相。死时见身如八岁儿。面在下，空中风吹三千年。受苦胜如阿迦尼吒天乐[4]。狱中臭气，能坏欲界六天，有出、没之二

【译文】

阿鼻地狱。此地有十六别处。衣裳无缘无故就破了，洗澡之后很快就脏了：这是将堕入阿鼻地狱之相。人死后，若要堕入阿鼻地狱，其“中阴身”就像八岁的孩童。然后，头面在下脚在上跌入地狱，受地狱冷风吹二千年。在此地狱中所受之苦为极苦，就像阿迦尼吒天所受之乐为极乐。此地狱中的臭气，能熏坏欲界六天，所以就有出山、没山两座山来遮挡臭气。第一别处为乌口处，第六别

山遮之。乌口处，黑肚处。一角、二角处。

处为黑肚处。第十二别处星鬘处又有一角、二角两处。

注释

❶阿鼻：梵语音译，即阿鼻地狱，也叫“无间地狱”，是地狱之最底层，佛教谓造极重罪业者死后堕此地狱。❷健：很快。❸浣：洗。❹阿迦尼吒：梵语音译，意译为色究竟，色界十八天之最上天。

【原文】

八寒地狱，多与常说同。

【译文】

八寒地狱，与通常的说法大体相同。

【原文】

凡生地狱，有三种形：罪轻作人形；其次畜形；极苦无形①，如肉轩、肉瓶等。今佛寺中画地狱变②，唯隔子狱稍如经说③，其苦具悉，图人间者曾无一据。

【译文】

凡是堕入地狱者，有三种形：罪轻者化为人形；其次为畜生之形；罪极重者无人、畜之形，化为肉板、肉瓶之类。如今佛寺中画地狱变，只有隔子狱大略符合佛经所说，对地狱之苦刻画详尽，但其描绘的人间万象却没有一点依据。

注释

❶极苦无形：地狱中受极苦之人无人畜之形，而为肉瓮、肉瓶等形。❷地狱变：将佛经所述地狱之事画成图画以传播佛法，此图画即地狱变。变：变相，

演变佛经而成图画。 ❸ 隔子狱：各大地狱各有分区，如同隔间，故名。

【原 文】

旧说地狱中阴[1]，牛头阿傍[2]，无情业所感现[3]。

【译 文】

以前有种说法，地狱里的中阴身身受牛头阿傍残害，是因在世时造了恶业。

注 释

❶ 中阴：轮回中，死后生前的过渡状态。 ❷ 牛头阿傍：指牛头人身之鬼卒。 ❸ 业：佛教名词。意为“造作”，泛指一切身心活动。

【原 文】

人渐死时，足后最令冷，出地狱之相也。

【译 文】

人将死时，脚最后变冷，这是入地狱之相。

【原 文】

器世将坏[1]，无生地狱者。

【译 文】

器世界将要毁坏时，地狱就不再接纳新成员了。

注 释

❶ 器世：也作“器世间”。指一切众生所居之国土世界。以国土世界形如器物，能容受众生，可变可坏，故称器世间。

【原 文】

阿修罗有一切观见池，战之胜败，悉见池中。

【译 文】

阿修罗王有个池子，名叫一切观见池，将要作战时，战局胜负全部显现在池中。

【原 文】

鬘持天，镜林中，天人自见善恶因缘。

正行天[①]，颇梨树，见人法与非法[②]，毗留博叉常于此观之[③]。

善法堂天，忉利天及人中七生事[④]，见于殿壁中，无第八生。

波利邪多天，有波利邪多树，见阎浮提人善不善相，行善则照百由旬，行不善则雕枯[⑤]，半行善则半荣。

微细行天，宝树枝叶，悉见天人影像。上、中、下业亦见其中。

阎摩那娑罗天，娑罗树中见果报[⑥]。其殿净如镜，悉见天人所作之业果报。又第二树中，有千柱殿，有业网[⑦]，诸地狱十六隔处，悉见其中。

【译 文】

鬘持天有一个镜林，天人可从中照见自己的善恶因缘。

正行天中有颇梨树，可观见人间一切善恶是非，西方广目天王常在这里观看。

善法堂天，殿壁明亮得像镜子，从中可以看到古时三十三天的天王在天道和人道轮回七次的故事，没有第八次。

波利邪多天，有波利邪多树，显现着南赡部洲人行善或行不善之相。如行善，这种树可以照耀一百由旬；如行不善，它就凋零枯萎；如半行善，它就半枯半荣。

微细行天，有宝树，宝树的枝叶可以照见天众的影像。各自的上、中、下业也在其中。

阎摩那娑罗天，有娑罗树，可以看见因果报应。又有宝殿明净如镜，可以全部照见天众所作之业的果报。另外，第二棵娑罗树中，有千柱殿，有业网，各大地狱的十六隔子狱都显现其中。

夜摩天，无垢镜地，地中见自身额上所见业果。又阎浮那陀塔影中，见欲界罪福及三恶趣[8]。言天象异者，若月将食，油脂沉水，鸟下飞；日将蚀，诸方赤。

夜摩天，有处无垢镜地，地上可以照见自己额头上所显现的业果。另外，阎浮那陀佛塔影中，可看见欲界的罪福及三恶道。说到天象异常，如果将有月食，则油脂沉入水里，鸟贴地而飞；将有日食，则各方变红。

注释

❶ 正行天：箜篌天第十地。 ❷ 法：佛教术语。梵语音译为“达摩”，泛指宇宙的本原、道理。 ❸ 毗留博叉：四天王之西方天王。 ❹ 七生：指往返天人两道受生七次。 ❺ 雕枯：衰谢枯槁。 ❻ 娑罗树：木棉树的别称，佛教四大圣树之一。果报：因果报应。 ❼ 业网：指善恶之业网罗众人使之沉没于生死轮回中，如网罩人不可逃脱。 ❽ 罪福：罪与福之并称。三恶趣：指地狱、饿鬼、畜生三恶道。

【原文】

二十八宿[1]：昴为首，一夜行三十时，形如剃刀，姓鞞耶尼，祭用乳，属火。

毕形如立叉，属水，祭用鹿肉，姓颇罗堕[2]。

觜属月，月之子，姓毗梨佉耶尼，形如鹿头，祭用果。

参属日天，姓婆斯失缔，形如妇人黡[3]，祭用醍醐[4]。

【译文】

二十八宿：昴宿为第一宿，一昼夜运行三十时，形状像剃刀，姓鞞耶尼，祭礼用乳汁，属火天。

毕宿的形状像立叉，属水天，祭祀用鹿肉，姓颇罗堕。

觜宿属月天，是月之子，姓毗梨佉耶尼，形状像鹿头，祭祀用果。

参宿属日天，姓婆斯失缔，

井属日，姓同参，形如足迹，祭用粳米和蜜⑤。

鬼属木，姓炮波罗毗，形如佛胸，祭同井。

柳属蛇，形、祭与参同，姓蛇。

星属火，形如河岸，姓宾伽耶尼，祭用乌麻⑥。

张属福德天，姓瞿昙弥⑦，形、祭如井。

翼属林天，姓憍陈如⑧，祭用黑豆，形同上。

轸属沙毗梨帝，形如人手，姓迦遮延，祭用莠稗⑨。

角属喜乐天，姓质多罗，形如上，祭用花。

亢姓迦旃延，祭用菉豆⑩。

氐姓多罗尼，以花祭。

房属慈天，姓阿蓝婆，形如璎珞，祭用酒肉。

心属忉利天，姓迦罗延，形如大麦，祭用粳米。

尾属猎师天，姓遮耶尼，形如蝎尾，祭用果根。

箕属清净天，姓持义迦，形如牛角。

形状像妇女的黑痣，祭祀用醍醐。

井宿属日天，姓与参宿相同，形状像是足迹，祭祀用粳米和蜜。

鬼宿属木天，姓炮波罗毗，形状像佛胸，祭祀用品和井宿相同。

柳宿属蛇天，形状和祭祀用品与参宿相同，姓蛇。

星宿属火天，形状像是河岸，姓宾伽耶尼，祭祀用黑芝麻。

张宿属福德天，姓瞿昙弥，形状和祭祀用品与井宿相同。

翼宿属林天，姓憍陈如，祭祀用黑豆，形状和张宿相同。

轸宿属沙毗梨帝天，形状像是人手，姓迦遮延，祭祀用莠草和稗子。

角宿属喜乐天，姓质多罗，形状和轸宿相同，祭祀用花。

亢宿姓迦旃延，祭祀用绿豆。

氐宿姓多罗尼，用花祭祀。

房宿属慈天，姓阿蓝婆，形状像璎珞，祭祀用酒肉。

心宿属忉利天，姓迦罗延，形状像大麦，祭祀用粳米。

尾宿属猎师天，姓遮耶尼，形状像蝎尾，祭祀用果根。

箕宿属于清净天，姓持义迦，形状像牛角。

斗姓莫迦逻，形如人拓地[11]，祭如井。

牛属梵天，姓梵岚摩，形如牛头，祭如参。

女属毗纽天，姓帝利迦遮耶尼，形如心，祭以鸟肉。

虚姓同翼，形如鸟，祭用乌豆汁。

危姓单罗尼，形如参，祭以粳米。

室属蛇头天，蝎天之子，姓阇都迦，祭用血。

壁姓陀难阇。

奎姓阿瑟吒，祭用酪。

娄属乾闼婆天，姓阿含婆，形如马头，祭用大麦。

胃姓跋伽毗，形如鼎足。

斗宿姓莫迦逻，形状像人在开垦土地，祭祀用品和井宿相同。

牛宿属梵天，姓梵岚摩，形状像牛头，祭祀用品和参宿相同。

女宿属毗纽天，姓帝利迦遮耶尼，形状与心宿相同，祭祀用鸟肉。

虚宿的姓和翼宿相同，形状像只鸟，祭祀用乌豆汁。

危宿姓单罗尼，形状像参宿，祭祀用粳米。

室宿属蛇头天，蝎天之子，姓阇都迦，祭祀用血。

壁宿姓陀难阇。

奎宿姓阿瑟吒，祭祀用乳酪。

娄宿属乾闼婆天，姓阿含婆，形状像马头，祭祀用大麦。

胃宿姓跋伽毗，形状像鼎的三足。

注释

❶ 二十八宿（xiù）：分布于黄道、赤道附近一周天的二十八个星官，东西南北四方各七宿。东方青龙七宿是角、亢、氐、房、心、尾、箕，北方玄武七宿是斗（dǒu）、牛、女、虚、危、室、壁，西方白虎七宿是奎、娄、胃、昴（mǎo）、毕、觜（zī）、参（shēn），南方朱鸟七宿是井、鬼、柳、星、张、翼、轸（zhěn）。 ❷ 颇罗堕：为古印度婆罗门六姓（或云十八姓）之一。❸ 黡（yǎn）：黑痣。 ❹ 醍醐（tíhú）：酥酪上凝聚的油，佛教比喻一乘教义。

❺ 粳米：粳稻碾出的米，黏性强。 ❻ 乌麻：黑芝麻。 ❼ 瞿昙弥：为释迦族女子之通称。于诸经中，特尊称佛之姨母为瞿昙弥。 ❽ 憍（jiāo）陈如：佛陀于鹿苑初转法轮时所度五比丘之一，乃佛陀最初之弟子。 ❾ 莠稗（yǒubài）：莠草和稗子。 ❿ 菉豆：即绿豆。 ⓫ 拓地：开垦土地。

【原 文】

亢、虚、参、胃四星日，不得入阵。

【译 文】

亢、虚、参、胃四宿日出生的人，不能上战场。

【原 文】

轸宿生人，七步无蛇。角宿生人，好嘲戏。女宿生人，亢、参、危三宿日，作事不成；虚、觜，事胜。

【译 文】

轸宿日出生的人，七步之内没有蛇敢靠近。角宿日出生的人，有表演天赋。女宿日出生的人，在亢、参、危三宿日，做事不能成功；在虚、觜两宿日，做事顺利。

【原 文】

一千六百刹那为一迦罗①，倍六十名摸呼律多。倍三十摸呼律多，名为一日夜。

【译 文】

一千六百刹那为一迦罗，六十迦罗为一摸呼律多。三十摸呼律多，是一天一夜。

注 释

❶ 刹那：佛教用以表示最短的时间单位。佛经说一弹指即有六十五刹那。

【原 文】

夜叉口烟为彗[1]。龙王身光曰忧流迦，此言天狗。

【译 文】

夜叉口中吐出的烟火，就是彗星。龙王所发出的光芒名为忧流迦，也就是天狗。

注 释

❶夜叉：又作“药叉”等，天龙八部之一，意译为捷疾鬼等，佛教谓一种能吃人的恶鬼，又分为地夜叉、虚空夜叉、天夜叉。彗：彗星。

【原 文】

汉明帝始造白马寺[1]。寺中悬幡[2]，影入内，帝怪，问左右曰：“佛有何神，人敬事之[3]？”

【译 文】

汉明帝时始建白马寺。曹魏时，寺院中悬挂着经幡，经幡的影子映入皇宫，魏明帝很奇怪，就问身边的人：“佛有什么神奇之处，人们这样敬奉他？”

注 释

❶汉明帝：即刘庄，汉光武帝刘秀第四子。白马寺：在今河南洛阳。 ❷幡（fān）：形制窄长、垂直悬挂的旗子。 ❸敬事：恭敬奉事。

【原 文】

乌仗那国[1]，有佛迹，随人身福寿，量有长短。

【译 文】

乌仗那国有佛留下的足迹，每个人的福寿不同，测量的结果也不同。

注释

❶ 乌仗那国：又作乌长国等。在今巴基斯坦斯瓦特河谷一带。

【原文】

那揭罗曷国[1]，城东塔中有佛顶骨，周二尺。欲知善恶者，以香涂印骨，其迹焕然，善恶相悉见。

【译文】

那揭罗曷国城东的佛塔中有佛的顶骨，周长二尺。如果想要预知善恶，就用香粉和泥涂在这块顶骨上，拿顶骨盖印，则善恶之相尽显。

注释

❶ 那揭罗曷国：在今阿富汗东北部。

【原文】

北天健驮罗国有大窣堵波[1]。佛悬记[2]：七烧七立，佛法方灭。玄奘言[3]，成坏已三年。

【译文】

北天竺健驮罗国有一座大佛塔。佛主预言：这座塔经历七次烧毁七次重建之后，佛法将会消亡。玄奘说，他来到此地时这座塔已经三毁三建。

注释

❶ 北天：北天竺，古印度五天竺之一。健驮罗国：亚洲古国名。其佛教艺术极著名，号曰犍陀罗艺术。窣堵波：佛塔。 ❷ 悬记：即预言。特指佛预言未

来之事。 ❸玄奘：俗姓陈，名祎。洛州缑氏（今河南洛阳偃师区）人。唐代高僧，杰出佛学家、翻译家，亦称“三藏法师”。

【原 文】

西域佛金刚座[1]，有标界铜观自在像两躯[2]。国人相传，菩萨身没，佛法亦尽。隋末，已没过胸臆矣。

【译 文】

西域摩揭陀国菩提树下有佛陀的金刚座，佛座两旁有用来标示道场边界的两尊铜制观音菩萨像。此国人传言，当菩萨的身躯沉入地底的时候，佛法就会消亡。隋朝末年，菩萨像已沉降到胸部了。

注 释

❶金刚座：指佛陀成道时所坐之座，以其犹如金刚一般坚固不坏，故称金刚座。相传位于中印度摩揭陀国伽耶城之菩提树下。 ❷观自在像：即观世音菩萨像。

【原 文】

乾陀国辛头河岸，有系白象树[1]，花叶似枣，季冬方熟[2]。相传此树灭佛法亦灭。

【译 文】

乾陀罗国辛头河岸有一棵系白象的树，这树的叶子和花如同枣树，至腊月果实才成熟。相传，这棵树死时，佛法消亡。

注释

❶ 乾陀国：即健驮罗国，亦称“乾陀罗国”。白象：指全身纯白之象。古代以为瑞物。 ❷ 季冬：腊月。

【原文】

北朝时，徐州角城县之北[①]，僧尼着白布法服[②]，时有青布袈裟者[③]。

【译文】

北朝时，徐州角城县北一带，和尚、尼姑穿白布袈裟，也有穿青布袈裟的。

注释

❶ 徐州角城县：在今江苏淮安淮阴区西南。 ❷ 法服：即法衣，佛教僧尼所穿之衣。 ❸ 袈裟：梵语音译。佛教僧尼的法衣。佛制，僧衣必须避免用青、黄、赤、白、黑等正色，而用似黑之色，故称。

【原文】

波斯属国有阿夆荼国[①]，城北大林中有伽蓝[②]，昔佛于此听比丘著亟缚屣[③]。亟缚，此言靴也。

【译文】

波斯的属国阿夆荼国，其都城北面大竹林中有座佛寺，以前佛祖在这里讲法时允许比丘穿亟缚屣。亟缚，就是靴子。

注释

❶ 阿夆荼（fàntú）国：梵语音译，古国名。其地在今巴基斯坦。 ❷ 伽

(qié)蓝：梵语音译，意为佛教徒静修场所，即佛寺。 ❸ 听：允许。比丘：梵语音译，意为乞士，因初期以乞食为生而得名，指出家得度、受具足戒之男子。亟缚屣（xǐ）：靴子。

【原 文】

宁王宪寝疾[①]，上命中使送医药，相望于道。僧崇一疗宪，稍瘳[②]，上悦，特赐崇一绯袍鱼袋[③]。

【译 文】

宁王李宪卧病，玄宗不停地派遣中使给他请医问药，送药的人员一个接一个，络绎不绝。僧人崇一为李宪治病，病情逐渐好转，玄宗很高兴，特别赏赐崇一绯袍鱼袋。

注 释

❶ 寝疾：卧病。 ❷ 瘳（chōu）：病愈。 ❸ 绯袍：红色官服。唐代四品官员服深绯，五品服浅绯。鱼袋：唐制，五品以上官员发给鱼符，上刻官吏姓名，以为凭信。因为装在袋内，故称为“鱼袋”。

【原 文】

梁简文帝有《谢赐郁泥纳袈裟表》[①]。

【译 文】

梁简文帝有《谢赐郁泥纳袈裟表》。

注 释

❶ 梁简文帝：即梁武帝第三子萧纲，字世缵，小字六通。

【原文】

魏使陆操至梁，梁王坐小舆[①]，使再拜，遣中书舍人殷灵宣旨劳问[②]。至重云殿[③]，引升殿，梁主著菩萨衣[④]，北面。太子已下皆菩萨衣，侍卫如法。操西向以次立，其人悉西厢东面。一道人赞礼[⑤]，佛词凡有三卷，其赞第三卷中称"为魏主、魏相高并南北二境士女[⑥]"。礼佛讫，台使与其群臣俱再拜矣。

【译文】

魏朝使者陆操访问南梁，梁武帝乘坐小舆，魏使行再拜礼，武帝让中书舍人殷灵宣旨慰问。来到重云殿，引领魏使上殿，武帝身披袈裟，坐北面南。自太子以下所有朝臣都穿袈裟，侍卫也都照样穿着僧衣。陆操面向西方依据位次站立，其余人全都在西厢面东而立。一位僧人主持赞礼，颂佛的赞词一共有三卷，第三卷中说"为魏朝皇帝、丞相高欢及南北二朝百姓颂礼"。礼佛仪式完毕，台使和梁朝群臣都行再拜礼。

注释

❶ 梁王：指梁武帝萧衍。小舆：皇室用的轻便小车。 ❷ 劳问：慰问。 ❸ 重云殿：南朝梁都建康宫城中殿名。在今江苏南京。 ❹ 菩萨衣：袈裟。 ❺ 道人：这里指僧人。赞礼：举行典礼时司仪宣唱仪节，令众人行礼。 ❻ 魏主：即东魏孝静帝元善见。魏相高：即东魏大丞相高欢，又名贺六浑。渤海蓨（今河北景县）人。南北朝时期东魏权臣，北齐王朝奠基人。

【原文】

魏李骞、崔劼至梁同泰寺[①]，主客王克、舍人贺季及三僧迎门引接[②]。至浮图中，

【译文】

魏朝李骞、崔劼前往梁朝同泰寺礼佛，主客郎王克、中书舍人贺季和三位僧人在寺门前迎接陪同。在佛塔

佛旁有执板笔者。僧谓骞曰："此是尸头[3]，专记人罪。"骞曰："便是僧之董狐[4]。"复入二堂，佛前有铜钵，中燃灯。劼曰："可谓'日月出矣，爝火不息'[5]。"

中，看见佛像旁有一尊手持文书和笔的人形雕像。僧人对李骞说："这是尸头神，负责记录人的罪愆。"李骞说："那就是佛门中的董狐了。"进了二堂，佛像前有个铜钵，里面点着长明灯。李劼说："正如庄子说的：'太阳和月亮都出来了，这小火苗犹自不息。'"

注释

❶同泰寺：南朝梁武帝萧衍所建。故址在今江苏南京。 ❷主客：即尚书主客郎，职掌外交事务。 ❸尸头：佛像旁边专记人罪愆的神。 ❹董狐：春秋时晋国太史。 ❺日月出矣，爝（jué）火不息：典出《庄子·逍遥游》。庄子把名士许由恭维作日月，自比为爝火。爝火：小火。

【原文】

卢县东有金榆山[1]。昔朗法师令弟子至此采榆荚[2]，诣瑕丘市易[3]，皆化为金钱。

【译文】

卢县东边有座金榆山。以前朗法师让弟子在这里采榆荚，拿着去瑕丘县集市上买东西，榆荚全都变成了金钱。

注释

❶卢县：古县名。秦以卢邑置，在今山东济南长清西南。金榆山：一作金舆山，在今山东济南。 ❷朗法师：即竺僧朗。京兆（今陕西西安）人。少事佛图澄，后游方问道，长居关中。后移居泰山西北金舆谷，别立精舍，聚徒讲学。法师：指精通佛法堪为人师者，用作对出家人的敬称。 ❸瑕丘：古县名。治在今山东济宁兖州东北。

【原 文】

后魏胡后尝问沙门宝志国祚[①]，且言："把粟与鸡唤朱朱[②]。"盖尔朱也[③]。有赵法和请占，志公曰："大竹箭，不须羽。东箱屋，急手作[④]。"法和寻丧父。

【译 文】

北魏胡太后曾经询问僧人宝志关于国运之事，宝志只说："把粟给鸡唤朱朱。"这是预言胡太后死于尔朱荣之手。有个叫赵法和的人请求占卜，志公说："大竹箭，不要羽。东厢屋，赶快修。"不久，法和的父亲就亡故了。

注 释

❶ 胡后：即胡太后，北魏孝明帝元诩之母，515 年孝明帝即位，胡太后临朝。528 年，尔朱荣以明帝死因不明，举兵洛阳，沉太后及幼主于黄河。宝志：南朝僧，世称宝公或志公。俗姓朱，金城（今甘肃兰州西北）人。刘宋泰始年间常往来于都市，居无定所；口中有时吟唱，颇似谶记，众人争问祸福，所言均验，称为"神僧"。国祚（zuò）：国运。 ❷ 朱朱：模拟唤鸡的声音。 ❸ 尔朱：即尔朱荣，字天宝。北秀容（今山西忻州北）人。多谋善断，有夺天下之心。武泰元年（528），胡太后毒杀孝明帝，尔朱荣借此举兵洛阳，后被孝庄帝所杀。 ❹ 急手：迅速。

【原 文】

历城县光政寺有磬石[①]，形如半月，腻光若滴。扣之，声及百里。北齐时，移于都内[②]，使人击之，其声杳绝[③]。却令归本寺，扣之，声如故。士人语

【译 文】

历城县光政寺有一块磬石，形状像半月，光滑润泽，流光欲滴。轻轻敲击，声音就传出百里。北齐时，把这块磬石移到邺城，派人敲击，声音却消失了。于是让人把它送归光政寺，再敲，磬声又恢复先前那般洪

曰[4]："磬神圣，恋光政。"

亮。当地人说："磬神圣，恋光政。"

注释

❶ 历城县：古县名。今山东济南历城区。磬石：寺院中用以召集众僧的鸣器。 ❷ 都内：北齐都城邺城（今河北临漳）。 ❸ 杳绝：消失。 ❹ 士人：疑应为"土人"，当地人。

【原文】

国初，僧玄奘往五印取经[1]，西域敬之。成式见倭国僧金刚三昧言[2]，尝至中天[3]，寺中多画玄奘麻屩及匙箸[4]，以彩云乘之，盖西域所无者。每至斋日，辄膜拜焉[5]。

【译文】

唐朝开国之初，玄奘到五印度取经，得到西域各国的礼敬。我曾听倭国僧人金刚三昧说，他曾去过中天竺，那里的佛寺都画有玄奘穿的麻鞋及用的筷子，旁边以彩云围绕，这可能是因为西域没有这类东西吧。每逢斋日，僧众都对着这些画合掌加额，长跪而拜。

注释

❶ 五印：即五天竺（古印度）。古印度分东、西、南、北、中五部，故称。 ❷ 倭（wō）国：我国古代对日本的称呼。 ❸ 中天：中天竺。 ❹ 麻屩（juē）：麻鞋。 ❺ 膜拜：合掌加额，长跪而拜。表示尊敬或畏服的礼式，亦专指礼拜神佛。

【原 文】

又言那兰陀寺僧食堂中[1]，热际，有巨蝇数万至。僧上堂时，悉自飞集于庭树。

【译 文】

又听说，天竺那兰陀寺僧人的食堂中，每值暑热，就会飞来数万只巨蝇。等到僧人上堂用斋时，这些苍蝇就会全部飞到院子里的树上。

注 释

❶ 那兰陀寺：即那烂陀寺。那兰陀，意为施无厌。古代中印度摩揭陀国著名佛寺，故址位于今印度比哈尔邦巴腊贡。

【原 文】

僧万回，年二十余，貌痴不语。其兄戍辽阳[1]，久绝音问[2]，或传其死，其家为作斋[3]。万回忽卷饼茹[4]，大言曰："兄在，我将馈之。"出门如飞，马驰不及。及暮而还，得其兄书，缄封犹湿[5]。计往返，一日万里，因号焉。

【译 文】

僧人万回二十多岁时，仍相貌痴呆，不太说话。其兄在辽阳戍边，很长时间没有音信，有人传言他已经死了，家里就为他设斋祭奠。万回突然卷了很多菜饼，大声说："哥哥还活着，我这就给他去送吃的。"说完，他就出门，健步如飞，快马也追不上。到傍晚，他回来了，带着他哥哥写的信，信的封口还是湿的。算下来，他一天就走了一万里，因此名号万回。

注 释

❶ 辽阳：今属辽宁。 ❷ 音问：音信。 ❸ 斋：斋饭。这里指为祭奠死者

而设斋。 ❹茹：蔬食。 ❺缄封：封口。

【原 文】

天后任酷吏罗织[1]，位稍隆者[2]，日别妻子。博陵王崔玄晖[3]，位望俱极，其母忧之曰："汝可一迎万回，此僧宝志之流，可以观其举止，知其祸福也。"及至，母垂泣作礼，兼施银匙箸一双。万回忽下阶，掷其匙箸于堂屋上，掉臂而去。一家谓为不祥。经日，令上屋取之，匙箸下得书一卷，观之，谶纬书也[4]，遽令焚之。数日，有司忽即其家，大索图谶，不获，得雪。时酷吏多令盗夜埋蛊遗谶于人家[5]，经月，告密籍之[6]。博陵微万回，则灭族矣。

【译 文】

武则天听任酷吏罗织罪状陷害大臣，地位稍高的官员，每天上朝时都会和妻儿诀别。博陵王崔玄晖，地位声望都很高，他的母亲很为他担心，说："你把万回请来，他是宝志大师一般的神僧，观察他的举止，可以预知我们的吉凶。"万回来到崔府，崔母流着泪向他行礼，并且给了他一双银筷子。万回忽然走下台阶，把这双银筷子抛到堂屋顶上，拂袖而去。崔家人都认为这是不祥的预兆。过了一天，崔家让人上屋顶把银筷子取下来，结果在筷子下面找到了一卷书，打开一看，竟然是一部谶纬书，赶紧让人烧掉。几天后，有司忽然闯进崔府，大肆搜查图谶，结果没有找到，崔家因此才逃过一劫。当时，酷吏经常让盗贼趁夜把巫蛊道具和图谶偷偷藏在大臣家里，过几个月，让人告密陷害，籍没其家。假如不是僧人万回帮助，崔玄晖就被诛灭全族了。

注 释

❶罗织：虚构罪状，陷害无辜的人。 ❷隆：高。 ❸崔玄晖：本名晔。博陵安平（今属河北）人。神龙元年（705），崔玄晖联合张柬之、桓彦范等人发

动神龙政变，拥戴太子李显复位，因功拜中书令，进爵博陵郡王。神龙二年(706)，武三思以其诬陷韦皇后为由将之流放，不久病逝于流放途中。❹谶(chèn)纬书：谶书和纬书的合称。谶是秦汉间巫师、方士编造的预示吉凶的隐语，纬是汉代迷信附会儒家经义的一类书。❺蛊(gǔ)：这里指巫术中用来害人的东西。❻籍：没收入官。

【原 文】

梵僧不空[①]，得总持门[②]，能役百神，玄宗敬之。岁常旱，上令祈雨。不空言："可过某日，今祈之，必暴雨。"上乃令金刚三藏设坛请雨[③]，连日暴雨不止，坊市有漂溺者[④]。遽召不空，令止之。不空遂于寺庭中捏泥龙五六，当溜水[⑤]，胡言骂之[⑥]。良久，复置之，乃大笑。有顷，雨霁。

【译 文】

梵僧不空，精通总持之法门，能够役使各路神灵，玄宗很礼敬他。有一年大旱，玄宗命他求雨。不空说："要过了某天再说，现在求雨一定会暴雨成灾。"玄宗便命金刚智法师设坛求雨，果然大雨连降不止，街市上竟有人被淹死。玄宗急忙召见不空，让他想办法把雨停下来。不空就在寺院的庭中捏了五六条泥龙，放在屋檐滴水处，用梵语斥骂一通。过了很久，再把泥龙拿开，之后竟大笑起来。一会儿，雨就停了。

注 释

❶不空：又作不空金刚。师子国（今斯里兰卡）人。幼年随叔父来到中华，在洛阳出家。唐代译经家、密宗祖师之一，与善无畏、金刚智并称"开元三大士"。❷总持门：总持之法门。总持：梵语义译，意为总一切法，持一切义。❸金刚三藏：即金刚智，南天竺人。开元七年（719），携弟子不空至广州，次年至两京，先后入住慈恩寺、荐福寺。三藏：经、律、论三藏，佛陀一生所说教法总称。精通三藏的僧人，则称"三藏法师"。❹坊市：街市。漂溺：指漂

没溺死。❺溜水：屋檐滴水。❻胡言：外国话。这里指梵语。

【原 文】

玄宗又尝召术士罗公远与不空同祈雨，互校功力[1]。上俱召问之，不空曰："臣昨焚白檀香龙。"上令左右掬庭水嗅之[2]，果有檀香气。又与罗公远同在便殿[3]，罗时反手搔背，不空曰："借尊师如意[4]。"殿上花石莹滑，遂激窣至其前[5]，罗再三取之不得。上欲取之，不空曰："三郎勿起[6]，此影耳。"因举手示罗如意。

【译 文】

玄宗又曾召术士罗公远和不空和尚一同求雨，以此考较他们的功力高下。下雨了，玄宗把两人召来询问，不空说："臣昨天求雨时焚烧的是白檀香龙。"玄宗让侍从捧起庭院中的雨水来闻，果然有檀香气。还有一次，不空和罗公远同在偏殿，罗公远不时反手抓背挠痒，不空说："我借给尊师一柄如意挠痒。"说着，把手里的如意置于地上滑给罗公远。殿堂上的玉石晶莹光滑，那柄如意一下子就滑到了罗公远面前，罗公远几次想拿起来却不能到手。玄宗想要去拿，不空说："三郎不要起身，地上只是个影子而已。"于是举起手给罗公远看，如意仍在不空手中。

注 释

❶校：考较。❷掬：捧。❸便殿：正殿以外的别殿，帝王休憩游宴之所。❹如意：器物名。用竹、玉、骨等制成，头作灵芝或云叶形，柄微曲，供搔背或赏玩等用。❺窣（sū）：突然出来。❻三郎：唐玄宗小字。

【原 文】

又邙山有大蛇[1]，樵者

【译 文】

又传北邙山中有一条大蛇，樵夫经

常见，头若丘陵，夜常承露气。见不空，作人语曰："弟子恶报[2]，和尚何以见度[3]？常欲翻河水陷洛阳城，以快所居也[4]。"不空为受戒[5]，说苦空[6]，且曰："汝以瞋心受此苦[7]，复忿恨，吾力何及！当思吾言，此身自舍昔而来。"后旬月[8]，樵者见蛇死于涧中，臭达数十里。不空每祈雨，无他轨则[9]，但设数绣座，手簸旋数寸木神[10]，念咒掷之，自立于座上，伺木神吻角牙出、目瞚[11]，则雨至。

常见到，蛇头大得像丘陵，夜晚经常吸食露气。大蛇见到不空，口吐人言："弟子因为造下恶业而获报蛇身，大师有什么办法可以超度我？我常想激荡黄河水淹没洛阳城，以此让我心中快活一点。"不空为它讲经受戒，说人世间一切皆苦，凡事俱空，并且说："你因为忿怒怨恨的意念受此苦难，现在又这样怒怨，我的法力哪能帮助你？你要好好琢磨我说的话，这样你就能舍弃蛇身而还复人身。"一个月以后，樵夫看见大蛇死在山涧中，臭气传出几十里。不空每当求雨，也没有什么特别的仪式，只是摆放几个绣座，手中摇动旋转着几寸长的木神，而后念动咒语一掷，木神就自动站立在绣座上了。等到木神嘴角长出牙，眼睛眨动，雨就来了。

注释

❶ 邙（máng）山：即北邙山，在河南洛阳北。汉魏以来，为王侯公卿归葬之处，后来就以北邙泛称墓地。 ❷ 恶报：佛教指由于过去的恶业所导致的苦果。 ❸ 度：超度，帮助脱离苦难。 ❹ 居：居心。 ❺ 受戒：佛教信徒出家为僧尼，在一定的仪式下接受戒律。 ❻ 苦空：佛教语。谓人世间一切皆苦，凡事俱空。 ❼ 瞋（chēn）心：佛教语。忿怒怨恨的意念。 ❽ 旬月：满一个月。 ❾ 轨则：规范法则。 ❿ 簸旋：摇动旋转。 ⓫ 吻角：嘴角。瞚（shùn）：眨眼。

【原 文】

僧一行穷数，有异术。开元中，尝旱，玄宗令祈雨。一行言："当得一器，上有龙状者，方可致雨。"上令于内库中遍视之，皆言不类。数日后，指一古镜，鼻盘龙[1]，喜曰："此有真龙矣。"乃持入道场，一夕而雨。或云是扬州所进，初范模时[2]，有异人至，请闭户入室。数日开户，模成，其人已失。有图，并传于世。此镜，五月五日于扬子江心铸之[3]。

【译 文】

僧一行精通术数，有神奇的法术。开元年间，曾大旱，玄宗下旨让他求雨。一行说："要找一件器物，上面有龙的形状，才可求到雨。"玄宗让他到宫内府库寻找，找了好久都说不行。几天后，一行指着一面古镜，镜鼻上有条盘龙，高兴地说："这是一条真龙啊。"就把古镜带入道场求雨，过了一晚就下雨了。有人说这面古镜是扬州进贡的，当初制造模具时，有一位奇人来到，要求关闭房门独自入室制模。几天后打开门，模具已做好，那人却消失了。有张制作模具的图纸，和古镜一并流传于世。这面镜子，是五月五日在扬子江的江心铸造而成的。

注 释

❶鼻：器物上凸出以供把握的部分。 ❷范模：铸造模具。 ❸扬子江：长江在今仪征、扬州一带的河段，古称为"扬子江"。

【原 文】

荆州，贞元初有狂僧，些些其名者[1]，善歌《河满子》[2]。尝遇醉五百[3]，涂辱

【译 文】

贞元初年，荆州有一个狂僧，名字叫些些，擅长唱《河满子》。有次一个醉酒的役卒故意羞辱他，强迫他唱歌，

之[④]，令歌，僧即发声，其词皆五百从前非慝也[⑤]，五百惊而自悔。

些些就发声歌唱，唱的都是这名役卒从前所做非法邪恶之事，这役卒大吃一惊，后悔不已。

注释

❶ 些些：宋代赞宁《宋高僧传》载，“释些些师，又名青者，盖是不与人交狎，口自言些些，故号之矣”。 ❷《河满子》：又作《何满子》，唐代曲名。何满子原为唐开元中歌者。白居易《何满子》云：“世传满子是人名，临就刑时曲始成。一曲四调歌八叠，从头便是断肠声。”自注云：“开元中，沧州有歌者何满子，临刑进此曲以赎死，上竟不免。” ❸ 五百：又作“伍佰”。古代在官舆前导引或是执杖行刑的役卒。 ❹ 涂辱：侮辱。 ❺ 非慝（tè）：非法邪恶之事。慝：邪恶。

【原文】

苏州，贞元中有义师，状如风狂。有百姓起店十余间[①]，义师忽运斤坏其檐[②]，禁之不止。其人素知其神，礼曰：“弟子活计赖此[③]。”顾曰：“尔惜乎？”乃掷斤于地而去。其夜市火，唯义师所坏檐屋数间存焉。常止于废寺殿中，无冬夏常积火，坏幡、木象悉火之。好活烧

【译文】

贞元年间，苏州有个法号义师的僧人，样子疯疯癫癫的。有人盖了十余间店铺，义师忽然抡起斧头砍坏了屋檐，挡也挡不住。店主一向知义师神通广大，就施礼说：“弟子全靠这几间店铺维持生活呢。”义师回头说：“你舍不得？”于是把斧子扔在地上扬长而去。当天夜里大火，只有义师损坏的几间店铺没被烧毁。义师经常住在废弃寺院的佛殿中，无论冬夏都煨着一堆火，寺院里的坏幡、木神像都被他拿来当柴烧了。他喜欢活

鲤鱼，不待熟而食。垢面不洗，洗之辄雨，吴中以为雨候[4]。将死，饮灰汁数斛[5]，乃念佛而坐，不复饮食。百姓日观之，坐七日而死。时盛暑，色不变，支不摧[6]。安国寺僧熟地，常烧木佛，往往与人语，颇知宗要[7]，寺僧亦不之测。

烧鲤鱼，不等烧熟就吃。脸脏了也不洗，他一洗脸天就要下雨，吴中一带的人把这当作下雨的征兆。他临死时，喝了几斛灰汁，于是念佛打坐，不再饮食。百姓每天都去看望他，他趺坐七天而死。当时正值盛夏，他的尸体颜色一点没变，肢体也不腐烂。另外，京城安国寺的和尚熟地，经常烧木佛像，平时与人交谈，很懂得禅理要义，同寺的僧人也不知道他道行有多高深。

注释

❶起：盖，建。 ❷斤：斧头一类的工具。 ❸活计：生计。谋生的手段。❹雨候：下雨的征兆。 ❺斛（hú）：古量器名。后来也作为容量单位，十斗为一斛，南宋末改为五斗。 ❻支：同“肢”。摧：毁坏。 ❼宗要：禅理要义。

【原 文】

睿宗初生含凉殿[1]，则天乃于殿内造佛事[2]，有玉像焉。及长，闲观其侧，玉像忽言：“尔后当为天子。”

【译 文】

睿宗李旦在含凉殿刚出生时，武则天就在殿内建造佛像，其中有一尊玉制佛像。睿宗稍大些时，有一天闲来无事参观佛像，玉佛忽然开口说：“你以后会当皇帝。”

注释

❶ 含凉殿：唐代长安城大明宫内的一组宫殿建筑。依水而建，夏天非常凉爽。 ❷ 佛事：佛像。

前集卷四

境异

【原 文】

东方之人鼻大，窍通于目[①]，筋力属焉。南方之人口大，窍通于耳。西方之人面大，窍通于鼻。北方之人，窍通于阴，短颈。中央之人，窍通于口。

【译 文】

东方人鼻子大，孔窍与眼睛相通，筋力强健。南方人嘴大，孔窍与耳朵相通。西方人脸大，孔窍与鼻子相通。北方人脖子短，孔窍与下阴相通。中原人，孔窍与嘴巴相通。

注 释

❶ 窍：人体的孔窍，即眼、耳、口、鼻之七窍。

【原 文】

无启民[①]，居穴食土。其人死，其心不朽，埋之，百年化为人。录民，膝不朽，埋之，百二十年化为人。细民，肝不朽，埋之，八年化为人。

【译 文】

无启国人，住在洞穴里靠吃土为生。人死后，心脏不腐烂，埋葬后，经过一百年又变成人。录国人，人死后膝盖不腐烂，埋葬后，经一百二十年又变成人。细国人，人死后肝脏不腐烂，埋葬后，八年又变成人。

注释

❶ 无启民：《山海经·海外北经》载“海外自西北陬至东北陬者：无脊之国，在长股东，为人无脊。”脊（qǐ），即小腿肚子。据袁珂注当作“无启”。

【原文】

息土人美①，耗土人丑②。

【译文】

肥沃土地上的人长得漂亮，瘠薄土地上的人长得丑陋。

注释

❶ 息土：肥沃的土壤。 ❷ 耗土：瘠薄的土地。

【原文】

帝女子泽①，性妒，有从婢②，散逐四山，无所依托。东偶狐狸，生子曰殃。南交猴，有子曰溪。北通玃猳③，所育为伧。

【译文】

帝喾的女儿名叫子泽，生性嫉妒，把随嫁的婢女都赶到遥远的四方山川，使其无所依靠。东山的侍女便给狐狸做配偶，生下的孩子叫殃。南山的侍女与猴子交合，生下的孩子叫溪。北山的侍女与玃猳私通，生下的孩子叫伧。

注释

❶ 帝：疑指高辛氏，即帝喾。 ❷ 从婢：即侍女。 ❸ 玃猳（juéjiā）：野兽名。猿猴类动物。

【原 文】

突厥之先曰射摩。舍利海有神，在阿史德窟西[1]。射摩有神异，海神女每日暮，以白鹿迎射摩入海，至明送出。经数十年。后部落将大猎，至夜中，海神谓射摩曰："明日猎时，尔上代所生之窟，当有金角白鹿出，尔若射中此鹿，毕形与吾来往[2]，或射不中，即缘绝矣。"至明入围，果所生窟中有白鹿金角起，射摩遣其左右固其围，将跳出围，遂煞之[3]。射摩怒，遂手斩呵咏首领[4]，仍誓之曰："自煞此之后，须以人祭天。"即取阿咏部落子孙斩之以祭也。至今突厥以人祭纛[5]，常取阿咏部落用之。射摩既斩阿咏，至暮还，海神女报射摩曰："尔手斩人，血气腥秽，因缘绝矣。"

【译 文】

突厥的祖先叫射摩。舍利海里有海神，在阿史德窟西。射摩有神奇特异的能力，海神女每到黄昏，遣白鹿迎接射摩入海中过夜，到天亮再送出来，这样过了几十年。后来部落将要大规模打猎，到了半夜，海神女对射摩说："明天打猎时，你们祖先出生的洞窟中会有一只金角白鹿出现，你如果能射中这头鹿，就能终生与我来往。如果射不中，咱们的缘分就断绝了。"到天亮进入围场，祖先出生的洞窟中果然有一只金角白鹿跑出来，射摩派他的手下加强包围。眼看鹿就要跳出包围圈了，手下的人将鹿射杀。射摩大怒，亲手斩了那首领，并且发誓说："自此以后，必须用人祭天。"就把阿咏部落的子孙尽数杀死来祭祀。直到现在，突厥仍然以人祭旗，还常用阿咏部落的人。射摩斩了阿咏部落首领后，到黄昏来见海神女，海神女对射摩说："你杀了人，血气又腥又脏，咱们的缘分就此断绝了。"

注释

❶ 阿史德：古突厥姓氏。其先为突厥始善（一作如善）可汗之裔，别号阿史德氏。 ❷ 毕形：终生。 ❸ 煞：同"杀"。 ❹ 呵咏（shì）：突厥部落名。

后文作“阿咏”，意同文异。 ❺ 纛（dào）：古代军队里的大旗。

【原 文】

突厥事祆神[1]，无祠庙，刻毡为形，盛于皮袋。行动之处，以脂酥涂之，或系之竿上，四时祀之。

【译 文】

突厥奉祀祆神，没有祭祀的庙，用毛毡制成祆神的形象，装在皮袋里。每到迁徙之处，就用奶脂酥油涂抹神像，或者将神像系在竿上，春夏秋冬都进行祭祀。

注 释

❶ 祆（xiān）神：古代波斯宗教祆教中的神祇。祆教，即拜火教。

【原 文】

坚昆部落[1]，非狼种，其先所生之窟，在曲漫山北[2]，自谓上代有神与牸牛交于此窟[3]。其人发黄、目绿、赤髭须[4]。其髭髯俱黑者，汉将李陵及其兵众之胤也[5]。

【译 文】

坚昆部落，并非狼的后裔，他们祖先诞生的洞窟，在曲漫山以北，他们宣称先祖乃神与母牛交配所生。坚昆人的头发是黄的、眼睛是绿的、胡须是红的。那些黑色胡须的，是汉将李陵及其士兵的后代。

注 释

❶ 坚昆：又称“结骨”，古部族名。唐时称黠戛斯，活动于今叶尼塞河上游。 ❷ 曲漫山：黠戛斯部南界。今俄罗斯西伯利亚南部萨彦岭。 ❸ 牸（zì）

牛：母牛。 ❹ 髭（zī）须：胡须。 ❺ 李陵：字少卿。陇西成纪（今甘肃静宁西南）人。李广之孙。汉武帝时率五千人击匈奴，被俘，居匈奴二十余年，病死。胤（yìn）：后代。

【原文】

西屠[1]，俗染齿令黑。

【译文】

西屠族的风俗是把牙齿染成黑色。

注释

❶ 西屠：古部族名。在今越南、老挝一带。

【原文】

獠在牂牁[1]。其妇人七月生子。死则竖棺埋之。

【译文】

獠人生活在牂牁郡，那里的妇女怀孕七月就生孩子，人死后棺材竖着埋进土中。

注释

❶ 獠（liáo）：古代对西南少数民族的蔑称。牂牁（zāngkē）：郡名，西汉置。其地在今贵州、云南一带。

【原文】

木耳夷[1]，旧牢西[2]，以鹿角为器。其死则屈而烧

【译文】

木耳夷人，居住在哀牢国西面，他们用鹿角制作器具。人死后把尸体蜷曲起来

之，埋其骨。木耳夷人，黑如漆，小寒则掊沙自处，但出其面。

焚烧，然后将残骨掩埋。木耳夷人皮肤黑得像漆，至小寒时节就挖沙把身子埋在里面，只把脸露出来。

注释

❶ 木耳夷：古代西南少数民族。 ❷ 旧牢：哀牢古国。在今云南保山怒江以西。

【原文】

木饮州[①]，珠崖一州[②]，其地无泉，民不作井，皆仰树汁为用。

【译文】

木饮州，是珠崖郡的一个州，那里没有泉水，百姓也不打井，都依赖树的汁液过活。

注释

❶ 木饮州：在今海南。 ❷ 珠崖：郡名，因崖边出产珍珠而得名。西汉元封元年（前 110）置，治所在瞫都（今海南海口琼山区东南）。

【原文】

木濮[①]，尾若龟，长数寸。居木上，食人。

【译文】

木濮人，长着像乌龟一样的尾巴，有几寸长。他们住在树上，有猎头的习俗。

注释

❶ 木濮：部族名。大致活动于今西双版纳，或越南、老挝一带。

【原文】

阿萨部[1]，多猎虫鹿[2]，剖其肉，重叠之，以石压沥汁，税波斯、拂林等国米及草子[3]，酿于肉汁之中，经数日，即变成酒，饮之可醉。

【译文】

阿萨部族的人，总是猎取很多动物，把它们的肉剔出来，叠放在一起，用石头压榨出汁液，再把从波斯、拂林等国买来的米及草籽放入肉汁之中发酵，经过几天就变成了酒，喝了也能醉人。

注释

❶ 阿萨部：即可萨部，突厥部落名，活动于今东欧平原至北高加索一带。❷ 虫鹿：泛指动物。虫：古代对动物的通称。❸ 税：此指购买。拂林：东罗马帝国。

【原文】

孝亿国界[1]，周三千余里。在平川中，以木为栅，周十余里，栅内百姓二千余家。周国大栅五百余所。气候常暖，冬不凋落，宜羊马，无驼牛。俗性质直，好客侣。躯貌长大，

【译文】

孝亿国，国界长三千多里。地处平原，聚落以木头为栅栏，占地十多里，栅栏内有百姓两千多家。全国这样的聚落有五百多处。气候常年温暖，冬天草木也不凋零。适宜养羊和马，没有骆驼和牛。孝亿人生性质朴正直，很好客。他们身材高大，高鼻

褰鼻黄发[2]，绿眼赤髭，被发，面如血色。战具唯矟一色[3]。宜五谷，出金铁。衣麻布。举俗事祆，不识佛法。有祆祠三百余所，马步甲兵一万。不尚商贩，自称孝亿人。丈夫、妇人俱佩带。每一日造食，一月食之，常吃宿食。

梁黄头发，绿眼睛红胡子，披散头发，脸色如血。武器只有槊这一种。那里适合种五谷，出产金和铁。穿麻布衣服。全国有供奉祆神的习俗，不懂佛法。有祆神祠庙三百多所，骑兵和步兵有一万人。不重视商业，自称为孝亿人。男人、妇女都佩戴各种饰物。一天做的饭，够吃一个月，经常吃剩饭。

注释

❶ 孝亿国：古国名。在今非洲北部地区。 ❷ 褰（qiān）鼻：鼻向上。 ❸ 一色：一种。

【原文】

仍建国[1]，无井及河涧，所有种植，待雨而生。以紫矿泥地[2]，承雨水用之。穿井即若海水又咸。土俗俟海潮落之后，平地为池，收鱼以作食。

【译文】

仍建国，没有井及河流，所有种植的东西，都依靠雨水灌溉。国人取紫胶混入泥土筑坑，用来承接雨水。打井打出的水像海水一样是咸的。当地习俗是在海滩挖池，待潮落后捕池中鱼作为食物。

注释

❶ 仍建国：北非古国名。 ❷ 紫矿：亦作紫铆，一种树脂。

【原 文】

婆弥烂国[1]，去京师二万五千五百五十里。此国西有山，巉岩峻险[2]，上多猿，猿形绝长大，常暴田种[3]，每年有二三十万。国中起春以后，屯集甲兵，与猿战。虽岁杀数万，不能尽其巢穴。

【译 文】

婆弥烂国，距离京师二万五千五百五十里。这个国家西部有山，山势十分陡峭险恶。山上有很多猿猴，非常高大，经常糟蹋田间作物，每年有二三十万只下山扰民。每当开春以后，国中就集合军队，与猿猴作战。虽然每年杀死数万猿猴，但仍然不能荡平其巢穴。

注 释

❶ 婆弥烂国：古国名。其地在今帕米尔高原。 ❷ 巉（chán）岩：险峻的山岩。 ❸ 暴：糟蹋。

【原 文】

拨拔力国[1]，在西南海中，不食五谷，食肉而已。常针牛畜脉取血，和乳生食。无衣服，唯腰下用羊皮掩之。其妇人洁白端正，国人自掠，卖与外国商人，其价数倍。土地唯有象牙及阿末香[2]，波斯商人欲入此国，团集数千，赍彩布[3]，没老幼共刺血立誓，乃

【译 文】

拨拔力国，在西南方的大海中，国人不吃五谷，只吃肉食。他们经常用针刺牛等牲畜的脉管取血，和在牛乳中生喝。他们也没有衣服，只在腰下系块羊皮掩住。妇女皮肤洁白，五官端正，国人就把她们绑来卖给外国商人，价格是其国内的好几倍。当地只出产象牙和阿末香。波斯商人打算进入这个国家贸易，带着木棉布，聚集了数千人，结果不分男女老幼都要刺血立誓，才买得到该国的东西。这个国家自古以来

市其物。自古不属外国。战用象牙排、野牛角为矟，衣甲、弓矢之器，步兵二十万。大食频讨袭之④。

未曾臣属外国。作战时用象阵冲锋，士兵皆执野牛角制的槊、穿铠甲负弓矢，有步兵二十万。大食国多次来侵扰这个国家。

注释

❶拨拔力：古国名。其地在今非洲索马里北部港口城市柏培拉。 ❷阿末香：即龙涎香。抹香鲸肠胃的一种病态分泌物，是一种名贵香料。 ❸彩布：指木棉布。此处或应作“绁布”。 ❹大食：古国名。即阿拉伯帝国，伊斯兰教创始人穆罕默德所建。

【原文】

昆吾国①，累墼为丘②，象浮屠，有三层，尸干居上，尸湿居下，以近葬为至孝。集大毡居，中悬衣服彩缯，哭祀之。

【译文】

昆吾国，国俗是用砖砌成坟冢，状如佛塔，有三层，干尸体放在上层，湿尸体放在下层，把死者葬在近处被视为至孝。人死后，亲属聚集在大毡屋中，房中间悬挂着衣服和彩色丝织品，人们哭着祭奠逝者。

注释

❶昆吾国：西域古国名。在今新疆哈密。 ❷累墼（jī）：砌砖。

【原 文】

龟兹国，元日斗牛、马、驼为戏，七日观胜负，以占一年羊马减耗繁息也。

【译 文】

龟兹国，正月初一举行斗牛、斗马、斗骆驼的活动，持续七天，以胜负之数，来占卜一年中羊马损耗和繁殖生息的情况。

【原 文】

婆罗遮[1]，并服狗头、猴面，男女无昼夜歌舞。八月十五日，行像及透索为戏[2]。

【译 文】

跳婆罗遮舞时，大家戴着狗头或猴脸面具，男女不分昼夜地唱歌跳舞。八月十五日，用宝车载着佛像在大街上游行，举办高空走绳之类的表演。

注 释

❶ 婆罗遮：梵语音译，又作“苏幕遮”“苏摩遮”。本是西域乞寒胡戏（一种面具舞），后来传入中原，唐时为教坊曲，盛行于两京地区。 ❷ 行像：也称“行城”，一种用宝车载着佛像巡行城市大街的宗教仪式。透索：即走索，高空走绳。

【原 文】

焉耆国[1]，元日、二月八日，婆摩遮。三日野祀。四月十五日游林。五月五日弥勒下生[2]。七月七日祀先祖。九月九日床撒[3]。

【译 文】

焉耆国，在正月初一、二月八日过婆摩遮节，到野外祭祀三日。四月十五日到林中游玩。五月五日弥勒菩萨生日。七月七日祭祀祖先。九月九日是床撒节。十月十十月十日王为猒法[4]。王领家出宫，首领代王焉，一日一夜，处分王事。十月十四日，每日作乐至岁穷。

日，国王举办驱魔法事。当日，国王带着全家出宫，祭司代行王事，为时一天一夜。十月十四日起，每天都会奏乐，直到年终。

注释

❶焉耆国：又作“乌耆”“乌缠”“阿耆尼”，西域古国名。国都在员渠城（今新疆焉耆西南）。❷弥勒：著名的未来佛。佛教菩萨之一。❸床撒：他本或作“麻撒”，又或以为当作“麻撒”，不详所指。❹猒（yā）法：即厌胜法，巫术之法。猒：同“厌（yā）”，镇服。

【原文】

拔汗那[1]，十二月及元日，王及酋领分为两朋，各出一人著甲，众人执瓦石棒杖，东西互击，甲人先死即止，以占当年丰俭。

【译文】

拔汗那，十二月及正月初一，国王及部落首领分为两队，每队各出一人身穿铠甲，众人手持瓦石棍棒，东西夹击他们。有一方穿铠甲的人先被打死，活动就立即停止，以此占卜当年是丰收还是歉收。

注释

❶拔汗那：汉代称“大宛”，西域古国名。在今中亚费尔干纳盆地。

【原 文】

苏都识匿国，有夜叉城[①]。城旧有野叉，其窟见在。人近窟住者五百余家。窟口作舍，设关籥[②]。一年再祭。人有逼窟口，烟气出，先触者死，因以尸掷窟口。其窟不知深浅。

【译 文】

苏都识匿国有座夜叉城，城里原来有夜叉，夜叉住过的洞窟还在。靠近洞窟住的有五百多家。洞窟口建有房舍，有门和锁钥。每年在洞窟祭祀两次。人如果靠近洞窟的口，会有烟气冒出来，先被熏着的人就会死，于是人们就把尸体从洞口扔进去。这个洞窟不知道有多深。

注释

❶ 苏都识匿国：又名“东曹国”，西域古国名。在今塔吉克斯坦西北部。

❷ 关籥（yuè）：门和锁钥。籥：同“钥”，锁钥。

【原 文】

马伏波有余兵十家不返[①]，居寿泠县[②]，自相婚姻，有二百户。以其流寓，号马流，衣食与华同。山川移易，铜柱入海，此民为识耳，亦曰马留。

【译 文】

伏波将军马援的部队南征结束后，有十多家没有返回内地，留在了寿泠县，他们相互联姻，繁衍到二百多家，因为寄居他乡，所以号称马流。他们穿衣饮食与中国人相同。沧海桑田，马援当年立的铜柱已没入海中，只有这里的居民才能找到它的位置。此柱也叫马留。

注释

❶ 马伏波：即马援，东汉名将。扶风茂陵（今陕西兴平东北）人。东汉建武十七年（41）拜伏波将军，出征匈奴、乌桓。后又南征五溪蛮，病卒军中。❷ 寿泠（líng）县：三国吴置，治所在今越南广治省。

【原文】

峡中俗，夷风不改。武宁蛮好著芒心接离[①]，名曰苎绥。尝以稻记年月。葬时以笄向天[②]，谓之刺北斗。相传盘瓠初死[③]，置于树，以笄刺其下，其后化为象。

【译文】

三峡一带不改蛮夷风俗。武陵的蛮人喜欢戴芒箕草编成的草帽，称作苎绥。用稻子的生长、收割来记录年月。埋葬族人时，会把束发的簪子指向天空，称作刺北斗。相传其始祖盘瓠死的时候是在树上，人们用竹竿才把尸体拨弄下来，于是以后就成为风俗。

注释

❶ 武宁蛮：疑为“武陵蛮”，即“五溪蛮”。汉至宋时，对武陵地区少数民族的总称，因分布在武陵郡而得名。芒心接离：芒箕编成的草帽。接离，也作“接篱”，帽子。 ❷ 笄（jī）：古代盘头发或别住帽子用的簪子。 ❸ 盘瓠（hù）：古代神话中的神犬名。

【原文】

临邑县有雁翅泊[①]，泊旁无树木。土人至春夏，常于此泽罗雁鸟[②]，取其翅，

【译文】

临邑县有个雁翅泊，湖泊四周没有树木。当地人到了春夏季节，经常在这里用网捕捉大雁，割下它们的翅膀为扇以抵御

以御暑。

酷暑。

注释

❶ 临邑：疑为“林邑”之讹，在今越南中部。 ❷ 罗：用网捕捉。

【原文】

乌秅西有悬渡国[①]，山溪不通，引绳而渡，朽索相引二千里。其土人佃于石间[②]，垒石为室，接手而饮，所谓猿饮也。

【译文】

乌秅国西面有个悬渡国，山溪阻断了交通，于是人们便靠溜索渡河，用过的腐朽绳子连起来有二千里长。当地人在石头之间耕作，用石头砌屋，用手捧水喝，这就是所说的猿饮。

注释

❶ 乌秅（wūná）：与悬渡国皆为西域古国名。其地在今克什米尔地区。 ❷ 佃（tián）：耕种田地。

【原文】

鄯善之东[①]，龙城之西南，地广千里，皆为盐田。行人所经，牛马皆布毡卧焉。

【译文】

鄯善国的东面、龙城的西南方，有广阔千里的土地，都是盐碱地。行人所到之处，连牛马都要铺上布毡睡卧。

注释

❶ 鄯善：西域古国名。本名楼兰，王居扜泥城（今新疆若羌）。西汉元凤四年（前77），改名鄯善。

【原 文】

岭南溪洞中[①]，往往有飞头者，故有飞头獠子之号。头将飞一日前，颈有痕，匝项如红缕[②]，妻子遂看守之。其人及夜，状如病，头忽生翼，脱身而去，乃于岸泥寻蟹蚓之类食之。将晓飞还，如梦觉，其腹实矣。

梵僧菩萨胜又言，阇婆国中有飞头者[③]，其人目无瞳子，聚落时有一人据。

干氏《志怪》[④]："南方落头民，其头能飞。其俗所祠，名曰虫落，因号落头民。吴朱桓有一婢[⑤]，其头夜飞。"

【译 文】

五岭以南的溪洞中往往有头能飞的人，因此有飞头獠子之号。那人在头将要飞走的前一天，脖子上就有痕迹，环绕脖子一圈就像一根红线，此时妻子和孩子便看护着他。这人到了晚上就像生病一样，头上忽然长出翅膀离开身体飞走了。头落在河岸边的泥中寻找螃蟹蚯蚓之类的东西吃。快天亮时才飞回来，那人就像做梦刚刚醒来一样，而他的肚子已经吃饱了。

梵僧菩萨胜又说，阇婆国中也有头能飞的人，那人的眼睛没有瞳孔，头飞回来时，需要一个人帮他安放好。

干宝《搜神记》："南方有落头民，他们的头能飞。当地习俗中祭祀的神，名叫虫落，因此土人号称落头民。吴国朱桓有一个婢女，她的头夜里能飞。"

注释

❶ 岭南：五岭以南。 ❷ 匝：环绕。 ❸ 阇（shé）婆国：又名"诃陵"

“社婆”，南海古国名。其地在今印度尼西亚苏门答腊岛、爪哇岛一带。 ❹ 干氏《志怪》：即干宝《搜神记》。干宝：字令升。新蔡（今属河南）人。晋朝文学家、史学家。《搜神记》：今本二十卷，所记多为神怪灵异之事。 ❺ 朱桓：字休穆。吴郡吴县（今江苏苏州）人。黄武二年（223），在濡须（今安徽巢湖东南）击退魏将曹仁，斩仁将。封嘉兴侯，迁奋武将军，领彭城相。黄龙元年（229）拜前将军，领青州牧，假节。

【原 文】

王子年《拾遗记》言①：“晋武时②，因墀国使言③，南方有解形之民④，能先使头飞南海，左手飞东海，右手飞西泽。至暮，头还肩上，两手遇疾风，飘于海水外。”

【译 文】

王子年《拾遗记》说：“晋武帝时，因墀国的使者说，南方有能解体的人，其先使头飞到南海，左手飞到东海，右手飞到西边的大泽。到了晚上，头回到肩上，两只手由于遇到猛烈的风飘飞到了海外。”

注 释

❶《拾遗记》：今十卷，志怪小说集，东晋王嘉撰。 ❷ 晋武：即晋武帝司马炎。 ❸ 因墀（chí）国：古国名。 ❹ 解形：分解形体。

【原 文】

近有海客往新罗①，吹至一岛上，满岛悉是黑漆匙箸。其处多大木，客仰窥，匙箸乃木之花与须

【译 文】

最近有出海航行的人前往新罗，途中被吹到一座海岛上，岛上遍布黑漆的汤匙和筷子。那里有很多大树，航海的人仰头看那些餐具，原来是树上的花和枝藤，于

也。因拾百余双还，用之，肥不能使。后偶取搅茶，随搅而消焉。

是捡了一百多双带回去。回来一用，汤匙和筷子都太粗笨了不好用。后来偶然用它搅拌茶水，一边搅拌，筷子一边就融化了。

注释

❶ 新罗：古国名，在今朝鲜半岛。

喜兆

【原 文】

集贤张希复学士尝言①，李揆相公将拜相前一月②，日将夕，有虾蟆大如床，见于寝堂中，俄失所在。又言，初授新州，将拜相，井忽涨水，深尺余。

【译 文】

集贤校理张希复曾经说，李揆相公拜相前一个月的某天傍晚，看见有只像床那么大的虾蟆出现在卧室里，一会儿就不见了。又说，李揆原在新州任职，拜相前，井水忽然上涨了一尺多。

注释

❶ 集贤：此指集贤校理。唐置，掌修书之事。张希复：字善继。段成式之友。 ❷ 李揆：字端卿。郑州（今属河南）人。开元进士。肃宗时拜相，有三绝（门第、人物、文章皆为当世第一）之称。相公：原为对宰相的尊称，后用于称级别较高的官员。

【原 文】

郑絪相公宅[1]，在昭国坊南门[2]，忽有物投瓦砾，五六夜不绝。乃移于安仁西门宅避之[3]，瓦砾又随而至。经久，复归昭国。郑公归心释门[4]，禅室方丈[5]。及归，将入丈室，蟢子满室[6]，悬丝去地二尺，不知其数。其夕，瓦砾亦绝。翌日，拜相。

【译 文】

郑絪相公的住宅，在昭国坊南门。一天忽然有什么东西向他家扔碎石瓦块，连续五六个晚上没断。郑絪就搬到安仁坊西门的住宅中躲避，结果碎石瓦块跟过来了。过了很长时间，他只好又搬回昭国坊。郑相公信奉佛教，家里有一丈见方的禅室。等搬回昭国坊，他准备进入禅室，发现满屋有不计其数的蟢子，结成的蛛网悬在离地两尺处。当晚，扔碎石瓦块的声音就没有了。第二天，郑絪就拜相了。

注 释

❶ 郑絪：字文明。郑州荥阳（今属河南）人。大历进士。唐宪宗即位，拜中书侍郎、同中书门下平章事。 ❷ 昭国坊：唐长安城坊。 ❸ 安仁：即安仁坊。唐长安城坊。 ❹ 释门：佛门。 ❺ 方丈：一丈见方。后以“方丈”称佛寺住持。 ❻ 蟢（xǐ）子：蜘蛛的一种。多在室内墙壁间结网，其网被认为像八卦，为喜兆，故亦称“喜子”“喜蛛”。

【原 文】

成式见大理丞郑复说[1]：淮西用兵时[2]，刘沔为小将[3]，军头颇易之[4]，每捉生踏伏[5]，沔必在数，前后重

【译 文】

我听大理丞郑复说：平定淮西之乱时，刘沔还只是名小将，长官很轻视他。每次执行捉俘虏和搜索敌人伏兵的任务时，刘沔必参与其中，前后多次身受重伤，有几次还差点丢了命。后来在一个

创，将死数四。后因月黑风甚，又令沔捉生。沔愤激深入，意必死。行十余里，因坐将睡，忽有人觉之，授以双烛，曰："君方大贵，但心存此烛在，即无忧也。"沔后拜将，常见烛影在双旌上[6]。及不复见烛，乃诈疾归京。

月黑风高的夜晚，长官又命令刘沔去捉俘虏。刘沔心生愤怒，深入敌后，想着这回必死无疑。走了十多里，因为疲乏坐着将要睡着时，忽然有人叫醒他，给了他两支蜡烛，说："你将有大富贵，只要心里想着这两支蜡烛，就可以平安无事。"刘沔后来升为大将，经常看见军旗上有这两支蜡烛的影子。等到军旗上看不见烛影时，他就假称生病，回到了京城。

注释

❶ 大理丞：即大理寺丞，掌分判寺事，正刑之轻重。郑复：荥阳（今属河南）人。唐文宗大和七年（833），为大理少卿。 ❷ 淮西用兵：指唐宪宗元和年间平定吴元济之乱的淮西战争。 ❸ 小将：即子将，唐代武职名。子将掌布列行阵金鼓和部署卒伍。 ❹ 军头：军官名。掌宿卫。 ❺ 捉生：捉俘虏。踏伏：搜索敌人的伏兵。 ❻ 双旌：唐代节度领刺史者出行时的仪仗。

祸兆

【原 文】

杨慎矜兄弟富贵[1]，常自不安。每诘朝礼佛像[2]，默祈冥卫[3]。或一日，像前土榻上聚尘三堆，如冢状[4]。慎矜恶之，且虑儿戏，命扫去。一夕

【译 文】

杨慎矜兄弟富贵，经常觉得心有不安。每天早晨礼佛时，都默默地祈求神灵庇佑。有一天，神像前的土榻上积聚了三堆尘土，样子像坟冢。杨慎矜非常嫌恶，心想可能是小儿的游戏，就让人清扫了。过了一夜，三堆土又出现了，

如初，寻而祸作。

不久杨家就发生了祸事。

注释

❶杨慎矜：隋炀帝玄孙。开元中，为汝阳令。擢监察御史、侍御史，专知太府出纳。天宝二年（743），升谏议大夫、御史中丞、户部侍郎兼诸道铸钱使，知太府出纳。后李林甫嫉之，与王铁诬其欲复隋业，诏赐自尽。 ❷诘朝：早晨。 ❸冥卫：谓神灵的庇佑。 ❹冢：隆起的坟墓。

【原文】

姜楚公皎常游禅定寺①，京兆办局甚盛②。及饮酒，座上一妓绝色，献杯整鬟③，未尝见手，众怪之。有客被酒④，戏曰："勿六指乎？"乃强牵视。妓随牵而倒，乃枯骸也。姜竟及祸焉。

【译文】

楚国公姜皎曾到禅定寺闲游，京兆尹为他设下丰盛饭局。饮酒时，座位上有一位妙妓，容貌绝美，但无论是敬酒还是整理发髻的时候，总看不到她的手，大伙感到很奇怪。有位客人酒醉了，开玩笑说："你不会是六指吧？"于是就硬拉她的手看。那妙妓随之倒在地上，竟然是一具枯骨。姜皎竟因此而遭逢祸事。

注释

❶姜楚公皎：即姜皎，秦州上邽（今甘肃天水）人。长安年间，迁尚衣奉御，与临淄王李隆基交好。唐玄宗即位后，迁殿中少监、殿中监，封楚国公。开元十年（722），因泄露禁中言语，发配钦州，卒于汝州。禅定寺：即大庄严寺。位于唐长安城永阳坊。 ❷京兆：长安。这里指京兆尹。 ❸整鬟：整理发髻。 ❹被酒：为酒所醉。

【原 文】

萧澣初至遂州[①]，造二幡刹施于寺[②]，设斋庆之。斋毕作乐，忽暴雷霹雳，刹各成数十片。至来年当雷霹日，澣死。

【译 文】

萧澣刚到遂州担任刺史的时候，便造了两根幡柱布施给寺庙，并设斋庆贺。斋毕奏乐时，忽然响起暴雷霹雳，把幡柱击成几十片。到第二年，正值幡柱被雷劈的那天，萧澣就死了。

注 释

❶ 萧澣（huàn）：字明文。元和二年（807）京兆府试进士。大和七年（833），自给事中出为郑州刺史，寻入为刑部侍郎。大和九年（835），被贬为遂州刺史，再贬为遂州司马。次年，卒于贬所。遂州：今四川遂宁。 ❷ 幡刹：即幡竿，寺前所立幡柱。

物革

【原 文】

咨议朱景玄见鲍容说[①]，陈司徒在扬州[②]，时东市塔影忽倒。老人言，海影翻则如此。

【译 文】

咨议参军朱景玄听鲍溶说，陈司徒在扬州时，当时东市的塔影忽然上下颠倒。当地的老人说，海影翻倒就会这样。

注释

❶ 咨议：古时备顾问的幕僚。即咨议参军，亲王府掌咨谋众事。朱景玄：吴郡（今江苏苏州）人。元和初应进士举，曾任咨议。历翰林学士，官至太子谕德。鲍容：疑即鲍溶，自称"楚客"，或为楚人。元和进士，中唐诗人。 ❷ 陈司徒：即陈少游，博州博平（今山东高唐西南）人。为官长于权变，屡得升迁。建中初，加同中书门下平章事。建中四年（783），泾原兵变，德宗奔奉天，陈少游奏请加收汴东两税钱八百万缗。后被疑密附叛贼李希烈，惭惧疾死。

【原 文】

崔玄亮常侍在洛中①，常步沙岸，得一石子，大如鸡卵，黑润可爱，玩之。行一里余，砉然而破②，有鸟大如巧妇③，飞去。

【译 文】

崔玄亮常侍在洛阳的时候，常在沙岸散步。有一次他捡到一块石头，有鸡蛋大小，乌黑光润非常惹人喜爱，就拿在手里把玩。走了一里多路，石头一下子裂开了，里面有只鹪鹩大小的鸟飞了出来。

注释

❶ 崔玄亮：字晦叔，磁州（今河北磁县）人。贞元十一年（795）擢进士第，以直谏著名，终虢州刺史。 ❷ 砉然：象声词。常用以形容破裂声。 ❸ 巧妇：即鹪鹩（jiāoliáo）。常取细枝、草叶、苔藓、羽毛等筑巢，巢呈圆屋顶状，于一侧开孔出入，甚精巧，故俗称巧妇鸟。

【原 文】

进士段硕，常识南孝廉

【译 文】

进士段硕曾认识一位姓南的孝廉，南

者[1]，善斫鲙[2]。縠薄丝缕[3]，轻可吹起，操刀响捷，若合节奏。因会客炫技[4]，先起鱼架之，忽暴风雨，雷震一声，鲙悉化为蝴蝶飞去。南惊惧，遂折刀，誓不复作。

孝廉擅长切生鱼片。切下来的鱼片像绉纱一样薄，丝丝缕缕，轻得可以吹起来，他用刀的声音响亮轻捷，如同音乐一般。一次，他在会客时卖弄技艺，先把鱼放在架子上，正要切割，忽然狂风大作、暴雨倾盆，一声雷响，鱼片全都化成蝴蝶飞走了。南孝廉又惊又怕，于是折断了刀，发誓再也不切鱼片了。

注释

❶ 孝廉：举人的俗称。 ❷ 鲙：生鱼片。 ❸ 縠（hú）：起绉的薄纱。 ❹ 炫技：卖弄技艺。

【原文】

开成末[1]，河阳黄鱼池[2]，冰作花如缬[3]。

【译文】

开成末年，河阳黄鱼池结冰，冰花就像一池锦绣。

注释

❶ 开成：唐文宗李昂年号。 ❷ 河阳：今河南孟州。 ❸ 缬（xié）：有花纹的丝织品。

【原文】

河阳城南百姓王氏，庄有

【译文】

河阳城南有一个姓王的人，他家庄

小池，池边巨柳数株。开成末，叶落池中，旋化为鱼，大小如叶，食之无味。至冬，其家有官事[1]。

园里有一个小水池，池边有几棵高大柳树。开成末年，柳叶落到水池里，随即变成了鱼，大小如柳叶，吃起来没什么味道。到了冬天，他们家就遇上了官司。

注释

❶官事：犹官司。

【原文】

婺州僧清简[1]，家园蔓菁[2]，忽变为莲。

【译文】

婺州僧人清简的园子里本来种的是蔓菁，可忽然都变成了莲。

注释

❶婺（wù）州：今浙江金华。 ❷蔓菁：植物名。俗称大头菜。

前集卷五

诡习

【原 文】

大历中[1]，东都天津桥有乞儿[2]，无两手，以右足夹笔写经乞钱。欲书时，先再三掷笔，高尺余，以足接之未曾失落。书迹官楷，手书不如也。

【译 文】

大历年间，东都洛阳天津桥有个行乞的人，没有双手，用右脚夹笔抄写经文讨钱。要抄写时，先用脚将笔反复扔起来，高一尺多，再用脚将笔接住，笔从未掉落过。他写的字是标准的楷书，比手写得还好。

注 释

❶ 大历：唐代宗李豫年号。 ❷ 东都：洛阳。天津桥：隋大业元年（605）建于洛水上。乞儿：行乞的人。

【原 文】

于頔在襄州[1]，尝有山人王固谒见于。于性快，见其拜伏迟缓[2]，不甚知书生。别日游宴[3]，不复得进，王殊怏

【译 文】

于頔任襄州刺史时，隐士王固前来拜见他。于頔是个急性子，见王固跪拜俯伏时动作迟缓，便不怎么礼待他。改日要举行交游宴饮，也不邀请王固，王固很不高兴。于是到官署去见判官曾叔

快。因至使院，造判官曾叔政[4]，颇礼接之。王谓曾曰："予以相公好奇，故不远而来，今实乖望矣[5]。予有一艺，自古无者，今将归，且荷公见待之厚[6]，今为一设。"遂诣曾所居，怀中出竹一节及小鼓，规才运寸[7]。良久，去竹之塞，折枝连击鼓子。筒中有蝇虎子数十[8]，分行而出，为二队，如对阵势。每击鼓或三或五，随鼓音变阵，天衡地轴[9]，鱼丽鹤列，无不备也。进退离附[10]，人所不及。凡变阵数十，乃行入筒中。曾观之大骇，方言于于公，王已潜去。于悔恨，令物色求之，不获。

政，曾叔政待他礼节十分周全。王固对曾叔政说："我因于相公爱好奇异之物，所以远道而来，如今实在太失望了。我有一种技艺，自古以来没有人会。现在我就要回去了，承蒙您对我的厚爱，就为您表演一番。"于是，他来到曾叔政的住处，从怀里掏出一节竹筒和一面鼓，鼓的直径不过一寸。过了一阵子，王固拔掉竹筒的塞子，折了一根树枝敲击小鼓。只见几十个蝇虎从竹筒里列队而出，排成两行，就像两军对垒的阵势。王固每击鼓三下或五下，蝇虎就随着鼓声变化队列，如星月经天，又如川流行地，像鱼群穿梭，又像仙鹤起舞，千变万化，尽在其中；阵势或进或退，或离或合，实在是人所不及。蝇虎一共变化了几十种阵势，才排队进入竹筒里面。曾叔政看了大为吃惊，正要向于頔禀报，王固已经悄悄离开了。于頔很懊悔，派人各处寻找，始终没有找到。

注释

❶ 于頔（dí）：字允元。河南（今河南洛阳）人。贞元十四年（798），为襄州刺史，充山南东道节度使。元和三年（808），拜司空、同平章事，封燕国公。后以太子宾客致仕。襄州：今湖北襄阳。 ❷ 拜伏：跪拜俯伏。表示恭敬的一种礼节。 ❸ 游宴：交游宴饮。 ❹ 判官：唐代节度使、观察使、防御使均置判官，为地方长官的僚属，辅理政事。 ❺ 乖望：失望。 ❻ 荷：承蒙，承受。❼ 规才运寸：直径一寸大小。 ❽ 蝇虎：蜘蛛的一种。体小，善跳跃，不结网。

常在墙壁间捕食苍蝇和其他小虫。俗称苍蝇老虎。 ❾ 天衡地轴：与“鱼丽鹤列”均为阵法名。 ❿ 离附：犹离合。

【原 文】

张芬[1]，曾为韦南康亲随行军[2]，曲艺过人，力举七尺碑，定双轮水硙[3]。常于福感寺趯鞠[4]，高及半塔，弹力五斗。常拣向阳巨笋，织竹笼之，随长旋培，常留寸许。度竹笼高四尺，然后放长。秋深，方去笼伐之，一尺十节，其色如金，用成弓焉。每涂墙方丈，弹成“天下太平”字，字体端严[5]，如人模成焉。

【译 文】

张芬曾经担任韦皋的行军司马，技艺过人，他能举起七尺的石碑，能够拉动双轮水磨。有一次在福感寺踢球，他一脚将球踢到塔身的一半高。他能拉五斗力的弓；常常挑选向阳生长的巨笋，用编织的竹笼罩起来，随其生长而随时培土，通常只留一寸左右露在地面。估计竹笼有四尺高时，就放任笋自然生长。到了深秋，才取掉竹笼，将竹子砍掉，这样长出来的竹子一尺有十个节，颜色金黄。张芬经常在墙壁上涂抹出一丈见方的白地，用弹弓射成“天下太平”四个大字，字体端正，像人用手摹写的一样。

注 释

❶ 张芬：字茂宗。江东人。代宗大历间任大理评事，与李端有诗歌酬唱。贞元初，入剑南西川节度使韦皋幕府。 ❷ 韦南康：即韦皋，字城武。京兆万年(今陕西西安)人。贞元元年(785)，授成都尹、剑南西川节度使。后以功封南康郡王。 ❸ 水硙(wèi)：水磨。 ❹ 福感寺：寺院名。在今四川成都。趯鞠(tìjū)：又称“蹴鞠”。古代军中习武之戏，类似今之足球运动。 ❺ 端严：端正。

【原 文】

建中初[1]，有河北军将姓夏者[2]，弯弓数百斤。尝于球场中累钱十余，走马以击鞠杖击之[3]，一击一钱飞起六七丈，其妙如此。又于新泥墙安棘刺数十，取烂豆，相去一丈，一一掷豆，贯于刺上，百不差一。又能走马书一纸。

【译 文】

建中初年，河北道有个姓夏的军将，能拉动几百斤的硬弓。他曾在球场上将十几枚铜钱摞在一起，然后纵马疾驰，用打球的棍棒击打铜钱。每击一杖，只见一枚钱飞起六七丈高，他的技艺就是这样奇妙。他又在新抹的泥墙上插上几十株荆棘，拿来煮烂的豆子，距离一丈远，将豆子一一穿在荆棘上，百发百中。他又能一边骑着马一边在纸上写字。

注 释

❶建中：唐德宗李适年号。 ❷河北：指河北道。唐贞观十道、开元十五道之一。开元以后治魏州（治今河北大名东北）。因在黄河以北，故名。 ❸鞠杖：打球的棍棒。

【原 文】

元和中，江淮术士王琼，尝在段君秀家，令坐客取一瓦子[1]，画作龟甲，怀之一食顷，取出，乃一龟。放于庭中，循垣西行[2]。经宿却成瓦子。又取花含[3]，默封于密器中，一夕开花。

【译 文】

元和年间，江淮术士王琼曾住在段君秀家。一次，他让座上的客人取来一块瓦片，在上面画出龟甲的图案，放在怀里约一顿饭的工夫，取出来时竟变成了一只活乌龟。把乌龟放在庭院里，它便沿着墙脚向西爬行。过了一夜，乌龟又变成了瓦片。他又拿一枝花骨朵，密封在容器里，过了一夜，花竟开了。

注释

❶ 瓦子：瓦片。 ❷ 垣：墙。此指墙脚。 ❸ 花含：花骨朵。

【原文】

元和末，均州郧乡县有百姓[1]，年七十，养獭十余头[2]，捕鱼为业，隔日一放出。放时，先闭于深沟斗门内[3]，令饥，然后放之，无网罟之劳[4]，而获利相若。老人抵掌呼之[5]，群獭皆至，缘衿藉膝[6]，驯若守狗。户部郎中李福亲观之。

【译文】

元和末年，均州郧乡县有个百姓，七十岁，养了十多头水獭，靠它们捕鱼维持生活，隔一天把水獭放出去一次。放出前，先把水獭关在深沟、水闸里，让它们挨饿，然后才放出来。这样，不用劳神费力地撒网收网，也能捕到数量可观的鱼。老人击掌呼唤它们，水獭就全到他跟前，围在老人身边攀着他的衣襟，靠着他的膝盖，温顺得像看门狗。户部郎中李福亲眼见过。

注释

❶ 均州郧乡县：今湖北十堰郧阳区。 ❷ 獭（tǎ）：即水獭。 ❸ 斗门：用以蓄泄渠水的水闸。 ❹ 网罟（gǔ）：捕鱼及捕鸟兽的工具。此指捕鱼。 ❺ 抵掌：击掌。 ❻ 衿：衣襟。

怪术

【原文】

大历中，荆州有术士，从

【译文】

大历年间，有个荆州术士从南方而

南来，止于陟屺寺[1]。好酒，少有醒时。因寺中大斋会，人众数千，术士忽曰："余有一伎，可代抃瓦盍珠之欢也[2]。"乃合彩色于一器中，驔步抓目[3]，徐祝数十言，方欱水再三噀壁上[4]，成维摩问疾变相[5]，五色相宣，如新写。逮半日余，色渐薄，至暮都灭。唯金粟纶巾、鹙子衣上一花[6]，经两日犹在。成式见寺僧惟肃说，忘其姓名。

来，住在陟屺寺。他喜欢喝酒，很少有酒醒的时候。有一天寺中举行大斋会，来了好几千人，术士忽然说："我有一门技艺，比掷瓦投珠的游戏还要好看。"于是，他将各种颜料调和在一个器皿里，凝目纵步，抹抹脸，慢慢地祝祷了几十句，然后吸吮几口颜料水，一遍遍喷到墙上，墙上就显现出一幅维摩诘探问疾病的经变画，各种颜色互相映衬，如同刚画的一样。过了大半天，那色彩渐渐变淡，傍晚时分便都消失了。只有维摩诘的头巾，以及舍利弗袈裟上的一朵花，过了两天依然存在。我听寺僧惟肃说过这件事，只是忘了术士的姓名。

注释

❶ 止：居住。陟屺（zhìqǐ）寺：南朝梁建。故址在今湖北江陵东北。 ❷ 抃（biàn）瓦盍（kè）珠：投掷瓦片、珠子之类的游戏。抃：击。盍：崩损。 ❸ 驔（diàn）步：像马一样地纵步。驔：黄色脊毛的黑马。 ❹ 欱（hē）：饮，吸。噀（xùn）：喷。 ❺ 维摩：即维摩诘。《维摩诘经》中说他和释迦牟尼同时，是毗耶离城中一位大乘居士。尝以称病为由，向释迦遣来问讯的舍利弗和文殊师利等宣扬教义。 ❻ 金粟：即金粟如来，维摩诘大士前身。纶巾：头巾。鹙（qiū）子：指佛的大弟子舍利弗。

【原 文】

丞相张魏公延赏在蜀时[1]，有梵僧难陀得如幻三

【译 文】

丞相魏公张延赏在蜀地时，有一个叫难陀的梵僧精通幻术，能入水火，穿

昧[2]，入水火，贯金石，变化无穷。初入蜀，与三少尼俱行，或大醉狂歌，戍将将断之。及僧至，且曰："某寄迹桑门[3]，别有药术。"因指三尼："此妙于歌管[4]。"戍将反敬之，遂留连为办酒肉[5]，夜会客，与之剧饮[6]。僧假裲裆巾帼[7]，市铅黛[8]，伎其三尼。及坐，含睇调笑[9]，逸态绝世。饮将阑，僧谓尼曰："可为押衙踏某曲也[10]。"因徐进对舞，曳绪回雪[11]，迅赴摩跌[12]，技又绝伦也。良久曲终，而舞不已，僧喝曰："妇女风邪？"忽起取戍将佩刀，众谓酒狂，各惊走。僧乃拔刀斫之，皆踣于地[13]，血及数丈。戍将大惧，呼左右缚僧。僧笑曰："无草草。"徐举尼，三支筇杖也[14]，血乃酒耳。又尝在饮会，令人断其头，钉耳于柱，无血。身坐席上，酒至，泻入脰疮中[15]。面赤而歌，手复抵节[16]。会罢，自起提

金石，变化无穷。这梵僧刚来到蜀地时，与三位小尼姑同行，一路上醉酒狂歌。当地的军将准备劝阻他们。难陀赶到后，对军将说："我出身佛门，另有药术。"然后指着那三个尼姑说："她们都精通歌舞奏乐。"那军将因此很看重他，一再挽留他们，置办酒席，晚上招待客人同他们开怀畅饮。难陀借来了女人的衣饰，又买来化妆的粉黛，把三个小尼姑打扮成歌妓。她们坐在席上，秋波流转，含情调笑，姿态狐媚，世上少见。酒宴快结束时，难陀对尼姑说："可为押衙踏歌一曲。"于是，她们便缓缓移步，翩翩起舞，长袖飘飘有如雪花回旋，纤腰扭动真是俯仰生姿，舞技堪称天下绝伦。过了很久，乐曲已终，但她们仍然舞个不停。难陀喝道："这些女人疯了吗？"忽然起身拿过那位军将的佩刀，众人都以为他喝醉了要酒疯，便四散而逃。难陀拔刀朝着尼姑就砍，三个小尼姑都倒在地上，血溅出好几丈远。那军将十分惊恐，喊手下人把难陀捆起来。难陀笑道："你不要惊慌。"说着，把那三个尼姑慢慢举起来，原来是三根筇竹杖，地上的血只是酒而已。还有一次，他在宴会上让人砍下自己的脑袋，以长钉贯耳挂在柱子上，却一点血也没流。他的身体仍坐在席间，酒来了就顺着颈部的创口倒进去，挂着的头醉得红扑扑的，口中不停地唱着歌，坐着的身体还在击打节拍。宴席结束之后，他自己起身提起脑袋安

首安之，初无痕也。时时预言人凶衰，皆谜语，事过方晓。成都有百姓供养[17]，数日，僧不欲住。闭关留之。僧因是走入壁角，百姓遽牵，渐入，唯余袈裟角，顷亦不见。来日壁上有画僧焉，其状形似。日日色渐薄，积七日，空有黑迹。至八日，迹亦灭，僧已在彭州矣[18]。后不知所之。

到脖子上，一点砍过的痕迹都没有。他时常为他人预测吉凶，说的都是谜语，等事情过后人们才能明白他的意思。成都有个百姓供养他，几天后，他不愿意待了，那家主人关上门挽留他。难陀于是走进墙壁间，主人急忙去拽，他却渐渐滑入墙里，只剩下袈裟一角，一会儿衣角也不见了。第二天，有僧人的画像出现在墙上，与他本人很像。画像的颜色一天天变淡，到第七天，就只留下黑色的痕迹。到第八天，黑色的痕迹也消失了，难陀此时已到了彭州。后来就不知道他的去向了。

注释

❶ 张魏公延赏：即张延赏，本名宝符。蒲州猗氏（今山西临猗）人。大历二年（767）官河南尹。历淮南、荆南、剑南西川节度使。贞元初，擢中书侍郎、同平章事。 ❷ 如幻三昧：佛学术语。此谓一种随意变化己身及身外万象的境界。 ❸ 桑门：沙门，佛门。 ❹ 歌管：谓歌舞奏乐。 ❺ 留连：一再挽留。 ❻ 剧饮：豪饮，痛饮。 ❼ 假：借。裲（liǎng）裆：古代妇女穿着的马甲、坎肩或背心。巾帼：古代妇女的头巾和发饰。 ❽ 铅黛：搽脸的铅粉和画眉的黛墨。妇女化妆用品。 ❾ 含睇：含情而视。睇：微微斜视貌。 ❿ 押衙：职官名。唐宋时管理仪仗侍卫的小武官。 ⓫ 曳绪：抽丝。比喻连续不断。回雪：形容舞姿如雪飞舞回旋。 ⓬ 摩跌：踢踏。舞蹈的一种动作。 ⓭ 踣（bó）：跌倒。 ⓮ 筇（qióng）杖：筇竹杖。 ⓯ 脰（dòu）：脖颈。 ⓰ 抵节：击掌合拍。 ⓱ 供养：佛教术语。敬献奉养佛、法、僧三宝，谓之供养。 ⓲ 彭州：今属四川。

【原 文】

虞部郎中陆绍[①]，元和中，尝看表兄于定水寺[②]，因为院僧具蜜饵、时果[③]，邻院僧亦陆所熟也，遂令左右邀之。良久，僧与一李秀才偕至，乃环坐，笑语颇剧。院僧顾弟子煮新茗，巡将匝而不及李秀才。陆不平曰："茶初未及李秀才，何也？"僧笑曰："如此秀才，亦要知茶味？且以余茶饮之。"邻院僧曰："秀才乃术士，座主不可轻言[④]。"其僧又言："不逞之子弟[⑤]，何所惮！"秀才忽怒曰："我与上人素未相识[⑥]，焉知予不逞徒也？"僧复大言："望酒旗[⑦]，玩变场者[⑧]，岂有佳者乎？"李乃白座客："某不免对贵客作造次矣[⑨]。"因奉手袖中，据两膝，叱其僧曰："粗行阿师[⑩]，争敢辄无礼！拄杖何在？可击之。"其僧房门后有筇杖子，忽跳出，连击其僧。时众亦为蔽护，杖伺人隙捷中，若有物执持也。

【译 文】

元和年间，虞部郎中陆绍曾到定水寺看望他的表兄，因为经常给院内僧人带去蜜饵和水果，连邻院的僧人也与陆绍熟识，他便令手下将邻院僧人邀请过来。过了一会儿，邻院的僧人与一位李秀才一同来到，大家围坐在一起，欢声笑语非常热闹。院僧吩咐弟子煮新茶，已快斟遍了，却仍没有给李秀才斟。陆绍愤慨地说："居然不给李秀才茶水，这是什么意思？"僧人笑着说："这样的秀才，也想品尝茶的味道？等会儿把喝剩的茶给他罢了。"邻院僧人说："秀才是一个术士，座主不能小瞧了他。"那个僧人又说："这种不务正业的人，有什么可害怕的？"李秀才忽然愤怒地说："我与上人素不相识，你怎么知道我是不务正业的人呢？"僧人又高声地说："辗转酒肆耽于玩乐的人，难道是什么好东西？"李秀才对其他客人道歉说："我恐怕要当着诸位贵客的面失礼了。"说完，双手揣放袖中，置于两膝上，呵叱那个僧人说："好个言行粗野的和尚，竟敢如此无礼！拄杖在哪里？替我狠狠地打他。"僧人房门后有根竹杖，忽然跳出，接连击打那僧人。这时众人都为他掩护，竹杖便寻找人缝过去打，好像有谁拿着这根竹杖似的。李秀才又呵叱道：

李复叱曰："捉此僧向墙！"僧乃负墙拱手，色青短气，唯言乞命。李又曰："阿师可下阶。"僧又趋下，自投无数，衄鼻败颡不已[11]。众为请之，李徐曰："缘对衣冠[12]，不能煞此为累。"因揖客而去。僧半日方能言，如中恶状[13]，竟不之测矣。

"把这个和尚捉到墙边去。"说话间，僧人已背墙拱手，脸色发青，呼吸短促，只叫饶命。李秀才又说："师傅可以下阶去。"僧人又摔下台阶，以头碰地，反反复复，弄得鼻青脸肿。众人为他求情，李秀才慢慢地道："看在诸位面上，我不杀他，以免连累大家。"说完，作揖而去。僧人过了半天才能说话，好像中了邪一样。众人最后也不清楚那秀才到底施了什么法术。

注释

❶ 虞部郎中：官名。掌京都街巷、苑囿、山泽草木及百官蕃客时蔬薪炭供顿、畋猎等事。 ❷ 定水寺：寺院名。位于唐长安城太平坊西门之北。 ❸ 蜜饵：用蜜和米面制成的糕饼。 ❹ 座主：佛教语。谓大众一座之主，犹言上座、首座。这里指对僧人的尊称。 ❺ 不逞：不得志，不务正业。 ❻ 上人：道德智慧兼备可为僧众之师的高僧。后用作对僧人的尊称。 ❼ 酒旗：即酒帘。此指酒馆。 ❽ 变场：唐代表演变文（说唱故事）的场所。 ❾ 造次：鲁莽，轻率。 ❿ 粗行：言行粗野。 ⓫ 衄（nǜ）鼻败颡（sǎng）：鼻子出血，额头摔破。衄：鼻孔出血。颡：额，脑门儿。 ⓬ 衣冠：有地位有修养的人。 ⓭ 中恶：中邪。

【原文】

元和末，盐城脚力张俨递牒入京[1]。至宋州[2]，遇一人，因求为伴。其人朝宿郑州，因

【译文】

元和末年，盐城脚夫张俨往京城传递文书。到了宋州，遇见一个人，就请求结伴同行。那人要前往郑州，

谓张曰："君受我料理[3]，可倍行数百。"乃掘二小坑，深五六寸，令张背立，垂踵坑口[4]，针其两足，张初不知痛。又自膝下至骭[5]，再三捋之[6]，黑血满坑中。张大觉举足轻捷，才午至汴[7]。复要于陕州宿[8]，张辞力不能，又曰："君可暂卸膝盖骨，且无所苦，当日行八百里。"张惧，辞之。其人亦不强，乃曰："我有事，须暮及陕。"遂去，行如飞，顷刻不见。

便对张俨说："你听我安排，速度可提升百倍。"于是，就地挖了两个小坑，有五六寸深，叫张俨背向小坑站立，两脚站在坑边，向他的两足下针。张俨根本感觉不到疼痛，那人又从张俨的膝盖至小腿，反复往下捋，直到黑血淌满土坑。张俨一下感觉抬脚特别轻快，中午就到了汴州。那人又邀他去陕州住宿，张俨推辞说脚力不行。那人又说："你可以暂时卸下膝盖骨，一点痛苦也不会有，这样就能日行八百里。"张俨害怕，就拒绝了。那人也不勉强，就说："我有事，必须在天黑前到陕州。"说完，就走了，走路像飞一样快，顷刻间就不见了。

注释

❶ 盐城：今属江苏。脚力：传递文书的差役或搬运货物的人。牒：文书。 ❷ 宋州：今河南商丘。 ❸ 料理：安排。 ❹ 踵（zhǒng）：脚后跟。 ❺ 骭（gàn）：小腿。 ❻ 捋（luō）：用手顺势向一边抹。 ❼ 汴：汴州。今河南开封。 ❽ 陕州：今河南三门峡。

【原文】

蜀有费鸡师，目赤，无黑睛，本濮人也[1]。成式长庆初见之，已年七十余。或为人解

【译文】

蜀地有个费鸡师，两眼通红没有黑眼珠，本是濮族人。长庆初年，我曾见过他，当时他已经七十多岁。每次为人

灾，必用一鸡设祭于庭。又取江石如鸡卵，令疾者握之。乃踏步作气嘘叱[2]，鸡旋转而死，石亦四破。成式旧家人永安，初不信，尝谓曰："尔有大厄。"因丸符逼令吞之。复去其左足鞋及袜，符展在足心矣。又谓奴沧海曰："尔将病。"令袒而负户[3]，以笔再三画于户外，大言曰："过！过！"墨遂透背焉。

化解灾难，一定要用一只鸡在院子里设祭，又取一枚鸡蛋大小的江石，让病人握在手里，然后踏罡步斗，运气呼叱，那只鸡旋转挣扎着就死了，江石也四散破碎。我以前的家仆永安，起初不相信费鸡师。费鸡师曾对他说："你将有大难。"于是将一道符咒做成丸状逼他吞下去。又脱掉他左脚的鞋及袜子，一看，符咒已经贴在他脚心上了。费鸡师又对家奴沧海说："你要生病了。"便让他光着膀子背倚着门站立，自己用笔在门外反复画咒，大声喊："过！过！"墨迹就透过门板印在沧海的背上了。

注释

❶ 濮：此指濮族，为我国古代西南地区的少数民族群体，又称百濮。 ❷ 踏步：踏罡步斗。道教施法时的一种步伐。 ❸ 负户：背倚着门。

【原 文】

长寿寺僧瞀言[1]：他时在衡山，村人为毒蛇所噬，须臾而死，发解[2]，肿起尺余。其子曰："昝老若在，何虑！"遂迎昝至。乃以灰围其尸，开四门，先曰："若从足入，则不救矣。"

【译 文】

长寿寺僧人神侃说：他从前在衡山时，村里有个人头部被毒蛇咬伤，很快就死了，头发掉光，露出的伤口肿起一尺多高。他的儿子说："昝老如果在这里，根本不用担心！"于是迎接昝老来到家里。昝老用草灰围住尸体，在灰圈上开了四道门，事先说："如果蛇从脚冲着的门里走进灰圈，就没救了。"昝老于是

遂踏步握固[3]，久而蛇不至。呇大怒，乃取饭数升，捣蛇形，诅之，忽蠕动出门。有顷，饭蛇引一蛇，从死者头入，径吸其疮。尸渐仾[4]。蛇疱缩而死，村人乃活。

踏罡步斗，握起拳做法事，过了很久蛇也没来。呇老大怒，就取来几升饭，捣弄成蛇的形状并咒骂它，那条用饭做成的蛇忽然蠕动着爬出门。一会儿，饭蛇引着一条蛇从死者头部方向开的门进入灰圈，径直吮吸伤口，肿块渐渐消了下去。蛇却浑身起疱蜷缩而死，那人随即活了过来。

注释

❶ 詈言：神侃，巧言。詈：即“谝（biàn）”。 ❷ 发解：头发脱落。 ❸ 握固：屈指成拳。 ❹ 仾（dī）：古同“低”。

【原 文】

王潜在荆州[1]，百姓张七政善治伤折。有军人损胫[2]，求张治之。张饮以药酒，破肉，去碎骨一片，大如两指，涂膏封之，数日如旧。经二年余，胫忽痛，复问张。张言：“前为君所出骨，寒则痛，可遽觅也。”果获于床下。令以汤洗，贮于絮中，其痛即愈。王公子弟与之狎[3]，尝祈其戏术。张

【译 文】

王潜在荆州时，有个叫张七政的百姓善治外伤和骨折。有个士兵小腿受伤，请求张七政治疗。张七政给他喝了药酒，剖开其小腿取出一片碎骨，有两个手指那么大，然后涂上药膏将伤口封好，几天后就痊愈了。过了两年多，那人忽然小腿疼痛，又去问张七政。张七政说：“以前为你取出的那片骨头若受了寒，你的腿一定会痛，赶紧找找看那块骨头放哪里了。”果然在床底找到了那块骨头。张七政让他用热水洗好，藏在棉絮里面，这个人的腿立马不疼了。王潜的子弟与张七政很亲近，曾请求看他变戏法。张

取马草一掬[4]，再三挼之，悉成灯蛾飞去。又画一妇人于壁，酌酒满杯饮之，酒无遗滴，逡巡[5]，画妇人面赤，半日许可尽，湿起坏落。其术终不肯传人。

七政取来一捧马食的草料，反复揉搓，草料都变成灯蛾飞走了。又在墙壁上画了一个妇人，倒了一杯酒给她喝，酒竟被妇人喝得一滴也没剩。顷刻间，画上的妇人脸色发红，半天方消。墙皮也濡湿，连带壁画一起剥落了。张七政的法术始终不肯传授外人。

注释

❶ 王潜：字弘志。出身琅邪王氏，以门荫入仕。元和年间，累擢将作监，出任左散骑常侍，拜泾原节度使。唐穆宗即位，袭封琅邪郡公，出任荆南节度使。❷ 胫：小腿。 ❸ 狎：亲近。 ❹ 马草：马食的草料。掬：一捧。 ❺ 逡巡：顷刻，极短时间。

【原文】

韩佽在桂州[1]，有妖贼封盈，能为数里雾。先是常行野外，见黄蛱蝶数十，因逐之，至一大树下忽灭。掘之，得石函，素书大如臂[2]，遂成左道[3]。百姓归之如市，乃声言："某日将攻桂州，有紫气者，我必胜。"至期，果紫气如匹帛，自山亘于州城。白气直冲之，紫气遂散。天忽大

【译文】

韩佽在桂州时，有个妖贼叫封盈，能兴起几里的云雾。早先，封盈曾在野外行走，看见几十只黄蝴蝶，就去追逐，追到一棵大树下蝴蝶忽然不见了。他便就地挖掘，得到一个石匣，匣中有一卷粗如手臂的道书，于是就走上旁门左道。百姓都归附于他，门庭若市。他声称："某天我将攻打桂州，到时如果有紫气出现，我必胜。"到了那一天，果然有紫气像布帛一样，自山中兴起，横贯于桂州城上空。这时有一道白气直冲向紫气，紫气随即消散了。天空忽然

雾，至午稍开霁。州宅诸树滴下小铜佛，大如麦，不知其数。其年韩卒。

起了大雾，到中午才稍散去。州城房宅的树上都往下滴小铜佛，有麦粒那么大，不计其数。当年，韩佽就死了。

注释

❶韩佽（cì）：字相之。京兆长安（今陕西西安）人。元和初进士，历任刑部郎中、给事中、桂州观察使。桂州：今广西桂林。 ❷素书：泛指一般的道书。 ❸左道：邪道。多指非正统的巫蛊、方术等。

【原文】

海州司马韦敷[1]，曾往嘉兴[2]，道遇释子希遁[3]，深于缮生之术[4]，又能用日辰[5]，可代药石。见敷镊白[6]，曰："贫道为公择日拔之。"经五六日，僧请镊其半。及生，色若黳矣[7]。凡三镊之，鬓不复变。座客有祈镊者，僧言取时稍差。拔后，髭色果带绿。其妙如此。

【译文】

海州司马韦敷曾前往嘉兴，途中遇到希遁和尚。希遁精通养生之术，又精通因时施治之法，效果胜过服药。希遁看见韦敷在拔除白发和白须，说："贫道挑个日子给您拔。"过了五六天，希遁为韦敷拔掉一半白发。再长出来的新发，颜色漆黑。这样拔了三次，鬓发就全黑了。座中客人请求希遁给他拔一下，希遁说时机还不到。拔了之后，此人新长的胡子果然透着绿色。他的养生术就是如此精妙。

注释

❶海州：在今江苏连云港。 ❷嘉兴：今属浙江。 ❸释子：僧人。 ❹缮

生：养生。❺用日辰：利用时间与人体关系治病的疗法。❻镊白：拔除白发和白须。❼鷖（yī）：黑。

【原 文】

众言石旻有奇术。在扬州，成式数年不隔旬与之相见，言事十不一中。家人头痛嚏咳者[1]，服其药，未尝效也。至开成初，在城亲故间，往往说石旻术不可测。盛传宝历中，石随钱徽尚书值湖州[2]。尝在学院，子弟皆以“文丈”呼之。于钱氏兄弟求兔汤饼[3]，时暑月，猎师数日方获[4]。因与子弟共食，笑曰：“可留兔皮，聊志一事。”遂钉皮于地，垒墼涂之，上朱书一符，独言曰：“恨校迟！恨校迟！”钱氏兄弟诘之，石曰：“欲共诸君共记卯年也。”至太和九年，钱可复凤翔遇害[5]，岁在乙卯。

【译 文】

众人都说石旻有奇异之术。在扬州的几年时间里，我几乎不到十天就和他见上一面，他预言的事情十之八九都不准。我家人有头痛、打喷嚏、咳嗽的，服用他开的药，也没有效果。可是到开成初年，我在城里的亲戚故旧，都说石旻的法术妙不可测。盛传宝历年间，石旻随钱徽尚书到湖州，曾在州学任职，学生都以“文丈”称呼他。有一回，学生们向钱氏子弟要兔肉面吃，当时是暑季，猎人出猎几天才猎获了一只兔子。石旻与钱氏子弟共同吃面，笑着说：“可留下兔皮，用来记一件事。”于是，他便把兔皮钉在地上，垒起土砖涂抹好，在上面贴了一道用朱砂写的符，自言自语道：“可惜太晚了！可惜太晚了！”钱氏兄弟问他什么意思，石旻说：“想与各位一同记住卯年。”到太和九年，钱可复在凤翔遇害，这一年正是乙卯年。

注 释

❶嚏（tì）咳：打喷嚏，咳嗽。❷钱徽：字蔚章。吴兴（今浙江湖州）

人。贞元年间登进士第，大和年间以吏部尚书致仕。湖州：今属浙江。❸钱氏兄弟：指钱徽之子可复、可及。❹猎师：猎人。❺凤翔：今属陕西。遇害：指遭逢“甘露之变”。

【原 文】

江西人有善展竹[1]，数节可成器。又有人熊葫芦，云翻葫芦易于翻鞠。

【译 文】

江南西道有个人擅长编织竹器，几节竹子就可以制成一个竹器。还有一个人叫熊葫芦，说踢葫芦比踢球还容易。

注释

❶江西：即江南西道。开元二十一年（733）分江南道置，治今江西南昌。

【原 文】

厌盗法[1]：七日，以鼠九枚置笼中，埋于地。秤九百斤土覆坎，深各二尺五寸，筑之令坚固。《杂五行书》曰[2]：“亭部地上土涂灶[3]，水火盗贼不经；涂屋四角，鼠不食蚕；涂仓篅，鼠不食稻；以塞坎[4]，百鼠种绝。”

【译 文】

厌盗法：初七这天，挖九个二尺五寸深的坑，把九只老鼠装入笼中，分别埋在地下。称九百斤土覆在上面，然后用力夯实。《杂五行书》说：“取亭部的土和成泥涂抹灶台，家里不会遭受水火和盗贼灾祸；涂抹房屋四角，老鼠不吃蚕；涂抹仓篅，老鼠就不偷吃稻谷；用来填塞鼠洞，各种鼠类都会灭绝。”

注释

❶厌（yā）：制服。❷《杂五行书》：书名。❸亭部：亭长理事的处所。❹坎：这里指鼠洞。

【原文】

雍益坚云："主夜神咒，持之有功德，夜行及寐，可已恐怖恶梦。"咒曰："婆珊婆演底。"

【译文】

雍益坚说："主夜神咒，念它就会有功德。夜晚走路和睡觉时念它，可以抵御恐惧，防止做噩梦。"咒语是："婆珊婆演底。"

【原文】

宋居士说："掷骰子[1]，咒云：'伊谛弥谛，弥揭罗谛。'念满万遍，彩随呼而成。"

【译文】

宋居士说："掷骰子时，念动咒语：'伊谛弥谛，弥揭罗谛。'念上一万遍，想要几点就能得到几点。"

注释

❶掷骰子：一种赌博方式，以骰子点数的大小决定输赢。

【原文】

云安井[1]，自大江溯别派[2]，凡三十里。近井十五里，

【译文】

云安井，在长江的一条支流逆水而上三十里的地方。靠近井十五里的

澄清如镜，舟楫无虞。近江十五里，皆滩石险恶，难于沿溯。天师翟乾祐念商旅之劳，于汉城山上结坛考召[3]，追命群龙。凡一十四处，皆化为老人，应召而止。乾祐谕以滩波之险，害物劳人，使皆平之。一夕之间，风雷震击，一十四里尽为平潭矣。惟一滩仍旧，龙亦不至。乾祐复严敕神吏追之。又三日，有一女子至焉，因责其不伏应召之意。女子曰："某所以不来者，欲助天师广济物之功耳。且富商大贾，力皆有余；而佣力负运者，力皆不足。云安之贫民，自江口负财货至近井潭，以给衣食者众矣。今若轻舟利涉[4]，平江无虞，即邑之贫民无佣负之所，绝衣食之路，所困者多矣。余宁险滩波以赡佣负，不可利舟楫以安富商。所以不至者，理在此也。"乾祐善其言，因使诸龙皆复其故，风雷顷刻，而长滩如旧。天宝中，诏赴上京，恩遇隆厚。岁余，还

地方，江水像镜子一样澄澈，船只往来平安。靠近江十五里这一段，滩石险恶，船只很难顺流而下或逆流而上。天师翟乾祐考虑到商旅的劳苦，就在汉城山上筑了一个法坛，施法召唤群龙前来。一共一十四处险滩的龙，都变成老人前来应召。翟乾祐告诉它们，滩波的险恶，耗费人力物力，让它们把险滩弄平坦些。一夜之间，风雷大作，有一十四里险滩都变成了平静的水面。只有一处险滩没变，此地的龙也没前来应召。翟乾祐严命神吏追查。又过了三天，有一位女子来到。翟乾祐责备她不听从召唤。女子说："我之所以不来，是想帮助天师救贫人于疾苦。那些大富商，个个财力雄厚有余，而出卖劳力搬运的人，财力都不足。云安的贫民，从江口背着东西到靠近盐井的江潭，以此赚钱维持生活的人很多。如今船只顺利渡河，江流平缓没有危险，那么这里的贫民就没有地方帮工赚钱，这是断了他们的谋生之路，陷入贫困的人就更多了。我宁可留着险滩来养贫民，也不愿见到舟船畅行却只有富商得利的光景。我之所以不来，道理就在于此。"翟乾祐认为她说得很有道理，于是又让群龙把险滩恢复成原来的模样，顷刻间风雷大作，而长滩又恢复成原来的模样。天宝年间，皇帝诏令翟乾祐到京城去，恩宠优厚。一年后，翟乾祐回到家乡，

故山，寻得道而去。

不久便得道成仙而去。

注释

❶ 云安井：即云安盐井。云安：在今重庆云阳。 ❷ 溯：逆流而上。别派：支流。 ❸ 汉城山：在今重庆云阳。考召：一种道教仪式，主要用于召唤、驱使、处罚鬼神。 ❹ 利涉：顺利渡河。

【原文】

玄宗既召见一行，谓曰："师何能？"对曰："惟善记览。"玄宗因诏掖庭[①]，取宫人籍以示之。周览既毕[②]，覆其本，记念精熟，如素所习读。数幅之后，玄宗不觉降御榻，为之作礼，呼为圣人。先是，一行既从释氏，师事普寂于嵩山[③]。师尝设食于寺，大会群僧及沙门，居数百里者，皆如期而至，聚且千余人。时有卢鸿者[④]，道高学富，隐于嵩山。因请鸿为文，赞叹其会。至日，鸿持其文至寺，其师受之，致于几案上。钟梵既作[⑤]，鸿请普寂曰："某为文数千言，况其字

【译文】

玄宗召见一行，问道："大师有什么本领？"一行回答说："只是擅长记忆。"玄宗便诏令掖庭官员，取出宫人的名册给他看。一行看完一遍后，合上簿册，背得十分熟练，就像平日就熟记一样。背了几页之后，玄宗不由自主走下御座，向他施礼，称他为圣人。在这之前，一行信奉佛教，在嵩山跟随普寂和尚修习。普寂曾在寺内设斋，大会群僧及信徒，周围几百里内的僧人，都如期而至，寺里聚集了一千多人。当时有个叫卢鸿的，道业高学识广，隐居在嵩山。普寂便请卢鸿写文章，来赞颂这次盛会。到了这天，卢鸿带着他写的文章来到寺院，普寂接过文章，放在几案上。寺院的钟声和诵经声响起，卢鸿请求普寂说："我这篇文章长达几千字，况且用字生僻、语句险怪，最好

僻而言怪，盍于群僧中选其聪悟者，鸿当亲为传授。”乃令召一行。既至，伸纸微笑，止于一览，复致于几上。鸿轻其疏脱[⑥]，而窃怪之。俄而群僧会于堂，一行攘袂而进[⑦]，抗音兴裁[⑧]，一无遗忘。鸿惊愕久之，谓寂曰：“非君所能教导也，当从其游学。”一行因穷《大衍》，自此访求师资，不远数千里。尝至天台国清寺[⑨]，见一院，古松数十步，门有流水。一行立于门屏间，闻院中僧于庭布筭[⑩]，其声簌簌。既而谓其徒曰：“今日当有弟子求吾筭法，已合到门，岂无人道达耶？”即除一筭，又谓曰：“门前水合却西流，弟子当至。”一行承言而入，稽首请法[⑪]，尽受其术焉。而门水旧东流，今忽改为西流矣。邢和璞尝谓尹愔曰[⑫]：“一行其圣人乎？汉之洛下闳造《太初历》[⑬]，云：‘后八百岁当差一日，则有圣人定之。’今年期毕矣，而一行造《大衍历》正其差谬，则洛下闳之言信

在这些和尚中选位聪明有灵气的，我亲自教他去读。”普寂便让人叫来一行。一行到后，展读文稿，微微一笑，只看了一遍，就又放在几案上。卢鸿看不惯他这种轻率态度，心中有责怪之意。一会儿，群僧集会于佛堂，一行振衣而起，高声背诵这篇文章，一个字也没遗漏。卢鸿惊愕良久，对普寂说：“这个人不是您所能教导的，应当让他到各地游学。”一行于是穷究《大衍》，从此不远数千里，访求名师。他行至天台山国清寺，看到一处院落，有几十棵古松，门前流水潺潺。一行站在山门外，听到院中僧人在庭前布筹计算，发出簌簌声响。接着僧人对他的徒弟说：“今天应当有个弟子向我求教算法，此时该到门口了，怎么没人通报呢？”说完，便去掉一筹，又对徒弟说：“门前的流水算起来该往西流了，这位弟子应当到了。”一行接着他的话就进入院内，跪拜叩头向他请教算法，僧人便将算法全部传授给一行。而门前的流水原来向东流，现在忽然改为向西流了。邢和璞曾对尹愔说：“一行大概是圣人吧？汉朝洛下闳创造《太初历》，说：‘再过八百年，历法当少一天，那时当有一位圣人来改。’今年八百年期限已满。而一行制定的《大衍历》，把原来历法的差

矣。”一行又尝诣道士尹崇[14]，借扬雄《太玄经》[15]。数日，复诣崇，还其书。崇曰：“此书意旨深远，吾寻之数年，尚不能晓。吾子试更研求，何遽还也。”一行曰：“究其义矣。”因出所撰《大衍玄图》及《义诀》一卷以示崇。崇大嗟服[16]，曰：“此后生颜子也[17]。”至开元末，裴宽为河南尹[18]，深信释氏，师事普寂禅师，日夕造焉。居一日，宽诣寂，寂云：“方有小事，未暇款语[19]，且请迟回休憩也。”宽乃屏息，止于空室。见寂洁正堂，焚香端坐。坐未久，忽闻叩门，连云：“天师一行和尚至矣。”一行入，诣寂作礼。礼讫，附耳密语，其貌绝恭，但颔云：“无不可者。”语讫礼，礼讫又语。如是者三，寂惟云：“是，是。无不可者。”一行语讫，降阶入南室，自阖其户。寂乃徐命弟子云：“遣钟，一行和尚灭度矣[20]。”左右疾走视之，一行如其言灭度。后宽乃服衰绖葬之[21]，自徒步出

谬都纠正过来了，那么洛下闳的预言就得到了验证。”一行又曾到道士尹崇那里，借扬雄的《太玄经》。几天后，又到尹崇那里还书。尹崇说：“这部书意旨深远，我研究多年，还不能明白。你应当做进一步的研究，何必着急归还。”一行说：“我已经明白书中的意旨了。”他便拿出自己撰写的《大衍玄图》及《义诀》一卷给尹崇看，尹崇大为叹服，说：“这个人就是转世的颜回啊。”到开元末年，裴宽任河南府尹，笃信佛教，以事师之礼对待普寂禅师，白天晚上都来造访。有一天，裴宽前来造访普寂，普寂说：“正好有件小事，需耽搁片刻，暂时没有时间和您畅谈，请留下来稍事休息。”裴宽便恭谨地听从，歇在一间空房子里。只见普寂清扫正堂，焚香端坐。坐没多久，忽然听到敲门声，僧众连声说：“天师一行和尚到了。”一行走了进来，给普寂施礼，礼毕，贴着普寂耳朵说悄悄话，样子非常恭敬，普寂只是点头说：“没有不可以的。”一行说完又施礼，施礼完又说。如此反复多次，普寂只说：“是，是。没有不可以的。”一行说完，走下台阶进入南屋，自己把门关好。普寂才缓缓地吩咐弟子：“派人敲钟，一行和尚圆寂了。”身边的人急忙跑去看，一行果然像普寂禅师说的那样已经圆寂了。后来裴宽便

城送之。 | 披麻戴孝，徒步出城送别一行大师。

注释

❶ 掖庭：皇宫中旁舍，为妃嫔所居处。后亦指宫中管理宫人事务之职官。 ❷ 周览：遍览。 ❸ 普寂：俗姓冯，蒲州河东（今山西永济）人。骨气倜傥，通晓儒典，后弃俗师从荆州玉泉寺神秀参禅，尽得其道。开元年间从驾入长安，留居兴唐寺，敕赐“大照禅师”，世称华严大师。 ❹ 卢鸿：字颢然。本范阳（今河北涿州）人，徙家洛阳。玄宗开元六年（718）被征召入朝，固辞不就。后许还山，隐居嵩山招集学生讲学。 ❺ 钟梵：寺院的钟声和诵经声。 ❻ 疏脱：轻率。 ❼ 攘袂：捋胳膊卷衣袖。形容振奋而起。 ❽ 抗音：高声，大声。 ❾ 天台国清寺：在浙江天台山。 ❿ 布筭：布筹运算。 ⓫ 稽首：一种俯首至地的跪拜礼。 ⓬ 尹愔：秦州天水（今甘肃天水）人。初为道士，玄宗时拜谏议大夫、集贤院学士兼修国史，专领集贤、史馆图书。生平博学，尤通《老子》。 ⓭ 洛下闳：即“落下闳”，字长公。汉巴郡阆中（今四川阆中）人。天文学家，《太初历》的制定者之一。 ⓮ 尹崇：唐玄都观道士，儒、释、道三教皆通。 ⓯ 扬雄：字子云。蜀郡成都（今四川成都）人。西汉末年哲学家、文学家、语言学家。仿《易经》作《太玄》。 ⓰ 嗟服：叹服。 ⓱ 颜子：孔子弟子颜回，被称为“复圣”。 ⓲ 裴宽：绛州闻喜（今山西闻喜）人。曾任河南尹，终礼部尚书。崇佛，老而弥笃。 ⓳ 款语：亲切交谈。 ⓴ 灭度：佛教语。涅槃的意译，灭烦恼，度苦海。此指僧人死亡。 ㉑ 衰绖（cuīdié）：丧服。绖：古时丧服上的麻带，系在腰间或戴在头上。

前集卷六

艺绝

【原 文】

南朝有姥善作笔，萧子云常书用[1]，笔心用胎发。开元中，笔匠名铁头，能莹管如玉，莫传其法。

【译 文】

南朝有位老妪，擅长制作毛笔，萧子云经常使用她制作的毛笔写书法，笔锋用胎毛制成。开元年间，有位笔匠名叫铁头，所制笔管晶莹如玉，但制作方法没有传下来。

注 释

❶ 萧子云：字景乔。南朝梁兰陵（今江苏常州西北）人。南朝梁宗室。善草隶书，为世楷模。

【原 文】

成都宝相寺，偏院小殿中有菩提像，其尘不集，如新塑者。相传此像初造时，匠人依明堂[1]，先具五脏，次四肢百节。将百余年，纤尘不凝焉。

【译 文】

成都宝相寺偏院小殿中有尊菩提像，纤尘不染就像新塑的一样。相传当时塑造此像时，工匠依造明堂图所绘先塑造五脏，再塑四肢和全身关节。于是百余年来，塑像纤尘不染。

注释

❶ 明堂：即明堂图。古代人体经络穴位分布图，用于指导针灸。

【原文】

李叔檐常识一范山人，停于私第，时语休咎必中[1]，兼善推步禁咒[2]。止半年，忽谓李曰："某有一艺，将去，欲以为别，所谓水画也[3]。"乃请后厅上掘地为池，方丈，深尺余，泥以麻灰，日汲水满之。候水不耗，具丹青墨砚，先援笔叩齿，良久，乃纵笔毫水上。就视，但见水色浑浑耳。经二日，拓以致绢四幅[4]，食顷，举出观之，古松怪石、人物屋木，无不备也。李惊异，苦诘之，惟言善能禁彩色，不令沉散而已。

【译文】

李叔檐曾认识一位范山人，留他住在家里。这位范山人预测吉凶言出必中，还会推算历法及施行禁咒术。住了半年，他忽然对李叔檐说："我有一种技艺，要分别了，想用它作为临别时的赠礼。这种技艺就是水画。"于是请人在后厅地上挖了一个水池，长宽各一丈，深一尺多，用麻灰抹好，每天都将水池注满。等到水不再渗漏时，将颜料、墨砚准备好。这个人执笔思忖良久，才纵笔在水中挥毫。再看池水，只见水色一片浑浊。过了两天，将四幅素白细绢放在池水中拓印，大约一顿饭的工夫，再将四幅画取出来观看，只见细绢上古松怪石、人物屋木无不俱全。李叔檐深感奇异，再三追问他是如何做到的。他只说自己能够对颜色施展禁咒术，不让它下沉飘散而已。

注释

❶ 休咎：吉凶，祸福。 ❷ 推步：推算历法。古人谓日月转运于天，犹如人之行步，可推算而知。禁咒：以符咒、人体真气等禁制鬼神的法术。 ❸ 水画：

一种绘画的技艺。 ❹ 拓：拓印。致绢：细绢。

【原 文】

天宝末，术士钱知微尝至洛，遂榜天津桥表柱卖卜，一卦帛十四。历旬，人皆不诣之。一日，有贵公子意其必异，命取帛如数卜焉。钱命蓍布卦成[1]，曰："予筮可期一生[2]，君何戏焉？"其人曰："卜事甚切，先生岂误乎？"钱云："请为韵语[3]，曰：'两头点土，中心虚悬。人足踏跋，不肯下钱。'"其人本意，卖天津桥绐之[4]。其精如此。

【译 文】

天宝末年，术士钱知微曾到洛阳，在天津桥的表柱前算卦挣钱，标价一卦十四帛。过了十天，也没人前来求卦。一天，有位贵公子想钱知微必有奇异之处，便让人取十四帛前来算卦。钱知微用蓍草排成卦象，说："我的卦可以预测一辈子的吉凶，您为什么当作儿戏呢？"那人说："我问的事非常急切，先生莫非误解了？"钱知微说："请为韵语：'两头点土，中心虚悬。人足踏跋，不肯下钱。'"那个人的本意就是想用卖天津桥来欺骗他。钱知微的占卜就是如此精确。

注 释

❶ 蓍（shì）：蓍草。古代常以其茎占卜。 ❷ 筮：用蓍草占卜。 ❸ 韵语：押韵的文辞。 ❹ 绐（dài）：欺骗。

【原 文】

旧说藏弫令人生离[1]，或言古语有征也[2]。举人高

【译 文】

据说玩藏钩的游戏会使人增强判断力，有人说这句老话已得到验证。举人高

映，善意彄。成式尝于荆州藏钩，每曹五十余人[3]，十中其九。同曹钩亦知其处，当时疑有他术。访之，映言："但意举止辞色，若察囚视盗也。"

映，擅长猜钩，我曾经在荆州与高映玩藏钩游戏，每组有五十多人，高映能猜个八九不离十。自己同组的钩藏在哪里，他也能猜到，当时人们怀疑高映有其他法术。问高映，他说："主要靠观察人们的举止、言辞和神色来判断，就像详察囚犯和寻找小偷一样。"

注释

❶ 藏彄（kōu）：即藏钩。古代的一种游戏。相传汉昭帝母钩弋夫人少时手拳，入宫，汉武帝展其手，得一钩，后人乃作藏钩之戏。离：判断力。 ❷ 征：征验，应验。 ❸ 曹：组。

【原 文】

山人石旻尤妙打彄，与张又新兄弟善[1]，暇夜会客，因试其意彄，注之必中。张遂置钩于巾襞中[2]，旻曰："尽张空拳。"有顷，言钩在张君幞头左翅中，其妙如此。旻后居扬州，成式因识之，曾祈其术，石谓成式曰："可先画人首数十，遣胡越异貌[3]，办则相授。"疑其见欺，竟不及画。

【译 文】

隐士石旻特别擅长猜钩，他与张又新兄弟关系密切。晚上闲着没事，张又新兄弟想试试石旻是否能凭意念猜钩，结果石旻一猜就中。张又新又将钩藏在头巾的褶皱里让他猜，石旻说："大家都是空拳。"一会儿，石旻说钩藏在张又新幞头的左巾脚里。石旻猜钩就是如此奇妙。石旻后来移居扬州，我因此与他结识，曾向他请教猜钩的技巧。石旻对我说："你可以先画几十张人面像，要使他们面貌相差很大，画好了我就教你。"我怀疑他在骗我，最终也就没画。

注释

❶张又新：字孔昭。深州陆泽（今河北深州）人。曾为府试解头，元和九年（814）状元及第，后又为制举敕头，时号“张三头”。 ❷襞（bì）：衣服上的褶裥。 ❸胡越异貌：即面貌相差很大。

器奇

【原文】

开元中，河西骑将宋青春[①]，骁果暴戾[②]，为众所忌。及西戎岁犯边[③]，青春每阵常运矟大呼，执馘而旋[④]，未尝中锋镝[⑤]，西戎惮之，一军始赖焉。后吐蕃大北[⑥]，获生口数千[⑦]，军帅令译问衣大虫皮者：“尔何不能害青春？”答曰：“尝见龙突阵而来，兵刃所及，若叩铜铁，我为神助将军也。”青春乃知剑之有灵。青春死后，剑为瓜州刺史李广琛所得[⑧]，或风雨后，迸光出室，环烛方丈。哥舒翰镇西凉[⑨]，知之，求易以他宝。广琛不与，因赠诗：“刻

【译文】

开元年间，河西方镇骑将宋青春，勇猛刚毅，粗暴乖戾，手下的将士都很忌惮他。后来西戎连年侵犯边境，青春每次入阵作战都高呼着手舞长槊，割下敌军将士的左耳凯旋，自己从未中过敌人的刀箭。西戎都惧怕他，全军的人这才信赖依靠他。后来有一次大败吐蕃，俘获几千人，军中统帅让翻译问一个穿虎皮衣的俘虏：“你们为什么伤害不了青春呢？”回答说：“每次宋将军临阵，我们都见到一条龙突阵而来，刀剑砍到的地方，就像砍到铜铁一样，我们认为他是有神灵相助的将军。”宋青春这才知道他的剑通神灵。宋青春死后，剑落入瓜州刺史李广琛手中，有时在风雨过后，宝剑会迸发光芒，射出室外，可以照耀到一丈远的地方。哥舒翰镇守西凉时得知这把宝剑的灵性，曾请求用别的珍宝来换取宝剑，李广琛不换，赠诗写

舟寻化去，弹铗未酬恩[10]。”

道：“刻舟寻化去，弹铗未酬恩。”

注释

❶ 河西：唐方镇名。唐景云二年（711）置河西节度使，治凉州（今甘肃武威）。 ❷ 骁果：勇猛刚毅。暴戾：粗暴乖戾。 ❸ 西戎：古代对西北少数民族的总称。 ❹ 馘（guó）：古代战争中割掉敌人的左耳计数献功。这里指割下的敌人左耳。 ❺ 锋镝（dí）：刀和箭，借指兵器。 ❻ 大北：大败。 ❼ 生口：俘虏。 ❽ 瓜州：今属甘肃。 ❾ 哥舒：即哥舒翰，唐大将。突厥族突骑施哥舒部人，世居安西。天宝年间为陇右节度使。后兼河西节度使，封西平郡王。安史之乱起，为兵马副元帅，统军守潼关。因杨国忠说玄宗，被迫出关作战，兵败被俘，死于洛阳。 ❿ 弹铗：比喻有求于人。弹：击。铗：剑把。

【原 文】

郑云逵少时[1]，得一剑，鳞铗星镡[2]，有时而吼。常在庄居，晴日，藉膝玩之。忽有一人，从庭树窣然而下[3]，衣朱紫，纠发[4]，露剑而立，黑气周身，状如重雾。郑素有胆气，佯若不见。其人因言：“我上界人，知公有异剑，愿借一观。”郑谓曰：“此凡铁耳，不堪君玩。上界岂藉此乎？”其人求之不已，郑伺便良久，疾起斫之，不中。忽堕

【译 文】

郑云逵年轻时，得到一把剑，剑柄为鱼鳞状，剑鼻为星形，有时会发出鸣叫声。郑云逵曾在乡间庄上居住，一日天晴，拿出剑放在膝盖上赏玩。忽然，一个人从院里树上纵跃而下，身穿官服，束着头发，亮出随身佩剑站着。他周身一团黑气，那黑气像一团浓雾。郑云逵素有胆气，假装没看见。那人说：“我是天界人，得知你有一柄奇异的宝剑，希望能借我看看。”郑云逵说：“这只不过是柄普通的剑罢了，不值得您赏玩。天界难道还在乎这样的剑吗？”那人一再请求，郑云逵耐着性子等待时机，突然挥剑疾砍过去，没有砍中。忽

黑气著地，数日方散。

然一团黑气落在地上，几天后才散去。

注释

❶ 郑云逵：荥阳（今属河南）人。大历进士，官终京兆尹。 ❷ 鳞铗（jiá）星镡（xín）：指剑柄为鱼鳞状，剑鼻为星形。镡：剑鼻，指剑柄与剑身连接处两旁凸出如鼻的部分。 ❸ 窣然：引申为纵跃。 ❹ 纠发：束发。

【原文】

成式相识温介云："大历中，高邮百姓张存[①]，以踏藕为业[②]。尝于陂中[③]，见旱藕稍大如臂，遂并力掘之。深二丈，大至合抱，以不可穷，乃断之。中得一剑，长二尺，色青无刃，存不之宝。邑人有知者，以十束薪获焉。其藕无丝。"

【译文】

我的朋友温介说："大历年间，高邮有个百姓叫张存，以踏藕为业。他曾在池塘中发现一只旱藕，有胳膊那么粗，于是全力挖掘。挖到两丈深时，这只旱藕已粗到需两臂合抱了，没有办法再往下挖，就将旱藕砍断。他在藕中得到一把剑，长二尺，青色，没有剑刃，张存没把它当作宝贝。城里有人得知这件事后，用十捆柴薪将这把剑买去。那旱藕没有藕丝。"

注释

❶ 高邮：今属江苏。 ❷ 踏藕：收获藕时，人入水中用脚掌踩去藕周围烂泥并把它挑出，谓之"踏藕"。 ❸ 陂（bēi）：池塘，圩岸。

【原文】

元和末，海陵夏侯乙庭前生百合花[①]，大于常数倍，异之。因发其下，得甓匣十三重[②]，各匣一镜。第七者光不蚀，照日光，环一丈。其余规铜而已[③]。

【译文】

元和末年，海陵夏侯乙的庭院前长出一株百合花，比平常的百合花大好几倍，他感觉很奇怪。就顺着根往下挖，得到一个十三层的砖匣，每层都有一面镜子。第七层的铜镜光亮如新，置于太阳光下，可映出直径一丈的光环，其余的铜镜并没什么奇异之处。

注释

❶ 海陵：今江苏泰州海陵区。 ❷ 甓（pì）：砖。 ❸ 规：圆。

【原文】

高瑀在蔡州[①]，有军将田知，回易折欠数百万[②]。回至外县，去州三百余里，高方令锢身勘田[③]。忧迫，计无所出，其类因为设酒食开解之。坐客十余，中有称处士皇甫玄真者，衣白若鹅羽，貌甚都雅[④]。众皆有宽慰之辞[⑤]，皇但微笑曰："此亦小事。"众散，乃独留，谓田曰："予尝游海东[⑥]，获二宝物，当为君

【译文】

高瑀主政蔡州时，有个叫田知的军将主管交易亏损了几百万。田知逃至距离蔡州三百多里的外县，高瑀下令拘捕审问田知。田知忧愁焦急，不知怎么办，他的同伴因而设酒宴来开导劝解他。席间有十多位客人，其中有一个名叫皇甫玄真的处士，身穿白衣，犹如天鹅的羽毛，神态闲雅。众人都对田知宽解劝慰，只有皇甫玄真微笑着说："这只是小事。"客人散后，皇甫玄真独自留下，对田知说："我曾云游东海，在那里获得两件宝物，应该能为您解除此难。"田知拜谢，要为他准备车马，他

解此难。”田谢之，请具车马，悉辞。行甚疾，其晚至州，舍于店中。遂晨谒高。高一见，不觉敬之。因谓高曰：“玄真此来，特从尚书乞田性命[⑦]。”高遽曰：“田欠官钱，非瑀私财，如何?”皇请避左右：“某于新罗获一巾子，辟尘，欲献此赎田。”于怀内探出授高。高才执，已觉体中虚凉，惊曰：“此非人臣所有，且无价矣。田之性命，恐不足酬也。”皇甫请试之。翌日，因宴于郭外[⑧]。时久旱，埃尘且甚。高顾视马尾鬣及左右驺卒数人[⑨]，并无纤尘。监军使觉[⑩]，问高：“何事尚书独不沾尘坌[⑪]？岂遇异人，获至宝乎?”高不敢隐。监军固求见处士，高乃与俱往。监军戏曰：“道者独知有尚书乎？更有何宝，愿得一观。”皇甫具述救田之意，且言药出海东，今余一针，力弱不及巾，可令一身无尘。监军拜请曰：“获此足矣。”皇即于巾上抽与

都拒绝了。皇甫玄真走得很快，当晚就到了蔡州，住在旅舍里。第二天早晨便去拜见高瑀。高瑀一见皇甫玄真，不由得生出几分敬意。皇甫玄真对高瑀说：“我这次来，特地向您请求饶恕田知的性命。”高瑀急忙说：“田知欠的是州府的钱，不是欠我个人的钱，你让我怎么办?”皇甫玄真请高瑀屏退左右，说：“我在新罗得到一条能避尘的巾子，想献上它来赎田知的性命。”说完，伸手从怀里取出巾子交给高瑀。高瑀刚拿到巾子，便感觉浑身凉爽，他大惊道：“这不是臣民可以拥有的，并且是无价之宝。田知的性命，值不了这么多。”皇甫玄真请高瑀试戴一下。第二天，高瑀在城外设宴。当时干旱已久，一路上尘埃很多。高瑀看自己的坐骑及左右几名士卒，居然一尘不染。监军使察觉到了这一情况，问高瑀：“为什么只有尚书不染灰尘呢？难道是遇到世外高人，得到了无价之宝?”高瑀不敢隐瞒，如实告知监军。监军执意要见处士，高瑀就与他一同前往。见到皇甫玄真后，监军开玩笑说：“难道皇甫先生只知道有尚书吗？还有什么宝贝，希望能看一下。”皇甫玄真详细述说了救田知的意图，并说这东西出自海东，现在只剩一根针，法力不如避尘巾，只能让自身不染灰尘。监军拜求说：“有这根针也足够了。”皇甫玄真就从巾上抽下针送给监军。针是金色的，大小像缝衣

之。针金色，大如布针。监军乃劄于巾试之[12]，骤于尘中[13]，尘唯及马鬃尾焉。高与监军日日礼谒，将讨其道要[14]。一夕，忽失所在矣。

针。监军把针扎在头巾上试验，骑马奔驰在尘埃中，只有马尾沾了些灰尘。高瑀与监军每天都带着礼物去见皇甫玄真，向他请教道术的诀窍。一天晚上，皇甫玄真突然就不见了。

注释

❶ 高瑀：渤海蓨（今河北景县）人。大和初被陈许军拥为忠武节度使，后移任武宁军、陈许蔡节度使。蔡州：今河南汝南。 ❷ 回易：交易。折欠：亏损。 ❸ 锢身：身体套上枷锁。古代一种刑罚。勘：审问。 ❹ 都雅：美好闲雅。 ❺ 宽慰：宽解劝慰。 ❻ 海东：指海以东地带。这里指今朝鲜半岛。 ❼ 尚书：这里指高瑀。 ❽ 郭外：城外。 ❾ 马尾鬣（liè）：马尾。 ❿ 监军使：使职名。以宦官充任，掌监视刑赏、奏察违谬之事。 ⓫ 尘坌（bèn）：灰尘，尘土。 ⓬ 劄（zhā）：同“扎”。刺，戳。 ⓭ 骤：使马奔驰。 ⓮ 道要：学说的精义。

乐

【原文】

咸阳宫中[1]，有铸铜人十二枚，坐皆三五尺，列在一筵上。琴筑笙竽[2]，各有所执，皆组绶花彩[3]，俨若生人。筵下有铜管，上口高数尺。其一

【译文】

秦朝咸阳宫中有十二个铜人，坐姿，高三五尺，都摆在一张座席上。每个铜人手持一种乐器，或琴，或筑，或笙，或竽，个个佩玉，华彩一身，就像真人一样。席下藏有两根铜管，管口高数尺。其中一根空管里面

管空，内有绳，大如指。使一人吹空管，一人纫绳[4]，则琴瑟竽筑皆作，与真乐不异。有琴长六尺，安十三弦，二十六徽[5]，皆七宝饰之，铭曰“玙璠之乐”[6]。玉笛长二尺三寸，二十六孔，吹之则见车马出山林，隐隐相次，息亦不见，铭曰“昭华之管”[7]。

有一根手指粗细的绳子。让一个人吹空管，另一个人捻动绳子，席上的所有乐器便会同时奏鸣，和真的乐队演奏没有差别。有一张琴长六尺，上面有十三根弦，二十六个琴徽，琴徽全部用珍宝制成，琴上刻名为“玙璠之乐”。玉笛长二尺三寸，有二十六个孔，吹起来就能见到车马出山林的场景，隐隐约约前后相继，停止吹奏后这景象也就消失了，笛上刻着“昭华之管”。

注释

❶咸阳宫：遗址在今陕西咸阳。 ❷琴筑笙竽：皆乐器。筑：弦乐器，形似琴，木质。演奏时，左手按弦的一端，右手执竹尺击弦发音。笙：管乐器。传统笙一般有十七根长短簧管插于笙斗中，吹奏时手按根部指孔，利用吹吸气流振动簧片发音。竽：管乐器。形似笙而略大，管数亦较多。 ❸组绶：用以系玉的丝带。 ❹纫：捻线，搓绳。 ❺徽：琴徽，系琴弦的绳。 ❻玙璠（yúfán）：美玉。 ❼昭华：华美光亮的玉。

【原文】

魏高阳王雍美人徐月华[1]，能弹卧箜篌[2]，为《明妃出塞》之声[3]。

【译文】

北魏高阳王元雍有美人徐月华，能够弹卧箜篌，弹奏的曲子是《明妃出塞》。

注释

❶ 魏高阳王雍：即元雍，字思穆。鲜卑族。北魏宗室大臣，孝文帝之弟，初封颍川王，后改封高阳王。 ❷ 箜篌（kōnghóu）：弦乐器。有卧箜篌、竖箜篌、凤首箜篌之分，弦数不一。 ❸《明妃出塞》：曲名。明妃，即王昭君。

【原 文】

有田僧超，能吹笳[1]，为《壮士歌》《项羽吟》[2]。将军崔延伯出师[3]，每临敌，令僧超为《壮士》声，遂单马入阵。

【译 文】

有个叫田僧超的人能以胡笳演奏《壮士歌》《项羽吟》。将军崔延伯出师征战，每次与敌对阵，就让田僧超吹奏《壮士歌》，然后单枪匹马跃入敌阵。

注释

❶ 笳：即胡笳。管乐器，传说由汉张骞从西域传入，汉魏鼓吹乐中常用之。❷《壮士歌》：战国末，荆轲欲刺秦王，与燕太子丹诀别于易水，作歌曰："风萧萧兮易水寒，壮士一去兮不复还。"《壮士歌》即指此。《项羽吟》：楚王项羽军垓下，汉军兵围数重，四面楚歌。项王乃慷慨悲歌："力拔山兮气盖世，时不利兮骓不逝。骓不逝兮可奈何，虞兮虞兮奈若何！"歌数阕，美人虞姬和之。后因以《项羽吟》指项羽被围垓下时所吟的悲歌。 ❸ 崔延伯：博陵安平（治今河北安平）人。初仕南齐，后入北魏。525 年，率军西征万俟丑奴，战死。

【原 文】

古琵琶用鹍鸡筋[1]。开元中，段师能弹琵琶[2]，用皮

【译 文】

古时候用鹍鸡筋制作琵琶弦。开元年间，段善本擅长弹奏琵琶，所用的弦

弦。贺怀智破拨弹之[3]，不能成声。

是皮弦。贺怀智用破拨的方法弹奏，声不成曲。

注释

❶鹍（kūn）鸡：鸟名，其形似鹤。 ❷段师：即段善本，唐长安庄严寺僧，俗姓段，法名善本。唐琵琶演奏家。琵琶技艺高超，人称“段师”。 ❸破拨：一种琵琶弹奏方法。

【原文】

蜀将军皇甫直别音律[1]，击陶器能知时月。好弹琵琶。元和中，尝造一调，乘凉，临水池弹之。本黄钟而声入蕤宾[2]，因更弦，再三奏之，声犹蕤宾也。直甚惑，不悦，自意为不祥。隔日，又奏于池上，声如故。试弹于他处，则黄钟也。直因调蕤宾，夜复鸣弹于池上，觉近岸波动，有物激水如鱼跃，及下弦，则没矣。直遂集客，车水竭池[3]，穷池索之。数日，泥下丈余，得铁一片，乃方响蕤宾铁也[4]。

【译文】

蜀地将军皇甫直善于辨别音律，叩击陶器，仅凭声音便能判断陶器的烧制年月。他尤其喜欢弹奏琵琶。元和年间，皇甫直谱写了一首曲子，乘凉时，在水边弹奏。曲子原本是黄钟律，弹奏出来却是蕤宾律，他调弦反复弹奏，发出的乐声仍是蕤宾。皇甫直很是不解，闷闷不乐，自认为是不祥的征兆。过了一天，皇甫直又在池边弹奏，乐声和从前一样。他试着在其他地方弹奏，弹出的就是黄钟律。皇甫直于是故意调成蕤宾调，当晚又在池边弹奏，感觉靠近岸边的水波在涌动，有个东西激荡着水波，像鱼潜跃一般，停止弹奏就没有声息了。皇甫直就召集庄客用水车排水，翻遍整个池塘。折腾了好几天，在塘泥下面深一丈多的地方，挖到一块铁片，原来是乐器方响的“蕤宾铁”。

注释

❶ 别：辨别。音律：指音乐的律吕、宫调等。 ❷ 黄钟：乐律十二律中的第一律。律分阴阳，奇数六为阳律，名曰六律；偶数六为阴律，名曰六吕。合称律吕。黄钟属阳律。蕤（ruí）宾：乐律十二律中的第七律。蕤宾属阳律。 ❸ 车水：用水车排水。 ❹ 方响：古磬类打击乐器。由十六枚大小相同、厚薄不一的铁片或玉片组成，形制为长方形，分两排悬于架上。用小槌击奏，声音清浊不等。蕤宾铁：蕤宾调的铁片。

【原 文】

王沂者，平生不解弦管①。忽旦睡，至夜乃寤，索琵琶弦之，成数曲，一名《雀啅蛇》②，一名《胡王调》，一名《胡瓜苑》，人不识闻，听之者莫不流涕。其妹请学之，乃教数声，须臾总忘，不复成曲。

【译 文】

有个叫王沂的人，平生不懂音乐。忽然有一天，他从白天直睡到夜里才醒来。醒来后，他找来琵琶弹奏，制成几首曲子，一首叫《雀啅蛇》，一首叫《胡王调》，一首叫《胡瓜苑》，都是人们以前没有听到过的。听了他的演奏，人们无不潸然泪下。他的妹妹请求跟他学习弹奏，王沂才教了几个音节，不一会儿就都忘了，再也弹不成曲调了。

注释

❶ 不解：不懂。弦管：弦乐器和管乐器。此代指音乐。 ❷ 啅（zhuó）：古同“啄”，鸟用嘴取食。

【原 文】

有人以猿臂骨为笛，吹之，其声清圆，胜于丝竹[1]。

【译 文】

有人用猿猴臂骨做成笛子，试着吹奏，声音清越圆润，胜过平常的丝竹乐器。

注释

❶ 丝竹：弦乐器与竹管乐器之总称。

【原 文】

琴有气。常识一道者，相琴知吉凶。

【译 文】

琴是有精神气韵的。我曾认识一位道士，相琴便能预知主人的吉凶。

前集卷七

酒食

【原 文】

魏贾琳，家累千金，博学，善著作。有苍头善别水[①]，常令乘小艇于黄河中，以瓠匏接河源水[②]，一日不过七八升。经宿，器中色赤如绛，以酿酒，名昆仑觞。酒之芳味，世中所绝。曾以三十斛上魏庄帝[③]。

【译 文】

北魏人贾琳，家境富裕，学识广博，善于写作。他有一位奴仆擅长鉴别水质，就经常让这名奴仆乘坐小船到黄河中流，用葫芦接取黄河源头的水，一天只能接到七八升。放一夜，容器里的水变得深红，用来酿酒，名昆仑觞。这种酒甘美芳香，世间绝无。贾琳曾把三十斛"昆仑觞"进献给北魏孝庄帝。

注 释

❶ 苍头：指奴仆。 ❷ 瓠匏：葫芦。 ❸ 魏庄帝：即北魏孝庄帝元子攸。528 年，胡太后毒杀孝明帝后，元子攸被尔朱荣立为帝 。530 年，因杀尔朱荣，而为其从子尔朱兆所杀。

【原 文】

历城北有使君林[①]。魏正

【译 文】

济南历城北面有一片使君林。北魏

始中[2]，郑公悫三伏之际[3]，每率宾僚避暑于此。取大莲叶，置砚格上[4]，盛酒三升，以簪刺叶，令与柄通，屈茎上轮菌如象鼻[5]，传噏之[6]，名为碧筒杯。历下敩之[7]，言酒味杂莲气香，冷胜于水。

正始年间，郑悫每到三伏天，便率领宾朋属僚来此避暑。郑悫让人拿大荷叶放在砚格上面，再盛酒三升。之后，用簪子刺穿叶柄，让叶面与叶柄相通，再将叶柄屈曲盘绕成象鼻状，互相传递着吸酒，起名为碧筒杯。历下的人们纷纷效仿，说酒味中掺杂着莲的清香，比泉水还要清凉。

注释

❶ 历城：今属山东济南。 ❷ 正始：北魏宣武帝元恪年号。 ❸ 郑公悫(què)：即郑悫，北魏时人。三伏：一年中最热的时候。 ❹ 砚格：用以放置砚台的木格。 ❺ 轮菌：屈曲盘绕的样子。 ❻ 噏(xī)：同“吸”。吸取。 ❼ 历下：今属山东济南。敩：古同“学”，学习。

【原 文】

青田核[1]，莫知其树实之形。核大如六升瓠，注水其中，俄倾水成酒[2]。一名青田壶，亦曰青田酒。蜀后主有桃核两扇[3]，每扇著仁处，约盛水五升。良久，水成酒，味醉人。更互贮水，以供其宴。即不知得自何处。

【译 文】

青田核，不知道其树和果实的形状。核有六升的葫芦那么大，把里面注满水，一会儿水就变成了酒。又叫青田壶，那酒也就叫青田酒。蜀后主刘禅有两个青田核，每个大约能盛五升水。过一会儿，水就变成酒，酒味醉人。两个核轮换着装水变酒，以供应宴饮。但不知核得自何处。

注释

❶ 青田核：传说中产于乌孙国的一种果实的核。 ❷ 俄倾：即“俄顷”。很快，不一会儿。 ❸ 蜀后主：即刘禅，小字阿斗。蜀汉末代皇帝。蜀汉灭亡后，被曹魏封为安乐公。

【原文】

武溪夷田强[①]，遣长子鲁居上城，次子玉居中城，小子仓居下城，三垒相次，以拒王莽[②]。光武二十四年[③]，遣武威将军刘尚征之[④]。尚未至，仓获白鳖为臛[⑤]，举烽请两兄[⑥]，兄至，无事。及尚军来，仓举火，鲁等以为不实，仓遂战而死。

【译文】

武溪蛮田强，派长子田鲁据守上城，次子田玉守中城，幼子田仓守下城。三个堡垒依次排开，相互呼应以对抗王莽。光武二十四年，朝廷派武威将军刘尚前往征讨。刘尚的军队还没到，田仓抓住一只白鳖做羹汤，点起烽火请两个哥哥前来。两个哥哥来到后，发现并无军情。等到刘尚的军队兵临城下，田仓点起烽火，田鲁等以为军情不实，没加理会，田仓就战死了。

注释

❶ 武溪夷：即武陵蛮。武溪，河流名。即今湖南泸溪武水。 ❷ 王莽：字巨君。魏郡元城（今河北大名）人。西汉改革家、政治家，推翻西汉政权建立新朝。 ❸ 光武二十四年：据史书应为“建武二十三年”。建武即汉光武帝刘秀年号。 ❹ 刘尚：汉宗室子弟，后官至武威将军。建武年间，刘尚在沅水率军平叛时阵亡。 ❺ 臛（huò）：肉羹。 ❻ 烽：烽火，古时边防用以报警的烟火。

【原 文】

梁刘孝仪食鲭鲊[①]，曰："五侯九伯[②]，令尽征之。"魏使崔劼、李骞在坐，劼曰："中丞之任，未应已得分陕[③]？"骞曰："若然，中丞四履[④]，当至穆陵[⑤]。"孝仪曰："邺中鹿尾[⑥]，乃酒肴之最。"劼曰："生鱼、熊掌，《孟子》所称[⑦]；鸡跖、猩唇[⑧]，《吕氏》所尚[⑨]。鹿尾乃有奇味，竟不载书籍，每用为怪。"孝仪曰："实自如此，或是古今好尚不同。"梁贺季曰："青州蟹黄[⑩]，乃为郑氏所记[⑪]。此物不书，未解所以。"骞曰："郑亦称益州鹿㸙[⑫]，但未是'尾'耳。"

【译 文】

南朝梁刘孝仪招待东魏使臣时，一边吃五侯鲭，一边说："大梁奉天下正统，对五侯九伯可以任意征伐！"当时，魏国的使臣崔劼、李骞也在座，崔劼说："中丞的职位，不应当去做地方官吗？"李骞说："如果这样，中丞您步履所至，应到南边很远的穆陵关了。"刘孝仪说："邺城的鹿尾，是最好的酒肴。"崔劼说："生鱼、熊掌，是《孟子》所称道的佳肴。鸡爪、猩唇，是《吕氏春秋》所推崇的名菜。鹿尾这样的奇味，却不见经籍记载，我一直都感到奇怪。"刘孝仪说："确实如此，或许是古人和今人的喜好不一样吧。"南梁人贺季说："青州的蟹黄，为郑玄所记载。鹿尾没被记载，不知什么原因。"李骞说："郑玄也称赞过益州的鹿㸙，只不过不是'鹿尾'罢了。"

注 释

❶ 刘孝仪：即刘潜，字孝仪。彭城（今江苏徐州）人，南朝梁文学家。长于散文，曾任临海太守、豫章内史等。鲭鲊：用腌鱼制作的鱼脍。 ❷ 五侯九伯：公、侯、伯、子、男五等诸侯和九州之长，泛指天下诸侯。 ❸ 分陕：陕即今河南三门峡陕州区。相传，周初周公旦、召公奭分陕而治，周公治陕以东，召公治陕以西。后谓封建王朝官僚出任地方官为"分陕"。 ❹ 四履：谓诸侯疆土的四至。 ❺ 穆陵：即穆陵关。故址在今山东临沂沂水一带。 ❻ 邺中：即

魏之都城邺城。今河北临漳。 ❼《孟子》所称：《孟子·告子上》“鱼，我所欲也；熊掌，亦我所欲也”。 ❽ 鸡跖：鸡脚掌。古人视为美味。猩唇：猩猩的嘴唇。食品中“八珍”之一。 ❾《吕氏》：即《吕氏春秋》。 ❿ 青州：今属山东。 ⓫ 郑氏：即郑玄，字康成。北海高密（今山东高密）人。东汉经学家。⓬ 益州：今四川成都。鹿殇：一种食物。据陆德明《经典释文》：“益州人取鹿杀而埋之地中，令臭乃出食之，名鹿殇是也。”

【原 文】

何胤侈于味[1]，食必方丈，后稍欲去其甚者，犹食白鱼、䱉脯、糖蟹[2]；使门人议之。学生钟岏议曰[3]：“䱉之就脯，骤于屈伸，而蟹之将糖，躁扰弥甚[4]。仁人用意，深怀如怛[5]。至于车螯、母蛎[6]，眉目内阙，惭浑沌之奇[7]；唇吻外缄，非金人之慎[8]；不荣不悴[9]，曾草木之不若；无馨无臭，与瓦砾而何异？故宜长充庖厨[10]，永为口实。”

【译 文】

何胤在饮食上非常奢侈，每顿饭的菜肴摆满一丈见方的桌面，后来想有所节俭，但还是食用白鱼、鳝鱼干、糖蟹，并让门人进行评议。学生钟岏评议说：“将鳝鱼制成肉干时，它的身体会痛苦地屈伸；将螃蟹浸渍糖中，它一定会焦躁地挣扎。品德高尚的人，应该在内心深怀悲悯之情。至于车螯和牡蛎，原本就没有眉眼，自惭和浑沌一样命薄，嘴唇紧闭，并不是像铜铸的金人三缄其口。不开花也不凋零，连草木都不如，没有芳香也没有臭味，与瓦砾有什么区别？因此适宜长期供应厨房，永远被人食用。”

注 释

❶ 何胤：字子季，庐江灊县（今安徽霍山）人。起家南齐秘书郎。建武初年，入山隐居于会稽。 ❷ 䱉脯：鳝鱼干。 ❸ 钟岏：字长岳。南朝梁颍川长社（今河南许昌）人。官至府参军、建康令，著有《良吏传》。 ❹ 躁扰：挣

扎乱动。❺怛（dá）：忧伤。❻车螯（áo）：蛤的一种，自古为海味珍品。璀璨如玉，有斑点。肉可食，肉、壳皆可入药。❼浑沌：传说中的中央之帝。其天然无耳目，开之则死。❽金人之慎：孔子观周，入后稷之庙。庙堂右阶之前有金人，三缄其口，而铭其背曰："古之慎言人也。戒之哉！"❾悴：凋零，枯萎。❿庖厨：厨房。

【原文】

后梁韦琳[①]，京兆人，南迁于襄阳。天保中[②]，为舍人，涉猎有才藻[③]，善剧谈。尝为《䱉表》，以讥刺时人。其词曰："臣䱉言：伏见除书，以臣为糁熬将军、油蒸校尉、臛州刺史，脯腊如故。肃承将命，灰身屏息，凭笼临鼎，载兢载惕[④]。臣美愧夏鳣[⑤]，味惭冬鲤，常怀鲐腹之诮[⑥]，每惧鳖岩之讥[⑦]，是以嗽流湖底[⑧]，枕石泥中。不意高赏殊宏，曲蒙钧拔，遂得超升绮席[⑨]，忝预玉盘。爰厕玳筵[⑩]，猥颁象箸[⑪]，泽覃紫腴[⑫]，恩加黄腹[⑬]。方当鸣姜动椒，纡苏佩梲[⑭]。轻瓢才动，则枢盘如烟[⑮]；浓汁暂停，则兰肴成

【译文】

后梁人韦琳，原本是京兆人，南迁到襄阳。天保年间，任中书舍人。韦林涉猎广博，有才思，喜高谈阔论。他曾作《䱉表》，用来讥讽当时的达官贵人。其文写道："䱉鱼启奏：'臣刚刚接到委任诏书，授予臣为糁熬将军、油蒸校尉、臛州刺史，还像以前一样变成干肉。臣恭敬地接受任命，屏气凝神，任凭笼蒸鼎煮，每时每刻都战战兢兢。臣深感惭愧，论肥美不如夏天的鳣鱼，论味道不如冬天的鲤鱼，常常害怕受到河豚腹毒之讽，时时畏惧鳖岩的讥诮。因此，臣隐居在湖底，枕石泥中。没想到有如此的恩宠，承蒙提拔，得以高升到盛美的筵席上，忝列在玉盘中。得入豪华的筵席，被人用象牙筷子夹起来吃，恩遇隆盛，加于腹背。我当佩戴姜末、花椒，外穿紫苏、茱萸。轻便的葫瓢刚刚舀动，精美的枢盘就纷纷聚来。浓汁才停止沸腾，佳肴就摆列成排。周旋在绿色的调料中，逍遥于红色的口唇里。含

列[16]。宛转绿齑之中[17]，逍遥朱唇之内，衔恩噬泽，九殒弗辞[18]。不任屏营之诚[19]，谨列铜鎗门[20]，奉表以闻。”诏答曰：“省表具知。卿池沼搢绅[21]，陂池俊乂[22]，穿蒲入荇，肥滑有闻，允堪兹选，无劳谢也。”

在口中之恩，反复咀嚼之德，臣虽然九死而难报。臣今不胜惶恐，小心地列在铜鼎门前，奉上谢表，上达天听。’”圣上下诏：“奏上的表章已知晓。爱卿乃是池沼中的搢绅，池渠里的俊杰。穿行于菖蒲、荇菜之间，以肥嫩滑腻而闻名，正堪当此任，无须谢恩。”

注释

❶ 后梁：554 年，南梁岳阳王萧詧降西魏。次年，被立为梁帝，都江陵（今湖北荆州），史称后梁。587 年，为隋所灭。 ❷ 天保：后梁明帝萧岿年号。 ❸ 才藻：才思。 ❹ 载兢载惕：战战兢兢。 ❺ 䱇（shàn）：古同“鳝”，黄鳝。 ❻ 鲐腹：鯸鲐的腹腴。鯸鲐即河豚，其腹肉肥味美。 ❼ 鳖岩之讥：谓见笑于大方之家。 ❽ 嗽流：谓以流水漱口。形容隐居生活。 ❾ 绮席：盛美的筵席。 ❿ 厕：参与。玳筵：即玳瑁筵。谓豪华、珍贵的宴席。 ⓫ 猥：对自己的谦辞。 ⓬ 泽覃：恩遇隆盛。 ⓭ 黄腹：鳝鱼腹色稍黄，故称。 ⓮ 苏：紫苏。榄：指食茱萸。二者皆为调料。 ⓯ 枢盘：盛菜肴的木盘。枢，木名，即刺榆。 ⓰ 兰肴：佳肴。 ⓱ 绿齑：捣碎的韭菜、蒜、姜等调料。 ⓲ 九殒：犹九死。 ⓳ 屏（bīng）营：作谦辞用于信札中，意为惶恐。 ⓴ 铜鎗：铜鼎。 ㉑ 搢绅：插笏于绅。引申指士大夫。绅：古代仕宦者和儒者围于腰际的大带。 ㉒ 陂池：池塘。俊乂：俊杰。

【原 文】

伊尹干汤[1]，言天子可具三群之虫[2]，谓水居者腥，肉玃者臊，草食者膻也。

【译 文】

伊尹干谒商汤，说天子可以尽享三类动物，其中水产有腥味，食肉动物有臊味，食草动物有膻味。

注释

❶ 伊尹：商初大臣。名伊，尹为官名。原为有莘氏女的陪嫁之臣，汤用为“小臣”，后任以国政。帮助汤攻灭夏桀。汤：即商汤。又称天乙、武汤等，商王朝的建立者。 ❷ 三群之虫：指三类动物，即水产、食肉动物、食草动物。

【原 文】

五味、三材、九沸、九变、三臡、七菹、具酸、楚酪、芍药之酱、秋黄之苏、楚苗、山肤、大苦、挫糟[①]。

【译 文】

五味、三材、九沸、九变、三臡、七菹、具酸、楚酪、芍药之酱、秋黄之苏、楚苗、山肤、大苄、挫糟。

注释

❶ 五味：即甜、酸、苦、辣、咸。三材：三种材料。古代指炊事必备的水、木、火。三臡（ní）：指以麋、鹿、麇制成的三种大骨肉酱。七菹（zū）：指韭、菁、茆、葵、芹、落、笋七种腌菜。具酸：似应作“吴酸”，榆酱。秋黄之苏：秋日的紫苏。楚苗：楚地苗山的稻米。挫糟：冷饮。山肤：即石耳。体呈扁平圆形，固着于石面，多产于悬崖石壁上，可供食用和药用。指山产的美味食品。大苦：一说为大苄，一种药草。或为豆豉。

【原 文】

甘而不喂[①]，酸而不嚛[②]，咸而不减，辛而不糬[③]，淡而不薄，肥而不腴。

【译 文】

味道要甜而不过，酸而不烈，咸味适度，辛味正好，淡而不薄，肥而不腻。

注释

❶ 噮（yuàn）：过甜。 ❷ 嚛（hù）：味道浓烈。 ❸ 糬：或为“熮（liǔ）”之误。指有烧灼之感。

【原文】

猩唇，獾炙①，鯆翠②，犓腴③，糜腱④，述荡之掔⑤，旄象之约⑥，桂蠹⑦，石鲮⑧，河隈之苏⑨，巩洛之鳟⑩，洞庭之鲋⑪，灌水之鳐⑫，珠翠之珍，莱黄之鲐⑬，臑鳖⑭，炮羔⑮，膈凫⑯，蠙臛⑰。

御宿青粲⑱，瓜州红菱，冀野之粱⑲，芳菰精稗⑳，会稽之菰㉑，不周之稻㉒，玄山之禾㉓，杨山之穄㉔，南海之秬㉕，寿木之华㉖，玄木之叶㉗，梦泽之芹㉘，具区之菁㉙，阳朴之姜㉚，招摇之桂㉛，越骆之菌，长泽之卵，三危之露㉜，昆仑之井。

黄颔臛㉝，醒酒鲭，餅糊，伥餭㉞，粔敉㉟，寒具㊱，小蛳㊲，熟蚬㊳，炙糌㊴，蚶子，蟹蛂，葫精，细乌贼，细飘，梨畣㊵，鲎酱㊶，干栗，曲阿酒㊷，麻酒，榐酒㊸，新鳅子，石耳，蒲叶菘㊹，西椑㊺，竹根

【译文】

猩唇，烤獾肉，燕尾上的肉，牛腩，炖烂的牛腱，述荡的肘部，牦牛尾与象鼻，桂蠹，鲍鱼，河湾处凿冰捕获之鱼，巩洛二地的鳟鱼，洞庭的鲋鱼，灌水的鳐鱼，珠翠之珍，东莱郡黄县所产之鲐，炖鳖肉，烤乳羊，少汁的鸭肉羹，蚌肉羹。

御宿青米，瓜州红菱，冀北之粟，菰米稗子，会稽之菰，不周山的稻谷，玄山的稻谷，杨山的糜子，南海的黑黍，寿木的花，玄木的叶，云梦泽的水芹，太湖所产韭菜花，蜀地的姜，招摇山的桂花，骆越的蘑菇，长泽的鸡蛋，三危的露水，昆仑的井水，黄颔臛，醒酒鲭，餅糊，伥餭，粔敉，寒具，小螺蛳，熟蚬，炙糌，蚶子，蟹蛂，葫精，细乌贼，细飘，梨畣，鲎酱，干栗子，曲阿酒，麻酒，榐酒，新鳅子，石耳，蒲叶菘，西椑，竹根栗，

粟，菰首[46]，鳛子鮈[47]，熊蒸，麻胡麦，藏荔支，绿施笋，紫鳙[48]，千里莼，鲙曰万丈、蚊足、红綷[49]，精细曰万凿、百炼、蝇首、如蚳[50]，张掖九蒸豉，一丈三节蔗，一岁二花梨，行米，丈松，缹鳅[51]，蚶酱，苏膏[52]，糖颓蜐子，新乌鲗。

缥醸法，乐浪酒法，二月二日法酒，酱醸法，绿酃法[53]，猪骸羹，白羹，麻羹，鸽臛，隔冒法，肚铜法，大貊炙，蜀梼炙，路时腊，棋腊，獂天腊，细面法，飞面法，薄演法，笼上牢丸[54]，汤中牢丸[55]，樱桃饆，蝎饼[56]，阿韩特饼，凡当饼，兜猪肉，悬熟[57]，杏炙，蛙炙，脂血，大扁饧，马鞍饧，黄丑，白丑，白龙舍，黄龙舍，荆饧，竿炙，羌煮[58]，疏饼，餅糊饼。

菰首，鳛子鮈，熊蒸，麻胡麦，藏荔支，绿施笋，紫鳙，千里莼，鲙曰万丈、蚊足、红綷，精细曰万凿、百炼、蝇首、如蚳，张掖九蒸豉，一丈三节的甘蔗，一年开两次花的梨子，行米，丈松，缹鳅，蚶酱，苏膏，糖颓蛤，新乌鲗。

缥醸法，乐浪酒法，二月二日的法酒，酱醸法，绿酃法，猪骸羹，白羹，麻羹，鸽臛，隔冒法，肚铜法，大貊炙，蜀梼炙，路时腊，棋腊，獂天腊，细面法，飞面法，薄演法，笼上牢丸，汤中牢丸，樱桃饆，蝎饼，阿韩特饼，凡当饼，兜猪肉，悬熟，杏炙，烤蛙肉，脂血，大扁饧，马鞍饧，黄丑，白丑，白龙舍，黄龙舍，荆饧，竿炙，羌煮，疏饼，餅糊饼。

注释

❶ 獾炙：烤獾肉。 ❷ 鱗（yàn）翠：燕尾上的肉。 ❸ 犓（chú）腴：牛肉脯。 ❹ 糜腱：炖烂的牛腱。 ❺ 述荡：兽名。掔：古同“腕”。 ❻ 旄：牦牛尾。 ❼ 桂蠹（dù）：寄生在桂树上的一种虫。 ❽ 石鳆：俗称鲍鱼。肉味鲜美，壳可入药，或为镶嵌螺钿工艺品的材料。 ❾ 河隈（wēi）：河湾。 ❿ 巩洛：巩义、洛阳二地的并称。鳟：鳟鱼。 ⓫ 鲋（fù）：鲫鱼。 ⓬ 灌水：即萑水，传说中的水名，在西极。鳐（yáo）：鳃孔腹位的板鳃鱼类。 ⓭ 菜黄：

今山东烟台龙口一带。鲐：鲭鱼。 ⑭ 臑（ér）鳖：煮烂的鳖肉。 ⑮ 炮羔：烤乳羊。 ⑯ 臇（juǎn）凫：少汁的鸭肉羹。臇：少汁的肉羹，亦指烹煮。凫：野鸭。 ⑰ 蠙臛（bīnhuò）：蚌肉羹。 ⑱ 御宿：在今陕西西安。粲：上等白米。 ⑲ 冀野：即冀北。粱：粟。 ⑳ 芳菰：指菰米。精稗：精米。 ㉑ 会稽：古县名。今浙江绍兴。 ㉒ 不周：即不周山。传说中的山名，据说在昆仑山西北。 ㉓ 玄山：传说产嘉禾的山。 ㉔ 穄（jì）：即糜子。 ㉕ 秬（jù）：黑黍。古人用以酿酒。 ㉖ 寿木：传说中的仙木。 ㉗ 玄木：传说中的一种常绿树，谓食其叶，可成仙。 ㉘ 梦泽：即云梦泽。在今湖北江汉平原一带。 ㉙ 具区：古泽薮名，即太湖。 ㉚ 阳朴：地名，在蜀地。 ㉛ 招摇：山名。一说在今广西。 ㉜ 三危：古代西部边疆山名。关于其位置，说法不一。 ㉝ 黄颔臛：黄颔蛇肉羹。 ㉞ 餦餭（zhānghuáng）：一种用面粉制成的环钏形油炸食品。 ㉟ 粔籹（jùnǚ）：类似今天的蜜麻花。 ㊱ 寒具：馓子。 ㊲ 蛳：螺蛳。 ㊳ 蚬（xiǎn）：似蛤而小的软体动物。 ㊴ 糍：同"餈"。糍粑。 ㊵ 梨酓（yǎn）：梨子酿的果酒。 ㊶ 鲎（hòu）酱：鲎肉、卵制成的酱。鲎：动物名。一说为虹。 ㊷ 曲阿酒：丹徒有高骊山，传说昔有高骊国女来此，东海之神乘船致酒，欲礼聘为妻，女不肯，海神拨船覆酒，酒流入曲阿湖，成曲阿酒之美。 ㊸ 椹（zhèn）：木名。汁可为酒。 ㊹ 蒲叶菘：大白菜。 ㊺ 椑（bēi）：果实似柿而青，汁可以制漆。 ㊻ 菰首：茭白。 ㊼ 鳛子鮈（jū）：鱼名。 ㊽ 紫鳝：植物名。指紫葛。 ㊾ 蚊足：指脍之细。綷（cuì）：五彩杂合。指肉色多样。 ㊿ 蚳（chí）：蚁卵。古代取以为酱，供食用。 (51) 缶（fǒu）：煮。 (52) 苏膏：紫苏膏。 (53) 绿酃：绿色美酒名。 (54) 笼上牢丸：包子。 (55) 汤中牢丸：馄饨，饺子。 (56) 蝎饼：截饼。以蜜、牛羊脂等和面炸制而成的一种酥点。 (57) 悬熟：北魏贾思勰《齐民要术》中记载的一种用猪肉、高粱米等调味后蒸制而成的食品。 (58) 羌煮：西汉武帝时由西域传入内地的烹调技术。北魏贾思勰《齐民要术·羹臛法》："羌煮法：好鹿头，纯煮令熟。着水中，洗治，作脔如两指大。猪肉琢作臛，下葱白，长二寸一虎口。细琢姜及橘皮各半合，椒少许。下苦酒、盐、豉适口。"

【原 文】

饼谓之托，或谓之饦馄。饴谓之餹、餩[①]。饱谓之餶[②]。饛、飵、飴、茹、叽[③]，食也。餤、膎、脷、脤、膰[④]，肉也。膠、脶[⑤]，膜也。臇、膹、腃[⑥]，臛也。格、糈、粰、粇[⑦]，馓也。饆、饝、餢、饎、饨，饵也[⑧]。酸、醶、酮、醭[⑨]，醋也。酪、截、醇[⑩]，浆也。鹺、鹾、鹹、鹼[⑪]，盐也。醓、醣、醶、醽、醬[⑫]，酱也。

【译 文】

饼称为托，或称为饦馄。饴称为餹、餩。饱称为餶。饛、飵、飴、茹、叽，称为食。餤、膎、脷、脤、膰，称为肉。膠、脶，称为膜。臇、膹、腃，称为臛。格、糈、粰、粇，称为馓。饆、饝、餢、饎、饨，称为饵。酸、醶、酮、醭，称为醋。酪、截、醇，称为浆。鹺、鹾、鹹、鹼，称为盐。醓、醣、醶、醽、醬，称为酱。

注释

❶ 餹（yàn）：饴糖。餩（yuè）：豆沙。 ❷ 餶（yuàn）：饱，厌。 ❸ 饛（fēi）：以麦粥招待客人。飵（zuò）：古方言词。飴（nián）：吃麦粥。 ❹ 餤（dàn）：薄饼卷肉。膎（xié）：鱼肉脯。脷（liǎng）：夹脊肉，一说为腌鱼。脤（shèn）：古代王侯祭社稷所用的生肉。膰（fán）：古代宗庙祭祀用的烤肉。 ❺ 膠（xì）、脶（ruò）：均为肉膜。 ❻ 膹（fèn）：多汁的肉羹。腃（sǔn）：浓肉汁。 ❼ 糈（xǔ）：精米、馓子。粰（fú）：馓子。 ❽ 饆（yì）：饼饵。饝（cí）：糍粑。饎（liáo）：糕饼。饨（yuán）：圆形糕点。 ❾ 酸（chěn）、醶（yàn）、酮（tóng）、醭（xuè）：为醋的不同称呼。 ❿ 截（zài）：酢浆。醇：质厚的酒。 ⓫ 鹺（xiāo）、鹾（còu）、鹹（huái）、鹼（biàn）：方言中对盐的称呼。 ⓬ 醓（mì）、醣（jì）、醶（tú）、醽（chuài）、醬（mú）：对酱的不同称呼。

【原 文】

折粟米法[1]：取简胜粟一石[2]，加粟奴五斗舂之[3]。粟奴能令馨香。

乳煮羊胯利法：槟榔詹阔一寸，长一寸半。胡饭皮。[4]

鲤鲋鲊法：次第以竹枝赍头，置日中，书复为记。

【译 文】

折粟米法：取脱壳的粟米一石，加入粟奴五斗一起舂。粟奴能使粟米增加香味。

乳煮羊肉干法：槟榔一寸，长一寸半。胡饭皮。

鲤鲋鲊法：腌好后用竹枝串起鱼头放置于太阳底下，并在鱼头上做记号。

注 释

❶折粟米法：即淘米法。 ❷简胜粟：或即脱壳的粟米。 ❸粟奴：粟黑粉菌侵染粟的幼穗所产生的冬孢子粉。 ❹此句意不连贯，疑有脱漏。

【原 文】

赍字五色饼法：刻木莲花，藉禽兽形，按成之。合中累积五色，竖作道，名为斗钉[1]。色作一合者，皆糖蜜副。起粄法、汤胘法、沙棋法、甘口法[2]。

【译 文】

带字五色饼法：雕刻木板成莲花状，或用鸟兽图形，按压而成。盒子中累积五色糖片，竖放作为隔板，再将饼放入，名叫斗钉。颜色累加在一个盒子里，都用蜜糖调拌。起粄法、汤胘法、沙棋法、甘口法。

注 释

❶斗钉：一种供陈设的食品。用五色食品在盘盒中堆积而成。 ❷起粄

(bǎn)：泛指米糕类食物。汤肱：牛肚汤。肱，牛羊的重瓣胃。

【原 文】

蔓菁薭菹法[1]：饱霜柄者，合眼掘取，作樗蒲形[2]。

【译 文】

蔓菁薭菹法：把经霜的蔓菁，连柄带根挖出来，切成骰子形状。

注 释

❶ 蔓菁薭（lài）菹法：腌咸菜法。蔓菁：俗称大头菜。薭：牛尾蒿。 ❷ 樗蒲：骰子。

【原 文】

蒸饼法：用大例面一升，练猪膏三合[1]。

梨漤法、腴肉法、脖肉法、瀹鲇法[2]。

治犊头，去月骨，舌本近喉，有骨如月。

木耳鲙。汉瓜菹，切用骨刀。豆牙菹。肺饼法。覆肝法，起起肝如起鱼菹。菹类并乙去汁[3]。

【译 文】

蒸饼法：用一升大例面，三合炼猪油。

梨漤法、腴肉法、脖肉法、瀹鲇法。

烹制牛头，去掉月骨，舌根接近喉部，有一块月牙形的骨头。

木耳鲙。汉瓜菹，用骨刀切。豆牙菹。肺饼法。覆肝法，切肝片如同切鱼片。制作腌制食物，要把汁压榨干净。

注释

❶ 合：已弃用的容量单位。1 合=0.1 升。 ❷ 漤（lǎn）：用盐或其他调味品拌鱼、肉、蔬菜。䐿（ào）肉：储藏肉。瀹（yuè）：煮。 ❸ 乙去汁：把汁榨干净。

【原 文】

又鲙法：鲤一尺，鲫八寸，去排泥之羽[①]。鲫员天肉，腮后鬐前，用腹腴拭刀[②]，亦用鱼脑，皆能令鲙缕不著刀[③]。

【译 文】

又鲙法：取一尺长的鲤鱼，或八寸长的鲫鱼，去除沾泥的鱼鳞。鲫员天肉，在腮的后面鱼脊的前面，用鱼肚下的肥肉擦拭刀具，也可用鱼脑，都能使鱼片不沾刀。

注释

❶ 排泥之羽：鱼鳞。 ❷ 腹腴：鱼肚下的肥肉。 ❸ 鲙缕：鱼片。

【原 文】

鱼肉冻肛法[①]：渌肉酸肛[②]，用鲫鱼、白鲤、鲂、鯸、鳜、鲅[③]，煮驴马肉用助底，郁驴肉。驴作鲈贮反。

炙肉，鳠鱼第一[④]，白其次，已前日味。

【译 文】

鱼肉冻肛法：绿肉酸肛，用鲫鱼、白鲤、鲂鱼、河豚、鳜鱼、鲅鱼，煮驴肉、马肉时用作汤底，可使肉的香气更加浓郁。驴字读音是鲈贮反。

烤肉，第一选鳊鱼，其次是白鱼，但都要先去除异味。

注释

❶ 脠：煎煮鱼肉。 ❷ 渌肉酸脠：据《齐民要术》，切肉名曰绿肉，猪、鸡名曰酸。 ❸ 鲂（fáng）：三角鳊。鯸：河豚的别称。鳜：鳜鱼。鲀：鱼名。❹ 鳑：同“鳊”。鳊鱼。

【原 文】

今衣冠家名食有：萧家馄饨，漉去汤肥，可以瀹茗。庾家粽子，白莹如玉。韩约能作樱桃饆饠①，其色不变；又能造冷胡突、鲙醴鱼臆、连蒸獐獐皮、索饼②。将军曲良翰能为驴鬃、驼峰炙③。

【译 文】

当今士绅豪族家的美食有：萧家馄饨，滤去汤中漂浮的肥油，可以用来煮茶；庾家粽子，晶莹如玉；韩约家能做樱桃馅的点心，做好后樱桃不变色；又能制作冷胡突、鲙醴鱼臆、连蒸獐獐皮、面条。将军曲良翰家，能烤炙驴鬃肉、驼峰肉。

注释

❶ 韩约：朗州武陵（今湖南常德）人。唐文宗时担任太府卿等，迁左金吾卫大将军。大和九年（835）甘露之变事败被杀。饆饠（bìluó）：食品名。原指抓饭，后亦指带馅的饼类。 ❷ 索饼：面条。 ❸ 驴鬃：这里指驴鬃部位的肉。驼峰炙：唐代长安名菜。用骆驼峰上的肉加作料烤制而成。

【原 文】

贞元中，有一将军家出饭食，每说物无不堪吃，唯在火

【译 文】

贞元年间，有一位将军在家烹饪饭食，常说食物没有不能吃的，关键在火

候。善均五味，尝取败障泥、胡禄[1]，修理食之，其味极佳。

候。他善于调和五味，曾拿坏障泥、胡禄，清洗烹饪后食用，味道极佳。

注释

❶ 障泥：马鞯。因垫在马鞍下，垂于马背两旁用来挡避泥土，故称。胡禄：古代用于存放箭矢的器具。

【原文】

道流陈景思说，敕使齐日昇养樱桃[1]，至五月中，皮皱如鸿柿不落[2]，其味数倍。人不测其法。

【译文】

道人陈景思说，敕使齐日昇种樱桃，到五月中，樱桃皮起皱有如柿子一样大也不掉落，味道比普通樱桃甘美好几倍。人们猜不出他用的什么方法。

注释

❶ 敕使：皇帝的使者。 ❷ 鸿：大。

医

【原文】

卢城之东，有扁鹊冢[1]。元魏时，针药之士以卮腊祷之[2]。所谓卢医也[3]。

【译文】

卢城的东面，有座扁鹊坟。元魏时期，行医的人用酒和腊肉祭祀他，扁鹊就是所说的卢医。

注释

❶ 卢城：古地名。今山东济南长清区一带。扁鹊：名秦越人，渤海郡鄚（今河北任丘北）人。一说今山东济南长清区一带人。战国时名医。 ❷ 卮腊：酒和腊肉。卮：酒杯，这里指酒。腊：腊肉。 ❸ 卢医：战国时名医扁鹊的别称，后泛指良医。

【原文】

魏时有句骊客善用针[1]。取寸发，斩为十余段，以针贯取之，言发中虚也。其妙如此。

【译文】

魏时有个高句丽人针法精妙。取来一寸长的头发，截为十几段，他能用针把它们穿起来，说头发是中空的。他用针就是如此奇妙。

注释

❶ 句骊：即高句丽。

【原文】

王玄策俘中天竺王阿罗那顺以诣阙[1]，兼得术士那罗迩娑婆，言寿二百岁。太宗奇之，馆于金飚门内，造延年药，令兵部尚书崔敦礼监主之[2]。言婆罗门国有药名畔茶佉水[3]，出大山中石臼内，有七种色，或热或

【译文】

王玄策俘获中天竺国王阿罗那顺回到京城，同时俘获了术士那罗迩娑婆。那罗迩娑婆据说有二百岁了。唐太宗很奇怪，让他住在金飚门内的馆舍里制造长生不老药，诏令兵部尚书崔敦礼负责监管。那罗迩娑婆说，婆罗门国有药叫畔茶佉水，出自大山中的石臼里，有七种颜色，时热时冷，

冷，能消草木金铁，人手入则消烂。若欲取水，以骆驼髑髅沉于石臼[4]，取水转注瓠芦中[5]。每有此水，则有石柱似人形守之。若彼山人传道此水者则死。又有药名咀赖罗，在高山石崖下山腹中，有石孔，孔前有树，状如桑树，孔中有大毒蛇守之。取以大方箭射枝叶，叶下便有乌，乌衔之飞去，则众箭射乌而取其叶也。后死于长安。

能腐蚀草木和金铁，人的手伸进去就会腐烂。如果要取石臼里的水，就用骆驼头骨沉在石臼里，取了水转而倒入葫芦里。每有这种水，就有一尊人形的石柱在那里守护。如果山里人散布说有这种水，就会死。又有一种药草名叫咀赖罗，出自高山石崖下面的山坳里。山腰有石穴，石穴前有树，很像桑树，石穴中有条大毒蛇守护着这棵树。用大方箭射树的枝叶，枝叶下有乌鸦，乌鸦会衔着枝叶飞去，这时就数箭齐发，射乌鸦而获取枝叶。那罗迩娑婆后来死在长安。

注释

❶ 王玄策：唐洛阳（今河南洛阳）人，唐外交家，数次出使印度。诣阙：到京城。 ❷ 崔敦礼：字安上，本名元礼。雍州咸阳（今陕西咸阳）人。博涉文史。数使突厥、回纥，封固安县公。 ❸ 婆罗门国：古印度。 ❹ 髑髅：头骨。 ❺ 瓠芦：葫芦。

【原文】

荆人道士王彦伯，天性善医，尤别脉[1]，断人生死寿夭，百不差一。裴胄尚书子[2]，忽暴中病，众医拱手[3]。或说彦伯，遽迎使视。脉之

【译文】

荆州有一位道士叫王彦伯，天生精通医术，尤其擅长识别脉象以断定人的生老病死，百无一失。尚书裴胄的儿子得了急病，众医生都无能为力。有人说去请王彦伯，裴胄忙去请王彦伯来给儿子看病。王彦伯把脉良久，说：“什么

良久，曰："都无疾。"乃煮散数味[4]，入口而愈。裴问其状，彦伯曰："中无腮鲤鱼毒也。"其子因鲙得病。裴初不信，乃脍鲤鱼无腮者，令左右食之，其候悉同[5]，始大惊异焉。

病也没有。"王彦伯煮了几味散药，病人服用后就好了。裴尚书询问具体的情形，王彦伯说："只是中了无鳃鲤鱼的毒。"裴胄的儿子确实是吃了无鳃鲤鱼的鱼片后才得的病。裴胄起初不信，于是就煮了无鳃鲤鱼，让仆人食用，结果症状一样。裴胄这才对王彦伯的医术大为惊异。

注释

❶ 别：识别，辨别。脉：脉象。 ❷ 裴胄：字胤叔。绛州闻喜（今山西闻喜）人。累官至荆南节度使。 ❸ 拱手：犹束手。谓无能为力。 ❹ 散：药粉。 ❺ 候：症状。

【原 文】

柳芳为郎中[1]，子登疾重[2]。时名医张方福初除泗州[3]，与芳故旧，芳贺之，具言："子病，唯恃故人一顾也。"张诘旦候芳，芳遽引视登。遥见登顶，曰："有此顶骨，何忧也。"因按脉五息[4]，复曰："不错，寿且逾八十。"乃留芳数十字，谓登曰："不服此亦

【译 文】

柳芳任右司郎中时，他的儿子柳登病重。当时的名医张方福初任泗州刺史，与柳芳是故交。柳芳前去祝贺，并对他说："我儿子病了，希望老友前往给犬子治病。"第二天一早，张方福就到了柳芳家，柳芳赶紧领张方福去看柳登。张方福远远望着柳登的头顶说："他有这样的顶骨，你担什么心。"于是，便给柳登诊了一会儿脉，又说："不错，他的寿数在八十以上。"然后留给柳芳数十字的药方，对

得。”登后为庶子[5]，年至九十而卒。

柳登说：“不服药也可以。”后来，柳登做了右庶子，活到了九十岁才去世。

注释

❶ 柳芳：字仲敷。蒲州河东（今山西永济）人。开元末进士及第，由永宁尉直史馆。曾参与纂修国史，撰《唐历》。郎中：此指右司郎中。为尚书右丞副贰，协掌尚书都省事务，监管兵、刑、工部诸司政务，举稽违，署符目，知直宿，位在诸司郎中上。 ❷ 子登：即柳登，字成伯。柳芳子。元和初年担任大理少卿，后升任右庶子。 ❸ 泗州：治今江苏宿迁东南。 ❹ 息：一呼一吸为一息。比喻极短的时间。 ❺ 庶子：职官名。为东宫属官，掌侍从、献纳、启奏。

前集卷八

黥

【原 文】

上都街肆恶少[①]，率髡而肤劄[②]，备众物形状。恃诸军，张拳强劫[③]，至有以蛇集酒家，捉羊胛击人者[④]。今京兆尹薛公元赏[⑤]，上三日，令里长潜捕约三十余人[⑥]，悉杖煞，尸于市。市人有点青者[⑦]，皆灸灭之。时大宁坊力者张幹[⑧]，劄左膊曰“生不怕京兆尹”，右膊曰“死不畏阎罗王”。又有王力奴，以钱五千召劄工，可胸腹为山、亭院、池榭、草木、鸟兽，无不悉具，细若设色。公悉杖杀之。

又贼赵武建，劄一百六十处番印、盘鹊等[⑨]，左右膊刺言：“野鸭滩头宿，朝朝被鹘梢[⑩]。忽惊飞入水，留命到

【译 文】

长安街市的恶少，大多剃光了头并文身，身上刺什么图案的都有。他们还倚仗军队的势力，强抢财物，甚至有捉蛇聚集在酒家，用吃剩下的羊胛骨打人的。现任京兆尹薛元赏上任三天，便下令里长秘密抓捕了三十多人，全部乱杖打死，尸体弃于街市。市人中凡有刺青的，都吓得赶紧烧掉。当时大宁坊有个壮汉叫张幹，左臂上刺的字是“生不怕京兆尹”，右臂上刺的是“死不怕阎罗王”。还有个叫王力奴的人，出钱五千请文身师在胸腹上刺出山岭、庭院、水池、楼榭、草木、鸟兽等，无所不有，细腻之处就像上了颜色的工笔画。薛元赏将他们一起杖杀。

还有个强盗赵武建，在身上刺了一百六十处外邦图案和盘旋的喜鹊等，并在左右臂上刺了一联诗，道：“野鸡滩头宿，朝朝被鹘梢。忽惊飞

今朝。"

又高陵县捉得镂身者宋元素[11]，刺七十一处，左臂曰："昔日已前家未贫，苦将钱物结交亲。如今失路寻知己，行尽关山无一人。"右臂上刺葫芦，上出人首，如傀儡戏有郭公者[12]。县吏不解，问之，言葫芦精也。

入水，留命到今朝。"

又在高陵县捉到一个文身的人宋元素，他身上有七十一处文身，左臂上刺有："昔日已前家未贫，苦将钱物结交亲。如今失路寻知己，行尽关山无一人。"右臂上刺有一个葫芦，葫芦的上面刺了一个人头，那人头就像木偶戏中的郭公。县官不解其意，便问他，他说那是葫芦精。

注释

❶ 上都：古代对京都的尊称。此指长安。 ❷ 髡（kūn）：剃去头发秃着头。髡：原指一种剃光头发的刑罚，此处指留着秃头的发型。肤劄：文身。 ❸ 张拳强劫：以武力强取。 ❹ 羊胛：羊的肩胛骨。 ❺ 京兆尹：掌管京师地区的最高行政长官。薛公元赏：薛元赏。唐文宗大和时自司农少卿出为汉州刺史，后累迁司农卿、京兆尹，出为武宁节度使、诸道盐铁转运使、昭义节度使。 ❻ 里长：即里正。封建社会统治乡里的小吏。潜捕：秘密抓捕。 ❼ 点青：指在皮肤上刺字或刺各种图形，填以青色。 ❽ 大宁坊：唐长安城坊。 ❾ 番：外邦。 ❿ 鹘（hú）：隼类，猛禽。 ⓫ 高陵县：今陕西西安高陵区。镂身：即文身。 ⓬ 傀儡戏：即木偶戏。郭公：傀儡。戏中人物。

【原文】

李夷简[1]，元和末在蜀。蜀市人赵高，好斗，常入狱，满背镂毗沙门天王[2]。

【译文】

李夷简，元和末年在蜀地任职。蜀地人赵高，好打架斗殴，经常被关押进监狱。他的整个脊背刺着一尊毗沙门天

吏欲杖背，见之辄止。恃此，转为坊市患害。左右言于李，李大怒，擒就厅前，索新造筋棒[3]，头径三寸，叱杖子打天王尽则已。数三十余，不绝。经旬日，袒衣而历门叫呼[4]，乞修理功德钱[5]。

王像。衙吏要杖罚其背，看到天王像不得不停止。赵高逃避了杖罚，出去之后又为害街市。手下人把此事告诉了李夷简，李夷简大怒，立即把赵高捉拿到堂前，取来新做的刑棒，这棒直径有三寸，喝令提杖的人打到看不见天王像为止。痛打三十余杖还不让停下。过了十天，赵高光着背挨家挨户地叫嚷，讨要修理天王像的功德钱。

注释

❶ 李夷简：字易之。唐宗室，不靠祖荫入仕，不崇信佛、道，曾出任淮南节度使、剑南西川节度使等。 ❷ 毗沙门天王：又名多闻天王，俗称托塔天王。❸ 筋棒：筋竹棒。 ❹ 袒衣：此指光着背。 ❺ 功德钱：泛指捐赠给寺庙或尼姑庵的钱，这些钱通常用于寺庙和尼姑庵的日常运营和维护。

【原文】

蜀小将韦少卿[1]，韦表微堂兄也[2]。少不喜书，嗜好劄青。其季父尝令解衣视之[3]，胸上刺一树，树梢集鸟数十，其下悬镜，镜鼻系索，有人止于侧牵之。叔不解，问焉。少卿笑曰："叔不曾读张燕公诗否[4]？'挽镜寒鸦集'耳[5]。"

【译文】

蜀地有一年轻武将韦少卿，是韦表微的堂兄。年少而不喜欢读书，嗜好文身。他的叔父曾让他脱下上衣看看，只见胸上刺了一棵树，此树的树梢上聚集着数十只鸟，树下悬着一面镜子，镜鼻上扯出一条绳，有一个人在一侧牵着绳子的另一头。叔父不明白其中的意思，便问他。少卿笑着说："叔父没有读过张燕公的诗吗？这就是'挽镜寒鸦集'啊。"

注释

❶ 小将：古时指年轻的武官。 ❷ 韦表微：字子明。京兆万年（今陕西西安）人。唐德宗贞元年间进士，历任监察御史、翰林学士、户部侍郎等。 ❸ 季父：最小的叔父。 ❹ 张燕公：即张说，字道济，一字说之。玄宗朝名相，擅长文辞，朝廷重要文件多出其手，与许国公苏颋并称“燕许大手笔”。封燕国公。 ❺ 挽镜寒鸦集：实出自张籍所作《岳州晚景》“晚景寒鸦集，秋声旅雁归”。韦少卿不喜读书，弄错了诸多细节。

【原文】

荆州街子葛清①，勇不肤挠②，自颈已下，遍刺白居易舍人诗③。成式常与荆客陈至，呼观之，令其自解，背上亦能暗记。反手指其劄处，至“不是此花偏爱菊④”，则有一人持杯临菊丛；又“黄夹缬林寒有叶⑤”，则指一树，树上挂缬⑥，缬窠锁胜绝细⑦。凡刻三十余处，体无完肤，陈至呼为“白舍人行诗图”也。

【译文】

荆州的街卒葛清，悍勇过人，不怕针刺，从脖子往下全身刺满了中书舍人白居易的诗。我曾与荆州人陈至把他叫来，细细观看，让他自己解释那些图案的意思，他连后背上的也记得清清楚楚。反手指出所刺位置，到“不是此花偏爱菊”，刺有一人端着酒杯站在菊丛旁。到“黄夹缬林寒有叶”，他指着一棵树让大家仔细看，那树上挂满彩结，彩结的界格花纹十分细密。一共刺了三十多首诗，真是“体无完肤”，陈至称他为“白舍人行诗图”。

注释

❶ 街子：犹街卒。即掌管街道治安、扫除等事的差役。 ❷ 勇不肤挠：许本作“勇不扶扰”，今据汲古阁本改。《孟子·公孙丑上》：“北宫黝之养勇也，不

肤桡，不目逃。”赵岐注：“人刺其肌肤，不为挠却。”桡，亦作“挠”。 ❸白居易：字乐天，号香山居士。下邽（今陕西渭南北）人。贞元进士，曾任中书舍人。唐诗人，与元稹并称“元白”，与刘禹锡并称“刘白”。 ❹不是此花偏爱菊：典出元稹《菊花》。 ❺黄夹缬林寒有叶：出自白居易《泛太湖书事寄微之》。 ❻缬（xié）：染有花纹的丝织品。此指彩结。 ❼锁：缝纫。

【原 文】

成式门下驺路神通[①]，每军较力[②]，能戴石簦[③]，靸六百斤石[④]，啮破石粟数十。背刺天王，自言得神力，入场人助多则力生。常至朔望日[⑤]，具乳麋[⑥]，焚香袒坐，使妻儿供养其背而拜焉。

【译 文】

我家里有个驾车的仆人叫路神通，每次军中比武，他都能头戴石斗笠，脚上托着六百斤的石头，咬碎几十颗小石子。他背上刺着天王像，自称得到神力，上场后观众越多，他的力气越大。每到初一、十五，他摆下乳酪，点上香火袒胸而坐，让妻儿供奉参拜他背上的天王像。

注 释

❶门下：指弟子或仆从。驺：古代给贵族掌管车马的人。 ❷较力：比武。 ❸簦（dēng）：古代有柄的笠，类似现在的伞。 ❹靸（sǎ）：把鞋后帮踩在脚后跟下。 ❺朔望日：朔日和望日。农历每月初一日和十五日。 ❻乳麋：乳酪。

【原 文】

崔承宠少从军，善驴鞠[①]，逗脱杖捷如胶焉[②]。后

【译 文】

崔承宠，年少从军，擅长骑驴击球，运杆时身形敏捷，能使球像黏在球

为黔南观察使。少，遍身刺一蛇，始自右手，口张臂食两指[3]，绕腕匝颈，龃龉在腹，拖股而尾及骭焉[4]。对宾侣，常衣覆其手，然酒酣辄袒而努臂戟手，捉优伶辈曰："蛇咬尔！"优伶等即大叫毁而为痛状，以此为戏乐。

杆上一样。后来任黔南观察使。他年少时，全身刺了一条蛇，蛇头在右手，蛇口张开在拇指、食指之间，蛇身沿着手腕、手臂一路缠绕，围脖颈一圈，腹部纹满蛇鳞，蛇尾从大腿一直拖到小腿。面对宾客朋友，他经常用衣袖遮住手，但酒喝多了就挽起袖子伸出手臂，捉住优伶吓唬道："蛇咬你了！"优伶们就大呼小叫，装作被咬疼的样子，以此来游戏取乐。

注释

❶ 驴鞠：古代的一种马球运动。因在驴上击鞠，故称。 ❷ 逗脱：逗弄欺骗对手。 ❸ 臂食两指：拇指和食指。臂：同"擘"，拇指。蛇头纹在拇指和食指上，两指一张，便似蛇张其口。 ❹ 骭（gàn）：胫骨，即小腿。

【原文】

宝历中，长乐里门有百姓刺臂[1]。数十人环瞩之。忽有一人，白襕屠苏[2]，顷首微笑而去，未十步，百姓子刺血如衄[3]，痛苦次骨，食顷，出血斗余。众人疑向观者，令其父从而求之。其人不承，其父拜数十，乃捻撮土若祝："可傅此[4]。"如

【译文】

宝历年间，长乐坊门内有个百姓在手臂上刺青，几十个人围着观看。忽然有一个穿白袍头戴宽檐帽的人，侧着头看了看，微笑而去。没走十步，那个刺臂人胳臂上血流不止，痛苦入骨。一顿饭的工夫，流了一斗多血。大家都怀疑是刚才那个旁观的人干的，便让那个刺青人的父亲上前求救。那人不承认，做父亲的拜了几十拜，那人才用手捻起一撮土，像是在祷告，说："可以把这个敷在伤口上。"照他

其言，血止。

说的去做，血就止住了。

注释

❶ 长乐里：即长乐坊。唐长安城坊。 ❷ 白襕：古时士人的服装。屠苏：帽名。有檐，形状似屋。 ❸ 衄（nǜ）：鼻孔出血。也泛指五官和肌肤等出血。 ❹ 傅：敷。

【原文】

成式三从兄遘[1]，贞元中，尝过黄坑[2]。有从者拾髑颅骨数片[3]，将为药。一片上有“逃走奴”字，痕如淡墨，方知黥踪入骨也[4]。从者夜梦一人，掩面从其索骨曰：“我羞甚，幸君为我深藏之，当福君。”从者惊觉毛戴[5]，遽为埋之。后有事，鬼仿佛梦中报之。以是获财，欲至十万而卒。

【译文】

我的三堂兄段遘，贞元年间，曾经路过僧人的天葬坑。有个随从捡到几片死人的头骨，要带回去入药。一片头骨上有“逃走奴”三字，字痕如淡墨，才知道黥刑的墨迹是渗入骨头的。随从夜里梦到一人，捂着脸向他索要那片头骨：“这是我生前的耻辱，希望您能为我把这片头骨深埋，我当福佑您。”随从从梦中惊醒后汗毛竖立，立即把那片头骨埋了。后来凡有大事，好像都有鬼在梦中预报。因此获利很多，前后得至十万钱方止。

注释

❶ 从兄：同高祖所出之兄。 ❷ 黄坑：僧人天葬之地。 ❸ 髑（dú）：死人的头骨。 ❹ 黥（qíng）：在脸上刺上记号或文字并涂上墨，古代用作刑罚，后来也施之士兵，以防逃跑。 ❺ 毛戴：汗毛竖立。形容恐惧或震惊。

【原 文】

蜀将尹偃，营有卒，晚点后数刻，偃将责之。卒被酒，自理声高①，偃怒，杖数十，几至死。卒弟为营典②，性友爱，不平偃。乃以刀剺肌③，作"杀尹"两字，以墨涅之④。偃阴知，乃以他事杖杀典。及太和中，南蛮入寇⑤，偃领众数万保邛崃关⑥。偃膂力绝人⑦，常戏左右以枣节杖击其胫，随击筋涨拥肿，初无痕挞。恃其力，悉众出关，逐蛮数里。蛮伏发，夹攻之，大败，马倒，中数十枪而死。初出关日，忽见所杀典拥黄案⑧，大如毂，在前引，心恶之，问左右，咸无见者。竟死于阵。

【译 文】

蜀地将领尹偃营中有个兵士，晚上点名时迟到了几刻钟，尹偃准备责罚他。这个兵士喝醉了酒，高声为自己申诉，尹偃很生气，打了他几十杖，差点儿将他打死。这个士兵的弟弟在营中当典吏，与哥哥非常友爱，对尹偃的做法愤愤不平。他就用刀在肌肤上刺了"杀尹"两个字，用墨染黑。尹偃暗中知道了这件事情，就借口别的事杀了典吏。到了大和年间，南诏入侵，尹偃率领几万军队保卫邛崃关。尹偃体力超过常人，常令手下用棘刺做手杖打他的小腿闹着玩，伴随着击打，他的小腿变得筋胀肉肿，但看不出一点伤痕。尹偃自恃力气过人，率领全军出邛崃关，追逐蛮兵数里。不慎中了蛮兵的埋伏，蛮兵从两边夹攻，尹偃大败，骑的马也倒了，身中几十枪而死。尹偃刚出关那天，忽然看见被他杀死的典吏抱着一大卷黄案，在他前边引路，心中非常嫌恶，就问身边的人看见没有，都说没看见。尹偃最终死在战场上。

注释

❶ 被酒：为酒所醉。自理：为自己申诉。 ❷ 典：典吏。 ❸ 剺（lí）：划开，划破。 ❹ 涅（niè）：染黑。 ❺ 南蛮：即南诏，其地在今云南一带。

❻ 邛崃关：在今四川荥经西，以邛崃坂而名。 ❼ 膂力：体力，尤指四肢力量。 ❽ 黄案：尚书省的案卷、文书。

【原 文】

房孺复妻崔氏[1]，性忌，左右婢不得浓妆高髻，月给燕脂一豆[2]，粉一钱。有一婢新买，妆稍佳，崔怒谓曰："汝好妆耶？我为汝妆！"乃令刻其眉，以青填之，烧锁梁[3]，灼其两眼角，皮随手燋卷，以朱傅之。及痂脱，瘢如妆焉[4]。

【译 文】

房孺复的妻子崔氏，生性嫉忌，不许身边的婢女浓妆艳抹，也不许其盘高发髻。每人只发给一豆胭脂与一钱脂粉。有一个婢女是新买来的，装扮得稍稍艳丽了一些，崔氏发现后气恼地对她说："你喜欢打扮是吧？我来为你打扮。"于是令人剃掉她的眉毛，用靛青填色，又烫她的眉心，烧灼她的眼角。婢女的皮肉被烧焦翻卷了起来，崔氏便用红粉涂在伤口上。等到疮痂脱落，脸上的瘢痕犹如化了妆一样。

注释

❶ 房孺复：河南（今河南洛阳）人，宰相房琯之子。生性狂疏，任情纵欲。累拜杭州刺史，因纵妻杖杀私埋二侍儿贬为连州司马，后改容州刺史。 ❷ 燕脂：即胭脂。豆：古代重量单位。这里指分量很少。古代十六黍为一豆，六豆为一铢，二十四铢重一两，十六两为一斤。 ❸ 锁梁：指眉心，两眉之间。 ❹ 瘢：创伤或疮疖愈合后在皮肤上留下的痕迹。

【原 文】

杨虞卿为京兆尹[1]，时市

【译 文】

杨虞卿任京兆尹时，街市里有个

里有三王子，力能揭巨石。遍身图刺，体无完肤。前后合抵死数四[2]，皆匿军以免。一日有过，杨令五百人捕获[3]，闭门杖杀之。判云："鏨刺四支[4]，口称王子，何须讯问，便合当辜[5]。"

叫三王子的，力气很大，能掀翻巨石。他全身刺满图案，体无完肤。前后所犯科条当判好几次死刑了，但他每次都藏匿军中而躲过追捕。一天，他又犯了事，杨虞卿命令役卒前去拘捕，捕获后即刻关上门将他杖杀。他在判状上写道："刺扎四肢，口称王子，无须审讯，合当抵罪。"

注释

❶ 杨虞卿：字师皋。虢州弘农（今河南灵宝）人。元和进士，"牛李党争"中牛党核心成员，与李宗闵朋比唱和。 ❷ 合抵死：犯法当死。 ❸ 五百人：或称"伍伯"。即役卒。 ❹ 鏨（zàn）：雕凿。 ❺ 辜：罪。

【原文】

蜀人工于刺，分明如画。或言以黛则色鲜[1]，成式问奴辈，言用好墨而已。

【译文】

蜀地人工于刺青，所刺图案线条清晰分明，像画的一样。有人说是因为用了青黛所以颜色鲜明，我问了几个奴仆，他们说只是用的墨好而已。

注释

❶ 黛：青黑色的颜料。

【原 文】

荆州，贞元中，市有鬻刺者[①]，有印，印上簇针为众物状，如蟾、蝎、杵臼[②]，随人所欲，一印之，刷以石墨。疮愈后，细于随求印。

【译 文】

贞元年间，荆州城里有位专门为人刺青的师傅，此人刺青时用一种特别的刺青印，印上是用针簇成的各种图案，有蟾蜍、蝎子、杵臼。人们想要什么图案，把印往身上一压，再刷上石墨，待伤口愈合后，图案比寻常刺青更细腻好看。

注 释

❶ 鬻（yù）：卖。这里指以为人刺青为业。 ❷ 杵臼：杵与臼。舂捣粮食或药物等的工具。

【原 文】

近代妆尚靨[①]，如射月、月黄、星靨[②]。靨钿之名[③]，盖自吴孙和邓夫人也[④]。和宠夫人，尝醉，舞如意，误伤邓颊，血流，娇婉弥苦[⑤]。命大医合药[⑥]，医言："得白獭髓[⑦]，杂玉与虎魄屑[⑧]，当灭痕。"和以百金购得白獭，乃合膏。虎魄太多，及差，痕不灭。左颊有赤点如痣，视之，

【译 文】

近代女子化妆崇尚妆点面颊，有射月、月黄、星靨等名称。靨钿之名，大概来自吴国孙和的邓夫人。孙和宠爱邓夫人，一次酒醉后挥舞如意，误伤了邓夫人的面颊，鲜血直流。邓夫人娇弱柔媚，疼痛不已。孙和令太医配药，太医说用白獭骨髓和着玉屑、琥珀屑调配，可以令肌肤不留疤痕。孙和花了一百两黄金买来白獭配制药膏。因为调配时所用琥珀屑过多，到伤愈时，疤痕没有完全去掉。邓夫人左面颊上留下一颗像痣

更益甚妍也。诸嬖欲要宠者[9]，皆以丹点颊，而后进幸焉[10]。

一样的红点，看上去更加妩媚了。其他姬妾想要邀宠的，都先用朱砂妆点面颊，然后就会得到宠幸。

注释

❶ 靥（yè）：酒窝儿。这里指面颊的妆饰。 ❷ 射月：古妆饰名，即粉脸。星靥：古代妇女以丹点颊，形似酒窝状的妆饰。 ❸ 靥钿：古代妇女妆饰面颊的饰物。 ❹ 孙和：字子孝。三国时吴国孙权之子。赤乌五年（242）被立为太子，赤乌十三年（250）被废黜，后改封南阳王。建兴年间被赐死。 ❺ 娇婉：娇弱柔媚。 ❻ 大医：太医。 ❼ 白獭髓：白獭的骨髓，一种珍贵的药物。 ❽ 虎魄：即琥珀。 ❾ 嬖（bì）：受宠的人。 ❿ 进幸：特指为帝王侍寝。

【原文】

今妇人面饰用花子[1]，起自昭容上官氏所制[2]，以掩点迹。大历已前，士大夫妻多妒悍者，婢妾小不如意，辄印面，故有月点、钱点[3]。

【译文】

如今妇女面部妆饰用花子，该习俗源于昭容上官婉儿，原本是她为了掩饰黥刑之迹所制。大历以前，士大夫的妻子大多嫉妒凶悍，婢妾稍不如意就被黥面，因此有月点、钱点等名称。

注释

❶ 花子：古时妇女贴、画在面颊上的装饰。 ❷ 昭容：女官名。 ❸ 月点：毁容造成的黑斑、黑记。钱点：或为烧红的钱币烙在脸上所形成的钱形斑点。

【原 文】

百姓间，有面戴青志如黥。旧言妇人在草蓐亡者[1]，以墨点其面，不尔则不利后人。

【译 文】

在民间，有人面戴青色饰物，如同受了黥刑。这种妆饰起源已久，传说妇女如果因难产而死，就用墨涂点其面部，不然就不利于后代。

注 释

❶ 草蓐：本为草席，草垫子。此处指产褥，坐月子。

【原 文】

越人习水[1]，必镂身[2]，以避蛟龙之患。今南中绣面狫子[3]，盖雕题之遗俗也[4]。

【译 文】

古越族人熟习水性，都要在身上文身以避免蛟龙伤害。如今南中仡佬族的文面，大概是古时雕额的遗俗。

注 释

❶ 越人：指古代中国东南沿海一带的古越族人。习水：谓熟习水性。 ❷ 镂身：文身。 ❸ 狫（lǎo）子：即仡佬。我国西南地区少数民族名。 ❹ 雕题：在额上刺花纹。古代西南少数民族的一种习俗。

【原 文】

《周官》[1]：“墨刑罚五

【译 文】

《周官》载：“有五百种罪状适用

百[②]。”郑言[③]：“先刻面，以墨窒之[④]。窒墨者，使守门[⑤]。”《尚书刑德放》曰[⑥]：“涿鹿者[⑦]，凿人颡也[⑧]。黥人者，马羁笮人面也[⑨]。”郑云：“涿鹿、黥，世谓之刀墨之民。”

于墨刑。”郑玄注释说：“墨刑，即先刺脸，用墨填涂伤口。受墨刑的犯人，派去把守城门。”《尚书刑德放》说：“所谓涿鹿，就是刻人的额头。所谓黥人，就是施刑时用马笼头固定住人的头，往他的脸上刺字。”郑玄说：“受过涿鹿、黥刑的人，后世称为刀墨之民。”

注释

❶《周官》：即《周礼》，儒家经典之一。该书记载了先秦时期的社会政治、经济、文化、风俗、礼法等。 ❷墨刑：古代刑罚，在罪犯脸上刺字并涂墨。五百：据《周礼》，“司刑掌五刑之法，以丽万民之罪。墨罪五百，劓罪五百，宫罪五百，刖罪五百，杀罪五百”。 ❸郑：郑玄。 ❹窒：填塞。 ❺使守门：据《周礼》，“墨者使守门，劓者使守关，宫者使守内”。 ❻《尚书刑德放》：书名，不详待考。 ❼涿鹿：此指古代一种刑罚，施墨刑于额。 ❽凿：古代用以施黥刑的刑具。这里用作动词。颡（sǎng）：额。 ❾马羁：马笼头。笮（zuó）：刻镂。

【原文】

《尚书大传》[①]：“虞舜象刑[②]，犯墨者皂巾[③]。”《白虎通》[④]：“墨者，墨其额也。取法火之胜金。”

【译文】

《尚书大传》：“虞舜时象法肉刑，本该施以墨刑的人戴上黑色头巾替代肉刑。”《白虎通》：“墨刑，就是在额上刺字后用墨涂黑。这是取法五行中的火胜金。”

注释

❶《尚书大传》：旧题西汉伏生撰，可能系其弟子张生、欧阳和伯等杂录所闻而成。该书是对《尚书》的解释性著作。 ❷虞舜：上古帝王舜的称号。姓姚，名重华。象刑：相传上古无肉刑，仅用与众不同的服饰加之犯人以示耻辱，谓之象刑。 ❸皂巾：古代受墨刑者所戴的黑色头巾。 ❹《白虎通》：又称《白虎通义》，东汉班固等撰。该书据汉章帝建初四年（79）白虎观经学辩论结果撰成。

【原文】

《汉书》①："除肉刑②，当黥者，髡钳为城旦舂③。"

【译文】

《汉书》："废除肉刑后，应当处以黥刑的人，用剃去头发、铁圈束颈、筑城或舂米代替。"

注释

❶《汉书》：东汉班固撰。我国第一部纪传体断代史。该书是研究西汉历史的重要资料。 ❷肉刑：残害肉体的刑罚，古指墨、劓、刵、宫、笞、杖等。 ❸髡钳（kūnqián）：古代刑罚。谓剃去头发，用铁圈束颈。城旦舂：古代刑罚名。主要是强制男性犯人筑城、女性犯人舂米。

【原文】

又《汉书》："使王乌等窥匈奴①。匈奴法，汉使不去节②，不以墨黥面，不得入穹

【译文】

另外，《汉书》记载："派王乌等人出使匈奴，窥探虚实。匈奴规定，汉朝使者不去掉旌节，不用墨黥面，不得进

庐[3]。王乌等去节、黥面，得入穹庐，单于爱之。”

入单于的毡帐。王乌等人去掉旌节、用墨黥面，才得以进入毡帐，单于很满意。”

注释

❶ 窥：窥探。 ❷ 节：旌节。古代使者所持的节，以为凭信。 ❸ 穹庐：古代游牧民族居住的毡帐。

【原文】

晋令：“奴始亡，加铜青若墨[1]，黥两眼；后再亡，黥两颊上；三亡，横黥目下。皆长一寸五分。”

【译文】

晋朝律令规定：“凡是逃跑的奴婢，第一次用铜青黥两眼；第二次逃亡，黥两边脸颊；第三次逃亡，横着黥在眼睛下方。刺字都长一寸五分。”

注释

❶ 铜青：铜锈，铜绿。

【原文】

梁朝《杂律》：“凡囚未断[1]，先刻面作‘劫’字。”

【译文】

梁朝《杂律》规定：“凡是拘押的囚犯而未判刑的，先在脸上刺一个‘劫’字。”

注释

❶凡囚未断：凡是拘留而未定罪的。

【原文】

释《僧祇律》[1]："印瘢者[2]，比丘作梵王法，破肉，以孔雀胆、铜青等画身，作字及鸟兽形，名为印黥。"

【译文】

佛家的《摩诃僧祇律》规定："脸上有印状瘢痕的僧人，那是出家前犯了王法，被刺破皮肉，用孔雀胆、铜青等涂画身体，刺字及鸟兽形象所致，称为印黥。"

注释

❶《僧祇律》：即《摩诃僧祇律》，四十卷，东晋法显西行时，于中印度求得。该书为佛教戒律书，为印度大众部所传戒律。　❷印瘢：原本作"涅槃印"，据《僧祇律》改，指黥面。

【原文】

《天宝实录》云[1]："日南厩山[2]，连接不知几千里，裸人所居[3]。白民之后也[4]。刺其胸前作花，有物如粉而紫色，画其两目下。去前二齿，以为美饰。"

【译文】

《天宝实录》记载："日南郡的厩山连绵不断，不知有几千里，是裸人居住的地方。裸人是白民的后代。他们在自己胸前刺上花，再用一种紫色粉末涂画于两只眼睛下面。又敲掉门牙，以此为美。"

注释

❶《天宝实录》：即《唐玄宗实录》，一百卷，唐令狐峘等撰。记开元初事，起于玄宗即位，迄于762年，凡五十年史事。已佚。 ❷ 日南：即日南郡。西汉元鼎六年（前111）置。辖境相当于今越南中部北起横山、南抵大岭地区。❸ 裸人：传说中不穿衣服的裸国人。 ❹ 白民：《山海经·海外西经》“白民之国，在龙鱼北，白身被发”。郭璞注：“言其人体洞白。”

【原 文】

成式以君子耻一物而不知，陶贞白每云[①]：“一事不知，以为深耻。”况相定黥布当王[②]，淫著红花欲落，刑之墨属，布在典册乎？偶录所记寄同志，愁者一展眉头也。

【译 文】

我认为，君子哪怕有一种事物不能知晓，也是耻辱。陶弘景也说：“如果有一物不知，我深以为耻。”何况有相面者断定英布虽受黥刑而仍会封王，上官婉儿因淫行着红花而被杀，这些黥刑的故事，都记载在典册之中呢！随便记录些我所读异闻以飨同好，使诸君开怀一笑吧。

注释

❶ 陶贞白：即陶弘景。 ❷ 相：相面。黥布：即英布，六县（今安徽六安东北）人。英布因早年犯法受黥刑，故又称黥布。西汉初异姓诸侯王。后以彭越、韩信相继为刘邦所杀，举兵反，战败逃江南，被长沙王诱杀。

雷

【原 文】

安丰县尉裴颢[1]，士淹孙也[2]。言玄宗尝冬月召山人包超[3]，令致雷声。超对曰："来日及午有雷。"遂令高力士监之[4]。一夕，醮式作法[5]，及明，至巳矣[6]，天无纤翳[7]。力士惧之。超曰："将军视南山，当有黑气如盘矣。"力士望之，如其言。有顷风起，黑气弥漫，疾雷数声。明皇又每令随哥舒翰西征，每阵常得胜风。

【译 文】

安丰县尉裴颢，是裴士淹的孙子。他曾说玄宗皇帝曾经在农历十一月召见隐士包超，让他召唤雷声。包超回答说："明天午间应该有雷。"玄宗即命高力士前去监督。当天傍晚，包超开始打醮施法，一直到第二天巳时，天空仍没有一丝云彩。高力士很担心。包超说："将军请往南山看，那里应当有黑云盘旋了。"高力士望去，果然像包超说的那样。不一会儿，刮起了风，黑云弥漫，天空中响起几声霹雳。后来皇帝命令包超跟随哥舒翰西征，每逢对阵他常以风助军队取胜。

注 释

❶ 安丰县：今安徽寿县南。 ❷ 士淹：即裴士淹，河东闻喜（今山西闻喜）人。大历初，拜礼部尚书，封绛郡公。后坐鱼朝恩余党，贬饶州刺史。 ❸ 冬月：此指农历十一月。 ❹ 高力士：宦官，唐玄宗宠臣。 ❺ 醮式：道教中的一种宗教仪式，旨在通过设坛祭祷来供奉神灵，以达到求福免灾的目的。 ❻ 巳：巳时。上午九时至十一时。 ❼ 纤翳（xiānyì）：微小的障蔽。多指浮云。

【原 文】

贞元初，郑州百姓王幹有胆勇。夏中作田，忽暴雨雷，因入蚕室中避雨[1]。有顷，雷电入室中，黑气陡暗。幹遂掩户，把锄乱击。雷声渐小，云气亦敛，幹大呼，击之不已。气复如半床，已至如盘，𧿹然坠地[2]，变成熨斗、折刀、小折脚铛焉[3]。

【译 文】

贞元初年，郑州百姓王幹胆大而勇猛。一个夏天的中午，他正在田里劳作，忽然来了大雷雨，便进入蚕房躲避。不一会儿，雷电射入蚕房内，一团黑气随即涌入，使蚕房顿时昏暗起来。王幹急忙关上房门，拿起锄头一番乱打。雷声逐渐变小，云气也收敛了，王幹大声呼叫着，仍不停地打。那团黑气渐渐变得像半张床那么大，又变成盘子那么大，一下子掉落地上，变为熨斗、折刀、断腿小锅等物。

注 释

❶蚕室：养蚕的温室。 ❷𧿹然：突然，疾速。 ❸折脚铛：断脚锅。亦作“折铛”。

【原 文】

李鄘在北都[1]，介休县百姓送解牒[2]，夜止晋祠宇下[3]。夜半，有人叩门云：“介休王暂借霹雳车[4]，某日至介休收麦。”良久，有人应曰：“大王传语，霹雳车正忙，不及借。”其人再三借之。遂见五六人秉

【译 文】

李鄘在北都时，介休县的一位百姓解送公文，晚上住在晋祠里。半夜，有人敲门说：“介休王要暂时借用霹雳车，于某天到介休来收麦子。”过了很久，有人回答说：“大王让我转告你，霹雳车正忙，不便相借。”敲门那人再三恳求相借，于是就见五六个人手持蜡烛从庙后走出来，介山

烛，自庙后出，介山使者亦自门骑而入。数人共持一物如幢[5]，扛上环缀旗幡，授与骑者曰：“可点领。”骑者即数其幡，凡十八叶[6]，每叶有光如电起。百姓遂遍报邻村，令速收麦，将有大风雨，村人悉不信，乃自收刈[7]。至其日，百姓率亲情，据高阜[8]，候天色。及午，介山上有黑云气如窑烟，斯须蔽天，注雨如绠[9]，风吼雷震，凡损麦千余顷。数村以百姓为妖，讼之，工部员外郎张周封亲睹其推案[10]。

使者也骑着马自门而入。好多人共同抬着一件像旗杆的东西，上面环缀着旗幡，交给骑马的使者说：“请清点收领。”骑马的使者清点了旗幡，共十八面，每一面都电光闪烁。这位百姓赶紧到邻村报信，让他们赶紧收麦，说是不久将有大风雨。人们都不相信，这个人就独自收割麦子。到了那一天，他带领亲属站在高高的土山上，观察天气变化。到了中午，介山上升起一道黑气，就像窑里冒出的烟，很快就遮天蔽日，大雨如注，风吼雷鸣，共损坏一千多顷麦田。几个村的村民认为这个百姓是妖人，向官府告他，工部员外郎张周封亲眼见证了案件审理的过程。

注释

❶ 李鄘：字建侯。江夏（今湖北武汉）人。大历进士，曾任河东节度使，以太子少傅致仕。北都：今山西太原。 ❷ 介休县：古县名。今属山西。解牒：指说明解试情况的公文。 ❸ 晋祠：为纪念周代晋国开国君主唐叔虞而设的祠庙。在今山西太原西南悬瓮山麓。 ❹ 介休王：应指山西介山之神。霹雳车：传说中的雷车。 ❺ 幢：旗幡。 ❻ 叶：面。 ❼ 收刈（yì）：收割。 ❽ 高阜：高的土山。 ❾ 绠（gěng）：井上汲水用的绳子。 ❿ 推案：推究审问。

【原 文】

成式至德坊三从伯父，少

【译 文】

我有位住在至德坊的三堂伯父，小

时于阳羡家[①]，乃亲故也。夜遇雷雨，每电起，光中见有人头数十，大如栲栳[②]。

时候曾寄住在阳羡亲戚家。夜晚遇到雷雨，每次闪电，他都能在电光中看见几十颗人头，每个有栲栳那么大。

注释

❶ 阳羡：古县名。治今江苏宜兴。 ❷ 栲栳（kǎolǎo）：用竹篾或柳条编成的盛物器具。

【原文】

柳公权侍郎尝见亲故说[①]，元和末，止建州山寺中[②]。夜半，觉门外喧闹，因潜于窗棂中观之[③]，见数人运斤造雷车[④]，如图画者。久之，一嚏气，忽陡暗，其人两目遂昏焉。

【译文】

工部侍郎柳公权曾听一位亲戚说，元和末年，他借住在建州的一座山寺里。半夜，听到门外有喧闹声，便隐蔽在窗格后偷看。看见有几个人正挥动斧头制造雷车，雷车就像图中所画那样。他看了很长时间，忍不住打了一个喷嚏，突然四面一片漆黑，他便什么也看不见了。

注释

❶ 柳公权：字诚悬。京兆华原（今陕西铜川耀州区）人。官至太子太保，工书法，与颜真卿并称“颜柳”。书碑颇多。 ❷ 建州：今福建建瓯。 ❸ 窗棂：即窗格。 ❹ 运斤：挥动斧头砍削。

【原 文】

处士周洪言[1]，宝历中，邑客十余人[2]，逃暑会饮。忽暴风雨，有物坠，如玃[3]，两目睒睒[4]。众人惊伏床下。倏忽上阶，历视众人，俄失所在。及雨定，稍稍能起，相顾，耳悉泥矣。邑人言，向来雷震，牛战鸟堕，邑客但觉殷殷而已[5]。

【译 文】

处士周洪说，宝历年间，有十几个城里人在郊外避暑饮酒。忽然一阵狂风暴雨，有个东西从天上落下来，像只大猴，两只眼睛精光闪烁。众人吓得都钻到了床底下。突然那怪物跳上门前的台阶，把众人看了一遍，眨眼间就消失了。等到雨停后，众人慢慢从床下爬了出来，互相一看，每个人的耳朵里都塞满了泥土。当地人说，刚才的巨雷，牛被震得浑身颤抖，禽鸟从天上震落，而这十多人反倒只是听到了隆隆的雷声罢了。

注释

❶ 处士：本指有才德而隐居不仕的人，后亦泛指未做过官的士人。 ❷ 邑客：居住在城镇里的人。 ❸ 玃（jué）：大猴。 ❹ 睒睒（shǎnshǎn）：光闪烁貌。 ❺ 殷殷（yǐnyǐn）：拟声词。

【原 文】

元稹在江夏[1]，襄州贾堑有庄[2]，新起堂[3]。上梁才毕，疾风甚雨。时庄客输油六七瓮[4]，忽雷震一声，油瓮悉列于梁上，一滴不漏。其年，元卒。

【译 文】

元稹镇守江夏时，在襄州的贾堑有座庄园，他在这里新建了厅堂。刚把房梁架好，就来了狂风暴雨。当时房中有庄客送来的六七瓮油，突然一声雷响，油瓮全都飞到房梁上去了，一滴油也没洒在瓮外面。这一年，元稹去世。

注释

❶元稹：字微之。河南（今河南洛阳）人。唐诗人，与白居易并称“元白”，为新乐府运动的主要参与者之一。江夏：治今湖北武汉。 ❷贾堑：古镇名。在今湖北钟祥南汉水北岸。 ❸起：建立。 ❹庄客：唐以后地主田庄中佃农和雇农的通称。输：献纳。

【原文】

贞元年中，宣州忽大雷雨①，一物堕地，猪首，手足各两指，执一赤蛇啮之，俄顷云暗而失。时皆图而传之。

【译文】

贞元年间，宣州忽然下了一场大雷雨，一个东西落到地上，长着猪头，手脚各有两个指头，正抓着一条红蛇咬。一会儿，天色变暗，怪物也不见了。当时人都将之画成图，广泛传扬。

注释

❶宣州：治今安徽宣城。

梦

【原文】

魏杨元慎能解梦。广阳王元渊梦著衮衣，倚槐树①，问元慎。元慎言：“当得三公②。”退谓人曰：“死后得三

【译文】

元魏杨元慎精于解梦，广阳王元渊梦见自己穿着衮衣倚在槐树上，于是去请杨元慎解梦。杨元慎说：“你要位列三公了。”私下又对人说：“他死后方

公耳。‘槐’字，‘木’傍‘鬼’。”果为葛荣所杀，赠司徒。

得为三公罢了。‘槐’字，就是‘木’旁边有‘鬼’。”元渊后来果然被葛荣所杀，死后追赠司徒。

注释

❶广阳王元渊：即元深，本名元渊，唐人为避高祖李渊讳，改称其为“元深”。北魏宗室，袭爵广阳王。孝昌二年（526），平定北镇叛乱时为葛荣所害。衮衣：古代帝王及上公穿的绘有卷龙的礼服。 ❷三公：古代中央最高行政长官的合称。北魏以太尉、司徒、司空为三公。

【原文】

许超梦盗羊入狱，元慎曰：“当得城阳令[1]。”后封为城阳侯。

【译文】

许超梦见自己因偷羊而被捕入狱，杨元慎解梦说：“你能当城阳令。”后来，许超果然被封为城阳侯。

注释

❶城阳：今属山东。

【原文】

补阙于堇[1]，善占梦。一人梦松生户前，一人梦枣生屋上。堇言：“松，丘垄间

【译文】

补阙于堇，擅长占梦。有一人梦见松树生在门前，一人梦见枣树生在屋顶上。于堇说：“松树，多在坟地间种植。

所植[2]。'枣'字重'来'，重'来'呼魄之象。"二人俱卒。

'枣'字为双'朿'上下重叠，意为重来，重来即叫魂之兆。"不久，两人均去世。

注释

❶ 补阙：官名。唐武则天时置，有左右之分。左补阙属门下省，右补阙属中书省，掌供奉讽谏。 ❷ 丘垄：坟地。

【原 文】

侯君集与承乾谋通逆[1]，意不自安，忽梦二甲士录至一处[2]，见一人高冠，鼓髯[3]叱左右："取君集威骨来[4]！"俄有数人操屠刀，开其脑上及右臂间，各取骨一片，状如鱼尾。因嗥呓而觉[5]，脑臂犹痛。自是心悸力耗，不能引一钧弓[6]。欲自首，不决而败。

【译 文】

贞观年间，侯君集与太子李承乾串通谋反，举事前，心神不安。一天夜里梦见两个甲士把他捉到一个地方，只见一个人头戴高帽，鼓动胡须，呵斥手下："把侯君集的威骨取来！"一会儿，有好几个人手持屠刀，豁开他的脑袋，砍开他的右臂，各取出一片骨，形状像鱼尾。侯君集梦中惊醒，感觉脑袋和右臂疼痛不已。从此，他惊悸不安，全身乏力，连三十斤的弓也拉不开了。想去自首，又犹豫不决，最终阴谋败露，被杀。

注释

❶ 侯君集：豳州三水（今陕西旬邑东北）人。唐初名将，凌烟阁二十四功臣之一。贞观年间与太子李承乾谋反，被诛。承乾：即李承乾，唐太宗嫡长

子，后因谋反被废为庶人，徙黔州，卒。❷录：逮捕。❸鼓髯：鼓动胡须。❹威骨：豪勇之骨。❺啽（án）呓：说梦话。❻钧：古代的重量单位，三十斤为一钧。

【原 文】

扬州东陵圣母庙主[①]，女道士康紫霞，自言少时，梦中被人录于一处，言天符令摄将军巡南岳[②]，遂擐以金锁甲[③]，令骑，道从千余人，马蹀虚南去[④]。须臾至，岳神拜迎马前，梦中如有处分[⑤]。岳中峰岭溪谷，无不历也。恍惚而返，鸡鸣惊觉。自是生须数十根。

【译 文】

扬州东陵圣母庙庙主是女道士康紫霞，她曾讲自己小时候在梦中被人捉到一个地方，有神灵宣旨，令她代将军巡视南岳，于是给她穿上金锁甲，让她骑上马，有一千多人扈从，马腾空向南飞去。很快就到了南岳，南岳神拜迎马前。恍惚记得梦里还处置了一些事情。南岳的奇峰峻岭、小溪幽谷，一一游历。恍恍惚惚回到家中，被鸡鸣惊醒。从此以后，她的面部就长出几十根胡须。

注 释

❶东陵圣母：传说中的道仙。❷摄：代理。南岳：衡山。❸擐（huàn）：穿。❹蹀（dié）虚：犹腾空。❺处分：吩咐，处置。

【原 文】

司农卿韦正贯应举时[①]，尝至汝州[②]，汝州刺史柳凌留署军事判官。柳尝梦有一人

【译 文】

司农卿韦正贯当年应举时，曾来到汝州，汝州刺史柳凌留他担任军事判官。柳凌说，他曾梦见有人呈上一卷文

呈案[3]，中言欠柴一千七百束。因访韦解之，韦曰："柴，薪木也[4]。公将此不久乎？"月余，柳疾卒。素贫，韦为部署，米麦镪帛[5]，悉前请于官数月矣，唯官中欠柴一千七百束。韦披案，方省柳前梦。

书，里面说他欠那人一千七百束柴。于是，他请韦正贯解梦，韦正贯说："柴，就是薪木。莫非您不久于人世了？"过了一个多月，柳凌病死。柳凌一向贫穷，韦正贯为他安排后事时，发现柳凌已向官府预支了好几个月的米麦钱帛了，死后仍欠公家一千七百束柴。韦正贯披阅案卷，才明白先前柳凌那个梦的意思。

注释

❶ 司农卿：职官名。掌管钱粮仓储等事。 ❷ 汝州：今属河南。 ❸ 案：文书。 ❹ 薪木：唐代官员俸禄里有薪木一项。 ❺ 镪（qiǎng）：古称成串的钱。

【原 文】

道士秦霞霁，少勤香火，存想不怠[1]。尝梦大树，树忽穴，有小儿青摺鬌发[2]，自穴而出，语秦曰："合土尊师[3]。"因惊觉。自是休咎之事，小儿仿佛报焉。凡五年，秦意为妖。偶以事访于师，师遽戒勿言："此修行有功之证。"因此遂绝。旧说梦不欲

【译 文】

道士秦霞霁，年轻时一向修行刻苦，存想不怠。曾经梦到一棵大树，树上忽然开了一个洞，有一身穿青衣的长发小儿，从洞中走出，对秦霞霁说："合土尊师。"秦霞霁因而从梦中惊醒。从此以后，遇有吉凶祸福之事，小儿仿佛都有通报。如此过了五年，秦霞霁认为是妖邪在作怪。一次，他拿这件事问师父，师父立即告诫他不要再说，还说："这是修行有功果的表现。"从此，小儿再也没有通报过。有老话说，梦不

数占，信矣。

要反复占验，确实如此。

注释

❶存想：道教用语。指精思凝想、内视内观的修炼方法。道家谓修真需渐进，一曰斋戒，二曰安处，三曰存思，四曰坐忘，五曰神解。 ❷褶（dié）：通“褶”，夹衣。鬐（qí）发：形容又长又硬的头发。 ❸合土：尘世间。尊师：对道士的尊称。

【原文】

蜀医昝殷言[①]：“藏气阴多则梦数[②]；阳壮则梦少，梦亦不复记。”《周礼》有“掌三梦[③]”，又“以日月星辰各占六梦”，谓日有甲乙，月有建破[④]，星辰有居直，星有扶刻也。又曰：“舍萌于四方，以赠恶梦。”谓会民，方相氏四面逐送恶梦至四郊也[⑤]。

【译文】

蜀地名医昝殷说：“五脏阴气盛的人多梦，阳气旺盛梦就少，做了梦也不会记得。”《周礼》有“掌三梦”之说，又有“以日月星辰各占六梦”，就是说日有甲乙，月有建破，星有居直，辰有符刻。又说：“舍萌于四方，以赠恶梦。”说的是，聚集人众，请方相氏把恶梦驱逐到四郊去。

注释

❶昝殷：蜀（今四川成都）人。昝殷精医理，擅长产科，通晓药物学，撰有《产宝》《食医心鉴》等。 ❷藏气：脏气，五脏之气。 ❸掌三梦：《周礼》所载三种占梦方法，即夏代的致梦法、殷商的觭梦法、周代的咸陟法。❹建：北斗的斗柄所指。农历正月曰建寅，二月曰建卯，谓斗柄旋转所指之十二辰，故称月建。破：十二建之一。 ❺方相氏：周官名。夏官之属，由武夫

充任，职掌驱除疫鬼和山川精怪。

【原 文】

《汉仪》大傩侲子辞[1]，有“伯奇食梦[2]”。道门言梦者魄妖[3]，或谓三尸所为。释门言有四：一善恶种子，二四大偏增，三贤圣加持，四善恶征祥。成式尝见僧首素言之，言出《藏经》[4]，亦未暇寻讨。又言梦不可取，取则著，著则怪入。夫瞽者无梦[5]，则知梦者习也。

【译 文】

《汉仪》记大傩侲子唱辞，有“伯奇食梦”。道家说梦是魄妖作怪，或是三尸所为。佛家说有四种梦：一是善恶种子梦，二是四大偏增梦，三是贤圣加持梦，四是善恶征祥梦。我曾听僧人首素说，这种说法出自《大藏经》，我也没深入考索。又说梦不能深究，越深究越念念不忘，就会招致魔怪。盲人无梦，由此可知梦是由日常生活中见到的事物造成的。

注 释

❶《汉仪》：汉叔孙通撰。该书记载汉代有关礼仪制度的律法。大傩（nuó）：古人于岁末禳祭以驱除瘟疫的一种仪式。侲（zhèn）子：特指逐疫时所用童子。❷ 伯奇：古代大傩仪式中装扮的神兽之名。梦：梦魇中的魔鬼。 ❸ 魄妖：导致噩梦的妖物。 ❹《藏经》：即《大藏经》，原为汉语对佛教经籍的称呼，后为一切语种的佛教经典的总称。 ❺ 瞽（gǔ）者：盲人。

【原 文】

成式表兄卢有则，梦看击鼓。及觉，小弟戏叩门为街鼓

【译 文】

我的表兄卢有则，梦见看人击鼓。醒来后一看，原来是小弟贪玩，

也[1]。又成式姑婿裴元裕言[2]：“群从中有悦邻女者[3]，梦女遗二樱桃食之[4]。及觉，核坠枕间。”

把大门当作街鼓来敲了。我姑父裴元裕说：“我有个侄子喜欢邻家女孩，梦见女孩送给他两颗樱桃吃。醒来后，发现樱桃核就掉在枕头旁边。”

注释

❶ 街鼓：设置在京城街道的警夜鼓。宵禁开始和终止时击鼓通报。 ❷ 姑婿：姑父。裴元裕：唐武宗会昌末，为安南经略使。 ❸ 群从：指堂兄弟及诸子侄。悦：喜欢。 ❹ 遗（wèi）：送给。

【原文】

李铉著《李子正辩》[1]，言至精之梦，则梦中身人可见。如“刘幽求见妻”[2]，梦中身也，则知梦不可以一事推矣。愚者少梦，不独至人，闻之驺皂[3]，百夕无一梦也。

【译文】

李铉所著《李子正辩》一书说，至精至诚之梦，能使人看见梦中身。例如，“刘幽求见妻”故事中，刘幽求所见就是他妻子的梦中身。由此可知，做梦之事不可一概而论。愚笨的人很少做梦，不只是圣人梦少，听养马驾车的差役说，他们一百个晚上也做不了一个梦。

注释

❶ 李铉：字宝鼎，北齐南皮（今河北南皮）人。少好学，潜心著述，教授乡里。州举秀才，除太学博士。著《字辨》，即《李子正辩》。 ❷ 刘幽求：冀州武强（今河北武强）人。唐隆元年（710），从临淄王李隆基（玄宗）平韦后之乱。先天元年（712），玄宗即位，授刘幽求以尚书右仆射同中书门下三品。开元初，擢尚书左丞相。 ❸ 驺皂：养马驾车的差役。

【原 文】

秘书郎韩泉[1]，善解梦。卫中行为中书舍人[2]，时有故旧子弟选，投卫论属，卫欣然许之。驳榜将出[3]，其人忽梦乘驴蹶，坠水中，登岸而靴不湿焉。选人与韩有旧，访之，韩被酒，半戏曰："公今选事不谐矣！据梦，卫生相负[4]，足下不沾。"及榜出，果驳放。韩有学术，韩仆射犹子也[5]。

【译 文】

秘书郎韩泉，擅长解梦。卫中行任中书舍人时，有朋友的孩子进京选官，到卫中行处求他代为关照，卫中行痛痛快快地答应了。科举落第的榜文将要公布时，那个人忽然梦见自己骑驴过河，驴一失蹄把他甩入水中，登岸后靴子却没湿。那人与秘书郎韩泉有交情，就登门拜访，韩泉刚喝了酒，半开玩笑地说："你今年选官的事情没指望了！根据你的梦分析，卫生相负，足下不沾。"等到榜单公布时，那人果然落选了。韩泉颇有学问，是韩仆射的侄子。

注释

❶ 秘书郎：官名。东汉始置，唐代曾改称"兰台郎"，掌管图书经籍。 ❷ 中书舍人：官名。中书省属官。唐时掌管诏令、侍从、宣旨、接纳上奏文表等事。 ❸ 驳榜：晓示落选、斥退的榜文。 ❹ 卫：驴的别称。 ❺ 韩仆射：即韩皋。犹子：指侄子。

【原 文】

威远军小将梅伯成[1]，善占梦。近有优人李伯怜游泾州乞钱[2]，得米百斛。及归，令弟取之，过期不至，昼梦洗白

【译 文】

威远军小将梅伯成，善于解梦。最近有个艺人李伯怜到泾州卖艺赚钱，挣得一百斛米。回到家后，他让弟弟去取米，可过了很久弟弟也没回来。李伯怜

马，访伯成占之。伯成伫思曰[3]：“凡人好反语，洗白马，泻白米也。君所忧，或有风水之虞乎？”数日，弟至，果言渭河中覆舟，一粒无余。

于白天梦见弟弟在洗白马，便去请梅伯成解梦。梅伯成沉思了一会儿说：“普通人做的梦通常和现实是反的，洗白马，就是泻白米。您所担心的怕与行船有关吧？”几天后，弟弟回来了，果然说船在渭河翻沉，一粒米也没剩。

注释

❶威远军：此处威远军当指在京师驻扎的一支禁军。 ❷泾州：今甘肃泾川。 ❸伫思：沉思，凝思。

【原文】

卜人徐道昇言，江淮有王生者，榜言解梦。贾客张瞻将归，梦炊于臼中，问王生。生言：“君归不见妻矣。臼中炊，固无釜也[1]。”贾客至家，妻果卒已数月，方知王生之言不诬矣[2]。

【译文】

占卜先生徐道昇说，江淮一带有个王生，张榜说自己能解梦。商人张瞻即将回家，梦见在石臼中做饭。就请王生解梦，王生说：“您回去见不到妻子了。在石臼中做饭，肯定是没釜（妇）了。”张瞻到家，妻子果然已去世好几个月了，这才知道王生所言不假。

注释

❶臼中炊，固无釜也：即臼中无釜。已经没有锅了，只能在石臼中做饭。喻妻子已死。无釜，谐音“无妇”。 ❷不诬：不妄，不假。

前集卷九

事感

【原 文】

平原高苑城东有渔津[1]，传云，魏末平原潘府君字惠延[2]，自白马登舟之部[3]，手中筭囊遂坠于水[4]，囊中本有钟乳一两[5]。在郡三年，济水泛溢[6]，得一鱼，长三丈，广五尺。刳其腹中，得顷时坠水之囊，金针尚在，钟乳消尽。其鱼得脂数十斛，时人异之。

【译 文】

平原高苑城的东边有渔津。传说，曹魏末年，平原郡潘府君字惠延，从白马津乘船去赴任，手里拿的算袋掉到水里去了，算袋里原有一两钟乳石。潘府君在平原郡任职第三年时，济水泛滥，有人捕到一条鱼，长三丈，宽五尺。剖开鱼腹，得到当年掉到水里的算袋，口袋里的金针还在，钟乳石已融化殆尽。用那条鱼一共熬了几十斛油脂，当时的人都以为异事。

注释

❶ 平原：今属山东。高苑城：治今山东邹平东北。 ❷ 魏：似指三国曹魏。府君：太守。 ❸ 白马：即白马津。渡口名。在今河南滑县北。 ❹ 筭囊：即算袋。旧时百官贮放笔砚等的袋子。 ❺ 钟乳：即钟乳石。 ❻ 济水：古河流名。与长江、淮河、黄河并称“四渎”。

【原文】

谯郡有功曹嵋[1]。天统中[2]，济南来府君出除谯郡，时功曹清河崔公恕[3]，弱冠有令德[4]。于时春夏积旱，送别者千余人。至此嵋上，众渴甚，思水，升直万钱矣[5]。来公有思水色，恕独见一青乌，于嵋中乍飞乍止，怪而就焉。乌起，见一石，方五六寸。以鞭拨之，清泉涌出。因盛以银瓶，瓶满，水立竭，唯来公与恕供疗而已[6]。议者以为盛德所感致焉。时人异之，故以为目[7]。

【译文】

谯郡有个功曹涧。天统年间，来府君自谯郡调任济南，当时谯郡功曹是清河的崔恕，年轻时就有美德。时值春夏之交，连续干旱，前来为来太守送行的有上千人。他们走到这个山涧边，众人感到很口渴，想要喝水，这时的一升水能值一万钱。来府君也露出想喝水的神情。崔恕看见一只青乌在山涧中一会儿飞一会儿停，感到奇怪，便追了过去。在青乌飞起的地方，他看见一块石头，有五六寸见方。用鞭子拨开石头，石头底下冒出一股清泉。他立刻用银瓶接水，刚将银瓶装满，泉水立即就没有了，接到的水，只够来府君和崔恕解渴。有人议论说，这是崔恕的美德感化上天所致。时人都觉得事有奇异，所以称这个山涧为“功曹涧”。

注释

❶谯郡：今安徽亳州。功曹：职官名。州郡佐吏，主管文官簿书、考课等。嵋：同“涧”。 ❷天统：北齐后主高纬年号。 ❸清河：今属河北。 ❹弱冠：古时以男子二十岁为成人，初加冠，因体犹未壮，故称“弱冠”。令德：美德。 ❺直：通“值”。 ❻疗：此指解渴。 ❼目：名称。

【原 文】

李彦佐在沧景[①]，太和九年，有诏诏浮阳兵北渡黄河[②]，时冬十二月，至济南郡，使击冰延舟，冰触舟，舟覆诏失。李公惊惧，不寝食六日，鬓发暴白，至貌侵肤削[③]，从事亦讶其仪形也。乃令津吏[④]："不得诏，尽死！"吏惧："且请公一祝，沉浮于河。吏凭公诚明，以死索之。"李公乃令具爵酒言祝，传语诰河伯[⑤]。其旨曰："明天子在上，川渎山岳，祝史咸秩[⑥]。予境之内，祀未尝匮。尔河伯洎鳞之长，当卫天子诏，何反溺之？予或不获，予斋告于天，天将谪尔！"吏酹冰辞已[⑦]，忽有声如震，河冰中断，可三十丈。吏知李公精诚已达，乃沉钩索之。一钓而出，封角如旧，惟篆印微湿耳。李公所至，令务严简[⑧]，推诚于物，著于官下。

【译 文】

李彦佐镇守沧景。太和九年，皇帝发出诏书命令浮阳的兵马北渡黄河。当时正是十二月，行至济南郡，李彦佐令人敲碎浮冰引导船只向前行驶。谁知，船受坚冰碰触，船身倾覆，皇帝的诏书也掉到了河里。李彦佐又惊又怕，连续六天不吃不睡，两鬓一下子变白了，形销骨立，连身边的僚属也对他样貌突变感到惊讶。李彦佐号令管理渡口的官吏，说："找不到诏书，就都杀头！"官吏很害怕，说："先请李公向黄河祈祷，把祝文传给河伯，我们再凭借李公的至诚之心，拼死打捞。"李彦佐就令人准备酒和祝文，并传语诰责河伯。祝文如下："圣明的天子在上。川渎山岳，莫不有人专门祭祀。我的辖境内，祭祀未曾欠缺。然而，河伯你身为鱼虾首领，应当护卫天子的诏书，怎么反而将它淹没了呢？如果你不把它还给我，我将斋戒后祷告上天，上天将会处罚你。"官吏将酒洒在冰上。祭祀结束，河里忽然发出像雷震一样的巨响，河上的坚冰一下子断裂了三十丈。官吏知道李彦佐的精诚之心已经传达到河伯那里，就将钩子伸入水底，一下子就将诏书钩了出来。诏书的封缄如旧，只是上面的印章湿了一点。李彦佐治下，政令务求严明简要，以诚处事，官声显扬于当地。就比如这件事，像黄河这样水浑流急，不论是巨大的木头还

如河水色浑，驶流大木与纤芥[9]，顷而千里矣。安有舟覆六日，一酹而坚冰陷，一钓而沉诏获，得非精诚之至乎？

是纤细的草芥，顷刻之间便可漂流千里，哪里会有船倾覆六天以后，凭一次祭祀就坚冰破裂，用钩子钩一下就将诏书打捞出来的呢？这难道不是李彦佐的精诚感动天地的结果吗？

注释

❶李彦佐：唐穆宗长庆中，官右羽林将军。后历义昌军节度使、郓曹濮节度使、晋绛行营诸军节度招讨使、朔方灵盐节度使。宣宗大中初为太子宾客，迁太子少保。沧景：又名横海军。唐方镇名。治沧州（今河北沧州东南）。 ❷浮阳：古县名。在浮水之阳，故名。在今河北沧州东南。 ❸貌侵：面容衰老。 ❹津吏：古代管理渡口、桥梁的官吏。 ❺河伯：传说中的黄河水神。 ❻咸秩：谓皆依次序行事。 ❼酹（lèi）：把酒浇在地上，表示祭奠或立誓。 ❽严简：严明简约。 ❾纤芥：细微。

盗侠

【原 文】

魏明帝起凌云台[1]，峻峙数十丈[2]，即韦诞白首处[3]。有铃下人能著屐登缘[4]，不异践地。明帝怪而煞之，腋下有两肉翅，长数寸。

【译 文】

魏明帝建起凌云台，高峻耸峙，有几十丈，也是韦诞被吓得头发变白的地方。有个侍卫能脚穿木屐沿墙爬上去，像在平地上行走一样。魏明帝感到怪异，就杀了那侍卫，发现他腋下生有两肉翅，有几寸长。

注释

❶ 魏明帝：即魏明帝曹叡，曹丕长子。凌云台：据史书记载，该台应为魏文帝曹丕所筑。 ❷ 峻峙：高峻耸峙。 ❸ 韦诞：字仲将。京兆杜陵（今陕西西安）人。三国魏书法家、制墨家。 ❹ 铃下人：指侍卫、门卒或仆役。在铃阁之下，有警至则掣铃以呼之，因以为名。屐：木屐。

【原文】

高唐县南有鲜卑城[1]，旧传鲜卑聘燕[2]，停于此矣。城傍有盗跖冢[3]，冢极高大，贼盗尝私祈焉。齐天保初[4]，土鼓县令丁永兴[5]，有群贼劫其部内，兴乃密令人冢傍伺之，果有祈祀者，乃执诸县，案煞之，自后祀者颇绝。

《皇览》言[6]："盗跖冢在河东。"按，盗跖死于东陵，此地古名东平陵[7]，疑此近之。

【译文】

高唐县南有座鲜卑城，传说鲜卑人建立燕国，曾暂居于此。城外有盗跖墓，墓很高大，盗贼经常私下在这里祭奠祈祷。北齐天保初年，土鼓县令是丁永兴，当时有一伙盗贼在本县犯了案，丁永兴暗中派人在盗跖墓旁埋伏，果然有人前来祭祀，便把他们缉拿到县衙，于审问后处死，从此祭祀盗跖墓的就绝迹了。

《皇览》说："盗跖墓在河东。"据考证，盗跖死在东陵，高唐这地方古时叫东平陵，我想那座盗跖冢可能就是真的盗跖墓。

注释

❶ 高唐县：即今山东高唐。鲜卑：古代少数民族名。东胡的一支。两晋南北朝时曾建立北魏、北齐、北周等政权。 ❷ 鲜卑聘燕：指鲜卑慕容氏建立燕国。 ❸ 盗跖：相传为古代的大盗，生性暴虐，横行天下。 ❹ 天保：北齐文宣帝高洋年号。 ❺ 土鼓县：古县名，治今山东济南章丘区东北。 ❻《皇览》：三国魏

时，桓范、刘劭、王象、韦诞、缪袭等人奉敕所撰类书，以供皇帝阅读，故称。❼东平陵：古县名，治今山东济南章丘区西。

【原 文】

或言刺客，飞天夜叉术也[1]。韩晋公在浙西时[2]，瓦官寺因商人无遮斋[3]，众中有一年少请弄阁[4]，乃投盖而上[5]，单练䰀[6]，履膜皮[7]，猿挂鸟跂[8]，捷若神鬼。复建罂水于结脊下[9]，先溜至檐，空一足，欹身承其溜焉，睹者无不毛戴。

【译 文】

有人说刺客会飞天夜叉的法术。韩晋公主政浙西时，瓦官寺因商人布施举行无遮大会，人群中有一少年请求上阁楼表演。只见他纵身而上，身穿单短袖，脚穿貘皮靴，一会儿像猿猴挂在古藤上，一会儿像小鸟站在树枝上，身形敏捷，飘忽若神鬼。又在屋脊处倾倒一瓶水，然后迅速溜至屋檐处，悬空一只脚，侧身用瓶子承接流下的水，观众无不紧张得寒毛直竖。

注 释

❶飞天夜叉：佛经中谓能在空中飞行的夜叉神。❷韩晋公：即韩滉，以功封晋国公，故称。❸瓦官寺：在今江苏南京，始建于东晋。无遮斋：即无遮大会。指佛教每五年举行一次的布施僧俗的大斋会。❹弄：表演。❺投盖：喻指那位少年轻功了得。❻练䰀：类似半臂的短袖上衣。❼膜皮：疑为“貘皮”。❽跂（qǐ）：踮脚。❾建：倾倒。罂（yīng）：小口大肚的瓶子。结脊：屋脊。

【原 文】

马侍中尝宝一玉精碗[1]，

【译 文】

侍中马燧曾珍藏一只玉精碗，夏天

夏蝇不近，盛水经月，不腐不耗。或目痛，含之立愈。尝匣于卧内，有小奴七八岁，偷弄坠破焉。时马出未归，左右惊惧，忽失小奴。马知之，大怒，鞭左右数百，将杀小奴，三日寻之不获。有婢晨治地[2]，见紫衣带垂于寝床下，视之，乃小奴蹶张其床而负焉[3]，不食三日而力不衰。马睹之大骇，曰："破吾碗，乃细过也。"即令左右擈杀之[4]。

苍蝇不飞近，碗中盛上水过一个月，水既不变味也不蒸发。有时眼睛疼痛，含上一口碗中的水即能痊愈。马侍中把它装在匣子里珍藏在卧室内，有个七八岁的小奴仆，偷偷取出来玩耍摔破了。当时马侍中出门未归，家中奴仆十分害怕，小奴仆也突然不见了。马侍中知道后大怒，把家奴用鞭子打了几百下，又说要杀掉小奴仆，可连寻三天找不到人。有个婢女早晨扫地时，发现一条紫衣带垂在卧室床下，一看原来是小奴仆手脚着地背撑着床，三天不吃不喝而气力不减。马侍中看了大惊，说："和这相比，打破我的碗只是小的过错。"立即让手下将小奴仆拉出来打死。

注释

❶ 马侍中：即马燧，字洵美。汝州郏城（今河南郏县）人。贞元年间，其轻信吐蕃求和，奏请许盟，致使唐使浑瑊险被诱擒，随后被剥夺兵权。侍中：唐代以为门下省长官。玄宗以后，不轻易授人，而以门下侍郎主持省务。 ❷ 治地：扫地。 ❸ 蹶张：以手足支撑物体。 ❹ 擈：击打。

【原 文】

韦行规自言，少时游京西，暮止店中，更欲前进，店前老人方工作，谓曰："客勿

【译 文】

韦行规曾说，他年轻时到京西游历，傍晚时来到一家旅店，打尖完还想继续赶路。店前有位老人正在干活，对

夜行，此中多盗。”韦曰：“某留心弧矢[①]，无所患也。”因进发。行数十里，天黑，有人起草中尾之。韦叱不应，连发矢中之，复不退。矢尽，韦惧，奔马。有顷，风雷总至。韦下马负一树，见空中有电光相逐如鞠杖[②]，势渐逼树杪。觉物纷纷坠其前，韦视之，乃木札也[③]。须臾，积札埋至膝。韦惊惧，投弓矢，仰空乞命。拜数十，电光渐高而灭，风雷亦息。韦顾大树，枝干童矣[④]。鞍驮已失，遂返前店。见老人方箍桶，韦意其异人，拜之，且谢有误也。老人笑曰：“客勿持弓矢，须知剑术。”引韦入院后，指鞍驮言：“却须取，相试耳。”又出桶板一片，昨夜之箭悉中其上。韦请役力汲汤[⑤]，不许。微露击剑事，韦亦得其一二焉。

他说：“你不要走夜路，这一路强盗很多。”韦行规说：“我精通箭术，不用担心。”于是，向前进发。走了几十里，天黑下来，有人在草丛中尾随他。韦行规大声叱责，对方也不应声，他连射了几箭，射中了，那人却不退。箭射完了，韦行规特别害怕，策马狂奔。不一会儿，风雨雷电交加。韦行规下了马，背靠着一棵大树，看见空中有电光盘旋追逐，好像用棍击球，渐渐逼近树梢。韦行规觉得有东西纷纷落在跟前，一看，都是木片。过了一会儿，木片埋到了他的膝盖处。韦行规又惊又怕，扔下弓箭，仰面朝天乞求饶命。拜了几十次，只见电光渐渐远去而后便消失了，风雷也停息了。韦行规一看大树，枝干都已光秃。他的马鞍也没了，只好返回那个旅店。到店后看见那个老人正在箍桶，韦行规意识到他是个异人，便向他下拜道歉，承认错误。老人笑着说：“你不要只倚仗箭术，还要学点剑术。”他把韦行规领到后院，指着马鞍说：“自己拿去吧，刚才只是试试你而已。”老人又拿出一片桶板，昨夜韦行规射的箭都在上面。韦行规请求为老人打杂烧水，老人不答应。老人只略微讲了些剑术，韦行规也从中学到了一二。

注释

❶ 弧矢：弓箭。指射术。 ❷ 鞠杖：古代打马球的棍棒。 ❸ 木札：木片。 ❹ 童：秃。 ❺ 役力：效力。

【原文】

相传黎幹为京兆尹时①，曲江涂龙祈雨②，观者数千。黎至，独有老人植杖不避③。幹怒，杖背二十，如击鞔革④，掉臂而去⑤。黎疑其非常人，命老坊卒寻之。至兰陵里之内⑥，入小门，大言曰："我今日困辱甚，可具汤也。"坊卒遽返白黎，黎大惧，因弊衣怀公服⑦，与坊卒至其处。时已昏黑，坊卒直入，通黎之官阀⑧。黎唯趋而入，拜伏曰："向迷丈人物色⑨，罪当十死。"老人惊起，曰："谁引君来此？"即牵上阶。黎知可以理夺，徐曰："某为京兆尹，威稍损则失官政。丈人埋形杂迹，非证惠眼不能知也⑩。若以此罪人，是钓人以

【译文】

相传黎幹任京兆尹时，曾在曲江池制作土龙求雨，引来了数千人围观。黎幹到来，只有一位老人拄着拐杖不回避。黎幹很生气，下令杖责二十下，打的时候就好像打在鼓皮上。打完后，老人甩着胳膊就走了。黎幹怀疑这老人并非常人，就命一个坊间的老差役去寻找。差役寻至兰陵坊，进得一个小门，便听见那位老人大声说："我受了天大的侮辱，给我准备些热水。"老差役急忙回去禀报黎幹。黎幹很害怕，在公服外罩一件旧衣，与老差役一同到老人住处。当时天已黑，老差役直接入内，向老人通报黎幹的官阶。黎幹随即小步趋入，向老人下拜说："方才我没认准丈人的真正身份，罪该十死。"老人大吃一惊，站起说："谁把你领来的？"就牵他走上台阶。黎幹知道自己可以以理说服，就慢慢地说："我身为京兆尹，官威稍损就会有失官政。丈人您隐身市井之中，如果没有证得慧眼，是认不出您的。您若是以此怪罪我，那就是以伪诈诱人犯错了，

贼[11]，非义士之心也。”老人笑曰：“老夫之过。”乃具酒设席于地，招访卒令坐。夜深，语及养生之术，言约理辩，黎转敬惧。因曰：“老夫有一伎，请为尹设。”遂入。良久，紫衣朱鬟[12]，拥剑长短七口，舞于庭中。迭跃挥霍，攙光电激[13]，或横若裂盘，旋若规尺。有短剑二尺余，时时及黎之衽[14]，黎叩头股栗[15]。食顷，掷剑植地，如北斗状，顾黎曰：“向试黎君胆气。”黎拜曰：“今日已后性命，丈人所赐，乞役左右。”老人曰：“君骨相无道气，非可遽教，别日更相顾也。”揖黎而入。黎归，气色如病。临镜，方觉须剃落寸余。翌日复往，室已空矣。

不是正义之士所为。”老人笑着说：“这是我的过错。”于是在地上设席摆酒，让老差役也就座。喝到夜深时，谈起了养生之道，老人言简意深，黎幹对他更为敬畏。老人说：“老夫有一技，想为您表演一下。”说完，进入室内。过了很久，老人身穿紫衣，头系红巾，拿了七口长短不一的宝剑，在中庭舞了起来。腾跃挥动，剑起剑落，疾如雷电，横劈似可裂盘，旋舞又如规尺。有一把二尺长的短剑，时时触及黎幹的衣襟，黎幹连连叩头，大腿发抖不已。大约一顿饭的工夫，老人把剑掷在地上，竟排布成了北斗七星的形状。老人对黎幹说：“刚才试试你的胆气。”黎幹拜谢说：“今后我的性命，是丈人您给的，愿为您效劳。”老人说：“你的骨相没有道气，现在不能教你，等以后再说吧。”说完，向黎幹一拱手便进入室内。黎幹回去后，看气色好像生了病。一照镜子，才发觉自己的胡子被削去了一寸多。第二天又去找老人，可已经人去室空了。

注释

❶黎幹：戎州（今四川宜宾）人。善星纬术数之学。于代宗朝，曾任京兆尹等。性贪暴，徇财色，曾与宦官阴谋废黜时为太子的唐德宗。德宗即位后，诏赐死于蓝田驿。　❷曲江：即曲江池。故址在今陕西西安东南。涂龙：黎幹

曾经造土龙祈雨。 ❸ 植杖：拄着拐杖。 ❹ 鞔（mán）革：蒙鼓的皮。鞔：用皮蒙鼓框，做成鼓面。 ❺ 掉臂：甩着胳膊走开。表示不顾而去。 ❻ 兰陵里：即兰陵坊。唐长安城坊。 ❼ 弊衣怀公服：公服外罩一件旧衣。 ❽ 官阀：官阶，门第。 ❾ 物色：形状，形貌。 ❿ 惠眼：即慧眼。佛教语。五眼之一，泛指能照见真相的智慧。 ⓫ 贼：伪诈。 ⓬ 朱鬘（mà）：用带绕在髻上。 ⓭ 搥（pī）：同“批”，手击。 ⓮ 衽：衣襟。 ⓯ 股栗：大腿发抖，形容恐惧之甚。

【原 文】

建中初，士人韦生，移家汝州。中路逢一僧，因与连镳[①]，有论颇洽。日将衔山[②]，僧指路谓曰：“此数里是贫道兰若[③]，郎君岂不能左顾乎[④]？”士人许之，因令家口先行。僧即处分步者先排[⑤]。比行十余里，不至，韦生问之，即指一处林烟曰：“此是矣。”又前进。日已没，韦生疑之。素善弹，乃密于靴中取弓卸弹，怀铜丸十余，方责僧曰：“弟子有程期[⑥]，适偶贪上人清论[⑦]，勉副相邀。今已行二十里不至，何也？”僧但言：“且行。”至是，僧前行百余步，韦知其盗也，乃弹之，正中其脑。僧初

【译 文】

建中初年，读书人韦生举家迁往汝州，中途遇一僧人，便和他骑马同行，彼此交谈很融洽。太阳将要落山，僧人指着一条路说：“我的寺院离这里几里远，郎君怎能不屈驾前往呢？”韦生答应了，于是叫家人先走。僧人也吩咐随从先去安排。走了十余里，还没到。韦生问僧人，僧人指着一处林烟说：“这里就是。”就继续往前走。此时，天已经黑了，韦生有点疑心。他平常就擅长射弹弓，便悄悄地从靴中取弓卸弹，又在怀中藏了十多粒铜丸，这才责备僧人：“我的行程是有限期的，方才由于欣赏上人谈论清雅，才勉强应邀而来。现在已经走了二十里地还没到，这是为什么？”僧人只说：“继续走吧。”这时，僧人走在前面约一百步远，韦生心想，估计是强盗，便拿出弹弓射他，正打中他的脑袋。僧人起初没觉察，打中五

不觉，凡五发中之，僧始扪中处[⑧]，徐曰："郎君莫恶作剧。"韦知无奈何，亦不复弹。见僧方至一庄，数十人列炬出迎。僧延韦坐一厅中，唤云："郎君勿忧。"因问左右："夫人下处如法无[⑨]？"复曰："郎君且自慰安之，即就此也。"韦生见妻女别在一处，供帐甚盛[⑩]，相顾涕泣。即就僧[⑪]，僧前执韦生手曰："贫道盗也。本无好意，不知郎君艺若此，非贫道亦不支也。今日故无他，幸不疑也。适来贫道所中郎君弹悉在。"乃举手搦脑后[⑫]，五丸坠地焉。盖脑衔弹丸而无伤，虽《列》言"无痕挞"、《孟》称"不肤挠"[⑬]，不啻过也[⑭]。有顷布筵，具蒸犊，犊劄刀子十余，以齑饼环之[⑮]。揖韦生就坐，复曰："贫道有义弟数人，欲令伏谒[⑯]。"言未已，朱衣巨带者五六辈，列于阶下。僧呼曰："拜郎君，汝等向遇郎君，则成齑粉矣。"食毕，僧曰："贫道久为此业，今向

发后，僧人才用手去摸打中的地方，慢慢说："郎君您不要恶作剧。"韦生知道奈何不了他，便也不再打了。同僧人到了一处庄园，好几十人举着火把出来迎接。僧人请韦生到一厅中坐下，笑着说："郎君不用担心。"又问左右："夫人的住所按我说的安排好了吗？"又说："郎君暂且前去安慰家人吧，之后再到这里来。"韦生看到妻子子女住在另一处，器用饮食都很周全，一家人相顾哭泣。韦生回到厅上去见僧人，僧人上前拉着韦生的手说："我是个强盗，本来不怀好意，但没想到郎君您的武艺如此高强，如不是我，别人抵挡不了的。现在我也没有其他的想法，希望郎君不要再疑心。方才我所中的弹丸都在这里。"说着，举手按向脑后，五个弹丸便掉在地上。原来是用后脑勺的肉夹住弹丸而没有受伤，即使是《列子》所言"无痕挞"、《孟子》所称"不肤挠"，也比不上。一会儿就开始设下筵席，端上了蒸犊，犊上插着十几把刀子，周围摆着菜饼。僧人向韦生作揖，请他就座，又说："我有几个结义弟兄，想让他们拜见您。"说完，有五六个穿红衣扎巨带的人站在阶下。僧人喊道："拜过郎君！你们先前如果遇到郎君，早粉身碎骨了。"吃完饭，僧人说："我干这一行很久了，现在已经老了，想痛改前非。不幸的是我有

迟暮，欲改前非。不幸有一子，伎过老僧，欲请郎君为老僧断之。”乃呼：“飞飞，出参郎君。”飞飞年才十六七，碧衣长袖，皮肉如脂。僧叱曰：“向后堂侍郎君。”僧乃授韦一剑及五丸，且曰：“乞郎君尽艺杀之，无为老僧累也。”引韦入一堂中，乃反锁之。堂中四隅，明灯而已。飞飞当堂执一短马鞭，韦引弹，意必中，丸已敲落。不觉跳在梁上，循壁虚摄，捷若猱玃[17]，弹丸尽，不复中。韦乃运剑逐之，飞飞倏忽逗闪，去韦身不尺。韦断其鞭数节，竟不能伤。僧久乃开门，问韦：“与老僧除得害乎?”韦具言之，僧怅然，顾飞飞曰：“郎君证成汝为贼也，知复如何?”僧终夕与韦论剑及弧矢之事。天将晓，僧送韦路口，赠绢百匹，垂泣而别。

一个儿子，他的技艺胜过我，最是难驯，我想请郎君为我裁断一下。”他便叫道：“飞飞，出来拜见韦郎君。”飞飞才十六七岁，穿着绿色长袖，皮肤细腻如脂。僧人说：“你上后堂去等郎君。”僧人给韦生一把剑和五粒弹丸，并向韦生说：“我乞求郎君使出毕生武艺杀了此子，老僧我今后就没有累赘了。”他领韦生进入一个堂中，出来反锁了门。堂中四个角落，只有明灯闪烁。飞飞拿一短马鞭站在当堂，韦生引弓发弹，以为必能打中，结果弹丸已被马鞭敲落。不知不觉间飞飞竟跳到梁上，沿着墙壁凌空行走，像猿猴一样敏捷，弹丸打光也没打中他。韦生又持剑追逐他，飞飞腾身躲闪，只离韦生不足一尺远。韦生把飞飞的鞭子断成数节，却没有伤着飞飞。僧人过了很久才开门，问韦生：“您为老僧除了害吗?”韦生把方才的经过告诉他。僧人怅然若失，对飞飞说：“郎君已验证你是个真正的强盗了，以后的事，谁又知道会如何呢?”僧人和韦生就剑术和弓箭之事谈了一夜。天快亮时，僧人把韦生送到路口，并赠给他一百匹绢，二人垂泪而别。

注释

❶ 连镳（biāo）：骑马并行。镳：马嚼子。 ❷ 衔山：落山。 ❸ 兰若：指

寺院。 ❹左顾：犹言枉顾，屈驾。谢人过访的谦辞。 ❺处分：吩咐。先排：事先安排。 ❻程期：期限。 ❼清论：清雅的谈论。 ❽扪：摸。 ❾下处：住所。 ❿供帐：亦作“供张”，供宴所用帷帐、用具、饮食等物。此指器用饮食。 ⓫就：走上前，靠近。 ⓬搦（nuò）：按。 ⓭无痕挞：被打后无伤痕。 ⓮不啻：不如，比不上。 ⓯齑（jī）：切碎的菜或肉。引申为细碎。 ⓰伏谒：谦辞，指拜见。 ⓱猱玃：猿猴。

【原 文】

元和中，江淮有唐山人者，涉猎史传，好道，常游名山。自言善缩锡①，颇有师之者。后于楚州逆旅遇一卢生②，意气相合。卢亦语及炉火③，称唐族乃外氏④，遂呼唐为舅。唐不能相舍，因邀同之南岳。卢亦言：“亲故在阳羡，将访之，今且贪舅山林之程也。”中途，止一兰若。夜半，语笑方酣，卢曰：“知舅善缩锡，可以梗概语之？”唐笑曰：“某数十年重趼从师⑤，只得此术，岂可轻道耶？”卢复祈之不已，唐辞以师授有时日，可达岳中相传。卢因作色：“舅今夕须传，勿等闲也！”唐责之：“某与公风马

【译 文】

元和年间，江淮有一个姓唐的山人，博览史传，喜欢道术，经常游历名山。他说自己会缩锡术，很多人想拜他为师。后来在楚州一家旅店遇到一位卢生，二人意气相投。卢生也谈了一些炼金、炼丹的窍门，说外祖家姓唐，便叫唐山人为舅舅。两人难舍难分，于是唐山人便邀卢生同去南岳。卢生也说：“阳羡有亲朋故旧，我正准备去拜访他们，如今很愿意陪舅舅去游历山水。”中途，他们宿在一座寺院里。半夜，二人谈得正高兴时，卢生说：“知道舅舅会缩锡术，可否大体给我讲一讲？”唐山人笑着说：“我奔波几十年，到处拜师，只学得此术，哪能轻易告诉你呢？”卢生反复乞求，唐山人推辞说传授此术需选时日，到南岳时再行传授。卢生因而变了脸色说：“舅舅今晚必须传授，可别不当回事儿。”唐山人斥责他说：“咱俩原本毫不相干，只是偶然在盱眙相识。我以为你是个正人君子，

牛耳[⑥]，不意盱眙相遇[⑦]。实慕君子，何至驺卒不若也[⑧]。”卢攘臂瞋目[⑨]，眄之良久曰[⑩]：“某刺客也，如不得，舅将死于此！”因怀中探乌韦囊[⑪]，出匕首，刃如偃月，执火前熨斗，削之如扎。唐恐惧具述。卢乃笑语唐：“几误杀舅。”此术十得五六，方谢曰：“某师，仙也，令某等十人索天下妄传黄白术者杀之[⑫]。至添金缩锡，传者亦死。某久得乘蹻之道者[⑬]。”因拱揖唐，忽失所在。唐自后遇道流，辄陈此事戒之。

谁想你还不如一个马夫。”卢生捋起袖子，斜着眼瞪了唐山人很久，才说：“我是刺客。舅舅如果不传，就得死在这里。”说着，从怀中取出黑皮袋，亮出匕首，利刃形如半月。他拿起火炉前的熨斗挥刀就削，仿佛削木片一样。唐山人大骇，便把缩锡术和盘托出，卢生这才笑着对唐山人说：“差点误杀舅舅。”唐山人将缩锡术讲了十之五六时，卢生才道歉说：“我的师傅是位仙人，他令我等同门十人搜寻那些妄传黄白之术的人，并杀掉他们。至于添金缩锡之术，妄传的也要被杀死。我是早就修得飞行术的人，岂会贪图你这点小法术。”说着，向唐山人拱了拱手，忽然就不见了。自此以后，唐山人一遇到道家人，就讲述这事来告诫他们。

注释

❶ 缩锡：一种炼金术。 ❷ 逆旅：旅店。 ❸ 炉火：指炼金、炼丹。 ❹ 外氏：外祖父母家。 ❺ 重趼：同“重茧”，手或脚上磨起的厚茧子。 ❻ 风马牛：即“风马牛不相及”。意为毫无关系、毫不相干。 ❼ 盱眙：今属江苏。 ❽ 驺卒：掌管车马的差役。 ❾ 攘臂：捋起袖子，伸出胳膊（表示激奋或发怒）。瞋目：瞪着眼睛。 ❿ 眄（miǎn）：斜视。 ⓫ 乌韦囊：黑色的皮袋。韦：熟牛皮。 ⓬ 黄白术：古代指方士烧炼丹药、点化金银的法术。 ⓭ 乘蹻（juē）：道家所谓飞行术。蹻：方士穿的草鞋。

【原文】

李廓在颍州[①]，获光火贼七人[②]，前后杀人，必食其肉。狱具[③]，廓问食人之故，其首言："某受教于巨盗，食人肉者夜入，人家必昏沉，或有魇不悟者，故不得不食。"两京逆旅中，多画鸜鹆及茶碗[④]。贼谓之"鸜鹆辣"者，记嘴所向；"碗子辣"者，亦示其缓急也。

【译文】

李廓任颍州刺史时，曾捕获七名明火执仗的强盗，这些强盗见人必杀，杀人后必食其肉。罪案审结，李廓问强盗为何要吃人，为首的说："我受巨盗教诲，吃了人肉于夜晚入室盗窃，其家人必昏睡，像遭梦魇一般不醒，因此不得不吃。"长安、洛阳一带的旅店中，多画鸜鹆及茶碗图案，都是强盗留下的暗记。强盗留下称为"鸜鹆辣"的暗记，是提醒同伙谨言慎语；留下称为"碗子辣"的，是暗示事情缓急。

注释

❶ 李廓：唐宗室。元和进士，累官颍州刺史、刑部侍郎。颍州：治今安徽阜阳。 ❷ 光火贼：明火执仗的强盗。 ❸ 狱具：谓罪案已了。 ❹ 鸜鹆(qúyù)：鸟名。同"鸲鹆"，即八哥。能模仿人语。

前集卷十

物异

【原 文】

秦镜。儛溪古岸石窟有方镜[①]，径丈余[②]，照人五脏，秦皇世号为照骨宝。在无劳县境山[③]。

【译 文】

秦镜。儛溪古岸石窟中有一面方镜，直径一丈多，可以从镜中照见人的五脏，秦始皇时号称照骨宝。在无劳县境山。

注 释

❶ 儛：音 wǔ。 ❷ 径丈余：许本作“径尺余”，今据汲古阁本改。 ❸ 无劳县：古县名。西晋武帝时置，属日南郡，治今越南广平省洞海北。

【原 文】

风声木。东方朔西那汗国回[①]，得风声木枝，帝以赐大臣。人有疾则枝汗，将死则折。里语曰：“生年未半，枝不汗。”

【译 文】

风声木。东方朔自西那汗国出使归来，带回风声木枝，汉武帝用来赏赐大臣。木枝的主人一旦有了疾病，木枝就会出汗；主人若将死，木枝就会折断。俗话说：“人生未过半，木枝不出汗。”

注释

❶ 东方朔：字曼倩。平原厌次（今山东德州陵城区东北）人。西汉文学家、辞赋家。西那汗国：西域古国名。

【原文】

汉高祖入咸阳宫[1]，宝中尤异者有青玉灯。檠高七尺五寸[2]，下作蟠螭[3]，以口衔灯。灯燃则鳞甲皆动，炳焕若列星[4]。

【译文】

汉高祖初入咸阳宫，所见宝物中最为奇异的是一架青玉灯。灯架高七尺五寸，下部有蟠螭，蜿蜒而上，张口衔灯。灯点燃时，龙的鳞甲闪动，灿若天上星辰。

注释

❶ 汉高祖：即刘邦，字季。沛县丰邑（今江苏丰县）人。秦末陈胜起事，刘邦亦起兵于沛，号为沛公。西汉开国皇帝。咸阳宫：秦国宫名。位于今陕西西安西、咸阳东区域。 ❷ 檠（qíng）：灯架。 ❸ 蟠螭（pánchī）：盘曲的无角之龙，常用作器物的装饰。螭：传说中头上无角的蛟龙。 ❹ 炳焕：显著。

【原文】

珊瑚。汉积草池中珊瑚[1]，高一丈二尺，一本三柯[2]，上有四百六十二条。是南越王赵佗所献[3]，号为烽火树。夜有光影，常似欲燃。

【译文】

珊瑚。汉宫上林苑积草池中有一株珊瑚，高一丈二尺，有一个主干三个枝杈，上面又生出四百六十二根小枝。这是南越王赵佗所进献，号为烽火树。夜里发光，仿佛一团火焰在燃烧。

注释

❶积草池：汉代上林苑中池名。 ❷本：主干。柯：草木的枝茎。 ❸南越王赵佗：西汉初真定（治今河北石家庄北）人。秦时为南海郡龙川县令，后行南海尉事。秦末，兼并桂林郡和象郡，建立南越国。汉高祖十一年（前196），受封为南越王。

【原 文】

石墨①。无劳县山出石墨，爨之②，弥年不消。

【译 文】

石墨。无劳县山中出产煤炭，用来烧火煮饭燃烧持久，一年也烧不完。

注释

❶石墨：此指煤炭。 ❷爨（cuàn）：烧火煮饭。

【原 文】

异字。境山西有石壁，壁间千余字，色黄，不似镌刻，状如科斗①，莫有识者。

【译 文】

异字。境山西侧有一块石壁，石壁上有一千多字，字体为黄色，不像镌刻上去的，字形如蝌蚪，没有人认识。

注释

❶科斗：蝌蚪。

【原 文】

田公泉。华阳雷平山有田公泉[①]。饮之，除肠中三虫[②]。用以浣衣，胜灰汁[③]。

【译 文】

田公泉。华阳雷平山有田公泉。饮用此处泉水，可除肠中寄生虫。用来洗衣服，胜过灰汁。

注 释

❶ 雷平山：江苏茅山支脉。 ❷ 三虫：泛指人体中的寄生虫。 ❸ 灰汁：植物灰浸泡过滤后所得之汁。主要成分为碳酸钾，呈碱性，可供洗濯用。

【原 文】

萤火芝。良常山有萤火芝[①]，其叶似草，实大如豆，紫花，夜视有光。食一枚，心中一孔明。食至七，心七窍洞彻，可以夜书。

【译 文】

萤火芝。良常山有萤火芝，它的叶子像草，果实大如豆粒，开紫花，夜里会发光。吃一枚，能通心之一窍。服食七枚，心中七窍洞彻，可以在黑夜中写字。

注 释

❶ 良常山：茅山支脉。

【原 文】

石人。寻阳山上有石人[①]，高丈余。虎至此，辄倒石

【译 文】

石人。浔阳的山上有石人，高一丈多。老虎到了这里，就会倒在石

人前。

人前。

注释

❶ 寻阳：即“浔阳”。治今江西九江。

【原文】

冬瓜。晋高衡为魏郡太守[①]，戍石头[②]。其孙雅之在厩中[③]，有神来降，自称白头公，所拄杖光照一室。又有一物如冬瓜，眼遍其上也。

【译文】

冬瓜。晋高衡为魏郡太守，驻守石头城。一日，其孙高雅之在马棚中，忽然有位神仙降临，自称白头公，他拄的拐杖闪闪发光照亮一室。又携有一物，看来像冬瓜，上面遍布眼孔。

注释

❶ 魏郡：东晋时，侨置魏郡于襄阳。 ❷ 戍：驻守。石头：即石头城。故址在今江苏南京清凉山。 ❸ 雅之：即高雅之，东晋时期刘牢之将领。凭借门荫入仕，曾任广陵相，两次镇压孙恩农民军，兵败被俘。厩中：马棚。

【原文】

豫章船[①]。昆明池，汉时有豫章船，一艘载一千人。

【译文】

豫章船。汉代长安昆明池中有豫章船，一艘能载一千人。

注释

❶ 豫章船：汉武帝敕造的大型战船。

【原文】

铜驼[1]。汉元帝竟宁元年[2]，长陵铜驼生毛[3]，毛端开花。

【译文】

铜驼。汉元帝竟宁元年，长陵的铜驼身上长出毛，毛的末端开花。

注释

❶ 铜驼：铜铸的骆驼。古代多置于宫门之前。 ❷ 汉元帝：即刘奭。竟宁元年：公元前33年。 ❸ 长陵：汉高祖刘邦墓。在今陕西咸阳东。

【原文】

篊[1]。晋时，钱塘有人作篊[2]，年收鱼亿计，号万匠篊。

【译文】

篊。晋朝时，钱塘有人制作了一种捕鱼器具，就是篊，一年捕鱼数以亿计，号称万匠篊。

注释

❶ 篊（hóng）：鱼梁，用竹篾编成的捕鱼器具。 ❷ 钱塘：今浙江杭州。

【原 文】

碑龟。临邑县北有华公墓[1]，碑寻失，唯趺龟存焉[2]。石赵世[3]，此龟夜常负碑入水，至晓方出，其上常有萍藻。有伺之者，果见龟将入水，因叫呼，龟乃走，坠折碑焉。

【译 文】

碑龟。临邑县北有座华公墓，墓碑已经不知所终，只有驮碑的石赑屃还在。后赵时，这只石赑屃经常夜里背负墓碑入水，到天亮才从水里出来，因此它身上经常有浮萍。有人悄悄观察，果然看见石赑屃将要入水，于是大声呼叫，那赑屃吓得跑走了，背上的墓碑也坠落折断。

注 释

❶临邑县：今属山东。 ❷趺（fū）龟：驮碑的龟形底座。 ❸石赵：即后赵，十六国政权之一。羯族石勒所建，国号赵。

【原 文】

陆盐。昆吾陆盐[1]，周十余里无水，自生末盐。月满则如积雪，味甘；月亏则如薄霜，味苦；月尽亦全尽。

【译 文】

陆盐。昆吾有陆盐田，周围十多里并没有水，地上自然出产细盐。月圆之时，盐层厚似积雪，味甜；月亏之时，盐层薄如霜，味苦；没有月亮时，盐层消失。

注 释

❶昆吾：即昆吾山。《山海经·中次二经》载其地多赤铜，又据本文所言，似指今青海柴达木盆地。昆吾：许本作“昆吾国”，今据汲古阁本改。

【原 文】

颍阳碑。魏曹丕受禅处[1]。后六字生金，司马氏金行[2]，明六世迁魏也[3]。

【译 文】

颍阳碑。是魏文帝曹丕受禅时留下的。后来，碑文最后六个字变成了金色。司马氏建立的晋朝五行属金，预示曹魏六世后将被其取代。

注 释

❶ 曹丕：字子桓。沛国谯县（今安徽亳州）人。曹操次子。三国曹魏开国皇帝。受禅：王朝更迭，新皇帝接受旧帝让给的帝位。 ❷ 司马氏：266 年，司马炎代魏建晋，亦称“司马晋”。金行：五行中属金的一行。古代哲学家在五行学说中用五行相胜来比附王朝的兴替，认为每一个朝代都代表五行中的一德，循环往复，终而复始。因晋王朝以金德王，乃以之代指。 ❸ 六世：曹魏一朝，自曹操起，共历六世。

【原 文】

泉。允街县有泉[1]。泉眼中水交旋如盘龙，或试挠破之，寻平成龙状。驴马饮之，皆惊走。

【译 文】

泉。允街县有一眼泉，泉眼水流交错盘旋就像一条盘龙。有人试着把水搅乱，可水很快又恢复成了龙的形状。驴和马在这里饮水，都会被吓跑。

注 释

❶ 允街县：今甘肃永登。

【原 文】

石漆[①]。高奴县石脂水[②]，水腻浮水上如漆，采以膏车[③]，及燃灯，极明。

【译 文】

石漆。高奴县产一种石脂水，油性，这种水能像油漆一样浮在水面上，采回去用来润滑车轴，或用来点灯特别明亮。

注 释

❶ 石漆：即石油。 ❷ 高奴县：在今陕西延安东北。石脂水：石油的别名。❸ 膏车：在车轴上涂油，使之润滑。

【原 文】

麝襘[①]。晋时，有徐景于宣阳门外得一锦麝襘[②]。至家开视，有虫如蝉，五色，后两足各缀一五铢钱[③]。

【译 文】

麝襘。晋朝时有一个叫徐景的人，一日在宣阳门外捡到一个锦绣的麝襘。回到家打开一看，里面有一只像蝉的小虫，全身有五种颜色，两条后腿上各系着一枚五铢钱。

注 释

❶ 麝襘：麝香味的彩织香囊。 ❷ 宣阳门：东晋都城建康（今江苏南京）的南墙正门。 ❸ 五铢钱：古钱币名。汉武帝时始铸，重五铢，钱上亦有“五铢”二篆字，故名。魏晋六朝至隋皆续制，但形制不一，唐武德年间废。

【原 文】

玉龙。梁大同八年[1]，戍主杨光欣获玉龙一枚[2]，长一尺二寸，高五寸，雕镂精妙，不似人作。腹中容斗余，颈亦空曲。置水中，令水满，倒之，水从口出，水声如琴瑟[3]。水尽乃止。

【译 文】

玉龙。梁大同八年，戍主杨光欣得到一枚玉龙，长一尺二寸，高五寸，雕刻得非常精妙，不像人工雕琢而成。玉龙肚腹中可容约一斗水，脖颈也是中空弯曲。把玉龙放在水中，灌满水，再往外倒水，水便从龙口流出，流水声如琴瑟和鸣。水流尽，声才会停止。

注 释

❶ 大同八年：542 年。大同：梁武帝萧衍年号。 ❷ 戍主：古代驻守一地的长官。 ❸ 琴瑟：琴和瑟两种乐器合奏，喻指声音和谐。

【原 文】

木字。齐永明九年[1]，秣陵安明寺有古树[2]，伐以为薪，木理自然有“法大德”三字[3]。

【译 文】

木字。齐永明九年，秣陵安明寺有棵古树，寺僧将其砍伐后作为柴薪用，树木的纹理天然带有“法大德”三个字。

注 释

❶ 永明九年：491 年。永明：齐武帝萧赜年号。 ❷ 秣陵：古县名。治今江苏南京江宁区南秣陵关。 ❸ 木理：树木的纹理。

【原 文】

木简。齐建元初[1]，延陵季子庙旧有涌井[2]，井北忽有金石声，掘深二尺，得沸泉。泉中得木简，长一尺，广一寸二分，隐起字曰“庐山道士张陵再拜谒”[3]。木坚而白，字色黄。

【译 文】

木简。齐建元初年，延陵季子庙的一口古涌井井北忽然发出金石之声，人们掘地二尺，发现一眼沸泉。从泉中得到一片木简，长一尺，宽一寸二分，木简上凸起的文字隐约可辨，为“庐山道士张陵再拜谒”。木质坚硬，白色，字体是黄色。

注 释

❶ 建元：齐高帝萧道成年号。 ❷ 延陵：春秋吴邑，原为季札所居之封邑。在今江苏常州。季子：即季札，又称公子札、延陵季子等。春秋时吴王寿梦之子，封于延陵。 ❸ 隐起：凸起，高起。张陵：即张道陵，原名张陵。沛国丰（今江苏丰县）人。创立的五斗米道又称天师道，其人亦被道徒尊称为张天师。

【原 文】

赤木。宗庙地中生赤木[1]，人君礼各得其宜也[2]。

【译 文】

赤木。宗庙地上长出赤木，说明君主祭祀祖宗合乎礼制。

注 释

❶ 宗庙：帝王或诸侯王祭祀祖宗的处所。 ❷ 人君：君主，帝王。

【原 文】

红沫。练丹砂为黄金，碎以染笔[1]，书入石中，削去逾明，名曰红沫。

【译 文】

红沫。炼制朱砂成黄金，研成粉末，用毛笔蘸了在石头上写字，颜色便会深深地浸入石头，用刀去刮，越刮字越清晰。这种颜料称为红沫。

注 释

❶ 染笔：蘸墨挥笔。

【原 文】

镜石。济南郡有方山[1]，相传有奂生得仙于此。山南有明镜崖，石方三丈，魑魅行伏[2]，了了然在镜中[3]。南燕时[4]，镜上遂使漆焉。俗言山神恶其照物，故漆之。

【译 文】

镜石。济南郡有座方山，相传有个叫奂生的人在这里得道成仙。山的南面有明镜崖，崖石方三丈，魑魅穿行而过时，在镜石中看得清清楚楚。南燕时，镜石就被涂上了漆。据说是山神厌恶这面镜石能够照见不该照见的东西，因此涂上了漆。

注 释

❶ 方山：在今山东济南长清区。 ❷ 魑魅（chīmèi）：传说中山林里能害人的精怪。 ❸ 了了：清清楚楚。 ❹ 南燕：十六国政权之一。鲜卑族慕容德所建，后为东晋所灭。

【原 文】

承受石。筑阳县水中[1]，有孤石挺出，其下澄潭。时有见此石根，如竹根，色黄，见者多凶，俗号承受石。

【译 文】

承受石。筑阳县的一处水潭中，有一块孤石挺立水面，其下潭水澄清，不时有人看见孤石的根部像竹子一样，为黄色。见到石根的人多有灾祸，人们称它为承受石。

注 释

❶ 筑阳县：今湖北谷城。

【原 文】

锥。中牟县魏任城王台下池中[1]，有汉时铁锥，长六尺，入地三尺，头西南指，不可动。

【译 文】

锥。中牟县曹魏任城王台下的水池中，有一把汉代的铁锥，长六尺，其中三尺埋入地下，锥头指向西南，不可移动。

注 释

❶ 中牟县：今属河南。魏任城王：即曹彰，曹操之子。魏文帝时，被封为任城王。

【原 文】

釜石。夷道县有釜濑[1]，

【译 文】

釜石。夷道县有处釜濑，那里遍地

其石大者如釜，小者如斗，形色乱真，唯实中耳。

怪石，大的像锅，小的像斗，形状颜色几乎可以乱真，只是都是实心的罢了。

注释

❶ 夷道县：今湖北宜都。濑（lài）：从沙石上流过的急水。

【原 文】

鱼石。衡阳湘乡县有石鱼山[1]，山石色黑，理若生雌黄[2]。开发一重，辄有鱼形，鳞鳍首尾有若画，长数寸，烧之作鱼腥。

【译 文】

鱼石。衡阳湘乡县有一座石鱼山，山上石头都是黑色的，纹理和雌黄一样。凿开一层，断面上有鱼的形状，鱼的鳞鳍头尾就像画上去的一样，有几寸长，用火烧就有鱼腥味。

注释

❶ 衡阳：即衡阳郡，今属湖南。 ❷ 雌黄：矿物名。主要成分是三硫化二砷，呈柠檬黄色，有毒，能杀菌灭虫。

【原 文】

铜神。衡阳重安县东有略塘[1]，塘有铜神。往往铜声激水，水为变绿，作铜腥，鱼尽死。

【译 文】

铜神。衡阳重安县东有个略塘，塘里有铜神。常常有铜声激荡塘水，塘水因而变为绿色，发出铜腥味，塘鱼尽死。

注 释

❶ 重安县：古县名。治今湖南衡阳西北。

【原 文】

材。中宿县山下有神宇[1]，溱水至此[2]，沸腾鼓怒。槎木泛至此沦没[3]，竟无出者，世人以为河伯下材。

【译 文】

材。中宿县山下有座庙宇，溱水流经这里，汹涌如沸。木筏漂到这里都会沉没，再也不能浮出水面，世人都认为是河伯在此取用木材。

注 释

❶ 中宿县：古县名。治今广东清远西北。神宇：指庙宇。 ❷ 溱水：此处指源出湖南临武的溱水，其水北流汇武水，遂通称武水，下流合北江再合珠江入海。 ❸ 槎（chá）木：木筏。

【原 文】

鼓杖。含洭县翁水口下东岸有圣鼓杖[1]，即阳山之鼓杖也[2]。横在川侧，冲波所激，未尝移动。众鸟飞鸣，莫有萃者[3]。船人误以篙触，必患疟。

【译 文】

鼓杖。含洭县滃江口下东岸有把圣鼓杖，就是阳山圣鼓的鼓槌。横在水边，虽有水流冲激，也不曾移动。众鸟在其上方飞翔鸣叫，却从来没有聚集在鼓杖上。船夫有时用篙误碰鼓杖，必定会患疟疾。

注释

❶含洭县：在今广东英德。翁水：即滃江，北江的支流。 ❷阳山：今广东清远阳山。 ❸萃：聚集。

【原文】

井。石阳县有井①，水半青半黄。黄者如灰汁，取作粥饮，悉作金色，气甚芬馥②。

【译文】

井。石阳县有一口井，井水一半青一半黄。黄色的井水如同灰汁，取来煮粥，粥米全会变成金色，香气非常浓郁。

注释

❶石阳县：治今江西吉水东北。 ❷芬馥：香气浓郁。

【原文】

燃石。建城县出燃石①，色黄，理疏。以水灌之则热，安鼎其上②，可以炊也。

【译文】

燃石。建城县出产一种燃石，黄色，纹理稀疏。用水浇灌就会发热，把锅放在上面，就可以煮饭。

注释

❶建城县：治今江西高安。 ❷鼎：指锅。

【原 文】

石鼓。冀县有天鼓山[1]，山上有石如鼓。河鼓星摇动则石鼓鸣[2]，鸣则秦土有殃。

【译 文】

石鼓。冀县有座天鼓山，山上有块石头像大鼓。河鼓星移动时，石鼓就会鸣响。其一旦鸣响，关中就会有灾祸发生。

注 释

❶ 冀县：约在今甘肃甘谷。 ❷ 河鼓星：即牛郎星。

【原 文】

半汤湖。句容县吴渎塘有半汤湖[1]，湖水半冷半热，热可以瀹鸡[2]。皆有鱼，鱼交入辄死。

【译 文】

半汤湖。句容县吴渎塘有个半汤湖，湖水一半冷一半热，热水甚至可以直接炖鸡。冷热水中都有鱼，冷水之鱼游入热水立死，热水之鱼游入冷水亦立死。

注 释

❶ 句容县：今江苏句容。 ❷ 瀹（yuè）：以汤煮物。

【原 文】

盐。朐䏰县盐井[1]，有盐方寸，中央隆起，如张伞，名曰伞子盐。

【译 文】

盐。朐䏰县的盐井，所产盐块有一寸见方，中央隆起，如同撑开的伞，名叫伞子盐。

注释

❶ 朐䏰县：在今重庆云阳。

【原文】

泉。玉门军有芦葭泉[1]，周二丈，深一丈，驼马千头饮之不竭。

【译文】

泉。玉门军有一处芦葭泉，周长二丈，深一丈，供一千头骆驼和马来饮用，也不会枯竭。

注释

❶ 玉门军：开元年间置，治今甘肃玉门西北。

【原文】

伏苓。沈约谢始安王赐伏苓[1]，一枚重十二斤八两，有表。

【译文】

伏苓。沈约感谢始安王赐给他一枚重十二斤八两的茯苓，有谢表为证。

注释

❶ 沈约：字休文。吴兴武康（今浙江德清）人。南朝梁文学家、史学家，任职刘宋、南齐二朝，著有《宋书》《齐纪》等。始安王：即南齐始安王萧遥光。

【原 文】

古镬[①]。虢州陵县石城岗有古镬一口，树生其内，大数围[②]。

【译 文】

古锅。虢州陵县石城岗有一口古锅，锅里长了一棵树，树干有几围粗。

注释

❶ 镬（huò）：锅。 ❷ 围：量词。指两臂合抱的长度。

【原 文】

君王盐。白盐崖有盐如水精[①]，名为君王盐。

【译 文】

君王盐。白盐崖出产的盐像水晶一样，名叫君王盐。

注释

❶ 白盐崖：疑为重庆奉节的白盐山。

【原 文】

手板[①]。宋山阳王休祐[②]，屡以言语忤颜[③]。有庾道敏者，善相手板。休祐以己手板托言他人者，庾曰："此板乃贵，然使人多忤。"休祐以褚

【译 文】

手板。刘宋山阳王刘休祐，经常以言语触犯帝王。有个叫庾道敏的，擅长相大臣的笏板。刘休祐把自己的笏板拿给他看，谎称是别人的。庾道敏说："这个笏板的主人身份尊贵，然而使用它的人多会触忤帝王。"刘休祐认为褚

渊详密[4]，乃换其手板。别日，褚于帝前称“下官”，帝甚不悦。

渊做事详细周密，就与他换了笏板。后来有一天，褚渊在皇帝面前称下官，皇帝很不高兴。

注释

❶手板：即上朝用的笏。 ❷山阳王休祐：即刘休祐，宋文帝刘义隆第十三子，后被宋明帝所杀。 ❸忤颜：触犯帝王，直言犯上。 ❹褚渊：字彦回。河南阳翟（今河南禹州）人。南朝宋、齐时大臣，助萧道成篡刘宋称帝建立南齐。褚渊早年便有时誉，娶宋文帝之女为妻。

【原文】

鼠丸。王肃造逐鼠丸，以铜为之，昼夜自转。

【译文】

鼠丸。王肃制造的驱鼠丸，是用铜做成的，昼夜自转不停。

【原文】

木囚。《论衡》言[1]：“李子长为政[2]，欲知囚情，以梧桐为人，象囚之形，凿地为坎，以芦苇为郭藉，卧木囚于其中。囚当罪，木囚不动。囚或冤，木囚乃奋起。”

【译文】

木囚。《论衡》说：“李子长处理政务时，想要知道囚犯的情况，就用梧桐雕刻成人形，就像囚犯的样子，而后在地上挖一个坑，四周和底部用芦苇铺筑，然后把木囚放在坑里。如果囚犯有罪，木囚不动。如果囚犯有冤情，木囚就自动跃起。

注释

❶《论衡》：三十卷，东汉王充撰。该书对儒法两家思想进行了批判，阐述了唯物主义自然观、伦理观等。王充：字仲任。会稽上虞（今浙江绍兴上虞区）人。年轻时受业太学，师事班彪，勤奋好学，博通九流百家之言。 ❷李子长：即李寻，字子长。西汉平陵（今陕西咸阳西北）人。治《尚书》，好《洪范》灾异。

【原文】

苏秦金①。魏时②，洛阳令史高显掘得黄金百斤③，铭曰“苏秦金”。

【译文】

苏秦金。北魏时，洛阳令史高显挖得一百斤黄金，上面皆铭有“苏秦金”三字。

注释

❶苏秦：东周洛阳（今河南洛阳东）人。战国时期纵横家。 ❷魏：此处指北魏。 ❸令史：职官名。掌文书事务。

【原文】

梨。洛阳报德寺梨①，重六斤。

【译文】

梨。洛阳报德寺的梨，一个重六斤。

注释

❶洛阳报德寺：北魏孝文帝为祖母冯太后祈福所建。

【原 文】

甑花[1]。滕景真在广州七层寺，元徽中罢职归家[2]。婢炊，釜中忽有声如雷，米上芃芃隆起[3]。滕就视，声转壮，甑上花生数十，渐长似莲花，色赤，有光似金，俄顷萎灭。旬日，滕得病卒。

【译 文】

甑花。滕景真住在广州七层寺附近，元徽年间罢职回家。一日，婢女做饭时，锅里忽然响声如雷，米粒渐渐隆起。滕景真走近一看，只听声音越来越大，饭甑上长出几十朵小花，渐渐长得像莲花一样，花是红色的，闪耀着金光，一会儿就枯萎消失了。十天后，滕景真得病死去。

注 释

❶ 甑（zèng）：古代炊具，底部有许多小孔，可放在鬲上蒸食物。 ❷ 元徽：刘宋后废帝刘昱年号。 ❸ 芃芃（péng）：形容植物茂密的样子。

【原 文】

官金中，蝼顶金最上，六两为一垛，有卧蝼蛄穴及水皋形[1]。当中陷处，名曰趾腹；又铤上凹处有紫色[2]，名紫胆。开元中，有大唐金，即官金也。

【译 文】

官府的金锭中，以蝼顶金为最上乘，六两为一垛，表面有形如蝼蛄洞的气孔及水皋形状。当中凹陷处，名叫趾腹；又因为金锭上凹处有紫色，因此叫紫胆。开元年间，有所谓大唐金，也是官金。

注 释

❶ 蝼蛄穴：指铸金锭时产生的形如蝼蛄穴的气孔。皋：水边的高地。 ❷ 铤

(dìng)：同“锭”。古代指所铸的金银块。

【原 文】

玄金[1]。太宗时，汾州言[2]，青龙、白虎吐物在空中，有光如火，坠地，陷入二尺。掘之，得玄金，广尺余，高七寸。

【译 文】

玄金。唐太宗时期，汾州传言有青龙和白虎现于空中，吐出一物，此物发出的光似火，坠落后，陷地二尺。就地挖掘，得到一块玄金，宽一尺多，高七寸。

注 释

❶ 玄金：指陨石。 ❷ 汾州：今山西汾阳。

【原 文】

芝。天宝初，临川人李嘉胤，所居柱上生芝草[1]，状如天尊[2]。太守张景佚拔柱献焉。

【译 文】

芝。天宝初年，临川人李嘉胤所住房屋柱子上长出灵芝，形状如同天尊。临川太守张景佚让人拆下柱子进献朝廷。

注 释

❶ 临川：今属江西。 ❷ 天尊：道教对所奉天神中最高贵者的尊称。佛教也称佛为天尊。

【原 文】

龟。建中四年，赵州宁晋县沙河北①，有大棠梨树②，百姓常祈祷。忽有群蛇数十，自东南来，渡北岸集棠梨树下为二积，留南岸者为一积。俄见三龟径寸，绕行积傍，积蛇尽死，乃各登其积。视蛇腹，悉有疮，若矢所中。刺史康日知图甘棠、奉三龟来献③。

【译 文】

龟。建中四年，赵州宁晋县沙河的北面，有一棵大棠梨树，当地百姓经常在树下祈祷。一天，忽然有几十条蛇，从东南方向爬来，渡过沙河来到北岸，在棠梨树下集中成两堆，留在南岸的形成一堆。不一会儿，只见三只直径一寸的龟，各自绕着蛇堆爬了一圈，蛇就都死了，三只龟各自爬上蛇堆。人们看那死蛇，蛇腹都有伤口，像被箭射中了一样。赵州刺史康日知命人绘出甘棠树形状，并带着三只龟一同进献朝廷。

注 释

❶ 赵州：今河北赵县。宁晋县：今属河北。 ❷ 棠梨：俗称野梨。落叶乔木，叶长圆形或菱形，花白色，果实小，略呈球形，褐色。 ❸ 康日知：灵州（治今宁夏灵武西南）人。建中时，为深赵观察使。

【原 文】

雪。贞元二年，长安大雪，平地深尺余，雪上有薰黑色。

【译 文】

雪。贞元二年，长安下大雪，平地积雪一尺多。积雪上有薰黑色。

【原 文】

雨木。贞元四年，雨木于陈留[1]，大如指，长寸许。每木有孔通中，所下其立如植，遍十余里。

【译 文】

雨木。贞元四年，陈留天上下木头，木头如手指一样粗细，长一寸多。每根木头中间都有孔贯通，所下木头都像种在地里，遍布十几里。

注 释

❶ 陈留：今属河南开封。

【原 文】

齿。梵衍那国有金轮王齿[1]，长三寸。

【译 文】

齿。梵衍那国有金轮王的牙齿，牙齿有三寸长。

注 释

❶ 梵衍那国：位于阿富汗兴都库什山谷地中的古代王国。又作范阳国、望衍国、帆衍国。今称巴米扬。

【原 文】

石柱。劫比他国有石柱[1]，高七十余尺，无忧王所建[2]。色绀光润[3]，随人

【译 文】

石柱。劫比他国有根石柱，高七十多尺，无忧王所建。石柱青中透红，色泽光润，根据各人的祸福，柱子上会显现出不

罪福，影其上。

同的影子。

注释

❶ 劫比他国：西域古国名。其地在今印度北方。 ❷ 无忧王：古印度摩揭陀国孔雀王朝国王阿育王的意译。 ❸ 绀（gàn）：天青色。一种深青带红的颜色。

【原文】

旃檀鼓[1]。于阗城东南有大河[2]，溉一国之田，忽然绝流。其国王问罗汉僧，言龙所为也，王乃祠龙。水中有一女子，凌波而来，拜曰："妾夫死，愿得大臣为夫，水当复旧。"有大臣请行，举国送之。其臣车驾白马，入水不溺，中河而没。后白马浮出，负一旃檀鼓及书一函。发书，言大鼓悬城东南，寇至，鼓当自鸣。后寇至，鼓辄自鸣。

【译文】

旃檀鼓。于阗城东南有一条大河，可灌溉全国的田地，却忽然断流了。于阗国王问罗汉僧是怎么回事，罗汉僧说这是龙干的事。国王于是去祭祀龙，这时有一位女子，自水中行走而来，礼拜说："我的丈夫死了，希望有一位大臣做我丈夫，这样河水就会依旧流淌。"有一位大臣请求前去，全国的人都为他送行。那位大臣以白马驾车，入水后没有被淹，到河中间后就沉下水去。之后白马浮出水面，驮着一面旃檀鼓以及一封信。打开信，信上说将大鼓悬挂在都城的东南，如果敌人进犯，鼓会自动鸣响。后来敌人进犯，鼓果然会自动鸣响。

注释

❶ 旃檀：檀香。 ❷ 于阗：西域古国名。在今新疆和田一带。

【原 文】

石靴。于阗国刹利寺有石靴。

【译 文】

石靴。于阗国刹利寺有双石靴。

【原 文】

石阜石。河目县有石阜石[1]，破之，有鹿马迹。

【译 文】

石阜石。河目县有石阜石，破开石头后，里面有鹿蹄和马蹄的印迹。

注 释

❶ 河目县：古县名。治今内蒙古乌拉特前旗东北。

【原 文】

舍利[1]。东迦毕试国有窣堵波[2]，舍利常见，如缀珠幡，循绕表柱。

【译 文】

舍利。东迦毕试国有佛塔，舍利子很常见，就像装饰着白珠的旗帜，环绕着表柱。

注 释

❶ 舍利：梵语，意译“身骨”。释迦牟尼佛遗体火化后结成的坚硬珠状物。❷ 迦毕试国：西域古国名，又译为罽宾国。在今阿富汗兴都库什山以南的喀布尔河流域。

【原 文】

蚁像。健驮罗国石壁上有佛像。初，石壁有金色蚁，大者如指，小者如米，啮石壁如雕镌，成立佛状。

【译 文】

蚁像。健驮罗国石壁上有佛像。先前，石壁上有金色蚂蚁，大的如手指，小的如米粒一般，啃咬石壁像在雕刻一样，由此形成直立的佛像。

【原 文】

燋米。乾陀国，昔尸毗王仓库为火所烧[①]，其中粳米燋者，于今尚存。服一粒，永不患疟。

【译 文】

燋米。乾陀国，从前尸毗王的仓库为大火所烧，其中烧焦的粳米，到现在还有。若是吃上一粒，那将永远不患疟疾。

注 释

❶ 尸毗王：佛的前身。

【原 文】

辟支佛靴[①]。于阗国赞摩寺有辟支佛靴[②]，非皮非彩，岁久不烂。

【译 文】

辟支佛靴。于阗国赞摩寺有辟支佛靴，既不是皮革的也不是彩色丝绸的，历时多年也没坏。

注释

❶ 辟支佛："辟支迦佛陀"的略称。三乘中的中乘圣者。因其观十二因缘法而得道，故亦意译为"缘觉"；因其身出无佛之世，潜修独悟，又意译为"独觉"。 ❷ 赞摩寺：在今新疆和田南。

【原文】

石驼溺[1]。拘夷国北山有石驼溺水[2]，溺下，以金、银、铜、铁、瓦、木等器盛之皆漏，掌承之亦透，唯瓢不漏。服之，令人身上臭毛落尽，得仙。出《论衡》。

【译文】

石驼尿。拘夷国北山有石驼撒尿，尿液流下，用金、银、铜、铁、瓦、木等容器盛接都会漏，用手掌捧着也会漏，只有用瓢盛接不漏。喝了石驼尿，会使人身上臭毛落光，成为仙人。出自《论衡》。

注释

❶ 溺（niào）：同"尿"。 ❷ 拘夷国：西域古国名。即龟兹，在今新疆库车。

【原文】

人木。大食西南二千里有国，山谷间，树枝上化生人首，如花，不解语[1]。人借问，笑而已，频笑辄落。

【译文】

人木。大食国西南两千里有个国家，山谷间的树枝上长出人头，像花一样，听不懂人话。有人问话，它只是笑笑而已，如果连续笑就会掉下来。

注释

❶ 解语：说话，领会。

【原文】

马。俱位国以马种莳[1]，大食国马解人语。

【译文】

马。俱位国用马来耕种，大食国的马能听懂人话。

注释

❶ 俱位国：西域古国名。在今巴基斯坦境内。种莳（zhòngshì）：耕种，种植。

【原文】

石人。莱子国海上有石人[1]，长一丈五尺，大十围。昔秦始皇遣此石人追劳山[2]，不得，遂立于此。

【译文】

石人。莱子国的海上有石人，高一丈五尺，有十抱那么粗。当年秦始皇派这尊石人追崂山，石人没追上，于是矗立在这里。

注释

❶ 莱子国：西周至春秋时期的东夷古国。在今山东龙口一带。 ❷ 劳山：即崂山。在今山东青岛。

【原 文】

铜马。俱德建国乌浒河中[1]，滩派中有火祆祠，相传祆神本自波斯国乘神通来此，常见灵异，因立祆祠。内无象，于大屋下置大小炉，舍檐向西，人向东礼。有一铜马，大如次马，国人言自天下，屈前脚在空中而对神立，后脚入土。自古数有穿视者[2]，深数十丈，竟不及其蹄。西域以五月为岁[3]，每岁日[4]，乌浒河中有马出，其色金，与此铜马嘶相应，俄复入水。近有大食王不信，入祆祠，将坏之，忽有火烧其兵，遂不敢毁。

【译 文】

铜马。俱德建国乌浒河流域滩涂中有火祆祠，相传祆神从波斯国施展神通来到这里，经常显灵，因而建立祆祠。祆祠里没有神像，大屋下放置有大大小小的祭炉。房子屋檐向西，人面向东礼拜。有一匹铜马，比真马略小，该国人说这匹马从天上而来，屈曲前腿在空中面对神祠，后腿则没入土中。自古以来有不少人想往下深挖，挖了几十丈深，也没挖到马蹄。西域以五月为一年之首，每到新年第一天，乌浒河中都有金色的马跃出，与这匹铜马相互嘶鸣，然后又进入水中。近年来有大食国王不相信这些事，进入祆祠，准备将祆祠捣毁。忽然有火烧他的士兵，他就不敢再捣毁了。

注释

❶ 俱德建国：即久越得犍国。西域古国名。都城在步师城（今塔吉克斯坦卡菲尔尼甘河下游）。乌浒河：即阿姆河。中亚水量最大的内陆河，咸海的两大水源之一，源于帕米尔高原东南部的高山冰川。火祆：即琐罗亚斯德教。该教最初流行于伊朗和中亚细亚一带，南北朝时传入我国后称“火祆教”或“火祆”，以火为善和光明的代表，以礼拜“圣火”为主要仪式。 ❷ 穿：挖掘。 ❸ 以五月为岁：以五月为新年之首。 ❹ 岁日：农历新年第一天。

【原 文】

蛇碛[①]。苏都瑟匿国西北有蛇碛[②]，南北蛇原五百余里，中间遍地毒气如烟，飞鸟悉坠地，蛇吞食。或大小相噬及食生草。

【译 文】

蛇碛。苏都瑟匿国西北部有蛇碛，南北纵横五百多里，中间遍地是蛇，它们喷吐的毒气犹如烟瘴。飞鸟飞临上空时都纷纷中毒坠地，蛇就吞食它们。也有大蛇吃小蛇，或是吃草的。

注 释

❶ 碛（qì）：沙石之地。 ❷ 苏都瑟匿国：即苏都识匿国。又名“东曹国”，西域古国。地在今塔吉克斯坦西北部。

【原 文】

石鼍[①]。私诃条国金辽山寺中有石鼍[②]，众僧饮食将尽，向石鼍作礼，于是饮食悉具。

【译 文】

石鼍。私诃条国金辽山寺中有一只石鼍，众僧快将饭吃光时，向石鼍行礼，于是饮食就全都有了。

注 释

❶ 鼍（tuó）：鼍龙，即扬子鳄。 ❷ 私诃条国：古国名。在今斯里兰卡。

【原 文】

神厨。俱振提国尚鬼神[①]，

【译 文】

神厨。俱振提国崇信鬼神，城北

城北隔珍珠江二十里有神[②]，春秋祠之。时国王所须什物金银器，神厨中自然而出，祠毕亦灭。天后使验之[③]，不妄。

隔珍珠江二十里处有神灵，春秋两季举行祭祀。当时国王所需要的各类物件和金银器具，神厨里都会自动出现，祭祀完就又会自动消失。武则天让人验证此事，果然不假。

注释

❶ 俱振提国：在今塔吉克斯坦北部。 ❷ 珍珠江：即锡尔河。亚洲中部内陆河，源于天山山脉，流经图兰低地注入咸海。 ❸ 天后：即武则天。唐高宗永徽六年（655）废王皇后，立武则天为后。高宗称天皇，武后称天后。

【原文】

毒槊。南蛮有毒槊，无刃，状如朽铁，中人无血而死。言从天雨下，入地丈余，祭地，方撅得之。

【译文】

毒槊。南蛮有毒槊，没有利刃，看起来像根废铁，刺中人，人不流血就死。据说这支毒槊是下雨时从天而降，插进地里一丈多深，祭祀过大地后，才把它拔出来。

【原文】

甲。辽城东有锁甲[①]，高丽言：前燕时[②]，自天而落。

【译文】

甲。辽城东有锁子甲，高丽人说它是前燕时从天降落。

注释

❶ 辽城：辽东城。即今辽宁辽阳。锁甲：即锁子甲。一种铠甲。其甲五环相

衔，一环受镞，诸环拱护，故箭不能入。 ❷ 前燕：东晋北方十六国之一，鲜卑贵族慕容皝所建，国号为“燕”，史称前燕。

【原 文】

土槟榔[1]。状如槟榔，在孔穴间得之，新者犹软，相传蟾蜍矢也[2]。不常有之，主治恶疮。

【译 文】

土槟榔。形状像槟榔，在洞穴中可以找到，新的摸上去特别软，相传是蟾蜍的屎。不大常见，主治恶疮。

注 释

❶ 槟榔：一种热带常绿乔木。也指槟榔树的果实。 ❷ 矢：古同“屎”。

【原 文】

鬼矢。生阴湿地，浅黄白色，或时见之。主疮。

【译 文】

鬼矢。生长在阴暗潮湿之地，浅黄白色，有时能见到。主治各类疮。

【原 文】

石栏干。生大海底，高尺余，有根，茎上有孔如物点。渔人网罥取之[1]，初出水正红色，见风渐渐青色。主石淋[2]。

【译 文】

石栏干。生长在海底，高一尺多，有根，茎上有小孔像小点一样。渔夫用网捞取，刚出水时呈鲜红色，见风后渐渐转为青色。主治尿道结石。

注释

❶罥（juàn）：网。 ❷石淋：病名。小便涩痛，尿出砂石。即今尿路结石。

【原文】

壁影。高邮县有一寺，不记名。讲堂西壁枕道[1]，每日晚，人马车轝影悉透壁上，衣红紫者影中卤莽可辨[2]。壁厚数尺，难以理究。辰午之时则无[3]。相传如此二十余年矣，或一年半年不见。成式太和初，扬州见寄客及僧说[4]。

【译文】

壁影。高邮县有一座寺院，不记得寺院的名字了。寺院的讲堂西壁靠近大道，每天晚上，道路上的人、马、车辆的影子全都透过墙壁显现出来，影子中隐约可以分辨出穿红戴紫的官人。墙壁厚达几尺，难以弄清其中道理。辰午之时就没有这样的情况。相传这种情况已有二十多年了，有时一年或半年也没有影子出现。大和初年，我在扬州时，听庙中寄宿的客人及僧人说过。

注释

❶讲堂：高僧讲经说法的堂舍。枕：靠近，临。 ❷卤莽：大约，隐约。❸辰：七时至九时。午：十一时至十三时。 ❹寄客：寄居他乡之人。

【原文】

醯石。成式群从有言：少时尝毁鸟巢，得一黑石如雀卵，圆滑可爱。后偶置醋

【译文】

醯石。我的堂兄弟说过，他们小时候掏鸟窝，得到一颗像鸟蛋的黑色石头，圆滑可爱。后来无意间放在盛醋的容器

器中，忽觉石动，徐视之，有四足如綖[1]，举之，足亦随缩。

中，忽然感觉石头在动，慢慢观察，只见石头上有四只线一样细的脚。把石头拿起来，脚也随着缩回去了。

注释

❶ 綖：同“线”。

【原文】

桃核。水部员外郎杜陟[1]，常见江淮市人以桃核扇量米[2]，正容一升。言于九嶷山溪中得[3]。

【译文】

桃核。水部员外郎杜陟，曾经看见江淮一带商人用桃核扇量米，正好容下一升。说这是从九嶷山溪谷中得到的。

注释

❶ 水部员外郎：职官名。隋开皇六年（586）置，为水部司次官，掌本司籍帐，侍郎缺则代理司务。杜陟：襄州襄阳（今属湖北）人。唐文宗大和五年（831）状元。历水部员外郎、度支郎、杭州刺史。 ❷ 桃核扇：桃核剖开制的容器。形如扇，故名。 ❸ 九嶷山：又名苍梧山。在今湖南宁远境内。

【原文】

人足。处士元固言：贞元初，常与道侣游华山，谷

【译文】

人足。处士元固说：贞元初年，曾与道友结伴游览华山，在山谷中发现一条人

中见一人股，袜履甚新，断如膝头[1]，初无疮迹。

腿，穿有崭新的鞋袜，断面就像膝盖一样平整，没有创伤痕迹。

注释

❶ 膝头：膝盖。

【原文】

瓷碗。江淮有士人庄居，其子年二十余，常病猒[1]。其父一日饮茗，瓯中忽皰起如沤[2]，高出瓯中，莹净若琉璃。中有一人，长一寸，立于沤，高出瓯中。细视之，衣服状貌，乃其子也。食顷，爆破，一无所见，茶碗如旧，但有微璺耳[3]。数日，其子遂著神，译神言，断人休咎不差谬。

【译文】

瓷碗。江淮地区有个读书人住在村庄里，他的儿子二十多岁，长年患病。一天，他父亲喝茶，茶杯里突然鼓起一个水泡，高出茶杯，晶莹明净得像琉璃。里面有一个人，身长一寸，站在水泡里，高出茶杯之外。仔细一看衣服相貌，这人就是他儿子。一顿饭的工夫，水泡破裂，什么也看不到了，茶杯也和原来一样，只有轻微裂纹而已。几天后，他的儿子就鬼神附身，可以翻译神的语言，占断人的祸福丝毫不差。

注释

❶ 病猒（yàn）：患病。猒，同“厌”。 ❷ 皰（pào）：同“疱”，皮肤上长的水泡形疙瘩。沤（ōu）：水中浮泡。 ❸ 璺（wèn）：微裂。尤指陶瓷、玻璃等器物上出现的裂纹。

【原 文】

铁镜。荀讽者，善药性，好读道书，能言名理，樊晃常给其絮帛[1]。有铁镜，径五寸余，鼻大如拳[2]，言于道者处传得。亦无他异，但数人同照，各自见其影，不见别人影。

【译 文】

铁镜。有个叫荀讽的人，熟知药性，喜欢阅读道家书籍，能讲道家义理，樊晃曾送给他棉絮与布帛。他有一面铁镜，直径五寸多，镜鼻儿像拳头一样大，说是从道士手里传下来的。这面镜子也没有其他奇异之处，只是几个人同时照镜子时，各自只能看见自己的影像，看不到别人的影像。

注 释

❶ 樊晃：郡望南阳湖阳（今河南唐河），句容（今属江苏）人。开元二十八年（740）进士，历任汀州刺史、兵部员外郎、润州刺史。絮帛：棉絮与布帛。泛指轻暖御寒之物品。 ❷ 鼻：鼻儿，器物凸出带孔的部分。

【原 文】

大虫皮[1]。永宁王盐铁旧有大虫皮[2]，大如一掌，须尾班点如犬者。

【译 文】

大虫皮。永宁人王盐铁从前有一块手掌大的虎皮，须尾的斑点像狗身上的斑点。

注 释

❶ 大虫：老虎。 ❷ 永宁：今河南洛宁。

【原 文】

人腊[1]。李章武有人腊[2]，长三尺余，头、项、髀、肋成就[3]，云是僬侥国人[4]。

【译 文】

人腊。李章武有一具干尸，长三尺多，头、脖子、大腿骨、肋骨都很齐全，说是僬侥国人。

注 释

❶人腊：干尸。 ❷李章武：字子飞。中山（治今河北定州）人。唐德宗贞元进士，曾佐东平李师古幕。文宗大和末，为成都少尹。 ❸髀（bì）：大腿，也指大腿骨。 ❹僬侥（jiāoyáo）国：传说中的矮人国。《列子·汤问》记载："从中州以东四十万里，得僬侥国，人长一尺五寸。"

【原 文】

牛黄[1]。牛黄在胆中。牛有黄者，或吐弄之。集贤校理张希复言："尝有人得其所吐黄，剖之，中有物如蝶飞去。"

【译 文】

牛黄。牛黄在牛的胆囊中。病牛有了牛黄，有时会吐出来咀玩。集贤殿书院校理张希复说："曾经有人得到病牛吐出来的牛黄，用刀剖开，里面有个东西像蝴蝶一样飞了出来。"

注 释

❶牛黄：牛胆囊中的结石，为珍贵的中药。

【原 文】

上清珠。肃宗为儿时，常为玄宗所器[①]。每坐于前，熟视其貌，谓武惠妃曰[②]："此儿甚有异相，他日亦吾家一有福天子。"因命取上清玉珠，以绛纱裹之，系于颈。是开元中罽宾国所贡[③]，光明洁白，可照一室。视之，则仙人、玉女、云鹤、绛节之形摇动于其中[④]。及即位，宝库中往往有神光。异日，掌库者具以事告。帝曰："岂非上清珠耶?"遂令出之，绛纱犹在，因流泣，遍示近臣曰："此我为儿时，明皇所赐也。"遂令贮之以翠玉函，置之于卧内。四方忽有水旱兵革之灾，则虔恳祝之，无不应验也。

【译 文】

上清珠。唐肃宗小时候，经常受到唐玄宗的器重。每每坐在玄宗面前，玄宗都会端详他的面貌，对武惠妃说："这个孩子相貌与众不同，日后也是我家一位有福天子。"于是玄宗命人取来上清玉珠，用绛纱包着，系在肃宗的脖子上。这是开元年间罽宾国所进贡品，光明洁白，能把全屋照亮，仔细看，还能看到珠子里有仙人、玉女、云鹤、绛节等影像在摇动。等到肃宗即位，皇宫的宝库中往往有神异光芒。后来掌管宝库的人就向肃宗禀报此事，肃宗说："莫非是上清珠吗?"于是下令将上清珠取出，包珠子的绛纱还在，于是肃宗泪流满面，让近臣都来观看，说："这是我小时候，父皇赐给我的。"就下令把它珍藏在翠玉匣子里，放在自己卧室中。天下偶尔发生水灾、旱灾与战乱等灾祸，肃宗就虔诚地向上清珠祈祷，没有不应验的。

注释

❶ 器：器重。 ❷ 武惠妃：并州文水（今山西文水）人。唐玄宗李隆基宠妃，武则天的侄孙女。 ❸ 罽宾国：西域古国名。在今克什米尔一带。 ❹ 绛节：传说中上帝或仙君的一种仪仗。

【原 文】

汉帝相传以秦王子婴所奉白玉玺[1]，高祖斩白蛇剑。剑上皆用七彩珠、九华玉以为饰，杂厕五色琉璃为剑匣[2]。剑在匣中，光景犹照于外，与挺剑不殊。十二年一加磨砻[3]，刃若霜雪。开匣拔鞘，辄有风气，光彩射人。

【译 文】

汉代皇帝把秦王子婴所献的传国玉玺、高祖斩白蛇之剑作为传国之宝。斩蛇剑上缀以七彩珠、九华玉作为装饰，用五彩琉璃制成剑匣。剑放在匣里，剑刃的光影还能照到外面，和持剑在手一样。十二年新磨一次，剑刃上常寒若霜雪。开匣拔剑出鞘，就有寒气逼人，光彩照人。

注释

❶ 子婴：公元前207年，赵高迫令秦二世自杀，立子婴为秦王。公元前206年，项羽进入咸阳，将子婴杀害。 ❷ 杂厕：夹杂。 ❸ 磨砻（lóng）：磨治。

【原 文】

楚州界有小山，山上有室而无水。僧智一掘井，深三丈遇石。凿石穴及土，又深五十尺，得一玉，长尺二，阔四寸，赤如榴花。每面有六龟子，紫色可爱，中若贮水状。僧偶击一角，视之，遂沥血，半月日乃止。

【译 文】

楚州境内有座小山，山上有房屋但没有水。僧人智一挖了一口井，挖到三丈深遇到一块石头。凿穿石头继续挖土，又挖了五十尺深，得到一块玉，长一尺二寸，宽四寸，通体红艳如同榴花，每面都刻有六只紫色小龟，非常可爱，玉中间好像能盛水的样子。僧人智一偶然撞击玉的一角，那玉石开始滴血，半个月才停止。

【原 文】

虞乡有山观[1]，甚幽寂，有涤阳道士居焉。太和中，道士尝一夕独登坛望，见庭忽有异光，自井泉中发。俄有一物，状若兔，其色若精金，随光而出，环绕醮坛。久之，复入于井。自是每夕辄见。道士异其事，不敢告于人。后因淘井，得一金兔，甚小，奇光烂然，即置于巾箱中。时御史李戎职于蒲津[2]，与道士友善，道士因以遗之。其后戎自奉先令为忻州刺史[3]，其金兔忽亡去，后月余而戎卒。

【译 文】

虞乡有座山中道观，环境非常幽静清寂，有个涤阳道士在这里居住。大和年间，道士曾在一天晚上独自登上祭坛，望见庭院里忽然有异光，是从水井中发出。不一会儿有一个形状像兔、颜色纯金的东西，随着异光而出，环绕祭坛。过了很久，又回到井里。从此每晚都能看见。道士觉得很奇怪，不敢告诉别人。后来因为淘井，他淘到一只很小的金兔，异光闪烁，道士就将它放在巾箱中。当时御史李戎在蒲津任职，与道士交好，道士就把小金兔送给他。后来李戎自奉先县令升为忻州刺史，那只金兔突然不见了，一个多月后李戎就去世了。

注 释

❶ 虞乡：古县名。今属山西永济。山观：山中道观。 ❷ 李戎：唐朝元和、长庆间官忻州刺史。蒲津：即蒲津渡。遗址位于今山西永济西南。 ❸ 奉先：治今陕西蒲城。忻州：今属山西。

【原 文】

李师古治山亭[1]，掘得一

【译 文】

李师古修建山亭，挖到一个东西，

物，类铁斧头。时李章武游东平[②]，师古示之，武惊曰："此禁物也，可饮血三斗。"验之而信。

类似铁斧头。当时李章武游历东平，李师古把那东西拿给李章武看，李章武吃惊地说："这是禁物，能喝三斗血。"李师古做了验证，果然如此。

注释

❶ 李师古：唐高丽人。曾任右金吾卫大将军。贞元末，进同中书门下平章事，累迁检校司徒兼侍中。治：修建。 ❷ 东平：今属山东。

前集卷十一

广知

【原 文】

俗讳五月上屋，言五月人蜕[①]，上屋见影，魂当去。

【译 文】

世俗忌讳五月份上屋顶，说五月份人的灵魂脱离肉体，如果上屋看见自己的影子，魂魄容易离去。

注 释

❶人蜕：旧时迷信谓人的灵魂脱离肉体。

【原 文】

金曾经在丘冢[①]，及为钗钏、溲器[②]，陶隐居谓之辱金[③]，不可合炼。

【译 文】

曾在坟墓中埋过的金子，以及做过妇人的饰物、尿壶等的金子，陶弘景称之为辱金，不能与其他金属合炼。

注 释

❶丘冢：坟墓。 ❷钗钏：钗簪与臂镯。泛指妇人的饰物。溲器：尿壶。

❸ 陶隐居：即陶弘景。辱金：指出自坟墓随葬或曾作钗钏、溲器等的金子。

【原 文】

炼铜时，与一童女俱，以水灌铜，铜当自分为两段。有凸起者牡铜也[1]，凹陷者牝铜也[2]。

【译 文】

炼铜时，让童男童女各一人用水浇灌铜，铜就自然分为两段。有凸起的一段为公铜，凹陷的一段为母铜。

注 释

❶ 牡铜：古代炼铜时以水灌铜，其凸起者为牡铜，其凹陷者为牝铜。牡：公，雄性。 ❷ 牝（pìn）：雌性。

【原 文】

爨釜不沸者，有物如豚居之，去之无也。

【译 文】

做饭时水烧不开，那是因为灶下有个像小猪一样的东西，把它赶走就好了。

【原 文】

灶无故自湿润者，赤虾蟆名钩注居之，去则止。

【译 文】

灶无缘无故潮湿，是因为有种名叫钩注的红色虾蟆在里面，把它赶走就好了。

【原 文】

饮酒者，肝气微则面

【译 文】

饮酒的人，肝气虚弱就会脸色发青，

青，心气微则面赤也。

心气虚弱就会脸色发红。

【原 文】

脉勇，怒而面青；骨勇，怒而面白；血勇，怒而面赤。

【译 文】

脉旺，发怒时脸色就发青；骨旺，发怒时脸色就发白；血旺，发怒时脸色就发红。

【原 文】

山气多男，泽气多女。水气多喑[1]，风气多聋。木气多伛[2]，石气多力。阻险气多瘿[3]，暑气多残，寒气多寿。谷气多痹[4]，丘气多尪[5]。衍气多仁[6]，陵气多贪。

【译 文】

山区多生男子，湖泽一带多生女子。水乡之地人多哑，风大之地人多聋。草木茂密之地人多驼背，石多之地人多壮汉。阻峻之地人多有大脖病，炎热之地人多残疾，寒冷之地人多长寿。峡谷之地人多患风湿，丘陵之地人多仰面突胸。平原之地人多仁厚，闭塞的山区人多贪婪。

注 释

❶喑（yīn）：哑。 ❷伛（yǔ）：佝偻，驼背。 ❸瘿（yǐng）：颈瘤，俗称大脖子。 ❹痹（bì）：中医指由风、寒、湿等侵蚀肢体引起的疼痛或麻木的症状。 ❺尪（wāng）：古同“尪”，仰面突胸。 ❻衍：低而平坦之地。

【原 文】

身神及诸神名异者：脑

【译 文】

人身之神以及各大器官之神的名称有

神曰觉元，发神曰玄华，目神曰虚监，鼻神曰冲龙玉，舌神曰始梁。

异名的是：脑神又叫觉元，发神又叫玄华，目神又叫虚监，鼻神又叫冲龙玉，舌神又叫始梁。

【原 文】

夫学道之人，须鸣天鼓[1]，以召众神也。左相叩为天钟，卒遇凶恶不祥叩之。右相叩为天磬，若经山泽邪僻威神大祝叩之。中央上下相叩名天鼓，存思念当道鸣之[2]。叩之数三十六，或三十二，或二十七，或二十四，或十二。

【译 文】

学道的人，要学会叩齿之术，用来召唤众神。左侧牙齿相叩为天钟，如果突然遇到凶恶不吉利的事，可叩击左侧牙齿召唤众神。右侧牙齿相叩为天磬，如果行经山泽邪僻之地，遇见邪魔妨害，可以此求助大神。中央上下相叩名天鼓，存思、念道时就叩鸣。叩齿之数有三十六次、三十二次、二十七次、二十四次或十二次。

注释

❶ 鸣天鼓：道家的一种养生法。中央牙齿上下相叩。 ❷ 存思：存想。道家一种关于意念的修炼方式。

【原 文】

玉女以黄玉为志[1]，大如黍，在鼻上。无此志者，鬼使也。

【译 文】

玉女以黄玉为痣，大小如同黍米，长在鼻子上。如果没有这颗痣，就是鬼派遣来试探人的。

注释

❶志：同“痣”。

【原文】

入山忌日，大月忌三日、十一日、十五日、十八日、二十四日、二十六日、三十日[1]；小月忌一日、五日、十三日、十六日、二十六日、二十八日[2]。

【译文】

进山的忌日，大月忌三日、十一日、十五日、十八日、二十四日、二十六日、三十日；小月忌一日、五日、十三日、十六日、二十六日、二十八日。

注释

❶大月：农历称三十天的月份。 ❷小月：农历称二十九天的月份。

【原文】

凡梦五脏，得五谷：肺为麻，肝为麦，心为黍，肾为菽[1]，脾为粟。

【译文】

凡是梦见五脏，都预示着五谷丰登：梦见肺得麻，梦见肝得麦，梦见心得黍，梦见肾得菽，梦见脾得粟。

注释

❶菽（shū）：豆类的总称。

【原 文】

凡人不可北向理发、脱衣及唾、大小便[1]。

【译 文】

凡是学仙之人不可面朝北理发、脱衣服唾骂以及大小便。

注 释

❶ 唾：唾骂。

【原 文】

月朔日勿怒。

【译 文】

每月初一不要发脾气。

【原 文】

三月三日，不可食百草心。四月四日，勿伐树木。五月五日，勿见血。六月六日，勿起土。七月七日，勿思忖恶事[1]。八月四日，勿市履屣。九月九日，勿起床席。十月五日，勿罚责人。十一月十一日，可沐浴。十二月三日，可斋戒。如此忌，三官所察[2]。

凡存修[3]，不可叩头。叩头则倾九天[4]，覆泥丸[5]，天帝号于上境，太乙泣于中田[6]。但心存

【译 文】

三月三日，不要吃各种草心。四月四日，不要砍伐树木。五月五日，不要见血。六月六日，不要起土动工。七月七日，不要想坏事。八月四日，不要买鞋。九月九日，不要撤床上的席子。十月五日，不要责罚人。十一月十一日，可以沐浴。十二月三日，可以斋戒。这些禁忌，三官之神都是知晓的。

凡是持戒修行的人，不要叩头。叩头就会倾倒九天之神，颠覆泥丸宫，天帝会在上丹田嚎啕，太乙会在中丹田哭泣。只是心里想着

叩头而已。

叩头就可以了。

注释

❶ 思忖（cǔn）：思考，揣度。 ❷ 三官：道教所奉的神。天官、地官、水官三帝的合称。传说天官赐福，地官赦罪，水官解厄。 ❸ 存修：持戒修行。❹ 九天：谓天之中央与八方。 ❺ 泥丸：道教语。脑神的别名。道教以人体为小天地，各部分皆赋以神名，称脑神为精根，字泥丸。 ❻ 中田：即中丹田。三丹田之一，在心窝部位。

【原 文】

老子拔白日[①]：正月四日，二月八日，三月十二日，四月十六日，五月二十日，六月二十四日，七月二十八日，八月十九日，九月十六日，十月十三日，十一月十日，十二月七日。

【译 文】

老子拔白的日子：正月四日，二月八日，三月十二日，四月十六日，五月二十日，六月二十四日，七月二十八日，八月十九日，九月十六日，十月十三日，十一月十日，十二月七日。

注释

❶ 拔白：指拔去白发白须。

【原 文】

《隐诀》言太清外术[①]：

【译 文】

《隐诀》记载太清外术：活人的

生人发挂果树，乌鸟不敢食其实。菰两鼻两蒂，食之杀人。檐下滴菜有毒，堇黄花及赤芹杀人。瓠[②]，牛践苗则子苦。大醉不可卧黍穰上[③]，汗出眉发落。妇人有娠食干姜，令胎内消。十月食霜菜，令人面无光。三月不可食陈菹[④]。莎衣结治蠼螋疮[⑤]。井口边草主小儿夜啼，著母卧荐下[⑥]，勿令知之。船底苔疗天行[⑦]。寡妇藁荐草节[⑧]，去小儿霍乱。自缢死绳主颠狂。孝子衿灰，傅面皯[⑨]。东家门鸡栖木作灰，治失音。砧垢能蚀人履底。古榇板作琴底[⑩]，合阴阳，通神。鱼有睫及开合[⑪]，腹中自连珠，二目不同，连鳞，白鬐[⑫]，腹下丹字，并杀人。鳖目白，腹下五字、十字者，不可食。蟹腹下有毛，杀人。蛇以桑柴烧之，则见足出。兽歧尾，鹿斑如豹，羊心有窍，悉害人。马夜眼[⑬]，五月以后，食之杀人。犬悬蹄，肉有毒。白马鞍下肉，伤人五脏。鸟自死目不闭，鸭目白，乌四距，卵

头发挂在果树上，乌鸦之类的鸟儿不敢来啄食果实。有两个瓜脐、两个瓜蒂的瓜，吃了会死人。房檐下承滴水长成的菜有毒，堇黄花和赤芹吃了会死人。瓠瓜，被牛践踏的瓜苗长出的瓠子会苦。大醉后不要躺在黍草堆上，一旦出汗眉毛头发就会脱落。妇人怀孕后吃干姜，会使胎儿消融。十月份吃打霜的菜，使人脸上无光泽。三月份不能吃腌菜。蓑衣结可以治疗蠼螋疮。井口边的草主治小儿夜啼，放在孩子母亲睡觉的席垫下，不要让她知道。船底的苔藓治疗流行传染病。寡妇睡的草席上的草，能治小儿霍乱。自缢死的绳子主治颠狂。孝子衣领上的泥垢，敷在脸上可以美白。东边家门鸡栖息的木头烧成灰，治疗失语。砧板上的泥垢能腐蚀人的鞋底。古墓中的棺材板用作琴底，可调和阴阳，通神明。鱼有睫毛且眼睛会眨，肚腹中有自连珠，两只眼睛不同，鳞片相连，鳍呈白色，肚腹下有红字，吃了都会死人。鳖的眼睛是白色的，肚腹下有五字、十字的，不能吃。蟹腹下有毛的，吃了会死人。用桑木烤蛇，蛇就会露出脚。尾巴分叉的兽类，斑纹像豹子的鹿，心脏有窍的羊，吃了都会死人。马夜眼，五月以后服用，会死人。狗悬着蹄子，这种狗肉有毒。白马马鞍下面的肉，吃了会伤人的五脏。自行死亡不闭眼的

有八字，并杀人。凡飞鸟投人家，口中必有物，当拔而放之。赤脉不可断，井水沸不可饮。酒浆无影者，不可饮。蝮与青蝰[14]，蛇中最毒；蛇怒时，毒在头尾。凡冢井间气，秋夏中之杀人，先以鸡毛投之，毛直下无毒，回旋而下不可犯，当以醋数斗浇之，方可入矣。颇梨[15]，千岁冰所化也。琉璃、马脑[16]，先以自然灰煮之令软，可以雕刻。自然灰生南海。马脑，鬼血所化也。

《玄中记》言[17]：枫脂入地为琥珀[18]。《世说》曰：桃沈入地所化也[19]。《淮南子》云：兔丝[20]，琥珀苗也。

鸟，白眼珠的鸭，长了四只距的乌鸦，有八字纹的蛋，吃了都会死人。凡是飞鸟飞入人家，口中必有异物，应当取出异物后放飞。井水水源不能断，井水沸腾不能饮用，酒浆不能照出人影的不能饮用。蝮蛇与青色蝰蛇，是蛇类中毒性最强的。蛇怒时，蛇毒聚集在头尾。凡是坟墓、深井间的气体，秋夏之季能毒死人，先丢下一支鸡毛，鸡毛垂直下降则无毒，如果回旋下落则人不能下去，应当先用几斗醋浇下，才能进入。颇梨，是千年的冰所化。琉璃、玛瑙，先用自然灰加热使其软化，方可雕刻。自然灰出自南海。玛瑙，是鬼的血液所化。

《玄中记》说：枫树的树脂埋入地下变为琥珀。《世说新语》说：琥珀是桃汁埋入地下所化。《淮南子》说：菟丝，就是琥珀的苗。

注释

❶《隐诀》：即《登真隐诀》，梁陶弘景撰。该书采摭前代道书中的诸真传诀及各家养生术而成。 ❷瓠（hù）：瓠瓜。 ❸黍穰：黍的秸秆。 ❹陈菹：腌菜。 ❺莎衣：蓑衣。莎，通“蓑”。蠼螋（qúsōu）疮：传说人影受蠼螋虫溺射后所生的疮。 ❻荐：草垫子。 ❼天行：指流行传染病。 ❽藁（gǎo）荐：草席。 ❾皯（gǎn）：同“皯”，皮肤黧黑枯槁。 ❿古榇（chèn）板：古墓中的棺材板。 ⓫睫：睫毛。 ⓬鬐（qí）：通“鳍”。 ⓭夜眼：马膝上所生皮肤角质块。可供药用。 ⓮蝮：蝮蛇。青蝰（kuí）：一种毒蛇。 ⓯颇梨：

指状如水晶的宝石。 ⑯马脑：即玛瑙。 ⑰《玄中记》：又名《郭氏玄中记》，晋郭璞撰。该书为地理博物类志怪小说集。 ⑱枫脂：枫树上分泌的胶状液体，有香味，可入药。 ⑲桃沈：桃汁。 ⑳兔丝：植物名。即菟丝子。

【原文】

鬼书惟有业煞[1]，刁斗出于古器[2]。

【译文】

鬼书只有“业缘所杀”，刁斗出于古时器物。

注释

❶鬼书：一种字体。《类说》卷五十八载：“宋元嘉中，有人京口震死，臂有霹雳朱书四字，四字云：‘业缘所杀。’断作鬼书。” ❷刁斗：古代军中用具，铜质，有柄，能容一斗。白天用来烧饭，夜间用来打更。

【原文】

百体中，有悬针书、垂露书、秦望书、汲冢书、金错书、虎爪书、倒薤书、偃波书、幡信书、飞白书、籀书、缪篆书、制书、列书、日书、月书、风书、署书、虫食叶书、胡书、蓬书、天竺书、楷书、横书、芝英隶、钟隶、鼓隶、龙虎篆、麒麟篆、鱼篆、虫篆、鸟篆、鼠篆、牛书、兔书、草书、龙草书、狼书、犬书、鸡

【译文】

百体书中有悬针书、垂露书、秦望书、汲冢书、金错书、虎爪书、倒薤书、偃波书、幡信书、飞白书、籀书、缪篆书、制书、列书、日书、月书、风书、署书、虫食叶书、胡书、蓬书、天竺书、楷书、横书、芝英隶、钟隶、鼓隶、龙虎篆、麒麟篆、鱼篆、虫篆、鸟篆、鼠篆、牛书、兔书、草书、龙草书、狼书、犬

书、震书、反左书、行押书、楫书、藁书、半草书[1]。

书、鸡书、震书、反左书、行押书、楫书、藁书、半草书。

注释

❶ 百体：各种书体。悬针书：书法笔画名。竖画之一。写竖画时，运笔至下端，出锋如悬针者，谓之“悬针”。起于篆书。垂露书：书法笔画名。竖画之一。写竖画时，运笔至最末不出锋，而作顿笔向上围收，微呈露珠状，谓之“垂露”。起于篆书。金错书：《初学记》卷二十一引王愔《文字志》“金错书，八体书法不图其形，或云以铭金石，故谓之金错”。虎爪书：书体名。《初学记》卷二十一引挚虞《决疑要注》“尚书台召人，用虎爪书，告下用偃波书，皆不可卒学，以防矫诈”。倒薤书：一种篆书书体名。幡信书、飞白书、籀书、缪篆书：六体书之一，用以摹刻印章。也称摹印篆。行押书：书体名。行书的别称。

【原文】

召奏用虎爪书，诰下用偃波书，为不可学，以防诈伪。

【译文】

召奏使用虎爪书，制诰使用偃波书，因为这两种书体不能仿学，可以防止伪冒。

【原文】

谢章诏板用蚋脚书[1]，节信用鸟书[2]，朝贺用填书[3]，亦施于婚姻。

【译文】

谢章诏板用蚊脚书，节信用鸟书，朝贺用填书，也适于有关婚姻的文书。

注释

❶ 谢章：即谢表。旧时臣下感谢君主的奏章。诏板：犹诏书，诏令。蜹(ruì)脚书：即蚊脚书。书体名。古时诏板所用，形如蚊子脚，故称。 ❷ 节信：与符节配套的文书。鸟书：书体的一种。属篆书的变体。书于幡信端，亦见于瓦当、印文中。 ❸ 填书：即填篆。书体的一种。相传为周人媒氏所作。

【原 文】

西域书，有驴唇书、莲叶书、节分书、大秦书、驮乘书、牸牛书、树叶书、起尸书、右旋书、覆书、天书、龙书、鸟音书等，有六十四种。

【译 文】

西域书体，有驴唇书、莲叶书、节分书、大秦书、驮乘书、牸牛书、树叶书、起尸书、右旋书、覆书、天书、龙书、鸟音书等，共有六十四种。

【原 文】

胡综博物[①]。孙权时，掘得铜匣，长二尺七寸，以琉璃为盖。又一白玉如意，所执处皆刻龙虎及蝉形，莫能识其由。使人问综，综曰："昔秦皇以金陵有天子气[②]，平诸山阜[③]，处处辄埋宝物，以当王气。此盖是乎？"

【译 文】

胡综通晓众物。孙权为吴主时，从地里挖出一个铜匣，长二尺七寸，用琉璃做的盖。还有一柄白玉如意，手持的地方都刻有龙虎及蝉形，没有人知道其中的缘由。派人去问胡综，胡综说："以前秦始皇因为金陵有天子气，于是削平山岭，四处埋下异宝，以阻挡王气。这柄白玉如意可能就是当时埋的吧？"

注 释

❶ 胡综：字伟则。汝南固始（治在今安徽临泉）人。少避乱江东，为孙策门下吏，与孙权共读书。后为侍中，封乡侯，兼左右领军。 ❷ 金陵：今江苏南京。 ❸ 山阜：山岭。

【原 文】

邓城西百余里有谷城[①]，谷伯绥之国[②]。城门有石人焉，刊其腹云："摩兜鞬，摩兜鞬，慎莫言。"疑此亦同太庙金人缄口铭。

【译 文】

邓城西边一百多里有谷城，是当年谷伯绥的封国。城门有个石人，石人腹部雕刻着："摩兜鞬，摩兜鞬，慎莫言。"怀疑这也和太庙金人的缄口铭差不多。

注 释

❶ 邓城：今湖北襄阳。谷城：今属湖北。 ❷ 谷伯绥：即嬴绥。春秋时期谷国国君。

【原 文】

历城北二里有莲子湖[①]，周环二十里。湖中多莲花，红绿间明，乍疑濯锦[②]。又渔船掩映，罟罾疏布[③]，远望之者如蛛网浮杯也。魏袁翻曾在湖燕集[④]，参军张伯瑜咨公言："向

【译 文】

历城北二里有莲子湖，环湖二十里。湖中多植莲花，红花绿叶相间，乍一看犹如濯锦一般。又有渔船掩映其间，湖里稀稀落落地散布着渔网，远远望去就像蛛网和流杯一样。北魏袁翻曾在莲子湖宴饮聚会，参军张伯瑜请教袁公："先前我用湖水制血羹，

为血羹[5]，频不能就。”公曰：“取泺水[6]，必成也。”遂如公语，果成。时清河王怪而异焉[7]，乃咨公：“未审何义得尔？”公曰：“可思湖目[8]。”清河笑而然之，而实未解。坐散，语主簿房叔道曰：“湖目之事，吾实未晓。”叔道对曰：“藕能散血，湖目莲子，故令公思。”清河叹曰：“人不读书，其犹夜行。二毛之叟[9]，不如白面书生。”

为何总是制不成？”袁公说：“取泺水制作，就肯定能做成。”张伯瑜于是按照袁公所说的去做，果然做成了。当时清河王感到很奇怪，就问袁公：“不清楚这是什么道理？”袁公说：“请想想湖名。”清河王笑着表示理解，然而实际没有理解。宴席散后，清河王对主簿房叔道说：“湖名的事，我实在没明白。”叔道回答：“藕能散血，湖名为莲子湖，所以让您想想湖名。”清河王叹息说：“人不读书，就像摸黑走路一样。头发花白的老人，也不如年轻的读书人。”

注释

❶ 莲子湖：即今山东济南大明湖。 ❷ 濯锦：成都一带所产的织锦，以华美著称。 ❸ 罟罾（gǔzēng）：渔网。疏布：稀稀落落地散布着。 ❹ 袁翻：字景翔。北魏陈郡项县（今河南沈丘南）人。曾任齐州刺史，武泰元年（528）于河阴之变遇害。燕集：宴饮聚会。 ❺ 血羹：用禽兽的血做的凝固状食物。 ❻ 泺水：源出今山东济南西南趵突泉，北流至泺口入古济水（此段古济水即今黄河）。 ❼ 清河王：即元怿，字宣仁。北魏孝文帝第四子，封清河王。 ❽ 湖目：湖名，即莲子的异名。 ❾ 二毛：头发花白。

【原文】

梁主客陆缅谓魏使尉瑾曰[1]：“我至邺，见双阙极高[2]，图饰甚丽。此间石阙亦为不下[3]。我家

【译文】

梁朝主客郎中陆缅对魏使尉瑾说：“我到邺城，看到双阙极高，装饰非常华丽。我们这里的石阙也不

有荀勖所造尺[4]，以铜为之，金字成铭，家世所宝此物。往昭明太子好集古器[5]，遂将入内。此阙既成，用铜尺量之，其高六丈。”瑾曰：“我京师象魏[6]，固中天之华阙，此间地势过下，理不得高。”魏肇师曰[7]：“荀勖之尺，是积黍所为[8]，用调钟律，阮咸讥其声有湫隘之韵[9]。后得玉尺度之，过短。”

比你们的差。我家有一把荀勖制造的铜尺，上镌金字铭文，是我家的传家宝。以前昭明太子喜欢收集古物，就献与太子了。这双阙建成后，用这把铜尺丈量，总高六丈。”尉瑾说：“我国都城的双阙，是高入云天的华阙，贵国地势低洼，按道理不会有多高。”魏崔肇师说：“荀勖的尺子，是积黍而成的，用来调定音律，阮咸讥讽说乐声偏低，音域不广。后来得到周朝的玉尺再进行调校，发现铜尺确实太短了。”

注释

❶ 主客：即主客郎中。职官名，主管外交及处理民族间的事务。尉瑾：字安仁。少好学，仕魏时，擢拜中书舍人。入齐后，迁吏部尚书兼右仆射，掌选举。❷ 双阙：古代宫殿、祠庙、陵墓前两边高台上的楼观。 ❸ 不下：不亚于。❹ 荀勖（xù）：字公曾。颍阴（今河南许昌）人。初仕魏，累官侍中，入晋封济北郡公，领秘书监，进光禄大夫，官至尚书令。 ❺ 昭明太子：即萧统，字德施，小字维摩。南兰陵（治今江苏常州西北）人。梁武帝萧衍长子，天监元年（502）被册立为太子。中大通三年（531），萧统因病早逝，谥号昭明，史称“昭明太子”。萧统酷爱读书，主持编撰《文选》。 ❻ 象魏：古代天子、诸侯宫门外的一对高建筑，亦叫“阙”或“观”，为悬示教令的地方。 ❼ 肇师：即崔肇师，清河郡东武城县（今河北故城）人。元象年间，数以太子中舍人接待南梁使者。 ❽ 积黍：古时度量衡定制，均以黍为准。长度即取黍的中等子粒，一个纵黍为一分，百黍即为一尺。 ❾ 阮咸：字仲容。陈留尉氏（今河南尉氏）人。阮咸妙解音律，为“竹林七贤”之一。湫（jiǎo）隘：低洼狭小。

【原 文】

旧说不见辅星者将死[1]。成式亲故常会修行里[2]，有不见者，未周岁而卒。

【译 文】

传说看不见辅星的人即将死去，我的亲朋故旧曾在修行坊聚会，其中有人看不见辅星，没过一年就死了。

注 释

❶ 辅星：星名。即大熊座第80号星。北斗七星第六颗星（开阳星）的伴星。 ❷ 修行里：即修行坊。唐长安城坊。

【原 文】

相传识人星不患疟[1]，成式亲识中，识者悉患疟。又俗不欲看天狱星[2]，有流星入，当被发坐哭之，候星却出，灾方弭[3]。《金楼子》言[4]：“余以仰占辛苦[5]，侵犯霜露，又恐流星入天牢。”方知俗忌之久矣。

【译 文】

相传能够辨识人星的人不患疟疾，我的亲友中，能够辨识人星的都得了疟疾。又有俗话说不要看天牢星，如果看见有流星飞入天牢星，就要披散头发坐下痛哭，一直等到流星飞出天牢星，才能消除灾祸。《金楼子》说：“我觉得仰观天象很辛苦，要承受霜露之苦，还要提防流星飞入天牢。”我这才知道民间忌讳这个已经很久了。

注 释

❶ 人星：亦称“卧星”。共五星，属危宿。 ❷ 天狱星：即天牢星。位于紫微垣中，共六星，主牢狱。 ❸ 弭（mǐ）：消除。 ❹《金楼子》：梁元帝萧绎

撰。萧绎博览群书，著述多行于世。其在藩时，尝自号金楼子，因以名书。该书论历代兴亡之迹。 ❺ 仰占：仰观天象。

【原 文】

荆州陟屺寺僧那[1]，善照射，每言照射之法："凡光长而摇者鹿，帖地而明灭者兔[2]，低而不动者虎。"又言："夜格虎时，必见三虎并来，夹者虎威[3]，当刺其中者。虎死，威乃入地，得之可却百邪。虎初死，记其头所藉处，候月黑夜掘之。欲掘时，而有虎来，吼掷前后[4]，不足畏，此虎之鬼也。深二尺，当得物如虎珀，盖虎目光沦入地所为也。"

【译 文】

荆州陟屺寺僧那，擅长照射，经常讲起照射的方法："在夜间，凡是眼睛发出的光亮长而摇动的是鹿，贴地面而忽明忽暗的是兔子，目光低伏不动的是虎。"又说："夜间跟虎搏斗时，你一定会看见有三只虎一同向你扑来，左右两边是虎威化生的影子，应当刺杀中间的那只。虎死后，虎威就进入地里，找到它后可避各种邪魔。虎刚死时，你要记住虎头所枕的位置，等到漆黑无月的夜晚去挖掘。挖掘时，一定有虎在你的前后咆哮跳跃，不要害怕，那是虎的魂魄。挖掘两尺深，你可以找到一种像琥珀的东西，它就是虎的目光沉没入地而形成的。"

注释

❶ 陟屺寺：寺院名。南朝梁建，在今湖北江陵东北。 ❷ 明灭：时隐时现，忽明忽暗。 ❸ 虎威：传说虎身上一种骨头的名称。 ❹ 吼掷：咆哮跳跃。

【原文】

又言：雕翎能食诸鸟羽[1]，复善作风羽[2]。风羽法：去括三寸[3]，钻小孔，令透笴；及锼风渠[4]，深一粒，自括达于孔，则不必羽也。

【译文】

又有这样的说法：雕的翎毛可以驱逐其他鸟类的羽毛，拿来做箭非常好。制作羽箭的方法是：在距离箭栝三寸处，钻小孔，要钻透箭杆；在箭杆上刻镂一个风槽，风槽有一粒米深，从箭栝直达小孔，这样就不必用羽毛做箭翎了。

注释

❶ 雕翎：雕的翎毛。 ❷ 风羽：羽箭。 ❸ 括：同“栝”。箭的末端扣弦处。 ❹ 锼（sōu）：刻镂。

【原文】

道士郭采真言：“人影数至九。”成式常试之，至六七而已，外乱莫能辨。郭言：“渐益炬，则可别。”又说：“九影各有名，影神一名右皇，二名魍魉[1]，三名泄节枢，四名尺凫，五名索关，六名魄奴，七名灶囧（旧抄九影名在麻面纸中，向下两字鱼食不记[2]），八名亥灵胎，九（鱼全食不辨）。

【译文】

道士郭采真说：“人影数目多至九个。”我曾经试过，最多能看到六七个而已，其余的散乱不能辨识。郭采真说：“要逐渐增加蜡烛，就能辨别。”又说：“九个影子各有名称，影神一名为右皇，二名为魍魉，三名为泄节枢，四名为尺凫，五名为索关，六名为魄奴，七名为灶囧（以前九影之名抄在麻面纸上，下面两个字被白鱼蛀食掉了），八名为亥灵胎，九（被白鱼全蛀食掉看不清）。

注释

❶ 魍魉（wǎngliǎng）：传说中的山川精怪，鬼怪。 ❷ 鱼：衣鱼，也叫蠹鱼、壁鱼。衣服及书籍中的蠹虫。

【原文】

宝历中，有王山人，取人本命日①，五更张灯，相人影，知休咎。言人影欲深，深则贵而寿；影不欲照水、照井及浴盆中，古人避影亦为此。古蠼螋、短狐、踏影蛊②，皆中人影为害。近有人善炙人影治病者③。

【译文】

宝历年间，有个王山人，在人的本命日这天，五更时分点燃灯烛，占相人影，能知吉凶。他说人影越深越好，影越深就越是富贵长寿。人影不能照在水里、井里以及浴盆里，古人避开这类照影也是因为照在里面影子浅的缘故。以前的蠼螋、短狐、踏影蛊等，都以攻击人影为害。近来有人能通过灸灼人影治病。

注释

❶ 本命日：同人生日干支相同的日子。 ❷ 短狐：即蜮（yù），又名射工。传说能含沙射影、使人得病的怪物。踏影蛊：相传为一种踏人之影而害人的动物。 ❸ 炙：当作“灸”。

【原文】

都下佛寺①，往往有神像，鸟雀不污者。凤翔山人张盈，

【译文】

京城佛寺中往往有很多神像，鸟雀不在上面排泄。凤翔山人张盈善于

善飞化甲子[②]，言：“或有佛寺金刚鸟不集者，非其灵验也，盖由取土处及塑像时，偶与日辰旺相相符也[③]。”

长生之术，说：“有些佛寺的金刚像鸟雀不在上面聚集，并不是因为它通灵，而是取土的地方以及塑像时间，偶然与日辰的旺相相符的缘故。”

注释

❶ 都下：京城。 ❷ 飞化甲子：谓长生之术。 ❸ 旺相：命理术语。星命家以五行配四季，每季中五行之盛衰以旺、相、休、囚、死表示，如春季是木旺、火相、水休、金囚、土死。时值旺相，诸事皆顺。

【原文】

又言：相寺观当阳像，可知其贫富。故洛阳修梵寺有金刚二[①]，鸟雀不集。元魏时，梵僧菩提达摩称得其真像也[②]。

【译文】

又说：观察寺观的佛像，就可知道寺观的贫富。以前洛阳修梵寺有两座金刚像，鸟雀不在上面聚集。元魏时，天竺僧人菩提达摩说得到了金刚的真像。

注释

❶ 修梵寺：北魏杨衒之《洛阳伽蓝记》卷一“修梵寺，在青阳门内御道北”。 ❷ 菩提达摩：即达摩祖师，南天竺（今属印度）人。自称佛传第二十八祖，为中国禅宗初祖。

【原 文】

或言龙血入地为琥珀。《南蛮记》①："宁州沙中有折腰蜂②，岸崩则蜂出，土人烧治，以为琥珀。"

【译 文】

有人说龙血渗入地下化为琥珀。《南蛮记》："宁州的沙土中有一种折腰蜂，沙岸崩塌，这种蜂就会飞出来，当地人烧炼此蜂，制成琥珀。"

注 释

❶《南蛮记》：又名《蛮书》，唐樊绰撰。该书记载南诏史事。 ❷ 宁州：在今云南曲靖一带。

【原 文】

李洪山人善符箓①，博知，常谓成式："瓷瓦器璺者可弃，昔遇道者，言雷蛊及鬼魅多遁其中。"

【译 文】

李洪山人善于书画符箓，知识广博，曾对我说："家里瓷器和陶器有了裂纹的可以丢掉，以前我遇到一位道人，说雷蛊以及鬼魅大多隐藏在有裂纹的容器里。"

注 释

❶ 符箓：道士巫师所画的一种图形或线条，相传可以役鬼神，辟病邪。

【原 文】

近佛画中有天藏菩萨、地

【译 文】

近世佛教壁画中有天藏菩萨、地藏

藏菩萨，近明谛观之[1]，规彩铄目[2]，若放光也。或言以曾青和壁鱼设色[3]，则近目有光。又往往壁画僧及神鬼，目随人转，点眸子极正则尔。	菩萨，靠近明亮的地方仔细观察，规彩闪烁耀眼，好像在放射光芒一样。有人说用曾青和壁鱼粉涂色，眼睛凑近看，壁画会有光芒。往往壁画中的僧人及神鬼，眼睛会随人转动而转动，眼睛点得端正才会有这种效果。

注 释

❶ 谛观：审视，仔细看。 ❷ 规彩：佛教称佛像顶上圆轮状的光彩。铄：同“烁”。 ❸ 曾青：矿产名。色青，可供绘画及化金属用。道士常用为炼丹的药品。

【原 文】	【译 文】
秀才顾非熊言[1]：“钓鱼当钓其有旋绕者。失其所主，众鳞不复去[2]，顷刻可尽。”	秀才顾非熊说：“钓鱼应当先钓那只有鱼群环绕的鱼。鱼群之首被钓起后，鱼群不会离开，极短的时间就能全部钓上来。”

注 释

❶ 顾非熊：苏州（今属江苏）人。弱冠应进士试，困举场三十年，会昌五年（845）武宗亲放及第。后不乐吏事，弃官归隐茅山。 ❷ 鳞：鱼的代称。

【原 文】	【译 文】
慈恩寺僧广升言[1]：贞元	慈恩寺僧人广升说：贞元末年，

末，阆州僧灵鉴善弹[2]。其弹丸方，用洞庭沙岸下土三斤，炭末三两，瓷末一两，榆皮半两，泔淀二勺[3]，紫矿二两，细沙三分，藤纸五张[4]，渴拓汁半合，九味和捣三千杵，齐手丸之，阴干。郑彙为刺史时，有当家名寅[5]，读书，善饮酒，彙甚重之。后为盗，事发而死。寅常诣灵鉴角放弹，寅指一树节，其节目相去数十步，曰："中之，获五千。"一发而中，弹丸反射不破。至灵鉴，乃陷节碎弹焉。

阆州僧人灵鉴擅长射弹。他制作弹丸的配方，用洞庭沙岸下的土三斤，炭末三两，瓷末一两，榆树皮半两，淘米水两勺，紫矿二两，细沙三分，藤皮纸五张，渴拓汁半盒，九种原料混合一起捣三千杵，合力做成弹丸，在阴凉处晾干。郑彙做刺史时，有个本家叫郑寅，好读书，擅长饮酒，郑彙很器重他。后来郑寅成为盗贼，事发后被处死。郑寅生前经常去找灵鉴较量弹丸，郑寅指着一个距离几十步远的树节，说："射中就能赢五千文。"说完，郑寅先射，一击而中，弹丸反射回来，没有破裂。轮到灵鉴，他的弹丸都被射进树节里，已经粉碎了。

注释

❶慈恩寺：即大慈恩寺，位于唐长安城。唐太宗贞观二十二年（648），太子李治为了追念母亲文德皇后长孙氏所建。❷阆州：治在今四川阆中。❸泔淀：淘米水。❹藤纸：古时用藤皮造的纸，产于浙江剡溪、余杭等地。❺当家：本家，同宗。

【原文】

王彦威尚书在汴州之二年[1]，夏旱。时袁王傅季玘过

【译文】

王彦威尚书在汴州的第二年，夏天大旱。当时袁王的师傅季玘路过汴

汴[2]，因宴，王以旱为言，季醉，曰："欲雨甚易耳。可求蛇医四头[3]，十石瓮二枚，每瓮实以水，浮二蛇医，以木盖密泥之，分置于闹处。瓮前后设席烧香，选小儿十岁已下十余，令执小青竹，昼夜更击其瓮，不得少辍。"王如言试之，一日两夜，雨大注。旧说，龙与蛇师为亲家焉。

州，王彦威设宴款待，席间谈起天旱的事，季玘乘醉说："想要下雨很容易。可去找四只蜥蜴，两口能装十石水的大瓮，每口瓮都装满水，将两只蜥蜴放在瓮里，瓮上置木盖，用泥封严，分别放到热闹的地方。瓮的前后摆上香案烧香，选十几个十岁以下的儿童，叫他们手拿小青竹竿，不分昼夜轮换着击打瓮，一刻也不能停。"王彦威按照他的话去做，一天两夜之后，大雨如注。传说龙跟蜥蜴是亲家。

注释

❶王彦威：字子美。太原（今属山西）人。曾任检校礼部侍郎，出任忠武节度使，徙节宣武。汴州：今河南开封。 ❷袁王：即李绅，唐顺宗第十九子，贞元二十一年（805）封袁王。傅：古时特指帝王的相或帝王、诸侯之子的老师。 ❸蛇医：即蜥蜴。

前集卷十二

语资

【原 文】

历城县魏明寺中有韩公碑[1]，太和中所造也[2]。魏公曾令人遍录州界石碑[3]，言此碑词义最善，常藏一本于枕中，故家人名此枕为麒麟函。韩公讳麒麟。

【译 文】

历城县北魏大明寺中有一块韩公碑，魏太和年间所建造。魏收曾令人抄录州境之内石碑，说这块石碑碑文最好。他经常藏一本抄录的碑文在枕头里，因此家人称这个枕头为麒麟函。韩公名讳麒麟。

注 释

❶ 魏明寺：即北魏大明寺。遗址在今山东济南。韩公：即韩麒麟，昌黎棘城（今辽宁义县）人。韩麒麟自幼好学，仪表俊美，善于骑射。初任东曹主书。文成帝即位后，加任伏波将军。孝文帝时，升任冠军将军、齐州刺史。 ❷ 太和：北魏孝文帝拓跋宏年号。 ❸ 魏公：即魏收，字伯起，小字佛助。下曲阳（今河北晋州西）人。北朝文学家、史学家。

【原 文】

庾信作诗[1]，用《西京杂

【译 文】

庾信作诗使用《西京杂记》中

记》事[2]，旋自追改，曰："此吴均语[3]，恐不足用也。"魏肇师曰："古人托曲者多矣，然《鹦鹉赋》，祢衡、潘尼二集并载[4]；《弈赋》，曹植、左思之言正同[5]。古人用意，何至于此？"君房曰[6]："词人自是好相采取，一字不异，良是后人莫辨。"魏尉瑾曰："《九锡》或称王粲[7]，《六代》亦言曹植[8]。"信曰："我江南才士，今日亦无。举世所推如温子昇[9]，独擅邺下，常见其词笔，亦足称是远名。近得魏收数卷碑，制作富逸[10]，特是高才也。"

的典故，自己立刻又涂改了，说："这是吴均的话，恐怕有所失实。"魏朝崔肇师说："古人假托他人名字的很多，如《鹦鹉赋》，祢衡、潘尼两人的文集都有收录；《弈赋》，曹植、左思所写正好相同。古人的创作构思，怎么都这样？"徐君房说："文人自是喜欢相互借用，一字不差，让后人难以分辨。"魏朝尉瑾说："《九锡文》有说是王粲所作，《六代论》也有说是曹植所作。"庾信说："我江南才华之士，如今也没有了。举世推崇的温子昇，在邺下文坛独领风骚，我经常读他的文章，他真称得上是声名远播。最近又得几卷魏收的碑文，文辞丰赡超迈，真是杰出的才士啊。"

注释

❶ 庾信：字子山，小字兰成。南朝梁新野（今河南新野）人。幼而俊迈，聪敏绝伦，后来又与徐陵出任太子萧纲的东宫学士，二人文学风格合称"徐庾体"。 ❷《西京杂记》：东晋葛洪撰。该书所记为西汉杂史。 ❸ 吴均：字叔庠。吴兴故鄣（今浙江安吉）人。南朝梁文学家、史学家，著有《钱塘先贤传》等。 ❹ 祢衡：字正平。平原般（今山东乐陵西南）人。东汉末年名士，文学家。与孔融等人亲善。后因出言不逊，被江夏太守黄祖所杀。潘尼：字正叔。荥阳中牟（今河南中牟）人。西晋文学家，与叔父潘岳齐名，世称"两潘"。其诗注重文采，多酬答之作。 ❺ 曹植：字子建。沛国谯县（今安徽亳州）人。生前曾为陈王，去世后谥号"思"，因此又称陈思王。三国时期曹魏文学家，诗

人，“建安七子”之一。左思：字太冲。齐国临淄（今山东淄博东北）人。西晋诗人、辞赋家。❻君房：即徐君房，梁武帝朝曾为太子庶子。❼《九锡》：即《册魏公九锡文》，汉潘勖撰。九锡：古代天子优礼大臣，所赐车马、衣服、乐器、朱户、纳陛、虎贲、弓矢、斧钺、秬鬯九种物品。王粲：字仲宣。山阳高平（今山东微山西北）人。东汉末年文学家，“建安七子”之一。❽《六代》：即《六代论》，三国魏曹冏撰。该论总结了夏、殷、周、秦、汉、魏六代的历史经验教训。❾温子昇：字鹏举。济阴冤句（今山东曹县西北）人。北魏诗人，与邢劭、魏收合称“北地三才”。❿富逸：谓文辞丰赡超迈。

【原文】

梁遣黄门侍郎明少遐、秣陵令谢藻、信威长史王缵冲、宣城王文学萧恺、兼散骑常侍袁狎、兼通直散骑常侍贺文发[①]，宴魏使李骞、崔劼[②]，温凉毕[③]，少遐咏骞赠其诗曰：“萧萧风帘举，依依然可想。”骞曰：“未若‘灯花寒不结’，最附时事。”少遐报诗中有此语。劼问少遐曰：“今岁奇寒，江淮之间，不乃冰冻?”少遐曰：“在此虽有薄冰，亦不废行，不似河冰一合，便胜车马。”狎曰：“河冰上有狸迹，便堪人渡。”劼曰：“狸当为狐，应是字错。”少遐曰：“是。狐性多疑，鼬性多预，狐疑犹预，因此

【译文】

梁朝派黄门侍郎明少遐、秣陵令谢藻、信威长史王缵冲、宣城王文学萧恺、兼散骑常侍袁狎、兼通直散骑常侍贺文发，宴请魏朝使者李骞、崔劼。寒暄后，少遐吟咏李骞赠给他的诗：“萧萧风帘举，依依然可想。”李骞说：“不如‘灯花寒不结’，更应时应景。”少遐的赠答诗中有这一句。崔劼问少遐：“今年特别冷，江淮之间的河流，难道不结冰吗?”少遐说：“这里虽有薄冰，也不耽误行船，不像黄河一旦冰封，便可通车马。”袁狎说：“河冰上有狸的行迹，人就可以在冰上行走。”崔劼曰：“狸当为狐字，应当是字错了。”少遐说：“是。狐生性多疑，鼬生性多豫，狐疑犹豫的说法，因此就传下来了。”崔劼曰：“鹊巢筑在避风之

而传耳。”劼曰：“鹊巢避风，雉去恶政，乃是鸟之一长。狐疑鼬预，可谓兽之一短也。”

处，雉鸟会远离恶政，这是鸟类的一项长处。不过狐疑鼬预，可以说是兽类的一项短处了。”

注释

❶ 黄门侍郎：即给事于宫门之内的郎官，为皇帝近侍之臣，可传达诏令。明少遐：字处默。平原鬲人。曾任梁黄门侍郎，后拜青州刺史。萧恺：南兰陵人。曾任宣城王文学、侍中等。 ❷ 李骞：字希义。赵郡平棘（今河北赵县）人。初官大将军府法曹参军，后为散骑常侍、尚书左丞。东魏兴和三年（541）使梁，因事免官。崔劼（jié）：字彦玄。南平原贝丘人。少好学，有家风。魏末，自开府行参军历尚书仪曹郎、秘书丞，修起居注。后兼通直散骑常侍，使于梁。 ❸ 温凉：寒暄。

【原 文】

梁徐君房劝魏使尉瑾酒，一噏即尽，笑曰：“奇快！”瑾曰：“乡邺饮酒①，未尝倾卮②。武州已来③，举无遗滴。”君房曰：“我饮实少，亦是习惯。微学其进，非有由然。”庾信曰：“庶子年之高卑④，酒之多少，与时升降，便不可得而度。”魏肇师曰：“徐君年随情少，酒因境多，未知方十复作若为轻重？”

【译 文】

梁徐君房劝魏使尉瑾饮酒，自己一饮而尽，笑着说：“痛快！”尉瑾说：“从前在邺城饮酒，你也不曾干杯。自武州以来，每次都滴酒不剩。”徐君房说：“我酒量确实小，这是习惯。后来慢慢学着饮酒，酒量就上来了，从前确实没有这个量。”庾信说：“您是随着年龄增大，酒量也增大了，这酒量就无法估计。”魏崔肇师说：“徐君年纪渐高，情爱减少，酒量增大，只因情境相合，不知道内心对这次饮酒会是如何权衡的？”

注释

❶ 乡：通“向”，从前。 ❷ 倾卮：干杯。 ❸ 武州：一说治在今江苏睢宁。 ❹ 庶子：指徐君房，曾任太子庶子。

【原 文】

梁宴魏使，魏肇师举酒劝陈昭曰①：“此席已后，便与卿少时阻阔②，念此甚以凄眷③。”昭曰：“我钦仰名贤，亦何已也。路中都不尽深心④，便复乖隔⑤，泫叹如何⑥！”俄而酒至鹦鹉杯⑦，徐君房饮不尽，属肇师。肇师曰：“海蠡蜿蜒⑧，尾翅皆张。非独为玩好，亦所以为罚，卿今日真不得辞责。”信曰：“庶子好为术数。”遂命更满酌。君房谓信曰：“相持何乃急！”肇师曰：“此谓直道而行⑨，乃非豆萁之喻⑩。”君房乃覆碗。信谓瑾、肇师曰：“适信家饷致潕酥酒数器⑪，泥封全，但不知其味若为。必不敢先尝，谨当奉荐。”肇师曰：“每有珍旨⑫，多相费累，顾更以多惭。”

【译 文】

梁朝宴请魏使，魏崔肇师举起酒杯劝陈昭说：“今日宴席之后，便与您很快分别，想到这里心中就非常凄然不舍。”陈昭说：“我钦佩仰慕您的盛名贤德，与您心情一样。您这次来建康，我还未尽心意，就又要分离，真令人伤感！”一会有鹦鹉杯盛酒端上，徐君房没有喝完，就把鹦鹉杯交给崔肇师。崔肇师说：“这海螺曲折盘旋，螺尾伸张。不仅是为了好玩，也是借此作为罚酒器具，您今天真的要罚这一杯。”庾信说：“徐庶子就是喜欢要花招。”于是命人将酒杯斟满。徐君房对庾信说：“你我何必自相残杀！”崔肇师说：“庾大人这是依理行事，不是豆萁相煎。”徐君房就一饮而尽。庾信对尉瑾、崔肇师说：“不久前我家酿了几坛酃渌酒，泥封未开，不知道味道如何。我不敢先尝，谨献给诸位。”崔肇师说：“您每有美味，总是费心相赠，实在让人感到惭愧。”

注释

❶陈昭：义兴国山（今江苏宜兴西南）人。梁名将陈庆之长子，袭永兴侯。❷阻阔：阔别。❸凄眷：伤感而眷恋。❹中都：京城。这里指梁都城建康（今江苏南京）。❺乖隔：分离。❻泫叹：流泪叹息，伤叹。❼鹦鹉杯：一种酒杯。用鹦鹉螺制成。❽海蠡（luó）：即海螺。❾直道而行：遵循正直之道行事。❿豆萁之喻：与前"相持何乃急"句共谓兄弟相争。化用曹植七步诗："萁在釜下然，豆在釜中泣。本自同根生，相煎何太急。"⓫醽醁酒：即酃渌酒，美酒名。⓬珍旨：美味，美食。

【原文】

魏仆射收临代[①]，七月七日登舜山[②]，徘徊顾眺[③]，谓主簿崔曰："吾所经多矣，至于山川沃壤，衿带形胜[④]，天下名州，不能胜此。唯未审东阳何如[⑤]？"崔对曰："青有古名[⑥]，齐得旧号[⑦]，二处山川，形胜相似，曾听所论，不能逾越。"公遂命笔为诗。于时新故之际，司存缺然[⑧]，求笔不得，乃以五伯杖画堂北壁为诗曰[⑨]："述职无风政[⑩]，复路阻山河。还思麾盖日[⑪]，留谢此山阿。"

【译文】

魏收仆射莅临代郡，七月七日登上舜山，徘徊眺望，对崔主簿说："我去过的地方很多了，所见山川沃土，屏障环绕险要，天下知名州郡，不能超过这里。只是不知道东阳一带如何？"崔主簿回答说："青州早有古名，齐州盛名已久，两地山川，形势大体相似，我曾听别人议论，其他地方的山川都比不上。"魏公于是命人准备笔墨作诗。当时正是易代之际，官府物资匮乏，找不到笔，于是就用役卒的棍杖在画堂北壁写诗道："述职无风政，复路阻山河。还思麾盖日，留谢此山阿。"

注释

❶ 代：代郡。今山西大同东北。 ❷ 舜山：在今山西代县东南。 ❸ 顾眺：眺望，远望。 ❹ 衿带：谓山川环绕，如襟似带。比喻险要的地理形势。衿，同“襟”。形胜：谓山川壮美。 ❺ 东阳：春秋齐地。在今山东临朐东南。 ❻ 青：青州。今属山东。 ❼ 齐：齐州。今山东济南。 ❽ 司存：有司，官吏。 ❾ 画堂：指华丽的堂舍。 ❿ 风政：政绩。 ⓫ 麾盖：泛指仪仗。

【原文】

舜祠东有大石，广三丈许，有凿“不醉不归”四字于其上。公曰：“此非遗德。”令凿去之。

【译文】

舜祠以东有块大石，宽三丈许，上面刻有“不醉不归”四字。魏公说：“这不是留给后人的德泽。”让人把字迹凿去。

【原文】

梁宴魏使李骞、崔劼。乐作，梁舍人贺季曰：“音声感人深也。”劼曰：“昔申喜听歌怆然，知是其母①，理实精妙然也。”梁主客王克曰：“听音观俗，转是精者。”劼曰：“延陵昔聘上国②，实有观风之美③。”季曰：“卿发此言，乃欲挑战？”骞曰：“请执鞭弭④，与君周旋。”季曰：“未敢三

【译文】

梁朝宴请魏使李骞、崔劼，音乐响起，梁中书舍人贺季说：“音乐声感人至深。”崔劼说：“从前申喜听到他人唱歌，心怀感动，结果发现是自己母亲所唱的，乐理确实精微奥妙。”梁主客郎中王克说：“听音乐而观察民风，才是真正懂乐理的人。”崔劼说：“延陵季札当年受聘于上国，真是听乐音而观察民情。”贺季说：“您说这话，是想与我挑战吗？”李骞说：“我愿手持鞭弓，斗胆与您周旋。”贺季

舍[5]。”劼曰：“数奔之事，久已相谢。”季曰：“车乱旗靡[6]，恐有所归。”劼曰：“平阴之役，先鸣已久。”克曰：“吾方欲馆谷而旌武功[7]。”骞曰：“王夷师熸[8]，将以谁属？”遂共大笑而止。乐欲讫，有马数十匹驰过，末有阉人[9]，骞曰：“巷伯乃同趣马[10]，讵非侵官[11]？”季曰：“此乃貌似。”劼曰：“若值袁绍[12]，恐不能免。”

说：“在下不敢退避三舍。”崔劼说：“屡次奔逃之事，先前已经谢过。”贺季说：“车辙错乱，旗子倒下，这种事情不是我们做的。”崔劼说：“平阴之战，早已露出败相。”王克说：“我正要居其馆食其谷以表军功。”李骞说：“主将受伤军队溃败，这种事情，到底该谁？”于是众人大笑而止。音乐将要结束，有几十匹马奔驰而过，后面跟着宦官，李骞说：“宦官也一同赶马，这不是越职吗？”贺季：“只是长得相似而已。”崔劼说：“如果当年袁绍在这里，恐怕他绝难幸免。”

注释

❶ 申喜听歌怆然，知是其母：《淮南子·说山训》“老母行歌而动申喜，精之至也”。据高诱注，申喜为楚人，少时与母离散。后听到乞丐叫唱而有所感触，出门察看，发现乞丐正是自己的母亲。 ❷ 上国：春秋时称中原各诸侯国为上国，与吴楚诸国相对而言。 ❸ 观风：指观察民情，了解施政得失。 ❹ 鞭弭：马鞭和弓。 ❺ 三舍：古代一舍三十里，三舍为九十里。 ❻ 车乱旗靡：车辙错乱，旗子倒下。形容军队溃败逃窜。 ❼ 馆谷：居其馆，食其谷。指驻军就食。 ❽ 夷：受伤。熸（jiān）：火熄灭，引申为军队溃败。 ❾ 阉人：宦官。 ❿ 巷伯：宦官，太监。因居宫巷，掌宫内事，故称。趣马：古官名，掌管王马。 ⓫ 讵（jù）：岂。侵官：超越权限而侵犯其他官员的职权。 ⓬ 袁绍：字本初。汝南汝阳（今河南商水西北）人。东汉末年割据军阀。

【原 文】

历城房家园，齐博陵君豹之山池[1]。其中杂树森竦[2]，泉石崇邃[3]，历中祓禊之胜也[4]。曾有人折其桐枝者，公曰："何谓伤吾凤条[5]？"自后人不复敢折。公语参军尹孝逸曰："昔季伦金谷山泉[6]，何必逾此。"孝逸对曰："曾诣洛西，游其故所。彼此相方，诚如明教。"孝逸常欲还邺，词人饯宿于此。逸为诗曰："风沦历城水，月倚华山树。"时人以此两句比谢灵运"池塘"十字焉[7]。

【译 文】

历城房家园，是北齐博陵太守房豹的园林。园中杂树繁茂，泉石幽深，是历城中祓禊的胜地。曾有人攀折园中的梧桐枝，房公说："为什么要损伤我的凤条？"从此，没人再敢折梧桐枝了。房公对参军尹孝逸说："当年石崇金谷园的山泉也未必及得上我的园林。"尹孝逸回答说："我曾到过洛西，游历石崇金谷园旧址。彼此相较，确如您所说。"尹孝逸要回邺城，文人为他饯行，留宿在此。尹孝逸作诗道："风沦历城水，月倚华山树。"当时的人拿这两句诗，与谢灵运"池塘生春草，园柳变鸣禽"相提并论。

注 释

❶ 齐博陵君豹：指北齐时博陵郡太守房豹。北齐灭亡后，他面对北周的征召固辞不受，回归故里，修筑园林，躬耕自养，终老于家。山池：这里指园林。 ❷ 森竦：挺立。 ❸ 崇邃：幽深。 ❹ 祓禊（fúxì）：古代中国民俗，每年于春季三月上巳日在水边洗濯尘垢，以除不祥。 ❺ 凤条：指梧桐枝。传说凤非梧桐不栖，因称。 ❻ 季伦：即石崇，字季伦。西晋渤海南皮（今河北南皮东北）人。平生好聚家财，富可敌国。八王之乱时，被灭族。金谷：指晋石崇所建金谷园，在今河南洛阳。 ❼ 谢灵运：小名客儿，故又称谢客。袭封康乐公，世称谢康乐。陈郡阳夏（今河南太康）人。南朝宋诗人。

【原 文】

单雄信幼时[1]，学堂前植一枣树。至年十八，伐为枪，长丈七尺，拱围不合，刃重七十斤，号为寒骨白。常与秦王卒相遇[2]，秦王以大白羽射中刃，火出，因为尉迟敬德拉折[3]。

【译 文】

单雄信小时候，在学堂前种了一棵枣树。到十八岁时，把枣树砍了做成一杆枪，枪长一丈七尺，枪杆粗到两手握不拢，枪头重七十斤，枪名为寒骨白。他曾与秦王李世民在战场上仓促相遇，秦王用大白羽箭射中枪头，火光四射，后来这杆枪被尉迟敬德拗断了。

注 释

❶ 单雄信：隋东郡（治今河南滑县东）人，一说曹州济阴（今山东定陶西南）人。少勇健，善用马槊。大业十二年（616）从翟让起兵反隋，后归从王世充。武德四年（621），世充兵败，单雄信亦被杀。 ❷ 秦王：即李世民，武德元年（618）封秦王。卒（cù）：同“猝”。 ❸ 尉迟敬德：名恭。朔州善阳（今山西朔州）人。隋末从军，后为刘武周偏将。武德三年（620），败降归唐，从秦王李世民屡立战功。贞观元年（627），拜右武候大将军，封吴国公。

【原 文】

秦叔宝所乘马号忽雷驳[1]，常饮以酒。每于月明中试，能竖越三领黑毡。及胡公卒[2]，嘶鸣不食而死[3]。

【译 文】

秦琼的坐骑，名叫忽雷驳，秦琼常给它酒喝。每到月明之夜纵马，它可以腾越三顶竖立的黑毡房。后来秦琼去世，它哀鸣不已，不吃不喝而死。

注释

❶ 秦叔宝：名琼，以字行。齐州历城（今山东济南）人。隋末从军，武德二年（619）与程咬金等阵前投唐。后随李世民屡立战功，拜上柱国、翼国公。卒后陪葬昭陵，改封胡国公。 ❷ 胡公：即秦琼。 ❸ 嘶鸣：引声长鸣。

【原文】

徐敬业年十余岁，好弹射。英公每曰[1]："此儿相不善，将赤吾族[2]。"射必溢镝[3]，走马若灭，老骑不能及。英公常猎，命敬业入林趁兽[4]，因乘风纵火，意欲杀之。敬业知无所避，遂屠马腹，伏其中。火过，浴血而立。英公大奇之。

【译文】

徐敬业十多岁时，喜欢射箭。英国公常说："这孩子面相不善，将会给我家带来灭族之灾。"徐敬业射箭时必拉满弓，骑马飞奔，转眼间就不见踪影，老骑手也追不上他。英国公徐世勣去打猎，命徐敬业进入树林追逐野兽，随即乘着风势放火，想把他烧死。徐敬业知道无法逃避，就把马杀了，剖开马腹，藏在里面。大火过后，他满身是血站在那里。英国公十分惊异。

注释

❶ 英公：即徐世勣，字懋功，后赐国姓李，改名李勣。曹州离狐（今山东东明东北）人。隋大业末，投瓦岗军。武德初归唐，随李世民屡立战功。贞观十一年（637），封英国公。 ❷ 赤：诛灭。 ❸ 镝（dí）：箭头。 ❹ 趁：追逐。

【原文】

玄宗常伺察诸王[1]，宁王

【译文】

唐玄宗常派人暗中观察诸王，宁王

常夏中挥汗鞔鼓[2]，所读书乃《龟兹乐谱》也。上知之，喜曰："天子兄弟，当极醉乐耳。"

曾在夏天满身大汗地用皮革绷鼓面，所读书也是《龟兹乐谱》。玄宗知道后，高兴地说："天子的兄弟，就应当纵情声乐。"

注释

❶ 伺察：观察。 ❷ 鞔（mán）鼓：张革蒙鼓。把皮革绷紧，固定在鼓框上，做成鼓面。

【原文】

宁王常猎于鄠县界[1]，搜林，忽见草中一柜，扃锁甚固[2]。王命发视之，乃一少女也。问其所自，言："姓莫氏，父亦曾作仕，叔伯庄居。昨夜遇光火贼，贼中二人是僧，因劫某至此。"动婉含嚬[3]，冶态横生[4]。王惊悦之，乃载以后乘。时慕荦者方生获一熊[5]，置柜中，如旧锁之。时上方求极色，王以莫氏衣冠子女[6]，即日表上之，具其所由。上令充才人[7]。经三日，京兆奏：鄠

【译文】

宁王李宪曾在鄠县山中狩猎，搜索树林时，忽然看见草丛中有一个柜子，锁得十分牢固。宁王让人将这个柜子打开看，柜子里有一位少女。宁王询问她的来历，少女说："我姓莫，父亲也曾做过官，与叔伯从父住在村庄里。昨天晚上遇到明火执仗的盗贼，盗贼中有两个是和尚，把我劫持到这里。"这少女姿容妩媚，十分娇羞。宁王甚觉惊喜，便让她坐在马车后座中。当时正好有猎人猎到一头活熊，宁王让人将这头熊放在柜子里，还像之前那样锁好。当时玄宗皇帝诏告天下，搜求绝色美女。宁王想莫氏女是世家女子，当天就上表进献玄宗皇帝，并详奏她的来历。玄宗皇帝下旨将莫氏女封为才人。过了三天，京兆尹

县食店有僧二人，以钱一万独赁店一日一夜，言作法事，唯舁一柜入店中⑧。夜久，腷膊有声⑨。店人怪日出不启门，撤户视之，有熊冲人走出，二僧已死，骸骨悉露⑩。上知之，大笑，书报宁王：“宁哥大能处置此僧也。”莫才人能为秦声⑪，当时号莫才人啭焉⑫。

上报玄宗皇帝：鄠县一家客店住进两个和尚，花一万钱包租了一天一夜，说是做法事，入住时这两个和尚只抬了一个柜子进店。深夜，只听有毕毕剥剥的声音。天亮了，两个和尚仍不开门，店主感到很奇怪，打开门一看，有一头熊从屋中冲着人跑出来，两个和尚已死在屋里，尸骨都露出来了。玄宗皇帝知道后，大笑，写信告诉宁王：“宁哥处置这两个和尚的办法好。”莫才人擅长唱秦地歌曲，当时有莫才人啭之名。

注释

❶鄠（hù）县：今陕西鄠邑区。 ❷扃（jiōng）锁：锁闭。 ❸含嚬（pín）：谓皱眉，形容哀愁。嚬，同“颦”。 ❹冶态：妖冶的姿态。 ❺慕荦者：指猎人。 ❻衣冠：指世族、士绅。 ❼才人：妃嫔的称号。 ❽舁（yú）：抬。 ❾腷膊（bìbó）：拟声词。 ❿骸骨：尸骨。 ⓫秦声：秦地的音乐。 ⓬啭（zhuàn）：转折发声。

【原 文】

一行公本不解弈，因会燕公宅①，观王积薪棋一局②，遂与之敌，笑谓燕公曰：“此但争先耳。若念贫道四句乘除语，则人人为国手。”

【译 文】

僧一行原本不会下棋，在燕国公张说府上，看了王积薪的一局棋，就能与他水平相当，笑着对燕国公说：“下棋就是争先而已。如果念诵贫僧的四句计算口诀，那么人人都能成为国手。”

注释

❶ 燕公：即张说，曾任睿宗朝、玄宗朝宰相。 ❷ 王积薪：唐人。家贫，以砍柴谋生，因以“积薪”名。传说尝与山僧对弈，并得指点，从此弈艺大进。开元初，为翰林院棋待诏，与国手冯汪对弈九局，以五比四取胜，成为唐代第一国手。

【原文】

晋罗什与人棋[①]，拾敌死子，空处如龙凤形。或言王积薪对玄宗棋，局毕，悉持出。

【译文】

晋朝时，鸠摩罗什与人下棋，拿去对方的死子，空出来的地方呈龙凤之形。有人说，王积薪与唐玄宗下棋，一局结束，清点盘面，空出来的地方也呈现出龙凤图形。

注释

❶ 罗什：即鸠摩罗什。原籍印度，生于龟兹（今新疆库车一带）。幼年出家，遍习大乘教义。前秦苻坚素闻其名，遣兵劫至凉州。后秦时，姚兴遣人迎抵长安。

【原文】

黄䗪儿矮陋机惠[①]，玄宗常凭之行[②]，问外间事，动有锡赉[③]，号曰肉机[④]。一日入迟，上怪之，对曰：“今日雨淖[⑤]，向逢捕贼官与臣

【译文】

黄䗪儿其人矮小丑陋，却机智聪明，唐玄宗经常倚着他行走，问他宫廷外的事，动辄赏赐，称他为肉机。一天，黄䗪儿进宫迟了，玄宗责怪他，他回奏说：“今天下雨，路上泥泞，来时又碰到缉捕盗贼的官员与我争道，我把他掀下了马。”

争道，臣掀之坠马。”因下阶叩头。上曰：“外无奏，汝无惧。”复凭之。有顷，京尹上表论，上即叱出，令杖杀焉。

说完，下阶叩头请罪。玄宗说：“外面没有奏报，你不要害怕。”玄宗仍倚着他行走。一会儿，京兆尹上表论奏此事，玄宗立即喝令将黄觚儿拉出去杖毙。

注释

❶ 黄觚儿：唐玄宗宫内侍臣。机惠：机智聪明。 ❷ 凭：倚靠。 ❸ 锡赉（lài）：赏赐。 ❹ 杌（wù）：凳。 ❺ 淖（nào）：泥泞。

【原文】

王勃每为碑颂[①]，先磨墨数升，引被覆面而卧。忽起，一笔书之，初不窜点[②]，时人谓之腹稿。少梦人遗以丸墨盈袖[③]，自是文章日进。

【译文】

王勃每次书写碑文前，先磨几升墨，然后拉被子蒙头而卧。之后，忽然而起，奋笔疾书，一气呵成，根本不用涂改，当时人称打腹稿。王勃小时候梦见有人送给他很多丸墨，衣袖里都装满了，从此以后他写文章的水平日见精进。

注释

❶ 王勃：字子安。绛州龙门（今山西河津）人。唐诗人，与杨炯、卢照邻、骆宾王以文辞齐名，称为“初唐四杰”。碑颂：刻在墓碑上颂扬死者的文辞。 ❷ 窜点：改动，涂改。 ❸ 丸墨：古时墨以丸计，故称墨为“丸墨”。

【原 文】

燕公常读其《夫子学堂碑颂》[1]，头自“帝车”至“太甲”四句[2]，悉不解，访之一公，一公言：“北斗建午[3]，七曜在南方[4]，有是之祥，无位圣人当出。”“华盖”已下[5]，卒不可悉。

【译 文】

燕国公张说曾读王勃《益州夫子庙碑》，对开头四句，即从“帝车”到“太甲”四句，完全读不懂，就向一行请教。一行说：“北斗建午，七曜在南方，有这种祥瑞，无位圣人当出世。”“华盖”句以下，一行也不懂是什么意思。

注 释

❶《夫子学堂碑颂》：即王勃《益州夫子庙碑》。 ❷ 帝车：北斗星。太甲：所指不确定，一说为主司“六甲”之神，一说为“六甲星”。 ❸ 建午：农历五月。 ❹ 七曜：指北斗七星。 ❺ 华盖：星官名，属紫微垣，共十六星。

【原 文】

李白名播海内[1]，玄宗于便殿召见，神气高朗[2]，轩轩然若霞举[3]。上不觉亡万乘之尊[4]，因命纳履[5]。白遂展足与高力士，曰：“去靴。”力士失势，遽为脱之。及出，上指白谓力士曰：“此人固穷相[6]。”白前后三拟《文选》[7]，不如意，悉焚之，唯留《恨》《别赋》。及安禄山

【译 文】

李白声名播于海内，唐玄宗在便殿召见他，见其器宇轩昂、气质不凡，有仙人之姿。玄宗不知不觉忘记了自己天子之尊的身份，命人为李白换靴，李白就把脚伸向高力士，说：“脱靴。”高力士身不由己，赶紧为李白脱下靴子。等李白走出便殿，玄宗指着李白对高力士说：“这人天生一副穷酸相。”李白前后三次拟作《文选》，都不如意，把稿子全烧了，只留下《拟恨赋》

反，制《胡无人》[8]，言："太白入月敌可摧。"及禄山死，太白蚀月。众言李白唯戏杜考功"饭颗山头"之句[9]。成式偶见李白《祠亭上宴别杜考功》诗[10]，今录首尾曰："我觉秋兴逸，谁言秋兴悲？山将落日去，水共晴空宜。……烟归碧海夕，雁度青天时。相失各万里，茫然空尔思。"

《拟别赋》。后来安禄山起兵反叛，李白作《胡无人》，有诗言："太白入月敌可摧。"安禄山死时，太白星蚀月。众人都说李白给杜甫的诗只有《戏赠杜甫》，我偶然读到李白《祠亭上宴别杜考功》诗，现在在这里抄录开头和结尾："我觉秋兴逸，谁言秋兴悲？山将落日去，水共晴空宜。……烟归碧海夕，雁度青天时。相失各万里，茫然空尔思。"

注释

❶李白：字太白，号青莲居士。唐朝伟大的浪漫主义诗人，后世誉为"诗仙"，与诗圣杜甫并称"李杜"。 ❷高朗：高而明亮。 ❸轩轩然：仪态轩昂貌。霞举：道士修炼成仙后就会有云霞托举飞升。这里指李白有仙风道骨。❹亡：忘记。万乘：周制，天子地方千里，能出兵车万乘，因以"万乘"指天子。 ❺纳履：把鞋子脱下放好。 ❻穷相：贫贱的相貌，小家子气。 ❼拟：拟作。 ❽《胡无人》：古乐府名。 ❾饭颗山头：出自李白《戏赠杜甫》一诗。 ❿《祠亭上宴别杜考功》：应为《秋日鲁郡尧祠亭上宴别杜补阙范侍御》。

【原文】

薛平司徒常送太仆卿周皓上[1]，诸色人吏中，末有一老人，八十余，著绯[2]。皓独问："君属此司多少时？"老人言：

【译文】

司徒薛平曾送太仆卿周皓赴任，众多送行吏员中，最后有一老人，八十多了，身穿绯袍。周皓单独问他："您在这里任职多长时间了？"老人说："我原本是治疗跌打损伤的，天宝初

"某本艺正伤折，天宝初，高将军郎君被人打下颔骨脱[3]，某为正之，高将军赏钱千万，兼特奏绯。"皓因颔遣之，唯薛觉皓颜色不足[4]，伺客散，独留从容[5]，谓周曰："向卿问著绯老吏，似觉卿不悦，何也？"皓惊曰："公用心如此精也！"乃去仆，邀薛宿，曰："此事长，可缓言之。某少年常结豪族为花柳之游[6]，竟畜亡命[7]。访城中名姬，如蝇袭膻[8]，无不获者。时靖恭坊有姬字夜来[9]，稚齿巧笑，歌舞绝伦，贵公子破产迎之。予时与数辈富于财，更擅之。会一日，其母白皓曰：'某日夜来生日，岂可寂寞乎？'皓与往还，竟求珍货，合钱数十万，会饮其家。乐工贺怀智、纪孩孩，皆一时绝手。扃方合，忽觉击门声，皓不许开。良久，折关而入[10]。有少年紫裘，骑从数十，大诟其母[11]，即将军高力士之子也。母与夜来泣拜，诸客将散。皓时血气方

年，高将军的义子被人打脱下颌骨，我为他接好了，高将军赏钱千万，又特奏皇帝赏我绯袍。"周皓听罢抬抬下巴示意老人离开。只有薛平感觉周皓脸色不好，等客人散去，独自留下与周皓交谈，对周皓说："刚才你询问绯衣老吏时，看起来似乎不太高兴，为什么？"周皓大吃一惊，说："薛公心思竟如此缜密！"于是让仆人退下，邀请薛公留宿，说："此事说来话长，容我慢慢说来。我年轻时曾结交豪族子弟，寻花问柳，收留亡命之徒。遍访城中名妓，就像苍蝇趋附腥膻一样，没有不得手的。那时靖恭坊有个名妓，叫夜来，明眸皓齿，笑容妩媚，歌声舞姿无人能比，贵家公子们倾家荡产也要去请她。我当时与几个富家子弟都很有钱，想要占有她。有一天，鸨母对我说：'某日是夜来的生日，可不能冷落了啊！'我与夜来久有往来，因此遍求价值几十万的珍宝，到她家聚会宴饮。席上的乐师贺怀智、纪孩孩，都是技艺超绝的高手。刚把门关好，忽然听到急切的敲门声，我不让人去开门。过了一会儿，外面的人破门而入。有个穿紫衣服的少年，还有几十名骑马的随从，破口辱骂鸨母，这位少年就是高力士的义子。鸨母与夜来啼哭跪拜，客人们见状也都准备离去。我当时血气方刚，又仗着有浑身的力气，想到他的随从太多打不过，就冲

刚，且恃扛鼎[12]，顾从者不相敌，因前让其怙势[13]，攘臂殴之，踣于拳下[14]，遂突出[15]。时都亭驿有魏贞[16]，有心义[17]，好养私客，皓以情投之，贞乃藏于妻女间。时有司追捉急切，贞恐踪露，乃夜办装具[18]，腰白金数挺[19]，谓皓曰：'汴州周简老，义士也，复与郎君当家，今可依之，且宜谦恭不怠。'周简老盖大侠之流，见魏贞书，甚喜。皓因拜之为叔，遂言状。简老命居一船中，戒无妄出，供与极厚。居岁余，忽听船上哭泣声。皓潜窥之，见一少妇，缟素甚美[20]，与简老相慰。其夕，简老忽至皓处，问：'君婚未？某有表妹，嫁与甲，甲卒，无子，今无所归，可事君子。'皓拜谢之。即夕，其表妹归皓[21]。有女二人，男一人，犹在舟中。简老忽语皓：'事已息。君貌寝[22]，必无人识者，可游江淮。'乃赠百余千。皓号哭而别，简老寻卒。皓官已达，简

上前避开随从，捋起袖子痛揍那少年，少年便倒在我的拳下，下巴骨都被打掉了，我趁机突围而出。当时都亭驿有个叫魏贞的，很重义气，喜爱养门客，我凭着交情投奔到他家，他便将我藏匿在内室。当时官府追捕得很急，魏贞担心暴露我的踪迹，便连夜置办行装，让我带上几根金条，叮嘱我说：'汴州周简老是位义士，又跟你是本家，如今你可以去投靠他，但见了他一定要谦虚恭敬不要有所怠慢。'周简老是一位大侠，见了魏贞的书信非常高兴。我便拜他为叔父，向他讲述了自己的遭遇。简老让我住在一只船上，告诫我不要随便出来，供给的生活用品非常丰厚。过了一年多，我忽然听到船上有哭泣声。我便悄悄窥视，见一位少妇，穿着白色孝服，长得很美，简老正在安慰她。那天晚上，简老忽然来到我这里，问道：'你成婚了吗？我有个表妹，嫁给了一个人，这个人死了，又没有孩子。表妹如今无依无靠，可以侍奉你。'我当即向他拜谢。当天晚上，他就把表妹许给了我。我们生了两个女儿，一个儿子，也都住在船上。一天，简老忽然对我说：'事态已经平息，您的相貌没有什么特异之处，肯定没人认识你，可以到江淮一带去漫游。'于是赠给我一百多串钱。我痛哭流涕与简老告别，不久简老就去世了。我现在身居高位，简老

老表妹尚在，儿娶女嫁，将四十余年，人无所知者。适彼老吏言之，不觉自愧。不知君子察人之微也。”有人亲见薛司徒说之也。

表妹还在，儿女都已成家，快四十年了，没人知道这件事。刚才老吏提起往事，不由心生惭愧。没想到您观察人如此仔细。”有人亲耳听薛平司徒说起这件事。

注释

❶ 薛平：字坦涂。绛州龙门（今山西河津）人。历仕要职，以司徒致仕。周皓：唐陇西人。德宗兴元元年，自右武卫将军授太仆卿兼御史大夫，充宣慰回纥使。 ❷ 著绯：穿红色官服。古代官服颜色不同，表示官吏品级的高低。❸ 高将军：即高力士。天宝七载（748），高力士获封骠骑大将军，故称。 ❹ 颜色不足：脸色不好。 ❺ 从容：交谈，聊天。 ❻ 花柳：指妓院或娼妓。 ❼ 亡命：亡命之徒。 ❽ 如蝇袭膻：比喻追逐私利或趋炎附势的丑恶行为。膻：羊臊气。 ❾ 靖恭坊：唐长安城坊。 ❿ 折关：破门。 ⓫ 诟：辱骂。 ⓬ 扛鼎：把鼎举起来。形容力气很大。 ⓭ 怙势：依仗势力。 ⓮ 踣（bó）：跌倒。⓯ 突出：突围而出。 ⓰ 都亭驿：唐代设在都城、陪都的馆驿。 ⓱ 心义：义气。 ⓲ 装具：行装。 ⓳ 挺：量词。 ⓴ 缟素：白衣服，指丧服。 ㉑ 归：女子出嫁。 ㉒ 貌寝：谓人状貌不扬。

【原文】

大历末，禅师玄览住荆州陟屺寺，道高有风韵，人不可得而亲。张璪常画古松于斋壁[①]，符载赞之[②]，卫象诗之[③]，亦一时三绝，览悉加垩

【译文】

大历末年，禅师玄览住在荆州陟屺寺，他道行高深又有风韵，人们很难跟他亲近。张璪曾在寺中斋堂墙壁上画了一棵古松，符载撰写了赞文，卫象又题诗，也可称为当时的三绝。玄览却用白灰悉数涂掉了。有人问他

焉[4]。人问其故，曰：“无事疥吾壁也[5]。”僧那即其甥，为寺之患，发瓦探鷇[6]，坏墙薰鼠，览未尝责。有弟子义诠，布衣一食，览亦不称。或怪之，乃题诗于竹曰：“大海从鱼跃，长空任鸟飞。欲知吾道廓，不与物情违。”忽一夕，有梵僧拨户而进，曰：“和尚速作道场。”览言：“有为之事，吾未尝作。”僧熟视而出[7]，反手阖户[8]，门扃如旧。览笑谓左右：“吾将归欤！”遂遽浴讫，隐几而化[9]。

是什么缘故，他说：“不要让这玩意儿弄脏我的墙。”僧那是他的外甥，也是寺中一害，上房揭瓦掏鸟雀，刨墙挖洞熏老鼠，什么坏事都干，玄览却从不责备他。有个弟子叫义诠，身穿布衣，每天只吃一顿饭，玄览也从不称赞他。有人对此感到奇怪，玄览便在竹子上题诗道：“大海从鱼跃，长空任鸟飞。欲知吾道廓，不与物情违。”一天晚上，忽然有个梵僧推门而入，说：“和尚快去做道场。”玄览说：“凡属刻意而为的事情，我是从来不做的。”那僧人注目细看了一会儿就走了，反手关门，门闩反锁依旧。玄览笑着对身边的人说：“我要回去了！”于是急忙洗浴，之后倚靠着几案坐化了。

注释

❶张璪（zǎo）：一作张藻。字文通。吴郡（今江苏苏州）人。唐画家，工画树石山水。著《绘境》，论画之要诀。 ❷符载：应作“苻载”。字厚之。唐诗人。 ❸卫象：唐诗人。大历中居荆州。建中中至贞元初任长林令。后佐荆南幕，检校侍御史。与李端、司空曙交往唱酬。 ❹垩（è）：用白色涂料粉刷墙壁。 ❺疥：污，弄脏。 ❻鷇（kòu）：雏鸟。 ❼熟视：注目细看。 ❽阖户：关门。 ❾隐几：靠着几案。化：死。

【原 文】

马仆射既立勋业[1]，颇自

【译 文】

仆射马燧建立功业后，有些居功

矜伐[2]，常有陶侃之意[3]，故呼田悦为钱龙[4]，至今为义士非之。当时有揣其意者，乃先著谣于军中，曰："斋钟动也[5]，和尚不上堂。"月余，方异其服色，谒之，言善相。马遽见，因请远左右，曰："公相非人臣，然小有未通处。当得宝物直数千万者，可以通之。"马初不实之，客曰："公岂不闻谣乎？正谓公也。'斋钟动'，时至也。'和尚'，公之名。'不上堂'，不自取也。"马听之始惑，即为具肪玉、纹犀及贝珠焉[6]。客一去不复知之，马病剧，方悔之。

自傲，时常流露出像陶侃那般废旧立新之意，故意称呼田悦为钱龙，至今仍为正义之士非议。当时有人揣摩到马燧的心思，就先在军中散布歌谣，说："斋钟动也，和尚不上堂。"一个月后，那人换了术士的衣服，去拜见马燧，自称擅长相面。马燧立即召见他，那人请屏退左右，说："您的面相不是臣子之相，然而要达到至尊的位子还有一点没打通，需要价值几千万的宝物，就可以打通。"马燧开始时不信，那人说："您难道没有听到歌谣吗？正应在您身上。'斋钟动'，是说时机到了。'和尚'，说的是您。'不上堂'，即不自己去取。"马燧听了这番话就真被迷惑了，立即为他备下肪玉、纹犀及珍珠等宝物。那人带着这些宝物，一去不返，后来马燧病重，这才感到后悔。

注释

❶ 马仆射：即马燧。勋业：功业。 ❷ 矜伐：居功自傲。 ❸ 陶侃之意：指伺机谋废旧朝，自建新朝之典。 ❹ 田悦：平州卢龙（今属河北）人，魏博节度使田承嗣之侄。于唐德宗时起兵作乱，为马燧讨平。后降唐，为从弟田绪所杀。钱龙：《南史》"三月，主衣库见黑蛇长丈许，数十小蛇随之，举头高丈余南望，俄失所在。帝又与宫人幸玄洲苑，复见大蛇盘屈于前，群小蛇绕之，并黑色。帝恶之，宫人曰：'此非怪也，恐是钱龙。'帝敕所司即日取数千万钱镇于蛇处以厌之。因设法会，赦囚徒，振穷乏，退居栖心省"。 ❺ 斋钟：寺中报告斋时的钟声。 ❻ 肪玉：羊脂玉。纹犀：指有纹理的犀角。

【原 文】

信都民苏氏有二女[1]，择良婿。张文成往见[2]，苏曰：“子虽有财，不能富贵，得五品官即死。”时魏知古方及第[3]，苏曰：“此虽黑小，后必贵。”乃以长女妻之。女发长七尺，黑光如漆，相者云大富贵。后知古拜相，封夫人云[4]。

【译 文】

信都百姓苏某有两个女儿，都到了摽梅之年，他正给女儿挑选好女婿。张文成前去苏家求亲，苏某说：“您虽有才学，但不能富贵，至死只能做到五品官。”当时，魏知古刚进士及第，苏某说：“这个人虽然又黑又矮，以后必然显贵。”于是把大女儿嫁给了他。大女儿头发有七尺长，像漆似的又黑又亮，相士说这是大富大贵之相。后来，魏知古做了宰相，大女儿受封为夫人。

注 释

❶ 信都：今河北冀州。 ❷ 张文成：即张鷟，字文成，自号浮休子。唐深州陆泽（今河北深州西南）人。撰有《朝野佥载》《游仙窟》等。 ❸ 魏知古：唐深州陆泽（今河北深州西南）人。弱冠举进士，景云二年（711），以左散骑常侍同中书门下三品。先天初，进侍中，封梁国公。 ❹ 夫人：古代命妇封号。

【原 文】

明皇封禅太山[1]，张说为封禅使。说女婿郑镒，本九品官。旧例，封禅后，自三公以下皆迁转一级[2]。惟郑镒因说骤迁五品，兼赐绯服。因大脯

【译 文】

唐明皇要封禅泰山，以张说为封禅使。张说的女婿郑镒，原本是九品官。按照惯例，封禅以后，自三公以下都能晋升一级。只有郑镒凭借张说的关系迅速晋升至五品官，同时加赐绯服。在朝廷举行的酒宴上，唐明皇见郑镒官升数

次[3]，玄宗见镒官位腾跃，怪而问之，镒无词以对。黄幡绰曰[4]：“此太山之力也。”

级，感到奇怪，就问他，郑镒无言以对。黄幡绰说：“这是依靠泰山的力量啊。”

注释

❶ 封禅：古代帝王祭祀天地的大典。在泰山上筑土为坛，报天之功，称封；在泰山南的梁父山上辟基祭地，报地之德，称禅。太山：即泰山。 ❷ 迁转：谓官员升级。 ❸ 大脯次：特许的大宴饮，表示庆祝。 ❹ 黄幡绰：唐宫廷艺人。优名幡绰。与张野狐同侍玄宗，好为弄参军。诙谐幽默，常以戏言寓意劝谏玄宗，深得宠信，世称滑稽之雄。

【原文】

成式曾一夕堂中会，时妓女玉壶忌鱼炙，见之色动[1]。因访诸妓所恶者，有蓬山忌鼠，金子忌虱尤甚。坐客乃竞征虱拿鼠[2]，多至百余条。予戏摭其事[3]，作《破虱录》。

【译文】

我曾在一个晚上举办宴会，当时有位叫玉壶的妓女害怕烤鱼，看见烤鱼脸色都变了。因而询问席上其他妓女都厌恶什么，有位叫蓬山的害怕老鼠，有位叫金子的最害怕虱子。客人于是竞相谈论关于虱子、老鼠的典故，多达一百来条。我将这些事记录下来，编成《破虱录》。

注释

❶ 色动：脸色改变。 ❷ 拿：捉拿，捕捉。 ❸ 摭（zhí）：拾取，摘取。

前集卷十三

冥迹

【原 文】

魏韦英卒后，妻梁氏嫁向子集。嫁日，英归至庭，呼曰："阿梁，卿忘我耶？"子集惊，张弓射之，即变为桃人、茅马。

【译 文】

后魏人韦英死后，他的妻子梁氏再嫁向子集。再婚当天，韦英的魂魄变成人来到庭院里，大声叫喊："阿梁，你把我忘却了吗？"向子集大惊，拉开弓箭射他，韦英一下子变成了桃木人，他骑的马也变成了茅草马。

【原 文】

长白山西有夫人墓[①]，魏孝昭之世[②]，搜扬天下才俊，清河崔罗什[③]，弱冠有令望[④]，被征诣州，夜经于此。忽见朱门粉壁，楼台相望。俄有一青衣出，语什曰："女郎须见崔郎。"什恍然下马[⑤]，入两重门，内有一青衣，通问引前。什曰："行李之中[⑥]，忽蒙厚

【译 文】

长白山西有座夫人墓。北齐孝昭帝时，搜罗天下英才，清河崔罗什年纪轻轻就有美名，被征赴州府任职，晚上路经此地。他忽然看见一座宅第，红门白墙，楼阁相接。不一会儿，有一个婢女走出来，对崔罗什说："我家女主人要见您。"崔罗什恍惚下马，过了两重门，里面有一个青衣人迎面问候，在前引路。崔罗什说："行程之中，忽然承蒙厚爱，一向没有来往，不宜再往里走。"青衣

命，素既不叙，无宜深入。”青衣曰：“女郎乃平陵刘府君之妻[7]，侍中吴质之女[8]。府君先行，故欲相见。”什遂前，入就床坐[9]。其女在户东立，与什叙温凉。室内二婢秉烛，呼一婢，令以玉夹膝置什前[10]。什素有才藻[11]，颇善风咏，虽疑其非人，亦惬心好也。女曰：“比见崔郎息驾庭树[12]，嘉君吟啸[13]，故欲一叙玉颜[14]。”什遂问曰：“魏帝与尊公书[15]，称尊公为元城令[16]，然否？”女曰：“家君元城之日，妾生之岁。”什乃与论汉魏时事，悉与魏史符合，言多不能备载。什曰：“贵夫刘氏，愿告其名。”女曰：“狂夫刘孔才之第二子[17]，名瑶，字仲璋。比有罪被摄[18]，乃去不返。”什乃下床辞出，女曰：“从此十年，当更相逢。”什遂以玳瑁簪留之[19]，女以指上玉环赠什。什上马行数十步，回顾，乃一大冢。什届历下，以为不祥，遂请僧为斋，以环布施。天统末[20]，什为王

人说：“我家女主人是平陵刘府君的妻子，侍中吴质的女儿。刘府君先已离去，所以她想要见您。”崔罗什便跟着继续前行，进入室内在坐床坐下。那女郎在门东边站着，和崔罗什寒暄。室中有两个婢女手持蜡烛，那女子叫其中一个婢女把玉夹膝放在崔罗什面前。崔罗什素有文采，擅长吟诗，他虽怀疑女郎不是人，却也喜欢她的美貌。女郎说：“刚刚见您在庭前树下休息，很欣赏您的吟咏，所以请您进来见一面。”崔罗什便问：“魏文帝在给您父亲的书信中，称您父亲为元城令，是不是呢？”那女郎说：“我父亲做元城令时，正是我出生那年。”崔罗什便和她谈论汉魏时事，女郎所说全都和曹魏的历史记载相符，说了很多，不能一一记载。崔罗什又说：“您的丈夫姓刘，希望您能告诉我他的名字。”那女郎说：“先夫是刘劭的次子，名瑶，字仲璋。近来因犯罪被抓，一去不复回了。”崔罗什于是下床辞别，那女郎说：“再过十年，会再见面的。”崔罗什便把玳瑁簪留给女郎以为纪念，女郎也把手指上的玉环赠给崔罗什。崔罗什上马走了几十步，回头一看，只有一座大坟。崔罗什走到历下时，认为这事很不吉利，便请僧人做道场，把玉环布施给僧人。天统末年，崔罗什受命在垣冢修筑河堤，就在帐下与济南的奚

事所牵，筑河堤于垣冢，遂于幕下话斯事于济南奚叔布，因下泣曰："今岁乃是十年，可如何也作罢。"什在园中食杏，忽见一人，唯云："报女郎信。"俄即去。食一杏未尽而卒。什十二为郡功曹，为州里推重，及死，无不伤叹。

叔布谈论这件事，流着眼泪说："到今年就是第十年了，不知道会怎么了结。"一日，崔罗什在园中吃杏，忽然有一个人出现，对他说了一句话："我来报告女郎的消息。"不一会儿就离去了。崔罗什一个杏还没吃完就死了。崔罗什任郡功曹十二年，被州里所推重，等到他死了，众人无不感伤叹息。

注释

❶长白山：在今山东邹平南。以山中云气常白，故名。❷魏孝昭：应为齐孝昭。指北齐孝昭帝高演。❸清河：今属河北。❹令望：美好的名声。❺恍然：此指恍惚。❻行李：行程，行踪。❼平陵：即平陵城。治今山东济南章丘区西。❽吴质：字季重。济阴（治今山东菏泽定陶区西北）人。三国魏文学家。❾床：坐床，一种坐具。❿夹膝：暑时置床席间，以憩手足的消暑器。呈笼状，用竹或金属制成。⓫才藻：才思文采。⓬息驾：停车休息。⓭吟啸：高声吟唱，吟咏。⓮玉颜：对尊长容颜的敬称。⓯魏帝与尊公书：即魏文帝曹丕所作《与吴质书》。⓰元城：治今河北大名东。⓱狂夫：即拙夫。古代妇人对人称其夫的谦辞。刘孔才：即刘劭，字孔才。三国魏广平邯郸（今属河北）人。刘劭在汉建安年间入仕，入魏后，受爵"关内侯"。⓲比：近来。⓳玳瑁：一种海龟科海洋生物，背甲棕褐色，具褐色和淡黄色相间的花纹。亦指用其甲壳制成的装饰品。⓴天统：北齐后主高纬年号。

【原　文】

南巨川常识判冥者张叔

【译　文】

南巨川识得一位在阴间审理案件的判

言[①]，因撰《续神异记》，具载其灵验。叔言判冥鬼十人，十人数内，两人是妇人。又乌龟、狐亦判冥。

官张叔言，因而撰写了《续神异记》一书，记载关于他的灵验之事。据此书记载，张叔言共审理冥案十起，涉案的十个犯人之中，有两人是妇女。另外，乌龟、狐狸也可以在阴司审案。

注释

❶ 南巨川：鲁郡（今山东济宁兖州区）人。开元进士，至德年间奉使吐蕃。著有《续神异记》。判冥：谓审理阴间的案件。

【原 文】

于襄阳頔在镇时，选人刘某入京[①]，逢一举人，年二十许，言语明晤[②]。同行数里，意甚相得，因藉草[③]，刘有酒，倾数杯。日暮，举人指支迳曰："某弊止从此数里[④]，能左顾乎？"刘辞以程期，举人因赋诗曰："流水涓涓芹努牙[⑤]，织乌双飞客还家。荒村无人作寒食，殡宫空对棠梨花[⑥]。"至明旦，刘归襄州，寻访举人，惟有殡宫存焉。

【译 文】

于頔镇守襄阳时，候补官员刘某进京，遇到一个举人，有二十多岁，谈吐明快，一同走了几里路，意趣甚是相投。于是在草地上坐下来，刘某有酒，两人喝了几杯。天色渐晚，举人指着一条小路说："我的住处距离这里只有几里路，您能屈驾前往吗？"刘某推辞说旅途时间紧，举人于是赋诗道："流水涓涓芹努牙，织乌双飞客还家。荒村无人作寒食，殡宫空对棠梨花。"第二天，刘某回到襄阳，前去寻访举人，只见房舍还在，但房中停放着的却是一具棺材。

注释

❶ 选人：唐代称候补、候选的官员。 ❷ 明晤：明白，清楚。晤：通"悟"。 ❸ 藉草：坐在草上。 ❹ 弊止：谦称自己栖止之所。 ❺ 涓涓：细水缓流貌。 ❻ 殡宫：停放灵柩的房舍。

【原 文】

顾况丧一子[①]，年十七。其子魂游，恍惚如梦，不离其家。顾悲伤不已，乃作诗，吟之且哭。诗云："老人丧一子，日暮泣成血。心逐断猿惊，迹随飞鸟灭。老人年七十，不作多时别。"其子听之感恸[②]，因自誓："忽若作人，当再为顾家子。"经日，如被人执至一处，若县吏者，断令托生顾家，复都无所知。忽觉心醒开目，认其屋宇兄弟，亲爱满侧，唯语不得。当其生也，已后又不记。年至七岁，其兄戏批之[③]，忽曰："我是尔兄，何故批我！"一家惊异。方叙前生事，历历不误，弟妹小名，悉遍呼之。抑知羊叔子事非怪

【译 文】

顾况有一个儿子，年方十七就死了。这儿子死后魂魄游荡，恍惚有如在梦中，不忍心离开家。顾况悲痛不已，写了一首诗，一边吟诵一边哭泣。诗写道："老人丧一子，日暮泣成血。心逐断猿惊，迹随飞鸟灭。老人年七十，不作多时别。"他死去的儿子听到后，心里非常感动，于是发誓："如果再投生为人，还做顾家的儿子。"过了一天，他好像被人带到一处地方，那儿有一个县官模样的人，令他到顾家托生，再往后他就什么都不记得了。忽然觉得心中清醒，睁开眼睛，认出了房屋和自家弟兄，身边站满了亲人，唯独不能说话。这是刚出生时的事，以后逐渐长大，便又记不清了。他长到七岁时，他哥哥开玩笑用手掌打他，他忽然说："我是你的哥哥，你为什么打我？"一家人都很惊诧。他这才说起前生的事情，每件事都丝毫不差。弟弟、妹妹的小名，也都能叫出来。可

也[④]。即进士顾非熊，成式常访之，涕泣为成式言。释氏《处胎经》言人之住胎[⑤]，与此稍差。

知羊祜的事情并不奇怪。这个孩子就是进士顾非熊，我曾去拜访他，他哭着给我讲述这件事。佛教《处胎经》所说人的住胎，与此稍有不同。

注释

❶ 顾况：字逋翁，自号华阳山人。苏州海盐（今属浙江）人。唐诗人。有《华阳集》。 ❷ 感恸：感动。 ❸ 批：用手掌打。 ❹ 羊叔子：即羊祜，字叔子。泰山南城（今山东平邑南）人。西晋杰出的战略家、政治家、文学家。 ❺ 住胎：旧指人死后复托生人腹中。

尸穸

【原 文】

近代丧礼，初死内棺[①]，而截亡人衣后幅留之。又内棺加盖，以肉、饭、黍、酒著棺前，摇盖叩棺，呼亡者名字起食，三度然后止。

【译 文】

近代丧葬礼式，人死入殓前，剪下死者衣服的后幅留下来。另外，盖棺时，把肉、饭、黍、酒放在棺前，摇晃棺盖、敲击棺材，呼喊死者的名字叫他起来吃饭，重复三次才停止。

注释

❶ 内棺：入殓。内，古同“纳”。

【原 文】

琢钉及漆棺，止哭，哭便漆不干也。

【译 文】

给棺材钉钉子及刷漆时，不能哭，一哭漆就干不了。

【原 文】

铭旌出门[①]，众人掣裂将去。

送亡人，不可送韦革、铁物及铜磨镜使盖[②]，言死者不可使见明也。董勋言[③]：“《礼》：弁服靺韐[④]。”此用韦也。

【译 文】

送葬时铭旌出门后，众人要将它撕碎带走。

给死者的陪葬品中，不能有熟皮革、铁物及铜磨镜奁盖，这是说不能让死者见到光明。董勋说：“《礼》：弁服靺韐。”说的是用熟皮制作。

注 释

❶ 铭旌：竖在灵柩前以表识死者官职和姓名的旗幡。 ❷ 韦革：熟皮革。 ❸ 董勋：曾为晋议郎。 ❹ 弁服：古代贵族的帽子和衣服。靺韐（mèigé）：祭服上用以蔽膝的韨，用韦制作，以茜草染成赤黄色。

【原 文】

刻木为屋舍、车马、奴婢、抵蛊等，周之前用涂车、刍灵[①]，周以来用俑[②]。

【译 文】

明器宜用木头刻的房屋、车马、奴婢、抵蛊等，周朝以前用泥车、刍灵，周朝以后用俑。

注释

❶涂车：以彩色涂饰之泥车。古代陪葬用。刍灵：用茅草扎成的人马，为古人送葬之物。 ❷俑：古代陪葬用的偶人，一般为木制或陶制。

【原文】

送亡者，又以黄卷、蠟钱、菟毫、弩机、纸疏、挂树之属①。又作輔车，车，古蒌也②，蒌似屏。

【译文】

随葬品，又有黄卷、蠟钱、菟毫、弩机、纸疏、挂树之类。又制作輔车，輔车，就是蒌翣，形似屏风。

注释

❶黄卷：指书籍。古人用辛味、苦味之物染纸以防蠹，纸色黄，故称。蠟（là）钱：冥钱，纸钱。蠟，同“蜡”。菟毫：即兔毫，指用兔毫制作的毛笔。弩机：装于木弩臂后部的机械装置，控制发射用，青铜制。纸疏：纸张。 ❷古蒌（liǔ）：即蒌翣（shà）。古代棺饰。或为覆于棺上的彩帛，或为绘于外板的彩饰。

【原文】

世人死者，作伎乐①，名为乐丧②。魌头③，所以存亡者之魂气也。一名苏衣被，苏苏如也④。一曰狂阻，一曰触圹。四目曰方相，两目曰倛。据费长

【译文】

民间有在家人死后奏乐、表演舞蹈的，名叫乐丧。魌头，能收集死者的魂气。又称苏衣被，是因为它让人畏惧不安。又称狂阻，又称触圹。四只眼睛的叫方相，两只眼睛的叫倛。据费长房辨识，李娥从地府带来的药

房识李娥药丸[5]，谓之方相脑，则方相或鬼物也，前圣设官象之。

丸，便是方相脑，那么方相或许是鬼怪一类，前贤设方相氏以模仿它的形貌。

注释

❶ 伎乐：音乐舞蹈。 ❷ 乐丧：举乐办理丧事。 ❸ 魌（qī）头：古时打鬼驱疫时扮神者所戴的面具。 ❹ 苏苏：畏惧不安的样子。 ❺ 费长房：东汉方士，汝南（治今河南平舆北）人。据《后汉书》称，费长房得异人传道，能医疗众病，鞭笞百鬼，及驱使社公，后失其符，为众鬼所杀。《神仙传》又载费长房有缩地术，称之为地仙。

【原文】

又忌狗见尸，令有重丧[1]。

【译文】

此外，忌讳让狗看见尸体，因为这样会有重丧。

注释

❶ 重丧：旧谓家属中有两人相继死亡。

【原文】

亡人坐上作魂衣[1]，谓之上天衣。

【译文】

死者灵座上置魂衣，称为上天衣。

注释

❶ 魂衣：死者所穿之衣。

【原文】

送亡者，不赍镜奁盖。

【译文】

为死者送葬，不能带镜匣盖。

【原文】

褮[1]，鬼衣也。桐人起虞卿[2]，明衣起左伯桃[3]，挽歌起绋讴[4]。故旧律，发冢弃市[5]。冢者，重也，言为孝子所重，发一茧土则坐[6]，不须物也。

【译文】

褮，就是鬼衣。葬丧用桐人始于虞卿，明衣始于左伯桃，挽歌始于牵引灵车者的讴唱。依据以前的律法，掘冢者一律处死。冢，就是重，是孝子极为看重的，盗墓者哪怕挖一点坟上的土都会获罪，不是盗窃了墓中财物才算犯罪。

注释

❶ 褮（yíng）：开孔衣，古代在死者脸上覆盖的巾帕。 ❷ 桐人：桐木偶。古代殉葬的俑。虞卿：战国时期赵国上卿。 ❸ 明衣：此指古代死者洁身后所穿的干净内衣。左伯桃：相传为东周时燕人。 ❹ 挽歌：送葬时挽柩者所唱哀悼死者的歌。绋：下葬时引柩入穴的绳索。此指执绋者，即牵引灵车的人。讴：唱。 ❺ 发冢：挖掘坟墓。弃市：于闹市执行死刑，并将尸体弃置街头示众。后亦专指死刑。 ❻ 坐：获罪。

【原 文】

“吊”字，矢贯弓也[1]。古者葬弃中野[2]，礼贯弓而吊，以助鸟兽之害。

【译 文】

“吊”字，字形就像将箭搭在弓上。古时候在人死后将尸体弃于荒野，送葬的亲友都带着弓箭，用来防止鸟兽侵食尸体。

注 释

❶ 贯弓：弯弓，张满弓。 ❷ 中野：旷野之中。

【原 文】

后魏俗竟厚葬，棺厚高大，多用柏木，两边作大铜镮钮，不问公私贵贱，悉白油络幰輀车[1]，迾素稍仗[2]，打虏鼓，哭声欲似南朝，传哭挽歌无破声[3]，亦小异于京师焉。

【译 文】

后魏风俗崇尚厚葬，棺木厚而高大，多用柏木，棺材两边镶嵌大铜镮钮，不论公私贵贱，都用饰有白丝油络、装有帷幔的灵车，送葬的人排列白槊仗，打虏鼓，哭声与南朝人相似，据说唱挽歌时不会放声号哭，这一点也与京城略有差别。

注 释

❶ 油络：古代一种丝质网状的车饰。幰（xiǎn）：车上的帷幔。輀（ér）车：一种载运棺柩的车子。 ❷ 迾：同“列”。列队。 ❸ 破声：放声。

【原 文】

《周礼》：“方相氏驱罔象[①]。”罔象好食亡者肝，而畏虎与柏。墓上树柏，路口致石虎，为此也。

【译 文】

《周礼》：“方相氏驱逐罔象。”罔象喜欢吃死者的肝脏，而害怕老虎与柏树。在墓地种植柏树，于墓道路口放置石虎，就是因为这个。

注 释

❶ 罔象：传说中的精怪。

【原 文】

昔秦时，陈仓人猎得兽[①]，若彘[②]，而不知名。道逢二童子，曰：“此名弗述，常在地中，食死人脑。欲杀之，当以柏插其首。”

【译 文】

秦朝时，陈仓有个人猎得一头野兽，像猪，不知道是什么。路上遇到两个小孩，他们说：“这兽叫弗述，经常在地下吃死人的脑子。若要杀死他，得先用柏枝插进它的头颅。”

注 释

❶ 陈仓：古县名。治今陕西宝鸡东。 ❷ 彘（zhì）：猪。

【原 文】

遭丧妇人有面衣[①]。期已下

【译 文】

家有丧事的妇女要戴面纱。服丧

妇人著簂[2]，不著面衣。

一年以后，妇女只戴簂，不戴面纱。

注释

❶ 面衣：古人服饰，用以遮蔽脸面。此指妇女服丧用的面纱。 ❷ 期（jī）：即期服。丧服名。谓服丧一年。簂（guó）：同“帼”。古代妇女所着的一种丝织品发饰。

【原文】

又妇人哭，以扇掩面。或有帷幄内哭者[1]。

【译文】

另外，妇女哭丧时，要用扇子遮住脸。也有在帷堂里哭而不用遮脸的。

注释

❶ 帷幄：此指帷堂。古代丧礼，小殓前设帷幕于堂上。

【原文】

汉平陵王墓[1]，墓多狐。狐自穴出者，皆毛上坌灰[2]。魏末，有人至狐穴前，得金刀镊、玉唾壶。

【译文】

汉平陵王墓地里有很多狐狸。狐狸从洞穴中钻出来时，身上沾满灰尘。魏朝末年，有人在狐狸洞前捡到金刀镊、玉唾壶。

注释

❶ 汉平陵王墓：即刘辟光之墓，在今山东济南章丘区。平陵王：即刘辟光，汉高祖长子齐悼惠王刘肥之子。汉文帝十六年（前164）受封济南王，治所在平陵城，亦称平陵王。汉景帝前元三年（前154），刘辟光参与七国之乱，兵败被杀，国除。 ❷ 坌（bèn）：尘埃。

【原文】

贝丘县东北有齐景公墓[①]，近世有人开之，下入三丈，石函中得一鹅，鹅回转翅以拨石。复下入一丈，便有青气上腾，望之如陶烟[②]，飞鸟过之辄堕死，遂不敢入。

【译文】

贝丘县东北有齐景公墓，近代曾有人挖掘过。那人向下挖了三丈，挖到一个石匣，石匣里有一只鹅，这只鹅拍打着翅膀拨动石块。再往下挖一丈，便有青烟向上升腾，好像是烧制陶器的窑中冒出的烟，飞鸟从上方飞过都坠地而死，于是没人再敢进入这座墓中。

注释

❶ 贝丘县：在今山东博兴东南。齐景公：姜姓，名杵臼。春秋时期齐国国君。 ❷ 陶烟：烧制陶器的窑中冒出的烟。

【原文】

元魏时，菩提寺僧达多发冢取砖[①]，得一人，自言姓崔名涵，字子洪，在地下十二年。如醉人，时复游行，

【译文】

元魏时，菩提寺的僧人达多掘墓取砖，挖出一个活人，自称姓崔名涵，字子洪，在地下生活了十二年。崔涵好像醉酒之人，不时四处游荡，意识模糊不

不甚辨了，畏日及水火兵刃。常走，疲极则止。洛阳奉终里多卖送死之具，涵言：“作柏棺，莫作桑欀[2]。吾地下发鬼兵，一鬼称是柏棺，主者曰：‘虽是柏棺，乃桑欀也。’”

清，害怕阳光及水火兵器。他经常不停地走，直到走不动才停下来。洛阳的奉终里多售卖送葬用品，崔涵说：“制作柏木棺，不要用桑木做里衬。我在地下看见征调鬼兵，有一个鬼说自己所用是柏木棺，应当免于征调，主事的说：‘你虽然是柏木棺，却是用桑木做里衬，不能免役。’”

注释

❶ 菩提寺：北魏杨衒之《洛阳伽蓝记》载，“菩提寺，西域胡人所立也，在慕义里”。 ❷ 欀（xiāng）：木器的里衬。

【原文】

南朝薨卒[1]，赠予者以密。应著貂蝉者以雁代之[2]，绶者以书[3]。

【译文】

南朝时，王侯或高官去世后，若向死者及家属赠送财物、随葬品，务必要遮掩自己的身份。应佩戴貂蝉的以雁翎替代，绶带以书替代。

注释

❶ 薨（hōng）：周代诸侯之称，唐时称三品以上的官员去世。 ❷ 貂蝉：即貂蝉冠。以貂尾和附蝉为饰的冠冕，为侍中、常侍等贵近之臣所用。雁：雁翎。❸ 绶：绶带。一种彩色的丝带，用来系官印或勋章，有的斜挂在肩上表示某种身份。

【原 文】

先贤大臣冢墓，楬杙题其官号姓名[1]。五品以上漆棺，六品以下但得漆际。

【译 文】

先贤大臣的陵墓里，都有楬杙，上面题写着墓主人的官职姓名。五品以上的官员，漆整棺，六品以下官员只能漆棺材缝。

注 释

❶ 楬杙（jiéyì）：即楬杙。一种用于标记或指示的小木牌。杙：木桩，亦指尖锐的小木条。

【原 文】

南阳县民苏调女[1]，死三年，自开棺还家，言夫将军事。赤小豆、黄豆，死有持此二豆一石者，无复作苦。又言可用梓木为棺[2]。

【译 文】

南阳县民苏调的女儿，死后三年，自己打开棺材回了家，说冥府也存在徭役摊派。死者若有一石赤小豆和黄豆随葬，入冥府后就不用做苦力。又说可以用梓木做棺材。

注 释

❶ 南阳县：治今河南南阳。 ❷ 梓：一种落叶乔木。

【原 文】

刘晏判官李邈[1]，庄在高陵[2]，庄客悬欠租课[3]，积

【译 文】

刘晏的判官李邈，有所庄园在高陵。庄客拖欠李邈的地租，已五六年了。李

五六年。邈因官罢归庄，方欲勘责，见仓库盈羡④，输尚未毕。邈怪问，悉曰："某作端公庄客二三年矣⑤，久为盗。近开一古冢，冢西去庄十里，极高大，入松林二百步方至墓。墓侧有碑，断倒草中，字磨灭不可读。初，旁掘数十丈，遇一石门，固以铁汁，累日洋粪沃之方开⑥。开时，箭出如雨，射杀数人。众惧欲出，某审无他，必机关耳，乃令投石其中。每投，箭辄出。投十余石，箭不复发，因列炬而入。至开第二重门，有木人数十，张目运剑，又伤数人。众以棒击之，兵仗悉落。四壁各画兵卫之像。南壁有大漆棺，悬以铁索，其下金玉珠玑堆积。众惧，未即掠之。棺两角忽飒飒风起，有沙迸扑人面。须臾风甚，沙出如注，遂没至膝，众惊恐走。比出，门已塞矣，一人复为沙埋死。乃同酹地谢

邈因罢官回到庄园，正打算核查情况施以责罚，但见仓库丰盈，入库的钱粮还没运完。李邈觉得奇怪，就问庄客，庄客说："我们做您的庄客已两三年了，长期盗墓。近来发掘一座古墓，在田庄西十里，古墓非常高大，进入松林，前行二百来步就到了墓地。墓旁有块石碑，折断倒在草丛中，碑上的字迹已经磨泐得没法辨认了。起先，从墓的侧面挖了几十丈深，遇到一个用铁水浇固的石门，一连几天用粪水浇灌才打开。石门刚打开时，箭像雨点一样射出，死了好几个人。大伙非常害怕想要退去，我仔细察看了一下，感到没有什么别的东西，一定是设置的机关，就让他们向里面投石块。每投一次，箭就从里边射出来，投了十多块后，不再有箭向外射了，大伙举着火把进入墓中。到打开第二道门的时候，看到有几十个木人，瞪着眼睛，舞动利剑，又伤了几个人。大伙用棍棒还击，木人的兵器全被打落。墓室四壁都画着兵士的画像。南壁有一口很大的涂漆棺材，用铁索悬吊在半空，棺材下面堆满金、银、玉器、珠宝等。大伙很害怕，没有马上就去抢掠。棺材的两头忽然飒飒作响刮起风来，风挟带着沙子扑面而来。不一会儿，风更大了，沙子像水一样喷涌，不久就埋过了膝盖，大伙非常惊慌，纷纷向外奔逃。刚逃出来，门就被沙子堵死了，有一个人被沙子封在了墓里，应该是死了。于是大家一起在墓前洒酒祭

之[7]，誓不发冢。”

奠谢罪，发誓再也不盗墓了。”

注释

❶ 刘晏：唐理财家。字士安。曹州南华（今山东菏泽西北）人。肃宗时任户部侍郎，判度支。广德元年（763），迁吏部尚书，同平章事。 ❷ 高陵：今属陕西。 ❸ 悬欠：久欠未清。租课：赋税。此指地租。 ❹ 盈羡：指充足有余。 ❺ 端公：唐代对侍御史的别称。 ❻ 洋粪：粪汁。 ❼ 酹（lèi）：把酒浇在地上，表示祭奠。

【原文】

《水经》言[1]：“越王勾践都琅琊[2]，欲移允常冢[3]，冢中风生，飞沙射人，人不得近，遂止。”按《汉旧仪》[4]：“将作营陵地[5]，内方石，外陟车石，户交横莫耶[6]，设伏弩、伏火、弓矢与沙。”盖古制有其机也。

又侯白《旌异记》曰[7]：“盗发白茅冢，棺内大吼如雷，野雉悉雊[8]。穿内[9]，火起，飞焰赫然，盗被烧死。”得非伏火乎？

【译文】

《水经》记载：“越王勾践迁都琅琊，打算把他父亲允常的陵墓一并迁去。打开墓室后，墓中狂风大作，飞沙射人，人不能靠近，只能作罢。”另据《汉旧仪》：“将作大匠营造陵墓，在墓室中堆垒方石，外面从低到高铺设车道石板。墓中门户纵横，不可轻启，里面设置着暗剑、伏弩、伏火、弓矢及流沙。”原来，自古陵墓里就设有机关。

另外，侯白《旌异记》说：“盗墓贼挖掘白茅冢，只听到棺材里吼声如雷，野鸡全都鸣叫起来。继续深掘，突然燃起大火，火光鲜明，盗墓贼都被烧死了。”难道这就是伏火？

注释

❶《水经》：中国第一部记述河道水系的专著。一说桑钦撰，一说郭璞撰。❷越王勾践：姒姓，春秋时期越国国君。琅琊：在今山东青岛黄岛。❸允常：一作元常。春秋时期越国君主。勾践之父。❹《汉旧仪》：又名《汉官旧仪》，东汉卫宏撰。该书多载西汉杂事，诸如皇帝起居、名号职掌、秩禄等。❺将作：即将作大匠。职官名，职掌宫室、宗庙、陵寝等的土木营建。❻莫耶：即莫邪剑。春秋时吴王令干将铸剑，铁汁不下，其妻莫邪自投炉中，铁汁乃出，遂成二剑，雄剑名干将，雌剑名莫邪。这里泛指宝剑。❼侯白：字君素。隋魏郡（今属河北）人。性滑稽，善巧辩，爱说讽刺诙谐的话。撰有《旌异记》十五卷等。后因以为伶人善戏谑者之称。❽雊（gòu）：野鸡鸣叫。❾穿：凿。

【原文】

永泰初①，有王生者，住在扬州孝感寺北。夏月被酒，手垂于床，其妻恐风射②，将举之。忽有巨手出于床前，牵王臂坠床，身渐入地。其妻与奴婢共曳之，不禁，地如裂状，初余衣带，顷亦不见。其家并力掘之，深二丈，得枯骸一具，已如数百年者，竟不知何怪。

【译文】

永泰初年，有个王生，住在扬州孝感寺北边。一个夏夜，他醉酒在床，手臂垂在床边，他妻子怕他受风着凉，想把他的手臂抬起来。忽然从床前伸出一只大手，抓住王生的手臂把他拉下了床，王生的身体渐渐没入地里。他的妻子和奴婢们一起去拽他，也拽不住，地面像裂开了似的。起初，王生的衣带还露在外面，一会儿衣带也不见了。他的家人倾尽全力挖地，挖到两丈深时，挖到一具枯骨，样子像已经死了几百年。最终也不知是什么鬼怪在作祟。

注释

❶ 永泰：唐代宗李豫年号。 ❷ 风射：谓风劲吹。

【原文】

江淮元和中有百姓耕地，地陷，乃古墓也。棺中得裈五十腰[1]。

【译文】

元和年间，江淮地区有百姓耕地时，遇到地面下陷，原来下面有座古墓。此人在棺材中找到了五十条裤子。

注释

❶ 裈（kūn）：古代有裆的裤子。

【原文】

处士郑宾于言，尝客河北[1]，有村正妻新死[2]，未殓。日暮，其儿女忽觉有乐声渐近，至庭宇，尸已动矣。及入房，如在梁栋间，尸遂起舞。乐声复出，尸倒，旋出门，随乐声而去。其家惊惧，时月黑，亦不敢寻逐。一更，村正方归，知之，乃折一桑枝如臂，被酒大骂寻之。入墓林，

【译文】

处士郑宾于说，他曾经旅居河北，有一位村长的妻子刚死，还没有入殓。傍晚时分，他的儿女忽然听见有乐声越来越近，待乐声来到庭院时，那尸体就能动弹了。等到乐声进入房中，好像萦绕在房梁间，尸体便起身跳舞。乐声随后出门，尸体又倒下了，不一会儿尸体也出了门，随乐声而去。这家人又惊又怕，当时天黑没有月光，也不敢出去寻找。一更时分，村长刚回来，知道了此事，就折了一根胳膊粗的桑树枝，他当时喝得大醉，大骂

约五六里，复闻乐声在一柏林上。及近树，树下有火荧荧然，尸方舞矣。村正举杖举之，尸倒，乐声亦住，遂负尸而返。

着到处找寻。进入一片墓地，走了五六里，又听乐声在一片柏林中。等走到树前，见树下有闪烁的火光，他妻子的尸体正舞动不停。村长抡棒就打，尸体倒下去，乐声也停止了，于是他就背着尸体回去了。

注释

❶客：旅居。河北：即唐之河北道，为唐贞观十道、开元十五道之一。辖黄河以北、太行山以东地区。 ❷村正：犹村长。

【原文】

医僧行儒说[1]，福州有弘济上人[2]，斋戒清苦。常于沙岸得一颅骨，遂贮衣篮中归寺。数日，忽眠中有物啮其耳，以手拨之落，声如数升物，疑其颅骨所为也。及明，果坠在床下，遂破为六片，零置瓦沟中[3]。夜半，有火如鸡卵，次第入瓦下烛之。弘济责曰："尔不能求生人天[4]，凭朽骨何也！"于是怪绝。

【译文】

行医僧人行儒说，福州有位弘济上人，持斋守戒，修行清苦。上人曾在沙滩上拾到一个骷髅头，就把它放在了衣篮中带回寺院。几天后，他睡觉时忽然发觉有东西咬他的耳朵，便用手把那东西打落，听声音像是几升大的容器，他怀疑是那骷髅头干的。天亮一看，那骷髅头果然掉在床下，于是就把它碎成六片，散放在瓦沟中。半夜时分，有鸡蛋大的火球，依次透过瓦片照向屋里。弘济责怪道："你不能求得托生人道或天道，凭着几块烂骨头也想作怪？"随后，这怪物就消失了。

注释

❶ 医僧：通晓医术而为人治病的僧人。 ❷ 上人：对僧人的尊称。 ❸ 瓦沟：瓦楞之间的泄水沟。 ❹ 人天：佛教语。六道轮回中的人道和天道。

【原文】

近有盗发蜀先主墓[1]。墓穴，盗数人齐见两人张灯对弈，侍卫十余。盗惊惧拜谢，一人顾曰："尔饮乎？"乃各饮以一杯，兼乞与玉腰带数条，命速出。盗至外，口已漆矣[2]，带乃巨蛇也。视其穴，已如旧矣。

【译文】

近世有一伙盗墓贼盗掘惠陵。进入墓穴后，见两个人在点着灯下棋，旁边有十多名侍卫。盗墓贼惊惧，跪地谢罪，下棋的一人回头说："你们喝酒吗？"于是，盗墓贼各饮一杯，又讨要了几条玉腰带，那人命令他们快出去。盗墓贼刚到外面，相互一看，嘴都变黑了，那玉带也化作大蛇。再看墓穴，已恢复如初了。

注释

❶ 蜀先主墓：即刘备惠陵。 ❷ 漆：黑。

前集卷十四

诺皋记上

【原 文】

夫度朔司刑[①]，可以知其情状；葆登掌祀[②]，将以著于感通[③]。有生尽幻，游魂为变[④]。乃圣人定璇玑之式[⑤]，立巫祝之官[⑥]，考乎十辉之祥[⑦]，正乎九黎之乱[⑧]。当有道之日，鬼不伤人；在观德之时[⑨]，神无乏主。若列生言灶下之驹掇[⑩]，庄生言户内之雷霆[⑪]，楚庄争随兕而祸移[⑫]，齐桓睹委蛇而病愈[⑬]，征祥变化，无日无之，在乎不伤人，不乏主而已。成式因览历代怪书，偶书所记，题曰《诺皋记》。街谈鄙俚，与言风波，不足以辩九鼎之象[⑭]，广七车之对[⑮]。然游息之暇[⑯]，足为鼓吹耳[⑰]。

【译 文】

度朔山有神荼、郁垒二神执掌刑罚，可以由此想见治鬼的情形；登葆山巫师执掌巫祀，可以由此了解人与鬼神的感应相通。人生皆为虚幻，不过是浮游的精气所变。因此，圣人制定观测天象的仪器，设立巫祝之官，考察太阳十种不同光气的吉凶，平定九黎之乱。当处天下有道之时，鬼不伤人；在重视仁德的时代，鬼神以天下百姓为主人。像列子所说灶下的驹掇，庄生所说户内的雷霆，申公子培争抢楚庄王射中的随兕以使灾祸转移到自己身上，齐桓公看到委蛇而病痊愈，吉凶变化，没有一日不存在，只要鬼神不伤人，不缺乏祭祀就行了。我遍览历代志怪之书，记录了一些书中所载怪事，题名为《诺皋记》。这些多是稗说巷谈，捕风捉影，不足以用来商讨国是，亦不足以对朝政有所补益。然而，游玩与休憩之时，完全可以作为谈资。

注释

❶ 度朔：传说中的东海仙山，上住神荼、郁垒二神，能执鬼。 ❷ 葆登：应为“登葆”。传说中的山名。 ❸ 感通：谓此有所感而通于彼。 ❹ 游魂：古代指浮游的精气。 ❺ 璇玑：古代观测天象的仪器中能运转的部分。亦指整个测天仪器。 ❻ 巫祝：古代称事鬼神者为巫，祭主赞词者为祝。后连用以指掌占卜祭祀的人。 ❼ 十辉：太阳的十种不同的光气。古人迷信，看阳光以附会人事，辨吉凶。 ❽ 九黎：中国南方传说时代的古部落名。 ❾ 观德：教化广行、民心好德之世。 ❿ 列生：即列子，名御寇。郑国人。驹掇：虫名。 ⓫ 庄生：即庄子，名周。宋国蒙（今河南商丘东北）人。战国思想家、哲学家、文学家，道家学派代表人物，与老子并称“老庄”。 ⓬ 随兕（sì）：传说中的恶兽名。 ⓭ 齐桓：即齐桓公，姜姓，名小白。春秋时期齐国国君，“春秋五霸”之首。委蛇（wēiyí）：神话传说中的蛇。 ⓮ 九鼎：相传夏禹铸九鼎，象征九州，夏商周三代奉为象征国家政权的传国之宝。 ⓯ 七车之对：指君臣商议朝政。 ⓰ 游息：游玩与休憩。 ⓱ 鼓吹：宣传，宣扬。

【原 文】

昆仑之墟①，帝之下都②，百神所在也。

【译 文】

昆仑山，是天帝在人间的居所，众神所在之地。

注释

❶ 昆仑：传说中的神山。 ❷ 下都：天帝在下界的离宫。

【原 文】

大荒中有灵山，有十

【译 文】

大荒之中有座灵山，山上住着十位神

巫，曰咸、即、盼、彭、姑、真、礼、抵、谢、罗，从此升降。

巫，即巫咸、巫即、巫盼、巫彭、巫姑、巫真、巫礼、巫抵、巫谢、巫罗，他们从这里往来天地之间。

【原文】

天山有神，是名浑潡[①]。状如橐而光[②]，其光如火。六足，重翼，无面目，是识歌舞，实为帝江[③]。形天与帝争神[④]，帝断其首，葬之常羊山，乃以乳为目，脐为口，操干戚而舞焉[⑤]。

【译文】

天山有神，名叫浑潡。其形状像口袋而能发光，其光如同火焰。有六只脚，四只翅膀，没有面孔，能歌善舞，其真身就是帝江。刑天与天帝争夺神位，天帝砍下刑天的头，将其葬在常羊山，刑天就以双乳为眼睛、肚脐为嘴巴，手持斧盾向天狂舞。

注释

❶浑潡（dùn）：即“混沌”。神话传说中的中央之帝。 ❷橐（tuó）：口袋。 ❸帝江：古代传说中识歌舞的鸟。 ❹形天：即刑天。神话传说中的人物。 ❺干戚：盾与斧。古代的两种兵器。亦为武舞所执的舞具。

【原文】

汉竹宫用紫泥为坛[①]，天神下若流火。玉饰器七千枚，舞女三百人。一曰：汉祭天神用万二千杯，养牛五岁，重三千斤。

【译文】

汉代竹宫用紫泥筑祭坛，皇帝祭天时，天神纷纷下降，如同满天流星。祭祀需用玉饰器七千件，舞女三百人。又说，汉代祭祀天神需用一万二千盏杯子，养满五年的牛，重三千斤。

注释

❶ 竹宫：用竹建造的宫室，又名甘泉宫。

【原文】

太一君讳腊[①]，天秩万二千石[②]。

【译文】

太一君名腊，俸禄一万二千石。

注释

❶ 太一君：传说中的天神，天皇大帝。 ❷ 天秩：即天神的俸禄。秩：俸禄。

【原文】

天翁姓张名坚[①]，字刺渴，渔阳人[②]。少不羁，无所拘忌。常张罗[③]，得一白雀，爱而养之。梦天刘翁责怒，每欲杀之，白雀辄以报坚。坚设诸方待之，终莫能害。天翁遂下观之，坚盛设宾主，乃窃骑天翁车，乘白龙，振策登天[④]，天翁乘余龙追之不及。坚既到玄宫[⑤]，易百官，杜塞北门[⑥]，封

【译文】

天翁姓张名坚，字刺渴，渔阳人。年轻时放荡不羁，行事无所顾忌。曾张设罗网捕鸟，捕到一只白雀，很喜欢，就养在家里。张坚梦到刘天翁怒斥他，每当刘天翁要杀他时，白雀就提前告诉张坚。张坚想方设法防范，终究没被刘天翁所害。刘天翁于是下界，想看个究竟。张坚设下丰盛的酒宴款待他，却偷偷地坐上刘天翁的车，驾着白龙，挥动鞭子冲上了天。刘天翁骑着剩下的龙追赶不上。张坚到了天宫，撤换百官，封堵北天门，封白

白雀为上卿侯，改白雀之胤[7]，不产于下土。刘翁失治，徘徊五岳作灾。坚患之，以刘翁为太山太守[8]，主生死之籍。

雀为上卿侯，让白雀的后代从此不再生于下界。刘天翁失去了天上的统治权，就徘徊于五岳制造灾祸。张坚很担忧，就封刘天翁为东岳大帝，主管人间的生死。

注释

❶天翁：天神。 ❷渔阳：今天津蓟州区。 ❸张罗：张设罗网以捕鸟兽。 ❹策：鞭子。 ❺玄宫：天宫。 ❻杜塞：堵塞。 ❼胤：后代。 ❽太山太守：即东岳大帝。

【原 文】

北斗魁[1]，第一星神名执阴，第二星曰叶诣，第三星曰视金，第四星曰拒理，第五星曰防仵，第六星曰开宝，第七星曰招摇。

【译 文】

北斗七星，第一星神名为执阴，第二星神名为叶诣，第三星神名为视金，第四星神名为拒理，第五星神名为防仵，第六星神名为开宝，第七星神名为招摇。

注释

❶北斗魁：即北斗七星。

【原 文】

东王公讳倪[1]，字君明。天

【译 文】

东王公名倪，字君明。天下还

下未有人民时，秩二万六千石。佩杂色绶，绶长六丈六尺。从女九千。以丁亥日死。

没有人类时，他的俸禄为二万六千石。佩杂色绶带，绶带长六丈六尺。侍女有九千人。他在丁亥日死去。

注释

❶ 东王公：也称东王父、东木公、东华帝君。中国古代神话中的男神。

【原文】

西王母姓杨，讳回，治昆仑西北隅。以丁丑日死。一曰婉妗。

【译文】

西王母姓杨，名回，又名婉妗。神宫在昆仑山西北角。在丁丑日死去。

【原文】

灶神名隗[①]，状如美女。又姓张名单，字子郭。夫人字卿忌，有六女，皆名察洽。常以晦日上天，白人罪状[②]，大者夺纪，纪三百日，小者夺筭，筭一百日。故为天帝督使，下为地精。已丑日，日出卯时上天[③]，禺中下行署[④]，此日祭得福。其属神有天帝娇孙、天帝大夫、天帝都尉、天帝长兄、硎上童子、突上紫官

【译文】

灶神名叫隗，形象是位美女。一说其姓张名单，字子郭。灶神夫人字卿忌，有六个女儿，名字都叫察洽。灶神常于每月最后一天上天，奏报人们的罪状，大罪者夺寿一纪，一纪三百天，小罪者夺寿一算，一算一百天。所以，灶神为天帝的督使，下到人间做地祇。已丑日，日出卯时上天，将近午时抵达在人间的官署，这一天祭祀灶神可以免灾得福。灶神的下属有天帝娇孙、天帝大夫、天帝都尉、天帝长兄、硎

君、太和君、玉池夫人等。一曰，灶神名壤子也。

上童子、突上紫官君、太和君、玉池夫人等。又说，灶神名叫壤子。

注释

❶灶神：也叫灶君、灶王爷。民间供于灶上的神，掌管一家的祸福财气。 ❷白：告。 ❸卯时：早晨五点到七点。 ❹禺中：将近午时。

【原文】

河伯[①]，人面，乘两龙，一曰冰夷，一曰冯夷。又曰人面鱼身。《金匮》言一名冯脩[②]，《河图》言姓吕名夷，《穆天子传》言无夷[③]，《淮南子》言冯迟。《圣贤记》言[④]：“服八石[⑤]，得水仙。”《抱朴子》曰[⑥]：“八月上庚日，溺河。”

【译文】

河伯，长着人的面孔，驾乘两条龙。河伯之名，一说叫冰夷，一说叫冯夷。又说河伯是人面鱼身。《太公金匮》说他叫冯脩，《河图》说他姓吕名夷，《穆天子传》说他叫无夷，《淮南子》说他叫冯迟。《圣贤冢墓记》说：“河伯服食丹药，遂成水仙。”《抱朴子》说：“他在八月上庚日淹死，死后获封河伯。”

注释

❶河伯：古代传说中的黄河水神。 ❷《金匮》：即《太公金匮》，托名姜太公撰。 ❸《穆天子传》：古书名，主要记载了周穆王自宗周瀍水以西出发，渡黄河北上，经𨺅山，渡漳水，北巡犬戎；又西行出雁门关，巡游昆仑山，会见西王母的行程，以及以洛阳为中心在中原一带巡狩的事迹。 ❹《圣贤记》：即《圣贤冢墓记》。 ❺八石：古代道家炼丹时常用的丹砂、雄黄、雌黄、空青、云母、硫黄、戎盐、硝石八种矿石药物。 ❻《抱朴子》：东晋葛洪撰。葛洪自

号抱朴子，因以之名其书。分为内外篇。葛洪：字稚川，自号抱朴子。丹阳句容（今属江苏）人。东晋道教学者、医学家，另著有《肘后备急方》等。

【原 文】

甲子神名弓隆，欲入水内，呼之，河伯九千导引，入水不溺。甲戌神名执明，呼之，入火不烧。

【译 文】

甲子神名叫弓隆，若要下水，高呼甲子神的名字，则有河伯的九千导引相随，入水后不会覆溺。甲戌神名叫执明，高呼甲戌神的名字，入火不被烧。

【原 文】

《太真科经》说有鬼仙[①]，丙戌日鬼名齹生，丙午日鬼名挺濃，乙卯日鬼名天陪，戊午日鬼名耳述，壬戌日鬼名逵，辛丑日鬼名逓，乙酉日鬼名聂左，丙辰日鬼名天遡，辛卯日鬼名憓，酉虫鬼名发廷迁，厕鬼名项天竺。语忘、敬遗二鬼名，妇人临产呼之，不害人，长三寸三分，上下乌衣。马鬼名赐，蛇鬼名俐石圭，井鬼名琼，衣服鬼名甚辽。神荼、郁垒领万鬼。旧傩词曰："甲作食殂，狒胃食虎，雄伯食魅，腾简食不祥，揽诸食咎，伯奇食梦，强梁、祖名共食磔死、寄

【译 文】

《太真科经》载鬼仙之名，丙戌日鬼名叫齹生，丙午日鬼名叫挺濃，乙卯日鬼名叫天陪，戊午日鬼名叫耳述，壬戌日鬼名叫逵，辛丑日鬼名叫逓，乙酉日鬼名叫聂左，丙辰日鬼名叫天遡，辛卯日鬼名叫憓，酉虫鬼名叫发廷迁，厕鬼名叫项天竺。语忘、敬遗二鬼之名，妇人临产时高呼它们，则二鬼不来伤害人。二鬼均长三寸三分，全身黑衣。马鬼名叫赐，蛇鬼名叫俐石圭，井鬼名叫琼，衣服鬼名叫甚辽。神荼、郁垒统领万鬼。以前的傩词说："甲作食殂，狒胃食虎，雄伯食魅，腾简食不祥，揽诸食

生，穷奇、腾根共食蛊[2]。”王延寿所梦[3]，有游光、麠毅、诸渠、印尧、夔瞿、伧狞、将剧、摘脉、尧岘等。

咎，伯奇食梦，强梁、祖名共食磔死、寄生，穷奇、腾根共食蛊。”王延寿所梦众鬼，有游光、麠毅、诸渠、印尧、夔瞿、伧狞、将剧、摘脉、尧岘等。

注释

❶《太真科经》：即《太真玉帝四极明科经》，道书名。 ❷穷奇：神话中四大凶兽之一，形如虎，有翅膀，专吃诚实正直之人。腾根：驱疫食鬼的神。 ❸王延寿：字文考，一字子山。南郡宜城（今属湖北）人。东汉辞赋家。少游山东曲阜，后渡湘水溺死。

【原文】

吐火罗国缚底野城[1]，古波斯王乌瑟多习之所筑也。王初筑此城，高二三尺即坏，叹曰：“吾应无道，天令筑此城不成矣。”有小女名那息，见父忧恚[2]，问曰：“王有邻敌乎？”王曰：“吾是波斯国王，领千余国，今至吐火罗国中，欲筑此城，垂功万代。既不遂心，所以忧耳。”女曰：“愿王无忧，明旦令匠视我所履之迹筑之，即立。”王异之。至明，女起步

【译文】

吐火罗国的缚底野城，是古波斯王乌瑟多习时所建。波斯王刚筑造此城时，每筑起二三尺高就倒塌。波斯王叹息说：“我大概没有德行，上天不让我筑成此城啊！”他有个小女儿名字叫那息，见父亲忧愁烦恼，便问道：“父王是忧虑邻国侵扰吗？”他说：“我是波斯国王，统领一千多个附属国。如今想在吐火罗国筑城，使功绩流传万代。然而进展不顺，所以我十分忧愁。”女儿说：“请父王不要担忧，明天早晨命令工匠按我走过的足迹筑墙，就能筑造成功。”波斯王觉得奇怪。到天亮，女儿从西北起

西北，自截右手小指，遗血成踪，匠随血筑之。逐日转踪匝[③]，女遂化为海神。其海至今犹在堡子下[④]，澄清如镜，周五百余步。

步，自己切断右手的小指，滴血成迹，工匠们沿着血迹筑墙。那息跟着太阳的方向绕行一周，随即化为海神。那海子至今还在城堡前面，水清澈如镜，周长有五百多步。

注释

❶ 吐火罗国：中亚古国。故地在兴都库什山与阿姆河上游之间。缚底野：在今阿富汗北部。 ❷ 忧恚（huì）：忧愁愤恨。 ❸ 匝：环绕一周。 ❹ 海：大湖或大池。

【原文】

古龟兹国王阿主儿者，有神异力，能降伏毒龙。时有贾人买市人金银宝货，至夜中，钱并化为炭。境内数百家，皆失金宝。王有男，先出家，成阿罗汉果[①]。王问之，罗汉曰："此龙所为。龙居北山，其头若虎，今在某处眠耳。"王乃易衣持剑默出。至龙所，见龙卧，将欲斩之，因曰："吾斩寐龙，谁知吾有神力。"遂叱龙。龙惊起，化为师子[②]，王

【译文】

古代龟兹国主阿主儿，拥有神力，能降伏凶恶的龙。当时有商人买了金银宝器等货物，到了半夜，钱都变成了炭。境内几百户人家，都丢失了金银财宝。国王有个儿子，早年间出家了，已修成阿罗汉。国王问他这件事，罗汉说："这是龙干的。那条龙住在北山，它的头像老虎，此刻在某处睡觉呢。"国王于是换了衣服，手持宝剑悄悄离开王宫。到了龙睡觉的地方，看见龙趴在那里，就要杀了它，但又想："我若杀了睡着的龙，谁知道我有神力？"便对龙大声呵斥。龙被惊醒，变成了一头狮子，国王就骑到它的背上。

即乘其上。龙怒，作雷声，腾空。至城北二十里，王谓龙曰："尔不降，当断尔头。"龙惧王神力，乃作人语曰："勿杀我，我当与王乘，欲有所向，随心即至。"王许之。后常乘龙而行。

龙大怒，发出了雷鸣声，并腾空而起。一直飞到城北二十里的地方，国王对龙说："你不投降，我将砍掉你的头。"龙惧怕国王的神力，就口吐人言，说："不要杀我，我答应给你当坐骑，你想去哪里，心有所想，转眼就能到。"国王答应了他。后来就经常乘龙而行。

注释

❶ 阿罗汉果：即阿罗汗果位，小乘佛教修行四果位中的最高果位。 ❷ 师子：即狮子。

【原文】

乾陀国，昔有王神勇多谋，号伽当，讨袭诸国，所向悉降。至五天竺国[①]，得上细緤二条[②]，自留一，一与妃。妃因衣其緤谒王，緤当妃乳上，有郁金香手印迹[③]，王见惊恐，谓妃曰："尔忽著此手迹之服，何也？"妃言："向王所赐之緤。"王怒问藏臣，藏臣曰："緤本有是，非臣之咎。"王追商者问之，商言：

【译文】

乾陀国，以前有位国王神勇多谋，名叫伽当，他讨伐袭击各国，所到之处全都归降。到五天竺国时，得到上等的细緤两条，自己留下一条，另一条赐给了妃子。妃子于是披戴那条细緤去拜见国王，细緤正当妃子双乳部位有郁金香染的手印，伽当王看见非常惊恐，对妃子说："你为什么忽然穿这带手印的衣服呢？"妃子说："这就是国王先前赏赐的细緤。"伽当王大怒，问负责收存的大臣，大臣说："细緤上原本就有手印，不是我的过错。"伽当王又找来商人追问，商人说："南

“南天竺国娑陀婆恨王有宿愿，每年所赋细緤，并重叠积之，手染郁金，拓于緤上，千万重手印悉透。丈夫衣之，手印当背。妇人衣之，手印当乳。”王令左右披之，皆如商者言。王因叩剑曰：“吾若不以此剑裁娑陀婆恨王手足，无以寝食！”乃遣使就南天竺，索娑陀婆恨王手足。使至其国，娑陀婆恨王与群臣绐报曰：“我国虽有王名娑陀婆恨，原无王也，但以金为王，设于殿上。凡统领教习，在臣下耳。”王遂起象马兵[4]，南讨其国。其国隐其王于地窟中，铸金人来迎。伽色伽王知其伪，且自恃福力[5]，因断金人手足，娑陀婆恨王于窟中，手足亦自落也。

天竺国娑陀婆恨王一向有个愿望，要把上贡的细緤，都重叠堆放，然后手染上郁金香染料，印到细緤上，即使有千万层细緤，手印也能印透。男的穿上后，手印在背上。女的穿上后，手印在乳房部位。”伽当王就命令近侍穿上它，果然与商人所说一样。伽当王于是敲着宝剑说：“我如果不用这把剑砍下娑陀婆恨王的手脚，就寝食难安！”伽当王于是派遣使者到南天竺，索要娑陀婆恨王的手脚。使者到了那个国家，娑陀婆恨王与群臣哄骗他说：“我国虽然有个国王叫娑陀婆恨但他并不是真正的王，我国原本就没有王，只是用金子做成王的像，摆在殿上。统领国家、教习文武等事，都是大臣说了算。”伽当王于是带领象马兵，讨伐南天竺国。南天竺国把国王藏在地穴中，而铸了一个金人来迎接伽当王。伽当王知道他们在骗人，就倚仗神明福佑之力，砍断了那金人的手脚。娑陀婆恨王当时正在地穴中，手脚也随之掉落了。

注释

❶ 五天竺国：即中、东、西、南、北五天竺，在今印度、巴基斯坦一带。 ❷ 细緤（xiè）：此指一种轻软的毛织物。 ❸ 郁金香：古代产于西域的一种极为稀有和名贵的花。一说指藏红花或姜黄。 ❹ 象马兵：象骑兵。 ❺ 福力：神明福佑之力。

【原 文】

齐郡接历山[1]，上有古铁锁，大如人臂，绕其峰再浃[2]。相传本海中山，山神好移，故海神锁之。挽锁断，飞来于此矣。

【译 文】

齐郡与历山相连，山上有一条古时的铁锁链，与人的手臂一样粗，环绕山峰两圈。相传这座山本来是海中的山，但是山神好迁移，因此海神把山锁上了。后来山神挣断了锁链，山就飞到了这里。

注释

❶ 齐郡：即齐州。今山东济南。历山：今山东济南千佛山。 ❷ 浃（jiā）：周匝，一圈。

【原 文】

太原郡东有崖山[1]，天旱，土人常烧此山以求雨。俗传崖山神娶河伯女，故河伯见火，必降雨救之。今山上多生水草。

【译 文】

太原郡东边有座崖山，天旱时，当地人经常放火烧崖山来求雨。传说崖山神娶了河伯的女儿，因此河伯见崖山起火，就一定会降雨去救他们。至今崖山上还长有很多水草。

注释

❶ 太原郡：治今山西太原。

【原 文】

华不注泉[①]，齐顷公取水处[②]，方圆百余步。北齐时，有人以绳千尺沉石试之，不穷，石出，赤如血。其人不久坐事死[③]。

【译 文】

华不注泉，传说为齐顷公取水的地方，方圆有一百多步。北齐时，有人用一千尺长的绳子系着石头试着测量泉的深浅，但未能触底，拉出石头一看，红如鲜血。那人不久因事获罪而死。

注 释

❶ 华不（fū）注：山名。在今山东济南。 ❷ 齐顷公：名无野。春秋时期齐国国君。 ❸ 坐事：因事获罪。

【原 文】

桂州永丰县东乡里，有卧石一，长九尺六寸。其形似人，而举体青黄隐起[①]，状若雕刻。境若旱，便齐手而举之[②]，小举小雨，大举大雨。相传此石忽见于此，本长九尺，今加六寸矣。

【译 文】

桂州永丰县东乡里，有一块卧石，长九尺六寸。形状像人，通体青黄，凹凸有致，像人工雕琢的一样。境内如果发生旱情，众人便合力举起它，举得低就下小雨，举得高就下大雨。相传这块卧石是突然出现在这里的，原本只有九尺长，如今已增长了六寸。

注 释

❶ 举体：通体。隐起：高低不平。 ❷ 齐手：合力。

【原 文】

荆之淯水宛口傍[①]，义熙十二年[②]，有儿群浴此水。忽然岸侧有钱，出如流沙，因竞取之。手满置地，随复去，乃衣襟结之，然后各有所得。流钱中有铜车，以铜牛牵之，势甚迅速。诸童奔逐[③]，掣得车一脚，径可五寸许。猪鼻毂有六幅[④]，通体青色，毂内黄锐，状如常运。于时沈敬守南阳，求得车脚，钱行时，贯草辄便停破，竟不知所终往。

【译 文】

义熙十二年，在荆州淯水宛口旁，有一群儿童在河中洗澡。忽然岸边冒出钱来，像流沙一样涌出，于是群童都争相跑去捡钱。他们手里拿不下便将钱放在地上，钱随即被流水冲走，于是就把钱放到扎起的衣襟里，每个人都捡到一些。流钱中有一辆铜车，用铜牛拉着，奔势迅疾。群童就奔跑追逐，拽下一个车轮，直径约有五寸。车轮是猪鼻形轮毂，有六根辐条，整个车轮呈青色，轮毂呈黄色且很细，看上去像是经常运转。当时沈敬任南阳太守，他想办法弄到了这个车轮，钱流涌动时，穿到草上就会停下，然后破裂，最终也没有人知道钱流到哪里去了。

注 释

❶ 淯水：一作育水。即今河南白河。宛：即宛城，今南阳宛城区。 ❷ 义熙十二年：416 年。义熙：东晋安帝司马德宗年号。 ❸ 奔逐：奔跑追逐。 ❹ 猪鼻毂：一种形如猪鼻的车轮。毂：车轮中心的圆木，中有圆孔，用以插轴。亦用为车轮的代称。

【原 文】

虎窟山[①]。相传燕建平中[②]，济南太守胡谘于此山

【译 文】

虎窟山。相传南燕建平年间，济南太守胡谘在这里的山洞中猎得一只白虎，以

窟得白虎，因名焉。

此而命名。

注 释

❶虎窟山：在今山东平阴。 ❷建平：南燕慕容德年号。

【原 文】

乌山下无水。魏末，有人掘井五丈，得一石函，函中得一龟，大如马蹄，积炭五枝于函旁。复掘三丈，遇盘石[①]，下有水流汹汹然，遂凿石穿，水北流甚驶。俄有一船，触石而上，匠人窥船上，得一杉木板，板刻字曰“吴赤乌二年八月十日[②]，武昌王子义之船[③]”。

【译 文】

乌山脚下没有水系。魏末，有人挖井挖到五丈深时，得到一个石匣，石匣中有一只乌龟，像马蹄一样大，石匣旁有五条木炭。又向下挖了三丈，挖到一块大石，大石下有波涛汹涌的激流声，于是把大石凿穿，看见下面有一条暗河向北流，流速很快。不一会儿，有一只船顺流而来，触到大石而搁浅，打井的人偷偷向船上看，看到一块杉木板，板上刻的字是“吴赤乌二年八月十日，武昌王子义之船”。

注 释

❶盘石：巨石。 ❷赤乌二年：239 年。赤乌：吴国孙权年号。 ❸武昌：即武昌郡。治今湖北鄂州。

【原 文】

平原县西十里[①]，旧有杜

【译 文】

平原县西十里，原有一片杜林。南

林[2]。南燕太上时[3]，有邵敬伯者，家于长白山。有人寄敬伯一函书，言："我吴江使也[4]，令我通问于济伯[5]，今须过长白，幸君为通之。"仍教敬伯但于杜林中取树叶投之于水，当有人出。敬伯从之，果见人引入。敬伯惧水，其人令敬伯闭目。似入水中，豁然宫殿宏丽。见一翁，年可八九十，坐水精床，发函开书，曰："裕兴超灭。"侍卫者皆圆眼，具甲胄。敬伯辞出，以一刀子赠敬伯曰："好去[6]，但持此刀，当无水厄矣。"敬伯出，还至杜林中，而衣裳初无沾湿。果其年宋武帝灭燕。敬伯三年居两河间，夜中忽大水，举村俱没，唯敬伯坐一榻床，至晓著岸。敬伯下看之，床乃是一大鼋也[7]。敬伯死，刀子亦失。世传杜林下有河伯冢。

燕太上年间，有一个叫邵敬伯的人，家住长白山。有人寄给敬伯一封信，说："我是吴江使者，奉命前去与济伯互通音信，现在遇有急事，必须过长白山去处理，希望您帮我把信带去。"然后，告诉敬伯只要在杜林中摘几片树叶，投入水中，就会有人出来。敬伯便照他说的去做，果然有人出来要领他入水。邵敬伯怕水，那人就让他闭上眼睛。随即好像进入了水中，一睁开眼，眼前便是一座宏伟壮丽的宫殿。只见一位老翁，年纪有八九十岁，坐在水晶床上，打开书信，说："裕兴超灭。"侍卫们都长着圆圆的眼睛，身穿盔甲。邵敬伯告辞出来，那老翁拿出一把刀子赠给他说："慢走，只要拿上这把刀，就可辟水祸。"邵敬伯从水中出来，回到杜林中，衣服却一点也没有湿。果然就在这年，宋武帝刘裕讨平了南燕的慕容超。邵敬伯在济水与黄河一带居住了三年，一天夜里忽然发了大水，整个村子都被淹没了，只有邵敬伯坐在一张床榻上漂浮着，到天明时得以靠岸。敬伯下来一看，才发现那榻乃是一只大鼋。敬伯死后，那把刀子也丢失了。世人传说杜林下面就是河伯的家。

注释

❶平原县：今属山东。 ❷杜：即杜梨，又名棠梨。 ❸太上：南燕慕容超年号。 ❹吴江：吴淞江的别称。 ❺通问：互相问候。济伯：济水之神。 ❻好去：送别之词。犹言好走，一路平安。 ❼鼋（yuán）：俗称癞头鼋。鳖科爬行动物。背甲近圆形，暗绿色，有小疣，生活在水中。

【原 文】

临济有妒妇津[①]，相传言，晋太始中[②]，刘伯玉妻段氏，字明光，性妒忌。伯玉常于妻前诵《洛神赋》[③]，语其妻曰："娶妇得如此，吾无憾矣。"明光曰："君何得以水神美而欲轻我？吾死，何愁不为水神。"其夜乃自沉而死。死后七日，托梦语伯玉曰："君本愿神，吾今得为神也。"伯玉寤而觉之，遂终身不复渡水。有妇人渡此津者，皆坏衣枉妆[④]，然后敢济。不尔，风波暴发。丑妇虽妆饰而渡，其神亦不妒也。妇人渡河无风浪者，以为己丑，不致水神怒。丑妇讳之，无不皆自毁形容，以塞嗤笑也。故齐人语曰："欲求好妇，立在津口。妇立水旁，好丑

【译 文】

临济有妒妇津，相传晋朝泰始年间，刘伯玉的妻子段氏，字明光，生性善妒。伯玉曾在妻子面前诵读《洛神赋》，他对妻子说："要能娶到洛神做妻子，我就终生无憾了。"明光说："郎君怎么能因为水神貌美而轻视我？我死了，何愁不成为水神。"当晚，她就投水而死。死后第七天，她托梦对伯玉说："郎君希望有个水神做妻子，我现在就是水神。"伯玉从梦中惊醒，于是终身不再渡河。凡有女人从这个渡口过河，必须先把衣服弄破，乱其妆饰，然后才敢渡河。不然，就会风浪大作。相貌丑陋的女人渡河，梳妆打扮得再好，水神也不妒忌她。若有女子渡河而未起风浪，她们便认为是自己相貌丑陋，不能引起水神妒忌。丑妇忌讳此事，都主动自毁形象，借以避免人们嗤笑。因此，齐人中流传着这样的话："若求美貌妇，立在河渡口。

自彰。”

女人到河旁，美丑自分明。”

注释

❶ 临济：今属山东。 ❷ 太始：即泰始，晋武帝司马炎年号。 ❸《洛神赋》：三国魏曹植所作。曹植在赋中虚构了自己与洛神邂逅并互生爱意的故事。❹ 枉妆：乱其妆饰。

【原 文】

虞道施，义熙中乘车山行。忽有一人，乌衣，径上车，言寄载。头上有光，口目皆赤，面被毛。行十里方去，临别，语施曰：“我是驱除大将军，感尔相容。”因留赠银环一双。

【译 文】

义熙年间，虞道施乘着马车在山中赶路。忽然有一个穿黑衣服的人，径直坐上车来，说请捎一段路。这个人头上有光，嘴和眼睛都是红色的，满脸是毛。跟车搭了十多里路才下车离去。临别，他对虞道施说：“我是驱除大将军，感谢你让我坐你的车。”说完，送给虞道施一对银环。

【原 文】

晋隆安中[①]，吴兴有人年可二十[②]，自号圣公，姓谢，死已百年。忽诣陈氏宅，言是己旧宅：“可见还，不尔，烧汝。”一夕火发，荡尽。因有鸟毛插地，绕宅

【译 文】

晋隆安年间，吴兴县有个人，年纪大约二十岁，自称圣公，姓谢，并说自己死了已经一百年。一日，忽然来到陈家的宅院，说是他的老房子：“应该还给我，不然就一把火把你们烧死。”一天晚上，陈宅着了火，房子被烧得精光。有不少鸟毛插在地上，环绕宅院废墟好几圈，于是当

周匝数重，百姓乃起庙。

地百姓就在这里建了一座祠庙。

注释

❶隆安：东晋安帝司马德宗年号。 ❷吴兴：治在今浙江湖州。

【原文】

大足初[1]，有士人随新罗使，风吹至一处。人皆长须，语与唐言通，号长须国。人物茂盛，栋宇衣冠，稍异中国[2]，地曰扶桑洲[3]，其署官品，有正长、戢波、目役、岛逻等号[4]。士人历谒数处，其国皆敬之。忽一日，有车马数十，言大王召客。行两日，方至一大城，甲士守门焉。使者导士人入，伏谒，殿宇高敞，仪卫如王者。见士人拜伏，小起，乃拜士人为司风长，兼驸马[5]。其主甚美，有须数十根。士人威势烜赫，富有珠玉，然每归见其妻则不悦。其王多月满夜则大会，后遇会，士人见姬嫔悉有须，因赋诗

【译文】

大足初年，有个读书人随新罗使者乘船，被大风吹到一个地方。这里的人全长着长胡子，语言和唐朝的语言相通，名叫长须国。这里人口众多，物产丰富，人们居住的房屋和穿戴的衣帽，与中国稍有不同，地名叫扶桑洲。他们的官吏品级，有正长、戢波、目役、岛逻等称号。读书人游览了许多地方，那个国家的人都很敬重他。忽然有一天，来了几十辆车马，说是大王召见客人。走了两天，才来到一座大城，有披着铠甲的士兵守卫城门。使者领着读书人进去，伏在地上拜见大王，只见宫殿高大宽敞，仪仗很有王者的气派。大王看见读书人伏地拜见，略略欠身回礼。于是任命读书人为司风长，同时招为驸马。公主很漂亮，长着几十根胡子。读书人从此位高权重，名声显赫，富有珍珠宝玉，然而每当回到家里一看见妻子就不高兴。国王常在月圆之夜举行宴会，后来在宴会上，读书人看见国王的嫔妃都

曰："花无蕊不妍，女无须亦丑。丈人试遣总无，未必不如总有。"王大笑曰："驸马竟未能忘情于小女颐颔间乎[6]？"经十余年，士人有一儿二女。忽一日，其君臣忧戚，士人怪，问之。王泣曰："吾国有难，祸在旦夕，非驸马不能救。"士人惊曰："苟难可弭，性命不敢辞也。"王乃令具舟，命两使随士人，谓曰："烦驸马一谒海龙王，但言东海第三汊第七岛长须国有难求救[7]。我国绝微，须再三言之。"因涕泣执手而别。士人登舟，瞬息至岸。岸沙悉七宝，人皆衣冠长大。士人乃前，求谒龙王。龙宫状如佛寺所图天宫，光明迭激[8]，目不能视。龙王降阶迎士人，齐级升殿。访其来意，士人具说，龙王即令速勘。良久，一人自外白曰："境内并无此国。"士人复哀祈，言长须国在东海第三汊第七岛。龙王复叱使者：细寻勘，速报。经食顷，

长着胡须，于是作诗说："花无蕊不妍，女无须亦丑。丈人试遣总无，未必不如总有。"国王听了大笑说："驸马竟还不能忘记小女腮颊的胡须吗？"过了十多年，读书人有了一个儿子、两个女儿。忽然有一天，长须国的君臣们忧愁哀伤，读书人很奇怪，便问有什么事。国王哭着说："我们国家将有灾难，祸事在旦夕之间就会降临，只有驸马能解救我们。"读书人吃惊地说："只要能够消除灾难，即使要我的命，我也不推辞。"国王就派人准备好船只，并派两个使者跟着读书人，对他说："麻烦驸马去拜见海龙王，你只说东海第三汊第七岛的长须国有难求救。我国实在太小，你必须再三恳求。"接着，流着眼泪与他拱手而别。读书人上了船，很快就到了海岸。海岸沙滩中全是宝物，那里的人所着衣帽都又长又大。读书人就走上前去，请求拜见龙王。龙宫的样子就像佛寺壁画上所画的天宫，光芒闪烁，使人不敢直视。龙王走下台阶迎接他，读书人和龙王一起拾级走上宫殿。龙王询问他的来意，读书人就一一叙说，龙王当即派人迅速去调查。过了很久，有一个人在外面回禀："境内没有这个国家。"读书人又苦苦哀求，说长须国在东海第三汊第七岛。龙王再次喝令使者：要细心地查找，并迅速回报。又过了一顿饭的工夫，使者回报说："这个岛的虾正好是大王这个

使者返，曰："此岛虾合供大王此月食料，前日已追到。"龙王笑曰："客固为虾所魅耳。吾虽为王，所食皆禀天符[9]，不得妄食。今为客减食。"乃令引客视之，见铁镬数十如屋[10]，满中是虾。有五六头，色赤，大如臂，见客跳跃，似求救状。引者曰："此虾王也。"士人不觉悲泣。龙王命放虾王一镬，令二使送客归中国。一夕至登州[11]。回顾二使，乃巨龙也。

月的食物，前天已经捉来了。"龙王笑着说："客人原来是被虾精迷惑了。我虽然是龙王，但吃的全都必须遵照天庭的诏命，不能随便乱吃。今天要为您少吃点东西了。"就派人领着读书人前去察看。读书人看见几十个像屋子大小的铁锅，里面全都装满了虾。有五六只红色的大虾，粗如手臂，看见读书人就跳跃起来，像是求救的样子。引导的人说："这是虾王。"读书人不由得悲伤哭泣。龙王就命人把装有虾王的那一锅虾都放走，又派两个使者送读书人回到中国。一夜过后，读书人就到了登州。他回头看那两个使者，竟是两条巨龙。

注释

❶大足：周武则天年号。 ❷中国：上古时代，我国华夏族居于黄河流域一带，以为居天下之中，故称中国，而把周围地区称为四方。 ❸扶桑：东洋海域古国名，后代称日本。 ❹伇（yì）："役"的古字。 ❺驸马：驸马都尉的简称。此处指皇帝的女婿。 ❻颐颔：腮颊。 ❼汊：水流的分支，也指河流的分岔处。 ❽迸激：光芒跳跃闪烁貌。 ❾天符：谓天庭的诏命，上天的旨意。 ❿镬（huò）：大锅。 ⓫登州：今山东蓬莱。

【原文】

天宝初，安思顺进五色玉带[1]，又于左藏库中得五色

【译文】

天宝初年，安思顺进献一条五色玉带，皇上又从左藏库中找到了一个五色

玉杯[②]。上怪近日西贶无五色玉[③]，令责安西诸蕃[④]。蕃言："比常进，皆为小勃律所劫[⑤]，不达。"上怒，欲征之。群臣多谏，独李右座林甫赞成上意[⑥]，且言武臣王天运谋勇可将。乃命王天运将四万人，兼统诸蕃兵伐之。及逼勃律城下，勃律君长恐惧请罪，悉出宝玉，愿岁贡献。天运不许，即屠城，虏三千人及其珠玑而还。勃律中有术者言："将军无义，不祥，天将大风雪矣。"行数百里，忽风四起，雪花如翼，风激小海水成冰柱，起而复摧。经半日，小海涨涌，四万人一时冻死，唯蕃、汉各一人得还。具奏，玄宗大惊异，即令中使随二人验之。至小海侧，冰犹峥嵘如山，隔冰见兵士尸，立者坐者，莹澈可数。中使将返，冰忽稍释，众尸亦不复见。

玉杯。皇上想起西域诸蕃近来所献贡品中没有五色玉，派人向安西各蕃国问罪。各蕃国回奏说："我们一直在向皇上进贡这种玉，但都被小勃律国劫去了，所以玉没有到达长安。"玄宗大怒，要征讨小勃律国。群臣大多劝谏皇上不要征伐，只有右相李林甫赞成皇上的主意，并且说武官王天运有勇有谋，可以为将。玄宗于是让王天运领兵四万，又统领西蕃各国之兵讨伐小勃律国。大军逼近勃律城下，勃律国君恐惧请罪，献出所藏五色宝玉，愿意年年向大唐进贡。王天运不答应，于是屠城，俘虏了三千人，带着珠宝而还。勃律国中有一位术士说："将军屠城违背道义，是不祥之兆，天将降下大风雪了。"走了几百里，忽然间大风四起，雪花飘落大如鸟雀的翅翼，大风卷起海子中的水冻成冰柱，又拦腰吹折。过了半天，海子中的水涨涌上岸，四万人一时间全都冻死，只有一个汉人和一个蕃人活着回来。二人向玄宗禀报，玄宗听了大为惊异，立刻派中使随二人去验看。他们来到海子旁，看到冰像小山一样峥嵘矗立，隔冰可望见士兵尸体，有站着的，有坐着的，冰晶莹明澈，看得很清楚。中使要返回的时候，坚冰忽然消融，士兵们的尸体也不见了。

注释

❶ 安思顺：西域安国人，唐蕃将，天宝六载（747）由朔方节度充河西节度使。九载，又权知朔方节度使。安史之乱爆发，受到哥舒翰诬陷，含冤被杀。❷ 左藏库：古代国库之一，以其在左方，故称左藏。唐代左藏掌钱帛、杂彩、天下赋调。 ❸ 赆（jìn）：进贡的财物。 ❹ 安西诸蕃：指安西都护府统辖的龟兹、疏勒、于阗、焉耆等地。 ❺ 小勃律：西域古国名，位于今克什米尔吉尔吉特。 ❻ 李右座林甫：即李林甫，小字哥奴。唐玄宗天宝年间曾为右相，故称。右座：右相。

【原文】

郭代公尝山居[①]，中夜有人面如盘，瞚目出于灯下[②]。公了无惧色，徐染翰题其颊曰[③]："久戍人偏老，长征马不肥[④]。"公之警句也。题毕吟之，其物遂灭。数日，公随樵闲步，见巨木上有白耳，大如数斗，所题句在焉。

【译文】

郭元振曾在山里隐居，半夜，有一个脸如圆盘的人，在灯下眨着眼睛。郭元振没有一点害怕的神色，慢慢地以笔蘸墨，在那人的面颊上写道："久戍人偏老，长征马不肥。"这是郭元振的警句。写完后又读了一遍，那怪物就消失了。几天后，郭元振跟随樵夫在山中漫步，看见一棵大树上长着白木耳，有几斗大，他题写的那两句诗还在上面。

注释

❶ 郭代公：即郭元振，名震，字元振。魏州贵乡（今河北大名东北）人。助玄宗诛太平公主，封代国公。 ❷ 瞚（shùn）目：眨眼。 ❸ 染翰：以笔蘸墨。指写字。翰：笔。 ❹ 久戍人偏老，长征马不肥：出自郭震《塞上》，字词稍有出入。

【原 文】

大历中，有士人庄在渭南[1]，遇疾卒于京。妻柳氏因庄居，一子年十一二。夏夜，其子忽恐悸不眠。三更后，忽见一老人，白衣，两牙出吻外[2]，熟视之。良久，渐近床前。床前有婢眠熟，因扼其喉，咬然有声，衣随手碎，攫食之[3]。须臾骨露，乃举起饮其五脏，见老人口大如簸箕。子方叫，一无所见，婢已骨矣。数月后，亦无他。士人祥斋[4]，日暮，柳氏露坐逐凉，有胡蜂绕其首面[5]。柳氏以扇击堕地，乃胡桃也。柳氏遽取玩之掌中，遂长。初如拳，如碗，惊顾之际，已如盘矣。曝然分为两扇[6]，空中轮转，声如分蜂。忽合于柳氏首，柳氏碎首，齿著于树。其物因飞去，竟不知何怪也。

【译 文】

大历年间，有个读书人的庄园在渭南，自己因病死在京城。他的妻子柳氏在庄园里居住，有个儿子，十一二岁了。一个夏夜，他的儿子忽然恐惧心慌，睡不着觉。三更后，看到一位身穿白衣的老人，两颗獠牙露在嘴唇外，瞪着他。过了很久，才慢慢靠近床前。床前有一婢女睡得正香，白衣老人就扼住她的喉咙，牙齿咯吱作响，随手将婢女的衣服撕碎，抓住就咬。很快，婢女便露出了骨头，于是老人又把她举起来，吃她的五脏，只见老人的嘴大如簸箕。儿子一声惊叫，老人便消失得无影无踪，婢女只剩下骨头了。几个月后，也没发生其他异常情况。读书人去世一周年的那天傍晚，柳氏坐在露天里纳凉，有一只胡蜂绕着她的头乱飞，柳氏用扇子把胡蜂打落在地，一看原来是一枚胡桃。柳氏把胡桃拿在手中把玩，不料胡桃开始变大。一开始像拳头，然后像碗，柳氏惊慌失措，盯着它看，转眼间，胡桃已经像盘子那么大了。“曝”一声响分成两扇，在空中转如飞轮，声音像蜂群纷飞。两扇胡桃忽然合到柳氏头上，把柳氏的头夹碎了，牙齿都崩到了树上。然后那怪物便飞走了，最终也不知道是什么东西。

注释

❶渭南：今属陕西。 ❷吻：嘴唇。 ❸攫：抓取。 ❹祥斋：古代亲丧满周年的斋戒祭祀。 ❺胡蜂：马蜂。 ❻爆（bó）：物体落地或迸裂的声音。

【原 文】

贾相公耽在滑州，境内大旱，秋稼尽损。贾召大将二人，谓曰："今岁荒旱，烦君二人救三军百姓也。"皆言："苟利军州，死不足辞。"贾笑曰："君可辱为健步[1]，乙日当有两骑[2]，衣惨绯[3]，所乘马蕃步鬣长，经市出城，君等踪之，识其所灭处，则吾事谐矣。"二将乃裹粮，衣皂衣寻之。一如贾言，自市至野，二百余里，映大冢而灭。遂垒石标表志焉。经信而返[4]。贾大喜，令军健数百人，具畚锸[5]，与二将偕往其所。因发冢，获陈粟数十万斛。人竟不之测。

【译 文】

相公贾耽带兵驻守滑州时，州境大旱，秋粮绝收。贾耽召见两名大将，对他们说："今年遭逢荒年大旱，劳烦二位拯救三军将士与本州百姓。"两人都说："如果对军州有利，牺牲性命也在所不辞。"贾耽笑着说："委屈你俩装扮成健卒，明天会有两个骑马的人，身穿浅红色的衣服，骑的马步子小、颈毛长，经集市出城，你俩要悄悄跟着他们，记住他们消失的地方，我的事情就成功了。"两位将军就带着干粮，穿上黑衣，去寻找那两个人。正如贾耽所说，那两个人经街市出城后在野外走了二百多里路，到一座大墓前消失了。于是，二将垒起几块石头作为标记。又走了两夜才返回城里。贾耽大喜，命令几百个兵卒，带好铁锹、畚箕，同两位将军一起前往那里。他们掘开古墓，找到几十万斛陈粮。人们都不知道是怎么回事。

注释

❶ 健步：指跑腿送信的人。 ❷ 乙日：第二天。 ❸ 惨绯：浅红色。 ❹ 信：连宿两夜。 ❺ 畚锸（běnchā）：泛指挖运泥土的用具。畚：盛土器。锸：起土器。

【原文】

胡珦为虢州时，猎人杀得鹿，重一百八十斤。蹄下贯铜镮，镮上有篆字，博物者不能识也。

【译文】

胡珦在虢州时，有个猎人猎杀了一头鹿，重一百八十斤。鹿蹄上穿有铜环，铜环上有篆字，通晓众物的人也不认识。

【原文】

博士丘濡说[①]：汝州傍县，五十年前村人失其女。数岁，忽自归，言初被物寐中牵去，倏止一处，及明，乃在古塔中。见美丈夫，谓曰："我天人，分合得汝为妻[②]。自有年限，勿生疑惧。"且戒其不窥外也。日两返，下取食，有时炙饵犹热。经年，女伺其去，窃窥之。见其腾空如飞，火发蓝肤，磔

【译文】

博士丘濡说：五十年前汝州邻县有个村民的女儿走失了。过了几年，那女儿忽然自己回来了，说当年她被一个怪物在熟睡中牵走，转眼来到一个地方，到天亮，才发现在一座古塔中。塔里有位英俊的男子，对她说："我是天神，命中注定要以你为妻。我们的姻缘自有年限，你不必猜疑也不必害怕。"男子还告诫她不许向塔外偷看。这男子每天往返两次，到塔下去取饭，有时拿来的饭食还是热的。过了一年，女子趁他外出时，悄悄向外看。只见那男子腾空飞起，样貌骤变，红头发，蓝皮肤，两只

耳如驴焉[③]，至地乃复人矣，女惊怖汗洽[④]。其物返，觉曰："尔固窥我，我实野叉[⑤]。与尔有缘，终不害汝。"女素惠，谢曰："我既为君妻，岂有恶乎？君既灵异，何不居人间，使我时见父母乎？"其物言："我辈罪业[⑥]，或与人杂处，则疫疠作。今形迹已露，任尔纵观，不久当尔归也。"其塔去人居止甚近，女常下视，其物在空中，不能化形，至地方与人杂。或有白衣尘中者[⑦]，其物敛手侧避。或见扤其头[⑧]，唾其面者，行人悉若不见。及归，女问之："向见君街中，有敬之者，有戏狎之者[⑨]，何也？"物笑曰："世有吃牛肉者，予得而欺之。或遇忠直孝养，释道守戒律法箓者[⑩]，吾误犯之，当为天戮。"又经年，忽悲泣语女："缘已尽，候风雨送尔归。"因授一青石，大如鸡卵，言："至家可磨此服之，能下毒气。"后一夕风

长耳竖着像驴耳一样，落到地面时又恢复成人形，女子惊得浑身冒冷汗。那怪物回来后有所察觉，对女子说："你到底还是偷看了，我实际是夜叉。和你有缘分，终究不会伤害你的。"女子本来就贤良，就赔礼道："我既已做了你的妻子，怎会嫌恶你呢？你既然有灵异，为什么不到人间居住，让我能时时见到父母呢？"怪物说："我辈身负罪孽，如果和人类杂处，就会引发瘟疫。现在形迹既已败露，就任随你看，不久我当送你回家。"那座古塔离市坊很近，女子经常往下看，见那怪物在空中腾飞时不能变化形体，落地后才能变成人形与人杂处。有时怪物遇见普通百姓，就垂手侧身回避。有时又见他摇动人的头、往人脸上吐唾沫，行人一概像看不见。等夜叉回来，女子问道："刚才你在街上，对有些人很尊敬，对有些人就戏弄，这是为什么？"怪物笑着说："世上有吃牛肉的人，我遇见就欺侮捉弄他们。遇见那些忠诚正直、孝养亲人及信守戒律法箓的佛道中人，我如果误犯了他们，便会遭上天诛戮。"又过了一年，怪物忽然悲伤哭泣，对女子说："我们的缘分已尽，等有风雨时我就送你回家。"说着，送给女子一块鸡蛋大的青石，说："回家后可磨碎了服用，能驱除毒气。"一天晚上，风雷交加，怪物突然挟起女子说："你可以回去了。"正如佛家所说

雷，其物遽持女曰：“可去矣。”如释氏言屈伸臂顷，已至其家，坠之庭中。其母因磨石饮之，下物如青泥斗余。

屈伸手臂的工夫，女子已到了家里，坠落在庭院中。女子的母亲把那块青石磨成粉让她服下，排泄出一斗多青泥样的脏东西。

注释

❶博士：学官名。 ❷分（fèn）：命中注定。 ❸磔（zhé）：裂。 ❹汗洽：汗流浃背。 ❺野叉：亦作夜叉、药叉，佛经多指恶鬼。 ❻罪业：佛教语。谓身、口、意三业所造之罪。亦泛指应受恶报的罪孽。 ❼白衣：佛教徒着缁衣，因称俗家为“白衣”。 ❽抗（yǎn）：摇动。 ❾戏狎：嬉戏，调戏。 ❿法箓：道教语。用以“驱鬼压邪”的丹书、符咒。

【原文】

李公佐[①]，大历中在庐州[②]，有书吏王庚请假归，夜行郭外，忽值引驺呵辟[③]，书吏遽映大树窥之，且怪此无尊官也。导骑后，一人紫衣，仪卫如节使[④]。后有车一乘，方渡水，御者前白：“车輷索断[⑤]。”紫衣者言：“检簿。”遂见数吏检簿，曰：“合取庐州某里张某妻脊筋。”乃书吏之姨也。顷刻吏回，持两条白物，

【译文】

大历年间李公佐在庐州时，听到一桩奇闻。有个叫王庚的书吏请假回家，晚间在野外赶路，忽然遇到导驺喝令避道，王庚赶紧躲到大树后偷看，心下纳闷此地并没有什么高官。导驺过后，只见一人身穿紫衣，仪仗与节度使规格相仿。后面有一辆车，刚要渡河，驾车的侍从说：“车輷绳断了。”紫衣人说：“翻检簿册。”于是，几名吏员翻检簿册，须臾回禀道：“应取庐州某里张某妻子的脊筋。”说的正是王庚的姨妈。片刻间，吏员回来了，手持两条白色的东西，各长数尺，然

各长数尺，乃渡水而去。至家，姨尚无恙。经宿，忽患背疼，半日而卒。

后以此系好车马，渡河而去。王庚回到家，他姨妈还好好的。过了一夜，忽然说背疼，半天时间就去世了。

注释

❶ 李公佐：唐小说家。字颛蒙，陇西（今甘肃陇西东南）人。喜采异怪故事，撰有《南柯太守传》《谢小娥传》等。 ❷ 庐州：治在今安徽合肥。 ❸ 引驺：古代高官大吏出行时主驾车马负责前导的仆役。呵辟：喝令避开。辟，许本作“避”，今据《四部丛刊》本、《四库全书》本改。 ❹ 节使：即节度使。 ❺ 軥(qú)：车轭两边下伸反曲以夹马颈的部分。

【原文】

元和初，有一士人，失姓字，因醉卧厅中。及醒，见古屏上妇人等，悉于床前踏歌[①]。歌曰：“长安女儿踏春阳，无处春阳不断肠。舞袖弓腰浑忘却，蛾眉空带九秋霜[②]。”其中双鬟者问曰：“如何是弓腰？”歌者笑曰：“汝不见我作弓腰乎[③]？”乃反首，髻及地，腰势如规焉[④]。士人惊惧，因叱之。忽然上屏，亦无其他。

【译文】

元和初年，有一个读书人，记不得他的姓名了，醉酒后倒卧在厅堂里。酒醒后，只见古屏风上所画的妇女都在床前踏歌。歌词是：“长安女儿踏春阳，无处春阳不断肠。舞袖弓腰浑忘却，蛾眉空带九秋霜。”其中一位梳着双鬟的人问：“什么是弓腰？”领唱的人笑道：“你没看过我作弓腰之状吗？”于是后脑触地，腰呈弓状。读书人又惊又怕，就大声呵叱她们。这些女子便一下子回到屏风里，也没再出现其他异常情形。

注释

❶踏歌：中国古代一种以足踏地为节、载歌载舞的艺术形式。 ❷九秋：指秋季。 ❸弓腰：向后弯腰及地如弓形。 ❹规：圆。

【原文】

郑相余庆在梁州[①]，有龙兴寺僧智圆，善总持敕勒之术[②]，制邪理痛多著效，日有数十人候门。智圆腊高稍倦[③]，郑公颇敬之，因求住城东隙地[④]。郑公为起草屋种植，有沙弥、行者各一人[⑤]。居之数年，暇日，智圆向阳科脚甲[⑥]，有妇人布衣，甚端丽，至阶作礼。智圆遽整衣，怪问："弟子何由至此？"妇人因泣曰："妾不幸夫亡，而子幼小，老母危病。知和尚神咒助力，乞加救护。"智圆曰："贫道本厌城隍喧啾[⑦]，兼烦于招谢。弟子母病，可就此为加持也[⑧]。"妇人复再三泣请，且言母病剧，不可举扶，智圆亦哀而许之。乃言："从此向北二十余里，至一

【译文】

宰相郑余庆在梁州时，龙兴寺里有个智圆和尚，擅长总持敕勒的法术，驱邪治病，多有疗效，每天都有几十人在山门前等候治病。智圆年纪大了，体力渐衰，郑余庆很敬重他，就请他到城东的空地去住。郑公为他盖起一间草屋，遍植花草，还安排一个小沙弥、一个行者陪他住。几年之后，一个闲暇之日，智圆晒着太阳剪脚指甲，有一个身着布衣的妇人，容貌端庄秀丽，来到阶下行礼。智圆急忙整理衣冠，惊讶地问："女弟子为什么到这里来？"那妇人哭着说："我不幸死了丈夫，儿子还小，老母亲病得很重。知道大师您持念神咒很灵验，恳求您救护。"智圆说："贫僧一向厌恶城里的喧嚣，又讨厌应酬交际。你的母亲病了，可来这里，我定尽力救治她。"妇人再三哭请，说母亲病势危急，不能搀扶前来，智圆也很同情她，就答应亲自前去为她母亲诊病。妇人就说："从此向北二十多里，有一个村庄，附近有个鲁家庄，只要打听韦十娘家在何处就行了。"第二天清晨，智

村，村侧近有鲁家庄，但访韦十娘所居也。”智圆诘朝[9]，如言行二十余里，历访悉无而返。来日，妇人复至，僧责曰：“贫道昨日远赴约，何差谬如此?”妇人言：“只去和尚所止处二三里耳。和尚慈悲，必为再往。”僧怒曰：“老僧衰暮，今誓不出。”妇人乃声高曰：“慈悲何在耶?今事须去。”因上阶牵僧臂。僧惊迫，亦疑其非人，恍惚间以刀子刺之，妇人遂倒，乃沙弥误中刀，流血死矣。僧忙然[10]，遽与行者瘗之于饭瓮下。沙弥本村人，家去兰若十七八里。其日，其家悉在田，有人皂衣揭襆，乞浆于田中。村人访其所由，乃言居近智圆和尚兰若。沙弥之父欣然访其子耗[11]，其人请问，具言其事，盖魅所为也。沙弥父母尽皆号哭，诣僧，僧犹绐焉。其父乃锹索而获，即诉于官。郑公大骇，俾求盗吏细按，意其必冤也。僧具陈状：“贫道宿

圆就照妇人所说向北走了二十多里，到处打听韦十娘家，并没找到，无奈只好回来了。过了一天，妇人又来了，智圆责备她说：“贫僧昨天远行赴约，怎么跟你说的地方差那么远?”妇人说：“我住的地方距大师昨天所到之地只有二三里路。大师慈悲，一定要再走一趟。”智圆生气地说：“贫僧年老力衰，今天绝不再去。”妇人就大声质问：“你的慈悲在哪里?今天你非去不可。”于是走上台阶去拽智圆的胳膊。智圆惊慌窘迫，同时开始怀疑那妇人不是人类，恍惚间用刀刺向她，妇人应声倒下了，仔细一看，中刀的竟是小沙弥，血流满地，已经死了。智圆惘然若失，急忙和行者把小沙弥埋在饭瓮下面。小沙弥是本村人，家离寺院有十七八里路。那一天，小沙弥的家人都在田间劳作，有一个穿黑衣、戴粗布头巾的人到田间来讨水喝。村里人问他从哪里来，他说就住在智圆和尚的寺院附近。小沙弥的父亲高兴地打听儿子的消息，那黑衣人问他儿子姓甚名谁，然后详细说了刚才发生的事，原来这黑衣人就是那鬼魅所变。小沙弥的父母放声痛哭，去找智圆，智圆还想欺骗他们。小沙弥的父亲拿起铁锹挖出小沙弥的尸体，立刻告到了官府。郑余庆非常吃惊，要求办案的官吏细细调查此案，认为智圆一定是被冤枉的。智圆详细地陈述了事情的经过，又说：“这是贫僧前世所欠的债，

债[12]，有死而已。”按者亦以死论，僧求假七日命持念[13]，为将来资粮[14]，郑公哀而许之。僧沐浴设坛，急印契缚摞考其魅[15]。凡三夕，妇人见于坛上，言：“我类不少，所求食处，辄为和尚破除。沙弥且在，能为誓不持念，必相还也。”智圆恳为设誓，妇人喜，曰：“沙弥在城南某村几里古丘中[16]。”僧言于官，吏用其言寻之，沙弥果在，神已痴矣。发沙弥棺，中乃苕帚也[17]，僧始得雪。自是绝不复道一梵字。

只能一死了之。”办案的官员也判定他死罪。智圆请求宽限七天为小沙弥念诵经咒，也为自己来生积累一些功德。郑余庆可怜他，就答应了。智圆沐浴净身，设下斋坛，急忙印契施法，捆绑木人当鬼魅，严加拷问。到第三晚，先前那位妇人出现在坛上，说：“我的不少同类，求食的地方大多被大师持咒破除了，所以我才这样做。小沙弥如今还在世，如果你发誓不再念咒，我一定把他还给你。”智圆言辞恳切，设下誓言。妇人高兴地说：“小沙弥现在城南某村的古墓里。”智圆告知官府，官吏照他所说去找寻，小沙弥果然在那儿，但已神志不清。打开小沙弥的棺材，里边装的是一把笤帚，智圆的冤屈才得以昭雪。从此，智圆再也不用总持敕勒的法术为人治病了。

注释

❶ 梁州：治在今陕西汉中。 ❷ 敕勒之术：原为道士书符驱鬼的法术。此指佛教密宗一派念咒、请神、画符等法术。 ❸ 腊高：僧人受戒后每度一年为一腊。 ❹ 隙地：空闲之地。 ❺ 行者：指未经剃度带发修行的僧人。 ❻ 科：修剪。 ❼ 城隍：护城河。此处代指城市。喧啾：喧嚣。 ❽ 加持：佛教术语。谓施加佛力于众生，以保护、扶持之。 ❾ 诘朝：明日清晨。 ❿ 忙然：犹茫然。若有所失貌。 ⓫ 耗：音信。 ⓬ 宿债：佛教指前世所欠的债。 ⓭ 持念：谓僧徒念诵经咒。 ⓮ 资粮：粮食为人生存之本，故佛教用以比喻善根功德。 ⓯ 印契：此为佛教用语。俗称手印。即佛教徒做法事时的特殊手势。摞（bó）考：拷打。 ⓰ 丘：坟墓。 ⓱ 苕帚：清洁用具，取苕秆为之，故名。

【原 文】

元和初，洛阳村百姓王清，佣力得钱五镮[①]。因买田畔一枯栗树，将为薪以求利。经宿，为邻人盗斫。创及腹，忽有黑蛇举首如臂，人语曰："我王清本也，汝勿斫。"其人惊惧，失斤而走[②]。及明，王清率子孙薪之，复掘其根，根下得大瓮二，散钱实之。王清因是获利而归。十余年巨富，遂甃钱成龙形[③]，号王清本。

【译 文】

元和初年，洛阳村民王清，卖苦力得了五镮钱，就买下田边一棵枯死的栗子树，打算劈成柴出卖赚点钱。过了一晚，邻人去偷砍这棵栗子树。砍至树身中间时，忽然有一条黑蛇昂着手臂粗细的头，对这个邻人说："我是王清的树，你不能砍。"那人又惊又怕，丢下斧子就跑。到天亮，王清率领子孙前去砍树劈柴，而后挖树根，在树根下挖到两口大瓮，里面装满了铜钱。王清因此获利回家。十几年后，他成为巨富，于是用钱垒成龙形，称为"王清本"。

注释

❶ 镮（huán）：铜钱。亦用作钱币量词。 ❷ 斤：斧子一类的工具。 ❸ 甃（zhòu）：垒，砌。

【原 文】

元和中，苏湛游蓬鹊山[①]，裹粮钻火[②]，境无遗址。忽谓妻曰："我行山中，睹倒崖有光如镜，必灵境也[③]。明日将投之，今与卿

【译 文】

元和年间，苏湛游览蓬鹊山，他携带干粮，钻木取火，走遍了山中每一个角落。有一天，苏湛对妻子说："我在山里行走时，看到有处倒悬的山崖发出光芒，就像一面镜子，那里一定是仙境。我明天将往彼求仙，今天跟你诀别。"妻

诀。”妻子号泣，止之不得。及明遂行，妻子领奴婢潜随之。入山数十里，遥望岩有白光，圆明径丈。苏遂逼之，才及其光，长叫一声。妻儿遽前救之，身如茧矣。有蜘蛛，黑色，大如钴鉧[4]，走集岩下。奴以利刃决其网，方断，苏已脑陷而死。妻乃积薪烧其崖，臭满一山中。

儿放声大哭，怎么也劝不住苏湛。天一亮，苏湛就出发了，妻儿带着奴婢偷偷跟着他。进山几十里，远眺山崖果有白光，那光又圆又亮有丈许。苏湛便快步走近，刚一接触白光，就大叫一声。妻儿立刻跑过去救他，一看，苏湛的身体已被蜘蛛丝裹得像蚕茧一样了。这时，有许多黑蜘蛛，每只都像熨斗那么大，爬过来集聚山崖下。奴仆便用锋利的刀去割那蛛网，刚割断，就看到苏湛已脑壳塌陷而死。他妻子就堆积柴草，放火烧崖，烧得满山都是臭气。

注释

❶蓬鹊山：古称蓬山，位于今河北内丘。　❷钻火：钻木取火。亦泛指生火。　❸灵境：仙境。　❹钴鉧（gǔmǔ）：熨斗。

【原文】

相传裴旻山行[1]，有山蜘蛛垂丝如匹布，将及旻。旻引弓射杀之，大如车轮。因断其丝数尺，收之。部下有金创者[2]，剪方寸贴之，血立止也。

【译文】

相传裴旻在山间行走，看见山蜘蛛垂下的蛛网像布匹一样，快要触到自己了。裴旻拉开弓射杀了山蜘蛛，那蜘蛛有车轮那么大。裴旻于是斩断几尺蛛网，收藏起来。部下有刀剑创伤的，剪下一寸见方的蛛网贴上，立刻就能止血。

注释

❶ 裴旻：唐朝人。唐文宗时，以李白歌诗、张旭草书、裴旻剑舞为“三绝”。 ❷ 金创：刀剑伤。

前集卷十五

诺皋记下

【原 文】

和州刘录事者[①]，大历中罢官，居和州旁县。食兼数人，尤能食鲙，常言鲙味未尝果腹。邑客乃网鱼百余斤，会于野亭，观其下箸。初食鲙数叠[②]，忽似哽[③]，咯出一骨珠子，大如黑豆，乃置于茶瓯中，以叠覆之。食未半，怪覆瓯倾侧，刘举视之，向者骨珠已长数寸，如人状。坐客竞观之，随视而长。顷刻长及人，遂捽刘[④]，因殴流血。良久，各散走。一循厅之西，一转厅之左，俱及后门，相触翕成一人[⑤]，乃刘也，神已痴矣。半日方能言，访其所

【译 文】

和州的刘录事，大历年间罢官后，住在和州旁县。他饭量很大，一顿能吃好几个人的饭，特别喜欢吃生鱼片，他曾说自己吃鱼从来没有吃饱过。城中有人就网了一百多斤鱼，在野外山亭设下筵席，观看他吃鱼。刘录事刚吃了几碟鱼肉，忽然像是噎住了，须臾用力咳出一枚黑豆粒大小的鱼骨珠。刘录事随手把珠子放在茶盏里，用碟子盖上。吃了不到一半，盖有碟子的茶盏倾倒了，刘录事觉得奇怪，拿起来看，方才那颗鱼骨珠已经长大了好几寸，像人的模样。席上其他的客人都争抢着观看，骨珠随看随大。不一会儿就长到人那么大，它猛然揪住刘录事，提起拳头便打，刘录事被打出了血。过了许久，又各自走开，一个顺着大厅向西面走，一个转到大厅的东边，都走到了后门，两人碰在一起后合成了一个人，就是刘录事，他已经神志不清了。过了半天才能说话，问他是怎么回事，他全然不知。刘录事从此

以，皆不省。自是恶鲙。

就厌恶吃鱼了。

注释

❶ 和州：治今安徽和县。 ❷ 叠：即碟子。 ❸ 哽：噎住，食物不能下咽。 ❹ 捽（zuó）：揪住。 ❺ 翕（xī）：合，聚。

【原文】

冯坦者，常有疾，医令浸蛇酒服之。初服一瓮子，疾减半。又令家人园中执一蛇，投瓮中，封闭七日。及开，蛇跃出，举首尺余，出门，因失所在。其过迹，地坟起数寸[1]。

【译文】

有个叫冯坦的人，有一次生病，医生让他用蛇泡酒喝。开始时，他泡了一坛子，喝完后病就好了一半。便又让家人从园子里抓了一条蛇，投入酒瓮，封闭了七天。等到打开瓮口时，蛇猛地窜了出来，蛇头昂起一尺多高，爬出门去，便失去了踪影。蛇爬过的地方，地表隆起几寸高。

注释

❶ 坟（fèn）：高起。

【原文】

陆绍郎中言：尝记一人浸蛇酒，前后杀蛇数十头。一日，自临瓮窥酒，有物跳

【译文】

郎中陆绍说：记得有一个人为了泡蛇酒，前后捕杀了几十条蛇。一天，他俯临酒瓮察看药酒，有个东西跳了出来咬中了

出，啮其鼻将落。视之，乃蛇头骨。因疮毁，其鼻如劓焉。

他的鼻子，差点将鼻子咬掉。一看竟是死蛇的头骨。这人后来鼻子长了疮烂掉了，就像受了劓刑一样。

【原文】

有陈朴，元和中住崇贤里北街。大门外有大槐树，朴常黄昏徙倚窥外[①]。见若妇人及狐犬老乌之类，飞入树中，遂伐视之。树凡三槎[②]，一槎空中，一槎有独头栗一百二十，一槎中襁一死儿，长尺余。

【译文】

元和年间，有个叫陈朴的人，住在崇贤里北街。他家大门外有一棵大槐树，陈朴常在黄昏时徘徊窗前往外看。一次，忽然看见妇人及狐狸、犬、乌鸦之类的东西，飞入大槐树里，于是他就把大槐树砍倒看个究竟。大槐树一共有三个枝丫，一个枝丫中空，一个枝丫中有一百二十个独头栗子，一个枝丫中有一个用布裹着的死婴，长一尺多。

注释

❶徙倚：犹徘徊，逡巡。 ❷槎（chá）：枝杈。

【原文】

僧无可言[①]：近传有白将军者，常于曲江洗马，马忽跳出惊走。前足有物，色白如衣带，萦绕数匝。遽令解之，血流数升。白异之，

【译文】

僧人无可说：近来传闻有一位白将军，一次在曲江池洗马，那马忽然从池中跳出，受惊而逃。马的前蹄上多了个东西，像条白色衣带，在马蹄上缠了好几圈儿。白将军急忙让人解下来，一看，马腿

遂封纸帖中，藏衣箱内。一日，送客至浐水[2]，出示诸客。客曰："盍以水试之[3]？"白以鞭筑地成窍，置虫于中，沃盥其上。少顷，虫蠕蠕而长，窍中泉涌，倏忽自盘若一席。有黑气如香烟，径出檐外。众惧曰："必龙也。"遂急归，未数里，风雨骤至，大震数声。

已鲜血淋漓，之后马流了好几升血。白将军感到奇怪，就把那东西装进纸函封好，藏在衣箱里。一天，白将军送客来到浐水，把那东西拿出来让客人观看。客人说："何不用水试它一试？"白将军就挥鞭在地上筑了一个洞，把那虫子放到里面，再用水浇它。不一会儿，那虫开始蠕动变长，洞也随虫而长，洞中水如泉涌，转眼间那虫自己盘曲起来，就像卷着的席筒。忽然又化作一团黑气，仿佛香炉里的香烟，径直飘出檐外。众人惊恐地说："这一定是龙！"于是，急忙往回走。没走出几里远，风雨袭来，伴有响雷数声。

注释

❶ 无可：唐代诗僧。范阳（治今河北涿州）人。贾岛从弟，工诗，与贾岛齐名。 ❷ 浐（chǎn）水：古水名。即今陕西灞河支流浐河。 ❸ 盍：何不。

【原 文】

景公寺前街中[1]，旧有巨井，俗呼为八角井。元和初，有公主夏中过，见百姓方汲，令从婢以银棱碗就井承水，误坠碗。经月余，出于渭河[2]。

【译 文】

长安城内赵景公寺的前街上，以前有一口大井，当地人都叫它八角井。元和初年，有位公主夏天时从井边路过，看见百姓正从井中打水，便命跟随的婢女用银棱碗靠近井边取水，婢女不小心将银棱碗掉到了井里。过了一个多月，这个银棱碗出现在渭河上。

注释

❶ 景公寺：即赵景公寺。位于长安城常乐坊。隋开皇三年（583），独孤皇后为父独孤信所立。 ❷ 渭河：古称渭水，黄河最大支流。源出甘肃渭源鸟鼠山，至陕西潼关汇入黄河。

【原文】

东平未用兵，有举人孟不疑，客昭义[①]。夜至一驿，方欲濯足[②]，有称淄青张评事者[③]，仆从数十，孟欲参谒。张被酒，初不顾，孟因退就西间。张连呼驿吏索煎饼，孟默然窥之，且怒其傲。良久，煎饼熟，孟见一黑物如猪，随盘至灯影而立。如此五六返，张竟不察。孟因恐惧无睡，张寻大鼾。至三更后，孟才交睫[④]，忽见一人皂衣，与张角力，久乃相捽入东偏房中，拳声如杵。一饷间，张被发双袒而出，还寝床上。入五更，张乃唤仆，使张烛巾栉[⑤]，就孟曰："某昨醉中，都不知秀才同厅。"因命食，谈笑甚欢，时时小

【译文】

东平还没有战事的时候，有位叫孟不疑的举人，客游昭义军。夜里宿在一家馆驿，刚要洗脚，有一个自称是淄青张评事的人，带着几十个仆从来到馆驿，孟不疑想去拜见他。张评事刚喝过酒，完全不予理睬，孟不疑于是回到西屋。张评事连声催促馆驿里的官吏，索要煎饼，孟不疑默默地看着，对他的傲慢很是气愤。过了很久，煎饼熟了。孟不疑看到一个像猪一样的黑东西，随着盘子进来，走到灯影下站着。如此往返了五六次，张评事竟然没有察觉。孟不疑心中害怕没敢睡，张评事很快就鼾声如雷。到三更后，孟不疑刚睡下，忽然看见一个黑衣人与张评事搏斗，许久之后，互相扭打着进了东偏房，拳击声就像用杵舂米一样。一顿饭的工夫，张评事披散着头发光着膀子出来了，回到床上睡下。到了五更，张评事喊醒奴仆，吩咐点灯洗脸梳头，他来到孟不疑这里说："我昨天喝醉了，竟然不知道秀才也住在这里。"于是让人摆下酒饭，两

声曰："昨夜甚惭长者，乞不言也。"孟但唯唯。复曰："某有程，须早发，秀才可先也。"遂摸靴中，得金一挺，授曰："薄贶⑥，乞密前事。"孟不敢辞，即为前去。行数日，方听捕杀人贼。孟询诸道路，皆曰："淄青张评事，至某驿早发，迟明，空鞍失所在。驿吏返至驿寻索，驿西阁中有席角，发之，白骨而已，无洎一蝇肉也⑦。地上滴血无余，惟一只履在旁。"相传此驿旧凶，竟不知何怪。举人祝元膺常言亲见孟不疑说，每每戒夜食必须发祭也。祝又言孟素不信释氏，颇能诗，其句云："白日故乡远，青山佳句中。"后常持念游览，不复应举。

人交谈甚欢，张评事又不时小声地说："昨晚让您见笑了，请不要声张。"孟不疑只得连声答应。张评事又说："我要赶路，必须一早出发，您可以先行一步。"他伸手从靴子里，摸出一铤金子，送给孟不疑说："一点小意思，请为昨天的事保密。"孟不疑不敢推辞，就提前动身上路了。走了几天，才听到官府追捕杀人凶犯。孟不疑向路上的人打听，都说："淄青张评事，在某馆驿一早就出发了。到天亮，只剩下空马鞍，人已不知去向。驿吏回到驿站寻找，驿站西阁中有一张席子，揭开一看，只见一堆白骨，上面没有附着一丝血肉。地上也没有一滴血，只有一只鞋在旁边。"相传这个馆驿以前就有凶煞，最终也不知道是什么怪物。举人祝元膺曾说，这件事是他亲耳从孟不疑处听说的。经历此事后，孟不疑常常告诫亲友说，夜间吃饭前必须祭祀鬼神。祝元膺又说，孟不疑一向不信佛，很会作诗，有两句诗是："白日故乡远，青山佳句中。"这事以后，孟不疑经常持念佛经，云游四方，不再参加科举考试。

注释

❶ 昭义：即昭义军。唐、五代方镇名。至德元载（756）置泽潞沁节度使，治潞州（今山西长治）。 ❷ 濯足：洗脚。 ❸ 淄青：唐方镇名，治青州（今山东青州）。评事：职官名。掌决断疑狱。 ❹ 交睫：上下睫毛合在一块，指睡

觉。 ❺巾栉：巾和梳篦。泛指盥洗用具。 ❻贶（kuàng）：赐予。 ❼泊：通“薄”，附着。

【原 文】

刘积中，常于京近县庄居，妻病重。于一夕，刘未眠，忽有妇人白首，长才三尺，自灯影中出，谓刘曰：“夫人病，唯我能理，何不祈我。”刘素刚，咄之[1]。姥徐戟指曰：“勿悔！勿悔！”遂灭。妻因暴心痛，殆将卒。刘不得已，祝之。言已，复出。刘揖之坐，乃索茶一瓯，向口如咒状，顾命灌夫人。茶才入口，痛愈。后时时辄出，家人亦不之惧。经年，复谓刘曰：“我有女子及笄[2]，烦主人求一佳婿。”刘笑曰：“人鬼路殊，固难遂所托。”姥曰：“非求人也。但为刻桐木为形，稍工者则为佳矣。”刘许诺，因为具之。经宿，木人失矣。又谓刘曰：“兼烦主人作铺公铺母[3]，若可，某

【译 文】

刘积中从前住在京城郊县的田庄里，他的妻子病重。一天晚上，刘积中还没睡，忽然有个白发妇人，身高三尺，从灯影中走出，对刘积中说：“您夫人的病，只有我能治，何不来求我?”刘积中一向刚直，不信鬼神，便大声呵斥她。老妇人慢慢戟手指着他说：“别后悔！别后悔！”说完就消失了。刘积中的妻子突然心痛，眼看要死了。刘积中不得已，只好向老妇祝告。话刚说完，那妇人就又出现了。刘积中作揖请她坐下，老妇人要来一盏茶，对着茶杯口就像念咒的样子，然后让刘积中将茶灌给夫人。茶水刚入口，夫人的心痛就好了。后来这妇人常常出现，刘家人也不害怕。过了一年，老妇人又对刘积中说：“我有个女儿成年了，麻烦您给找个好女婿。”刘积中笑着说：“人鬼殊途，我很难达成你的心愿。”老妇人说：“不是要找活人。你只要用桐木雕刻一个人形，雕工精致些，就是我说的佳婿了。”刘积中答应了，就为她准备了一个桐木人。过了一宿，桐木人不见了。老妇人又对刘积中说：“再麻烦您夫妇二人做铺公铺母，如果可以，那天晚上

夕我自具车轮奉迎。”刘心计无奈何，亦许。至一日，过酉，有仆马车乘至门，姥亦至，曰：“主人可往。”刘与妻各登其车马，天黑至一处，朱门崇墉[④]，笼烛列迎，宾客供帐之盛[⑤]，如王公家。引刘至一厅，朱紫数十，有与相识者，有已殁者，各相视无言。妻至一堂，蜡炬如臂，锦翠争焕，亦有妇人数十，存殁相识各半，但相视而已。及五更，刘与妻恍惚间却还至家，如醉醒，十不记其一二矣。经数月，姥复来，拜谢曰：“小女成长，今复托主人。”刘不耐，以枕抵之曰：“老魅，敢如此扰人！”姥随枕而灭，妻遂疾发。刘与男女酹地祷之，不复出矣。妻竟以心痛卒。刘妹复病心痛。刘欲徙居，一切物胶著其处，轻若履屣，亦不可举。迎道流上章[⑥]，梵僧持咒，悉不禁。刘尝暇日读药方，其婢小碧自外来，垂手缓步，大

我亲自备好车来迎接。”刘积中心下无奈，只能答应了。到了那一天，过了酉时，就有仆从车马来到门前。老妇人也来了，说：“主人请登车前往。”刘积中和妻子各自登上一辆车，天黑时来到一处地方，朱红的大门，高高的院墙，婢仆挑着灯笼举着烛炬列队迎接，宾客之多，排场之大，犹如王公之家。老妇人领刘积中来到一个厅堂，堂中有几十个穿红戴紫的官员，有与他相识的，也有已经去世的，大家相互注视着，并不说话。刘积中的妻子来到一个厅堂，堂上蜡烛粗如手臂，珠翠锦绣，光彩照人，也有几十位妇人在堂，活着的、死去的、相识的、不相识的各占一半，大家都相顾无言。到了五更，刘积中和妻子恍恍惚惚地回到家中，就像酒醉刚醒，晚间的事记不得十之一二。又过了几个月，那老妇人又来，拜谢说：“我的小女儿也长大了，今天又来拜托您。”刘积中很不耐烦，用枕头扔她，说：“老鬼魅，你竟敢如此骚扰人！”老妇人碰到扔过来的枕头就消失了。妻子于是旧疾发作。刘积中和儿女们一起以酒酹地，反复祷告，老妇人也没再出来。妻子最终因心痛而死。接着，刘积中的妹妹也得了心痛病。刘积中想搬走，但家中所有东西都像被胶粘在那里，即便像鞋那样轻的，也拿不起来。刘积中请道士上表求神，又请梵僧念咒，都不管用。一天，刘积中闲暇无事翻读药方，

言："刘四，颇忆平昔无？"既而嘶咽曰："省躬近从泰山回，路逢飞天野叉，携贤妹心肝，我已夺得。"因举袖，袖中蠕蠕有物，左顾似有所命，曰："可为安置。"又觉袖中风生，冲帘幌，入堂中。乃上堂对刘坐，问存殁，叙平生事。刘与杜省躬同年及第，有分，其婢举止笑语，无不肖也。顷曰："我有事，不可久留。"执刘手呜咽，刘亦悲不自胜。婢忽然而倒，及觉，一无所记。其妹亦自此无恙。

他的婢女小碧从外边进来，垂着双手步履迟缓，大声说："刘四，还记得从前的事吗？"接着又呜咽着说："省躬我最近从泰山回来，半路遇到飞天夜叉，见他携带着你妹妹的心肝，我就给夺回来了。"说罢便举起衣袖，袖子里有东西在蠕动，又扭头向左命令道："可去安排一下。"此时，刘积中只觉袖子里呼呼生风，吹得帘幕飞到了厅堂中央。婢女上堂面对刘积中而坐，询问朋友生死，叙平生的往事。刘积中和杜省躬同年考中进士，二人颇为交好，这个婢女小碧的举止谈笑，无一不像杜省躬。一会儿，小碧说："我还有事，不能久留。"握着刘积中的手悲泣，刘积中也不胜悲伤。婢女忽然倒在地上，等她醒来，什么也不记得了。刘积中妹妹的病从此痊愈了。

注释

❶ 咄（duō）：呵叱。 ❷ 及笄：古时女子满十五岁把头发绾起来，戴上簪子。笄：发簪。 ❸ 铺公铺母：唐时习俗称为新房铺床的福寿双全的男子、女子。 ❹ 崇墉：高墙。 ❺ 供帐：亦称"供张"，陈设供宴会用的帷帐、用具、饮食等物。亦谓举行宴会。 ❻ 上章：道士上表求神。

【原文】

临川郡南城县令戴詧[①]，

【译文】

临川郡南城县令戴詧，当初在馆娃

初买宅于馆娃坊[2]。暇日，与弟闲坐厅中，忽听妇人聚笑声，或近或远，誓颇异之。笑声渐近，忽见妇人数十，散在厅前，倏忽不见。如是累日，誓不知所为。厅阶前枯梨树，大合抱，意其为祥，因伐之。根下有石，露如块，掘之转阔，势如鏊形[3]，乃火上沃醯[4]，凿深五六尺不透。忽见妇人绕坑，抵掌大笑。有顷，共牵誓入坑，投于石上。一家惊惧之际，妇人复还，大笑，誓亦随出。誓才出，又失其弟，家人恸哭。誓独不哭，曰："他亦甚快活，何用哭也。"誓至死，不肯言其情状。

坊买了一处宅院。一日闲暇，他和弟弟闲坐在厅堂中，忽然听到有妇人聚在一起的哄笑声，忽近忽远，戴誓觉得很奇怪。那笑声渐渐靠近，忽然出现几十个妇人，散站在厅堂前，忽地又都不见了。一连几天都是这样，戴誓不知该怎么办。厅堂台阶前有一棵枯梨树，大可合抱，戴誓认为它是不祥之物，于是就把它砍了。树根下有块石头露出来，向下挖，发现石头越来越大，像鏊的形状。戴誓在石上点火浇醋，凿了五六尺深也没凿透。忽然看见那群妇人绕着坑，拍掌大笑。一会儿，她们一起拉着戴誓进到坑里，把他没入石中。一家人又惊又怕，此时妇人又都出现，放声大笑，戴誓也随着出来。戴誓才出来，他弟弟又不见了，一家人痛哭不已。只有戴誓不哭，说："他现在也很快活，何必要哭呢？"戴誓到死也不肯说出那里面的情形。

注释

❶ 南城县：在今江西抚州。 ❷ 馆娃坊：即馆娃宫。春秋时期吴王夫差为西施所造。在今江苏苏州灵岩山上。 ❸ 鏊（ào）：俗称鏊子，一种摊面食的器具。铁制，平圆，中间稍凸，下有三足。 ❹ 醯（xī）：醋。

【原 文】

独孤叔牙常令家人汲水，重不可转，数人助出之，乃人也。戴席帽[1]，攀栏大笑，却坠井中。汲者揽得席帽，挂于庭树，每雨，所溜雨处辄生黄菌。

【译 文】

独孤叔牙曾令家人到井中打水，辘轳重得根本转不动，数人合力才将桶拉上来，一看原来井绳上坠着一个人。那人头戴席帽，手扶井栏大笑，接着又坠入井中。打水的人只抓到那人的席帽，将它挂在庭院的树上。每当下雨时，帽沿的滴水处就会长出黄菌。

注 释

❶ 席帽：古帽名。以藤席为骨架，形似毡笠，四缘垂下，可蔽日遮颜。

【原 文】

有史秀才者，元和中，曾与道流游华山。时暑，环憩一小溪。忽有一叶，大如掌，红润可爱，随流而下。史独接得，置怀中。坐食顷，觉怀中渐重，潜起观之，觉叶上鳞起，栗栗而动[1]。史惊惧，弃林中，遽白众曰：“此必龙也，可速去矣。”须臾，林中白烟生，弥于一谷。史下山未半，风雷大至。

【译 文】

有位史秀才，元和年间，曾经和道士一起游华山。当时正值夏日，溽暑难耐，大家围坐在一条小溪旁歇息。忽然有一片手掌大的树叶，红艳可爱，顺流而下。众人都去捞，只有史秀才捞着，放到怀里。坐了一顿饭的工夫，他感觉怀里渐渐变重，就悄悄起身察看，发现那叶子上开始起鳞片，还微微抖动。史秀才很害怕，把叶子扔到林子里，急忙告诉众人说：“这一定是条龙，大家赶紧离开！”顷刻间，林中冒出白烟，弥漫整个山谷。史秀才一行还没下到半山腰，风雨雷电齐至。

注释

❶ 栗栗：恐惧貌。

【原 文】

史论作将军时，忽觉妻所居房中有光，异之。因与妻遍索房中，且无所见。一日，妻早妆开奁，奁中忽有金色龟，大如钱，吐五色气，弥满一室。后常养之。

【译 文】

史论当将军时，一天忽然发现妻子住的房中有奇光，感到很奇怪。他因而与妻子在房中四处搜寻，结果什么也没找到。有一天，妻子早晨起来打开奁盒梳妆，忽然看到奁盒中有一只金色乌龟，大如铜钱，能吐五色气体，弥漫整个房间。后来他们就把这只乌龟一直养着。

【原 文】

工部员外郎张周封言：旧庄城东狗脊觜西，常筑墙于太岁上[①]，一夕尽崩。且意其基虚，工不至，乃率庄客指挥筑之。高未数尺，炊者惊叫曰："怪作矣！"遽视之，飰数斗[②]，悉跃出，蔽地著墙，匀若蚕子，无一粒重者，矗墙之半，如界焉。因诣巫，酹地谢之，亦无他焉。

【译 文】

工部员外郎张周封说：他从前的田庄在城以东、狗脊觜以西，一次误在太岁头上筑墙，结果一夜间墙全倒了。他料想可能是地基不固、做工不精，就带着庄客，亲自指挥筑墙。筑了不到几尺高，做饭的人惊叫道："出怪事啦！"人们急忙去看，只见几斗米饭全都从锅里跳出来，洒在地上，接着全部附在了墙上，均匀得像蚕子，没有一粒米重叠，附在墙上的米粒正到墙的一半高，整整齐齐就像一条分界线。于是请来巫师，以酒洒地祭祷，致歉谢罪，再也没发生其他事。

注释

❶太岁：星名，与岁星（木星）相应。迷信认为太岁之神在地，与天上的岁星（木星）相应而行，掘土（兴建工程）要躲避太岁之所在，否则就要遭受祸害。 ❷飰（fàn）：古同“饭”。

【原文】

山萧。一名山臊，《神异经》作獠[1]。《永嘉郡记》作山魅[2]，一名山骆，一名蛟，一名濯肉，一名热肉，一名晖，一名飞龙。如鸠，青色，一曰治鸟，巢大如五斗器，饰以土垩[3]，赤白相间，状如射侯[4]。犯者能役虎害人，烧人庐舍，俗言山魈。

【译文】

山萧。又名山臊，《神异经》作獠。《永嘉郡记》作山魅，又名山骆，又名蛟，又名濯肉，又名热肉，又名晖，又名飞龙。样子像斑鸠，青色，又名治鸟，巢有五斗容器那么大，用白土装饰，红白相间，形状像箭靶。它若受到侵犯便驱使老虎伤人，烧人的房舍，民间俗称为山魈。

注释

❶《神异经》：该书为志怪小说集，一卷，旧本题汉东方朔撰。 ❷《永嘉郡记》：南朝宋郑缉之撰。永嘉郡：治在今浙江温州。 ❸垩（è）：白色土。 ❹射侯：指箭靶。

【原文】

伍相奴。或扰人，许于伍相庙多已。旧说一姓姚，二姓

【译文】

伍相奴。时常会侵扰人，遇到这种情况到伍相庙祷告一般就会管用。

王，三姓汪，昔值洪水，食都树皮，饿死，化为鸟都，皮骨为猪都，妇女为人都。鸟都左腋下有镜印，阔二寸一分，右脚无大指，右手无三指，左耳缺，右目盲。在树根居者名猪都，在树半可攀及者名人都，在树尾者名鸟都。其禁有打土垄法、山鹊法。其掌诀，右手第二指上节边禁山都眼，左手目禁其喉。南中多食其巢，味如木芝[①]。窠表可为履屜[②]，治脚气。

传说伍子胥的三族下属，一姓姚，二姓王，三姓汪，早先遇到洪水，以都城的树皮为食，最终都饿死了，化为鸟都，皮骨化为猪都，家眷化为人都。鸟都左腋下有镜印，宽二寸一分，右脚没有大脚趾，右手缺三根手指，没有左耳，右眼瞎。住在树底的叫猪都，住在树半腰可以通过攀爬够着的叫人都，住在树梢的叫鸟都。禁治这三种怪物有打土垄法、山鹊法。还有一种掌诀：以右手第二指上缘扫击山都的眼，以左手攻击其喉部。南中人多采食它的巢，味道如同木芝。巢的表皮可做鞋垫，能治疗脚气。

注释

❶木芝：生于木上的真菌类植物。 ❷窠（kē）：鸟巢。履屜：鞋子的衬底。

【原文】

旧说野狐名紫狐，夜击尾火出。将为怪，必戴髑髅，拜北斗，髑髅不坠，则化为人矣。

【译文】

传说野狐名叫紫狐，夜间甩动尾巴就能冒出火光。野狐将成精怪时，一定会戴骷髅，并参拜北斗星，如果骷髅不掉落，野狐就能变化成人了。

【原 文】

刘元鼎为蔡州，蔡州新破[1]，食场狐暴，刘遣吏主捕，日于球场纵犬逐之为乐，经年所杀百数。后获一疥狐，纵五六犬，皆不敢逐，狐亦不走。刘大异之，令访大将家猎狗及监军亦自夸巨犬，至皆弭耳环守之[2]。狐良久缓迹，直上设厅[3]，穿台盘[4]，出厅后，及城墙，俄失所在。刘自是不复令捕。道术中有天狐别行法[5]，言天狐九尾，金色，役于日月宫，有符有醮日，可洞达阴阳。

【译 文】

刘元鼎为蔡州刺史时，蔡州刚历经兵燹，残破凋敝，粮仓一带狐狸特别多，刘元鼎派遣官吏负责捕杀，每天在球场一带放纵猎犬追逐狐狸，以此为乐趣，一年间捕杀了上百只狐狸。后来，捕获一只满身疥癣的狐狸，放出五六只猎犬，都不敢追逐它，狐狸也不跑。刘元鼎觉得特别怪异，令人去访求大将军家的猎狗及备受监军夸耀的巨犬，谁知猎狗到后全都俯首帖耳围着狐狸。狐狸过了很久才慢慢离去，一直走上厅堂，穿过桌子，跑出厅后，到了城墙处，忽然消失不见。刘元鼎从此不再下令捕捉狐狸。道术中有所谓天狐别行法，说是天狐有九条尾巴，是金色的，在日月宫里服役，有专属的符箓仙法及祭日，能够洞察阴阳。

注 释

❶ 蔡州新破：即唐宪宗元和十二年（817）李愬雪夜袭破蔡州。 ❷ 弭耳：犹帖耳。形容动物搏杀前敛抑之貌。亦指驯服、安顺貌。 ❸ 设厅：古代官府、寺庙之厅堂。因常作为设宴之所，故称。 ❹ 台盘：盛献礼物的桌子，桌面。 ❺ 天狐别行法：一种道教法术，以此役使天狐。天狐：道术通天的仙狐。

【原 文】

南中有兽名风狸[①]，如狙[②]，眉长，好羞，见人辄低头。其溺能理风疾。术士多言风狸杖难得于翳形草[③]。南人以上长绳系于野外大树下，人匿于旁树穴中以伺之。三日后，知无人至，乃于草中寻摸，忽得一草茎，折之，长尺许，窥树上有鸟集，指之，随指而堕，因取而食之。人候其怠，劲走夺之。见人，遽啮食之，或不及，则弃于草中。若不可得，当打之数百，方肯为人取。有得之者，禽兽随指而毙。有所欲者，指之如意。

【译 文】

南中有兽名叫风狸，长得像猕猴，眉毛长，还怕羞，见到人就低头。风狸尿能治疗风疾。术士常说风狸杖比隐身草还难得。南中人想得到风狸杖，就用质量好的长绳子系在野外大树下，然后人藏在旁边的树洞中观察。三天后，风狸认为没有人来，它就会在草中四处摸寻，只见它突然找到一根草棍，折成一尺左右，看到树上有群鸟栖息，就用草棍指树上的鸟，随着草棍所指，鸟就会掉下来，风狸就去拣来吃。潜藏的人趁风狸不注意，跑过去使劲抢夺草棍。风狸看见人来，就急忙咬嚼吞食草棍，有时来不及吃，就丢在草中。如果抢不下来，就打风狸几百下，它才肯让人拿走。得到风狸杖的人，随杖所指，飞禽走兽随即倒毙。心里想要什么，用风狸杖一指就会称心如意。

注 释

❶ 风狸：神话传说中的一种异兽。状似黄猿，食蜘蛛，昼则蜷缩如猬，遇风则飞行空中。 ❷ 狙（jū）：猕猴。 ❸ 翳（yì）形：隐形。

【原 文】

开成末，永兴坊百姓王

【译 文】

开成末年，永兴坊百姓王乙挖井，

乙掘井，过常井一丈余，无水。忽听向下有人语及鸡声，甚喧闹，近如隔壁。井匠惧，不敢掘。街司申金吾韦处仁将军[1]，韦以事涉怪异，不复奏，遽令塞之。据亡新求周秦故事[2]：谒者阁上得骊山本[3]，李斯领徒七十二万人作陵，凿之以章程[4]，三十七岁，固地中水泉，奏曰："已深已极，凿之不入，烧之不燃，叩之空空，如下天状。"抑知厚地之下，别有天地也。

深度已经超过正常的井一丈多，还不见出水。忽然听到下面有人的说话声及鸡叫声，很是喧闹，声音近得就像在隔壁。井匠很害怕，不敢再往下挖。街司把这事报给金吾卫韦处仁将军，韦将军认为此事怪异，就没向上奏报，急忙令人将井填上。据新莽年间寻求的周秦旧闻：有谒者在阁库中找到开凿骊山皇陵的奏章，说李斯带领被罚劳役的七十二万人在骊山修建陵墓，按预定方案进行开凿，到秦始皇三十七年，用金属溶液堵塞了地下的水泉，上奏说："已经挖到地下最深处，再也凿不动了，此处点火也不会燃烧，敲击则响声空空，就像已至地下的天。"因此知道厚厚的大地之下，另有一番天地。

注释

❶ 街司：负责街道管理的机构。金吾：职官名。负责皇帝和大臣的警卫、仪仗及徼巡京师、掌管治安的武职官员。 ❷ 亡新：指王莽建立的新朝。西汉末王莽篡权，改国号为新，故称。故事：掌故。 ❸ 骊山：位于今陕西西安临潼区东南。 ❹ 章程：制度，规定。

【原文】

大和三年，寿州虞候景乙[1]，京西防秋回[2]。其妻

【译文】

大和三年，寿州虞候景乙，从京城西面防秋前线回到家中。他妻子已经病了很

久病，才相见，遽言：“我半身被斫，去往东园矣，可速逐之。”乙大惊，因趣园中[3]。时昏黑，见一物长六尺余，状如婴儿，裸立，挈一竹器[4]。乙情急，将击之，物遂走，遗其器。乙就视，见其妻半身。乙惊倒，或亡所见。反视妻，自发际眉间及胸，有璺如指，映膜赤色。又谓乙曰：“可办乳二升，沃于园中所见物处。我前生为人后妻，节其子乳致死，因为所讼，冥断还其半身。向无君，则死矣。”

久，夫妻刚相见，妻子急忙说：“我的半个身体已被砍掉，带往东园了，你赶紧去追回。”景乙听了大吃一惊，就急忙跑去东园寻找。当时天色已黑，只见一个东西长六尺多，长得就像婴儿，裸身站在那里，拿着一件竹器。景乙情急之下，就要打它，那个怪物丢下竹器就跑了。景乙上前一看，竟然是他妻子的半个身子。景乙吓倒在地，忽然眼前的一切都不见了。回家看到妻子，只见妻子发际、眉间及胸部都有一条手指粗细的裂纹，其间隐约可见红色的血肉。妻子又对景乙说：“去弄两升乳汁，洒在东园中看见怪物的地方。我前生是别人的后妻，少给他孩子奶汁吃，把那孩子饿死了，因此被那孩子告发，阴司断案让我还给他半个身子。刚才若不是夫君在，我就死了。”

注释

❶寿州：今安徽寿县。虞候：职官名。唐代东宫置左、右虞候，位列诸率，掌侦伺察非。 ❷防秋：古代西北各游牧部落，往往趁秋高马肥时南侵。届时边军特加警卫，调兵防守，称为“防秋”。 ❸趣（cù）：赶快。 ❹挈（qiè）：提起。

【原文】

大和末，荆南松滋县

【译文】

大和末年，荆南郡松滋县南，有个

南[①]，有士人寄居亲故庄中肄业[②]。初到之夕，二更后，方张灯临案，忽有小人，才半寸，葛巾[③]，杖策入门[④]，谓士人曰："乍到无主人，当寂寞。"其声大如苍蝇。士人素有胆气，初若不见。乃登床，责曰："遽不存主客礼乎！"复升案窥书，诟骂不已，因覆砚于书上。士人不耐，以笔击之堕地，叫数声，出门而灭。顷有妇人四五，或姥或少，皆长一寸，呼曰："真官以君独学[⑤]，故令郎君言展[⑥]，且论精奥。何痴顽狂率[⑦]，辄致损害，今可见真官。"其来索续如蚁，状如驺卒，扑缘士人[⑧]。士人恍然若梦，因啮四肢，痛苦甚。复曰："汝不去，将损汝眼。"四五头遂上其面。士人惊惧，随出门。至堂东，遥望见一门绝小，如节使之门。士人乃叫："何物怪魅，敢凌人如此！"复被背且[⑨]，众啮之。恍惚间，已入小门内，见一人峨冠当殿，阶

读书人寄住在亲戚田庄上修习学业。刚到的那天晚上，二更以后，正点着灯坐在书桌前，忽然看见一个半寸长的小人，头戴葛布头巾，拄着拐杖走进门来，对他说："初来乍到没有主人相伴，有点寂寞吧。"那声音小得就像苍蝇叫。这个读书人向来有胆气，起先装作没看见。那小人就爬上床，责备道："怎么没有一点主客之礼呢？"又爬上桌子一边翻阅书卷，一边不停地辱骂，还把砚台扣到了书上。读书人不能忍受，用笔把他打到了地上，小人叫了几声，出门后就消失了。不一会儿来了四五个妇人，有老有少，都只一寸高，大声喊道："真官看你独自学习，所以叫公子来开导你，给你讲论高深的学问。你为何如此痴愚顽固、狂妄轻率，竟然伤害他，现在你得跟我们去见真官。"说话间，小人们络绎不绝，就像蚂蚁一般，都作车夫装束，纷纷扑向读书人。读书人恍惚有如梦中，只觉有人咬啮四肢，非常痛苦。小人们又说："你不去，我们就弄瞎你的眼睛。"说罢，四五个小人便爬上了读书人的脸。读书人又惊又怕，便随着他们出了门。到了堂屋的东面，远远地看见一个非常小的门，样式像节度使衙门所用。读书人于是大叫："什么妖怪鬼魅，竟如此欺负人！"接着就被推得跌跌撞撞，又有很多小人咬他。恍惚之间已进入小门内。只见一个人戴着高帽，坐在殿上，台阶

下侍卫千数，悉长寸余，叱士人曰：“吾怜汝独处，俾小儿往，何苦致害，罪当腰斩。”乃见数十人，悉持刀攘背迫之[10]。士人大惧，谢曰：“某愚呆，肉眼不识真宫，乞赐余生。”久乃曰：“且解知悔。”叱令曳出，不觉已在小门外。及归书堂，已五更矣，残灯犹在。及明，寻其踪迹，东壁古培下[11]，有小穴如栗，守宫出入焉[12]。士人即率数夫发之，深数丈，有守宫十余石。大者色赤，长尺许，盖其王也。壤土如楼状，士人聚苏焚之[13]。后亦无他。

下有几千侍卫，全都一寸多高，殿上那人叱责读书人说：“我可怜你独处无聊，让我的小儿前去相陪，你为何伤害他，按罪应该腰斩。”接着，看见数十人，全拿着刀上前推搡他。读书人很害怕，赔罪说：“我愚笨不知礼数，肉眼不识真官，恳请饶我一命。”过了很久，殿上的人才说：“既然你已悔过，姑且饶你一命。”喝令从人把他拉出去，读书人不知不觉已来到小门外。等回到书房，已经五更天了，残灯犹明。等到天亮，读书人寻找昨夜的踪迹，只见东墙陈土堆下，有一个栗子大小的洞口，有壁虎在此出入。读书人就雇了几个人开挖，挖到几丈深，就发现有十多石壁虎。其中有一个大壁虎，体色通红，长约一尺，应该就是壁虎王。它缩在楼台状的土堆里，读书人堆起柴草一把火烧个精光。以后没再发生其他怪事。

注释

❶松滋县：治今湖北松滋北。❷肄业：修习课业。❸葛巾：古时用葛布做的头巾。❹杖策：拄杖。❺真官：有职位的仙人。❻言展：犹申述。❼痴顽：愚蠢无知。狂率：狂妄轻率。❽扑缘：附着。❾趑且：即趑趄，犹豫不进貌。❿攘背：许本作“攘臂”，今据《四库全书》本、汲古阁本改。⓫培：小土丘。⓬守宫：即壁虎。因其常守伏于宫墙屋壁以捕食虫蛾，故名。⓭苏：柴草。

【原 文】

京宣平坊，有官人夜归入曲。有卖油者张帽，驱驴驮桶不避。导者搏之，头随而落，遂遽入一大宅门。官人异之，随入，至大槐树下遂灭。因告其家，即掘之。深数尺，其树根枯，下有大虾蟆如叠，挟二笔鎝[1]，树溜津满其中也。及巨白菌，如殿门浮沤钉[2]，其盖已落。虾蟆即驴矣，笔鎝乃油桶也，菌即其人也。里有沽[3]其油者月余，怪其油好而贱，及怪露，食者悉病呕泄。

【译 文】

京城宣平坊，有位官人夜里归来经过小巷。有一个卖油的戴着草帽，赶着驴驮着油桶没有避道。官人的前导上去打他，他的头应声而落，可他仍赶着驴子进入一个大宅门里。官人觉得奇怪，就跟了进去，到了大槐树下那人和驴都消失不见了。于是，官人把这件事告诉了这家的主人，主人立即命人挖掘。挖到几尺深时，树的枯根下有一只碟子大的蛤蟆，抱着两只笔套，笔套里灌满了槐树的津液。还有一枚巨大的白菌，就像殿门上的浮沤钉，菌盖已经脱落。原来蛤蟆就是驴，笔套就是油桶，白菌就是那个卖油的人。街上有人一个月前买了他的油，很奇怪他的油那么好而价钱又那么便宜。等到怪事败露，吃过那油的人全都上吐下泻。

注 释

❶ 笔鎝（tà）：笔套。 ❷ 浮沤钉：门上装饰用的突起钉状物，形似水上浮沤，故名。浮沤：水面上的泡沫。 ❸ 沽（gū）：买。

【原 文】

陵州龙兴寺僧惠恪[1]，不拘戒律，力举石臼。好客，往

【译 文】

陵州龙兴寺僧人惠恪，不遵守佛门戒律，力气很大能举起石臼。惠恪热情

来多依之。常夜会寺僧十余，设煎饼。二更，有巨手被毛如胡鹿[2]，大言曰："乞一煎饼。"众僧惊散，惟惠恪掇煎饼数枚，置其掌中。魅因合拳，僧遂极力急握之。魅哀祈，声甚切，惠恪呼家人斫之，及断，乃鸟一羽也。明日，随其血踪出寺，西南入溪，至一岩罅而灭[3]。惠恪率人发掘，乃一坑瑿石[4]。

好客，来往的人多投靠他。他曾在夜间请寺里的十几个僧人聚会，席上备有煎饼。二更时分，有一只长满毛就像箭袋的大手伸过来，大声说："给我一张煎饼。"众僧都吓跑了，只有惠恪拿起几张煎饼，放在怪物掌中。怪物合手握住煎饼，惠恪趁机用力抓住怪物的手。怪物苦苦哀求，声音十分恳切，惠恪招呼家人用刀砍这手，砍断一看，原来是一支鸟翅膀。第二天，沿着血迹出寺寻找，向西南过了小溪，到一岩缝前血迹就消失了。惠恪带人在此挖掘，挖出一坑黑色美石。

注释

❶陵州：今四川仁寿东。 ❷胡鹿：亦作"胡簏"，藏矢的器具。 ❸岩罅（xià）：岩石的缝隙。罅：缝隙。 ❹瑿（yī）：黑色美石。

【原文】

开成初，东市百姓丧父[1]，骑驴市凶具[2]。行百步，驴忽曰："我姓白名元通，负君家力已足，勿复骑我。南市卖麸家欠我五千四百[3]，我又负君钱，数亦如之，今可卖我。"其人惊异，即牵行。旋

【译文】

开成初年，长安东市有个百姓死了父亲，骑着驴去买丧葬品。走了一百多步，驴忽然说："我姓白名元通，欠你们家的脚力已经还够，不要再骑我了。南市卖麸子的人家欠我五千四百文钱，我又欠你们家的钱，数目一样，现在可以把我卖了抵账。"那人听了很吃惊，就牵着驴向前走。随即打听有没有买驴

访主卖之，驴甚壮，报价只及五千。诣麸行，乃还五千四百，因卖之。两宿而死。

的，驴很健壮，但买主报价只有五千。到了麸行，价格还到五千四百文，便卖了它。过了两晚，驴就死了。

注释

❶ 东市：长安城东市。 ❷ 市：买。凶具：棺材。 ❸ 麸（fū）：麸子，也叫麸皮。小麦磨面后筛剩下的碎皮。

【原文】

郓州阚司仓者[①]，家在荆州。其女乳母钮氏有一子，妻爱之，与其子均焉，衣物饮食悉等。忽一日，妻偶得林檎一蒂[②]，戏与己子。乳母乃怒曰："小娘子成长，忘我矣。常有物与我子停[③]，今何容偏？"因啮吻攘臂，再三反覆主人之子[④]。一家惊怖，逐夺之。其子状貌长短，正与乳母儿不下也。妻知其怪，谢之。钮氏复手簸主人之子[⑤]，始如旧矣。阚为灾祥，密令人持镬暗击之[⑥]，正当其脑，骍然反中门扇[⑦]。钮大怒，诟阚曰：

【译文】

郓州有个阚司仓，家业安在荆州。他女儿的乳母钮氏有一个孩子，阚妻很喜爱此子，与自己的孩子同等对待，衣物饮食上两个孩子都一样。忽然有一天，阚妻偶然得到一个沙果，随手给了自己的孩子玩。乳母就发怒说："小姑娘长大了，主母就忘了我了。以前有东西都与我孩子平分，今天怎能容你偏心？"气得咬牙切齿，揎拳捋袖，再三颠弄阚家的孩子。阚司仓家人又惊又怕，就抢回孩子。却发现女儿的身高样貌，变得与乳母的孩子不相上下。阚妻知道是乳母作怪，就向乳母道歉。乳母就又用手轻轻摇动阚家的孩子，阚家的孩子才恢复成从前的模样。阚司仓认为乳母是个祸害，密令家奴拿镬头偷偷打她，家奴照准乳母的脑袋打下去，当的一声反弹回来打中了门板。钮氏大怒，

“尔如此，勿悔!”阚知无可奈何，与妻拜祈之，怒方解。钮至今尚在，其家敬之如神，更有事甚多矣。

辱骂阚司仓说：“你这样，可别后悔!”阚司仓知道奈何不了她，就与妻子下跪乞求乳母，钮氏的怒气方消。钮氏至今还在阚家，阚家人对她敬之如神，关于她的事还有很多。

注释

❶ 郓州：治在今山东东平西北。 ❷ 林檎：又名花红。落叶小乔木，果实卵形或近球形，像苹果而小。 ❸ 停：平分。 ❹ 反覆：翻转，颠弄。 ❺ 簸：摇动。 ❻ 镢（jué）：镢头，一种形似镐的刨土农具。 ❼ 騞（huō）然：以刀裂物声。

【原 文】

荆州处士侯又玄，常出郊，厕于荒冢上。及下，跌伤其肘，疮甚。行数百步，逢一老人，问：“何所苦也?”又玄见其肘。老人言：“偶有良药，可封之，十日不开，必愈。”又玄如其言。及解视之，一臂遂落。又玄兄弟五六互病，病必出血月余。又玄兄两臂忽病疮六七处，小者如榆钱，大者如钱，皆人面，至死不差。时荆秀才杜晔，话此事

【译 文】

荆州处士侯又玄，一次去郊外，在荒坟上如厕。他下来时，跌了一跤摔伤了肘部，伤势很重。走出几百步远，遇见一位老人，问他：“为什么这般痛苦?”侯又玄把自己受伤的肘部给老人看。老人说：“我正好有良药，涂在伤口上包扎好，十日之内不要打开，一定能好。”侯又玄按照老人说的涂上药包扎好。等十天后拆开时，整只臂膊掉在了地上。侯又玄弟兄五六人陆续都病了，得病后必流一个多月的血。侯又玄的哥哥两臂上忽然长了六七处疮，小的像榆钱，大的如铜钱，都是人脸模样，到死也没痊愈。当时荆州秀才杜晔，与

于座客。

客人闲聊时讲过这事。

【原 文】

许卑山人言：江左数十年前[1]，有商人，左膊上有疮，如人面，亦无他苦。商人戏滴酒口中，其面亦赤。以物食之，凡物必食，食多，觉膊内肉涨起，疑胃在其中也。或不食之，则一臂痹焉[2]。有善医者，教其历试诸药，金石草木悉与之。至贝母[3]，其疮乃聚眉闭口。商人喜曰："此药必治也。"因以小苇筒毁其口，灌之。数日成痂，遂愈。

【译 文】

许卑山人说：几十年前，江南有一位商人左臂上长了个疮，疮疡面像人脸，也没别的什么痛苦。商人开玩笑地把酒滴进它口中，它的脸也会变红。喂给它食物，它什么都吃，吃多了，商人便感觉臂膊的肉发胀，怀疑它的胃在臂膊。如不给它食物吃，这胳臂就会麻木。有位擅长医术的人，让他把金石草木各种药物依次试着给它吃。试到贝母时，人面疮就皱着眉头闭上嘴巴。商人高兴地说："这味药一定能治好。"于是用小芦苇管装好药，撬开它的嘴把药灌进去。几天后，疮面结痂，就痊愈了。

注 释

❶江左：古时在地理上以东为左，江左也叫"江东"，指长江下游南岸地区。 ❷痹：麻木。 ❸贝母：植物名。多年生草本植物。鳞茎可入药，亦称"川贝"，有清热润肺、止咳化痰等作用。

【原 文】

工部员外张周封言：今年

【译 文】

工部员外郎张周封说：今年春天，

春，拜扫假回[①]，至湖城逆旅[②]，说去年秋有河北军将过此，至郊外数里，忽有旋风如斗器，常起于马前。军将以鞭击之，转大。遂旋马首，鬣起如植。军将惧，下马观之，觉鬣长数尺，中有细绠如红线。马时人立嘶鸣，军将怒，乃取佩刀拂之，风因散灭，马亦死。军将割马腹视之，腹中亦无伤[③]，不知是何怪也。

我请假回家扫墓，途经湖城旅店。听说去年秋天曾有一位河北道军将经过这里，行到郊外几里地时，忽然有形如漏斗的旋风在马前刮起。军将用鞭子打它，旋风变得更大了。旋风笼罩着马头，马的鬃毛都一根根直立起来。军将很害怕，下马察看，发现马的鬃毛长了几尺，中间有一根细绳犹如红线。马不时直立嘶鸣，军将大怒，取出佩刀向旋风砍去。旋风因而散灭，马也死了。军将剖开马肚子一看，里面已经没有肠子了，不知道是什么怪物在作祟。

注释

❶ 拜扫：扫墓，上坟。 ❷ 湖城：今河南灵宝西北。 ❸ 亦无伤：别本或作“已无肠”。

时习文库

酉阳杂俎

下

〔唐〕段成式 著

杜斌 杜贵晨 译注

齊魯書社

·济南·

前集卷十六

广动植之一

并 序

【原 文】

成式以天地间，造化所产①，突而旋成形者，樊然矣②，故《山海经》《尔雅》所不能究。因拾前儒所著，有草木禽鱼未列经史，或经史已载，事未悉者，或接诸耳目，简编所无者③，作《广动植》，冀揞土培丘陵之学也④。昔曹丕著论于火布⑤，滕脩献疑于虾须⑥，蔡谟不识彭蜞⑦，刘縚误呼荔挺⑧，至今可笑，学者岂容略乎？

【译 文】

我认为，天地造化孕育万物，猝然成形者多而杂，所以《山海经》《尔雅》也不能穷究。因而检寻先贤著作，其中有草木禽鱼未列入典籍，或是典籍已记载但记录不全，或是耳闻目睹而典籍没有记载的，编次成《广动植》，希望能对动植之学略尽绵力。当年曹丕《典论》否定火浣布的存在，滕脩不相信有丈长的虾须，蔡谟不认得彭蜞，刘縚混淆了荔挺与马苋，至今传为笑谈，治学的人对这方面的知识又岂能忽略呢？

注 释

❶ 造化：创造化育，也指自然。 ❷ 樊然：纷乱貌。 ❸ 简编：指典籍。

❹ 土培丘陵之学：谓动植之学，因动、植皆生于地，故名。 ❺ 火布：即火浣布，石棉布的古称。 ❻ 滕脩：南阳西鄂（今河南南阳北）人。三国吴孙皓时曾任广州刺史。 ❼ 彭蜞：动物名。似蟹而小。 ❽ 荔挺：草名。形似蒲而小，根可制刷。

总 叙

【原 文】

羽嘉生飞龙[①]，飞龙生凤，凤生鸾[②]，鸾生庶鸟[③]。应龙生建马[④]，建马生骐驎[⑤]，骐驎生庶兽[⑥]。介鳞生蛟龙[⑦]，蛟龙生鲲鲠[⑧]，鲲鲠生建邪[⑨]，建邪生庶鱼[⑩]。介潭生先龙[⑪]，先龙生玄鼋[⑫]，玄鼋生灵龟，灵龟生庶龟。日冯生玄阳阏[⑬]，玄阳阏生鳞胎，鳞胎生干木，干木生庶木。招摇生程若[⑭]，程若生玄玉，玄玉生醴泉，醴泉生应黄，应黄生黄华，黄华生庶草。海闾生屈龙[⑮]，屈龙生容华，容华生蔈，蔈生藻[⑯]，藻生浮草。甲虫影伏[⑰]，羽虫体伏。食草者多力而愚，食肉者勇敢而悍。龁吞者八窍而卵生[⑱]，咀嚼者九窍而胎生[⑲]。无角者膏而无前齿，有角者脂而无

【译 文】

羽嘉生飞龙，飞龙生凤，凤生鸾，鸾生庶鸟。应龙生建马，建马生麒麟，麒麟生庶兽。介鳞生蛟龙，蛟龙生鲲鲠，鲲鲠生建邪，建邪生庶鱼。介潭生先龙，先龙生玄鼋，玄鼋生灵龟，灵龟生庶龟。日冯生玄阳阏，玄阳阏生鳞胎，鳞胎生干木，干木生庶木。招摇生程若，程若生玄玉，玄玉生醴泉，醴泉生应黄，应黄生黄华，黄华生庶草。海闾生屈龙，屈龙生容华，容华生蔈，蔈生藻，藻生浮草。甲虫利用日光孵化，羽虫利用身体孵化。食草动物力大而愚笨，食肉动物勇猛而强悍。吞食类动物身有八窍而卵生，咀嚼类动物身有九窍而胎生。不长角的动物脂肪凝结不生前齿，长角的动物脂肪松散不生后齿。吃叶子的动物会吐丝，吃土的动物不用呼吸。只进食而不饮水的是蚕，只饮水而不进食的是蝉，不吃不喝的是

后齿。食叶者有丝，食土者不息[20]。食而不饮者蚕，饮而不食者蝉，不饮不食者蜉蝣[21]。蚓属却行[22]，蛇属纡行[23]。蜻蛚属注鸣[24]，蜩属旁鸣[25]，发皇翼鸣[26]，蚣蝑股鸣[27]，荣原胸鸣[28]。蜩三十日而死。鳣鱼三月上官于孟津[29]。鹧鸪向日飞[30]。鳊与鳖鱼[31]，车螯与移角[32]，并相似。凤，雄鸣节节，雌鸣足足，行鸣曰归嬉，止鸣曰提扶。麒麟，牡鸣曰逝圣，牝鸣曰归和，春鸣曰扶幼，夏鸣曰养绥。鳖无耳为守神。虎五指为貙[33]。鱼满三百六十，则为蛟龙，引飞去水。鱼二千斤为蛟。武阳小鱼[34]，一斤千头。东海大鱼，瞳子大如三斗盎[35]。桃支竹以四寸为一节[36]，木瓜一尺一百二十一节[37]。木兰去皮不死[38]，荆木心方。蛇有水、草、木、土四种。孔雀尾端一寸名珠毛。鹤左右脚里第一指名兵爪。蜀郡无兔、鸽。江南无狼、马。朱提以南无鸠鹊[39]。鸟有四千五百种，兽有二千四百种。鸮[40]，楚鸠所生。骡不滋乳。蔡

蜉蝣。蚯蚓类倒着爬行，蛇类迂回着爬行。蟋蟀类用嘴发声，蝉类两胁发声，金龟子振动翅膀发声，螽斯以腿部发声，蝾螈以胸部发声。蝉活三十天就死。鲟鳇鱼在三月份溯游至孟津停留。鹧鸪向着太阳飞。鳊与鲫鱼，车螯与移角，都很相似。凤凰，雄性鸣叫声是节节，雌性鸣叫声是足足，飞行时的鸣叫声是归嬉，栖息时的鸣叫声是提扶。麒麟，雄性鸣叫声是逝圣，雌性鸣叫声是归和，春天时的鸣叫声是扶幼，夏天时的鸣叫声是养绥。无耳之鳖称为守神。老虎有五个脚趾者为貙。鱼儿满三百六十年，就化为蛟龙，离水飞去。鱼儿长到两千斤就化为蛟。武阳的小鱼，一斤有一千头。东海的大鱼，瞳仁有三斗的盎那么大。桃支竹四寸为一节，木瓜一尺有一百二十一节。木兰剥去树皮不会死，荆树的树心是方形的。蛇有水、草、木、土四种。孔雀尾羽末梢一寸叫珠毛。鹤的左右脚中第一个脚趾叫兵爪。蜀郡没有兔子、鸽子。江南没有狼、马。朱提以南没有鸠、鹊。鸟有四千五百种，兽有二千四百种。猫头鹰，是楚地鸠鸟的后代。骡子不能生育。蔡中郎认为反舌是虾蟆，《淮南子》认为蛩是蛾蠓，《诗经》孔颖达疏证把蠡

中郎以反舌为虾蟆[41]，《淮南子》以蛩为蟙蠓[42]，《诗》义以螽为蝼蛄[43]，高诱以乾鹊为蟋蟀[44]。兔吐子，鸬鹚吐雏[45]。瓜瓠子曰犀，胡桃人曰虾蟆。虾蟆无肠。龟肠属于头。科斗尾脱则足生。鸟兽未孕者为禽，鸟养子曰乳。蛇蟠向壬[46]，鹊巢背太岁，燕伏戊己[47]，虎奋冲破。乾鹊知来，猩猩知往。鹳影抱[48]，虾蟆声抱。蝉化齐后[49]，鸟生杜宇[50]。椰子为越王头[51]，壶楼为杜预项[52]。鹧鸪鸣曰"向南不北"，逃间鸣"悬壶卢系颈"[53]。豆以二七为族，粟累十二为寸。

解释为蝼蛄，高诱认为乾鹊就是蟋蟀。兔子生崽从嘴中吐出，鸬鹚生雏鸟也是从嘴中吐出。葫芦的籽叫犀，核桃仁又叫虾蟆。虾蟆没有肠子。龟的肠子长在头部。蝌蚪的尾巴脱落便会长出脚。没有孕育的鸟兽称为禽，鸟哺育雏鸟称为乳。蛇盘屈时头朝向北方，鹊巢背向太岁方向，燕子在戊日、己日不会衔泥筑巢，老虎奋身奔跑时不拐弯，喜鹊能预知未来，猩猩熟知过往。鹳凭借影子相接受孕，虾蟆凭借鸣叫受孕。齐国王后死后化为蝉，杜宇死后化为杜鹃鸟。椰子又叫越王头，葫芦又叫杜预项。鹧鸪的叫声是"向南不北"，逃间的叫声是"悬壶卢系颈"。豆类以十四颗为一荚，十二粒粟为一寸。

注释

❶ 羽嘉：传说中飞行动物的远祖。 ❷ 鸾：传说中凤凰一类的鸟。 ❸ 庶鸟：指凡鸟，普通的鸟。 ❹ 应龙：传说中一种有翼的龙。 ❺ 骐驎：即麒麟。传说中的兽名。 ❻ 庶兽：传说中的异兽名。 ❼ 介鳞：传说中鱼类的祖先。❽ 鲲鲠：传说中的蛟龙类动物。 ❾ 建邪：传说中的鳞虫类动物。 ❿ 庶鱼：传说中的鳞虫类动物。 ⓫ 介潭：传说为有鳞甲动物的祖先。先龙：传说中的龙名。 ⓬ 玄鼋（yuán）：介于鳖、龙的神秘生物。 ⓭ 日冯（píng）：传说为树木的祖先。 ⓮ 招摇：传说中的草类祖先。程若：草名。 ⓯ 海闾：浮藻类之先。 ⓰ 蔈：浮萍。 ⓱ 甲虫：泛指有甲壳的动物。影伏：龟产卵于近水洞穴，使其在一定的湿度和温度条件下发育化生。因其不由母体伏卵孵化，故称

影伏。 ⑱龁（hé）：咬。八窍：眼、耳、鼻、口为七窍，生殖孔、排泄孔合为一窍，共为八窍。 ⑲九窍：指耳、目、口、鼻及尿道、肛门，共九个孔道。⑳不息：不用呼吸。 ㉑蜉蝣：虫名。生存期极短，成虫往往活不到一天。㉒蚓：蚯蚓之类。却行：倒退而行。 ㉓纡行：曲折而行。 ㉔蜻蛚：蟋蟀。注（zhòu）：嘴。 ㉕蜩（tiáo）：蝉。 ㉖发皇：即金龟子。 ㉗蚣蝑（zhōngxū）：虫名。即螽斯。 ㉘荣原：即蝾螈。两栖动物，状如蜥蜴，头扁，背黑色，腹朱红色有黑斑，四肢短，尾侧扁。 ㉙鳣鱼：即鲟鳇鱼。官：通“馆”，停留。孟津：古渡口。在今河南孟州西南。 ㉚鹧鸪：一种善鸣的鸟类。㉛鳊：即鳊鱼。 ㉜车螯：蛤的一种。璀璨如玉，有斑点。肉可食。肉壳皆入药。自古即为海味珍品。移角：水生动物的一种，与车螯相似。 ㉝貙（chū）：一种猛兽。形大如狗，毛纹似狸。 ㉞武阳：今四川眉山彭山区。 ㉟盎：古代一种腹大口小的器皿。 ㊱桃支竹：即桃枝竹。竹的一种。 ㊲木瓜：落叶灌木或小乔木，叶为椭圆形，春末夏初开花，花淡红色。果实为长椭圆形，色黄而香，味酸涩，经蒸煮或蜜渍后供食用，可入药。 ㊳木兰：香木名。又名杜兰、林兰。皮似桂而香，状如楠树。 ㊴朱提：山名。在云南昭通。以出产白银闻名。 ㊵鸮（xiāo）：猫头鹰。 ㊶蔡中郎：即蔡邕，字伯喈。陈留圉（今河南杞县）人。东汉文学家、书法家。董卓掌权时，曾任左中郎将等职，世称“蔡中郎”。反舌：即百舌鸟。 ㊷《淮南子》：又名《淮南鸿烈》等。该书为淮南王刘安及其门客收集史料集体编写而成的一部哲学著作，因淮南王刘安主持撰写而得名。蛩（qióng）：蝗虫。蠛蠓（mièměng）：虫名。体微细，将雨，群飞塞路。 ㊸蟊（máo）：吃苗根的害虫。蝼蛄：一种害虫。生活在泥土中，昼伏夜出，吃农作物嫩茎。 ㊹高诱：东汉学者，涿郡涿（今河北涿州）人。少时受学于卢植。著有《孟子章句》《孝经注》《淮南子注》等。乾鹊：喜鹊。其性好晴，其声清亮，故名。 ㊺鸬鹚：水鸟名，俗称“鱼鹰”。羽毛黑色，善捕鱼。 ㊻蛇蟠：蛇盘曲。壬：北方。 ㊼燕伏戊己：燕子在戊日、己日会蛰伏起来，不再衔泥筑巢。 ㊽鹳：鸟名。外形像鹤亦像鹭，嘴长而直，生活在水边，吃鱼、虾等。抱：孵化，生育。 ㊾蝉化齐后：马缟《中华古今注》载，“问：‘蝉曰齐女，何也？’答曰：‘昔齐后忿而死，尸变为蝉，登庭树嘒唳而鸣，王悔恨，故世名蝉为齐女焉。’” ㊿杜宇：传说中的古代蜀国国王。相传，周代末年，杜宇在蜀称望帝，好稼穑，治郫城。后望帝死，其魂化为鸟，名曰杜鹃。 ㉛ 椰子为越王头：晋嵇含《南方草木状》载，“（椰树）其实大如寒瓜……有浆，饮之得醉。俗谓之越王头云。昔林邑王与越王有故怨，遣侠客刺得其首，悬之于树，俄化为椰子。林邑王愤之，命剖以为饮器。南人至今效之。当刺时，越王大醉，故其浆犹如酒云”。 ㉜ 壶楼为杜预项：《晋书·杜预传》载，“初，攻江陵，吴人知预病瘿，惮其智计，以瓠系狗颈示之。每大树似瘿，辄斫使白，题曰‘杜预颈’。及城平，尽捕杀之”。壶楼：葫芦。㉝ 逃閰：疑为“逃河”，鹈鹕的别名。

【原 文】

人参处处生，兰长生为瑞。有实曰果。又在木曰果。小麦忌戌，大麦忌子。荠、葶苈、菥蓂为三叶①，孟夏煞之②。乌头壳外有毛③，石蚨应节生花④。木再花，夏有雹。李再花，秋大霜。木无故丛生，枝尽向下，又生及一尺至一丈自死，皆凶。邑中终岁无鸟，有寇。郡中忽无鸟者，日乌亡。鸡无故自飞去，家有蛊。鸡日中不下树，妻妾奸谋。见蛇交，三年死。蛇冬见寝室，主急兵。人夜卧无故失髻者⑤，鼠妖也。屋柱木无故生芝者，白为丧，赤为血，黑为贼，黄为喜。其形如人面者

【译 文】

人参遍地，兰长生不死，都是祥瑞。结的子实叫果。又，结在树上的也叫果。小麦耕种忌戌日，大麦耕种忌子日。荠菜、葶苈、菥蓂为三种野菜，至孟夏就会枯死。乌头壳外面有毛，石蚨应节而生花。树木一年开两次花，夏天就会有冰雹。李树一年开两次花，秋天就会有大霜。树木无故丛生，枝条都向下垂，以及树长到一尺至一丈时自然枯死，都是凶兆。城中一年都没有鸟出现，预示有敌寇入侵。郡中忽然无鸟，是日食的前兆。鸡无故自行飞走，说明家里有蛊。到了中午，鸡还不下树，说明妻妾有奸情。看见蛇交配者，三年内就会死。冬天蛇出现在国君的寝官，预示军情紧急。人晚上睡觉无故丢失发髻，是鼠妖作怪。房屋柱木无故长出菌芝，若呈白色则将有丧事，若呈红色则将有血光之灾，若呈黑色则将有盗贼出现，若呈黄色则将有喜事。如果菌芝的

亡财，如牛马者远役，如龟蛇者田蚕耗。德及幽隐，则比目鱼至。妾媵有制[⑥]，则白燕来巢。山上有葱，下有银。山上有薤[⑦]，下有金。山上有姜，下有铜锡。山有宝玉，木旁枝皆下垂，谓之宝苗。

形状像人脸预示破财，像牛马预示去远方服役，像龟蛇不利农桑。国君德泽被及远僻之地，则比目鱼不招而至。妻妾尊卑有序，则白燕飞入宅中筑巢。山上长有葱，下面有银矿。山上长有薤，下面有金矿。山上长有姜，地下有铜锡矿。山中有宝玉，枝丫便会下垂，叫宝苗。

注释

❶荠：荠菜。葶苈（tínglì）：一年生或二年生草本植物，为原野杂草，种子可入药。菥蓂（xīmì）：即遏蓝菜。种子或全草入药，嫩苗可作野菜。❷孟夏：夏季的第一个月。即农历四月。❸乌头：多年生草本植物。花供观赏，有大毒。野生乌头的主根称“草乌”，侧根称“附子”。❹石蛣（jié）：即石蜐。形似龟脚，为节肢动物，多固着在高潮线附近的岩缝中。肉味鲜美。❺髻：发髻。❻妾媵（yìng）：古代诸侯嫁女，以侄娣从嫁，称媵。后因以“妾媵”泛指侍妾。❼薤（xiè）：多年生草本植物。鳞茎可为蔬菜。

【原文】

葛稚川尝就上林令鱼泉[①]，得朝臣所上草木名二千余种。邻人石琼就之求借，一皆遗弃。语曰：“买鱼得鱮[②]，不如食茹。”“宁去累世宅，不去鲫鱼额[③]。”“洛鲤伊鲂，贵于牛羊。”“得合涧蛎，虽不足豪，亦足以高。”

【译文】

刘歆曾在上林令虞渊那里，抄得朝臣进献的两千多种草木名。邻居石琼找他借阅，结果全弄丢了。谚语说：“买鱼买到了鲢鱼，不如吃素。”“宁可舍弃祖宅，不能丢掉鲫鱼头。”“洛河的鲤鱼和伊河的鲂鱼，价格比牛羊还贵。”“得到合涧的牡蛎，虽不是获得珍宝，也足以夸耀。”“槟

"槟榔扶留[4]，可以忘忧。""白马甜榴，一实直牛[5]。""草木晖晖，苍黄乱飞。"

榔与扶留一起吃，可以忘却忧愁。""白马寺的甜石榴，一颗价值一头牛。""草木明媚，群鸟乱飞。"

注释

❶ 葛稚川：即葛洪，东晋道教学者、医学家。字稚川，号抱朴子。丹阳句容（今属江苏）人。著有《抱朴子》《肘后备急方》《神仙传》等。上林令：职官名。掌上林苑中禽兽宫馆之事。鱼泉：即虞渊，因避唐高祖李渊及代宗李豫讳改。 ❷ 鱮（xù）：古指鲢鱼。 ❸ 鮆（zhì）：鲚鱼。 ❹ 扶留：植物名。藤属。叶可与槟榔并食。实如桑椹而长，名蒟，可为酱。 ❺ 白马：即洛阳白马寺。直：通"值"。

羽篇

【原文】

凤。骨黑，雄雌夕旦鸣各异。黄帝使伶伦制十二籥写之[1]，其雄声，其雌音。药有凤凰台[2]，此凤脚下物如白石者。凤有时来仪，候其所止处，掘深三尺，有圆石如卵，正白，服之安心神。

【译文】

凤凰。骨骼为黑色，雄鸟、雌鸟在黄昏和清晨的鸣叫声各不相同。黄帝命令伶伦模仿凤鸣制作十二支龠，将雄凤鸣声制为六声，将雌凤和声制为六音。有一种药叫凤凰台，这是凤凰栖息时脚下像白石的东西。凤凰有时来到，等它飞走后，在它落脚处挖地三尺，可见一种像卵的圆石，纯白色，服食后可安定心神。

注释

❶伶伦：传说为黄帝时的乐官。古以为乐律的创始者。籥（yuè）：同“龠”。管乐器。 ❷凤凰台：药物名。味辛平，无毒。主劳损积血，利血脉，安神。

【原文】

孔雀。释氏书言：“孔雀因雷声而孕。”

【译文】

孔雀。佛经上说：“孔雀听到雷声而受孕。”

【原文】

鹳。江淮谓群鹳旋飞为鹳井。鹤亦好旋飞，必有风雨。人探巢取鹳子，六十里旱。能群飞，薄霄激雨，雨为之散。

【译文】

鹳。江淮一带把群鹳盘旋飞舞时的形态称为鹳井。鹤也喜欢盘旋飞舞，但其盘旋飞舞预示有风雨来临。人如果捉走鹳巢中的雏鸟，方圆六十里将会大旱。鹳鸟群飞，可迫近云霄，瓦解雨云，天就不会下雨。

【原文】

乌。鸣地上无好声。人临行，乌鸣而前引，多喜，此旧占所不载。贞元四年，郑、汴二州群乌①，飞入田绪、李纳境内②，衔木为城，高至二三

【译文】

乌鸦。在地上聒噪不是吉兆。人要出行时，乌鸦啼鸣并在前面引导，多为喜兆，这一征候未被以前的占验书记载。贞元四年，郑州、汴州两地成群的乌鸦，飞入田绪、李纳的辖境，衔来树枝筑城，城高二三尺，方圆十多里。李纳、田绪

尺，方十余里。纳、绪恶而命焚之，信宿如旧，乌口皆流血。俗候乌飞翅重，天将雨。

很嫌恶，命人焚烧，过了两天木城又照原样筑起，乌鸦的嘴边都流血了。民间认为，乌鸦低飞，代表天将下雨。

注 释

❶ 郑：今河南郑州。汴：汴州。今河南开封。 ❷ 田绪：平州卢龙（今属河北）人。田承嗣第六子。唐德宗时授魏博节度使，后尚嘉诚公主，加驸马都尉，寻封雁门郡王。李纳：唐高丽人。平卢淄青节度使，封陇西郡王。

【原 文】

鹊。巢中必有梁。崔圆相公妻在家时[1]，与姊妹戏于后园，见二鹊构巢[2]，共衔一木，如笔管，长尺余，安巢中。众悉不见。俗言见鹊上梁，必贵。大历八年，乾陵上仙观天尊殿[3]，有双鹊衔柴及泥，补葺隙坏一十五处。宰臣上表贺。贞元三年，中书省梧桐树上，有鹊以泥为巢。焚其巢，可禳狐魅[4]。

【译 文】

鹊。鹊巢中一定有横梁。崔圆相公的夫人未出嫁时，与姐妹在后园嬉戏，看见一对喜鹊构木筑巢，合力衔着一根粗如笔管、长一尺的木棍，安放到巢中。其他姐妹都没有看到。俗话说，看见喜鹊上梁的人，必定富贵。大历八年，乾陵上仙观天尊殿，有一对喜鹊衔着柴棍及泥土，修补了十五处大殿裂缝。宰相上表称贺。贞元三年，中书省梧桐树上，有只喜鹊衔泥筑巢。焚烧鹊巢，可以禳除狐魅。

注 释

❶ 在家：指未出嫁时。 ❷ 构巢：构木为巢。 ❸ 乾陵：唐高宗李治和女

皇武则天的合葬陵。位于今陕西乾县梁山。 ❹禳（ráng）：祭祷消灾。

【原文】

燕。凡狐白、貉、鼠之类[1]，燕见之则毛脱。或言燕蛰于水底[2]。旧说燕不入室，是井之虚也。取桐为男女各一，投井中，燕必来。胸斑黑，声大，名胡燕。其巢有容匹素者[3]。

【译文】

燕。凡是狐狸、貉、老鼠之类的动物，燕子见到它们，羽毛就会脱落。有人说燕子能潜伏水底。老话说，燕子不入室做窝，是因为井里虚无一物。取桐木雕刻为男女人偶各一，投入井中，燕子必来。胸口有黑色斑纹、啼声洪亮者，是胡燕。胡燕巢有的能容下一匹白绢。

注释

❶狐白：狐狸腋下的白毛皮。此处代指狐狸。貉（hé）：即狸。 ❷蛰：潜伏。 ❸匹素：白色的绢。

【原文】

雀。释氏书言："雀沙生，因浴沙尘受卵[1]。"蜀吊鸟山[2]，至雉雀来吊，最悲。百姓夜燃火，伺取之。无嗉不食[3]，似特悲者，以为义，则不杀。

【译文】

雀。佛经上说："雀类沙生，因为雀在风沙中高下翻飞时会自然受孕。"蜀地有座吊鸟山，雉雀来吊唁凤凰时，最为悲切。百姓便在夜间点燃火把，伺机捕捉来吊唁的群鸟。雉雀没有嗉囊，不吃食，似乎特别悲伤，百姓认为它是义雀，就不杀它。

注释

❶ 浴：鸟飞忽上忽下貌。 ❷ 吊鸟山：在今云南洱源南部凤羽乡。每年群鸟来集，当地群众夜间燃火取鸟。传言有凤凰死于此山，群鸟定期飞来，啾鸣相吊。 ❸ 嗉（sù）：嗉囊。鸟类食管后段的扩大部分，用来贮存食物，并对其初步浸解。

【原文】

鸽。大理丞郑复礼言：波斯舶上多养鸽。鸽能飞，行数千里辄放一只至家，以为平安信。

【译文】

鸽。大理丞郑复礼说：波斯的商船上大都养着鸽子。鸽子能长途飞行，船每行几千里，就放一只鸽子回家，用来给家人报平安。

【原文】

鸚鹉。能飞。众鸟趾前三后一，唯鸚鹉四趾齐分。凡鸟下睑眨上[1]，独此鸟两睑俱动，如人目。玄宗时，有五色鸚鹉能言，上令左右试牵帝衣，鸟辄瞋目叱咤[2]。岐府文学能延京[3]，献《鸚鹉篇》以赞其事。张燕公有表贺，称为时乐鸟。

【译文】

鸚鹉。善飞。其他鸟类的爪趾都是前三后一，只有鸚鹉是四个爪趾平分。一般来说，鸟类眨眼都是下眼皮动，只有鸚鹉眨眼时上下眼皮都动，就像人的眼睛。唐玄宗时，宫中有只五色鸚鹉会说话，玄宗让左右侍从拉扯自己的衣服，鸚鹉就瞪着眼睛大声呵斥侍从。岐王府文学能延京，进献《鸚鹉篇》以颂扬其事。张燕公上表道贺，称这只鸚鹉为时乐鸟。

注释

❶ 睑（jiǎn）：眼皮。 ❷ 瞋（chēn）目：瞪大眼睛。叱咤：呵斥。 ❸ 岐府：岐王府。岐王：即李范，唐睿宗李旦第四子。

【原文】

杜鹃。始阳相催而鸣[1]，先鸣者吐血死。尝有人山行，见一群寂然，聊学其声，即死。初鸣，先听其声者，主离别。厕上听其声，不祥。厌之法当为犬声应之。

【译文】

杜鹃。每到初春就相互催促着鸣叫，最先鸣叫的杜鹃就会吐血而死。曾经有个人在山中行走，看见一群杜鹃静静地栖息在那里，他就学杜鹃鸣叫，结果当场就死了。杜鹃初次鸣叫，最先听到的人意味着别离。如厕时听到杜鹃鸣叫，也不吉利。禳解的方法是学狗叫予以回应。

注释

❶ 始阳：阳春之始，初春。

【原文】

雊鹆[1]。旧言可使取火。效人言，胜鹦鹉。取其目睛，和人乳研，滴眼中，能见烟霄外物也。

【译文】

雊鹆。传说可以令其取火。会学人说话，胜过鹦鹉。取雊鹆的眼珠，和人乳研磨，滴在眼睛里，能隔着烟雾看清东西。

注释

❶ 雊鹆（gòuyù）：即八哥。

【原文】

鹅。济南郡张公城西北有鹅浦[①]。南燕世[②]，有渔人居水侧，常听鹅之声。众中有铃声甚清亮，候之，见一鹅，咽颈极长，罗得之。项上有铜铃，缀以银锁，隐起“元鼎元年”字[③]。

【译文】

鹅。济南郡张公城西北有个地方叫鹅浦。南燕时，有个渔人住在水边，经常听到鹅的叫声。嚷乱的叫声中夹杂着很清亮的铃声，渔人就在旁边守候，看见一只鹅，脖颈极长，于是张设罗网捕捉。鹅的脖子上有只铜铃，铜铃上还缀着一把银锁，隐然可见“元鼎元年”四字。

注释

❶ 济南郡张公城：在今山东平原南。 ❷ 南燕：十六国之一，鲜卑慕容德所建，初都滑台（今河南滑县东南），后迁广固城（今山东青州西北），拥有今山东、河南的部分地区。 ❸ 元鼎：汉武帝刘彻年号。

【原文】

晋时，营道县令何潜之[①]，于县界得鸟，大如白鹭，膝上髀下自然有铜镮贯之[②]。

【译文】

晋朝时，营道县令何潜之，在县界捉到一只鸟，大小如同白鹭，膝与大腿间天然有铜环贯穿。

注 释

❶ 营道县：在今湖南宁远南偏东。 ❷ 髀（bì）：大腿骨，股部。

【原 文】

鵁鶄[1]。旧言辟火灾。巢于高树，生子穴中，衔其母翅飞下养之。

【译 文】

鵁鶄。旧时说其能避火灾。这种鸟在高树上筑巢，在巢穴里产卵，幼鸟衔着母鸟的翅膀飞到地面觅食。

注 释

❶ 鵁鶄（jiāojīng）：即池鹭。

【原 文】

鸱[1]。相传鹘生三子[2]，一为鸱。肃宗张皇后专权[3]，每进酒，常置鸱脑酒。鸱脑酒令人久醉健忘。

【译 文】

鸱。相传鹘生三子，其一为鸱。肃宗朝张皇后专权，向皇帝献酒时，经常在酒中掺入鸱脑。人喝了鸱脑酒会长醉不醒并且健忘。

注 释

❶ 鸱（chī）：猫头鹰的一种。 ❷ 鹘（hú）：隼属动物部分种类的旧称。❸ 张皇后：邓州向城（今河南南召东南）人。唐肃宗即位后，册为淑妃。乾元元年（758），册立为皇后。与宦官李辅国勾结，专权用事，谋废太子李豫，后又与李辅国争权，为李辅国与程元振所杀。

【原 文】

异鸟。天宝二年，平卢有紫虫食禾苗[①]。时东北有赤头鸟，群飞食之。开元二十三年，榆关有虸蚄虫[②]，延入平州界[③]，亦有群雀食之。又开元中，贝州蝗虫食禾[④]，有大白鸟数千，小白鸟数万，尽食其虫。

【译 文】

异鸟。天宝二载，平卢镇有紫虫啃食禾苗。当时东北方向有赤头鸟，成群飞来捕食紫虫。开元二十三年，榆关发生虸蚄虫害，蔓延至平州地界，也有成群的鸟雀捕食害虫。也是在开元年间，贝州出现大量蝗虫啃食禾苗，有数千只大白鸟和数万只小白鸟，把蝗虫吃光了。

注 释

❶ 平卢：唐方镇名。初治营州（今辽宁朝阳），天宝初徙治辽西故城（今辽宁义县）。 ❷ 榆关：即榆林关。在今内蒙古准格尔旗东北十二连城。虸蚄（zǐfāng）虫：也称为黏虫，一种对禾谷作物有害的昆虫。 ❸ 平州：今河北卢龙。 ❹ 贝州：治在今河北清河西北。

【原 文】

大历八年，大鸟见武功[①]，群鸟随噪之[②]。行营将张日芬射获之[③]，肉翅，狐首，四足，足有爪，广四尺三寸，状类蝙蝠。又郃州有白头鸟乳鸲鹆[④]。

【译 文】

大历八年，有只大鸟出现在武功，群鸟尾随大鸟鸣叫。行营将领张日芬射落了大鸟。那鸟长着一对无羽肉翅，脑袋像狐狸，四只脚，脚上有爪，翼展四尺三寸，形状像蝙蝠。另外，郃州有种白头鸟哺育鸲鹆。

注释

❶ 武功：在今陕西咸阳。 ❷ 噪：群鸣。 ❸ 行营：出征时的军营。亦指军事长官的驻地办事处。 ❹ 邠州：治在今陕西彬州。

【原文】

王母使者[1]。齐郡函山有鸟[2]，足青，嘴赤黄，素翼绛颡[3]，名王母使者。昔汉武登此山，得玉函，长五寸。帝下山，玉函忽化为白鸟飞去。世传山上有王母药函，常令鸟守之。

【译文】

王母使者。齐郡函山上有一种鸟，脚为青色，嘴为赤黄，白翅红额，名叫王母使者。当年，汉武帝登此山，得到一个玉函，长五寸。武帝下山时，玉函忽然变成一只白鸟飞走了。世传山上有西王母的药函，一直派鸟在这里守护。

注释

❶ 王母使者：鸟名。传说为西王母守护药匣的神鸟。 ❷ 齐郡函山：即山东济南玉函山。 ❸ 颡（sǎng）：额。

【原文】

吐绶鸟。鱼复县南山有鸟[1]，大如鸲鹆，羽色多黑，杂以黄白，头颊似雉，有时吐物长数寸，丹彩彪炳[2]，形色类绶，因名为吐绶鸟。又食必

【译文】

吐绶鸟。鱼复县南山有一种鸟，大小如同鸲鹆，羽毛多为黑色，夹杂着黄白色，头颊像野鸡，有时会吐出几寸长的东西，呈朱红色，光彩焕发，形状、颜色都像绶带，因此名为吐绶鸟。另外，这种鸟吃食后一定会

蓄嗉，臆前大如斗[3]，虑触其嗉，行每远草木，故一名避株鸟。

先存在嗉囊里，前胸鼓起大如斗，因为担心碰到嗉囊，它行走时远避草木，所以又名避株鸟。

注释

❶ 鱼复县：治在今重庆奉节东白帝城。 ❷ 彪炳：光彩焕发。 ❸ 臆：胸。

【原文】

鸛鷒[1]。一名瓔羿，形似鹊。人射之，则衔矢反射人。

【译文】

鸛鷒。又名瓔羿，形状像鹊。人若用箭射它，它就衔住箭反过来射人。

注释

❶ 鸛鷒（guàntuán）：鸟名。如鹊，短尾。

【原文】

鹲雕[1]。喙大而句[2]，长一尺，赤黄色，受二升，南人以为酒杯也。

【译文】

鹲雕。喙大而弯曲，有一尺长，红黄色，可容两升，南方人用来做酒杯。

注释

❶ 鹲（méng）雕：又名越王鸟。 ❷ 句（gōu）：弯曲。

【原 文】

菘节鸟。四脚，尾似鼠，形如雀，终南深谷中有之[1]。

【译 文】

菘节鸟。有四只脚，尾巴像老鼠，外形像雀，终南山深谷之中有这种鸟。

注 释

❶ 终南：即终南山。位于陕西西安南。

【原 文】

老鸛[1]。秦中山谷间有鸟如枭[2]，色青黄，肉翅，好食烟。见人辄惊落，隐首草穴中，常露身。其声如婴儿啼，名老鸛。

【译 文】

老鸛。秦中山谷间有一种像枭的鸟，颜色青黄，长着一对肉翅，喜欢吸食烟气。看见人就会受惊而跌落，把头隐藏在草丛中，而身子常露在外。它的叫声像婴儿啼哭，名为老鸛。

注 释

❶ 老鸛：疑为鼯鼠。 ❷ 秦中：即关中。因曾为秦国属地，故名。枭（xiāo）：鸮。猫头鹰。

【原 文】

柴蒿。京之近山有柴蒿鸟，头有冠，如戴胜[1]，大若野鸡。

【译 文】

柴蒿。京城附近山中有柴蒿鸟，头顶有冠，像戴胜鸟，大小如同野鸡。

注释

❶ 戴胜：鸟名。俗称“呼呼哱”“山和尚”，头有冠，五色如方胜，故称。胜：古代妇女首饰。

【原文】

兜兜鸟。其声自号。正月以后作声，至五月节①，不知所在。其形似鸲鹆。

【译文】

兜兜鸟。名字来自它的叫声。正月以后开始鸣叫，到端午节就不知飞到哪里去了。它的外形像鸲鹆。

注释

❶ 五月节：即端午节。

【原文】

虾蟆护。南山下有鸟，名虾蟆护，多在田中，头有冠，色苍，足赤，形似鹭。

【译文】

虾蟆护。终南山下有一种鸟叫虾蟆护，多在田间活动，头顶有冠，颜色灰白，红爪，外形像鹭。

【原文】

夜行游女①。一曰天帝女，一名钓星。夜飞昼隐，如鬼神。衣毛为飞鸟，脱毛

【译文】

夜行游女。一名天帝女，又名钓星。夜间飞行白天隐伏，有如鬼神。这种鸟身披羽毛时为飞鸟，脱下羽毛即为妇人。

为妇人。无子，喜取人子。胸前有乳。凡人饴小儿[②]，不可露处，小儿衣亦不可露晒。毛落衣中，当为鸟祟，或以血点其衣为志[③]。或言产死者所化。

其没有子雏，喜欢窃取婴儿。胸前有乳房。人们在喂养婴儿时，不能在露天里，婴儿的衣服也不能露天晾晒。这种鸟的羽毛落在婴儿衣服中，婴儿就会变为鸟祟作怪。有时其事先在婴儿衣服上滴血作为标记。有人说这种鸟是难产而死的孕妇变的。

注释

❶ 夜行游女：即女鸟，又名姑获。传说中的鸟名。 ❷ 饴：喂养。 ❸ 志：标记。

【原 文】

鬼车鸟[①]。相传此鸟昔有十首，能收人魂，一首为犬所噬。秦中天阴，有时有声，声如力车鸣，或言是水鸡过也。《白泽图》谓之苍鸆[②]，《帝喾书》谓之逆鸧[③]，夫子、子夏所见[④]。宝历中，国子四门助教史迥语成式[⑤]，常见裴瑜所注《尔雅》，言“鸧，麋鸹”是九头鸟也。

【译 文】

鬼车鸟。相传，这种鸟原有十个头，能摄人魂魄，其中一个头被狗吞噬。关中天阴时，有时能听到这种鸟的叫声，声音就像力车鸣响，有人说这是水鸡飞过的声音。《白泽图》称之为苍鸆，《帝喾书》称之为逆鸧，孔子、子夏都曾见过。宝历年间，国子四门助教史迥告诉我，他曾读裴瑜所注《尔雅》，上面说“鸧，麋鸹”是九头鸟。

注释

❶ 鬼车鸟：传说中的怪鸟，岭南犹多。 ❷《白泽图》：古代巫书。白泽：传说中能言的神兽。苍鸆（yú）：鬼车鸟的别称，传说中的不祥神鸟。 ❸《帝喾书》：托名帝喾所作之书。鸧（cāng）：传说中的九头怪鸟。 ❹ 夫子：即孔子。子夏：即卜商，字子夏。春秋末晋国温（今河南温县西南）人。孔子弟子。 ❺ 四门助教：学官名。北齐始置，协助四门博士教授四门学的学生。

【原 文】

细鸟[1]。汉武时，勒毕国献细鸟[2]，以方尺玉为笼，数百头，状如蝇，声如鸿鹄[3]。此国以候日，因名候日虫。集宫人衣，辄蒙爱幸。

【译 文】

细鸟。汉武帝时，勒毕国进献细鸟，装在一尺见方的玉制笼子里，有几百只，体形大小像苍蝇，叫声像鸿鹄。勒毕国以此鸟纪日，所以又名候日虫。这种鸟聚集在哪个宫女衣服上，那个宫女就会得到宠幸。

注释

❶ 细鸟：古代传说中的一种异鸟。 ❷ 勒毕国：语出《洞冥记》，为传说中的小人国。因其国人好言谈戏谑，又名善语国。 ❸ 鸿鹄：即鹄，俗称天鹅。

【原 文】

嗽金鸟。出昆明国[1]。形如雀，色黄，常翱翔于海上[2]。魏明帝时[3]，其国来献此鸟。饴以真珠及龟脑，常吐金屑如粟，铸

【译 文】

嗽金鸟。出自昆明国。外形像雀，黄色，经常在海上翱翔。魏明帝时，昆明国进献这种鸟。用珍珠及龟脑喂养它，经常口吐粟米大小

之，乃为器服。宫人争以鸟所吐金为钗珥[④]，谓之辟寒金，以鸟不畏寒也。宫人相嘲弄曰："不服辟寒金，那得帝王心。不服辟寒钿[⑤]，那得帝王怜[⑥]。"

的金屑，用这种金屑可以铸成各种器服。宫女争相用嗽金鸟吐出的金屑制成首饰，称之为辟寒金，因为这种鸟不怕寒冷。宫人互相嘲弄说："不服辟寒金，那得帝王心。不服辟寒钿，那得帝王怜。"

注释

❶ 昆明国：滇池一带的古国名。其地在今云南西部和中部、贵州西部及四川西南一带。 ❷ 翱翔：在空中回旋地飞。 ❸ 魏明帝：即魏明帝曹叡，曹丕长子。 ❹ 钗珥：钗为发饰，珥为耳饰。泛指妇人的首饰。 ❺ 钿（diàn）：古代用金翠珠宝等制成的花朵形首饰。 ❻ 怜：怜爱。

【原 文】

背明鸟[①]。吴时，越嶲之南献背明鸟[②]。形如鹤，止不向明，巢必对北，其声百变。

【译 文】

背明鸟。孙吴时，越嶲郡以南进献背明鸟。这种鸟外形像鹤，栖息时背着阳光，筑巢必朝向北方，叫声百变。

注释

❶ 背明鸟：晋王嘉《拾遗记》：背明鸟"多肉少毛，声音百变，闻钟磬笙竽之声，则奋翅摇头。时人以为吉祥。是岁迁都建业，殊方多贡珍奇。吴人语讹，呼背明为背亡鸟"。 ❷ 越嶲（xī）：即越嶲郡。治邛都（今四川西昌东南）。

【原 文】

岢岚鸟。出河西赤坞镇[1]。状似乌而大，飞翔于阵上，多不利。

【译 文】

岢岚鸟。产自河西赤坞镇。外形像乌鸦而体形稍大，若飞翔于战阵之上，对战事不利。

注 释

❶ 河西：汉唐时指今甘肃、青海两省黄河以西，即河西走廊与湟水流域。赤坞镇：今甘肃武威。

【原 文】

鹔鷞[1]。状如燕，稍大，足短，趾似鼠。未尝见下地，常止林中。偶失势控地[2]，不能自振。及举，上凌青霄[3]。出凉州也。

【译 文】

鹔鷞。外形像燕而稍大，短脚，趾爪像老鼠。未曾见它下过地，常在林中栖息。偶然会站不稳掉在地上，一旦遇此，不能自己振翅飞行。飞翔时，直冲碧空。这种鸟出自凉州。

注 释

❶ 鹔鷞（sùshuāng）：雁的一种。 ❷ 控：投。 ❸ 青霄：高空。

【原 文】

雏乌。武周县合火山[1]，山

【译 文】

雏乌。武周县有座合火山，山上

上有雏乌。形类雅乌，觜赤如丹。一名赤觜乌，亦曰阿雏乌。

有雏乌。这种鸟外形像乌鸦，嘴巴红如丹砂。又名赤嘴乌，也叫阿雏乌。

注释

❶ 武周县：治今山西左云。

【原文】

训胡[1]。恶鸟也，鸣则后窍应之[2]。

【译文】

训胡。一种恶鸟，鸣叫时肛门会发出应和之声。

注释

❶ 训胡：即训狐。猫头鹰的别称。 ❷ 后窍：指肛门。

【原文】

百劳[1]。博劳也。相传伯奇所化[2]。取其所踏枝鞭小儿，能令速语。南人继[3]，母有娠乳儿，儿病如疟，唯鶪毛治之[4]。

【译文】

伯劳。即博劳。相传是伯奇死后所化。取伯劳所栖息的树枝鞭打幼儿，能使幼儿尽早学会说话。南方幼儿患继病，是因为母亲有孕时哺乳幼儿，幼儿的症状如同患了疟疾，只有用伯劳的羽毛才能治好。

注释

❶百劳：即伯劳。鸟名。主食昆虫，为农林益鸟。 ❷伯奇：古代孝子。相传为周大臣尹吉甫之子。因后母谗害，被父亲流放于野外。 ❸继：即继病，又名交奶、魃病。中医小儿病症名。怀孕妇女哺乳孩儿所引起的一种病症。 ❹鶪（jú）：伯劳的旧称。

毛篇

【原文】

师子[①]。释氏书言："师子筋为弦，鼓之，众弦皆绝[②]。"西域有黑师子、捧师子。集贤校理张希复言："旧有师子尾拂[③]，夏月蝇蚋不敢集其上[④]。"旧说，苏合香[⑤]，师子粪也。

【译文】

狮子。佛经上说："用狮子筋制作琴弦，弹奏时，其他琴弦都会断。"西域有黑狮子、捧狮子。集贤校理张希复说："我以前有把狮子尾拂，夏天的时候苍蝇和蚊子不敢叮在上面。"以前说，苏合香就是狮子粪。

注释

❶师子：即狮子。 ❷绝：断。 ❸拂：掸拭尘埃或驱除蚊蝇的用具。 ❹蝇蚋（ruì）：苍蝇和蚊子。 ❺苏合香：金缕梅科乔木。树脂可提制苏合香油。既可做香精中的定香剂，又可入药。

【原文】

象。旧说象性久识，见其

【译文】

象。以前说象生性记忆力超群，

子皮必泣。一枚重千斤。释氏书言：“象七支拄地[1]，六牙。牙生花，必因雷声。”又言，龙象[2]，六十岁骨方足。今荆地象，色黑，两牙，江猪也[3]。

看见幼象的皮必会悲泣。一面象鼓重达千斤。佛经上说：“大象用七肢拄地，有六根牙。象牙生有纹理，必是雷声所致。”又说，龙象，长到六十岁骨骼才发育齐全。现在荆地所说的象，黑色，有两根牙，其实是江豚。

注释

❶ 七支：一说为四足、牙、尾根。 ❷ 龙象：象中体格壮健高大者。 ❸ 江猪：即江豚。

【原文】

咸亨二年[1]，周澄国遣使上表言[2]：“诃伽国有白象[3]，首垂四牙，身运五足，象之所在，其土必丰。以水洗牙，饮之愈疾。请发兵迎取。”象胆随四时在四腿，春在前左，夏在前右，如龟无定体也。鼻端有爪，可拾针。肉有十二般[4]，唯鼻是其本肉。陶贞白言[5]：夏月合药，宜置象牙于药旁。南人言象妒，恶犬声。猎者裹粮登高树，构熊巢伺之。有群象过，则为犬声，悉举鼻吼

【译文】

咸亨二年，周澄国派遣使者向皇帝上表说：“诃伽国有一种白象，头部长着四根牙，全身有五条腿，这种象出现在哪里，哪里的土地就会丰产。洗象牙的水，人喝了，病就能痊愈。请皇帝发兵夺取。”这种象的胆，随着四季变化分别位于四条腿上，春天在前左腿，夏天在前右腿，就像乌龟四趾运转不固定。象的鼻尖上有小爪，可以拾起针。象身上有十二种肉，只有鼻子是它的本肉。陶弘景说：夏天配药，最好把象牙放在药物旁边。南方人说象生性嫉妒，害怕听见狗叫。猎人带着干粮爬上高树，搭一个熊窝躲在里边暗中观察，有象群经过时，就学狗叫，象群

叫，循守不复去。或经五六日，困倒其下，因潜杀之。耳后有穴，薄如鼓皮，一刺而毙。胸前小横骨，灰之，酒服，令人能浮水出没。食其肉，令人体重。古训言：象孕五岁始生。

中的象便全部伸起鼻子吼叫，围在树下不再离去。经过五六天，大象就会困倒在地，猎人趁机下来将其猎杀。象的耳朵后有穴位，上边的皮像鼓皮一样薄，一刺就死。取象胸前的小横骨，烧成灰，用酒冲服，能使人在水里出没自如。吃了象肉，能让人增加体重。古语说：象受孕五年才生产。

注释

❶ 咸亨：唐高宗李治年号。 ❷ 周澄国：古国名。 ❸ 诃伽国：古国名。 ❹ 般：种类。 ❺ 陶贞白：即陶弘景，南朝齐梁时道教思想家、医学家。

【原文】

虎交而月晕①。仙人郑思远常骑虎。故人许隐齿痛求治，郑曰："唯得虎须，及热插齿间，即愈。"郑为拔数茎与之，因知虎须治齿也。虎杀人，能令尸起自解衣，方食之。虎威如乙字，长一寸，在胁两旁皮内，尾端亦有之。佩之临官佳，无官人所媢嫉②。虎夜视，一目放光，一目看物。猎人候而射

【译文】

老虎交配时有月晕出现。仙人郑思远经常骑着一只老虎。老朋友许隐牙疼求他医治，郑思远说："只要找到虎须，趁热将其插到牙缝里，牙疼就好了。"郑思远拔了几根虎须给许隐，由此人们知道虎须可以治牙疼。老虎咬死人以后，能让尸体站起来自己脱掉衣服，然后再吃掉。虎威骨像个"乙"字，有一寸长，长在两胁旁皮下，尾巴尖儿也有。做官的人佩戴虎威有利自身，不做官的人佩戴会遭人嫉妒。老虎夜间看东西时，一只眼睛放光，一只眼睛看东西。猎人遇到虎眼放光就放箭射杀，虎眼的光芒

之，光坠入地，成白石，主小儿惊。

随即掉到地上，变成一块白石，主治小儿惊吓。

注释

❶ 月晕（yùn）：月光通过云层中的冰晶时，经折射、反射而形成的光象。❷ 娼（mào）：嫉妒。

【原文】

马。虏中护兰马[①]，五白马也，亦曰玉面。谙真马，十三岁马也，以十三岁已下，可以留种。旧种马：戎马八尺[②]，田马七尺[③]，驽马六尺[④]。瓜州饲马以蕡草[⑤]，沙州以茨萁[⑥]，凉州以勃突浑[⑦]，蜀以稗草。以萝卜根饲马，马肥。安北饲马以沙蓬根针[⑧]。大食国马解人语。悉怛国、怛幹国出好马[⑨]。马四岁两齿，至二十岁，齿尽平。体名有输鼠、外凫、乌头、龙翅、虎口[⑩]。猪槽饲马、石灰泥槽、汗而系门，三事落驹。回毛在颈，白马黑髦[⑪]，鞍下腋下回毛，右胁白毛，左右后足白，

【译文】

马。北方的护兰马，是五白马，也称为玉面。谙真马，是十三岁的马，十三岁以下的马，可以留种。古时的种马：战马高八尺，田马高七尺，驽马高六尺。瓜州用蕡草喂马，沙州用茨萁喂马，凉州用勃突浑喂马，蜀地用稗草喂马。用萝卜根喂马，马长得肥壮。安北都护府用沙蓬根针喂马。大食国的马能听懂人话。悉怛国、怛幹国出产良马。马四岁时长出两颗牙齿，到二十岁时牙齿就都磨平了。马各部位的专业名称有输鼠、外凫、乌头、龙翅、虎口。用猪槽喂马、用石灰涂抹马槽、把流汗的马系在门边，这三件事会导致母马落驹。旋毛长在颈部，白马长黑鬃，马鞍下和腋下长旋毛，右胁长白毛，左右后足长白毛，白马四蹄是黑色，眼睛下方长横毛，黄马白嘴，旋毛在嘴

白马四足黑，目下横毛，黄马白喙，旋毛在吻后⑫，汗沟上通尾本，目赤、睫乱及反睫，白马黑目，目白却视：并不可骑。夜眼名附蝉，尸肝名悬熢，亦曰鸡舌。绿帙方言⑬：“以地黄、甘草啖，五十岁生三驹。”

后，汗沟向上直通马尾，眼睛发红、睫毛纷乱或睫毛朝反方向长，白马黑眼睛，眼球为白色而目光游离不定的：这些马都不能骑。马的夜眼又名附蝉，尸肝又名悬熢，也叫鸡舌。《抱朴子》所载药方说：“用地黄、甘草喂马，马五十岁时还能生三个马驹。”

注释

❶ 虏中：对北方少数民族地区的蔑称。 ❷ 戎马：军马，战马。 ❸ 田马：打猎所用的马。 ❹ 驽马：劣马。 ❺ 瓜州：今属甘肃。蘋（pín）草：一名赖草，为牲畜的良好饲料。 ❻ 沙州：在今甘肃敦煌。茨萁：即席萁。塞北牧草名，可饲马。 ❼ 勃突浑：疑即没咄浑，一种牧草。 ❽ 安北：即安北都护府。 ❾ 悉怛国：古国名。怛幹国：古国名。 ❿ 输鼠：马体直肉的下端。外凫：马蹄附近的骨骼。乌头：马后腿朝外的关节。虎口：马两股之间。 ⓫ 髦：此指马鬃。 ⓬ 旋毛：聚生作旋涡状的毛。 ⓭ 绿帙（zhì）方：道书美称。这里指《抱朴子》。

【原 文】

牛。北人牛瘦者，多以蛇灌鼻口，则为独肝。水牛有独肝者杀人，逆贼李希烈食之而死。相牛法：歧胡有寿①。膺庭欲广②。毫筋欲横③（蹄后筋也）。常有声，有黄也④。

【译 文】

牛。北方人喂养的牛瘦，多半是因为蛇钻进了牛的口鼻，这种牛只有一片肝叶。独肝的水牛肉有毒，逆贼李希烈正是吃了这种水牛肉而死。相牛法：颔下垂皮分叉的牛寿命长。胸骨宽阔的是良种。毫筋须是横着的（就是蹄后筋）。经常叫唤的牛，体内有牛黄。牛角发凉

角冷有病。旋毛在珠泉[5]，无寿。睫乱，触人。衔乌角偏，妨主。毛少骨多，有力。溺射前，良牛也。疏肋，难养。三岁二齿，四岁四齿，五岁六齿。六岁以后，每一年接脊骨一节。

说明有病。牛眼下方有旋毛者，寿命不长。睫毛杂乱的牛，会用角抵人。两角中间有乱毛的牛，对主人不利。毛少而骨多的牛，有力气。排尿时尿液向前喷射的，是好牛。肋骨稀疏的牛，难以饲养。牛三岁有两颗牙，四岁有四颗，五岁有六颗。六岁以后，每年长一节脊椎骨。

注释

❶ 歧胡：指颔下垂皮分叉。 ❷ 膺庭：胸前。 ❸ 毫筋：蹄后横筋。 ❹ 黄：牛黄。 ❺ 珠泉：即珠渊。指牛眼下方。

【原文】

宁公所饭牛[1]，阴虹属颈[2]。阴虹，双筋自尾属颈也。

【译文】

宁戚喂养的牛，阴虹一直贯穿到脖颈。阴虹，就是两条自尾骨贯连至脖颈的筋。

注释

❶ 宁公：即宁戚。春秋时期卫国人，齐国大夫。著有《相牛经》。饭牛：喂牛，饲养牛。 ❷ 阴虹：喻指牛自尾尻到颈部的双筋。

【原 文】

北虏之先索国有泥师都[1]，二妻生四子。一子化为鸿，遂委三子，谓曰："尔可从古旃。"古旃，牛也。三子因随牛，牛所粪，悉成肉酪。

【译 文】

突厥的祖先出自索国，那里有位泥师都，娶的两个妻子生了四个儿子。其中一个儿子变成了大雁，泥师都就委派另外三个儿子，对他们说："你们可跟随古旃。"古旃，就是牛。三个儿子就跟随牛群，牛排出的粪便，都变成了肉和乳酪。

注 释

❶ 北虏：古代对北方匈奴等少数民族的蔑称。

【原 文】

太原县北有银牛山[1]，汉建武三十一年[2]，有人骑白牛蹊人田[3]，田父诃诘之，乃曰："吾北海使[4]，将看天子登封[5]。"遂乘牛上山。田父寻至山上，唯见牛迹，遗粪皆为银也。明年，世祖封禅焉[6]。

【译 文】

太原县北有座银牛山，东汉建武三十一年，有人骑着一头白牛践踏田地，老农责问他，他说："我是北海使者，要去看天子泰山封禅。"于是就骑着牛上山。老农一路追至山上，只看到了牛蹄印，地上的牛粪都变成了银子。第二年，世祖果然封禅泰山。

注 释

❶ 太原县：今山西太原。 ❷ 建武：汉光武帝刘秀年号。 ❸ 蹊（xī）：践

踏。 ❹ 北海：东汉时改北海郡为国，治今山东昌乐一带。 ❺ 登封：登山封禅。指古代帝王登泰山祭告天地。 ❻ 世祖：汉光武帝刘秀的庙号。

【原 文】

鹿。虞部郎中陆绍弟，为卢氏县尉[1]。常观猎人猎，忽遇鹿五六头临涧，见人不惊，毛斑如画。陆怪猎人不射，问之。猎者言："此仙鹿也，射之不能伤，且复不利。"陆不信，强之。猎者不得已，一发矢，鹿带箭而去。及返，射者坠崖，折左足。

【译 文】

鹿。虞部郎中陆绍的弟弟，是卢氏县的县尉。一次观看猎人打猎，忽然见五六头鹿来至山涧边，见了人也不害怕，身上的毛色斑点像画一样漂亮。陆县尉看猎人不射箭，觉得很奇怪，就询问猎人。猎人说："这是仙鹿，射箭非但不能伤它，而且还不吉利。"陆县尉不信，硬让猎人放箭。猎人不得已，便放了一箭，鹿带着箭就跑了。等回来时，射鹿的那个猎人坠落山崖，摔断了左腿。

注 释

❶ 卢氏县：在今河南三门峡。

【原 文】

《南康记》云[1]："合浦有鹿[2]，额上戴科藤一枝[3]，四条直上，各一丈。"

【译 文】

《南康记》说："合浦有一种鹿，额头上戴有一株科藤，四根枝条笔直冲上，各有一丈长。"

注释

❶《南康记》：南朝宋邓德明撰。该书以《尚书·禹贡》为据，记录南康郡的风景名胜、志怪传说及人物逸事。 ❷ 合浦：古郡名。治在今广西合浦东北。以产珍珠闻名。 ❸ 科藤：藤之一种。也作萪藤。可以制作杖、编席、制绳索。

【原文】

犀之通天者必恶影，常饮浊水。当其溺时，人赶不复移足。角之理，形似百物。或云犀角通者是其病，然其理有倒插、正插、腰鼓插。倒者，一半已下通。正者，一半已上通。腰鼓者中断不通。故波斯谓牙为“白暗”，犀为“黑暗”。成式门下医人吴士皋，常职于南海郡[①]，见舶主说本国取犀，先于山路多植木如狙杙[②]，云犀前脚直，常倚木而息，木栏折，则不能起。犀角，一名奴角，有鸩处[③]，必有犀也。犀，三毛一孔。刘孝标言[④]：“犀堕角埋之，人以假角易之。”

【译文】

通天犀极不喜欢看到自己的影子，因此经常饮用污浊的水。它撒尿时，若遇人们追赶，也不挪步。通天犀角的纹理，有百物之形。有人说犀角纹理贯通是它的病症。然而，犀角的纹理有倒插、正插、腰鼓插。所谓“倒插”，是指一半以下纹理贯通。所谓“正插”，是指一半以上纹理贯通。所谓“腰鼓”，是中间一段纹理隔断不通。所以，波斯称象牙为“白暗”，称犀角为“黑暗”。我门下的医士吴士皋，曾在南海郡任职，听波斯船主说过捕捉犀牛的方法，即先在山路上到处栽插木桩，就像狙杙，据说犀牛的前脚不会弯曲，经常靠在木桩上休息，木桩折了犀牛也就起不来了。犀角，又叫奴角，有鸩的地方，就肯定有犀。犀牛的一个毛孔中长三根毛。刘孝标说：“犀牛的角脱落了，它就自己埋起来，人们若要获取就要用假角把真角换掉。”

注释

❶南海郡：今广东广州。 ❷狙杙（yì）：系猴的木桩。 ❸鸩（zhèn）：古代传说中的毒鸟，喝了用它的羽毛泡的酒可以毒死人。 ❹刘孝标：即刘峻，字孝标。平原（今山东平原西南）人。南朝梁文学家，著有《辨命论》，并注《世说新语》。

【原文】

驼。性羞。《木兰篇》："明驼千里脚。"多误作"鸣"字。驼卧，腹不贴地，屈足漏明，则行千里。

【译文】

骆驼。生性害羞。《木兰诗》："明驼千里脚。""明"多误作"鸣"字。骆驼伏卧时，腹部不贴地，屈足漏光者，则可远行千里。

【原文】

天铁熊。高宗时，加毗叶国献天铁熊，擒白象、师子。①

【译文】

天铁熊。唐高宗时，加毗叶国进献天铁熊，能擒白象、狮子。

注释

❶师子：许本作"狮子"，今据汲古阁本、《四库全书》本等改。

【原文】

狼。大如狗，苍色，作声

【译文】

狼。大小和狗差不多，灰白色，

诸窍皆沸。髀中筋大如鸭卵[1]。有犯盗者，薰之，当令手挛缩。或言狼筋如织络，小囊虫所作也。狼粪烟直上，烽火用之。或言狼、狈是两物，狈前足绝短，每行常驾两狼，失狼则不能动，故世言事乖者称狼狈。临济县西有狼冢[2]。近世曾有人独行于野，遇狼数十头，其人窘急，遂登草积上。有两狼乃入穴中，负出一老狼。老狼至，以口拔数茎草，群狼遂竞拔之。积将崩，遇猎者救之而免。其人相率掘此冢，得狼百余头，杀之，疑老狼即狈也。

嚎叫时全身孔窍鼓荡。它大腿上有个鸭蛋大小的筋疙瘩。有犯偷盗罪的人，用狼筋熏他，能让他双手痉挛收缩。有人说狼筋布满孔洞，是小囊虫咬的。狼粪燃烧时烟气垂直上升，烽火传警就用它。有人说狼和狈是两种动物，狈的前腿极短，每次走路总驾在两只狼身上，没有狼就不能动，所以世人称事情不顺为狼狈。临济县西边有处狼丘。近年曾有人在野外独行，遇上了几十头狼，那人见情势危急，就爬到一个草垛上。有两头狼钻到坟穴中，背出来一头老狼。老狼来了之后，用嘴从草垛上拔了几根干草，群狼于是纷纷效仿着往下拔。草垛将要倒塌时，幸好遇上一位猎人，这人才得救。后来，他带人挖开狼丘，捉到一百多头狼，全杀了，想来那头老狼就是狈。

注释

❶ 髀（bì）：同“髀”。大腿。 ❷ 临济县：在今山东济南章丘区。

【原文】

貊泽[1]。大如犬，其膏宣利[2]，以手所承及于铜铁瓦器中贮[3]，悉透，以骨盛，则不漏。

【译文】

貊泽。大小和狗差不多，它的油脂渗透性强，用手捧及用铜铁瓦器贮存，全都渗漏，只有用骨器盛装，才不渗漏。

注释

❶貊（mò）泽：兽名。 ❷膏：油脂。宣利：渗透性强。 ❸于：许本阙，据汲古阁本补。

【原文】

猎掘[1]。徼外勃樊州[2]，熏陆香所出也[3]，如枫脂，猎掘好啖之。大者重十斤，状似獭。其头、身、四肢了无毛，唯从鼻上竟脊至尾有青毛，广一寸，长三四分。猎得者，斫刺不伤，积薪焚之不死，乃大杖击之，骨碎乃死。

【译文】

猎掘。边外勃樊州出产熏陆香，香的形状就像枫树脂，为猎掘喜食。大的猎掘重十斤，外形像獭。它的头、身子、四肢都没毛，只从鼻子沿着脊背到尾巴一带有宽一寸、长三四分的青毛。捕获的猎掘，刀砍枪刺都不能伤它，堆积柴火烧也烧不死它，只有用大杖击打它，直至骨碎才会死。

注释

❶猎掘（jiéjué）：古兽名。亦称风狸、猎猛。 ❷徼（jiào）外：塞外，边外。 ❸熏陆香：香料名。即乳香，主产于红海沿岸。

【原文】

黄腰[1]。一名虔己，人见之不祥，俗相传食虎。

【译文】

黄腰。又名虔己，人见到这种动物不吉利，世俗相传其吃老虎。

注释

❶ 黄腰：亦作“黄要”，兽名。

【原 文】

香狸[1]。取其水道连囊[2]，以酒浇，干之，其气如真麝。

【译 文】

香狸。把它的尿道连同香囊割下，用酒浇淋，然后阴干，气味就像真的麝香。

注释

❶ 香狸：即小灵猫。有分泌腺，能分泌出气味芳香的油质液体。 ❷ 水道：尿道。

【原 文】

耶希。有鹿两头，食毒草，是其胎矢也。夷谓鹿为耶，矢为希。

【译 文】

耶希。有一种双头鹿，以毒草为食，耶希是它的胎屎。夷人把鹿称为耶，屎称为希。

【原 文】

䖟。似黄狗，圊有常处[1]。若行远不及其家，则以草塞其尻[2]。

【译 文】

䖟。外形像黄狗，有固定排便的地方。如果走得太远来不及回家，它就用草塞住肛门。

注释

❶圊（qīng）：厕所。 ❷尻（kāo）：屁股。

【原文】

猳玃[①]。蜀西南高山上，有物如猴状，长七尺，名猳玃，一曰马化。好窃人妻，多时，形皆类之。尽姓杨，蜀中姓杨者往往玃爪。

【译文】

猳玃。蜀地西南高山上，有种像猴子的动物，身长七尺，名叫猳玃，又叫马化。猳玃喜欢掳掠人的妻子，一起生活时间长了，被掳女子的样貌会跟猳玃很像。生育的后代都姓杨，蜀中姓杨的人往往双手形如猴爪。

注释

❶猳玃（jiāwò）：兽名。

【原文】

狒狒[①]。饮其血，可以见鬼。力负千斤，笑辄上吻掩额，状如猕猴。作人言，如鸟声，能知生死。血可染绯，发可为髲[②]。旧说反踵[③]，猎者言无膝，睡常倚物。宋孝建中[④]，高城郡进雌雄二头。

【译文】

狒狒。喝了它的血，就可以看见鬼。狒狒能负重千斤，笑的时候上嘴唇会上翻遮住额头，外形像猕猴。能说人话，声音尖锐似鸟，能预知生死。狒狒的血可印染绯袍，毛发可制作假发。旧时传说狒狒脚后跟反向，猎人说它没有膝盖，睡觉时常要倚靠物体。刘宋孝建年间，高城郡进献雌雄狒狒各一头。

注释

❶ 狒狒（fèi）：灵长目哺乳动物。 ❷ 髲（bì）：假发。 ❸ 反踵：脚跟反向。 ❹ 孝建：南朝宋孝武帝年号。

【原文】

在子者，鳖身人首，炙之以藋，则鸣曰“在子”。

【译文】

在子这种动物，鳖身人首，点燃藋香灼炙它，会发出“在子”的叫声。

【原文】

大尾羊。康居出大尾羊[1]，尾上旁广，重十斤。又僧玄奘至西域，大雪山高岭下有一村养羊，大如驴。罽宾国出野青羊[2]，尾如翠色，土人食之。

【译文】

大尾羊。康居出产一种大尾羊，尾巴特别肥大，重达十斤。另外，玄奘法师途经西域，见大雪山高岭下有一个村庄养的羊，像驴一样大。罽宾国出产一种野青羊，尾巴翠绿色，当地人以这种羊为食物。

注释

❶ 康居：古西域国名。约在今中亚巴尔喀什湖和咸海之间，南及今阿姆河北。 ❷ 罽（jì）宾：一说在今克什米尔一带。

前集卷十七

广动植之二

鳞介篇

【原 文】

龙。头上有一物，如博山形，名尺木。龙无尺木，不能升天。

【译 文】

龙。头上生有一样东西，形如博山炉，名叫尺木。龙若没有尺木，就不能升天。

【原 文】

井鱼[①]。井鱼脑有穴，每翕水[②]，辄于脑穴蹙出[③]，如飞泉散落海中，舟人竞以空器贮之。海水咸苦，经鱼脑穴出，反淡如泉水焉。成式见梵僧普提胜说。

【译 文】

井鱼。井鱼的头部有个孔穴，每当吸水后，水就会从头部的孔穴中喷射出来，像飞泉散落在海里，船上的人竞相用空的器皿把这种水贮存起来。海水又咸又苦，经过井鱼脑部孔穴喷射出来，反而淡得像泉水一样。这是我听梵僧普提胜说的。

注释

❶ 井鱼：这里应指鲸鱼。 ❷ 翕：同“吸”。 ❸ 蹙（cù）：迫促。

【原文】

异鱼。东海渔人言：近获鱼，长五六尺，肠胃成胡鹿刀槊之状[1]，或号秦皇鱼。

【译文】

异鱼。东海渔夫说：近来捕到一种鱼，长五六尺，肠胃呈箭袋、刀、槊等形状，又叫秦皇鱼。

注释

❶ 胡鹿：藏矢的器具。

【原文】

鲤。脊中鳞一道，每鳞有小黑点，大小皆三十六鳞。国朝律：取得鲤鱼即宜放，仍不得吃。号赤鲩公[1]，卖者杖六十，言“鲤”为“李”也。

【译文】

鲤。背脊中线有一道鳞，每片鳞甲上都有个小黑点，且不论大鱼小鱼都有三十六片鳞。本朝律令：捕获鲤鱼应当放回水中，不能吃。鲤鱼号称赤鲩公，出售鲤鱼者杖刑六十，因为“鲤”谐音“李”。

注释

❶ 赤鲩（huàn）公：唐代帝室姓李，讳言“鲤”字，遂称鲤鱼为“赤鲩公”。

【原 文】

黄鱼。蜀中每杀黄鱼，天必阴雨。

【译 文】

黄鱼。蜀地每次有人杀黄鱼，必阴天下雨。

【原 文】

乌贼。旧说名河伯度事小吏。遇大鱼，辄放墨，方数尺，以混其身。江东人或取墨书契，以脱人财物[1]，书迹如淡墨，逾年字消，唯空纸耳。海人言：昔秦皇东游，弃筭袋于海，化为此鱼。形如筭袋，两带极长。一说乌贼有碇[2]，遇风，则虬前一须下碇[3]。

【译 文】

乌贼。以前说乌贼又名河伯度事小吏。乌贼遇到大鱼，就放出墨汁，染黑方圆好几尺，用来藏身。江东人有用乌贼墨汁写契约以诈骗别人钱物的，写出的字迹像淡墨，过一年字就消失了，只剩一张白纸而已。海边的人说：当年秦始皇东游，把一个算袋扔到海里，算袋变成了乌贼。这种鱼外形像算袋，有两根很长的带子。另说乌贼有碇，遇到大风时，就弯曲前一根须下碇固定自己。

注 释

❶ 脱：欺骗。　❷ 碇（dìng）：船停泊时沉落水中使船身固定不移的大石。❸ 虬（qiú）：弯曲。

【原 文】

鰫鱼。凡诸鱼欲产，鰫鱼辄舐其腹[1]，世谓之众鱼之生母。

【译 文】

鰫鱼。各种鱼类将要产卵时，鰫鱼就去触碰它们的腹部，世人说鰫鱼是众鱼的接生婆。

注释

❶ 舐（shì）：以舌舔物。许本作“舔”，疑以义讹，今据《四部丛刊》本、《四库全书》本、汲古阁本改。

【原文】

鲭鱼[1]。章安县出焉[2]。出入鲭腹：子朝出索食，暮还入母腹。腹中容四子。颊赤如金，甚健，网不能制，俗呼为河伯健儿。

【译文】

鲭鱼。章安县出产。小鲭鱼可以进出母腹：早晨出来觅食，傍晚回到母亲腹中。母腹能容下四条小鲭鱼。鲭鱼颊为金红色，身形矫健，渔网难以制住它，民间称为河伯健儿。

注释

❶ 鲭（cuò）：鱼名。鼻前有骨如斧斤。 ❷ 章安县：治今浙江临海东南。

【原文】

鲛鱼。鲛子惊，则入母腹中。

【译文】

鲛鱼。幼鲛受到惊吓，就躲到母腹中。

【原文】

马头鱼。象浦有鱼[1]，色黑，长五丈余，头如马，伺人入水，食人。

【译文】

马头鱼。象浦有种鱼，黑色，长五丈多，头像马头，专等人下水后，把人吃掉。

注 释

❶ 象浦：今越南广南省维川。

【原 文】

印鱼。长一尺三寸，额上四方如印，有字。诸大鱼应死者，先以印封之。

【译 文】

印鱼。长一尺三寸，头顶平坦方正犹如印章，上面有字。各种大鱼快要死时，印鱼就先给它留个记号。

【原 文】

石斑鱼①。僧行儒言：建州有石斑鱼②，好与蛇交。南中多隔蜂③，窠大如壶，常群螫人④。土人取石斑鱼，就蜂树侧炙之，标于竿上，向日，令鱼影落其窠上。须臾，有鸟大如燕，数百，击其窠。窠碎落如叶，蜂亦全尽。

【译 文】

石斑鱼。行儒和尚说：建州有一种石斑鱼，好与蛇交配。南中一带有很多隔蜂，巢大如壶，这种蜂经常成群出来螫人。当地人将石斑鱼在蜂巢所在的树旁炙烤后，挂在竹竿上，对着太阳，让鱼的影子落在蜂巢里。不一会儿，会有几百只燕子大小的鸟儿，前来啄击蜂巢。蜂巢被啄得碎成片状，像落叶一样飘落到地上，隔蜂也就死光了。

注 释

❶ 石斑鱼：亦称高鱼，多栖息于热带及温带海洋。 ❷ 建州：今福建建瓯。 ❸ 隔蜂：即蛒蜂，一种凶猛好斗的大毒蜂。 ❹ 螫（shì）：蜂、蝎等刺人。

【原 文】

鲵鱼[1]。如鲇[2]，四足，长尾，能上树。天旱，辄含水上山，以草叶覆其身，张口，鸟来饮水，因吸食之，声如小儿。峡中人食之，先缚于树鞭之，身上白汗出，如构汁[3]，去此方可食，不尔有毒。

【译 文】

鲵鱼。外形像鲇鱼，有四只脚，长尾巴，能爬树。天旱时，其就含着水上山，将草叶盖在身上，张大嘴，鸟儿来喝水时，顺势把鸟儿吞食，叫声像婴儿啼哭。三峡里的人食用鲵鱼时，先把鲵鱼捆到树上用鞭子抽打，鲵鱼便会渗出一种白色汗液，像构树汁液一样，等它排出这种白色汗液才能吃，不然会有毒。

注 释

❶ 鲵（ní）鱼：即娃娃鱼。 ❷ 鲇（nián）：鲇鱼。 ❸ 构汁：构树分泌的汁液。构树亦称楮树，高大落叶乔木，可达 16 米高。

【原 文】

鲎[1]。雌常负雄而行，渔者必得其双。南人列肆卖之[2]，雄者少肉。旧说过海辄相负于背，高尺余，如帆，乘风游行。今鲎壳上有一物，高七八寸，如石珊瑚，俗呼为鲎帆。成式荆州常得一枚。至今闽、岭重鲎子酱[3]。鲎十二足，壳可为冠，次于白角[4]。南人取其尾为小如意也。

【译 文】

鲎。雌鱼常背负雄鱼而行，渔夫一捉就是一对。南方人把鲎鱼摆在集市上卖，雄鱼肉较少。旧时传说鲎鱼渡海时就是雌鱼把雄鱼负在背上，高一尺多，就像帆船乘风游行。如今鲎鱼的壳上有个东西，高七八寸，像石珊瑚，民间称作鲎帆。我在荆州时曾得到一枚。如今福建、岭南地区还喜欢食用鲎子酱。鲎鱼有十二只脚，壳可以做冠，仅次于白角冠。南方人用鲎鱼尾巴制作小如意。

注释

❶ 鲎（hòu）：鲎鱼。生活在太平洋浅海海域。 ❷ 列肆：商铺。 ❸ 鲎子酱：用鲎鱼卵制成的酱。 ❹ 白角：磨光的牛角。

【原文】

飞鱼。朗山浪水有鱼[1]。鱼长一尺，能飞，飞即凌云空，息即归潭底。

【译文】

飞鱼。朗山浪水有这种鱼。鱼长一尺，能飞翔，直飞至凌云高空，栖息时就回到潭底。

注释

❶ 朗山：今河南确山。

【原文】

温泉中鱼。南人随溪有三亭城[1]，城下温泉，中生小鱼。

【译文】

温泉中鱼。南方随溪有个三亭城，城下温泉中生活着一种小鱼。

注释

❶ 三亭城：即古三亭县。治今湖南保靖。

【原 文】

羊头鱼。故陵溪中有鱼[1]，其头似羊，俗呼为羊头鱼。丰肉少骨，殊美于余鱼。

【译 文】

羊头鱼。故陵溪中有一种鱼，鱼头像羊头，民间称之为羊头鱼。这种鱼肉多刺少，比其他鱼更为美味。

注 释

❶ 故陵：今重庆奉节。

【原 文】

鱑鱼[1]。济南郡东北有鱑坑。传言魏景明中[2]，有人穿井得鱼[3]，大如镜。其夜，河水溢入此坑，坑中居人，皆为鱑鱼焉。

【译 文】

鱑鱼。济南郡东北有处鱑坑。相传，北魏景明年间，有人开凿水井得到一条鱼，与镜子一样大。当晚，河水泛溢此坑中，坑里的人都变成了鱑鱼。

注 释

❶ 鱑：音 zhòng。 ❷ 景明：北魏宣武帝元恪年号。 ❸ 穿井：指开凿水井。

【原 文】

玭瑁。虫不再交者，虎、鸳与玭瑁也。

【译 文】

玭瑁。不再进行第二次生育的动物，有老虎、鸳鸯与玭瑁。

【原 文】

螺蚌[1]。鹦鹉螺如鹦鹉，见之者，凶。蚌，当雷声则瘷[2]。

【译 文】

螺蚌。鹦鹉螺旋尖处像鹦鹉的嘴，看见这种螺不吉利。蚌，听到雷声就会闭壳。

注 释

❶螺蚌：螺与蚌。 ❷瘷（zhòu）：缩。

【原 文】

蟹。八月，腹中有芒。芒，真稻芒也，长寸许，向东输于海神，未输不可食。

【译 文】

蟹。八月时，腹中有芒刺。芒，是真正的稻芒，长一寸多，是蟹献给东方海神的贡赋，未完成进献的蟹不能吃。

【原 文】

善苑国出百足蟹[1]，长九尺，四螯，煎为胶，谓之螯胶，胜凤喙胶也[2]。

【译 文】

善苑国出产百足蟹，长九尺，有四只螯，用它煎成的胶，称作螯胶，胜过凤喙胶。

注 释

❶善苑国：古国名。 ❷凤喙：凤凰的嘴。神话中认为其是制作续弦胶的原料。

【原 文】

平原郡贡糖蟹[1]，采于河间界[2]。每年生贡。斫冰火照，悬老犬肉，蟹觉老犬肉即浮，因取之。一枚直百金。以毡密束于驿马[3]，驰至于京。

【译 文】

平原郡进贡的糖蟹，是从河间一带捕捉的。每年进贡的都是活蟹。捕捉时要凿开坚冰，用火照明，在水面上悬一块老狗肉为饵，蟹觉察到有狗肉就浮上来，于是就捉到了。一只糖蟹价值百金，活蟹用毡密封绑缚在驿马上，飞驰送到京城。

注 释

❶ 平原郡：治在今山东德州陵城区。糖蟹：糟腌的蟹。 ❷ 河间：今属河北。 ❸ 驿马：驿站供应的马。供传递公文者及来往官员使用。

【原 文】

蝤蛑[1]。大者长尺余，两螯至强。八月，能与虎斗，虎不如。随大潮退壳，一退一长。

【译 文】

蝤蛑。大的长一尺多，两只螯强劲有力。八月的蝤蛑，能与老虎搏斗，老虎也打不过它。它随着大潮退壳，每退一次壳便长大一些。

注 释

❶ 蝤蛑（jiūmóu）：即梭子蟹。

【原 文】

奔鲟[1]。奔鲟一名瀱[2]，非鱼非蛟，大如船，长二三丈，色如鲇，有两乳在腹下，雄雌阴阳类人。取其子著岸上，声如婴儿啼。顶上有孔通头，气出哧哧作声，必大风，行者以为候。相传懒妇所化。杀一头得膏三四斛，取之烧灯，照读书、纺绩辄暗[3]，照欢乐之处则明。

【译 文】

奔鲟。奔鲟又名瀱，它既不是鱼也不是蛟，像船一样大，长二三丈，颜色像鲇鱼，腹部下面有两个乳房，雌雄的分别与人相似。把幼鱼放到岸上，叫声像婴儿啼哭。奔鲟的背顶有个孔洞通到头部，若孔中出气时有哧哧声，必有大风，出行的人以此来判断天气状况。相传这种鱼是懒妇所化。杀一只奔鲟能得到三四斛油膏，用来点灯，为读书和纺织照明时，光线就昏暗，照着欢乐之处，光线就明亮。

注 释

❶ 奔鲟（fū）：即江豚。 ❷ 瀱：音 jì。 ❸ 纺绩：把丝麻等纤维纺成纱线。古代纺指纺丝，绩指绩麻。

【原 文】

系臂。如龟，入海捕之，人必先祭。又陈所取之数，则自出，因取之。若不信，则风波覆船。

【译 文】

系臂。像龟，入海捕捉前，必须先祭祀，还要说出捕捞的数目，它就自己按数出现，趁机捕捉就是。如果不守信用多捕，那么船就会被风浪倾覆。

【原 文】

蛤梨[1]。候风雨，能以壳为翅飞。

【译 文】

蛤梨。每有风雨时，其能用壳当作翅膀飞行。

注 释

❶ 蛤梨：即蛤蜊。

【原 文】

拥剑[1]。一螯极小，以大者斗，小者食。

【译 文】

拥剑。两只螯有一只特别小，平时大的那只螯用来争斗，小的那只用来进食。

注 释

❶ 拥剑：一种两螯大小不一的蟹。因其大螯利如剑，故称。

【原 文】

寄居[1]。壳似蜗，一头小蟹，一头螺蛤也。寄在壳间，常候螺开出食。螺欲合，遽入壳中。

【译 文】

寄居蟹。壳似蜗牛壳，一头是小蟹，一头是螺蛤。其寄居在壳间，经常等候螺壳打开的当口出来觅食。螺壳要闭合时，就匆忙躲入螺壳中。

注释

❶ 寄居：即寄居蟹，亦称寄居虾。

【原文】

牡蛎[1]。言“牡”，非谓雄也。介虫中[2]，唯牡蛎是咸水结成也。

【译文】

牡蛎。这个“牡”字，不是雄性的意思。甲壳类动物中，只有牡蛎是咸水化生而成。

注释

❶ 牡蛎：亦称蚝。 ❷ 介虫：有甲壳的水族。

【原文】

玉蛯[1]。似蚌，长二寸，广五寸。壳中柱炙之，如牛头胘项[2]。

【译文】

玉蛯。像蚌，长二寸，宽五寸。甲壳中的肉柱烤着吃，口感就像牛百叶。

注释

❶ 玉蛯（yáo）：亦作玉珧、玉桃。海蚌之属，其肉柱为海味珍品。 ❷ 牛头胘项：牛百叶。

【原 文】

数丸。形似彭蜞[1]，竞取土各作丸，丸数满三百而潮至。一曰沙丸。

【译 文】

数丸。外形像彭蜞，竞相取土各自制作泥丸，其制满三百个泥丸，潮水就来了。因此，又名沙丸。

注释

❶ 彭蜞（qí）：小蟹，体小少肉，生近海泥岸中。

【原 文】

千人捏[1]。形似蟹，大如钱，壳甚固，壮夫极力捏之不死。俗言千人捏不死，因名焉。

【译 文】

千人捏。外形像蟹，有铜钱那么大，甲壳非常坚固，壮汉用尽全力也捏不碎。民间传说，其被千人捏也不死，因而得名。

注释

❶ 千人捏：一种似蟹、壳甚坚的甲壳动物，又称“千人擘”。

虫 篇

【原 文】

蝉。未蜕时名复育[1]，相传

【译 文】

蝉。没蜕皮前叫复育，相传是

言蛣蜣所化[2]。秀才韦翾[3]，庄在杜曲[4]，常冬中掘树根，见复育附于朽处，怪之。村人言蝉固朽木所化也。翾因剖一视之，腹中犹实烂木。

蜣螂化育而成。秀才韦翾的庄园在杜曲，一次他在冬天挖掘树根，发现复育附在树根腐朽处，感到很奇怪。村人说蝉原本就是朽木化育而成。韦翾于是剖开一只，复育腹中果然填满了朽木。

注释

❶ 复育：蝉之幼虫。 ❷ 蛣蜣（jiéqiāng）：即屎壳郎。 ❸ 翾：音 xuān。 ❹ 杜曲：古地名。在今陕西西安长安区东南，樊川、御宿川流经其间。唐大姓杜氏世居于此，故名。

【原 文】

蝶。白蛱蝶，尺蠖茧所化也[1]。秀才顾非熊少时，常见郁栖中坏绿裙幅[2]，旋化为蝶。工部员外郎张周封言："百合花合之，泥其隙，经宿化为大胡蝶。"

【译 文】

蝶。白蛱蝶，是尺蠖虫的茧化育而成的。秀才顾非熊年少时，曾看见粪壤中有一片破烂绿色裙幅突然变成了蝴蝶。工部员外郎张周封说："将百合花的花瓣闭合起来，用泥把花瓣缝隙抹严，经过一宿，其就能变成大蝴蝶。"

注释

❶ 尺蠖（huò）：尺蠖蛾的幼虫，种类较多，危害果树、桑树、棉花等。
❷ 郁栖：粪壤。

【原 文】

蚁。秦中多巨黑蚁，好斗，俗呼为马蚁。次有色窃赤者[①]。细蚁中有黑者迟钝，力举等身铁[②]。有窃黄者，最有兼弱之智。成式儿戏时，常以棘刺标蝇[③]，置其来路，此蚁触之而返，或去穴一尺或数寸，才入穴中者如索而出，疑有声而相召也。其行每六七，有大首者间之，整若队伍。至徙蝇时，大首者或翼或殿[④]，如备异蚁状也。元和中，成式假居在长兴里[⑤]。庭中有一穴蚁，形状如窃赤之蚁之大者，而色正黑，腰节微赤，首锐足高，走最轻迅。每生致蠖及小虫入穴，辄坏垤窒穴[⑥]，盖防其逸也。自后徙居数处，更不复见此。山人程宗义云："程执恭在易、定[⑦]，野中蚁楼高三尺余。"

【译 文】

蚁。关中有很多巨型黑蚂蚁，好斗，民间称为马蚁。另有一种浅红色的蚂蚁，个头稍小。小蚂蚁中有一种反应迟钝的黑蚁，能举起与身体相仿的铁屑。还有一种浅黄色的，最具整合弱者的智慧。我儿时玩耍时，常用荆棘芒刺穿上苍蝇，放在蚂蚁必经的路上，这类蚂蚁碰到苍蝇就折回蚁穴，在距离蚁穴一尺或几寸远时，其他刚回蚁穴的蚂蚁像绳子一样接连不断地爬出来，我怀疑它们是通过声音相互召唤的。蚂蚁爬行时每隔六七只，就有一只大头蚂蚁隔在中间，像军队一样整齐。到搬运苍蝇时，大头蚂蚁或在两翼护卫，或殿后，像是防备其他蚁群一样。元和年间，我借住在长兴坊。庭院中有一窝蚂蚁，外形像稍大点的浅红色蚂蚁，而颜色纯黑，腰节稍红，尖头长腿，行动最为轻捷。每次活捉了尺蠖及其他小虫拖回洞穴，就弄塌洞口边的土堆封住洞口，大概是防止小虫逃跑。后来，我搬了几次家，就再也没见过这种蚂蚁。隐士程宗义说："程执恭在易州、定州任职时，曾在荒野中看到蚂蚁窝外堆叠的土堆有三尺多高。"

注释

❶ 窃：通“浅”。 ❷ 等身：与身高相等。 ❸ 棘刺：荆棘芒刺。 ❹ 翼：在两翼护卫。殿：殿后。 ❺ 假居：租屋而居，暂借居住。长兴里：即长兴坊。唐长安城坊。 ❻ 垤（dié）：蚂蚁做窝时堆在穴口的小土堆。 ❼ 程执恭：又名程权，定州安喜（今河北定州）人。元和元年（806）为横海军节度使，元和六年（811）加尚书左仆射，后出任检校司空、邠宁军节度使等。易：易州。今河北易县。定：定州。今属河北。

【原文】

蜘蛛。道士许象之言：以盆覆寒食饭于暗室地上，入夏，悉化为蜘蛛。

【译文】

蜘蛛。道士许象之说：用盆把寒食节那天做的饭倒扣在暗室的地上，到了夏天，这些饭全都会变成蜘蛛。

【原文】

吴公[1]。绥安县多吴公[2]，大者能以气吸兔，小者吸蜥蜴，相去三四尺，骨肉自消。

【译文】

吴公。绥安县多蜈蚣，大的能用气吸兔子，小的能吸蜥蜴，相距三四尺远，张嘴一吸，就能把兔子和蜥蜴的骨肉全部消解。

注释

❶ 吴公：即蜈蚣。 ❷ 绥安县：今安徽广德。

【原 文】

蠮螉[①]。成式书斋多此虫，盖好窠于书卷也。或在笔管中，祝声可听[②]。有时开卷视之，悉是小蜘蛛，大如蝇虎[③]，旋以泥隔之，时方知不独负桑虫也[④]。

【译 文】

蠮螉。我书房里有很多这种虫子，大概是它们喜欢在书卷中做窝吧。有时在笔管里，隐约可以听到它们发出祝祷似的鸣叫声。我有时打开书卷，看到全是小蜘蛛，有蝇虎大小，就立即用泥隔着，这才知道蠮螉不只是捉螟蛉的。

注 释

❶蠮螉（yēwēng）：土蜂。俗称细腰蜂。 ❷祝声：祝祷时发出的噫歆之声。 ❸蝇虎：蜘蛛的一种。善跳跃，体小脚短，不结网。常捕食苍蝇和其他小虫。 ❹桑虫：螟蛉的别名。

【原 文】

颠当[①]。成式书斋前，每雨后多颠当窠（秦人所呼）。深如蚓穴，网丝其中，土盖与地平，大如榆荚。常仰捍其盖，伺蝇蠖过，辄翻盖捕之，才入复闭，与地一色，并无丝隙可寻也。其形似蜘蛛（如墙角乱緺中者[②]），《尔雅》谓之王蛈蜴[③]，《鬼谷子》谓之蛈母[④]。秦中儿

【译 文】

颠当。我书房前，每次雨后都会出现很多颠当窠（关中人这么叫）。颠当窠像蚯蚓洞那样深，里面密布网丝，洞口的盖儿与地齐平，有榆荚那么大。颠当经常在洞口仰面顶着盖子，等有苍蝇或尺蠖经过时，就翻转穴盖将其捉住，刚将虫捉进去，盖又马上盖严，跟地面颜色一样，找不到一丝缝隙。颠当形状像蜘蛛（就像墙角里乱蛛网中那种）。《尔雅》称之为王蛈蜴，《鬼谷子》称之为蛈母。

童戏曰："颠当颠当牢守门，蠮螉寇汝无处奔。"

关中的儿童有童谣唱道："颠当颠当牢守门，蠮螉寇汝无处奔。"

注释

❶ 颠当：昆虫名。即蝰蟷。一种生活在地下的小蜘蛛。 ❷ 緺（wō）：旋转盘结的发髻。 ❸ 蛈蝪（tiětāng）：土蜘蛛。 ❹《鬼谷子》：托名为战国时鬼谷子撰。该书侧重于纵横捭阖之术。

【原 文】

蝇。长安秋多蝇，成式蠹书[1]，常日读百家五卷[2]，颇为所扰，触睫隐字，驱不能已。偶拂杀一焉，细视之，翼甚似蜩[3]，冠甚似蜂。性察于腐，嗜于酒肉。按理首翼，其类有苍者声雄壮，负金者声清聒[4]，其声在翼也。青者能败物，巨者首如火，或曰大麻蝇，茅根所化也[5]。

【译 文】

蝇。长安的秋天苍蝇很多，我刻苦读书，经常一天下来能读诸子书五卷，颇为苍蝇所扰。它们在眼前飞来飞去，有的落在书上把字都挡住了，赶也赶不完。偶尔拍死一只，仔细一看，翅膀像蝉，头冠像蜂。苍蝇生性对腐烂的气味敏感，特别喜欢叮食酒肉。细察苍蝇的头和翅膀，颜色灰白的那类声音洪亮有气势，背上有金色的那类声音清脆又响亮，它的声音是从翅膀中发出的。青色的苍蝇最能使食物腐败。有种大苍蝇，头像火一样红，有人说这种叫大麻蝇，是由白茅根化育而成的。

注释

❶ 蠹（dù）书：谓晒去书中的蠹虫。这里指研书苦读。 ❷ 百家：指诸子

百家。❸ 蜩（tiáo）：蝉。❹ 清聒：谓声音清幽响亮。❺ 茅根：即白茅根。

【原 文】

壁鱼。补阙张周封言[1]：尝见壁上白瓜子化为白鱼[2]，因知《列子》言“朽瓜为鱼”之义[3]。

【译 文】

壁鱼。补阙张周封说：他曾看见墙壁上的白瓜子变成了白色蠹鱼，因而才明白《列子》所说“朽瓜为鱼”的含义。

注 释

❶ 补阙：官名。职掌侍奉、规谏皇帝并举荐人员，左补阙属门下省，右补阙属中书省。❷ 白鱼：指蠹鱼，蛀蚀书籍、衣物等物的小虫。❸《列子》：相传为战国时列御寇撰。内容多为民间故事、寓言和神话传说。

【原 文】

蛣蟯。草中有蛣蟯树。

【译 文】

蛣蟯。草丛里有蛣蟯树。

【原 文】

天牛虫[1]。黑甲虫也。长安夏中，此虫或出于篱壁间，必雨。成式七度验之，皆应。

【译 文】

天牛虫。一种黑色甲虫。长安的夏天，这种虫子若出现在篱笆、墙壁间，天一定下雨。我验证了七次，每次都应验。

注释

❶天牛虫：昆虫名，体呈长椭圆形，触角比身体长。为危害果树、桑树等的重要害虫。

【原文】

异虫。温会在江州①，与宾客看打鱼。渔子一人忽上岸狂走，温问之，但反手指背，不能语。渔者色黑，细视之，有物如黄叶，大尺余，眼遍其上，啮不可取。温令烧之，方落。每对一眼，底有觜如钉，渔子出血数升而死，莫有识者。

【译文】

异虫。温会在江州时，与宾客一起观看捕鱼。一个渔夫忽然上岸狂奔，温会问他，那人只是反手指着自己的后背，口不能言。这个渔夫皮肤黑，仔细看他背上，有个东西像黄树叶，一尺多大，上面有很多眼孔，紧紧吸附在渔夫背部皮肤上弄不下来。温会叫人用火烤，那东西才掉了下来。它的每一个眼孔，底下都有一个像钉子似的嘴，渔夫流了好几升血后就死了，没有人认识这种怪物。

注释

❶温会：随段成式之父段文昌出镇西川，为剑南西川节度判官。公余从段文昌游宴唱和，其后事迹不详。江州：治在今江西九江。

【原文】

冷蛇。申王有肉疾①，腹垂至骭②，每出，则以白练束之。

【译文】

冷蛇。申王得了肥胖症，肚腹垂到了小腿，每次出行，就用白绢缠住

至暑月，常鼾息不可过[3]。玄宗诏南方取冷蛇二条赐之。蛇长数尺，色白，不螫人，执之冷如握冰。申王腹有数约[4]，夏月置于约中，不复觉烦暑[5]。

肚子。到了暑天，经常喘不过气。玄宗皇帝下令南方进献两条冷蛇，赏赐给申王。蛇长好几尺，白色，不咬人，握在手里冷得就像握着冰块。申王肚子上有几道肉沟，夏天把蛇放在肉沟里，就不再觉得暑热了。

注释

❶ 申王：即李㧑，唐睿宗李旦第二子。 ❷ 骭（gàn）：小腿骨。 ❸ 鼾息：喘不动气。 ❹ 约：腰带。这里指因肥胖而形成的肉沟。 ❺ 烦暑：暑热，闷热。

【原文】

异蜂。有蜂如蜡蜂[1]，稍大，飞劲疾，好圆裁树叶，卷入木窍及壁罅中作窠。成式常发壁寻之，每叶卷中，实以不洁，或云将化为蜜也。

【译文】

异蜂。有一种蜂外形像蜜蜂，但体形稍大，飞起来迅捷而有力，喜欢用尖利的大颚把树叶裁成圆形，而后卷起来放入木孔或墙壁裂缝中做窝。我曾弄开墙壁寻找，发现每片叶子里都卷着不干净的东西，有人说这些东西将会变成蜂蜜。

注释

❶ 蜡蜂：蜜蜂的别称。

【原文】

白蜂窠。成式修行里私

【译文】

白蜂窠。我修行坊的私宅中有几

第[1]，果园数亩。壬戌年[2]，有蜂如麻子蜂，胶土为窠于庭前檐，大如鸡卵，色正白可爱。家弟恶而坏之。其冬，果衅钟手足[3]。《南史》言宋明帝恶言白门。《金楼子》言[4]：“予婚日，疾风雪下，帏幕变白，以为不祥。”抑知俗忌白久矣。

亩果园。壬戌年，一种蜂外形像麻子蜂，在庭前屋檐下黏土筑巢，巢有鸡蛋那样大，颜色纯白可爱。我弟弟讨厌它，就把巢弄坏了。那年冬天，他果然遭遇不祥。《南史》说宋明帝讨厌人家将宣阳门称作白门。《金楼子》的作者萧绎说：“我结婚那天，风急雪大，帘幕都变白了，都认为是不祥之兆。”由此可知，世俗忌讳白色由来已久。

注释

❶修行里：即修行坊。唐长安城坊。　❷壬戌年：指唐武宗会昌二年(842)。　❸衅（xìn）钟：古代杀牲以血涂钟行祭。　❹《金楼子》：南朝梁元帝萧绎（自号金楼子）所撰杂录。

【原 文】

毒蜂。岭南有毒菌，夜明，经雨而腐，化为巨蜂，黑色，喙若锯，长三分余。夜入人耳鼻中，断人心系[1]。

【译 文】

毒蜂。岭南有种毒菌，夜晚发光，雨后即腐，变成黑色巨蜂，嘴像锯齿，长三分多。夜晚钻进人的耳朵、鼻子里，咬断人的心脉。

注释

❶心系：旧称系悬心脏于胸腔的筋脉。

【原文】

竹蜜蜂[1]。蜀中有竹蜜蜂，好于野竹上结窠。窠大如鸡子，有蒂，长尺许。窠与蜜并绀色可爱[2]，甘倍于常蜜。

【译文】

竹蜜蜂。蜀地有一种竹蜜蜂，喜欢在野竹上筑巢。巢像鸡蛋那么大，有长约一尺的蒂。巢与蜂蜜的颜色都是青里透红，非常好看，其蜂蜜比普通蜂蜜甜一倍。

注释

❶ 竹蜜蜂：即竹蜂，又称留师。 ❷ 绀（gàn）：深青里透红的颜色。

【原文】

水蛆。南中水溪涧中多此虫，长寸余，色黑。夏深，变为虻[1]，螫人甚毒。

【译文】

水蛆。南方水溪涧谷里多有这种虫子，长一寸多，黑色。盛夏季节会变成虻，螫人毒性很大。

注释

❶ 虻（méng）：同“蝱”，像蝇而稍大，体粗壮多毛。生活在田野杂草中，雄的吸植物的汁液或花蜜，雌的吸人和动物的血液。

【原文】

水虫。象浦，其川渚有水虫[1]，攒木食船[2]，数十

【译文】

水虫。象浦县的水中小洲上有种水虫，喜钻木头啃食船板，几十天就能咬坏

日船坏。虫甚微细。

一只船。这种虫子非常小。

注释

❶ 川渚：水中小洲。 ❷ 攒（zuān）：通“钻”。

【原文】

抱枪[1]。水虫也。形如蛣蜣，稍大，腹下有刺似枪，如棘针，螫人有毒。

【译文】

抱枪。一种水虫。外形像屎壳郎，而稍大，肚腹下有尖刺像枪，口器如同荆棘的芒刺，螫人有毒。

注释

❶ 抱枪：蜮的别名。传说其能躲在水里含沙射人。

【原文】

负子。水虫也，有子多负之。

【译文】

负子。一种水虫，经常把幼虫负在背上。

【原文】

避役[1]。南中有虫名避役，一曰十二辰虫。状似蛇医，脚长，色青赤，肉鬣[2]。

【译文】

避役。南方有一种虫叫避役，又叫十二辰虫。那虫外形像蜥蜴，脚长，青红色，背上有肉鬣。夏季，经常出现在暑月时，见于篱壁间。俗云，见得多称意事。其首倏忽更变，为十二辰状。成式再从兄郛常观之[3]。

篱笆、墙角间。民间说，见到这种虫多有喜事发生。它的头会随十二时辰变化成不同形状。我的再从兄段郛看到过这种虫。

注释

❶ 避役：一种爬行类动物，俗称变色龙。真皮内有多种色素细胞，能随时伸缩，变化体色。头上有钝三角形凸起。四肢较长，善握树枝。喜捕食昆虫。❷ 鬣（liè）：某些兽类（如马、狮子等）颈上的长毛。这里指似鬣的凸起。 ❸ 再从兄：同曾祖所出而年长于己者。

【原文】

食胶虫。夏月，食松胶[1]，前脚傅之[2]，后脚聂之[3]，内之尻中[4]。

【译文】

食胶虫。夏天，这种虫吃松脂，用前脚黏附松脂，后脚握持，纳入肛门。

注释

❶ 松胶：松脂。 ❷ 傅：通“附”。附着。 ❸ 聂：同“摄”。握持。 ❹ 内：同“纳”。

【原文】

蠮螉[1]。形如蝉，其子如

【译文】

蠮螉。外形像蝉，幼虫像虾，附在

虾，著草叶。得其子，则母飞来就之。煎食，辛而美。

草叶上生活。捉到幼虫，母虫就会飞来找寻。煎着吃，味道辛辣香美。

注释

❶蠓蝺（tūnyú）：即青蚨，一种虫。

【原文】

灶马[1]。状如促织[2]，稍大，脚长，好穴于灶侧。俗言灶有马，足食之兆。

【译文】

灶马。外像蟋蟀，比蟋蟀稍大，脚长，喜欢在灶旁做窝。民间说灶旁有灶马，是食物丰足的好兆头。

注释

❶灶马：昆虫名。又称灶鸡，淡黄色，后足发达，能跳跃，善鸣，常栖息于灶房、浴室和锅炉房等处。 ❷促织：蟋蟀。

【原文】

谢豹。虢州有虫名谢豹[1]，常在深土中。司马裴沆子常治坑获之。小类虾蟆，而圆如球，见人，以前两脚交覆首，如羞状。能穴地如鼢鼠[2]，顷刻深数尺。或出地，

【译文】

谢豹。虢州有种虫名叫谢豹，常住在深土里。裴沆司马的儿子曾挖洞抓到过这种虫。它外形略像蛤蟆，而像球一样圆，看见人，就用两只前爪交叉抱着脑袋，像害羞的样子。它能像鼢鼠那样在地上打洞，一会儿就能掘几尺深。有时爬到地面，若碰巧听到谢豹鸟的叫

听谢豹鸟声[3]，则脑裂而死，俗因名之。

声，就会脑袋开裂而死，民间因此把它称作谢豹。

注释

❶ 虢州：今河南灵宝。 ❷ 鼢（fén）鼠：哺乳动物，仓鼠科，善打洞，对农牧业有害。 ❸ 谢豹鸟：即杜鹃鸟。

【原 文】

碎车虫。状如唧聊[1]，苍色，好栖高树上，其声如人吟啸，终南有之。一本云，沧州俗呼为搔前，太原有大而黑者，声唧聊。碎车，别俗呼为没盐虫也。

【译 文】

碎车虫。外形像知了，青黑色，喜欢栖息在高大的树上，它的叫声就像人高声吟啸，终南山有这种虫。某本书上说，沧州民间称呼它为搔前，太原有一种又大又黑的，叫声颇似知了。碎车虫，有的地方称为没盐虫。

注释

❶ 唧聊：疑为知了。

【原 文】

度古[1]。似书带[2]，色类蚓，长二尺余，首如铲，背上有黑黄襕[3]，稍触则断。

【译 文】

度古。外形像束书的带子，颜色像蚯蚓，长二尺多，头像把铲子，背上有黑黄色的花纹，稍微一碰就断。经常追逐蚯

尝趁蚓[4]，蚓不复动，乃上蚓掩之，良久蚓化，惟腹泥如涎。有毒，鸡吃辄死。俗呼土蛊。

蚓，等蚯蚓不动时，度古便爬到蚯蚓身上盖住它，过了一阵子蚯蚓就化了，只有腹部剩下涎液状的泥土。度古有毒，鸡吃了就会死。民间称之为土蛊。

注释

❶度古：虫名。俗称土蛊，又名笄蛭。　❷书带：束书的带子。　❸襕(lán)：古代上下衣相连的服装。　❹趁：追逐，赶。

【原文】

雷蜞[1]。大如蚓，以物触之，乃蹙缩，圆转若鞠[2]。良久，引首，鞠形渐小，复如蚓焉。或云啮人毒甚。

【译文】

雷蜞。像蚯蚓那样大，用东西触碰它，就会收缩成圆球。过很久，才会伸出脑袋，球也渐渐变小，又恢复成如同蚯蚓的样子了。有人说这种虫子咬人毒性很大。

注释

❶雷蜞（qí）：虫名。形如蚯蚓，色微红，产于福建滨海稻田中。　❷鞠(jū)：古时的一种皮球。

【原文】

矛。蛇头鳖身，入水，缘树木，生岭南，南人谓之

【译文】

矛。蛇头鳖身，可以下水，也能爬树，生于岭南，南方人称之为矛。它的

矛。膏至利，铜瓦器贮浸出，惟鸡卵壳盛之不漏。主肿毒[1]。

油脂渗透性强，用铜器、瓦器盛装都会渗出，只有用鸡卵壳盛着不漏。主要功效是消肿拔毒。

注释

❶ 肿毒：各种毒疮的通称。

【原文】

蓝蛇。首有大毒，尾能解毒，出梧州陈家洞[1]。南人以首合毒药，谓之蓝药，药人立死。取尾为腊[2]，反解毒药。

【译文】

蓝蛇。头部有剧毒，尾巴能解此剧毒，这种蛇出自梧州陈家洞。南方人用蛇头配成毒药，称为蓝药，毒人立死。南方人家，多晒有蓝蛇的蛇尾干，备以解毒。

注释

❶ 梧州：治在今广西梧州。 ❷ 腊（xī）：干肉。

【原文】

蚺蛇[1]。长十丈，常吞鹿，鹿消尽，乃绕树出骨。养创时，肪腴甚美。或以妇人衣投之，则蟠而不起[2]。其

【译文】

蚺蛇。长十丈，常吞食鹿，将鹿消化完，就紧紧缠在树上，鹿骨就会从张开的鳞片间破体挤出。蛇养伤时，身上的肉脂味道鲜美。只要把妇女的衣服扔向它，它就盘曲不动。这种蛇的胆每月

胆上旬近头，中旬在心，下旬在尾。

的上旬靠近头部，中旬在心脏部位，下旬靠近尾部。

注释

❶蚺（rán）蛇：即蟒蛇。 ❷蟠：盘曲。

【原文】

蝎。鼠负虫巨者多化为蝎[①]。蝎子多负于背，成式常见一蝎负十余子，子色犹白，才如稻粒。成式尝见张希复言："陈州古仓有蝎[②]，形如钱，螫人必死。"江南旧无蝎，开元初，常有一主簿，竹筒盛过江，至今江南往往而有，俗呼为主簿虫。蝎常为蜗所食，以迹规之，蝎不复去。旧说："过满百，为蝎所螫。"蝎前谓之螫，后谓之虿[③]。

【译文】

蝎。大的鼠妇虫多数会变成蝎子。蝎子经常把幼子负在背上，我曾看到一只大蝎背着十多只幼子，幼子还是白色，只有稻粒大小。我曾听张希复说："陈州的旧粮仓中有蝎子，样子像铜钱，螫人必死。"江南原本没有蝎子，开元初年，曾有一个主簿，用竹筒装着蝎子带过长江，到如今江南很多地方都有蝎子，民间称之为主簿虫。蝎子经常被蜗牛吃掉，蜗牛用涎迹把蝎子围起来，蝎子就跑不出去。旧时传说："错满百，为蝎所螫。"蝎子的前肢称为螫，尾针称为虿。

注释

❶鼠负：即鼠妇。虫名。栖于陆上阴湿处。 ❷陈州：治今河南周口淮阳区。 ❸虿（chài）：蝎类毒虫的古称。

【原 文】

虱。旧说虱虫，饮赤龙所浴水则愈。虱恶水银。人有病虱者，虽香衣沐浴，不得已。道士崔白言："荆州秀才张告，常扪得两头虱[①]。"有草生山足湿处，叶如百合，对叶独茎，茎微赤，高一二尺，名虱建草，能去虮虱[②]。有水竹，叶如竹，生水中，短小，亦治虱。

【译 文】

虱。旧时传说，长了虱虫只有喝赤龙沐浴的水才可以治愈。虱子厌恶水银。人身上一旦招了虱子，即使熏香沐浴也不能清干净。道士崔白说："荆州秀才张告，曾捉住一只两个头的虱子。"有一种草生长在山脚下潮湿处，叶子像百合，叶片对生，只有一根茎，茎是微红色，高有一二尺，名叫虱建草，可除虱子和虱卵。有一种水竹，叶子像竹，生长在水中，植株短小，也能除虱。

注 释

❶ 扪（mén）：按住。 ❷ 虮（jǐ）虱：虱及其卵。

【原 文】

蝗。荆州有帛师号法通，本安西人[①]，少于东天竺出家，言蝗虫腹下有梵字，或自天下来者，乃忉利天、梵天来者[②]，西域验其字，作本天坛法禳之。今蝗虫首有"王"字，固自不可晓。或言鱼子变[③]，近之矣。旧言虫食谷

【译 文】

蝗。荆州有位帛师号法通，本是安西人，年轻时在东天竺出家，他说蝗虫肚子下面生有梵文的，或许是从天界下来的，即从忉利天、梵天来的。西域有人验看了蝗虫腹下的字，作本天坛法来禳灾。如今的蝗虫头上有"王"字，不知是何缘故。有人说蝗虫是鱼卵所变，这种说法应该差不多。以前说，蝗虫吃谷物，是由地方官吏造成的，地方官吏

者，部吏所致[4]，侵渔百姓[5]，则虫食谷。虫身黑头赤，武吏也；头黑身赤，儒吏也。

若剥削百姓，蝗虫就会吃庄稼。如果蝗虫黑身红头，是指武官横行不法；如果蝗虫黑头红身，就是文官横行不法。

注释

❶ 安西：唐方镇名。治所在安西都护府。790 年后，辖境尽入吐蕃。 ❷ 忉利天：佛教术语。即三十三天。六欲天之一。佛教谓须弥山顶四方各有八天城，合中央帝释所居天城，共三十三处，故云。梵天：佛经中称三界中的色界初三重天为“大梵天”等。 ❸ 鱼子：鱼卵。 ❹ 部吏：低级职官的通称。 ❺ 侵渔：侵夺。

【原 文】

野狐鼻涕。螵蛸也[1]，俗呼为野狐鼻涕。

【译 文】

野狐鼻涕。就是螵蛸，俗称野狐鼻涕。

注释

❶ 螵蛸（piāoxiāo）：螳螂的卵房。螳螂产卵前，会先分泌出一种黏液，再将卵产在里面，干燥后形成卵鞘，即螵蛸，可入药。

前集卷十八

广动植之三

木 篇

【原 文】

松。凡言两粒、五粒，“粒”当言“鬣”[1]。成式修行里私第大堂前，有五鬣松两株，大财如碗[2]，甲子年结实[3]，味与新罗、南诏者不别[4]。五鬣松，皮不鳞。中使仇士良水硙亭子在城东[5]，有两鬣皮不鳞者，又有七鬣者，不知自何而得，俗谓孔雀松，三鬣松也。松命根，下遇石则偃盖[6]，不必千年也。

【译 文】

松。今人所说两粒松、五粒松，其中“粒”应该说成“鬣”。我修行里私宅的大堂前，有两棵五鬣松，树干仅有碗口粗，甲子年结过松子，味道与新罗、南诏的没有区别。五鬣松，树皮不会龟裂成鳞片状。宦官仇士良的水磨亭子在城东，附近种有两鬣松，树皮也不是鳞片状，还种有七鬣松，不知从哪里弄来的，民间称为孔雀松的，就是三鬣松。松树的主根在地下遇到石头，树冠就会形如偃盖，不一定非得是千年古松才能结成伞盖状的树冠。

注 释

❶ 鬣（liè）：此处指松针。两粒者，即二针松；五粒者，为五针松。 ❷ 财：

通“才”，仅仅。❸甲子年：唐武宗会昌四年（844）。❹新罗：朝鲜半岛古国名。4世纪建国，935年为王氏高丽取代。南诏：古国名。在今云南一带。唐时有六诏，蒙舍诏在最南，称作南诏。后来，其统一其余五诏，全盛时占有云南全部、四川南部、贵州西部等地。❺中使：即宦官，太监。仇士良：唐朝宦官。唐文宗大和九年（835）“甘露之变”后，仇士良挟持文宗，大肆诛杀朝臣，把持朝政二十余年。水硙（wèi）：水磨。❻偃盖：形容松树枝条横垂，张大如伞盖之状。

【原文】

竹。竹花曰覆，死曰箹。六十年一易根，则结实枯死。

【译文】

竹。竹子花叫覆，竹子枯死叫箹。竹子六十年换一次根，此时将结实而枯死。

【原文】

篨篨竹。大如脚指，腹中白幕拦隔，状如湿面。将成竹而筒皮未落，辄有细虫啮之，陨箨后[1]，虫啮处成赤迹[2]，似绣画可爱[3]。

【译文】

篨篨竹。粗细如同脚趾，竹腔内有白膜拦隔，那白膜就像湿面。将要长成竹子而笋壳未落时，常有小虫咬啮竹子，笋壳剥落后，小虫咬啮的地方呈现出红色痕迹，像绣画一样好看。

注释

❶陨箨（tuò）：笋壳剥落。箨：笋壳。❷成：许本作“呈”，今据《四部丛刊》本改。❸绣画：用彩色丝线绣成的画。

【原 文】

棘竹。一名笆竹，节皆有刺，数十茎为丛。南夷种以为城[1]，卒不可攻。或自崩根出，大如酒瓮，纵横相承，状如缫车[2]。食之，落人发。

【译 文】

棘竹。又名笆竹，竹节上有刺，几十竿为一丛。南夷栽种棘竹当作城墙，外敌无从攻取。有自行破土崩出的竹根，粗如酒瓮，纵横交错，互相盘结，样子很像缫车。人吃了棘竹笋，会掉头发。

注 释

❶ 南夷：旧指南方的少数民族。又指南方边远地区。 ❷ 缫（sāo）车：抽茧出丝的工具。缫：同“缲”，抽丝。

【原 文】

筋竹。南方以为矛。笋未成竹时，堪为弩弦[1]。

【译 文】

筋竹。南方用筋竹制作长矛。筋竹笋未长成竹子时，可以制成弩弦。

注 释

❶ 弩弦：弓弩的弦。

【原 文】

百叶竹。一枝百叶，有毒。《竹谱》[1]：“竹类有三

【译 文】

百叶竹。一个枝条上有上百片竹叶，这种竹子有毒。《竹谱》上说：“竹类共

十九。”

有三十九种。”

注释

❶《竹谱》：晋人戴凯之撰。该书为中国最早的竹类专著。

【原文】

慈竹[1]。夏月经雨，滴汁下地生蓐[2]，似鹿角，色白，食之已痢也。

【译文】

慈竹。夏天雨后，慈竹的汁液所滴之处会长出一片白色细草，形如鹿角，人吃了可以止痢疾。

注释

❶ 慈竹：又称“子母竹”。丛生，一丛或多至数十百竿，根窠盘结，四时出笋。竹高5～10米。新竹旧竹密结，高低相倚，若老少相依，故名。 ❷ 蓐（rù）：陈草复生。引申为草垫子，草席。

【原文】

异木。大历中，成都百姓郭远，因樵，获瑞木一茎[1]，理成字曰“天下太平”，诏藏于秘阁[2]。

【译文】

异木。大历年间，成都百姓郭远，砍柴时得到一根瑞木，木头上的纹理为“天下太平”四个字，皇帝下诏把这根木头珍藏在秘阁。

注释

❶ 瑞木：指连理木。古人认为王者德泽纯洽、八方合为一始生。 ❷ 秘阁：古代宫中收藏珍贵图书之处。

【原文】

京西持国寺，寺前有槐树数株。金监买一株，令所使巧工解之。及入内回，工言木无他异，金大嗟惋，令胶之，曰："此不堪矣，但使尔知予工也。"乃别理解之，每片一天王[1]，塔戟成就焉[2]。

【译文】

长安西边的持国寺，寺前有几棵槐树。有位金姓太监买了一棵，让他手下的能工巧匠用锯分解。等到金太监从宫廷返回家中，工匠说这棵树和其他树没什么两样。金太监大为叹惜，让工匠把树用胶黏合好，说："这已不值什么，只是让你们知道我的手艺罢了。"于是，另择一处，顺着树木纹理进行锯解，每片木头上都有一尊天王像，天王手持的塔和戟也都是木纹自然生成。

注释

❶ 天王：即佛教中的"护世四天王"，俗称"四大金刚"。 ❷ 塔戟：佛经中四天王之一为多闻天王，俗称托塔天王，形象多为一手持长柄武器，一手托塔。

【原文】

都官陈修古员外言[1]："西川一县[2]，不记名，吏因换狱卒木薪之，有天尊形像

【译文】

都官员外郎陈修古说："西川有个县，不记得县名了，县吏为更换狱卒手持的木棒去伐木，发现木材纹理天然生

存焉。”

有佛像。”

注释

❶都官：即都官员外郎，刑部都官司次官。 ❷西川：唐方镇名。即剑南西川，治所在今四川成都。

【原文】

异树。娄约居常山[1]，据禅座。有一野妪，手持一树，植之于庭，言此是蜻蜓树。岁久，芬芳郁茂，有一鸟，身赤尾长，常止息其上。

【译文】

异树。娄约在常山时，一日在寺院中静坐，有一个乡野妇人，手持一棵小树，种在庭院里，说是棵蜻蜓树。多年后，树长得枝叶茂盛，气味芬芳，有一只红色的长尾鸟，经常飞来栖息在这棵树上。

注释

❶娄约：南朝僧人，法号慧约，俗姓娄。常山：今属浙江。

【原文】

异果。瞻披国有人牧牛千百余头[1]，有一牛离群，忽失所在，至暮方归，形色鸣吼异常，群牛异之。明日，遂独行，主因随之。入一穴，

【译文】

异果。瞻披国有一个牧人养了成百上千头牛，有一头牛离开牛群，忽然不知道跑哪儿去了，到了傍晚，才回到牛群。主人发现这头牛的形貌及吼叫声都有所变化，群牛也很惊异。第二天，这头牛又独自出行，主人就跟着它。牛进入一个洞

行五六里，豁然明朗，花木皆非人间所有。牛于一处食草，草不可识。有果作黄金色，牧牛人窃一将还，为鬼所夺。又一日，复往取此果。至穴，鬼复欲夺，其人急吞之，身遂暴长，头才出，身塞于穴，数日化为石矣。

穴，走了五六里，豁然开朗，花草树木都不是人间所有。牛走到一处吃草，也不认识是什么草。洞中有一种金黄色的果实，牧人偷偷摘了一个想带回去，被鬼夺走了。过了一天，牧人又去那里摘那个果实。走到洞口时，鬼又要夺走，牧人急忙把果子吞到肚子里，身体随即膨胀，头才出洞口，身体就塞在洞穴无法出来，几天后牧人就变成了石头。

注释

❶ 瞻披国：又作瞻波国等。故址在今孟加拉国境内。

【原 文】

甘子[1]。天宝十年，上谓宰臣曰："近日于宫内种甘子数株，今秋结实一百五十颗，与江南、蜀道所进不异。"宰臣贺表曰："雨露所均，混天区而齐被[2]；草木有性，凭地气而潜通。故得资江外之珍果，为禁中之华实。"相传玄宗幸蜀年[3]，罗浮甘子不实[4]。岭南有蚁，大于秦中马蚁，结窠于甘树，实时，常循其上，故甘

【译 文】

甘子。天宝十载，玄宗对宰相说："先前在宫内种了几棵柑树，今年秋天结了一百五十颗果子，这些果子与江南、蜀地所进贡的味道没什么差别。"宰相呈上贺表说："雨露均沾，混一天下而泽被万物；草木有灵性，凭依地气而潜通四方。因此才能将江南的珍异之果，变为宫中的华美之实。"相传唐玄宗幸蜀那年，罗浮山的柑树不结果。岭南有一种蚂蚁，比秦中的蚂蚁大，在柑树上筑窝。柑树结果时，蚂蚁循着果实上下爬动，所以这种柑子皮薄而光滑，往往有一

皮薄而滑，往往甘实在其窠中。冬深取之，味数倍于常者。

些柑子被包在蚁巢里。这类柑子到了深冬摘取，比普通柑子更加美味。

注释

❶甘子：即柑子，此指柑树。 ❷天区：谓上下四方。 ❸玄宗幸蜀年：安史之乱爆发的第二年。天宝十五载（756），唐玄宗为避乱奔蜀。 ❹罗浮：罗浮山。主峰位于今广东博罗。

【原文】

樟木。江东人多取为船，船有与蛟龙斗者。

【译文】

樟木。江南人多用樟木造船，这种船有的能对抗蛟龙。

【原文】

石榴。一名丹若。梁大同中[①]，东州后堂石榴皆生双子。南诏石榴，子大，皮薄如藤纸[②]，味绝于洛中[③]。石榴甜者，谓之天浆，能已乳石毒[④]。

【译文】

石榴。又名丹若。南梁大同年间，东州后堂的石榴树所结果实都成双成对。南诏的石榴，子大，皮薄如同藤纸，味道胜过洛阳所产。石榴的甜汁称作天浆，能解钟乳石之毒。

注释

❶大同：南梁武帝萧衍年号。 ❷藤纸：古时用藤皮造的纸，产于浙江剡溪、余杭等地。 ❸洛中：今河南洛阳。 ❹乳石：乳谓石钟乳，石谓白石英、

紫石英、赤石脂之类。唐王焘《外台秘要》中有服乳石法。

【原 文】

柿。俗谓柿树有七绝：一寿，二多阴，三无鸟巢，四无虫，五霜叶可玩，六嘉实，七落叶肥大。

【译 文】

柿。民间说柿树有七绝：一长寿，二树荫浓密，三树上没有鸟窝，四不遭虫害，五经霜的叶子可供赏玩，六果实佳美，七落叶肥大。

【原 文】

汉帝杏。济南郡之东南，有分流山[①]，山上多杏，大如梨，色黄如橘，土人谓之汉帝杏，亦曰金杏。

【译 文】

汉帝杏。济南郡的东南，有座分流山，山上多杏树，杏长得有梨那么大，颜色像橘子那样黄，当地人称为汉帝杏，也叫金杏。

注释

❶ 分流山：今山东济南长城岭。

【原 文】

脂衣柰[①]。汉时，紫柰大如升，核紫花青，研之有汁，可漆，或著衣，不可浣也[②]。

【译 文】

脂衣柰。汉朝时，有一种紫柰大如升斗，紫核青花，研磨出来的浆汁，可以当漆使，如果弄在衣服上，是洗不掉的。

注释

❶ 柰（nài）：果木名。 ❷ 浣：洗。

【原文】

仙人枣。晋时，太仓南有翟泉[①]，泉西有华林园[②]。园有仙人枣，长五寸，核细如针。

【译文】

仙人枣。晋朝时，洛阳太仓南面有翟泉，翟泉的西面有华林园。华林园中有仙人枣树，枣长五寸，枣核像针一般细。

注释

❶ 太仓：古时设于京城的大粮库。翟泉：春秋周王城地。在今河南洛阳城内。 ❷ 华林园：本东汉芳林园，魏正始初因避齐王曹芳名讳改名。在今河南洛阳东洛阳故城内。

【原文】

楷[①]。孔子墓上特多楷木。

【译文】

楷。孔子墓上有很多楷树。

注释

❶ 楷（jiē）：木名。即黄连木。

【原 文】

栀子。诸花少六出者[1]，唯栀子花六出[2]。陶贞白言：“栀子翦花六出[3]，刻房七道，其花香甚。”相传即西域薝蔔花也[4]。

【译 文】

栀子。其他的花很少有六个花瓣的，只有栀子花是六个花瓣。陶弘景说：“栀子花六瓣，有七条棱，花特别香。”相传，栀子就是西域的薝蔔花。

注 释

❶ 者：许本无此字，今据汲古阁本补。 ❷ 六出：谓一花生六瓣。 ❸ 翦花：雪花。 ❹ 薝（zhān）蔔：梵语音译，即栀子花。

【原 文】

仙桃。出郴州苏耽仙坛[1]。有人至心祈之，辄落坛上，或至五六颗。形似石块，赤黄色，破之，如有核三重。研饮之，愈众疾，尤治邪气。

【译 文】

仙桃。出自郴州苏耽仙坛。遇人诚心祈祷，仙桃就会落到坛上，有时多至五六颗。桃子形状像石块，赤黄色，掰开仙桃，里面似乎有三重桃核。把桃核研磨服下，能治多种疾病，治疗邪气尤其有效。

注 释

❶ 郴州：治在今湖南郴州。苏耽：传说中的仙人，又称苏仙公。事见葛洪《神仙传》。

【原 文】

娑罗[1]。巴陵有寺[2]，僧房床下，忽生一木，随伐随长。外国僧见曰：“此娑罗也。”元嘉初[3]，出一花如莲。天宝初，安西道进娑罗枝，状言：“臣所管四镇[4]，有拔汗那，最为密近。木有娑罗树，特为奇绝。不庇凡草，不止恶禽，耸干无惭于松栝[5]，成阴不愧于桃李。近差官拔汗那，使令采得前件树枝二百茎。如得托根长乐[6]，擢颖建章[7]。布叶垂阴，邻月中之丹桂；连枝接影，对天上之白榆[8]。”

【译 文】

娑罗。巴陵的一座寺庙，僧房的床下忽然长出一棵树，随砍随长。一个外国僧人见了说：“这是娑罗树。”元嘉初年，这棵树开出一朵花，像莲花。天宝初年，安西道进献娑罗树枝，呈状说：“臣所管四镇，与拔汗那国最为密近。该国有娑罗树，最为奇绝。树下不生凡草，树上不栖恶鸟，树干高耸不输松柏，树荫浓密不逊桃李。最近，臣派人前往拔汗那采得娑罗树枝二百根。希望这些树枝能在禁苑生根，在皇宫发芽。布叶垂荫，毗邻月中丹桂；连枝接影，遥对天上白榆。”

注 释

❶ 娑罗：梵语音译，一种常绿大乔木名。产于印度等热带地区。 ❷ 巴陵：治今湖南岳阳。 ❸ 元嘉：南朝宋文帝刘义隆年号。 ❹ 四镇：即安西四镇，龟兹、于阗、疏勒、焉耆。 ❺ 栝（guā）：古书上指桧树。今名圆柏，常绿乔木。 ❻ 长乐：即长乐宫。西汉宫殿遗址，在今陕西西安汉长安故城东南隅。 ❼ 擢颖：犹抽穗。建章：即建章宫。汉长安宫殿名。 ❽ 白榆：白皮的榆树。

【原 文】

赤白柽[1]。出凉州。大者

【译 文】

赤白柽。出自凉州。砍伐枝干粗

为炭，入以灰汁，可以煮铜为银。

大的烧成炭，加入灰汁，可以煮铜成银。

注释

❶柽（chēng）：柽柳。落叶小乔木，枝条纤弱下垂，耐碱抗旱，适于造防沙林。

【原文】

仙树。祁连山上有仙树实[1]，行旅得之，止饥渴。一名四味木。其实如枣，以竹刀剖则甘，铁刀剖则苦，木刀剖则酸，芦刀剖则辛。

【译文】

仙树。祁连山上有种仙树果实，旅行的人吃了，可止饥渴。又名四味木。果实像枣，用竹刀剖开是甜的，用铁刀剖开是苦的，用木刀剖开是酸的，用芦刀剖开是辛辣味的。

注释

❶祁连山：源自匈奴语，意即“天山”，因在河西走廊南亦称“南山”，为黄河与内陆水系的分水岭。

【原文】

一木五香。根旃檀[1]，节沉香，花鸡舌，叶藿，胶薰陆。

【译文】

一木五香。根是檀香，树干是沉香，花是鸡舌香，叶是藿香，树胶是薰陆香。

注释

❶ 旃檀（zhāntán）：檀香。

【原文】

椒[1]。可以来水银。茱萸气好上[2]，椒气好下。

【译文】

椒。可以吸附水银。茱萸使药性上行，花椒使药性下行。

注释

❶ 椒：花椒。 ❷ 茱萸：植物名。香气浓烈，可入药。古俗于农历九月九日重阳节，佩茱萸囊以辟恶。

【原文】

构。谷田久废，必生构。叶有瓣曰楮，无曰构。

【译文】

构。种谷的田地长久抛荒，一定会长构树。叶子有瓣的叫楮，没瓣的叫构。

【原文】

黄杨木。性难长，世重黄杨，以无火。或曰，以水试之，沉则无火。取此木，必以阴晦，夜无一星则伐之，为枕不裂。

【译文】

黄杨木。木性长得慢，世人看重黄杨木，是因为它不易燃烧。有人说，试投之，在水中下沉的才不易燃烧。砍伐黄杨木，必须在一个阴沉漆黑没有星星的夜晚，这样做出的枕头不会开裂。

【原 文】

蒲萄[①]。俗言蒲萄蔓好引于西南。庾信谓魏使尉瑾曰："我在邺，遂大得蒲萄，奇有滋味。"陈昭曰："作何形状？"徐君房曰："有类软枣。"信曰："君殊不体物[②]，何得不言似生荔枝？"魏肇师曰："魏文有言：'朱夏涉秋，尚有余暑。酒醉宿酲[③]，掩露而食。甘而不饴，酸而不酢[④]。'道之固以流沫称奇，况亲食之者。"瑾曰："此物实出于大宛，张骞所致[⑤]，有黄、白、黑三种。成熟之时，子实逼侧[⑥]，星编珠聚。西域多酿以为酒，每来岁贡。在汉西京[⑦]，似亦不少。杜陵田五十亩[⑧]，中有蒲萄百树。今在京兆，非直止禁林也。"信曰："乃园种户植，接荫连架。"昭曰："其味何如橘柚？"信曰："津液奇胜，芬芳减之。"瑾曰："金衣素裹，见苞作贡。向齿自消，良应不及。"

【译 文】

蒲萄。即葡萄。民间说葡萄藤蔓喜欢向西南方生长。庾信对魏使尉瑾说："我在邺城时，吃了很多葡萄，特别有滋味。"陈昭说："葡萄是什么样子？"徐君房说："有点类似软枣。"庾信说："你太不会描述事物了，为什么不说它像生荔枝呢？"魏肇师说："魏文帝曹丕说过：'夏末秋初，暑热未消。酒醉一宿醒来，和着露水吃葡萄。甜而不腻，略带酸味。'这样一说就让人垂涎，何况亲自品尝过。"尉瑾说："葡萄实际出自大宛，是张骞出使西域时带回来的，有黄、白、黑三种。成熟的时候，子实一颗颗簇拥着，像星星、珍珠编攒在一起。西域多用葡萄酿酒，每年都来进贡。汉代的长安城，好像也种了不少。杜陵有五十亩地，其上种了上百株葡萄树。如今的京城，也不只是皇家的禁苑里才有葡萄。"庾信说："现在，已是家家户户广泛种植了。"陈昭说："葡萄和橘柚相比味道如何？"庾信说："葡萄的汁液又多又美，但是香味不如橘柚。"尉瑾说："橘柚金衣素里，被包起来当作贡品，但是要讲入口即化，还是不如葡萄。"

注释

❶ 蒲萄：即葡萄。 ❷ 体物：描述事物。 ❸ 宿酲（chéng）：隔宿醉酒未醒。 ❹ 酢：醋的本字。 ❺ 张骞：西汉建元二年（前139）奉汉武帝之命出使西域，打通了汉朝通往西域的南北道路，即赫赫有名的“丝绸之路”，以功封博望侯。张骞先后两次出使西域，从西域带回来丰富的物产，比如葡萄、胡麻、胡桃、石榴等。 ❻ 逼侧：簇拥，攒聚。 ❼ 西京：长安。 ❽ 杜陵：在今陕西西安长安区。西汉宣帝和王皇后的合葬陵。

【原文】

贝丘之南有蒲萄谷[1]，谷中蒲萄，可就其所食之，或有取归者，即失道，世言王母蒲萄也。天宝中，沙门昙霄因游诸岳[2]，至此谷，得蒲萄食之。又见枯蔓堪为杖，大如指，五尺余，持还本寺植之，遂活。长高数仞，荫地幅员十丈，仰观若帷盖焉。其房实磊落[3]，紫莹如坠，时人号为草龙珠帐焉。

【译文】

贝丘南面有一个葡萄谷，谷中的葡萄，可以就地吃，有人若想把葡萄带回家，就会迷失道路，世人说这是王母葡萄。天宝年间，僧人昙霄因周游名山，来到葡萄谷，摘了这里的葡萄吃。又见葡萄枯藤可以做拐杖，有手指粗，长五尺多，于是带回本寺栽种，竟然栽活了。这株葡萄藤有数仞高，浓荫遮地，笼罩了方圆十丈之地，抬头仰望就像帷盖一样。结的果实粒粒饱满，莹润欲滴如同紫玉坠儿，当时人们称之为草龙珠帐。

注释

❶ 贝丘：治今山东博兴东南。 ❷ 沙门：梵语音译“沙门那”的省称，此指佛门弟子。 ❸ 磊落：多而错杂的样子。

【原 文】

凌霄。花中露水，损人目。

【译 文】

凌霄。其花中的露水，会损害人的眼睛。

【原 文】

松桢。即钟藤也[1]。叶大者，晋安人以为盘[2]。

【译 文】

松桢。就是钟藤。叶片肥大的，晋安人摘来当盘子用。

注 释

❶钟藤：植物名。《齐民要术》引《临海异物志》：“钟藤，附树作。根软弱，须缘树而作上下条。此藤缠裹树，树死；且有恶汁，尤令速朽也。藤咸成树，若木自然。大者，或至十五围。” ❷晋安：今福建南安。

【原 文】

侯骚。蔓生，子如鸡卵，既甘且冷，轻身消酒。《广志》言[1]，因王太仆所献[2]。

【译 文】

侯骚。蔓生植物，果实像鸡蛋，口感既甜又凉，吃了以后身体轻健，能解酒。《广志》记载，系王太仆进献。

注 释

❶《广志》：志怪小说集，二卷，晋郭义恭撰。该书名《广志》，盖广《博物志》之书，故多记四方动植物产、山川泉石、异域风俗等。 ❷太仆：职官名。

周时掌供皇帝舆马，为传王命之官。秦汉时位列九卿，掌皇帝车马及马政。

【原 文】

蠡荠。子如弹丸，魏武帝常啖之[1]。

【译 文】

蠡荠。果实像弹丸，魏武帝曹操经常吃。

注 释

❶ 魏武帝：即曹操。

【原 文】

酒杯藤[1]。大如臂，花坚可酌酒，实大如指，食之消酒。

【译 文】

酒杯藤。藤蔓粗如手臂，花冠坚实可以酌酒，果实大如手指，吃了可以解酒。

注 释

❶ 酒杯藤：晋崔豹《古今注·草木》："酒杯藤，出西域，藤大如臂，叶似葛，花、实如梧桐，实花坚，皆可以酌酒，自有文章，映彻可爱。实大如指，味如豆蔻，香美消酒。土人提酒至藤下，摘花酌酒，仍以实消醒。国人宝之，不传中土。张骞至大宛得之。"

【原 文】

白柰。出凉州野猪泽，大如兔头。

【译 文】

白柰。出自凉州的野猪泽，大如兔子头。

【原 文】

比间。出白州[1]。其华若羽[2]，伐其木为车，终日行不败。

【译 文】

比间。出自白州。开的花像羽毛，砍下这种木材做成车，终日行驶也不会坏。

注释

❶ 白州：今广西博白。 ❷ 华：同“花”。

【原 文】

菩提树[1]。出摩伽陀国[2]，在摩诃菩提寺[3]。盖释迦如来成道时树，一名思惟树。茎干黄白，枝叶青翠，经冬不凋。至佛入灭日[4]，变色凋落，过已还生。至此日，国王、人民大作佛事，收叶而归，以为瑞也。树高四百尺，下有银塔，周回绕之。彼国人四时常焚香散花，

【译 文】

菩提树。出自摩伽陀国，在摩诃菩提寺。大概是因释迦如来在此树下成道，故又名思惟树。树干黄白色，枝叶青翠，冬天也不凋落。每至佛陀涅槃，这棵菩提树就会变色凋落，过后又重新生长出来。到这一天，从国王到百姓都大做佛事，拾取几枚菩提树叶带回家，视为祥瑞之物。菩提树高四百尺，树下有银塔围绕。这个国家的人民一年四季常在此树下烧香散花，绕树行礼。唐贞观年间，朝廷频

绕树作礼。贞观中，频遣使往，于寺设供，并施袈裟。至高宗显庆五年⑤，于寺立碑，以纪圣德。此树梵名有二，一曰宾檖梨婆力叉，二曰阿湿曷咃婆力叉。《西域记》谓之卑钵罗⑥，以佛于其下成道，即以道为称，故号菩提婆力叉，汉翻为道树。昔中天无忧王剪伐之⑦，令事火婆罗门积薪焚焉⑧。炽焰中忽生两树，无忧王因忏悔，号灰菩提树，遂周以石垣。至设赏迦王，复掘之，至泉，其根不绝。坑火焚之，溉以甘蔗汁，欲其焦烂。后摩揭陀国满胄王，无忧之曾孙也，乃以千牛乳浇之，信宿，树生故旧。更增石垣，高二丈四尺。玄奘至西域，见树出垣上二丈余。

繁地派使臣前往，在寺中设供，并施舍袈裟。到了高宗显庆五年，又在寺里立了碑，用来记述佛陀圣德。这棵菩提树有两个梵语名称，一是宾檖梨婆力叉，二是阿湿曷咃婆力叉。《大唐西域记》称之为卑钵罗，因为佛在此树下得道，就以道作为称呼，所以号为菩提婆刀叉，汉时翻译为道树。当年，中天竺无忧王剪伐菩提树，命令管理火的婆罗门积柴薪焚烧。烈焰之中忽然生出两棵树，无忧王因此忏悔，从此礼敬佛法，并将这两棵树称为灰菩提树，又在周围砌起石墙。到设赏迦王时，又来挖掘此树，直挖到泉水，树根也没断绝。设赏迦王便在坑中点火焚烧，又浇上甘蔗汁，想使树变得焦烂。后来摩揭陀国满胄王，也就是无忧王的曾孙，用千头牛的乳汁浇灌菩提树，过了两夜，菩提树复活如初。满胄王也绕树修缮石墙，又把墙加高到二丈四尺。玄奘法师到达西域时，看见菩提树高出石墙两丈多。

注释

❶菩提树：常绿乔木。原产印度，相传释迦牟尼曾坐菩提树下，顿悟佛道，所以印度称其为圣树。 ❷摩伽陀国：即摩揭陀，印度古国，位于今印度哈尔邦南部。 ❸摩诃菩提寺：即大菩提寺，阿育王在佛祖成道故地建造。印度现存最早的砖石结构佛教寺庙之一。 ❹入灭：佛教语。谓达到不生不灭的境界。

指僧尼死去。 ❺ 显庆：唐高宗李治年号。 ❻《西域记》：即《大唐西域记》，唐玄奘述，辩机编。 ❼ 无忧王：即孔雀王朝阿育王。 ❽ 婆罗门：古印度僧侣贵族，居四种姓首位，掌握神权，垄断知识，是社会精神生活的统治者。

【原 文】

贝多[1]。出摩伽陀国，长六七丈，经冬不凋。此树有三种，一者多罗婆力叉贝多，二者多梨婆力叉贝多，三者部阇婆力叉贝多。多罗、多梨并书其叶，部阇一色取其皮书之。贝多是梵语，汉翻为叶。贝多婆力叉者，汉言树叶也。西域经书用此三种皮叶，若能保护，亦得五六百年。《嵩山记》称嵩高寺中有思惟树[2]，即贝多也。释氏有《贝多树下思惟经》，顾微《广州记》称贝多叶似枇杷，并谬。交趾近出贝多枝[3]，弹材中第一。

【译 文】

贝多。出自摩伽陀国，树高六七丈，冬天也不凋零。贝多树有三种，一是多罗婆力叉贝多，二是多梨婆力叉贝多，三是部阇婆力叉贝多。多罗、多梨都是取其树叶书写经文，部阇一类是取其树皮来写。贝多是梵语，译成汉语就是叶。贝多婆力叉，即汉语所说树叶。西域的经书都是用这三种树的树皮或树叶书写的，如果能好好保存，可以传承五六百年。《嵩山记》说嵩高寺有思惟树，就是贝多树。佛教有《贝多树下思惟经》。顾微《广州记》称贝多叶像枇杷叶，全然不对。交趾郡附近出产的贝多枝，是制作弹弓的绝佳木材。

注 释

❶ 贝多：梵语的音译。古印度常以其叶写经，后亦代指佛经。 ❷ 嵩高：即河南嵩山。 ❸ 交趾：治在今越南河内西北。

【原 文】

龙脑香树。出婆利国[1]，婆利呼为固不婆律，亦出波斯国。树高八九丈，大可六七围，叶圆而背白，无花实。其树有肥有瘦，瘦者有婆律膏香。一曰瘦者出龙脑香，肥者出婆律膏也。在木心中，断其树劈取之。膏于树端流出，斫树作坎而承之。入药用，别有法。

【译 文】

龙脑香树。出自婆利国，婆利人称之为固不婆律，波斯国也有这种树。树高八九丈，树干粗壮，需六七人合抱，叶呈圆形而背面发白，不开花不结果。龙脑香树有肥有瘦，瘦树产婆律膏香。也有人说，瘦树出龙脑香，肥树出婆律膏香。香脂在树心，从半截劈开树干，脂膏就从端口流出，可在断面上砍个凹坑去承接。如入药，有其他取法。

注 释

❶ 婆利国：古国名。故地或以为在今印度尼西亚加里曼丹岛北部。

【原 文】

安息香树。出波斯国，波斯呼为辟邪树。树长三丈，皮色黄黑，叶有四角，经寒不凋。二月开花，黄色，花心微碧，不结实。刻其树皮，其胶如饴，名安息香。六七月坚凝，乃取之。烧之通神明，辟众恶。

【译 文】

安息香树。出自波斯国，波斯人称为辟邪树。树高三丈，树皮呈黄黑色，叶有四角，冬天也不凋落。安息香树在二月开花，花为黄色，花心微碧，不结果实。用刀划开树皮，会流出像糖稀一样的胶来，名叫安息香。六、七月份，安息香凝结坚固，就能采收了。焚烧安息香，可以通神明，辟众邪。

【原 文】

无石子。出波斯国，波斯呼为摩贼。树长六七丈，围八九尺，叶似桃叶而长。三月开花，白色，花心微红。子圆如弹丸，初青，熟乃黄白。虫食成孔者正熟，皮无孔者入药用。其树一年生无石子，一年生跋屡子，大如指，长三寸，上有壳，中仁如栗黄[1]，可啖。

【译 文】

无石子。出自波斯国，波斯人称为摩贼。树高六七丈，树围八九尺，树叶像桃叶但稍长。三月开白花，花心略微泛红。果实圆如弹丸，初期是青色，成熟后变为黄白色。有虫啃食成孔的果实正当成熟，果皮上没有孔的可入药。这种树一年生无石子，一年生跋屡子。跋屡子，大如手指，长三寸，表面有一层硬壳，里边的果仁像栗黄，可以吃。

注释

❶ 栗黄：栗子。栗子除去外壳而肉色黄，故称。

【原 文】

紫鉚树[1]。出真腊国[2]，真腊国呼为勒佉。亦出波斯国。树长一丈，枝条郁茂，叶似橘，经冬而凋。三月开花，白色，不结子。天大雾露及雨沾濡，其树枝条即出紫鉚。波斯国使乌海及沙利深所说并同，真腊国使折冲都尉沙门陀沙尼拔陀言[3]：“蚁运土于树

【译 文】

紫鉚树。出自真腊国，真腊人称为勒佉，波斯国也有此树。树高一丈，枝条茂密，树叶像橘叶，过了冬季才凋落。三月开花，花呈白色，不结果实。遇天有大雾及雨露滋润，树的枝条就生出紫鉚。波斯国使者乌海和沙利深所说相同，真腊国使者折冲都尉沙门陀沙尼拔陀说：“蚂蚁运土到树顶

端作窠，蚁壤得雨露，凝结而成紫铆。”昆仑国者善，波斯国者次之。

做窝，泥土受雨露的滋润而凝结为紫铆。”昆仑国的紫铆最好，波斯国的稍差。

注释

❶ 铆：有作“錑”者，疑为铆字形讹。紫铆，为树脂名，亦作“紫矿”。 ❷ 真腊国：今柬埔寨。 ❸ 折冲都尉：官名。折冲都尉府长官，领所属府兵的操演、调度和宿卫京师等事务，必要时领兵戍边或作战。

【原文】

阿魏。出伽阇那国[①]，即北天竺也。伽阇那呼为形虞。亦出波斯国，波斯国呼为阿虞截。树长八九丈，皮色青黄。三月生叶，叶似鼠耳，无花实。断其枝，汁出如饴，久乃坚凝，名阿魏。拂林国僧鸾所说同[②]。摩伽陀国僧提婆言[③]：取其汁，和米豆屑，合成阿魏。

【译文】

阿魏。出自伽阇那国，即北天竺国。伽阇那人称之为形虞。这东西波斯国也出产，波斯人称之为阿虞截。树高八九丈，树皮为青黄色。三月生叶，叶像老鼠耳朵，不开花结果。砍断它的枝条，会流出糖浆一样的汁液，时间久了便坚硬凝结，这就是阿魏。拂林国僧鸾所说与此相同。摩伽陀国僧提婆说：取这种树的树汁，混入米、豆的碎屑，就合成了阿魏。

注释

❶ 伽阇那国：古国名，位于今阿富汗首都喀布尔以南。 ❷ 拂林：中国古代对拜占庭帝国的称谓，亦称大秦。 ❸ 国：许本阙，据汲古阁本补。

【原 文】

婆那娑树。出波斯国，亦出拂林，呼为阿萨亸。树长五六丈，皮色青绿，叶极光净，冬夏不凋。无花结实，其实从树茎出，大如冬瓜，有壳裹之，壳上有刺，瓤至甘甜，可食。核大如枣，一实有数百枚。核中仁如栗黄，炒食之，甚美。

【译 文】

婆那娑树。出自波斯国，也出自拂林国，拂林语称为阿萨亸。树高五六丈，树皮为青绿色，叶子极其光滑干净，冬夏不凋落。这种树不开花但结果，果实是从树茎上长出来的，有冬瓜大小，外层有皮壳包裹，壳上有刺，内瓤极甘甜，可以吃。果核像枣那么大，一个果实有几百个果核。果核中的仁像栗黄，炒着吃，很香。

【原 文】

波斯枣。出波斯国，波斯国呼为窟莽。树长三四丈，围五六尺。叶似土藤，不凋。二月生花，状如蕉。花有两甲，渐渐开罅[1]，中有十余房。子长二寸，黄白色，有核，熟则紫黑，状类干枣，味甘如饧[2]，可食。

【译 文】

波斯枣。出自波斯国，波斯人称之为窟莽。树高三四丈，树围五六尺。叶像土藤叶，四季不凋落。二月开花，形状像芭蕉花。花有两萼，会逐渐开裂，里边有十多个子房。子实长二寸，黄白色，有核，成熟后就变成紫黑色，样子像干枣，味道甘甜如糖，可以食用。

注释

❶ 罅（xià）：罅的讹字，裂缝。 ❷ 饧（xíng）：用麦芽或谷芽等熬成的糖。

【原 文】

偏桃[1]。出波斯国，波斯国呼为婆淡。树长五六丈，围四五尺，叶似桃而阔大。三月开花，白色。花落结实，状如桃子而形偏，故谓之偏桃。其肉苦涩，不可啖。核中仁甘甜，西域诸国并珍之。

【译 文】

偏桃。出自波斯国，波斯人称之为婆淡。树高五六丈，树围四五尺，叶像桃叶而宽大。三月开白花。花落之后结果，果实像桃而略扁，因此称为扁桃。果肉苦涩，不能吃。核中的果仁味道甘甜，西域各国都视为珍果。

注 释

❶ 偏桃：即扁桃，亦称巴旦杏。

【原 文】

槃砮穑树。出波斯国，亦出拂林国，拂林呼为群汉。树长三丈，围四五尺，叶似细榕，经寒不凋。花似橘，白色。子绿，大如酸枣，其味甜腻，可食。西域人压为油，以涂身，可去风痒。

【译 文】

槃砮穑树。出自波斯国，也出自拂林国，拂林人称之为群汉。树高三丈，树围四五尺，叶子像细榕树叶，冬季也不凋落。花像橘花，白色。果实为绿色，大如酸枣，味道甜腻，可吃。西域人取其果实榨油，用来涂抹身体，可以祛除风痒。

【原 文】

齐暾树[1]。出波斯国，亦出拂林国，拂林呼为齐虚（音阳兮

【译 文】

齐暾树。出自波斯国，也出自拂林国，拂林称为齐虚（读音阳兮

反[2])。树长二三丈，皮青白，花似柚，极芳香。子似杨桃，五月熟。西域人压为油，以煮饼果，如中国之用巨胜也[3]。

反)。树高两三丈，树皮青白色，花像柚花，极芳香。果实像杨桃，五月成熟。西域人用它榨油煎炸饼果，就像中国使用巨胜榨油一样。

注释

❶ 齐暾（tūn）：当即橄榄树。 ❷ 反：即反切，中国传统注音方法，用两个字拼合成另一个字的音。 ❸ 巨胜：胡麻的别名。

【原文】

胡椒。出摩伽陀国，呼为昧履支。其苗蔓生，茎极柔弱。叶长寸半，有细条，与叶齐，条上结子，两两相对。其叶晨开暮合，合则裹其子于叶中。子形似汉椒，至辛辣，六月采。今人作胡盘肉食，皆用之。

【译文】

胡椒。出自摩伽陀国，称为昧履支。胡椒苗蔓生，茎极柔弱。叶长一寸半，有细枝与叶齐长，枝上结子，两两相对。它的叶子早晨舒展开，至晚闭合，闭合时就把子实裹在叶片里。子实形状像花椒，极辛辣，六月采收。现在的人做胡盘肉食，都用胡椒。

【原文】

白豆蔻。出伽古罗国，呼为多骨。形如芭焦，叶似杜若[1]，长八九尺，冬夏不凋。花浅黄色，子作朵，如蒲萄。其

【译文】

白豆蔻。出自伽古罗国，称为多骨。白豆蔻形似芭蕉，叶子像杜若，高八九尺，四季不凋落。花是浅黄色，子实丛聚，就像葡萄那样。子实

子初出，微青，熟则变白，七月采。

刚长出时略呈青色，成熟之后就变成白色，七月采收。

注释

❶杜若：香草名。多年生草本，可用于制作香料。

【原文】

荜拨。出摩伽陀国，呼为荜拨梨，拂林国呼为阿梨诃咃。苗长三四尺，茎细如箸。叶似蕺叶[1]，子似桑椹，八月采。

【译文】

荜拨。出自摩伽陀国，称为荜拨梨，拂林国称作阿梨诃咃。苗高三四尺，茎像筷子那么细。叶像鱼腥草，子实像桑葚，八月采收。

注释

❶蕺（jí）：蕺菜，也叫鱼腥草。多年生草本植物。茎和叶可入药，嫩茎、叶可食。

【原文】

䅨齐[1]。出波斯国，拂林呼为顸勃梨咃。长一丈余，围一尺许，皮色青，薄而极光净。叶似阿魏，每三叶生于条端，无花实。西域人常八月伐之，

【译文】

䅨齐。出自波斯国，拂林人称为顸勃梨咃。树高一丈多，树围一尺多，树皮是青色，皮薄且极光净。树叶像阿魏叶，三叶一簇，生在枝条的末端，不开花也不结果。西域人常在八月为其剪枝，到了腊月其又抽发出

至腊月，更抽新条，极滋茂。若不剪除，反枯死。七月断其枝，有黄汁，其状如蜜，微有香气，入药疗病。

新的枝条，极为茂盛。若不剪除老枝，反而会枯死。七月时砍断它的枝条，里面有黄汁，就像蜜，略有香味，入药可治病。

注释

❶ 䅟（bié）齐：树木名。树汁有香气，可入药，疑即白松香。

【原文】

波斯皂荚。出波斯国，呼为忽野檐默。拂林呼为阿梨去伐。树长三四丈，围四五尺，叶似枸缘而短小[1]，经寒不凋。不花而实，其荚长二尺，中有隔，隔内各有一子，大如指头，赤色，至坚硬，中黑如墨，甜如饴，可啖，亦入药用。

【译文】

波斯皂荚。出自波斯国，波斯国人称之为忽野檐默。拂林人称之为阿梨去伐。树高三四丈，树围四五尺。叶子像枸橼叶而稍短小，冬天也不凋落。这种树不开花就结果，皂荚长二尺，中间有隔膜，每隔各有一子，有指头大小，红色，极坚硬，子实中心黑得像墨，甜如饴糖，可以食用，也可入药。

注释

❶ 枸（jǔ）缘：即枸橼。亦称“香橼”。常绿小乔木或大灌木，叶呈长圆形或倒卵形，边缘有锯齿。果供观赏，瓤制枸橼酸，果皮、花、叶可提芳香油，果皮亦可供药用。

【原 文】

没树。出波斯国，拂林呼为阿緌。长一丈许，皮青白色，叶似槐叶而长，花似橘花而大。子黑色，大如山茱萸，其味酸甜，可食。

【译 文】

没树。出自波斯国，拂林人称之为阿緌。树高一丈多，树皮青白色，树叶像槐叶而稍长，花像橘花而稍大。子实黑色，大小就像山茱萸，味道酸甜，可以食用。

【原 文】

阿勃参。出拂林国。长一丈余，皮青白色。叶细，两两相对。花似蔓菁[1]，正黄。子似胡椒，赤色。斫其枝，汁如油，以涂疥癣，无不瘥者。其油极贵，价重于金。

【译 文】

阿勃参。出自拂林国。树高一丈多，树皮青白色。叶片纤细，两两对生。花像蔓菁花，正黄色。子实像胡椒，红色。把它的枝砍断，流出的油状汁液，用来涂疥癣，非常有效。这种油特别昂贵，价钱高过金子。

注 释

❶ 蔓菁：许本作“蔓青”，今据汲古阁本改。

【原 文】

捺祇[1]。出拂林国。苗长三四尺，根大如鸭卵。叶似蒜，叶中心抽条甚长。茎端有花六出，红白色，花心黄赤，不结

【译 文】

捺祇。出自拂林国。苗高三四尺，根如鸭蛋大小。叶像蒜苗，叶子中心抽条很长。茎端开花，六瓣，为红白色，花心为黄红色，不结子实。

子。其草冬生夏死，与荞麦相类。取其花压以为油，涂身，除风气，拂林国王及国内贵人皆用之。

这种草冬天生长夏天枯萎，和荞麦类似。采取捺祇花瓣榨出油，涂在身上，可以祛除风寒湿气。拂林国王及国内贵族都用它。

注释

❶ 捺祇（zhī）：水仙。

【原文】

野悉蜜[①]。出拂林国，亦出波斯国。苗长七八尺，叶似梅叶，四时敷荣。其花五出，白色，不结子。花若开时，遍野皆香，与岭南詹糖相类[②]。西域人常采其花，压以为油，甚香滑。

【译文】

野悉密。出自拂林国，也出自波斯国。苗高七八尺，叶与梅叶相似，四时开花。花有五瓣，白色，不结果。花开时，遍野芳香，与岭南的詹糖相似。西域人经常采摘这种花，榨出油，着肤特别香滑。

注释

❶ 野悉蜜：即素馨，又称玉芙蓉。 ❷ 詹糖：香名。

【原文】

底檷实[①]。阿驿，波斯国呼为阿驿，拂林呼为底珍。树长丈

【译文】

底檷实。阿驿，波斯国称为阿驿，拂林国称为底珍。树高一丈四五，枝

四五，枝叶繁茂。叶有五出，似椑麻[2]，无花而实。实赤色，类椑子，味似干柿，而一月一熟。

叶繁茂。复叶有五出，像蓖麻，不开花但结果。果实红色，类似蓖麻子，味道像柿子干，一月一成熟。

注释

❶底檷（nǐ）实：即无花果。 ❷椑麻：即蓖麻。

前集卷十九

广动植之四

草　篇

【原　文】

芝。天宝初，临川郡人李嘉胤所居柱上生芝草，形类天尊。太守张景佚，截柱献之。

【译　文】

芝。天宝初年，临川人李嘉胤所住房屋柱子上长出了灵芝，形状如同天尊。临川太守张景佚，让人拆下柱子进献朝廷。

【原　文】

大历八年，庐州庐江县紫芝生[1]，高一丈五尺。芝类至多。

【译　文】

大历八年，庐州庐江县长出紫芝，高一丈五尺。芝的种类极多。

注释

❶ 庐州庐江县：今安徽庐江。

【原 文】

参成芝。断而可续。

【译 文】

参成芝。断裂后还能接续上。

【原 文】

夜光芝。一株九实，实坠地如七寸镜，夜视如牛目。茅君种于句曲山①。

【译 文】

夜光芝。一株结有九个子实，子实落在地上如同七寸镜，夜间看去甚是清亮，就像牛的眼睛。茅君曾在句曲山种植这种芝。

注释

❶ 茅君：即茅盈，道教茅山派所奉祖师。传说十八岁入恒山修道，后隐居句曲山，边修炼边采药为人治病。与其弟茅固、茅衷并称“三茅真君”。句曲山：即茅山，在江苏西南部。相传西汉景帝时茅盈、茅衷、茅固三兄弟得道于此，遂名茅山，亦名三茅山。

【原 文】

隐辰芝。状如斗，以屋为节，以茎为刚。

【译 文】

隐辰芝。形状像北斗，以星为节，以茎为纲。

【原 文】

凤脑芝。《仙经》言：穿地六尺，以环宝一枚种之，灌

【译 文】

凤脑芝。《仙经》上说：掘地六尺深，把一枚玉环埋到土里，浇上半

以黄水五合[1]，以土坚筑之。三年，生苗如匏[2]，实如桃，五色，名凤脑芝。食其实，唾地为凤，乘升太极。

升黄水，填土培实。三年后，会生长出一种像匏瓜的苗，果实像桃子，五色，名叫凤脑芝。吃了它的果实，吐口唾沫在地就能变出凤凰，骑上凤凰便可升入仙界。

注释

❶ 合（gě）：容量单位，10 合为 1 升。 ❷ 匏（páo）：葫芦的一种。

【原文】

白符芝。大雪而白华。

【译文】

白符芝。下大雪时开白花。

【原文】

五德芝。如车马。

【译文】

五德芝。形状像车马。

【原文】

菌芝。如楼。凡学道三十年不倦，天下金翅鸟衔芝至。

【译文】

菌芝。形状像楼台。大凡坚持学道三十年不懈怠，天下的金翅鸟便会衔着灵芝飞来。

【原文】

罗门山食石芝，得地仙[1]。

【译文】

服食罗门山的石芝，能修成地仙。

注释

❶ 地仙：道教谓住在人间的仙人。

【原文】

莲。石莲入水必沉[①]，唯煎盐咸卤能浮之。雁食之，粪落山石间，百年不坏。相传橡子落水为莲[②]。

【译文】

莲。石莲子入水就沉底，只有在煮盐的咸卤水中能浮起。大雁吃了它，无法消化，排泄出来落入山石间，一百年不会腐坏。相传，橡子落入水中会变成莲子。

注释

❶ 石莲：即石莲子。莲子经秋坚硬如石，故名。 ❷ 橡子：也叫橡栗。橡树的果实。

【原文】

苔。慈恩寺唐三藏院后檐阶[①]，开成末[②]，有苔状如苦苣[③]，布于砖上，色如蓝绿，轻嫩可爱。谈论僧义林，太和初，改葬基法师[④]。初开冢，香气袭人，侧卧砖台上，形如生。砖上苔厚二寸余，作金色，气如栴檀。

【译文】

苔。开成末年，慈恩寺唐三藏院后屋檐下的台阶长出苔藓，样子像苦苣，散布在砖上，近蓝绿色，轻嫩可爱。太和初年，谈论僧人义林改葬基法师。刚打开墓室，香气袭人，基法师的遗体侧卧在砖台上，身貌如生。砖上苔藓厚两寸多，呈金黄色，气味宛如檀香。

注释

❶ 慈恩寺：亦称大慈恩寺，唐长安城名寺。寺内有大雁塔，为玄奘倡议所建，用以收藏其从印度带回的经像。 ❷ 开成：唐文宗李昂年号。 ❸ 苦苣(jù)：又称苦叶生菜。菊科。一年或二年生草本植物，嫩叶可食。 ❹ 基法师：即释窥基，唐代名僧，玄奘法师高徒，因曾任大慈恩寺住持，俗称慈恩大师。

【原文】

瓦松①。崔融《瓦松赋序》曰："崇文馆瓦松者②，产于屋霤之下③。谓之木也，访山客而未详④；谓之草也，验农皇而罕记⑤。"赋云："煌煌特秀⑥，状金芝之产霤；历历虚悬，若星榆之种天⑦。葩条郁毓⑧，根柢连卷，间紫苔而裛露⑨，凌碧瓦而含烟。"又曰："惭魏宫之乌韭⑩，恧汉殿之红莲⑪。"崔公学博，无不该悉，岂不知瓦松已有著说乎？《博雅》⑫："在屋曰昔耶，在墙曰垣衣。"《广志》谓之兰香，生于久屋之瓦。魏明帝好之，命长安西载其瓦于洛阳，以覆屋。前代词人诗中，多用"昔耶"。梁简文帝《咏蔷薇》曰："缘阶覆碧绮，依檐映昔耶。"或言构

【译文】

瓦松。崔融《瓦松赋序》中说："崇文馆瓦松，生长在屋檐之下。若说它是树木，访问山中隐士也不知其详；若说它是草，翻检《神农本草经》也不见记载。"赋说："煌煌特秀，状金芝之产霤；历历虚悬，若星榆之种天。葩条郁毓，根柢连卷，间紫苔而裛露，凌碧瓦而含烟。"又说："惭魏宫之乌韭，恧汉殿之红莲。"崔公学识渊博，无所不知，难道不知道瓦松已经有文献记载了吗？《博雅》："生在屋上的叫昔耶，生在墙上的叫墙衣。"《广志》称，其为兰香，生在老屋的瓦上。魏明帝喜欢瓦松，就命人从西边的长安把瓦松运到洛阳，盖到洛阳宫中的屋顶上。前代词人诗中，多用"昔耶"一词。梁简文帝《咏蔷薇》诗写道："缘阶覆碧绮，依檐映昔耶。"有人说，架木造屋多用松木，木气发散，瓦

木上多松栽土[13]，木气泄，则瓦生松。大历中，修含元殿[14]。有一人投状请瓦，且言："瓦工惟我所能，祖父亦尝瓦此殿矣。"众工不服，因曰："若有能瓦毕，不生瓦松乎？"众方服焉。又有李阿黑者，亦能治屋，布瓦如齿，间不通綖[15]，亦无瓦松。《本草》："瓦衣谓之屋游。"

上就会生出瓦松。大历年间，修含元殿。有一个人投状自请为大殿铺瓦，并且说："瓦工里只有我才能干这活儿，我爷爷当年就为含元殿铺过瓦。"众瓦工不服气，于是那匠人说："你们铺完瓦，能保证不生瓦松吗？"众瓦工这才服气。又有一个叫李阿黑的人，也擅长盖房子，铺盖的屋瓦像牙齿一样紧密，没有一丝缝隙，也不长瓦松。《本草》说："瓦衣也叫屋游。"

注释

❶瓦松：草名。生屋顶瓦缝或深山石罅里。叶细长而尖，多数重叠，望之如松，故名。 ❷崇文馆：官署名。唐贞观十三年（639），东宫置崇贤馆。上元二年（675），避太子李贤讳，改称崇文馆。置学士，掌经籍图书，教授生徒。置校书郎，掌校理典籍。 ❸屋霤（liù）：屋檐。 ❹山客：隐士。 ❺农皇：即神农氏。传说中教民稼穑的人。此处代指《神农本草经》。 ❻煌煌：明亮辉耀。 ❼星榆：形容繁星罗列，如林立的榆树。 ❽郁毓：丰盛的样子。 ❾裛（yì）：通"浥"。沾湿。 ❿乌韭：又名昔邪、垣衣等。一种苔藓类植物，多生于潮湿的地方。 ⓫恧（nǜ）：惭愧。 ⓬《博雅》：即《广雅》，三国魏张揖撰。本为三卷，唐以后分为十卷。该书篇目次序全都依照《尔雅》。作者博采汉代人笺注及《说文解字》《方言》等书，以增补《尔雅》，因此取名《广雅》。隋代避炀帝杨广讳，改为《博雅》。 ⓭构木：谓架木造屋。此指架木造屋所用之木。 ⓮含元殿：唐长安城大明宫正殿。 ⓯綖：此处同"线"。

【原 文】

瓜。恶香，香中尤忌麝。郑注太和初赴职河中[1]，姬妾百余尽骑，香气数里，逆于人鼻。是岁自京至河中所过路，瓜尽死，一蒂不获。

【译 文】

瓜。忌香气，尤忌麝香。郑注于太和初年赴职河中府，他的一百多个姬妾全都骑着马随行，脂粉香气飘出数里，直灌人鼻。这一年，从京都到河中，凡是郑注家眷所经之处，瓜全死了，一个瓜也没结。

注 释

❶ 郑注：唐代大臣。本姓鱼，冒姓郑氏，绛州翼城（今属山西）人。大和九年（835），与李训等协助文宗谋诛宦官，后为监军所杀。河中：即河中府。治在今山西永济。

【原 文】

芰。今人但言菱芰，诸解草木书亦不分别，唯王安贫《武陵记》言：“四角、三角曰芰，两角曰菱。”今苏州折腰菱多两角。成式曾于荆州，有僧遗一斗郢城菱[1]，三角而无芒，可以挼莎[2]。

【译 文】

芰。现在的人只叫它菱芰，各种解释草木的书也都不加分别。只有王安贫的《武陵记》中说：“四角、三角的叫芰，两角的叫菱。”如今苏州的折腰菱多是两角。我在荆州时，有位僧人送我一斗郢城菱，三角而没有芒刺，可以用手揉搓。

注 释

❶ 郢城：楚国都城。在今湖北江陵一带。 ❷ 挼莎（nuósuō）：两手相搓。莎：同“挲”。

【原 文】

芰[①]。一名水栗，一名薢茩[②]。汉武昆明池中有浮根菱，根出水上，叶沦没波下，亦曰青冰菱。玄都有菱[③]，碧色，状如鸡飞，名翻鸡芰，仙人凫伯子常采之。

【译 文】

芰。又名水栗，又名薢茩。汉武帝昆明池中有浮根菱，根露出水面，叶浸没水中，也叫作青冰菱。玄都有一种菱，碧色，样子像鸡飞，名叫翻鸡芰，仙人凫伯子经常采摘。

注 释

❶ 芰（jì）：植物名。 ❷ 薢茩（xièhòu）：菱的别名。 ❸ 玄都：传说中的神仙居处。

【原 文】

兔丝子。多近棘及藋[①]，山居者疑二草之气类也。

【译 文】

兔丝子。多生长在荆棘丛及灰藋附近，山居的人怀疑这两类草物性相类。

注 释

❶ 藋（diào）：即灰藋。俗称灰灰菜。

【原 文】

天名精。一曰鹿活草。昔青州刘儘，宋元嘉中射一

【译 文】

天名精。又叫鹿活草。当年，青州人刘儘，于刘宋元嘉年间射到一头鹿，

鹿，剖五脏，以此草塞之，蹶然而起[①]。慬怪而拔草，复倒。如此三度，慬密录此草种之，多主伤折。俗呼为刘慬草。

他剖开鹿的五脏，把这种草塞进鹿腹，那鹿突然就站起来了。刘慬感到奇怪，就把草拔了出来，鹿又倒下了。试了三次都是如此，刘慬就悄悄采了这种草栽种，主治外伤骨折。民间遂称之为刘慬草。

注释

❶ 蹶然：突然，忽然。

【原文】

牡丹。前史中无说处，惟《谢康乐集》中言竹间水际多牡丹[①]。成式检隋朝《种植法》七十卷中，初不记说牡丹，则知隋朝花药中所无也。开元末，裴士淹为郎官，奉使幽冀[②]，回至汾州众香寺[③]，得白牡丹一窠，植于长安私第。天宝中，为都下奇赏。当时名公有《裴给事宅看牡丹》诗，诗寻访未获。一本有诗云："长安年少惜春残，争认慈恩紫牡丹。别有玉盘乘露冷，无人起就月中看[④]。"太常博士张乘尝见裴通

【译文】

牡丹。以前的史书没有记载，只有《谢康乐集》中说竹间水际多牡丹。我翻检隋朝《种植法》七十卷，其中也没有记载牡丹，由此可知隋朝花药中没有牡丹。开元末年，裴士淹为郎官，奉命出使幽冀，回程路过汾州众香寺，得到一棵白牡丹，把它种在长安私宅中。天宝年间，这棵白牡丹成了京城的奇赏。当时名士有《裴给事宅看牡丹》诗，这诗没有寻访到。只有一本书里有这首诗，写道："长安年少惜春残，争认慈恩紫牡丹。别有玉盘乘露冷，无人起就月中看。"太常博士张乘曾听祭酒裴通说过这首诗。另外，房琯曾说："牡丹之会，我就不参加了。"至德年间，马仆射

祭酒说[5]。又房相有言[6]："牡丹之会，琯不预焉。"至德中[7]，马仆射镇太原[8]，又得红紫二色者，移于城中。元和初犹少，今与戎葵角多少矣[9]。韩愈侍郎有疏从子侄[10]，自江淮来，年甚少，韩令学院中伴子弟，子弟悉为凌辱。韩知之，遂为街西假僧院，令读书。经旬，寺主纲复诉其狂率[11]。韩遽令归，且责曰："市肆贱类营衣食，尚有一事长处。汝所为如此，竟作何物？"侄拜谢，徐曰："某有一艺，恨叔不知。"因指阶前牡丹曰："叔要此花青、紫、黄、赤，唯命也。"韩大奇之，遂给所须试之。乃竖箔曲[12]，尽遮牡丹丛，不令人窥。掘窠四面，深及其根，宽容人座。唯赍紫矿、轻粉、朱红，旦暮治其根。凡七日，乃填坑，白其叔曰："恨校迟一月。"时冬初也。牡丹本紫，及花发，色白红历绿。每朵有一联诗，字色紫分明，乃是韩公出官时诗[13]，一韵曰"云横秦岭家何在，雪拥蓝关马

镇守太原，又得到红、紫二色牡丹，便移栽到城里来。元和初年，牡丹还比较少，现在可以和随处可见的蜀葵一较多寡了。侍郎韩愈有一个远房的侄子，从江淮来到京城，年纪很小，韩愈就让他在学院中做子弟伴读，其他子弟备受他凌辱。韩愈知道此事之后，就为他在街西的僧院中借了一处地方，让他读书。十天后，寺内主纲又说他轻狂粗率。韩愈立刻让他回来，并且责备他说："在市场上做买卖养家糊口的人，尚且有一技之长，你如此任性胡为，将来能干什么呢？"侄子向韩愈赔罪，慢慢地说："我有一门技艺，遗憾的是叔叔不知道。"于是，他指着阶前的牡丹说："叔叔想要这牡丹开青、紫、黄、赤任一颜色的花，只要你说就行。"韩愈很惊奇，就给他弄来所需的东西，让他试验一下。侄子就竖起竹席，把牡丹丛全都遮蔽起来，不让人看见。又挖掘牡丹丛的四面，直挖到根部，宽窄可以坐下一个人。只用紫矿、轻粉、朱砂，从早到晚培育牡丹的根。七天后，把坑填平，对叔叔说："可惜晚了一个月。"当时正是初冬。那棵牡丹本来开紫色花，等到次年花开，颜色有白有红有绿，每一朵花上都生有一联诗，字为紫色，历历分明，都是韩愈贬官潮州时所作，其中一韵即"云横秦岭家何在，雪拥蓝关马不前"

不前”十四字。韩大惊异。侄且辞归江淮，竟不愿仕。

十四个字。韩愈非常惊异。他那侄子随后辞归江淮了，一直不愿做官。

注释

❶谢康乐：即谢灵运，南朝宋诗人。晋时因袭封康乐公，故称谢康乐。 ❷幽冀：幽州和冀州。今北京、河北一带。 ❸汾州：今山西汾阳。 ❹“长安年少惜春残”四句：出自唐裴士淹《白牡丹》。 ❺太常博士：官名，掌通古今，备顾问应对，教授儒家经学。祭酒：即国子监祭酒，为国子监的主管官员。 ❻房相：即房琯。曾任宰相。 ❼至德：唐肃宗李亨年号。 ❽马仆射：即马燧。唐大将。 ❾戎葵：蜀葵。 ❿韩愈：字退之。河南河阳（今河南孟州）人。郡望昌黎，世称“韩昌黎”。谥号“文”，故称“韩文公”。唐文学家，“唐宋八大家”之一。 ⓫主纲：寺庙里主持戒律者。 ⓬箔曲：一种养蚕器具。 ⓭出官：离开京城到外地做官。此指韩愈被贬潮州刺史。

【原文】

兴唐寺有牡丹一窠①，元和中，著花一千二百朵。其色有正晕②、倒晕、浅红、浅紫、深紫、黄白檀等，独无深红。又有花叶中无抹心者。重台花者③，其花面径七八寸。兴善寺素师院牡丹④，色绝佳。元和末，一枝花合欢。

【译文】

兴唐寺有一棵牡丹，元和年间，开花两千一百朵。花的颜色有正晕、倒晕、浅红、浅紫、深紫、黄白檀等，唯独没有深红。又有花叶中没有抹心的。重瓣的牡丹，花冠直径达七八寸。兴善寺素师院里的牡丹，颜色绝佳。元和末年，有一枝开出并蒂花。

注释

❶ 兴唐寺：位于唐长安城大宁坊。 ❷ 正晕：内深外浅者。反之，为倒晕。❸ 重台：重瓣。 ❹ 兴善寺：唐长安名寺。位于唐长安城靖善坊。

【原文】

金灯。一曰九形。花叶不相见，俗恶人家种之，一名无义草。

【译文】

金灯。又名九形。开花时叶片凋落，花谢后叶片复生，花叶不同时出现，民间忌讳将它种在家里，又名无义草。

【原文】

合离。根如芋魁[1]，有游子十二环之，相须而生，而实不连，以气相属。一名独摇，一名离母。若土人所食者，合呼为赤箭。

【译文】

合离。根像芋头，有十二个游离的子实环绕，根须相互依存而实际不相连，以气类相通。又名独摇，又名离母。至于当地人所吃的，则统称为赤箭。

注释

❶ 芋魁：芋的地下球茎。

【原文】

蜀葵。本胡中葵也，一名胡葵。似葵大者，红，可以缉

【译文】

蜀葵。原本是边地的一种葵，又名胡葵。像葵又比葵大，红色，可以用来

为布。枯时烧作灰，藏火，火久不灭。花有重台者。

纺布。其枯萎的枝叶烧作灰烬，可以留藏火种，长久不熄。花有重瓣的。

【原 文】

茄子。“茄”字本莲茎名，革遐反。今呼伽，未知所自。成式因就节下食伽子数蒂，偶问工部员外郎张周封伽子故事，张云：“一名落苏，事具《食疗本草》[①]。”此误作《食疗本草》，元出《拾遗本草》[②]。成式记得隐侯《行园》诗云[③]：“寒瓜方卧垅，秋菰正满陂。紫茄纷烂熳，绿芋郁参差。”又一名昆仑瓜。岭南茄子，宿根成树，高五六尺。姚向曾为南选使[④]，亲见之。故《本草》记广州有慎火树，树大三四围。慎火即景天也，俗呼为护火草。茄子熟者，食之厚肠胃，动气发痰。根能治龟瘃[⑤]。欲其子繁，待其花时，取叶布于过路，以灰规之，人践之，子必繁也。俗谓之嫁茄子。僧人多炙之，甚美。有新罗种者，色稍白，形如鸡卵。西明寺僧造玄院中有其

【译 文】

茄子。“茄”原本是莲茎的名，读音革遐反。如今读作伽，不知从何而来。我因过节时吃了几个茄子，偶然问及工部员外郎张周封茄子的来历。张周封说：“茄子又名落苏，详情《食疗本草》都有记载。”这里误作《食疗本草》，实际是出自《拾遗本草》。我记得沈约《行园》诗写道：“寒瓜方卧垅，秋菰正满陂。紫茄纷烂熳，绿芋郁参差。”茄子又名昆仑瓜。岭南的茄子，老根长成树，高五六尺。姚向曾做过南选使，亲眼见过茄树。旧《本草》记载，广州有慎火树，树粗三四围。慎火就是景天，民间称为护火草。做熟的茄子，吃了能滋养肠胃，行气化痰。茄子根能治手足冻疮。想要让它多结茄子，等到它开花时，摘一些茄子叶铺在路上，用灰圈起来，让人践踏它，这样茄子就能多产，民间俗称嫁茄子。僧人经常烤茄子吃，味道鲜美。有一种新罗国茄子，颜色稍白，形如鸡蛋。西明寺僧人造玄的院中，就有这种茄子。《水

种[6]。《水经》云："石头西对蔡浦[7]，浦长百里，上有大荻浦，下有茄子浦。"

经》说："石头城西对着蔡浦，浦长百里，上有大荻浦，下边有茄子浦。"

注释

❶《食疗本草》：唐孟诜撰。该书是现存最早的中医食疗专书。 ❷《拾遗本草》：即《本草拾遗》，十卷，唐陈藏器撰。该书对《唐本草》遗漏处进行了细致增补。 ❸ 隐侯：指南朝梁沈约。其生前得封建昌县侯，卒谥"隐"，故称隐侯。 ❹ 南选：唐高宗时，广交黔等地可选任土人为官，但有时所选不当，于是朝廷就派郎官、御史为选补使，前去选取适当人才，称为南选。 ❺ 龟瘃(jūnzhú)：冻疮。 ❻ 西明寺：寺院名。位于唐长安城延康坊西南隅。 ❼ 石头：石头城。今江苏南京。

【原文】

异菌。开成元年春，成式修行里私第书斋前，有枯紫荆数枝蠹折，因伐之，余尺许。至三年秋，枯根上生一菌，大如斗，下布五足，顶黄白两晕，缘垂裙如鹅鞴[1]，高尺余。至午，色变黑而死，焚之气如芋香。成式常置香炉于枿台上[2]，每念经，门生以为善征。后览诸志怪，南齐吴郡褚思庄[3]，素奉释氏，眠于梁

【译文】

异菌。开成元年春天，我修行里私宅的书斋前，有几棵枯死的紫荆被虫蛀断，因此砍掉了，仅留下一尺多高的树桩。到开成三年秋天，枯根上生出一枚菌，大如斗，菌盖下边有五根菌柄，菌顶有黄、白两道晕，边缘有垂裙就像鹅鞴，高一尺多。到了中午，菌色变黑而死。用火烧，气味如同芋香。我有时会把香炉放在紫荆树桩上，从旁念经，因此弟子们都认为枯树生菌乃是吉兆。后来，我披览各种志怪书时看到一则记载：南齐吴郡的褚思庄，一向信奉佛教，睡在房梁下，梁上

下，短柱是楠木，去地四尺余，有节。永明中[4]，忽有一物如芝，生于节上，黄色鲜明，渐渐长。数日，遂成千佛状，面目爪指及光相衣服[5]，莫不完具，如金鍱隐起[6]，摩之殊软。常以春末生，秋末落，落时佛形如故，但色褐耳。至落时，其家贮之箱中。积五年，思庄不复住其下，亦无他显盛，阖门寿考[7]，思庄父终九十七，兄年七十健如壮年。

的短柱是楠木质地，距离地面有四尺多高，有节疤。永明年间，节疤上忽然长出一个像灵芝的东西，黄润鲜亮，慢慢长大。几天后，就长成千佛状，面目、四肢及佛光衣服，无不完备，就像金箔凸起的样子，抚摩起来非常柔软。此后几年，这株千佛芝常在春末长出，秋末脱落，脱落时佛的形状不变，只是颜色变成褐色而已。每到佛芝脱落时，他家便把佛芝贮存到箱子里。过了五年，褚思庄不在房梁下睡觉了，家中也没有发生其他显赫隆盛的事，只是全家人都长寿。褚思庄的父亲活到九十七岁，他的哥哥年已七十仍身强体健如同壮年。

注释

❶鹅鞴（bèi）：用鹅毛制成的车絥。 ❷枿（niè）台：指树木被砍伐后留下的根株。 ❸南齐：南朝政权之一。479 年，萧道成代刘宋称帝，国号“齐”，定都建康（今江苏南京）。 ❹永明：南齐武帝萧赜年号。 ❺光相：即宝光，佛光。 ❻鍱（yè）：金属薄片。 ❼寿考：长寿。

【原 文】

又梁简文延香园，大同十年，竹林吐一芝，长八寸，头盖似鸡头实[1]，黑色。其柄似藕柄，

【译 文】

另外，梁大同十年，简文帝延香园的竹林里长出一棵灵芝，长八寸，芝盖像鸡头实，黑色。芝柄像

内通干空，皮质皆纯白，根下微红。鸡头实处似竹节，脱之又得脱也。自节处别生一重，如结网罗，四面周可五六寸，圆绕周匝，以罩柄上，相远不相著也。其似结网众目，轻巧可爱，其与柄皆得相脱。验仙书，与威喜芝相类[2]。

荷藕的柄，里面有贯通的孔，皮质纯白，根下略微发红。菌盖处像竹节，剥了一层还有一层。从节处另长出一重，像是结成的罗网，周长有五六寸，环绕一圈，罩在芝柄上，与柄相距较远互不接触。那罗网有很多网眼，轻巧可爱，和芝柄也能脱离。查阅仙书，发现这种灵芝与威喜芝类似。

注释

❶ 鸡头实：芡实。芡的种子。 ❷ 威喜芝：传说为松脂落地化成。松脂坠地千年则化为茯苓，万年后茯苓上生木，形似莲花，夜间发光，食后可修炼成仙。

【原文】

舞草[1]。出雅州[2]。独茎三叶，叶如决明[3]。一叶在茎端，两叶居茎之半，相对。人或近之歌及抵掌讴曲[4]，必动叶如舞也。

【译文】

舞草。出自雅州。生有一根茎三片叶，叶的形状像决明草。一叶长在茎端，另两片叶子生长在茎半腰。人走近唱歌或击掌唱曲儿，其叶片必会随之舞动。

注释

❶ 舞草：即虞美人草。 ❷ 雅州：治在今四川雅安。 ❸ 决明：豆科。一年生草本植物。种子称决明子，代茶或供药用，有清肝明目之效。 ❹ 抵掌：击掌。讴曲：唱曲子。

【原 文】

护门草。常山北有草[1]，名护门。置诸门上，夜有人过，辄叱之。

【译 文】

护门草。常山北面有一种名叫护门的草。把它放到门上，夜间有人打门前经过，它就发声呵斥。

注释

❶ 常山：指北岳恒山，汉时为避汉文帝刘恒讳，改名常山。

【原 文】

仙人绦。出衡岳[1]。无根蒂，生石上。状如同心带[2]，三股，色绿，亦不常有。

【译 文】

仙人绦。出自衡山。没有根蒂，长在石头上。形状像同心带，三股，绿色，并不常见。

注释

❶ 衡岳：即南岳衡山。 ❷ 同心带：绾有同心结的丝带。

【原 文】

睡莲。南海有睡莲[1]，夜则花低入水。屯田韦郎中从事南海[2]，亲见。

【译 文】

睡莲。南海有一种睡莲，到夜间花就自己沉入水中。屯田郎中韦绶任南海从事时，亲眼所见。

注释

❶南海：南海郡。治在今广东广州。 ❷屯田韦郎中：即韦绶，唐京兆万年（今陕西西安）人。唐穆宗时为尚书右丞，兼集贤院学士。屯田：此指屯田郎中。职官名。掌天下屯田、京官职田及诸司公廨田等政。

【原文】

蔓金苔。晋时，外国献蔓金苔，色如金，若萤火之聚，大如鸡卵。投之水中，蔓延波上，光泛铄日如火。亦曰夜明苔。

【译文】

蔓金苔。晋朝时，外国曾进献蔓金苔，颜色如金，像萤火虫聚集在一起，有鸡蛋大小。投入水中，其在水面慢慢舒展开来，日光照射下如同火焰。又名夜明苔。

【原文】

异蒿。田在实[1]，布之子也。大和中，尝过蔡州北，路侧有草如蒿，茎大如指，其端聚叶，似鹪鹩窠在颠[2]。折视之，叶中有小鼠数十，才若皂荚子，目犹未开，啾啾有声。

【译文】

异蒿。田在实，是田布的儿子。大和年间，他路过蔡州北边，见路旁有一种草很像蒿草，茎有手指粗，顶端簇聚着叶片，就像鹪鹩筑在树顶的巢。他上前折下来细看，发现叶片里竟有几十只小老鼠，才如皂荚子大小，眼睛还没睁开，啾啾直叫。

注释

❶田在实：据《旧唐书》，似应为田在宥，唐平州卢龙（今河北卢龙）人。懿宗大中时为安南都护，捍卫边境，颇立战功。 ❷鹪鹩（jiāoliáo）：鸟名。形小，俗称巧妇鸟。

【原 文】

蜜草。北天竺国出蜜草。蔓生，大叶，秋冬不死，因重霜露，遂成蜜，如塞上蓬盐。

【译 文】

蜜草。北天竺国出产蜜草。这种草为蔓生，叶大，秋冬季也不枯死。由于屡经霜露，便积结成蜜，就像塞外的盐蓬草生出蓬盐一样。

【原 文】

老鸦笊篱[1]。叶如牛蒡而狭。子熟时，色黑，状如笊篱。

【译 文】

老鸦笊篱。叶片像牛蒡而稍窄。子实成熟时，颜色发黑，形状像笊篱。

注 释

❶ 笊篱（zhàolí）：用竹篾、铁丝或柳条编成的一种长柄用具，可用于沥水及捞取东西。

【原 文】

鸭舌草。生水中，似莼[1]，俗呼为鸭舌草。

【译 文】

鸭舌草。生长在水中，像莼菜，民间称之为鸭舌草。

注 释

❶ 莼（chún）：亦称“水葵”，多年生水草，蔬菜珍品。

【原 文】

胡蔓草。生邕、容间[1]。从生，花偏如栀子，稍大，不成朵，色黄白，叶稍黑。误食之，数日卒。饮白鹅、白鸭血则解。或以一物投之，祝曰："我买你。"食之不死。

【译 文】

胡蔓草。生长在邕州、容州一带。丛生，花略像栀子花而稍大，不成朵，花色黄白，叶片稍黑。人若误食了胡蔓草，几天内就会死。喝白鹅、白鸭的血能解此毒。或是把一件东西扔向它，祝祷说："我买你。"吃了就不会死。

注释

❶ 邕：邕州，治在今广西南宁。容：容州，治在今广西北流。

【原 文】

铜匙草。生水中，叶如剪刀。

【译 文】

铜匙草。生长在水中，叶片像剪刀。

【原 文】

水耐冬。此草经冬在水不死。成式于城南村墅池中有之。

【译 文】

水耐冬。这种草生长在水中，经冬不死。我城南村墅的池子里有这种草。

【原 文】

天芋。生终南山中，叶如

【译 文】

天芋。生长在终南山中，叶子像

荷而厚。

荷叶而稍厚。

【原 文】

水韭。生于水湄[1]，状如韭而叶细长，可食。

【译 文】

水韭。生长在水边，样子像韭菜而叶片细长，可食用。

注 释

❶ 水湄：水边。

【原 文】

地钱[1]。叶圆茎细，有蔓，生溪涧边。一曰积雪草，亦曰连钱草。

【译 文】

地钱。叶片呈圆形，茎较细，有蔓，生长在溪涧边。又叫积雪草，也叫连钱草。

注 释

❶ 地钱：苔藓类植物。体扁平，呈叶状，贴地生长。长在阴湿的土坡、墙角或岩石上。含金鱼草素、柠檬酸等，可供药用。

【原 文】

蚍蜉酒草。一曰鼠耳，象形也，亦曰无心草。

【译 文】

蚍蜉酒草。又名鼠耳，因形状像鼠耳而得名，也叫无心草。

【原 文】

盆甑草。即牵牛子也。结实后断之，状如盆甑，其中有子，似龟。蔓如薯蓣[1]。

【译 文】

盆甑草。就是牵牛花。待其结籽后剖开，形状如同盆甑，里边有龟状的种子。藤蔓如同山药。

注释

❶ 薯蓣（yù）：山药。汲古阁本、《四库全书》本，皆作“薯蓣”，今据改。

【原 文】

蔓胡桃。出南诏。大如扁螺[1]，两隔，味如胡桃。或言蛮中藤子也。

【译 文】

蔓胡桃。出自南诏。有扁螺大小，两个隔，味道如同胡桃。有人称之为蛮中藤子。

注释

❶ 扁螺：蚬的别名。

【原 文】

油点草。叶似莙荙[1]，每叶上有黑点相对。

【译 文】

油点草。叶子像莙荙，每片叶子上都有黑点相对。

注释

❶ 莙荙（jūndá）：即甜菜。许本作“莙达”，今据汲古阁本、《四库全书》本改。

【原文】

三白草。此草初生不白，入夏，叶端方白。农人候之莳田[1]，三叶白，草毕秀矣[2]。其叶似薯蓣。

【译文】

三白草。这种草初生时不白，进入夏季，叶尖儿才发白。农人把它视为耕作的物候，其叶完全变白时，草木就抽穗开花了。它的叶子像山药。

注释

❶ 莳（shì）：移栽。泛指种植。 ❷ 秀：指禾类植物开花。也指草类植物结实。

【原文】

博落回。有大毒，生江淮山谷中。茎叶如麻，茎中空，吹作声，如“勃逻回”，因名之。

【译文】

博落回。有剧毒，生在江淮一带的山谷中。茎和叶像麻，茎中空，吹的时候发出“勃逻回”的声音，因而得名。

【原 文】

蒟蒻[1]。根大如碗。至秋，叶滴露，随滴生苗。

【译 文】

蒟蒻。根有碗那么大。到了秋天，叶子滴露，露水滴落处会生出新苗。

注 释

❶ 蒟蒻（jǔruò）：俗称魔芋。

【原 文】

鬼皂荚。生江南地泽，如皂荚，高一二尺，沐之，长发。叶亦去衣垢。

【译 文】

鬼皂荚。生长在江南沼泽地中，样子很像皂荚，高一二尺，用来洗头，可以生发。其叶子能洗衣去垢。

【原 文】

通脱木。如蜱麻[1]，生山侧。花上粉，主治恶疮。心空，中有瓤，轻白可爱，女工取以饰物[2]。

【译 文】

通脱木。样子像蓖麻，生长在山脚下。花粉主治恶疮。茎中空，有质地轻软的髓质，轻盈洁白，非常可爱，女孩子常用它制作饰品。

注 释

❶ 蜱麻：即蓖麻。 ❷ 女工：指妇女从事纺绩、刺绣、缝纫等事。

【原 文】

毗尸沙花。一名日中金钱花，花本出外国，梁大同二年进来中土。

【译 文】

毗尸沙花。又叫日中金钱花。它本来出自外国，梁大同二年传到中土。

【原 文】

左行草。使人无情。范阳长贡[1]。

【译 文】

左行草。使人无情。范阳长期进贡。

注 释

❶ 范阳：治在今河北涿州。

【原 文】

青草槐。龙阳县裨牛山南[1]，有青草槐，蕞生[2]，高尺余。花若金灯，仲夏发花，一本云迄千秋。

【译 文】

青草槐。龙阳县裨牛山南，有一种青草槐，丛生，高一尺多。花像金灯，仲夏开花，有的书上称之为迄千秋。

注 释

❶ 龙阳县：今湖南汉寿。 ❷ 蕞（zuì）生：丛生。

【原 文】

竹肉[①]。江淮有竹肉，生竹节上，如弹丸，味如白树鸡。代北有大树鸡[②]，如桮棬[③]，呼为胡孙眼[④]。

【译 文】

竹肉。江淮一带有一种竹肉，生长在竹节上，像弹丸，味道如同白树鸡。代北地区有一种大树鸡，形状像酒杯，叫作胡孙眼。

注 释

❶竹肉：一种生在朽竹根节上的菌类。 ❷树鸡：大朵的木耳。 ❸桮棬（bēiquān）：古代一种未经雕饰的木质饮器。棬：曲木制成的盂。 ❹胡孙眼：许本作“胡孙头”，今据汲古阁本改。白树鸡、代北等亦同。胡孙眼即桑黄，一种药用真菌。

【原 文】

石耳[①]。庐山有石耳，性热。

【译 文】

石耳。庐山上有一种石耳，性热。

注 释

❶石耳：一种附着在石壁上的地衣，可食。

【原 文】

野狐丝[①]。庭有草，蔓生，色白，花微红，大如粟，秦人呼为野狐丝。

【译 文】

野狐丝。庭院里有一种草，蔓生，白色，花微红，大小如粟米，关中人称之为野狐丝。

注释

❶ 野狐丝：菟丝子的别名。

【原文】

金钱花。一云本出外国，梁大同二年进来中土。梁时，荆州掾属双陆[①]，赌金钱，钱尽，以金钱花相足。鱼弘谓得花胜得钱[②]。

【译文】

金钱花。一说本产自外国，梁大同二年传入中土。南梁时，荆州属官玩双陆游戏，以金钱为赌注，钱输光了，就用金钱花抵债。鱼弘说赢得金钱花胜过赢钱。

注释

❶ 掾属：佐治的官吏。双陆：古代的一种赌博游戏。 ❷ 鱼弘：南朝梁襄阳（今属湖北）人。以军功起家，贪得无厌，克剥百姓。

【原文】

荷。汉昭帝时[①]，池中有分枝荷，一茎四叶，状如骈盖[②]。子如玄珠[③]，可以饰珮也。灵帝时[④]，有夜舒荷，一茎四莲，其叶夜舒昼卷。

【译文】

荷。汉昭帝时，宫苑水池中有分枝荷，一根茎上生有四叶，形如并列的车盖。子实就像黑色的珠子，可以制成饰物。汉灵帝时，有夜舒荷，一根茎上开出四朵莲花，荷叶夜间舒展而白天卷曲。

注释

❶汉昭帝：即汉昭帝刘弗陵，汉武帝少子。 ❷骈：并列。 ❸玄：黑色。 ❹灵帝：即汉灵帝刘宏，在位期间黄巾起义爆发。

【原文】

梦草。汉武时异国所献，似蒲，昼缩入地，夜若抽萌。怀其草，自知梦之好恶。帝思李夫人[1]，怀之辄梦。

【译文】

梦草。汉武帝时外国所进献，像蒲草，白天缩进地里，夜晚抽发出来。怀揣这种草，能控制梦境。汉武帝思念李夫人，怀揣梦草就能梦到她。

注释

❶李夫人：汉武帝刘彻宠妃。西汉著名音乐家李延年、贰师将军李广利之妹。

【原文】

乌莲。叶如鸟翅，俗呼为仙人花。

【译文】

乌莲。叶子像乌翅，民间称之为仙人花。

【原文】

雀芋。状如雀头，置干地反湿，置湿处复干[1]。飞鸟触之堕，走兽遇之僵。

【译文】

雀芋。形状像雀头，放到干燥处反而湿润，放到潮湿处又会变得干燥。飞鸟碰到它就会坠落，走兽碰到它便身体僵硬不能动弹。

注释

❶ 湿处：许本作“湿地”，今据汲古阁等本改。

【原文】

望舒草。出扶枝国。草红色，叶如莲，月出则舒，月没则卷。

【译文】

望舒草。出自扶枝国。草是红色的，叶子像莲叶，月出时叶子舒展，月落时叶子卷曲。

【原文】

红草。山戎之北有草①，茎长一丈，叶如车轮，色如朝虹②。齐桓时③，山戎献其种，乃植于庭，以表霸者之瑞。

【译文】

红草。山戎以北有一种草，茎长一丈，叶大如车轮，颜色像朝霞。齐桓公时，山戎献来这种草的种子，桓公便将其种在庭院里，作为称霸的祥瑞。

注释

❶ 山戎：古代北方民族名，又称北戎，匈奴的一支。活动于今河北北部地区。❷ 朝虹：朝霞。❸ 齐桓：即齐桓公，春秋时期齐国国君，“春秋五霸”之首。

【原文】

神草。魏明时，苑中合欢

【译文】

神草。魏明帝时，禁苑里有合欢

草[1]，状如蓍[2]，一株百茎，昼则众条扶疏，夜乃合一茎，谓之神草。

草，样子像蓍草，一株草有上百根茎，白天则众多枝条分披，晚上就并为一茎，被称作神草。

注释

❶苑：许本作“园”，据汲古阁等本改。 ❷蓍：蓍草，古代用以占卜。

【原文】

三蔬。晋时有芳蔬园，在金墉之东[1]。有菜名芸薇，类有三种：紫色为上蔬，味辛；黄色为中蔬，味甘；青者为下蔬，味咸。常以三蔬充御菜，可以藉食。

【译文】

三蔬。晋朝时洛阳有芳蔬园，在金墉城东。有种菜名叫芸薇，细分为三个品种：紫色的为上等蔬菜，味道辛辣；黄色的为中等蔬菜，味道甘甜；青色的为下等蔬菜，味咸。这三个品种常作为御膳用菜，菜叶阔大可以用来盛放食品。

注释

❶金墉：即金墉城，古城名。三国魏明帝时筑，为当时洛阳城（今河南洛阳东）西北角上一小城。魏晋时被废的帝后都被安置于此。

【原文】

掌中芥。末多国出也[1]。取其子置掌中，吹之，一吹一长，

【译文】

掌中芥。出自末多国。把它的种子放到手上拿着，用嘴去吹，吹一下长一

长三尺，乃植于地。

点，待其长到三尺，就可种到地下。

注释

❶ 末多国：传说中的古国名。

【原文】

水网藻。汉武昆明池中有水网藻，枝横侧水上，长八九尺，有似网目。凫鸭入此草中[1]，皆不得出，因名之。

【译文】

水网藻。汉武帝时昆明池中有一种水网藻，枝蔓横生在水面上，长八九尺，如同罗网。水鸭游入水网藻中，都无法逃出，因而得名。

注释

❶ 凫鸭：水鸭。

【原文】

地日草。南方有地日草，三足乌欲下食此草[1]，羲和之驭[2]，以手掩乌目，食此则美闷不复动。东方朔言，为小儿时，井陷，坠至地下，数十年无所寄托。有人引之，令往此草，中隔红泉，不得渡。其人以一

【译文】

地日草。南方有一种地日草，传说三足乌想要下界吃这种草，羲和驾驭日车，忙用手掩住三足乌的眼睛。因为三足乌吃了这种美味就闷闷地不再动了。东方朔说，小时候，曾遇到水井塌陷，他随之坠入地下，几十年无依无靠。有一个人引着他，前往有地日草的地方，但是中间隔着红泉，无法渡

只屐，因乘泛红泉，得至草处食之。

过。那人给了他一只木屐，他乘着木屐才得以渡过红泉，找到地日草吃。

注释

❶三足乌：古代传说日中有三足神乌。❷羲和：古代神话中的人物。一说是给太阳驾车的神；一说是太阳的母亲。

【原文】

挟剑豆[①]。乐浪东有融泽[②]，之中生豆荚，形似人挟剑，横斜而生。

【译文】

挟剑豆。乐浪郡东面有处融泽，融泽里生长着一种豆荚。这种豆荚横斜而生，形状像人提剑而立。

注释

❶挟剑豆：即刀豆。荚形似刀，故名。❷乐浪：即乐浪郡。治在今朝鲜平壤南。

【原文】

牧靡[①]。建宁郡乌句山南五百里[②]，生牧靡草，可以解毒。百卉方盛，乌鹊误食乌喙中毒[③]，必急飞牧靡山，啄牧靡以解也。

【译文】

牧靡。建宁郡乌句山南五百里，有种牧靡草，可以解毒。百花盛开之时，乌雀若误吃乌喙而中毒，一定会急忙飞到牧靡山上，啄食牧靡草来解毒。

注释

❶ 牧靡（mǐ）：草名。可解毒。 ❷ 建宁郡：三国蜀汉建兴三年（225）改益州郡置。治味县（今云南曲靖）。乌句山：许本作“鸟句山”，今据汲古阁本改。当在今云南寻甸一带。 ❸ 乌喙：即乌头的子根。

前集卷二十

肉攫部

【原 文】

取鹰法。七月二十日为上时，内地者多，塞外者殊少。八月上旬为次时，八月下旬为下时，塞外鹰毕至矣。鹰网目，方一寸八分，纵八十目，横五十目，以黄蘗和杼汁染之①，令与地色相类。螽虫好食网②，以蘗防之。有网竿、都杙、吴公③。𥗝竿二④：一为鹑竿，一为鸽竿。鸽飞能远察见鹰，常在人前。若竦身动盼⑤，则随其所视候之。

【译 文】

捕鹰之法。七月二十日为上时，此时内地的鹰多，塞外的鹰极少。八月上旬为次时，八月下旬为下时，塞外的鹰都飞来了。捕鹰的网眼，长宽各一寸八分，纵向八十眼，横向五十眼，用黄蘗和柞树汁染过，颜色与大地相近。螽虫喜欢咬食鹰网，要涂抹黄蘗以防虫。张网时，要备好网竿、都杙、蜈蚣。𥗝竿有两种：一种是鹑竿，一种是鸽竿。鸽子飞翔时能很远就发现鹰，常比人发现得早。如果鸽子耸身振翅躁动不安，就要随其视线做好捕鹰的准备。

注释

❶黄蘗（bò）：落叶乔木。树皮淡灰色。茎可制黄色染料。树皮可入药，有清热、解毒等作用。杼（shù）：柞木。 ❷螽（zhōng）：即螽斯。虫名。 ❸都

杙：系网的木桩。吴公：即蜈蚣。 ❹ 磔竿：以鸽等鸟为诱饵来捕鹰的长柄支架。 ❺ 竦身：耸身，纵身向上跳。

【原 文】

取木鸡、木雀、鹞[1]。网目方二寸，纵三十目，横八十目。

【译 文】

捕捉木鸡、木雀、鹞子。网眼二寸见方，纵向三十眼，横向八十眼。

注 释

❶ 鹞（yào）：即称“鹞鹰”“鹞子”。形体像鹰而比鹰小，以小鸟等为食。

【原 文】

凡鸷鸟[1]，雏生而有惠[2]，出壳之后，即于窠外放巢。大鸷恐其堕坠，及为日所曝，热暍致损[3]，乃取带叶树枝插其巢畔，防其坠堕及作阴凉也。欲验雏之大小，以所插之叶为候。若一日、二日，其叶虽萎而尚带青色。至六七日，其叶微黄。十日后枯瘁[4]，此时雏渐大，可取。

【译 文】

大凡鸷类猛禽，雏鸟刚出生就很聪明，出壳之后，就在窝外排便。大鸟恐雏鸟坠落，或被太阳所晒受热生病，就取带叶的树枝插在鸟巢四周，既能防止雏鸟坠落又能为其遮阴。捕鹰的人想知道雏鸟的大小，观察插在鸟巢四周的带叶树枝即可。如果雏鸟刚出生一两天，树叶虽枯萎但仍带有青色。若出生六七天，树叶微黄。出生十天以上，树叶枯萎，这时雏鸟逐渐长大，可以捕捉了。

注释

❶ 鸷：凶猛的鸟。 ❷ 惠：通“慧”。 ❸ 暍（yē）：谓中暑。 ❹ 枯瘁（cuì）：枯萎。

【原文】

凡禽兽，必藏匿形影同于物类也。是以蛇色逐地，茅兔必赤，鹰色随树。

【译文】

大凡禽兽，一定会将自己隐藏在同类颜色的环境中。所以，蛇的花纹与大地相似，茅草里的野兔必全身红毛，鹰的毛色与大树颜色相似。

【原文】

鹰巢。一名菆[1]。鹰呼菆子者，雏鹰也。鹰四月一日停放，五月上旬拔毛入笼。拔毛先从头起，必于平旦过顶[2]，至伏鹑则止[3]。从颈下过飏毛，至尾则止。尾根下毛名飏毛。其背毛并两翅大翎、覆翮及尾毛十二根等[4]，并拔之。两翅大毛合四十四枝，覆翮翎亦四十四枝。八月中旬出笼。

【译文】

鹰巢。又叫菆。鹰称作菆子的，就是雏鹰。四月一日暂停放鹰，五月上旬拔掉鹰羽关入笼子。拔毛的时候先从头部拔起，必在清晨时拔过顶，到鹑尾时停止。从颈下开始拔飏毛，拔到尾部为止。尾根下的毛名叫飏毛。其背部的毛及两翅大翎、覆翮及十二根尾羽等，一并拔掉。两翅的大翎一共有四十四枝，覆翮翎也有四十四枝。八月中旬放出笼。

注释

❶ 蔟（chù）：鹰巢。 ❷ 平旦：清晨。 ❸ 伏鶉：或指“鶉尾”，十二时辰中的巳时（上午九点至十一点）。 ❹ 覆翮：鸟类翅膀上翎管坚硬的部分。

【原文】

雕、角鹰等，三月一日停放，四月上旬置笼。

【译文】

雕、角鹰等猛禽，三月一日就要停止放飞，四月上旬入笼。

【原文】

鹘。北回鹰过尽停放，四月上旬入笼，不拔毛。鹘，五月上旬停放，六月上旬拔毛，入笼。

【译文】

鹘。待从北方飞回的鹰过完以后，就停止放飞，四月上旬关进笼子，不拔毛。鹘，五月上旬停止放飞，六月上旬拔毛关进笼子。

【原文】

凡鸷击等[①]，一变为鸽，二变为鷂转鸽[②]，三变为正鸽。自此已后，至累变，皆为正鸽。

【译文】

大凡鸷鸟一类猛禽，第一次换毛后，色似鸽子；第二次换毛后，羽色由苍黄色转为苍青色；第三次换毛后，就为纯正的鹰羽色。自此以后，每次换羽毛，都是纯正的鹰羽色。

注释

❶ 鸷击：鹰鹞之类猛禽的代称。 ❷ 鶣（biǎn）：苍鹰。此指苍黄色。鸧（cāng）：鸧鸹，一种水鸟，体苍青色。此指颜色转青。

【原 文】

白鹘。觜爪白者，从一变为鶣，至累变，其白色一定，更不改易。若觜爪黑者，臆前纵理、翎尾斑节微微有黄色者，一变为鶣，则两翅封上及两胜之毛间似紫白，其余白色不改。

【译 文】

白鹘。喙、爪都是白色者，从第一次换羽毛变为苍黄色，到以后每次换羽毛，身上的白色羽毛都固定不变。喙、爪都是黑色，且胸前长着纵向纹理、翎毛尾斑节微有黄色者，第一次换羽毛，羽色变为苍黄色，而两翅上及两股间的毛会夹杂有紫白色，其余地方的白色羽毛不变。

【原 文】

齐王高纬武平六年[①]，得幽州行台仆射河东潘子晃所送白鹘[②]，合身如雪色。视臆前微微有纵白斑之理，理色暧昧如缥[③]。觜本之色，微带青白，向末渐乌。其爪亦同于觜，蜡胫并作黄白赤。是为上品。黄麻色，一变为鶣，其色不甚改易，惟臆前纵斑渐阔而短。鶣转出后，乃至累

【译 文】

武平六年，齐王高纬从幽州行台仆射河东潘子晃那里得到一只白鹘，全身毛色白如雪。细看之下，胸前微有纵向纹理，隐约泛出浅红色。嘴根部微带青白色，向嘴尖渐变为黑色。爪子也与嘴颜色相同，蜡胫皆为黄白红色。这是上品。黄麻色的鹘，第一次换羽毛，毛色变为苍黄色，此后羽毛颜色不再改变，只有胸前的纵向斑纹渐渐变宽变短。第二次换毛后，乃至以后每

变，背上微加青色，臆前纵理转就短细，渐加膝上鲜白。此为次色。青麻色，其变色，一同黄麻之鹞。此为下品。又有罗乌鸧、罗麻鸧。

次换羽毛，背羽会微加青色，胸前的纵向斑纹会变得短细，膝部渐渐增加亮白色。这是次品。青麻色的鹘，它的变色情形与黄麻鹘相同。这是下品。又有罗乌鸧、罗麻鸧。

注释

❶ 高纬：即北齐后主。武平六年：575 年。 ❷ 行台仆射：即行台尚书仆射，为行台次官。行台：地方最高行政机构。 ❸ 暧昧：不分明，模糊。纁(xūn)：浅红色。

【原文】

白兔鹰。觜爪白者，从一变为鹞，乃至累变，其白色一定，更不改易。觜爪黑而微带青白色，臆前纵理及翎毛斑节微有黄色者，一变背上翅尾微为灰色，臆前纵理变为横理，变色微漠若无，胜间仍白。至于鹞转已后，其灰色微褐而渐渐向白。其觜爪极黑，体上黄鹊斑色微深者，一变为青白鹞，鹞转之后，乃至累变，臆前横理转细，则渐为鸧色也。

【译文】

白兔鹰。喙、爪皆为白色者，从起初换羽毛变为苍黄色，到以后每次换羽毛，白色的羽毛都不变色。喙和爪子黑而微带青白色，且胸前带纵向纹理及翎尾斑节微有黄色的，第一次换羽毛后背上和翅尾微变为灰色，胸前的纵向纹理变为横向纹理，颜色变化很细微，两股间仍为白色。到第二次换毛变色以后，灰色部分会微带褐色而渐渐变白。那种嘴和爪子极黑，且身上带黄鹊斑纹、色微深的，第一次换羽毛后变为青白鹞，第二次换毛后，乃至以后每次换羽毛，胸前的横向纹理转细，就渐渐变为苍青色了。

【原 文】

齐王高洋[1]，天保三年，获白兔鹰一联[2]，不知所得之处。合身毛羽如雪，目色紫，爪之本白，向末为浅乌之色。蜡胫并黄，当时号为金脚。

【译 文】

齐王高洋在天保三年得到一对白兔鹰，不知道从哪里觅得的。全身毛羽如雪，眼为紫色，爪子根部为白色，向爪尖渐变为浅黑色。蜡胫都是黄色，当时人称之为金脚。

注 释

❶ 高洋：即北齐文宣帝。北齐开国皇帝。 ❷ 一联：一对。

【原 文】

又高齐武平初[1]，领军将军赵野叉献白兔鹰一联[2]，头及顶，遥看悉白，近边熟视，乃有紫迹在毛心。其背上以白地紫迹点其毛心，紫外有白赤周绕，白色之外以黑为缘。翅毛亦以白为地，紫色节之。臆前以白为地，微微有缥赤纵理。眼黄如真金，觜本之色微白，向末渐乌。蜡作浅黄色胫，指之色亦黄。爪色与觜同。

【译 文】

另外，北齐武平初年，领军将军赵野叉进献一对白兔鹰，从远处看去自头至顶为全白，靠近细看，羽毛中心有紫色斑痕。背上的羽毛，也是白色为底点缀着紫色斑痕，斑痕周边有白色及红色环绕，白色之外又描有黑边。翅膀上的羽毛也是以白色为底，间杂紫色。胸前的羽毛以白色为底，有红色纵向纹理隐约可见。眼睛黄如真金，嘴根颜色微白，向嘴尖渐渐变黑。蜡胫作浅黄色，脚趾也是黄色。爪子颜色与嘴相同。

注释

❶高齐：即北齐。以皇室姓高，故称。 ❷领军将军：官名。东汉延康元年(220)曹丕置。职掌与中领军同，但任职者资望重于中领军，省称领军。北齐时为领军府长官，掌禁卫宫掖，主朱华阁外禁卫官，又领左、右卫，领左右等府，从二品。

【原文】

散花白。觜爪黑而微带青白色者，一变为紫理白鶬。鶬转以后，乃至累变，横理转细，臆前紫渐灭成白。其觜爪极黑者，一变为青白鶬。鶬转之后，乃至累变，横理转细，臆前渐作灰白色。

【译文】

散花白鹘。嘴和爪子黑而微带青白色者，第一次换羽毛后变为带紫色斑纹的白鶬。鶬转以后，乃至此后每次换羽变色，横向纹理转细，胸前的紫色渐渐消失而变成白色。嘴和爪子极黑者，第一次换羽毛后变为青白鶬。鶬转以后，乃至此后每次换羽变色，横向纹理转细，胸前渐渐变成灰白色。

【原文】

赤色。一变为鶬，其色带黑。鶬转已后，乃至累变，横理转细，臆前微微渐白，其背色不改，此上色也。

【译文】

红色鹰。第一次换羽毛后变为鶬，颜色带黑。鶬转以后，乃至此后每次换羽变色，横向纹理转细，胸前羽毛渐渐微白，背上羽毛颜色不变，这是上等羽色。

【原 文】

白唐。一变为青鶬，而微带灰色，鶬转之后，乃至累变，横理转细，臆前微微渐白。

【译 文】

白唐鹰。第一次换羽毛变为青鶬，而略带灰色，鶬转以后，乃至此后每次换羽变色，横向纹理转细，胸前羽毛渐渐微白。

【原 文】

鹞烂堆黄。一变之鶬，色如鹙鹙[1]。鶬转之后，乃至累变，横理转细，臆前渐渐微白。

【译 文】

鹞烂堆黄。这个品种，第一次换羽毛后，颜色变为青苍色。鶬转以后，乃至此后每次换羽变色，横向纹理转细，胸前羽毛渐渐微白。

注释

❶ 鹙鹙（qiūchǎng）：鹙鸟的翅羽。青苍色。

【原 文】

黄色。一变之后，乃至累变，其色似于鹙鹙，而色微深，大况鹞烂堆黄，变色同也。

【译 文】

黄色鹰。第一次换羽毛后，到以后每次换羽变色，颜色都类似鹙鹙而稍深，与鹞烂堆黄很像，羽色变化也相同。

【原 文】

青斑。一变为青父鵃。鵃转之后，乃至累变，横理转细，臆前微微渐白。此次色也。

【译 文】

青斑鹰。第一次换羽毛后，变为青父鵃。鵃转以后，每次换羽变色，横向纹理转细，胸前羽毛渐渐微白。这是次等的羽色。

【原 文】

白唐。“唐者”，黑色也，谓斑上有黑色。一变为青白鵃，杂带黑色。鵃转之后，乃至累变，横理转细，臆前渐渐微白。

【译 文】

白唐鹰。“唐”，就是黑色的意思，指花斑上有黑色。第一次换羽毛后变为青白鵃，间杂黑色。鵃转以后，到以后每次换羽变色，横向纹理转细，胸前羽毛渐渐微白。

【原 文】

赤斑唐。谓斑上有黑色也。一变为鵃，其色多黑。鵃转之后，乃至累变，横理转细，臆前黑虽渐褐，世人仍名为黑鸧。

【译 文】

赤斑唐鹰。是红色斑纹上有黑点的品种。第一次换羽毛后变为鵃，颜色多为黑色。鵃转以后，每次换羽变色，横向纹理转细，胸前黑色羽毛渐渐变成褐色，世人仍称之为黑鸧。

【原 文】

青斑唐。谓斑上有黑色

【译 文】

青斑唐鹰。是花斑上有黑色的品种。

也。一变为鹟，其色带青黑。鹟转之后，乃至累变，横理虽细，臆前之色仍常暗黪[①]。此下色也。

第一次换羽毛后变为鹟，色带青黑。鹟转以后，每次换羽变色，横向纹理虽然转细，但胸前的羽色仍常青黑而无光。这是下等羽色。

注释

❶ 暗黪（cǎn）：谓颜色青黑而无光。黪：灰黑色。

【原 文】

鹰之雌雄，唯以大小为异，其余形相，本无分别。雉鹰虽小，而是雄鹰，羽毛杂色，从初及变，既同兔鹰，更无别述。雉鹰一岁，臆前纵理阔者，世名为鸧斑。至后变为鹟鸧之时，其臆纵理变作横理，然犹阔大。若臆前纵理本细者，后变为鹟鸧之时，臆前横理亦细。

【译 文】

鹰的雌雄，除大小相异，其余形貌并无分别。雉鹰虽小，却是雄鹰，羽色驳杂，形态及换毛的情形，与兔鹰相同，不再复述。雉鹰一岁时，胸前纵向纹理宽阔的，世人称之为鸧斑。到后来变为鹟鸧时，胸前的纵向纹理变作横向纹理，然而仍宽阔。如果胸前的纵向纹理原本就细，到后来变为鹟鸧时，胸前的横向纹理仍细。

【原 文】

荆窠白者。短身而大，五斤有余，便鸟而快，一名沙里白。生代北沙漠里荆窠上[①]，向雁门、

【译 文】

荆窠白鹰。身形短而翼展宽大，重五斤多，捕捉鸟儿速度很快，又叫沙里白。生长在代北沙漠的荆棘丛

马邑飞[2]。

里，向雁门、马邑方向迁徙。

注释

❶代北：古地区名。泛指汉、晋代郡和唐以后代州以北地区。当今山西北部及河北西北部一带。 ❷雁门：雁门郡。治在今山西代县。马邑：治在今山西朔州东北。

【原文】

代都赤者。紫背黑须，白睛白毛。三斤半已上、四斤已下，便兔，生代川赤岩里[1]，向灵丘、中山、白嶰飞[2]。

【译文】

代都红鹰。紫背黑面，白睛白毛。重三斤半以上、四斤以下，能捕捉兔子，生活在代川赤岩里，向灵丘、中山、白嶰方向迁徙。

注释

❶代川：代州。治在今山西代县。 ❷灵丘：在今山西大同。中山：今河北定州。白嶰：即白涧岭，在今山西阳城西北。

【原文】

漠北白者[1]。身长且大，五斤有余，细斑短胫，鹰内之最。生沙漠之北，不知远近，向代川、中山飞。一名西道白。

【译文】

漠北白鹰。身形长且翼展大，重五斤多，斑纹细碎，短腿，是鹰中之王。生活在沙漠以北未知远近之处，向代川、中山方向迁徙。又名西道白。

注释

❶ 漠北：蒙古高原大沙漠以北地区，自汉代以后常称为漠北。

【原文】

房山白者[1]。紫背细斑，三斤已上、四斤已下，便兔。生代东、房山白杨、椴树上，向范阳、中山飞[2]。

【译文】

房山白鹰。紫背细斑，重三到四斤，能捕捉兔子。生活在代东、房山一带的白杨和椴树上，向范阳、中山方向迁徙。

注释

❶ 房山：今河北平山。 ❷ 范阳：治今河北涿州。

【原文】

渔阳白[1]。腹背俱白，大者五斤，便兔。生徐无及东西曲[2]，一名大曲、小曲。白杨树上生，向章武、合口、博海飞[3]。

【译文】

渔阳白鹰。腹背羽毛皆为白色，大的重五斤，能捕捉兔子。生活在徐无山及东西曲，东西曲又名大曲、小曲。其在白杨树上筑巢，向章武、合口、博海方向迁徙。

注释

❶ 渔阳：今天津蓟州区一带。 ❷ 徐无：即徐无山，在今河北玉田东北。
❸ 章武：在今河北沧州一带。合口：在今河北沧州东南。博海：即古渤海县，

在今山东滨州。

【原 文】

东道白。腹背俱白，大者六斤余，鹰内之最大。生卢龙、和龙以北[1]，不知远近，向涣林、巨里、章武、合口、光州飞[2]。虽稍软，若值快者，越于前鹰。

【译 文】

东道白鹰。腹背羽毛皆为白色，大的重六斤多，是鹰类中体形最大的。生活在卢龙、和龙以北未知远近之处，向涣林、巨里、章武、合口、光州方向迁徙。虽然体力稍弱，但如果碰到飞得快的，可以超越。

注 释

❶ 卢龙：治在今北京西南。和龙：本名龙城。因前燕慕容皝迁都于此，筑新宫“和龙宫”，故名。故址在今辽宁朝阳。 ❷ 巨里：在今山东济南章丘区。光州：治在今河南潢川。

【原 文】

土黄。所在山谷皆有。生柞、栎树上，或大或小。

【译 文】

土黄鹰。山谷中到处都有。在柞树或栎树上筑巢，体形有大有小。

【原 文】

黑皂骊。大者五斤，生渔阳山松、杉树上，多死。时有

【译 文】

黑皂骊鹰。大的重五斤，生活在渔阳的山松和杉树上，容易死亡。偶

快者，章武飞。

有飞得快的，向章武方向迁徙。

【原文】

白皂骊。大者五斤，生渔阳、白道、河阳、漠北[1]，所在皆有。生柏枯树上，便鸟，向灵丘、中山、范阳、章武飞。

【译文】

白皂骊鹰。大的重五斤，渔阳、白道、河阳、漠北地区处处都有。生活在枯萎的柏树上，能捕捉鸟，向灵丘、中山、范阳、章武方向迁徙。

注释

❶ 白道：古道名。在今内蒙古呼和浩特西北，为古代穿越阴山南北的重要通道之一。因路口千余步土色灰白，遥望见之，故名。河阳：今河南孟州。

【原文】

青斑。大者四斤，生代北及代川白杨树上。细斑者快，向灵丘山、范阳飞。

【译文】

青斑鹰。大的重四斤，生活在代北及代川的白杨树上。有细碎斑纹的飞得快，向灵丘山、范阳方向迁徙。

【原文】

鸈鹰茌子[1]。青黑者快，蜕净眼明[2]，是未尝养雏，尤快。若目多眵[3]，蜕不净者，已养雏矣，不任用，多死。又

【译文】

半大的鹰。颜色青黑的飞得快，其中毛换得干净、眼睛明亮的，是没有生育过雏鹰的鹰，飞得尤其快。如果眼屎多，毛换得不彻底的，已生育过雏鹰了，不堪驱使，容易死亡。另

条头无花[4]，虽远而聚。或条出句然[5]作声，短命之候。口内赤，反掌热[6]，隔衣蒸人，长命之候。叠尾、振卷打格[7]、只立理面毛、藏头睡，长命之候也。

外，鹰屎末端不开裂，即便排出很多都会连在一起。又有的排便时佝背发出声音，这是短命的征兆。口内发红，爪掌发热，隔着衣物都觉热气逼人，这是长命的征兆。尾羽聚拢、吐物打嗝、单脚站立梳理面部羽毛、脑袋埋入羽毛里睡觉，这些都是长命的征兆。

注释

❶荏（rěn）：柔弱。 ❷蜕：鸟换毛。 ❸眵（chī）：眼屎。 ❹条：鹰屎。 ❺句（gōu）然：弯曲貌。 ❻反掌：疑为“爪掌”之误。 ❼振卷：肉食鸟类吐出毛发、翅壳等无法消化之物的行为。

【原文】

凡鸷鸟飞，尤忌错喉[1]，病入叉，十无一活。叉在咽喉骨前皮里，缺盆骨内[2]，膝之下[3]。

【译文】

凶猛的鸟类飞翔，特别害怕食物误入气管，一旦入叉部，基本活不了。叉部在咽喉骨前皮下，缺盆骨之内，嗉囊之下。

注释

❶错喉：谓饮食误入气管。 ❷缺盆骨：又作“缺盆骨”，即锁骨上方凹陷的区域。 ❸膝：同“嗉”，嗉囊。

【原 文】

吸筒。以银鍱为之，大如角鹰翅管。鹰以下，筒大小准其翅管。

【译 文】

吸筒，用银制薄片制成，大小如同角鹰的翅管。比鹰小的，吸筒的大小依照其翅管的粗细而定。

【原 文】

凡夜条不过五条数者，短命。条如赤小豆汁，与白相和者死。凡网损、摆伤、兔踢伤、鹤兵爪[1]，皆为病。

【译 文】

鹰类，在夜间排便不超过五次的，短命。鹰屎如红小豆汁，又间杂着白色物的，会死。凡是被网所伤、飞行所伤、被兔子踢伤、鹤兵爪伤，都是缺陷。

注释

❶ 鹤兵爪：鹤双脚中的第一趾。此指鹰捕鹤时为鹤的脚趾所伤。

续集卷一

支诺皋上

【原 文】

新罗国有第一贵族金哥，其远祖名旁㐌[①]，有弟一人，甚有家财。其兄旁㐌因分居，乞衣食。国人有与其隙地一亩，乃求蚕谷种于弟，弟蒸而与之，㐌不知也。至蚕时，有一蚕生焉，日长寸余，居旬大如牛，食数树叶不足。其弟知之，伺间杀其蚕。经日，四方百里内蚕飞集其家。国人谓之巨蚕，意其蚕之王也。四邻共缲之[②]，不供。谷唯一茎植焉，穗长尺余，旁㐌常守之。忽为鸟所折，衔去。旁㐌逐之，上山五六里，鸟入一石罅。日没径黑，旁㐌因

【译 文】

新罗国有个第一贵族金哥，他的远祖名叫旁㐌，旁㐌有个弟弟，颇有家资。哥哥旁㐌因为分家，衣食无着，只好靠乞讨维持生计。国中有人送给他一亩空地，旁㐌于是求弟弟给些蚕种和谷种，弟弟却把蚕种、谷种蒸熟了送给他，旁㐌并不知情。到孵育蚕种时，只孵出一只蚕，这只蚕每天长一寸多，十天工夫长得像牛那么大，好几棵桑树的叶都不够它吃。他弟弟知道这件事后，就找了个机会，杀死了这只大蚕。过了一天，方圆百里以内的蚕都飞到旁㐌家。国中的人都说被杀死的巨蚕，应该是蚕王。旁㐌的左邻右舍共同帮着缲这些蚕吐出的丝，仍忙不过来。旁㐌种下的谷子只长出了一棵，但谷穗有一尺多长，旁㐌经常在旁边守护。一天，谷穗忽然被一只大鸟折断并衔走了。旁㐌急忙追赶，追上山跑了五六里远，鸟儿钻进了一个石缝中。这时太阳落山，看不清路，旁㐌只好在石缝旁边休

止石侧。至夜半月明，见群小儿，赤衣共戏。一小儿云：“尔要何物？”一曰：“要酒。”小儿露一金锥子，击石，酒及樽悉具。一曰：“要食。”又击之，饼饵羹炙，罗于石上。良久，饮食而散，以金锥插于石罅。旁㐌大喜，取其锥而还。所欲随击而办，因是富侔国力[③]，常以珠玑赡其弟[④]。弟方始悔其前所欺蚕谷事，仍谓旁㐌：“试以蚕谷欺我，我或如兄得金锥也。”旁㐌知其愚，谕之不及，乃如其言。弟蚕之，止得一蚕如常蚕，谷种之，复一茎植焉。将熟，亦为鸟所衔。其弟大悦，随之入山。至鸟入处，遇群鬼，怒曰：“是窃予金锥者！”乃执之，谓曰：“尔欲为我筑糠三版乎[⑤]？欲尔鼻长一丈乎？”其弟请筑糠三版。三日饥困不成，求哀于鬼，乃拔其鼻，鼻如象而归。国人怪而聚观之，惭恚

息。到半夜，月光明亮，旁㐌看见一群小孩，穿着红衣聚在一起嬉戏。一个小孩问同伴：“你要什么东西？”一个小孩回答说：“要酒。”先前那个小孩就拿出一把金锥子，敲击石头，于是酒和酒具全都摆好了。另一个小孩说：“要食物。”拿金锥的小孩又敲打石头，饼、糕、汤、烤肉，又自动摆在了石头上。过了很久，那群小孩才吃喝完各自散去，临走时把金锥子插在石缝里。旁㐌很高兴，拿了那把金锥子就回家了。但凡旁㐌想要什么东西，只要敲打金锥就能得到，因此富可敌国，还经常拿珠宝送给他弟弟。他弟弟这才懊悔先前用蒸熟的蚕种、谷种欺骗哥哥，仍对旁㐌说：“哥哥你试着用蒸熟的蚕种、谷种欺骗我，我也许能像哥哥一样得到一把金锥。”旁㐌知道弟弟愚昧，说他也不会听，只好按他说的去做。弟弟孵蚕，只得到一只很平常的蚕。种了谷子，又只长出一棵，将要成熟时，也被鸟儿把谷穗衔走。旁㐌的弟弟非常高兴，随着鸟进了山。到了鸟儿钻进石缝的地方，遇到了一群鬼，鬼生气地说：“这是偷金锥的人！”便抓住他，对他说：“你是想为我们用糠筑三版墙呢？还是想让鼻子长成一丈长呢？”旁㐌的弟弟请求用糠筑三版墙。过了三天，他饥饿困苦，墙也没筑成，只好向鬼哀求，鬼便拔长他的鼻子。他拖着象鼻一样长的鼻子回家了。国中人觉得奇怪，都前来围观，

而卒[6]。其后，子孙戏击锥求狼粪，因雷震，锥失所在。

旁乇的弟弟羞惭含怨而死。后来，旁乇的子孙们开玩笑，敲击金锥要狼粪，于是惊雷震响，金锥就不见了。

注释

❶ 远祖：高、曾祖以上的祖先。 ❷ 缫（sāo）：同“缲”。抽丝。 ❸ 侔：等，齐。 ❹ 珠玑：珠玉，珠宝。赡：周济。 ❺ 筑糠：用糠筑墙。版：筑墙用的夹板。古代筑墙用夹板，筑土其中。下层筑好盾，上层再用夹板筑土，循序渐上。群鬼要求用糠代替泥土筑墙，而糠不易凝聚，故三日不成。 ❻ 惭恚（huì）：羞惭怨恨，羞惭愤怒。

【原文】

临湍西北有寺[1]，寺僧智通，常持《法华经》入禅[2]。每晏坐[3]，必求寒林净境，殆非人所至。经数年，忽夜有人环其院呼“智通”，至晓声方息。历三夜，声侵户，智通不耐，应曰：“汝呼我何事？可入来言也。”有物长六尺余，皂衣青面，张目巨吻，见僧，初亦合手[4]。智通熟视良久，谓曰：“尔寒乎？就是向火。”物亦就坐，智通但念经。至五

【译文】

临湍西北有座寺院，寺僧智通常持念《法华经》入定。每次入定，必找寒林寂静，几乎没人到过的地方。过了几年，夜里忽然有人绕着院子喊“智通”，喊声直到天亮才停。一连三晚，喊声从窗口传入室内，智通不堪其扰，回应说：“你喊我有什么事？可以进来讲。”只见一个怪物高六尺多，黑衣青面，张目巨口，见了智通也开始合掌敬礼。智通注目细看许久，说道：“你冷吗？近前来烤烤火。”那怪物就依言坐下了，智通只是念经。到了五更天，怪物被火暖得迷迷糊糊的，就闭上眼睛张开嘴，靠

更，物为火所醉，因闭目开口，据炉而鼾。智通睹之，乃以香匙举灰火，置其口中。物大呼起走，至阃[5]，若蹶声[6]。其寺背山，智通及明，视其蹶处，得木皮一片。登山寻之，数里，见大青桐树，稍已童矣[7]，其下凹根若新缺然。僧以木皮附之，合无缝隙。其半，有薪者创成一蹬，深六寸余，盖魅之口，灰火满其中，火犹荧荧。智通以焚之，其怪自绝。

着火炉发出鼾声。智通见状，就用香匙取了些炽热的炭灰放到怪物嘴中。怪物大叫着起身就跑，接着门槛处好像有跌倒的声音。这座寺庙背靠着山，天明后，智通去那怪物摔倒的地方察看，捡到一块树皮。登山寻找了几里，看到一棵大青桐树，树梢枝叶已经秃了。树下凹根的地方好像新缺损了一块儿。智通把那块树皮往上一贴，严丝合缝。树的半腰，有樵夫为攀树砍出的磴脚处，深六寸多，大概这就是怪物的嘴，里面装满了炭灰，还发出微弱的火光。智通烧了这棵树，那鬼怪自然绝迹了。

注释

❶ 临湍：今河南邓州。 ❷《法华经》：即《妙法莲华经》。该经为天台宗主要经典。入禅：即入定。佛教徒的一种修行方法，闭着眼睛静坐，心不驰散，进入安静不动的禅定状态。 ❸ 晏坐：安坐，闲坐。 ❹ 合手：两手相合表示敬意。 ❺ 阃（kǔn）：门槛。 ❻ 蹶：跌倒。 ❼ 童：秃。

【原 文】

南人相传，秦汉前有洞主吴氏[1]，土人呼为吴洞，娶两妻。一妻卒，有女名叶限，少惠，善陶钧[2]，父爱之。末岁

【译 文】

南中人相传，秦汉以前有位洞主吴氏，当地人称他为吴洞主，娶了两位妻子。其中一位妻子去世了，留下一个女儿名叫叶限，年少聪慧，善于制作陶器，父亲很喜爱她。后来，父

父卒，为后母所苦，常令樵险汲深。时尝得一鳞，二寸余，頳鬐金目[③]，遂潜养于盆水。日日长，易数器，大不能受，乃投于后池中。女所得余食，辄沉以食之。女至池，鱼必露首枕岸，他人至，不复出。其母知之，每伺之，鱼未尝见也。因诈女曰："尔无劳乎？吾为尔新其襦[④]。"乃易其弊衣。后令汲于他泉，计里数里也。母徐衣其女衣，袖利刃行向池。呼鱼，鱼即出首，因斤杀之[⑤]。鱼已长丈余，膳其肉，味倍常鱼，藏其骨于郁栖之下。逾日，女至向池，不复见鱼矣，乃哭于野。忽有人被发粗衣[⑥]，自天而降，慰女曰："尔无哭，尔母杀尔鱼矣，骨在粪下。尔归，可取鱼骨藏于室，所须第祈之，当随尔也。"女用其言，金玑衣食，随欲而具。及洞节，母往，令女守庭果。女伺母行远，亦往，衣翠纺上衣，蹑金履。母所生女认之，谓母曰："此甚似姊也。"

亲去世，叶限被后母虐待，经常被遣至悬崖绝涧间砍柴汲水。一天，叶限捉到一条鱼，长二寸多，红鳍金眼，于是就偷偷养在水盆里。此后，鱼日渐长大，换了几次容器，最后因为鱼实在太大装不下，就投放到后院水池中喂养。叶限把自己日常省下的食物，投入水池中喂鱼。叶限每到水池边，鱼必定浮出水面靠近岸边，其他人来鱼就不出现。后母知道这件事后，常到池边窥伺，鱼从未出现。后母因而骗叶限说："你辛苦了，我为你做了件新衣服。"就让叶限换下旧衣服。后又让叶限到一处山泉汲水，有好几里远。后母悄悄换上叶限的衣服，袖里藏着利刃走到水池边。呼唤鱼，鱼刚露出头，就用利刃将鱼砍杀。鱼已长至一丈多，把鱼肉烹调，味道比普通鱼鲜美数倍，后母把鱼骨藏在粪壤下。过了一天，叶限走到水池边，没再看到鱼，就在野外痛哭。忽然有个披散头发穿着粗布衣的人从天而降，安慰叶限说："你不要哭，是你后母杀了你的鱼，鱼骨就埋在粪壤下。你回去后，可找到鱼骨藏在室内，想要什么只管向鱼骨祈祷，一定会称心如意。"叶限按他说的话做，金衣玉食，想要什么都有。到了洞节，后母去赴盛会，令叶限看守庭院里的果实。叶限等后母走远，也穿上翠纺上衣，脚着金履，前去赴会。后母的亲生女儿认出了叶

母亦疑之。女觉，遽反，遂遗一只履，为洞人所得。母归，但见女抱庭树眠，亦不之虑。其洞邻海岛，岛中有国名陀汗，兵强，王数十岛，水界数千里。洞人遂货其履于陀汗国，国主得之，命其左右履之，足小者，履减一寸。乃令一国妇人履之，竟无一称者。其轻如毛，履石无声。陀汗王意其洞人以非道得之，遂禁锢而栲掠之[⑦]，竟不知所从来。乃以是履弃之于道旁，即遍历人家捕之，若有女履者，捕之以告。陀汗王怪之，乃搜其室，得叶限，令履之而信。叶限因衣翠纺衣，蹑履而进，色若天人也。始具事于王，载鱼骨与叶限俱还国。其母及女即为飞石击死，洞人哀之，埋于石坑，命曰懊女冢。洞人以为媒祀[⑧]，求女必应。陀汗王至国，以叶限为上妇。一年，王贪求，祈于鱼骨，宝玉无限。逾年，不复应。王乃葬鱼骨于海岸，用珠百斛藏之，以金为

限，对她母亲说："这个人很像姐姐。"后母也起了疑心。叶限察觉后，立即返回家中，匆忙间丢了一只金履，为洞人捡到。后母回来后，只见叶限靠着庭院里的大树睡着了，也就没多虑。那个洞邻近海岛，岛中有个国家名叫陀汗国，兵力极强，统治着周边几十个海岛、几千里海域。洞人就将金履卖至陀汗国，陀汗国王得到后，命左右之人试穿，即便是脚板最小的也比金履大上一寸。国王下令全国妇人都来试穿，竟没有一人穿着合脚。金履轻如羽毛，踩在石头上没有声音。陀汗国王心想，洞人肯定是以不正当的手段得到的，就把卖履之人关押起来拷问真相，最终也不知道金履从何而来。于是就把金履扔在道旁，命人到各家搜捕，如果有女子能穿上金履，就抓来回禀。……陀汗王感到奇怪，就搜查她家，捉到了叶限，命叶限试穿金履，尺寸竟分毫不差。叶限因而身穿翠纺衣，脚着金履而进，容貌惊为天人。叶限将事情原委告诉陀汗王，陀汗王用船载着鱼骨及叶限一起回国。叶限的后母及后母的女儿被飞石击死，洞人可怜她们，把她们葬在石坑里，起名懊女冢。洞人把这里作为祈求子嗣的地方，求女必应。陀汗王回国后，封叶限为贵妃。一年间，陀汗王贪欲无边，无穷尽地向鱼骨索求珍宝。到了次年，鱼骨不再灵应。陀汗王就将鱼骨葬在海岸，用一百斛珍珠埋藏，以黄

际。至征卒叛时，将发以赡军[9]。一夕，为海潮所沦。成式旧家人李士元听说。士元本邕州洞中人[10]，多记得南中怪事。

金勾勒坟形。到出征平定士卒叛乱时，陀汗王打算挖出珠宝以劳军。一夜之间，埋葬鱼骨之地被海潮淹没。这事是我听以前的家人李士元讲的。李士元原本是邕州洞中人，记得很多南中怪事。

注释

❶ 洞主：古代南方少数民族部落首领。 ❷ 陶钧：制作陶器的转轮，此处代指制作陶器。 ❸ 赪（chēng）：红色。 ❹ 襦（rú）：短衣，短袄。 ❺ 斤：砍。 ❻ 被：许本作“披”，今据《四部丛刊》本改。 ❼ 禁锢：关押。栲掠：拷打。栲，通“拷”。许本作“拷掠”，今据《四部丛刊》本改。 ❽ 媒：此指古代求子的祭礼。 ❾ 赡军：劳军。 ❿ 邕州：治在今广西南宁。

【原文】

太和五年，复州医人王超[1]，善用针，病无不差。于午忽无病死，经宿而苏。言始梦至一处，城壁台殿，如王者居。见一人卧，召前袒视，左髆有肿[2]，大如杯。令超治之，即为针，出脓升余。顾黄衣吏曰：“可领视毕也。”超随入一门，门署曰“毕院”，庭中有人眼数千聚

【译文】

太和五年，复州有位医士王超，擅长施针疗病，经他医治的病人没有治不好的。一天中午，王超忽然无病而死，过了一夜又苏醒过来。说他在梦中来到一个地方，城墙高耸、台殿巍峨，有如王宫。看见一人躺在那里，脱下衣服让王超上前诊脉，病人左肩长了一个肿块，像杯子一样大。让王超给他诊治，王超随即取针刺破，挤出一升多脓血。那人回头对身穿黄衣的小吏说：“可带他去看看毕。”王超跟随黄衣吏走进一道门，门额题有“毕院”二字，庭院中有数千只

成山，视内迭瞬明灭。黄衣曰："此即毕也。"俄有二人，形甚奇伟，分处左右，鼓巨箑吹激[3]，眼聚扇而起，或飞或走，或为人者，顷刻而尽。超访其故，黄衣吏曰："有生之类，先死而毕。"言次忽活。

人眼堆积成山，忽明忽灭，闪烁不定。黄衣吏说："这就是毕。"不一会儿，有两个人，身形奇特雄伟，分别站在两边，挥舞着巨扇吹激人眼。狂风之下，堆积的人眼随风而起，或随风飘走，或化为人形，转眼间就消失了。王超问是什么缘故，黄衣吏说："天下苍生，死后皆会先化为此物。"黄衣吏说完，王超就复活了。

注释

❶复州：今湖北仙桃一带。 ❷髆（bó）：同"膊"，肩膀，肩胛。 ❸箑（shà）：扇子。

【原文】

前秀才李鹄，觐于颍川[1]，夜至一驿，才卧，见物如猪者，突上厅阶。鹄惊走，透后门，投驿厩，潜身草积中，屏息且伺之。怪亦随至，声绕草积数匝，瞪目相视鹄所潜处，忽变为巨星，腾起，数道烛天。鹄左右取烛，索鹄于草积中，已卒矣。半日方苏，

【译文】

已故秀才李鹄生前回颍川探亲，夜间宿在一家驿店，他刚躺下，便看见一个像猪的怪物，冲上厅堂的台阶。李鹄惊吓间连忙起身，跑出后门钻进驿站的马棚，藏在草堆里，屏住呼吸窥伺着。那怪物随后来到，从动静来看，似乎是绕着草堆转了几圈，李鹄向外一瞧，见那怪物正瞪着眼睛找寻自己藏身的地方。忽然，那怪物变成一颗巨星，腾空而起，射出几道亮光照彻夜空。李鹄手下的人举着火把四下找寻李鹄，终于在草堆里找到了他，李鹄此时已吓得昏死过去，半天才醒过来，向众人

因说所见。未旬，无病而死。

讲述自己所见到的情形。不到十天，李鹄无病而死。

注释

❶ 觐：回家探亲。颍川：今河南许昌。

【原文】

元和中，国子监学生周乙者①，常夜习业，忽见一小鬼，鬅鬙头②，长二尺余，满头碎光如星，眨眨可恶。戏灯弄砚，纷搏不止。学生素有胆，叱之，稍却，复傍书案。因伺其所为，渐逼近，乙因擒之。踞坐求哀③，辞颇苦切。天将晓，觉如物折声，视之，乃弊木杓也，其上粘粟百余粒。

【译文】

元和年间，国子监学生周乙，一次夜间攻习课业，忽然看见一个小鬼头发散乱，有二尺多高，满头细光像星星一样，一闪一闪，令人厌恶。小鬼随意摆弄周乙的灯烛和砚台，跳来跳去，令人不得安宁。周乙向来有胆量，便大声呵叱他，小鬼稍稍退却，一会儿又靠到书桌旁。周乙就装作看不见，瞅准时机，趁他靠近时一把捉住。小鬼坐地求饶，言辞凄苦恳切。天要亮了，周乙听到小鬼身上好像有东西折断的声音，一看，原来手里拿着的是柄破木杓，上面粘了上百粟米粒。

注释

❶ 国子监：中国古代最高教育管理机关和最高学府。 ❷ 鬅鬙（péngsēng）：头发散乱的样子。 ❸ 踞坐：坐时两脚底和臀部着地，两膝上耸。

【原 文】

贞元中，蜀郡有僧志詈，住宝相寺持经。夜久，忽有飞虫五六枚，大如蝇，金色，迭飞赴灯焰，或蹲于炷花上鼓翅，与火一色，久乃灭焰中。如此数夕。童子击堕一枚，乃薰陆香也，亦无形状。自是不复见。

【译 文】

贞元年间，蜀郡有一位僧人志詈，在宝相寺持念佛经。一天，夜已深了，忽然有五六只苍蝇大小的金色飞虫，轮流扑向烛火，有的蹲在灯花上扇动翅膀，与烛火一色，很久才消失在火焰中。一连几晚，都是如此。童子击落了一只，竟是薰陆香，形状也不怎么像那飞虫。从此，那飞虫再没出现过了。

【原 文】

元和初，上都东市恶少李和子[①]，父名努眼。和子性忍，常攘狗及猫食之[②]，为坊市之患。常臂鹞立于衢[③]，见二人紫衣，呼曰："公非李努眼子名和子乎?"和子即遽祇揖[④]。又曰："有故，可隙处言也。"因行数步，止于人外，言："冥司追公，可即去。"和子初不受，曰："人也，何绐言!"又曰："我即鬼。"因探怀中，出一牒，印窠犹湿[⑤]。见其姓名分明，为猫犬四百六十头论诉事。和子惊惧，乃弃鹞子拜

【译 文】

元和初年，长安东市有一恶少名叫李和子，父亲名叫李努眼。李和子生性残忍，经常偷窃狗和猫来吃，是坊市中一大祸害。有一天，李和子臂上架着鹞子站在街头，看见两个穿紫衣的人，对方问他："你不是李努眼的儿子名叫和子的吗?"李和子就低头作了个揖。紫衣人又说："有点事情，烦请到僻静处告诉你。"于是走了几步，三人在远离人群之处停下，紫衣人说："冥司追捕你，快去。"李和子起初不相信，说："你们分明是人，为什么要在此诓骗于我呢?"紫衣人又说："我们是鬼。"说罢，向怀里掏出一份文牒，图章印迹还是湿的。李和子看那上面清楚地写着自己的姓名，以及被四百六十头猫狗控诉

祈之，且曰：“我分死，尔必为我暂留，具少酒。”鬼固辞，不获已。初将入毕罗肆[6]，鬼掩鼻不肯前。乃延于旗亭杜家[7]，揖让独言，人以为狂也。遂索酒九碗，自饮三碗，六碗虚设于西座，且求其为方便以免。二鬼相顾：“我等既受一醉之恩，须为作计。”因起曰：“姑迟我数刻，当返。”未移时至，曰：“君办钱四十万，为君假三年命也。”和子诺，许以翌日及午为期。因酬酒直，且返其酒。尝之味如水矣，冷复冰齿。和子遽归，货衣具凿楮[8]，如期备酹焚之，自见二鬼挈其钱而去。及三日，和子卒。鬼言三年，盖人间三日也。

的事。李和子惊惧，就扔掉鹞子跪地求情，并说：“我是该死，请一定为我暂留一会儿，我略备薄酒。”二鬼坚决推辞，最后不得已只好答应了。李和子起初要进一家毕罗店，鬼掩着鼻子，不肯向前。又请到杜氏酒楼坐下，酒楼中人见李和子兀自作揖谦让、自言自语，都认为他疯了。李和子要了九碗酒，自己喝了三碗，六碗摆在西座，又求二鬼给予方便免他一死。二鬼对视一眼，说：“我们既受一醉的恩惠，是得想个办法。”于是站起身说：“姑且等我们几刻钟，一会儿就回来。”片刻间，果真折了回来，说：“你备办四十万钱，我们帮你借三年命。”李和子连连答应，又说好以第二天中午为期限。于是付了酒钱，把剩的酒又退还给店家。店家一尝，味道淡得像水，冷得冰牙。李和子急忙赶回家，典卖衣服备好纸钱，如期祭酒焚钱，眼见二鬼拿着钱离去。三天后，李和子死了。原来鬼说的三年，是人间的三天。

注释

❶ 上都：唐都城长安。东市：许本作“市”，今据《四部丛刊》本增补。❷ 攘：偷盗。❸ 衢（qú）：四通八达的道路，这里指街市。❹ 祗揖（zhīyī）：见面时向对方行肃拜之礼。❺ 印窠：印盒，印囊。这里指图章印迹。❻ 毕罗肆：唐长安城内一种专门出售外来风味的饮食店，多为胡商经营。毕罗：

一种有馅的面食。　❼旗亭：酒楼。　❽凿楮：指纸钱。楮：纸。

【原 文】

贞元末，开州军将冉从长轻财好事①，而州之儒生道者多依之。有画人宁采，图为《竹林会》，甚工。坐客郭萱、柳成二秀才，每以气相轧。柳忽眄图，谓主人曰："此画巧于体势，失于意趣。今欲为公设薄技，不施五色，令其精彩殊胜，如何？"冉惊曰："素不知秀才艺如此！然不假五色，其理安在？"柳笑曰："我当入彼画中治之。"郭抚掌曰："君欲给三尺童子乎？"柳因邀其赌，郭请以五千抵负，冉亦为保。柳乃腾身赴图而灭，坐客大骇。图表于壁，众摸索不获。久之，柳忽语曰："郭子信未②？"声若出画中也。食顷，瞥自图上坠下，指阮籍像曰："工夫只及此。"众视之，觉阮籍图像独异，吻若方啸。宁采睹之，不复认。

【译 文】

贞元末年，开州军将冉从长轻财重义，州县中的儒生道士多来依附于他。有位画师宁采，画了一幅《竹林会》，工致非常。客人中有郭萱和柳成两个秀才，经常互相贬损。柳成忽然斜眼看了看《竹林会》，对主人说："这幅画巧于布局，而缺乏意趣。我现在为您略施小技，不用五色，就让画更为精妙，怎么样？"冉从长惊奇地说："从来不知道秀才有如此技艺！但不借助五色，是何道理？"柳成笑着说："我要进入画中修改。"郭萱拍着手大笑道："你拿我们当三岁孩子欺骗吗？"柳成便请他与自己打赌，郭萱提议以五千钱相赌，冉从长也从中担保。柳成随后便腾身入画消失了，客人都大为惊骇。画轴仍然挂在墙上，众人前去摸索，却什么也没有。过了很久，柳成忽然说："郭君，这下你相信了吗？"声音好像是从画里传出来的。又过了一顿饭的工夫，忽然瞥见柳成从画上落了下来，指着画中的阮籍像说："我的功夫只到这里。"众人一看，都感到阮籍的画像最独特，从嘴角看好像在张口长啸。宁采仔细看了看，也认为阮籍像不像自己画的。冉从长认为柳成是得道之冉意其得道者，与郭俱谢之。数日，竟他去。宋存寿处士在冉家时，目击其事。

人，便与郭萱向他致歉。过了几天，柳成就到别处去了。宋存寿处士住在冉公家时，亲见此事。

注释

❶ 开州：今重庆开州区。 ❷ 未：同“否”，表询问。

【原文】

奉天县国盛村百姓姓刘者[①]，病狂，发时乱走，不避井堑，其家为迎禁咒人侯公敏治之[②]。公敏才至，刘忽起曰：“我暂出，不假尔治。”因杖薪担至田中，袒而运担，状若击物。良久而返，笑曰：“我病已矣。适打一鬼头落，埋于田中。”兄弟及咒者，犹以为狂，不实之，遂同往验焉。刘掘出一髑髅，戴赤发十余茎，其病竟愈。是会昌五年事[③]。

【译文】

奉天县国盛村有位刘姓村民，得了疯病，发病时到处乱跑，遇到深井壕沟也不躲避，家人给他请了禁咒人侯公敏来治病。侯公敏刚到，刘姓村民忽然起身说：“我出去一下，不需要你治。”于是，拿着扁担来到田里，光着膀子挥舞扁担，好像在击打什么东西。过了很久才回来，笑着说：“我的病已经好了。刚才打落了一个鬼头，埋在田地里。”他的兄弟及禁咒人还以为他疯病发作，都不相信，于是同去田中验看。刘姓村民从田里挖出一具骷髅头，长着十多根红头发，他的病就这样好了。这是会昌五年的事。

注释

❶ 奉天县：今陕西乾县。 ❷ 禁咒：相传为一种以咒语除邪魅的法术。 ❸ 会

昌五年：845 年。会昌：唐武宗李炎年号。

【原 文】

柳璟知举年[①]，有国子监明经，失姓名，昼寝，梦徙倚于监门[②]。有一人负衣囊，衣黄，访明经姓氏。明经语之，其人笑曰："君来春及第。"明经因访邻房乡曲五六人[③]，或言得者。明经遂邀入长兴里毕罗店常所过处。店外有犬竞，惊日差矣[④]。梦觉，遽呼邻房数人，语其梦。忽见长兴店子入门曰："郎君与客食毕罗计二斤，何不计直而去也？"明经大骇，褫衣质之[⑤]。且随验所梦，相其榻器，皆如梦中。乃谓店主曰："我与客俱梦中至是，客岂食乎？"店主惊曰："初怪客前毕罗悉完，疑其嫌置蒜也。"来春，明经与邻房三人梦中所访者及第[⑥]。

【译 文】

柳璟主持进士考试那年，有一位国子监明经科的学生，已忘记他的姓名，白天睡觉时，梦见自己在国子监门口徘徊。这时，有一个背着衣囊身穿黄衣的人，打听明经的姓名。明经跟他说要找的人正是自己，那人笑着说："你明年春天及第。"明经于是询问那人自己五六个同乡的情况，对方说有的也会明年春天及第。明经就邀请那人来到长兴坊的毕罗店，这地方他经常来。忽然店外有狗打闹，他才吃惊地发现太阳已落山了。从梦中醒来后，他急忙招呼邻房的几个人，把梦中的事情告诉他们。这时长兴坊毕罗店的店小二忽然进门说："郎君与客人到我们那里吃了二斤毕罗，怎么不结账就走呢？"明经十分惊骇，脱下衣服抵作饭钱。并且跟随店小二前去验证梦中所见，细看床榻器物，都与梦中一样。于是对店主说："我和客人是在梦中来到这里，客人难道也吃了吗？"店主吃惊地说："起初还奇怪客人面前的毕罗怎么一点没动，我还以为他嫌放了蒜。"第二年春天，明经与他在梦中问及的三位同乡全都进士及第了。

注释

❶ 知举：主持进士考试。 ❷ 徙倚：徘徊，流连。 ❸ 乡曲：同乡。 ❹ 日差：即日蹉，指日落。 ❺ 褫（chǐ）衣：脱下衣服。 ❻ 及第：指考取进士。

【原文】

潞州军校郭谊[①]，先为邯郸郡牧使[②]，因兄亡，遂于郓州举其先[③]，同茔葬于磁州滏阳县之西岗[④]。县界接山，土中多石，有力葬者，率皆凿石为穴。谊之所卜，亦凿焉。积日倍工，忽透一穴。穴中有石，长可四尺，形如守宫，支体首尾毕具，役者误断焉。谊恶之，将别卜地，白于刘从谏[⑤]。从谏不许，因葬焉。后月余，谊陷于厕，体仆几死。骨肉、奴婢相继死者二十余人。自是常恐悸，啽呓不安[⑥]。因哀请罢职，从谏以都押衙焦长楚之务与谊对换[⑦]。及贼稹阻兵[⑧]，谊为其魁，军破，枭首。其家无少长，悉投井中死。盐州从事郑宾于言[⑨]：“石守宫见在磁州官库中。”

【译文】

潞州军校郭谊，早年任邯郸郡牧使，因为哥哥去世，他就差人把先人的灵柩由郓州运至磁州，合葬在磁州滏阳县的西岗。滏阳县界与山相接，土中石头很多，殷实人家有人亡故，大多凿石为穴。郭谊所选墓穴，也要在石头上开凿。工匠费尽工时尽力开凿，一天忽然凿穿一个天然洞穴。穴中有块石头，长约四尺，形状像壁虎，四肢头尾俱全，工匠失手把它弄断了。郭谊心生嫌恶，想要另选墓穴，就向刘从谏请示。刘从谏不同意，郭谊无奈，只好就地把家人葬在那里。一个月后，郭谊掉进茅坑里，差点溺死。他的家人和奴婢相继死了二十多口。自此，郭谊心存恐惧，并经常说胡话。于是，郭谊哀求刘从谏准许他辞官，刘从谏将都押衙焦长楚与郭谊对调职务。后来逆贼刘稹起兵作乱时，郭谊为其军将。刘稹兵败，郭谊将刘稹斩杀。刘稹全家不论老幼，都被投入井里淹死。盐州从事郑宾于说：“石壁虎现在磁州的官库中。”

注释

❶路州：今山西长治。❷邯郸：今属河北。❸郓州：治在今山东东平西北。❹滏阳县：今河北磁县。❺刘从谏：唐代幽州昌平（今北京昌平）人。昭义节度使刘悟之子，后袭父职。❻唵呓：说梦话。❼都押衙：藩镇下属的武官。❽稹：即刘稹，刘从谏之侄。会昌三年（843），刘从谏去世后，刘稹秘不发丧，自领留后。宰相李德裕调诸道兵力攻打昭义军。刘稹兵败，被部将郭谊杀死，传首于京师。❾盐州：今陕西定边。

【原文】

伊阙县令李师晦[①]，有兄弟任江南官，与一僧往还。常入山采药，遇暴风雨，避于欹树[②]。须臾大震，有物瞥然坠地[③]。倏而朗晴，僧就视，乃一石，形如乐器，可以悬击者。其上平齐如削，其中有窍可盛，其下渐阔而圆，状若垂囊，长二尺，厚三分，其左小缺，班如碎锦，光泽可鉴，叩之有声。僧意其异物，置于樵中归。柜而埋于禅床下，为其徒所见，往往有知者。李生恳求一见，僧确然言无。忽一日，僧召李生。既至，执手曰："贫道已力衰弱，无常将

【译文】

伊阙县令李师晦，有个兄弟在江南做官，与一位僧人有来往。一次，僧人进山采药，遇到暴风雨，便在一棵歪脖树下避雨。不一会儿雷声大作，有个东西忽然掉在地上。不一会儿天气转晴，僧人前往察看，原来是一块石头，形状如同可以悬挂起来击打的乐器。它的上端平滑整齐有如刀削，中间有孔可盛东西，下面逐渐变宽变圆，形状像垂挂的口袋，长二尺，厚三分，左边有一个小缺口，石上斑纹像碎锦，光泽明亮可以照人，叩击有响声。僧人猜想这是块奇石，就把它放在柴捆中带回寺院。僧人把奇石装入匣中并埋在禅床下面，被他的徒弟看见，后来这事就传开了。李生恳求看一眼奇石，僧人坚持说没有此物。忽然有一天，僧人将李生召来。李生到后，僧人握住李生的手说："贫道已精力衰竭，就要死了。你以前想看的

至[④]。君前所求物，聊用为别。”乃尽去侍者，引李生入卧内，撤榻掘地，捧匣授之而卒。

这件东西，送你留作纪念。”于是，僧人支开侍从，带李生进入卧房，撤掉禅床，挖开地面，手捧木匣交给李生，然后就死了。

注释

❶ 伊阙县：古县名。在今河南洛阳南。李师晦：唐宗室。初在刘悟幕府，见悟子刘从谏恣横，假言求长生术，不与事。后擢为伊阙令。 ❷ 攲（qī）：倾斜。 ❸ 瞥然：忽然，一瞬间。 ❹ 无常：佛教认为世间一切事物，都处在生起、变异、坏灭的过程中，迁流不居，绝无常住性，故称。

【原文】

贼稹阻命之时，临洺市中百姓有推磨盲骡[①]，无故死，因卖之。屠者剖腹中，得二石，大如合拳，紫色赤班，莹润可爱。屠者遂送稹，乃留之。

【译文】

逆贼刘稹起兵作乱时，临洺市中有个百姓家里拉磨的瞎骡子无缘无故就死了，他把死骡子卖给了屠夫。屠夫剖开骡子的肚子，得到两块石头，有拳头那么大，紫底红斑，晶莹圆润，惹人喜爱。屠夫于是将两块石头送给刘稹，刘稹就留下了。

注释

❶ 临洺：今河北邯郸永年区。

【原 文】

韦温为宣州[①]，病疮于首，因托后事于女婿，且曰："予年二十九为校书郎[②]，梦渡浐水，中流，见二吏赍牒相召。一吏至，言：'彼圹至大，功须万日，今未也。'今正万日，予岂逃乎？"不累日而卒。

【译 文】

韦温为宣州观察使时，头部长了恶疮，于是向女婿托付后事，并且说："我二十九岁为校书郎时，梦到坐船横渡浐水，船到中流，有两个官吏手持公文召唤我。一个官吏来至跟前，说：'你的圹太大，还需一万天才能完工，今天还不到日子。'屈指算来，今天正好一万天，我岂能逃过去吗？"没几天就死了。

注释

❶ 宣州：治在今安徽宣城。 ❷ 校书郎：职官名。专司校雠书籍的官员。

【原 文】

醴泉尉崔汾[①]，仲兄居长安崇贤里[②]。夏月，乘凉于庭际，疏旷月色，方午，风过，觉有异香。顷间，闻南垣土动簌簌[③]，崔生意其蛇鼠也。忽睹一道士，大言曰："大好月色！"崔惊惧遽走。道士缓步庭中，年可四十，风仪清古[④]。良久，妓女十余排大门而入，

【译 文】

醴泉县尉崔汾，他二哥住在长安崇贤里。夏天的一个夜晚，在庭院中乘凉，月色疏朗，午夜时分，一阵风吹过，闻到一股异香。顷刻间，听到南墙根的土簌簌作响，崔生心想可能是蛇鼠之类。忽然看见一个道士，对方高声说："大好的月色！"崔生吓得急忙躲开。道士缓步走进庭院，年龄约有四十岁，风仪清雅。过了很久，有十几个妓女，推开大门进入院中，个个身披轻绡，头戴翠翘，艳丽妖冶，

轻绡翠翘[5]，艳冶绝世。有从者具香茵[6]，列坐月中。崔生疑其狐媚，以枕投门阖警之[7]。道士小顾，怒曰："我以此差静，复贪月色。初无延伫之意[8]，敢此粗率！"复厉声曰："此处有地界耶？"欻有二人[9]，长才三尺，巨首儋耳[10]，唯伏其前。道士颐指崔生所止[11]，曰："此人合有亲属入阴籍，可领来。"二人趋出。一饷间，崔生见其父母及兄悉至，卫者数十，捽曳批之[12]。道士叱曰："我在此，敢纵子无礼乎？"父母叩头曰："幽明隔绝[13]，诲责不及。"道士叱遣之，复顾二鬼曰："捉此痴人来。"二鬼跳及门，以赤物如弹丸，遥投崔生口中，乃细赤绠也[14]。遂钓出于庭中，又诟辱之。崔惊失音，不得自理。崔仆妾悉号泣。其妓罗拜曰[15]："彼凡人，因讶仙官无故而至，非有大过。"怒解，乃拂衣由大门而去。崔病如中恶[16]，五六日方差。因迎祭酒醮谢，亦无他。

冠绝当世。有随从为道士铺陈华美的坐垫，众女列坐在月下。崔生怀疑他们是狐狸精，就把枕头投掷到门扇上发出警告。道士略微回了下头，生气地说："我念此地清幽，又贪恋月色。本没有久留之意，怎么能如此无礼！"又厉声问道："谁管这个地界？"忽然，地下钻出了两个人，身长三尺，大头垂耳，跪伏在道士面前。道士抬抬下巴指向崔生躲藏之处说："这人应该有在阴间的亲属，速速给我带来！"两个人小跑着退下了。一顿饭的工夫，崔生就看到他父母和兄长都被带来了，押送的卫士有几十人，对他们又拖又拽，拳打脚踢。道士叱责说："我在这里，你们竟敢纵容儿子无礼？"崔生父母叩头说："阴阳隔绝，我们无法训诲督责他。"道士让把他们押下去，又对两个鬼差说："把那个痴人带来。"二鬼跳到门前，用一枚红色弹丸样的物体，远远地投进崔生的嘴里，原来是根细红绳。于是，崔生像鱼似的被钓到庭院中，道士又对崔生叱骂羞辱。崔生吓得说不出话，不能辩解。崔生的奴仆婢妾也都号啕大哭。那些妓女围着道士下拜说："他是个凡人，只因仙官无故来到这里而感到惊讶，没有什么大错。"道士怒气稍解，就一甩衣袖出门而去。崔生就像中邪一样，五六天才稍有好转。于是设道场摆酒祭神，以谢己罪，后来没再发生其他事。

崔生初隔纸隙，见亡兄以帛抹唇如损状，仆使共讶之。一婢泣曰：“几郎就木之时[17]，面衣忘开口[18]。其时匆匆就剪，误伤下唇，然傍人无见者。不知幽冥中二十余年，犹负此苦。”

当时崔生隔着纸缝，看到亡兄用巾帛遮着嘴唇，嘴唇好像破了的样子，仆人都很惊讶。一个婢女哭着说：“几郎入殓时，盖脸的面衣忘了开口。我当时匆忙剪开，误伤了其下唇，然而并没旁人看见。不料他在阴间二十多年，还带着这个伤。”

注释

❶醴泉：旧县名。在今陕西礼泉。 ❷仲兄：次兄，二哥。 ❸垣(yuán)：墙。 ❹清古：清雅古朴。 ❺轻绡：一种透明而有花纹的丝织品。翠翘：古代妇人首饰的一种。状似翠鸟尾羽，故名。 ❻香茵：美艳的坐垫。 ❼门阖：门扇。 ❽延伫：逗留。 ❾欻（xū）：忽然。 ❿儋（dān）耳：垂耳。 ⓫颐指：谓以脸颊表情示意指挥人。常以形容指挥别人时的傲慢态度。 ⓬捽（zuó）曳：揪住拖拽。批：手击。 ⓭幽明：指阴间和阳间。 ⓮绠(gěng)：绳索。 ⓯罗拜：环绕下拜。 ⓰中恶：俗称中邪。 ⓱就木：入棺。 ⓲面衣：覆在死者面部的布帛。

【原 文】

辛秘五经擢第后[1]，常州赴婚[2]。行至陕[3]，因息于树阴。傍有乞儿箕坐[4]，痂面虮衣[5]，访辛行止。辛不耐而去，乞儿亦随之。辛马劣，不能相远，乞儿强言不已。前及一衣绿者[6]，辛揖而与之语，乞儿

【译 文】

辛秘五经及第后，要到常州完婚。走到陕县时，在树荫下歇息。旁边有个乞儿箕踞而坐，满脸疮疤，衣衫上尽是虱子，探问辛秘要到哪里去。辛秘很不耐烦，就走了，乞儿在后面跟着他。辛秘的马瘦弱，走得极慢，不能远远地甩开乞儿，乞儿便跟在辛秘身后说个不停。前行遇到一位穿绿衣

后应和。行里余，绿衣者忽前马骤去。辛怪之，独言："此人何忽如是？"乞儿曰："彼时至，岂自由乎？"辛觉语异，始问之，曰："君言'时至'，何也？"乞儿曰："少顷当自知之。"将及店，见数十人拥店。问之，乃绿衣者卒矣。辛大惊异，遽卑下之，因褫衣衣之，脱乘乘之，乞儿初无谢意，语言往往有精义。至汴[⑦]，谓辛曰："某止是矣。公所适何事也？"辛以娶约语之，乞儿笑曰："公士人，业不可止。此非君妻，公婚期甚远。"隔一日，乃扛一器酒与辛别，指相国寺刹曰[⑧]："及午而焚，可迟此而别。"如期，刹无故火发，坏其相轮[⑨]。临去，以绫帕复赠辛[⑩]，带有一结，语辛："异时有疑，当发视也。"积二十余年，辛为渭南尉，始婚裴氏。洎裴生日[⑪]，会亲宾，忽忆乞儿之言，解帕复结，得楮幅[⑫]，大如手板，署曰"辛秘妻，河东裴氏，某月日生"，

的人，辛秘与他作揖闲聊，乞儿在后面随声应和。走了一里多路，绿衣人忽然纵马疾去。辛秘很奇怪，自言自语说："这人怎么忽然这样？"乞儿说："他的时辰到了，岂由得他自己做主呢？"辛秘感觉话里有话，就问乞儿，说："您说'时辰到了'，什么意思？"乞儿说："一会儿，你自然明白。"快到客店时，看见几十人围在那里。一问，原来是绿衣人死了。辛秘大为惊讶，赶紧放低身段讨好乞儿，脱下衣服给乞儿穿，把马让给乞儿骑，乞儿毫无感谢之意，但言谈之间颇有深意。到了汴州，乞儿对辛秘说："我到了。你要去做什么事呢？"辛秘说自己要去完婚，乞儿笑着说："你是读书人，学业不能中断。这个女子并不是你的妻子，你的婚期还早着呢。"隔了一天，乞儿扛了一坛子酒与辛秘辞别，并指着相国寺的佛塔说："今天中午这里就会着火，不妨看看再走。"到了午时，相国寺无缘无故起火，火把塔顶的相轮都烧坏了。临分别时，乞儿又送给辛秘一个绫质包袱，包袱打着一个结。乞儿对辛秘说："以后你有不明白的事，就打开看看。"过了二十多年，辛秘任渭南尉时，才娶得裴氏夫人。到裴氏生日时，辛秘宴请亲戚宾客，忽然想起乞儿的话，打开包袱的结，里面有一幅纸，大小如手板，上面写着"辛秘妻，河东裴氏，某月某日生"，

乃其日也。辛计别乞儿之年，妻尚未生，岂蓬瀛籍者谪于人间乎[13]？方之蒙袂辑履[14]，有愤于黔娄[15]；擿埴索途[16]，见称于杨子[17]，差不同耳。

正是裴氏的生日。辛秘推算当年与乞儿分别时，妻子还没出生呢，乞儿难道是贬谪到人间的神仙吗？辛秘以貌取人，认不出如黔娄般的世外高人，扬雄所说的睁眼瞎，大概就是这样了吧。

注释

❶ 五经：唐代明经科考试。主要考儒家五经。 ❷ 常州：今属江苏。 ❸ 陕：旧县名，今河南三门峡陕州区。 ❹ 箕坐：犹箕踞。两腿张开坐着，形如簸箕。 ❺ 虮：即虱卵。 ❻ 衣绿：唐代服制，六、七品官员衣绿。 ❼ 汴：汴州，今河南开封。 ❽ 相国寺：在今河南开封。 ❾ 相轮：佛教语。塔刹的主要部分。贯串在刹杆上的圆环。多与塔的层数相应，为塔的表相，故称。 ❿ 帕复：四方形包袱皮。 ⓫ 洎（jì）：到。 ⓬ 楮幅：书写文章所用的纸张。 ⓭ 蓬瀛：蓬莱和瀛洲。神山名，相传为仙人所居之处。 ⓮ 蒙袂辑履：用袖子遮着脸，脚上拖着鞋子。形容潦倒困顿的样子。 ⓯ 黔娄：应为黔敖。春秋时齐国的一个富人。 ⓰ 擿埴索途：指盲人用杖点地探求道路。 ⓱ 杨子：即扬雄，亦作杨雄。

续集卷二

支诺皋中

【原 文】

上都浑瑊宅[1]，戟门内一小槐树[2]，树有穴，大如钱。每夜月霁后[3]，有蚓如巨臂[4]，长二尺余，白颈红斑，领数百条，如索，缘树枝条。及晓悉入穴。或时众鸣，往往成曲。学士张乘言：浑令公时[5]，堂前忽有一树从地踊出，蚯蚓遍挂其上。已有出处，忘其书名目。

【译 文】

长安浑瑊宅，戟门内有一棵小槐树，树上有个洞，洞有铜钱大小。每到夜晚月色澄澈时，就有一条拇指粗细的蚯蚓，长二尺多，白颈红斑，带领几百条蚯蚓，像绳索一样，爬上树梢。等到天亮，就全都爬入洞中。有时一起鸣叫，往往形成曲调。学士张乘说：浑瑊在世时，堂前忽然有一棵树从地下钻出，树上挂满了蚯蚓。这件事早有记载，只是忘记了书名。

注 释

❶ 浑瑊（jiān）：本名浑进。铁勒族浑部人，世为唐将。 ❷ 戟门：古代宫门立戟，唐制三品以上官员亦得于私门立戟，因称贵显之家为“戟门”。 ❸ 月霁：月色澄朗。 ❹ 巨臂：即巨擘。擘：拇指。 ❺ 浑令公：即浑瑊。令公：中书令尊称。浑瑊曾任中书令，故称。唐末以后，武人多加中书令，使用颇滥。

【原 文】

东都尊贤坊田令宅[1]，中门内有紫牡丹成树，发花千朵。花盛时，每月夜有小人五六，长尺余，游于上。如此七八年。人将掩之[2]，辄失所在。

【译 文】

东都洛阳尊贤坊田弘正宅，中门内有一丛紫牡丹长成了树，花开时节，有上千朵花。花盛时，每到月明之夜就有五六个小人，身长一尺多，在树上嬉戏。如此有七八年光景。有人起意捕捉小人时，它们就突然消失了，再也没出现。

注 释

❶ 田令：即田弘正，平州卢龙（今属河北）人。少习儒书，颇通兵法，善骑射。田承嗣之侄，后被士卒拥立为主，率六州之地归顺朝廷，被任命为魏博节度使，封沂国公。 ❷ 人将掩之：许本作“将掩之”，疑阙，今据《四部丛刊》本改。掩：捕捉。

【原 文】

太和七年，上都青龙寺僧契宗[1]，俗家在樊川[2]。其兄樊竟，因病热，乃狂言虚笑。契宗精神总持[3]，遂焚香敕勒[4]。兄忽诟骂曰：“汝是僧，第归寺住持，何横于事？我止居在南柯[5]，爱汝苗硕多获，故暂来耳。”契宗疑其狐魅，复禁桃枝击之[6]。其兄但笑

【译 文】

太和七年，长安青龙寺僧人契宗，俗家在樊川。他的兄长樊竟，生了一场热病，说胡话且无故大笑。契宗以意念总持，焚香施法，为兄驱邪。他的兄长忽然骂道：“你是僧人，只管在寺庙住持，到这里管什么闲事？我住在南面的一棵大树上，看你家庄稼收成好，在此暂住而已。”契宗怀疑兄长被狐妖附身，又念起禁咒并用桃枝抽打兄长。他的兄长只是笑着说：“你打兄长，是为

曰："汝打兄不顺，神当殛汝[7]，可加力勿止。"契宗知其无奈何，乃已。病者欻起，牵其母，母遂中恶；援其妻，妻亦卒；迩蓦其弟妇，回面失明。经日，悉复旧。乃语契宗曰："尔不去，当唤我眷属来。"言已，有鼠数百，縠縠作声[8]，大于常鼠，与人相触，驱逐不去。及明，失所在。契宗恐怖加切[9]，其兄又曰："慎尔声气，吾不惧尔。今须我大兄弟自来。"因长呼曰："寒月，寒月，可来此。"至三呼，有物大如狸，赤如火，从病者脚起，缘衾止于腹上，目光四射。契宗持刀就击之，中物一足，遂跳出户。烛其穴，踪至一房，见其物潜走瓮中。契宗举巨盆覆之，泥固其隙。经三日发视，其物如铁，不得动。因以油煎杀之，臭达数里，其兄遂愈。月余，村有一家，父子六七人暴卒，众意其兴蛊。

不敬，神会杀死你，你尽可用力打不要停。"契宗知道奈何不了它，只得罢手。病人忽然起身，用手拉着他的母亲，母亲就像中邪一样；用手牵引他的妻子，妻子立刻气绝而死；又照此用手牵他的弟媳，回头间弟媳的眼睛也失明了。过了一天，又都恢复如旧。病人又对契宗说："你不走，我叫我的家属来。"说完，有几百只老鼠，縠縠地叫着，比平常老鼠大，与人相触，赶也赶不走。到天亮，老鼠都消失了。契宗便用言语威胁，他的兄长又说："你说话客气些，我并不怕你。现在必要我大兄弟亲自来收拾你。"因而大呼："寒月，寒月，来这里呀。"连呼三遍，而后有个狸猫大的怪物，全身红如火，从病人的脚部爬上来，沿着衾被爬到肚腹上，两眼精光四射。契宗持刀就砍，砍中怪物一只脚，怪物就跳窗跑了。契宗手持火烛找它的洞穴所在，沿着血迹追进一间房，看见怪物藏在瓮里。契宗举起大盆把瓮盖住，用泥巴把缝隙封死。过了三天打开看，那怪物坚硬如铁，用刀也砍不动。便用热油把它烫死，臭味飘出几里地，契宗兄长的病就好了。一个多月后，村里有一户人家，父子六七人突然死亡，众人认为那怪物是这家人使邪法召唤来的，害人不成，遭反噬而死。

注释

❶ 青龙寺：唐佛寺。唐代密宗的祖庭，遗址在今陕西西安南郊。隋开皇二年（582）建，初名灵感寺。唐景云二年（711）改名青龙寺。 ❷ 俗家：僧道出家前的家庭。樊川：今陕西西安长安区南。西汉初期为樊哙的封地，故称樊川。❸ 总持：佛教语。梵语陀罗尼的意译。谓持善不失，持恶不生，具备众德。亦指咒语。 ❹ 敕勒：谓画符念咒以约勒鬼神。 ❺ 南柯：南面的一棵大树。❻ 桃枝：桃树枝条。旧时谓可以驱鬼魅。 ❼ 殛（jí）：杀死。 ❽ 縠縠（gǔgǔ）：状声词。 ❾ 恐怖：威胁，恫吓。

【原 文】

贞元中，望苑驿西有百姓王申[①]，手植榆于路傍成林，构茅屋数椽。夏月，常馈浆水于行人，官者即延憩具茗。有儿年十三，每令伺客。忽一日，白其父："路有女子求水。"因令呼入。女少年，衣碧襦白幅巾，自言："家在此南十余里，夫死无儿，今服禫矣[②]，将适马嵬访亲情[③]，丐衣食[④]。"言语明悟[⑤]，举止可爱。王申乃留饭之，谓曰："今日暮，夜可宿此，达明去也。"女亦欣然从之。其妻遂纳之后堂，呼之为妹。倩其成衣数事，自午

【译 文】

贞观年间，望苑驿西边有个百姓叫王申，他在路旁栽种了一片榆树林，盖了几间茅屋。夏天，他经常给行人送浆水喝，遇上官吏就请进屋里歇息并献茶。他有个儿子，十三岁了，常让儿子招待客人。忽然有一天，儿子告诉父亲："路上有个女子要水喝。"父亲就让儿子把她叫进来。这个女子很年轻，身穿绿色短衣，戴白色头巾，自述："我家在南边十几里的地方，丈夫死了，没有孩子，如今服丧期满，要到马嵬坡去走亲戚，路过此地，想求点衣食。"她说话明白，举止端庄，惹人喜爱。王申就留下她吃饭，并说："现在天色已黑，晚上就住在这里，天亮再走。"女子也欣然接受。王申的妻子把她安排在后堂，称她为小妹。请她帮忙裁几件衣服，从午时到戌时

至戌悉办。针缀细密，殆非人工。王申大惊异，妻犹爱之，乃戏曰："妹既无极亲，能为我家作新妇子乎[6]？"女笑曰："身既无托，愿执粗井灶。"王申即日赁衣贳酒礼[7]，纳为新妇。其夕暑热，戒其夫："近多盗，不可辟门。"即举巨椽捍户而寝。及夜半，王申妻梦其子披发诉曰："被食将尽矣。"惊，欲省其子。王申怒之："老人得好新妇，喜极呓言耶[8]！"妻还睡，复梦如初。申与妻秉烛，呼其子及新妇，悉不复应。启其户，户牢如键[9]，乃坏门阖。才开，有物圆目凿齿，体如蓝色，冲人而去。其子唯余脑骨及发而已。

就全做完了。针脚细密，不像人能做出来的。王申大为惊异，妻子也很喜欢，就开玩笑说："小妹既然没有亲人了，能做我家儿媳妇吗？"女子笑着说："我如今没有依靠，愿意为您操持家务。"王申当天就借了新衣服、赊下酒礼将女子娶进门。那天晚上很热，女子告诫丈夫："最近有许多盗贼，不能开着门。"随即拿来一根大木椽把门顶上才睡。到了半夜，王申的妻子梦见儿子披散着头发哭诉："我要被吃光了。"妻子被惊醒，要去看儿子。王申怒斥说："老婆子得到一个好儿媳，高兴得说梦话呢！"妻子倒头继续睡，又做了同样的梦。王申和妻子手持蜡烛，喊儿子和儿媳，无人应答。去开门，门就像上了门闩，于是就把门扇砸开。刚一打开，有个怪物瞪着圆眼，齿长如凿，遍体蓝色，冲着人跑了出去。他们的儿子被吃得只剩下脑骨和头发了。

注释

❶望苑驿：唐代驿站。地在今陕西兴平西。 ❷服禫（dàn）：服丧期满。禫：除服之祭。 ❸马嵬：即马嵬驿。在今陕西兴平西。 ❹丐：乞求。 ❺明悟：明白。 ❻新妇子：儿媳。 ❼贳（shì）：赊欠，租借。 ❽呓言：梦话。 ❾键：门闩。引申为关闭。

【原 文】

枝江县令张汀[1]，子名省躬，汀亡，因住枝江。有张垂者，举秀才下第[2]，客于蜀，与省躬素未相识。太和八年，省躬昼寝[3]，忽梦一人，自言姓张，名垂，因与之接，欢狎弥日[4]。将去，留赠诗一首曰："戚戚复戚戚，秋堂百年色[5]。而我独茫茫，荒郊遇寒食。"惊觉，遽录其诗。数日卒。

【译 文】

枝江县令张汀，儿子名叫张省躬，张汀死后，张省躬就住在枝江。有个叫张垂的人，考秀才未中，客居在蜀地，与省躬素不相识。太和八年，张省躬午睡，忽然梦到一人自称姓张名垂，省躬于是与他交谈，欢聚一整日。临走时，张垂留赠省躬一首诗，诗云："戚戚复戚戚，秋堂百年色。而我独茫茫，荒郊遇寒食。"这时省躬从梦中惊醒，急忙记下那首诗。几天后竟死了。

注 释

❶ 枝江县：在今湖北枝江。 ❷ 下第：科举时代考试不中者曰下第，又称落第。 ❸ 昼寝：午睡。 ❹ 欢狎：欢昵。 ❺ 秋堂：秋日的厅堂。常以指书生攻读课业之所。

【原 文】

江淮有何亚秦，弯弓三百斤，常解斗牛，脱其一角。又过蕲州[1]，遇一人，长六尺余，髯而甚，口呼亚秦："可负我过桥。"亚秦知其非人，

【译 文】

江淮地区有个人叫何亚秦，能拉三百斤的弓，曾徒手分开过两头相斗的牛，把其中一头牛的角都掰断了。又有一次路过蕲州，遇见一个人，身高六尺多，胡须浓密，对何亚秦喊道："请背我过桥。"何亚秦知道它不是人，就依

因为背，觉脑冷如冰，即急投至交午柱[2]，乃击之，化为杉木，沥血升余。

言将它背起，只觉后脑冷如冰，立即把那怪物扔向交午柱，奋起拳头便打，怪物变成杉木，流了一升多血。

注释

❶ 蕲州：在今湖北蕲春北。 ❷ 交午柱：华表。这里指在桥头竖立的路标。

【原文】

长庆初，洛阳利俗坊[1]，有百姓行车数辆，出长夏门[2]。有一人负布囊，求寄囊于车中，且戒勿妄开，因返入利俗坊。才入坊，有哭声起。受寄者发囊视之，其口结以生绠，内有一物，状如牛胞，及黑绳长数尺，百姓惊，遽敛结之。有顷，其人亦至，复曰："我足痛，欲憩君车中数里，可乎？"百姓知其异，许之。其人登车，览其囊，不悦，顾曰："何无信？"百姓谢之。又曰："我非人，冥司俾予录五百人[3]，明历陕、虢、晋、绛[4]。及至此，人多虫，唯得二十五人耳。今须往

【译文】

长庆初年，洛阳利俗坊，有个百姓驾着几辆车，出得长夏门。有个人背着布袋，请求把布袋寄放在车上，并且告诫他不要随便打开，接着返回利俗坊中。那人刚进坊门，就有哭声响起。接受寄存的百姓就打开布袋看，那布袋口用绳子打着结，里面有个东西，形状像牛的胞衣，另有几尺长的黑绳。那百姓大惊，立刻把袋子收起扎好。不一会儿，寄放布袋的人来了，又说："我脚疼，想坐你的车代步几里路，可以吗？"百姓知道他非一般人，就答应了。那人上了车，一看口袋，很不高兴，回头说："你为什么不守信用呢？"那百姓便向他致歉。那人又说："我不是人，冥司派我索取五百人的性命，我已走遍了陕、虢、晋、绛几个州。到了这里，人们虽多生虫病，只索取二十五人而已。

徐、泗[5]。”又曰：“君晓予言虫乎？患赤疮即虫耳。”车行二里，遂辞：“有程[6]，不可久留。君有寿者，不复忧矣。”忽负囊下车，失所在。其年夏，天下多患赤疮，少有死者。

现在必须前往徐、泗等州。”又说：“你明白我说的虫是什么吗？患赤疮就是生虫。”车走了二里路，那人就告辞说：“我有程期，不能久留。你是有寿禄之人，不用担忧。”背着布袋下车，倏然不见了踪影。那年夏天，天下有很多人患赤疮，死的人却很少。

注释

❶ 利俗坊：疑为唐代洛阳正俗坊之讹。 ❷ 长夏门：唐代洛阳城东南门。 ❸ 录：逮捕。 ❹ 陕：陕州。治在今河南三门峡。虢：虢州。治在今河南灵宝。晋：晋州。治在今山西临汾。绛：绛州，治在今山西新绛。 ❺ 徐：徐州。今属江苏。泗：泗州。治在今江苏泗洪东南。 ❻ 程：期限。

【原文】

元和中，光宅坊百姓[1]，失名氏，其家有病者，将困，迎僧持念，妻儿环守之。一夕，众仿佛见一人入户，众遂惊逐，乃投于瓮间。其家以汤沃之，得一袋，盖鬼间所谓搐气袋也[2]。忽听空中有声求其袋，甚哀切，且言：“我将别取人以代病者。”其家因掷还之，病者即愈。

【译文】

元和年间，光宅坊有个百姓，忘了那人的姓名。他家有个病人，病势沉重，请来僧人持念佛经，妻儿围在病人身边守着。一天晚上，众人好像看见一人进门来，众人惊起追逐，那人竟跑到瓮里去了。他们家人用热水浇瓮，得到一个袋子，就是阴间所说的搐气袋。忽听空中有声音恳乞交还那袋子，非常凄切，并且说：“我会另找别人吸取阳气。”这家人便把袋子扔给他，病人很快便好了。

注释

❶光宅坊：唐长安城坊。 ❷搐（chù）气袋：传说中鬼勾魂时用来储存人阳气的袋子。

【原文】

相传人将死，虱离身。或云，取病者虱于床前，可以卜病。将差，虱行向病者，背则死。

【译文】

相传人快要死的时候，虱子就会离开那人的身体。有人说，把病人身上的虱子放在床前，可以预知病情。病若可痊愈，虱子就爬向病人；反之，病人就会死。

【原文】

兴州有一处名雷穴[1]，水常半穴。每雷声，水塞穴流，鱼随流而出。百姓每候雷声，绕树布网，获鱼无限。非雷声，渔子聚，鼓于穴口，鱼亦辄出，所获半于雷时。韦行规为兴州刺史时，与亲故书，说其事。

【译文】

兴州有一个地方叫雷穴，里面常有半穴水。每当打雷时，水就满穴并流出洞外，鱼也随水流出。百姓每当打雷时，就绕着树布好渔网，能网到很多鱼。不打雷时，渔民们就在雷穴的洞口聚集敲鼓，鱼也随之游出，但此时捕到的鱼只有打雷时的一半。韦行规任兴州刺史时，给亲朋故友写信提到这件事。

注释

❶兴州：今陕西略阳。

【原 文】

上都务本坊[1]，贞元中，有一家，因打墙掘地，遇一石函。发之，见物如丝蒲满函，飞出于外。惊视之，次忽有一人起于函，被白发，长丈余，振衣而起[2]，出门，失所在。其家亦无他。前记之中多言此事。盖道门太阴炼形[3]，日将满，人必露之。

【译 文】

贞元年间，长安务本坊有一户人家，因为打墙掘地，挖到一个石匣。打开一看，里面装满了像丝、蒲一样的东西，飞出匣子。众人目瞪口呆之时，忽然又有一个人从石匣里坐了起来，一头白发披散着，有一丈多长，抖抖衣服站起来，一出门，就消失不见了。这家倒也没发生其他怪事。本书前集中多载此类事。大概是道家太阴炼形术，时间到了，就必然有人挖他出来。

注释

❶务本坊：唐长安城坊。 ❷振衣：抖衣去尘，整衣。 ❸太阴炼形：道教谓使死者炼形于地下，爪发潜长，尸体如生，久之成道之术。

【原 文】

于季友为和州刺史时[1]，临江有一寺，寺前渔钓所聚。有渔子下网，举之重，坏网。视之，乃一石如拳。因乞寺僧，置于佛殿中。石遂长不已，经年重四十斤。张周封员外入蜀，亲睹其事。

【译 文】

于季友为和州刺史时，江畔有座寺庙，很多渔夫在寺庙前垂钓。有一个渔夫撒网后，收网时觉得很重，把网都扯破了。收网上来一看，网里是一块拳头大小的石头。渔夫就乞求寺庙里的僧人，把这块石头放置在佛殿中。那石头不停地生长，一年时间，重达四十斤。张周封员外郎入蜀路过此地，亲眼所见。

注释

❶ 于季友：尚宪宗女永昌公主，为驸马都尉。和州：治在今安徽和县。

【原文】

进士王恽，才藻雅丽，犹长体物，著《送君南浦赋》，为词人所称。会昌二年，其友人陆休符，忽梦被录至一处，有驺卒止之屏外[①]，见若胥靡数十[②]，王恽在其中。陆欲就之，恽面若愧色。陆强牵与语，恽垂泣曰："近受一职司，厌人闻。"指其类："此悉同职也。"休符恍惚而觉。时恽往扬州，有妻子居住太平侧[③]。休符异所梦，迟明[④]，访其家信，得王至洛书。又七日，其讣至。计其卒日，乃陆之梦夕也。

【译文】

进士王恽，文辞典雅清丽，尤其擅长描述事物，所著《送君南浦赋》，为文人所称道。会昌二年，他的朋友陆休符，忽然梦到自己被抓捕到某个地方，有驺卒让他在照壁外等候，只见几十个貌似服劳役的刑犯，王恽也在其中。陆休符想靠近他，王恽面带愧色。陆休符就硬拽着他说话，王恽哭泣着说："最近被强派了一份职司，不愿让别人知道。"他又指着跟他同样装束的人说："这些人都与我同一职务。"陆休符恍惚而醒。当时，王恽住在扬州，他的妻子儿女住在太平县附近。陆休符觉着这个梦很怪异，天快亮时，就去王家询问有无家书，得到一封王恽到洛阳时寄回的信。又过七天，王恽的死讯传来。计算他去世的日子，正是陆休符做梦的那天晚上。

注释

❶ 屏：当门的小墙。即照壁。 ❷ 胥靡：古代对服劳役的奴隶或刑徒的称谓。若胥靡：许本作"胥靡"，今据《四部丛刊》本改。 ❸ 太平：即太平县，

旧县名。在今安徽。 ❹迟明：黎明时分，天快亮时。

【原 文】

武宗元年[①]，金州军事典邓俨[②]，先死数年。其案下书手蒋古者[③]，忽心痛暴卒，如有人捉至一曹司，见邓俨，喜曰："我主张甚重，籍尔录数百幅书也。"蒋见堆案绕壁，皆涅楮朱书[④]，乃绐曰："近损右臂，不能搦管[⑤]。"有一人谓邓："既不能书，可令还。"蒋草草被遣还，陨一坑中而觉[⑥]。因病，右手遂废。

【译 文】

唐武宗会昌元年，金州军事典直邓俨已去世多年。他手下的抄书吏蒋古，一天忽然心痛猝死。其死后，鬼魂好像被抓到一处官署，愕然看到邓俨也在。邓俨高兴地说："我任务太重了，你帮我抄录几百张文书。"蒋古一看，书案墙边堆放的，满满都是黑纸红字，就欺骗他说："我近来伤了右臂，不能握笔。"有一个人对邓俨说："既然不能写字，不妨让他回去。"蒋古便被草草地打发回来，被推入一个大坑，遽然惊醒。后来，他生了一场病，右手就残废了。

注 释

❶武宗元年：即唐武宗会昌元年（841）。 ❷金州：治在今陕西安康。军事典：即军事典直。幕职名。唐时诸州军院置。 ❸书手：担任抄写工作的书吏。 ❹涅楮朱书：黑底红字。涅：可作黑色染料的一种矿石。 ❺搦（nuò）管：握笔。 ❻陨（yǔn）：坠落。

【原 文】

姚司马者，寄居邠州，宅

【译 文】

姚司马寄居在邠州，宅院紧邻一条

枕一溪。有二小女，常戏钓溪中，未常有获。忽挠竿[①]，各得一物，若鳣者而毛，若鳖者而鳃。其家异之，养以盆池。经年，二女精神恍惚，夜常明灯锉针[②]，染蓝涅皂，未常暂息，然莫见其所取也。时杨元卿在邠州[③]，与姚有旧，姚因从事邠州。又历半年，女病弥甚。其家张灯戏钱，忽见二小手出灯下，大言曰："乞一钱。"家人或唾之，又曰："我是汝家女婿，何敢无礼。"一称乌郎，一称黄郎，后常与人家狎熟[④]。杨元卿知之，因为求上都僧瞻。瞻善鬼神部，持念治病魅者，多著效。瞻至其家，标扛界绳[⑤]，印手敕剑召之。后设血食盆酒于界外[⑥]。中夜，有物如牛，鼻于酒上。瞻乃匿剑，躣步大言[⑦]，极力刺之。其物匣刃而走，血流如注。瞻率左右明炬索之，迹其血，至后宇角中，见若乌革囊，大可合篑[⑧]，喘若韛囊[⑨]，盖乌郎也。遂毁薪

小溪。他有两个女儿，常在溪上钓鱼玩，通常没有什么收获。一天，忽然钓竿抖动，二女各钓到一个东西，一个像鳝鱼而有毛，一个像鳖而有鳃。家人觉得很奇怪，就将二物养在小池中。过了一年，两个女儿都精神恍惚，夜里经常掌灯缝衣、洗衣染布，不曾歇息，然而也没见她们做出什么来。当时杨元卿在邠州，与姚司马有交情，姚司马正是受其所托才在邠州做官。又过了半年，两个女儿的病情更严重了。一次，家里人在灯下赌钱玩，忽然看见有两只小手从灯影下伸出来，大声说："请给一枚钱。"家里有人啐它。它又说："我是你家女婿，怎敢无礼。"一个自称乌郎，一个叫黄郎，后来它们渐渐就和家人相熟了。杨元卿知道了这件事，就去礼请长安的瞻和尚。瞻和尚擅长驱邪，其持念禁咒治疗鬼魅作祟的病，多能见效。瞻和尚来到姚家，竖起竹竿，绕绳为界，结手按剑发出敕令，召引怪物。后来又在界外摆设了祭祀用的祭品和一盆酒。半夜，有个像牛的怪物，用鼻子去闻那酒。瞻和尚就藏起剑，快速走近，大喝一声，奋力一刺。那怪物带着剑就跑，血流如注。瞻和尚率领手下举着火把搜索，沿着它的血迹来到后屋角，看到一个像乌皮囊的东西，有土筐那么大，发出风箱般的喘息声，大概是乌郎。于是点燃柴堆把它烧了，臭气飘

焚杀之，臭闻十余里。一女即愈。自是风雨夜，门庭闻啾啾。次女犹病，瞻因立于前，举伐折罗叱之[10]，女恐怖泚额[11]。瞻偶见其衣带上有皂袋子，因令侍婢解视之，乃小籥也[12]。遂搜其服玩，籥勘得一篑，篑中悉是丧家搭帐衣，衣色唯黄与皂耳。瞻假将满，不能已其魅，因归京。逾年，姚罢职入京，先诣瞻，为加功治之。浃旬[13]，其女臂上肿起如沤[14]，大如瓜。瞻禁针刺之，出血数合，竟差。

出十多里，此后一个女儿就痊愈了。从此，每到风雨之夜，总听到门庭处有啾啾的声音。小女儿仍病着，瞻和尚就站在她面前，举起金刚杵怒叱她，女儿吓得满头冒汗。瞻和尚偶然见她衣带上有个黑袋子，就让婢女解下来看，里面装着一把小钥匙。于是就搜寻小女儿的衣饰器物，用这把钥匙打开了一个柜子，柜子里全是死人时搭设丧篷的布，布的颜色只有黄和黑两种。瞻和尚的假期将满，没能把鬼魅整治完就回京城了。过了一年，姚司马罢职入京，先去拜访瞻和尚，瞻和尚为他女儿加倍疗病。过了十天，小女儿胳膊上肿起来一个瓜那么大的泡。瞻和尚用针刺破水泡，流出几合脓血，病终于好了。

注释

❶ 挠：弯曲。 ❷ 铩针：指缝衣。 ❸ 邠州：治在今陕西彬州。 ❹ 狎熟：亲昵，熟习。 ❺ 标扛界绳：立竿以绳绕之为界。扛：同“杠”，竹木棍。 ❻ 血食：谓受祭祀。古代杀牲取血以祭，故称。 ❼ 躧（xǐ）步：轻快的步伐。 ❽ 篑（kuì）：古时盛土的筐子。 ❾ 韛（bèi）囊：古代皮制的鼓风器。若：或作“如”。 ❿ 伐折罗：此指金刚杵。原为古印度的一种兵器，后亦为佛教法器。用金、银、铜、铁等为之。 ⓫ 泚（cǐ）额：额上冒汗。多用以表示羞愧。 ⓬ 籥（yuè）：通“钥”。锁钥。 ⓭ 浃（jiā）旬：一旬，十天。 ⓮ 沤（ōu）：水泡。

【原 文】

东都龙门有一处[①]，相传广成子所居也[②]。天宝中，北宗雅禅师者[③]，于此处建兰若[④]。庭中多古桐，枝干拂地。一年中，桐始华，有异蜂，声如人吟咏。禅师谛视之[⑤]，具体人也，但有翅，长寸余。禅师异之，乃以卷竹幂巾网获一焉[⑥]，置于纱笼中。意嗜桐花，采华致其傍。经日集于一隅，微聆吁嗟声[⑦]。忽有数人翔集笼者，若相慰状。又一日，其类数百，有乘车舆者，其大小相称，积于笼外，语声甚细，亦不惧人。禅师隐于柱听之，有曰："孔昇翁为君筮[⑧]，不祥，君颇记无？"有曰："君已除死籍，又何惧焉！"有曰："叱叱，予与青桐君弈，胜，获琅玕纸十幅[⑨]，君出，可为礼星子词，当为料理[⑩]。"语皆非世人事，终日而去。禅师举笼放之，因祝谢之。经次日，有人长三尺，黄罗衣，步虚止禅师屠苏前[⑪]，

【译 文】

东都龙门有一处地方，相传广成子曾居于此。天宝年间，北宗雅禅师，在这里建了寺院。庭院中有很多古桐树，枝叶垂地。有一年，桐树刚开花，飞来一群异蜂，声音像人在吟诵。雅禅师仔细一看，那蜂长得和人一般，只是长着一寸多长的翅膀。雅禅师觉得很奇怪，就用竹条卷成圈蒙上幂巾做成网捕获了一只，放在纱笼中。雅禅师心想蜂喜食桐花，就采了桐花放在它旁边。它整日缩在纱笼一角，发出轻微的叹息声。一日，又有几只人形蜂飞来聚集在纱笼边，像安慰它的样子。又有一天，来了几百只人形蜂，有的坐着车，大小都差不多，聚集在纱笼外面，说话声音很细微，也不怕人。雅禅师藏在柱子后面听，有的说："孔昇翁那天为您占卜，结果不吉利，您还记得吗？"有的说："您的名字已从死籍除名，又有什么怕的呢！"有的说："叱叱，我与青桐君下棋，赢了他，得到十张琅玕纸，您出来后，可以写礼星子词，我来安排。"说的话都不是人世间的事，待了一整天才离去。雅禅师打开纱笼把人形蜂放走，并祝祷致歉。又过了一天，有一个身高三尺、身穿黄罗衣的人，凌空步行到雅禅师茅庵前，貌如

状如天女："我三清使者[12]，上仙伯致意多谢。"指顾间失所在，自是遂绝。

天女，说："我是三清使者，上仙伯向您致意道谢。"说完就消失不见了，从此以后，人形蜂再也没出现过。

注释

❶ 龙门：山名。在河南洛阳南。 ❷ 广成子：古代传说中的仙人。 ❸ 北宗：唐代以神秀为代表的佛教禅宗一派。因流行北方，故称。 ❹ 兰若：寺院。 ❺ 谛视：仔细看。 ❻ 幂（mì）巾：古代覆盖、裹扎器物的巾。 ❼ 吁嗟：哀叹，叹息。 ❽ 筮（shì）：古代用蓍草占卜。 ❾ 琅玕：美竹。 ❿ 料理：安排，处理。 ⓫ 步虚：指道家传说中神仙的凌空步行。屠苏：茅庵。 ⓬ 三清：道教所指玉清、上清、太清三清境。也指道教中的玉清元始天尊、上清灵宝天尊、太清道德天尊。

【原文】

倭国僧金刚三昧[1]，蜀僧广昇，与峨眉县[2]邑人约游峨眉，同雇一夫负笈[3]，荷糗药[4]。山南顶径狭，俄转而待，负笈忽入石罅。僧广昇先览，即牵之，力不胜。视石罅甚细，若随笈而开也。众因组衣断蔓[5]，厉其腰[6]，抣出之。笈才出，罅亦随合。众诘之，曰："我常薪于此，有道士住此隙内，每假我舂药[7]。适亦

【译文】

日本僧人金刚三昧、蜀地僧人广昇，与峨眉邑人相约同游峨眉山，合雇一脚夫背着箱子，带上干粮和药。山的南顶道路狭窄，在转弯时，脚夫忽然掉入一处石缝。僧人广昇先看见，赶紧去拉他，却拉不动。看那石缝非常窄，却像能随着箱子而变宽。众人于是把衣服和藤蔓扎成一束，像腰带一样捆在脚夫腰上，合力把脚夫拉了上来。箱子刚拉上来，石缝随之合拢。众人问脚夫发生了何事，脚夫说："我常在这里打柴，有个道士住在石缝里，每次都请我为他捣药。刚才他正招呼

招我，我不觉入。”时元和十三年。

我，我不知不觉就进去了。”当时是元和十三年。

注释

❶倭国：今日本。 ❷峨眉县：今四川峨眉山。 ❸笈：书箱。 ❹荷：背，扛。糗（qiǔ）药：干粮和药。 ❺组：编织。这里指扎成一束。 ❻厉：衣带的下垂部分。此指以带缚腰。 ❼舂：把东西放在石臼或钵里捣去皮壳。

【原文】

上都僧太琼者，能讲《仁王经》[①]。开元初，讲于奉先县京遥村[②]，遂止村寺。经两夏，于一日，持钵将上堂，阖门之次，有物坠檐前。时天才辨色，僧就视之，乃一初生儿，其褫裼甚新[③]。僧惊异，遂袖之，将乞村人。行五六里，觉袖中轻，探之，乃一弊帚也。

【译文】

长安僧人太琼，能讲《仁王经》。开元初年，他在奉先县京遥村讲经，就住在村中寺院里。一住两年，有一天，他拿着钵盂准备去斋堂，关门时，有一个东西掉到屋檐下。当时天刚蒙蒙亮，僧人靠近一看，竟然是一个刚出生的婴儿，那褫褓很新。太琼非常惊异，就把婴儿拢到衣袖里，准备求村人收养。走了五六里地，忽然觉得衣袖变轻，伸手一摸，原来是一把破扫帚。

注释

❶《仁王经》：即《仁王般若波罗蜜经》。 ❷奉先县：今陕西蒲城。 ❸褫裼（tì）：即褫褓。

【原文】

陕州西北白径岭上逻村，村人田氏，常穿井，得一根，大如臂，节中粗，皮若茯苓，气似术[①]。其家奉释，有像设数十[②]，遂置于像前。田氏女名登娘，年十六七，有容质，父常令供香火焉。经岁余，女常见一少年出入佛堂中，白衣蹑履[③]，女遂私之，精神举止有异于常矣，其物根每岁至春擢芽。其女有娠，乃以其事白于母，母疑其怪。常有衲僧过门，其家因留之供养。僧将入佛宇，辄为物拒之。一日，女随母他出，僧入佛堂，门才启，有鸽一只拂僧飞去。其夕，女不复见其怪。视其根，顿成朽蠹[④]。女娠才七月，产物三节，其形如像前根也。田氏并火焚之，其怪亦绝。成式常见道者论枸杞、茯苓、人参、术形有异，服之获上寿。或不荤血、不色欲[⑤]，遇之必能降真为地仙矣[⑥]。田氏无分，见怪而去，

【译文】

陕州西北白径岭上有个逻村，村民田某，曾在挖井时挖出来一条手臂粗细的根茎，中间粗，皮像茯苓，气味像术。田家信奉佛教，家中供奉着几十尊佛像，于是就把这条根茎放在佛像前。田某的女儿叫登娘，十六七岁，颇有几分姿色，她父亲常让她供奉香火。一年多以后，登娘发现有一个年轻人出入佛堂，他身穿白衣，步履轻盈，登娘就和他有了私情，精神举止便与平常不一样了。那条根茎每到春天就会发芽。登娘有了身孕，就把事情全都告诉了她母亲，母亲怀疑是那根茎作怪。一天，有位僧人从田家门前路过，田家就留僧人在家供养。僧人每次要进佛堂时，就被怪物阻止。有一天，登娘随母亲出门，僧人又去佛堂，门刚打开，有一只鸽子贴着僧人飞走了。那天晚上之后，田登娘再没见到那怪物。看那块根茎，也已变成朽木了。登娘怀孕七个月时，产下三节怪物，形状就像佛像前的那块根茎。田家一把火把它们全烧了，那怪物也就绝迹了。我曾听道士说枸杞、茯苓、人参、术类，形态各异，服用之后都可以长寿。有的人不吃荤腥，不近女色，遇上这类东西就会有真人降临修为地仙。田氏命中没有地仙之分，见其怪异就丢掉了它，

宜乎。

合该如此。

注释

❶ 术（zhú）：菊科，多年生草本植物，有苍术、白术等。 ❷ 像设：所祠祀的人像或神佛供像。 ❸ 蹑履：趿拉着鞋。这里指轻步行走。 ❹ 朽蠹（dù）：腐朽或虫蚀的木料。喻衰残。 ❺ 荤血：荤腥。 ❻ 降真：犹言神仙降临，此指成仙。

【原文】

宝历二年，明经范璋居梁山读书。夏中深夜，忽听厨中有拉物声，范慵省之[①]。至明，见束薪长五寸余，齐整可爱，积于灶上，地上危累蒸饼五枚[②]。又一夜，有物叩门，因转堂上笑，声如婴儿。如此经三夕。璋素有胆气，乃乘其笑，曳巨薪逐之。其物状如小犬，璋欲击之，变成火，满川，久而乃灭。

【译文】

宝历二年，明经范璋住在梁山读书。夏天的一个深夜，范璋忽然听到厨房有拖拉东西的声音，但懒得去看。到天亮时，只见一捆五寸多长的柴火，整整齐齐地摆放在灶台上，地上堆放着五个蒸饼。又一天夜晚，有个东西来敲门，接着转到堂上发出笑声，声音像是婴儿。一连三晚都是这样。范璋向来有胆量，就趁它笑时，拽起一根大柴棍追了出来。那怪物样子像小狗，范璋要打它，它竟然变成一团火焰，点燃了整个山谷，很久火才熄灭。

注释

❶ 慵：懒。 ❷ 蒸饼：馒头。

【原文】

建中初，有人牵马访马医，称马患脚，以二十镮求治[1]。其马毛色骨相，马医未常见，笑曰："君马大似韩幹所画者[2]，真马中固无也。"因请马主绕市门一匝，马医随之。忽值韩幹[3]，幹亦惊曰："真是吾设色者[4]。"乃知随意所匠，必冥会所肖也[5]。遂摩挲，马若蹶，因损前足，幹心异之。至舍，视其所画马本，脚有一点黑缺，方知是画通灵矣[6]。马医所获钱，用历数主，乃成泥钱。

【译文】

建中初年，有个人牵着马访求马医，说马患了脚疾，愿出二十镮钱为马治病。这匹马的毛色骨相，马医从没见过，笑着说："您这匹马很像韩幹画的马，真马里面没有这种马。"马医请马主人牵马绕坊市门走一圈，马医跟在旁边。忽然碰到韩幹，韩幹也吃惊地说："这真是我画的马啊！"并说这才知道随意创作之物，一定会与大自然暗中相合。韩幹就上前抚摸这匹马，马像是要跌倒，原来是马伤了前蹄，韩幹心下甚感奇怪。回到家里，翻看自己所画的马，前蹄果有一点黑缺，才知道画作通灵了。马医治马所得的酬金，几经转手后，都变成了泥钱。

注释

❶镮（huán）：铜钱。亦作量词。 ❷韩幹：京兆（今陕西西安）人，一作大梁（今河南开封）人。唐画家，擅绘人物、鬼神，尤工画马。画迹有《牧马图》《照夜白图》等。 ❸值：碰到，遇上。 ❹设色：着色。这里指画的意思。 ❺冥会：默契，暗合。 ❻通灵：通于神灵。

【原文】

莱州即墨县有百姓王

【译文】

莱州即墨县，有个叫王丰的百姓，

丰[1]，兄弟三人。丰不信方位所忌，常于太岁上掘坑，见一肉块，大如斗，蠕蠕而动，遂填。其肉随填而出，丰惧，弃之。经宿，肉长塞于庭。丰兄弟奴婢数日内悉暴卒，唯一女存焉。

兄弟三人。王丰不相信方位禁忌，曾在太岁头上动土，挖到一团肉块，有斗那么大，蠕蠕而动，于是赶紧填上。但是，肉块随填随长，冒出坑外。王丰很害怕，就扔下不管了。过了一晚，肉块长大，填塞在院子里。王丰兄弟及奴婢几天内全得急病而亡，只有一个女儿活了下来。

注释

❶ 莱州即墨县：今山东即墨。

【原文】

虢州玉城县黑鱼谷[1]，贞元中，百姓王用，业炭于谷中。中有水，方数步[2]，常见二黑鱼，长尺余，游于水上。用伐木饥困，遂食一鱼。其弟惊曰："此鱼或谷中灵物，兄奈何杀此！"有顷，其妻饷之，用运斤不已，久乃转面。妻觉状貌有异，呼其弟视之。忽褫衣号跃，变为虎焉，径入山。时时杀獐鹿，夜掷庭中，如此二年。一日日昏，叩门自

【译文】

虢州玉城县有个黑鱼谷，贞元年间，百姓王用在谷中以烧炭为业。谷中有一处数步见方的水潭，常有两条一尺多长的黑鱼在水中游来游去。一天，王用砍木头砍得又饿又累，就捕了一条黑鱼吃。王用的弟弟吃惊地说："这黑鱼也许是谷中灵物，哥哥为何杀了它！"一会儿，王用的妻子来送饭，王用抡着斧子不停地砍树，很久才转过身来。妻子觉得王用的相貌有变，就喊他弟弟来看。王用忽然脱掉衣服，吼啸着跳起，变成一只老虎，径直奔向山里去了。从此，这只老虎时时捕食獐鹿，在夜间扔进院子，就这样过了两年。一天傍晚，

名曰："我，用也。"弟应曰："我兄变为虎三年矣，何鬼假吾兄姓名？"又曰："我往年杀黑鱼，冥谪为虎。比因杀人，冥官笞余一百，今免放，杖伤遍体。汝第视予，无疑也。"弟喜，遽开门，见一人，头犹是虎，因怖死。举家叫呼奔避，竟为村人格杀之③。验其身，有黑子，信王用也，但首未变。元和中，处士赵齐约常至谷中，见村人说。

有人敲门自报姓名说："我是王用。"他的弟弟回应说："我哥哥变成老虎已经三年了，鬼怪因何冒用我哥哥的姓名？"王用又说："我往年杀死黑鱼，冥司罚我做老虎。又因为我杀了人，冥官打了我一百鞭子，如今赦免放回，我现在浑身是伤。你只管出来见我，不要怀疑。"他弟弟很高兴，赶紧打开门，看到一个人，头部仍是虎头，弟弟当时就吓死了。全家人都吓得大呼小叫，四处奔逃，最后虎头人被村民击杀。后来验看死尸，上有黑痣，确定是王用，只是头没变回人形。元和年间，处士赵齐约曾到黑鱼谷，听村里人说起这事。

注释

❶虢州玉城县：在今河南灵宝东南。 ❷步：行走时跨出一足为跬，左右足各跨出一跬为步。 ❸格杀：击杀。

【原文】

元和初，上都义宁坊有妇人风狂①，俗呼为五娘，常止宿于永穆墙垣下②。时中使茹大夫使于金陵，有狂者，众名之信夫，或歌或哭，往往验未来事，盛暑拥絮，未常沾汗，

【译文】

元和初年，长安义宁坊有个妇人得了疯病，民间称她为五娘，经常在永穆公主宅院的墙脚下露宿。当时中使茹大夫奉使金陵，金陵有个疯子，大家叫他信夫，他时而狂歌时而哭泣，往往能预知未来的事情，盛夏时节裹着棉絮也不出汗，天寒地冻时光

沍寒袒露[3]，体无跔折[4]。中使将返，信夫忽叫拦马曰："我有妹五娘在城中，今有少信，必为我达也。"中使素知其异，欣然许之。乃探怀出一襆[5]，内中使靴中，仍曰："为语五娘，无事速归也。"中使至长乐坡[6]，五娘已至，拦马笑曰："我兄有信，大夫可见还。"中使久而方悟，遽令取信授之。五娘因发襆，有衣三事，乃衣之而舞，大笑而归。复至墙下，一夕而死，其坊率钱葬之[7]。经年，有人自江南来，言信夫与五娘同日死矣。

着身子也不见他瑟缩手脚。中使要返回京城时，信夫忽然拦住他的马说："我有个妹妹叫五娘，住在京城，现在有件信物，请你一定替我送到。"中使一向知道他非常人，欣然答应了。信夫便从怀里掏出一个包袱，塞进中使的靴筒里，又说："替我转告五娘，没事就快回来。"中使刚到长乐坡，五娘已先到那里了，拦住他的马笑着说："我哥哥托大夫捎的信，可以交给我了。"中使很久才缓过神来，立刻取出信交给了她。五娘打开包袱，中有衣服三件，她就穿上衣服跳起舞来，大笑着回去了。五娘回到永穆公主宅院的墙脚下，过了一夜就死了，街坊们凑钱把她安葬了。过了一年，有人从江南来，说信夫与五娘是同一天死的。

注释

❶ 义宁坊：唐长安城坊。 ❷ 永穆：即唐玄宗女永穆公主。 ❸ 沍（hù）寒：极为寒冷。沍：冻结。 ❹ 跔（jū）：腿脚因寒冷而不能屈伸。 ❺ 襆：包袱。 ❻ 长乐坡：因自坡可望长乐宫，故名。在浐水之侧。 ❼ 率钱：凑钱。

【原 文】

元和中，有淮西道军将[1]，使于汴州，止驿。夜久，眠将

【译 文】

元和年间，有个淮西道军将，奉命到汴州公干，留宿驿馆。夜深时分，

熟，忽觉一物压己。军将素健，惊起，与之角力。其物遂退，因夺手中革囊，鬼暗中哀祈甚苦。军将谓曰："汝语我物名，我当相还。"良久曰："此搐气袋耳。"军将乃举甓击之[2]，语遂绝。其囊可盛数升，无缝，色如藕丝，携于日中无影。

将要熟睡时，忽然觉得有一物压着自己。军将一向强健，受惊吓而起，和那怪物厮打。怪物就退却了，军将趁机夺下怪物手中的皮囊，怪物在暗处苦苦哀求。军将对它说："你告诉我这物品的名字，我就还给你。"过了很久，怪物说："这是搐气袋。"军将就举起砖头砸过去，说话声就消失了。那个袋子可盛好几升东西，没有缝，颜色似藕丝，拿到日光下没有影子。

注释

❶ 淮西道：即淮南西道，唐方镇名。至德元载（756）置。 ❷ 甓（pì）：砖。

【原文】

建中末，书生何讽常买得黄纸古书一卷。读之，卷中得发卷[1]，规四寸，如环无端。何因绝之，断处两头滴水升余，烧之，作发气。讽尝言于道者，吁曰："君固俗骨，遇此不能羽化[2]，命也。据仙经曰：'蠹鱼三食"神仙"字，则化为此物，名曰脉望。夜以

【译文】

唐德宗建中末年，书生何讽曾经买到一卷黄纸古书。他在阅读时，于书卷中找到一个发卷，周长四寸，呈环状而没有接口。何讽随手把它弄断了。断处两头滴出一升多水，用火一烧有头发烧焦的气味。何讽曾把这事告诉一个道人，道人叹息说："你本是俗骨凡胎，遇到此物不能飞升成仙，这就是命。据仙经说：'蠹鱼三次吃到书页上的"神仙"二字，就会变成发卷，名叫脉望。夜里，用脉望映照夜空中的星宿，星使

规映当天中星[3]，星使立降，可求还丹。取此水和而服之，即时换骨上宾[4]。’”因取古书阅之，数处蠹漏，寻义读之，皆神仙字，讽方哭伏。

就会立刻降临，这时可以向对方求取仙丹。而后取脉望滴出的水一起服下，当时就能脱胎换骨飞升成仙。’”何讽取来那古书细细查阅被蠹鱼咬坏的几处，前后对照文义，就是“神仙”二字，何讽这才哭倒在地。

注释

❶ 发卷：绕成圈状的头发。 ❷ 羽化：古人认为仙人能变化飞升，因此把成仙叫作羽化。 ❸ 中星：二十八宿分布四方，按一定轨道运转，依次每月行至中天南方的星即为中星。观察中星可确定四时。 ❹ 上宾：道教谓人死后羽化登仙。

【原文】

华阴县东七级赵村[1]，村路因水啮成谷，梁之[2]。村人日行车过桥，桥根坏，坠车焉，村人不复收。积三年，村正尝夜度桥[3]，见群小儿聚火为戏。村正知其魅，射之，若中木声，火即灭，闻啾啾曰：“射着我阿连头。”村正上县回，寻之，见败车轮六七片，有血，正衔其箭。

【译文】

华阴县东七级赵村，村路因为雨水冲刷而形成深沟，于是村人在上面架设桥梁以便通行。有个村里人白天驾车过桥，恰逢桥基坏了，车便坠入深沟，村人弃之而去。过了三年，一天夜里村正过桥，看见一群小孩聚在火堆旁嬉戏。村正知道那是鬼魅，就用箭射他们，声音就像射中了木头，火随即就灭了，只听到一声凄厉的喊叫：“射着我阿连的头了。”村正从县里回来，在桥下寻找，看见六七片破车轮，上面血迹斑斑，其中一片上面还插着他射出的那支箭。

注释

❶ 华阴县：治今陕西华阴。 ❷ 梁：此指架设桥梁。 ❸ 村正：犹村长。

【原文】

相国李公固言[①]，元和六年下第游蜀，遇一老姥，言："郎君明年芙蓉镜下及第，后二纪拜相[②]，当镇蜀土。某此时不复见郎君出将之荣也，愿以季女为托。"明年，果然状头及第[③]，诗赋题有"人镜芙蓉"之目。后二十年，李公登庸[④]，其姥来谒。李公忘之，姥通曰："蜀民老姥，尝嘱季女者。"李公省前事，具公服谢之，延入中堂，见其妻女。坐定，又曰："出将入相定矣。"李公为设盛馔，不食，唯饮酒数杯即请别，李固留不得，但言"乞庇我女"。赠金皂襦帼[⑤]，并不受，唯取其妻牙梳一枚，题字记之。李公从至门，不复见。及李公镇蜀日，卢氏外孙子九龄不语，

【译文】

相国李固言，元和六年科举下第，游历蜀郡。路遇一位老妇，对他说："郎君明年芙蓉镜下及第，二十四年后拜相，会出镇蜀郡。到那时，我已看不到郎君你出将的荣耀了，希望您能照顾我的小女儿。"第二年，李固言果然状元及第，诗赋考题确有"人镜芙蓉"四字。二十年后，李固言获朝廷大用，那个老妇前来拜见他。李固言忘记了她是谁，老妇通报说："蜀郡老妇，曾经嘱托过您看顾小女儿。"李固言想起了当年的事情，身着公服致谢，将老妇请到中堂，又让妻女与老妇相见。坐定后，老妇又说："一定能出将入相。"李固言为她摆设了丰盛的筵席，但她没吃，只喝了几杯酒便要告辞，李固言留不住她，她只是说"请照顾好我女儿"。李固言送给她金银衣饰，她全都不要。只拿了李固言妻子的一枚象牙梳子，请李固言题字留念。李固言随她走到大门口，眨眼间人就不见了。等到李固言镇守蜀郡，他的一个卢姓外孙九岁了还不会说话，一天忽然摆弄起毛笔和砚台，李固言逗他说："你不会说话，

忽弄笔砚，李戏曰："尔竟不语，何用笔砚为?"忽曰："但庇成都老姥爱女，何愁笔砚无用也。"李公惊悟，即遣使分诣诸巫，巫有董氏者，事金天神[6]，即姥之女，言能语此儿，请祈华岳三郎。如其言。诘旦，儿忽能言。因是蜀人敬董如神，祈无不应，富积数百金，恃势用事，莫敢言者。洎相国崔郸来镇蜀，遽毁其庙，投土偶于江，仍判责事金天王董氏杖背，递出西界。今在贝州[7]，李公婿卢生舍之于家，其灵歇矣。

拿笔砚有什么用?"外孙忽然开口说："只要照顾好成都老妇的宝贝女儿，何愁笔砚没用。"李固言大为惊异，随即派人分头寻找老姥之女。有个姓董的女巫，自称奉侍金天神，就是老妇的女儿，她说能让李固言的外孙开口说话，要求设祭坛祈请华岳三郎。李固言按女巫的话做了，第二天一早，这个孩子就开口说话了。自此，蜀郡人敬畏董氏如敬神明，但有祈请无不应验，董氏因此家积黄金数百两，她倚仗李固言的权势，横行无忌，无人敢管。等到相国崔郸镇守蜀郡时，立即捣毁金天神的祠庙，将泥像扔到江里，判令奉侍金天神的董氏杖责，并将其逐出蜀郡地界。现今，这位董氏在贝州，住在李固言的女婿卢生家中，已没有什么神通了。

注释

❶ 李公固言：即李固言，字仲枢。赵郡（今河北赵县）人。唐文宗时，曾出任剑南西川节度使。唐武宗时，领河中节度使。唐宣宗时，官太子太傅，分司东都。 ❷ 纪：古时十二年为一纪。 ❸ 状头：状元。 ❹ 登庸：选拔重用。 ❺ 襦帼（rúguó）：妇女的襦袄和首饰。 ❻ 金天神：指西岳华山神。 ❼ 贝州：治在今河北清河西北。

【原 文】

登封尝有士人[1]，客游十

【译 文】

从前，登封有位读书人，在外游历

余年[2]，归庄，庄在登封县。夜久，士人睡未著，忽见星火发于墙堵下。初为萤，稍稍芒起，大如弹丸，飞烛四隅，渐低。轮转来往，去士人面才尺余。细视光中，有一女子，贯钗，红衫碧裙，摇首摆尾，具体，可爱。士人因张手掩获，烛之，乃鼠粪也，大如鸡栖子[3]。破视，有虫，首赤身青，杀之。

十多年，回到庄里，庄子在登封县。一天深夜，读书人还没睡着，忽然看见有火星从墙脚升起。火星开始时微如流萤，渐渐地放出光芒，有弹丸大小，飞来飞去照亮了屋子四角，又渐渐地落下，在读书人面前晃来晃去，距离读书人的脸只有一尺多远。读书人仔细看那团光，光中有一位女子，头发上插着钗，红衫绿裙，摇头摆尾，四肢俱全，十分可爱。读书人于是伸手抓住了她，照着灯烛一看，原来是粒老鼠屎，有皂荚子大小。弄碎一看，里面有一只红头青身的虫子，读书人就杀死了它。

注释

❶ 登封：今属河南。 ❷ 客游：在外寄居或游历。 ❸ 鸡栖子：皂荚的种子。

【原 文】

融州河水有泉半岩[1]，将注其下。相次九磴[2]，每磴下，一白石浴斛承之[3]，如似镌造。尝有人携一婢，取下浴斛中浣巾。须臾，风雨忽至，其婢震死，所浣巾斛碎于山下。自别安一斛，

【译 文】

融州河道旁的岩壁中段有一眼泉，泉水向下流注河中。依次流经九级石阶，每级石阶下都有一个白色石制澡盆承接，好像雕凿而成。曾经有人带着一个婢女，在最下边的石盆里清洗手巾。顷刻间，风雨大作，那个婢女被雷震死，她清洗手巾的那个石盆被震得粉碎，落于山下。随后原处又出现一个石盆，比原有的

新于向者。

要新。

注释

❶融州：今广西融水。 ❷磴：山路的石级。 ❸浴斛：澡盆。

【原文】

有人游终南山一乳洞，洞深数里。乳旋滴沥成飞仙状，洞中已有数十，眉目衣服，形制精巧。一处滴至腰已上，其人因手承漱之。经年再往，见其所承滴像已成矣，乳不复滴，当手承处，衣缺二寸不就。

【译文】

有人游览终南山的一处钟乳洞，这个洞有几里深。石乳旋曲滴沥成飞仙形状，这类飞仙洞中已有几十尊，眉目衣服皆具，形制精巧。其中一处，石乳才滴到飞仙腰部以上，这个人就用手承接了些滴下来的水洗漱。一年后他故地重游，看到那尊飞仙已经成形，石乳也不再滴沥，当年他用手承接的地方，衣服缺了两寸未能成形。

【原文】

滕王图[①]。一日，紫极宫会[②]，秀才刘鲁封云尝见滕王《蛱蝶图》。有名江夏班、大海眼、小海眼、村里来、菜花子。

【译文】

滕王图。有一天，在紫极宫聚会上，秀才刘鲁封说他见过滕王李元婴所绘《蛱蝶图》。蛱蝶又名江夏班、大海眼、小海眼、村里来、菜花子。

注释

❶滕王图：即滕王《蛱蝶图》，唐李元婴画。李元婴，唐高祖李渊之子。封滕王。李元婴精通音乐，喜好舞蹈，更擅长绘画艺术，尤以画蝶为最。 ❷紫极宫：道宫名。唐玄宗时改西京玄元庙为太清宫，东京为太微宫，天下诸郡为紫极宫。

续集卷三

支诺皋下

【原 文】

开元末，蔡州上蔡县南李村百姓李简[①]，痫疾卒[②]。瘗后十余日，有汝阳县百姓张弘义[③]，素不与李简相识，所居相去十余舍[④]，亦因病死，经宿却活，不复认父母妻子，且言："我是李简，家住上蔡县南李村，父名亮。"遂径往南李村，入亮家。亮惊问其故，言："方病时，梦有二人著黄，赍帖见追。行数里，至一大城，署曰王城。引入一处，如人间六司院[⑤]。留居数日，所勘责事悉不能对。忽有一人自外来，称：'错追李简，可即放还。'一吏曰：'李简身坏，须令别托生。'时忆念父母亲族，不

【译 文】

开元末年，蔡州上蔡县南李村的百姓李简，患癫痫病去世。埋葬十多天之后，汝阳县有个百姓叫张弘义，与李简素不相识，且居住地相距三百多里，也因病而死，过了一宿又活了，但不再认识父母妻儿，并说："我是李简，家住上蔡县南李村，父亲名叫李亮。"然后径直来到南李村，进了李亮家。李亮很吃惊，询问怎么回事。来人回答说："刚病时，梦见两个穿黄衣的人，手持公文追捕我。走了几里路，到了一座大城，城门楼上题着'王城'两个大字。他们把我带到一个地方，像人间的六司院。留下我住了几天，审理追查的事全都对不上号。忽然有一个人从外面走进来，说：'错抓了李简，应该立即放他回去。'一个胥吏模样的人说：'李简的肉身已腐坏，让他到别处托生吧。'当时我想念父母亲族，不想到

欲别处受生，因请却复本身。少顷，见领一人至，通曰：‘追到杂职汝阳张弘义[⑥]。’吏又曰：‘弘义身幸未坏，速令李简托其身，以尽余年。’遂被两吏扶持却出城，但行甚速，渐无所知。忽若梦觉，见人环泣，及屋宇都不复认。”亮访其亲族名氏及平生细事，无不知也。先解竹作[⑦]，因自入房，索刀具，破蔑成器。语音举止，信李简也，竟不返汝阳。时成式三从叔父摄蔡州司户[⑧]，亲验其事。昔扁鹊易鲁公扈、赵齐婴之心[⑨]，及寤，互返其室，二室相谘。以是稽之[⑩]，非寓言矣[⑪]。

别处托生，因此请求复还本身。不一会儿，看见带进一个人来，通报说：‘追捕到杂职汝阳张弘义。’那胥吏模样的人又说：‘张弘义的肉身幸而没坏，快让李简借其肉身托生，以度余年。’我于是被两名胥吏搀出城外，只觉走得极快，渐渐失去知觉。忽然又像做梦方醒，见不少人围着自己哭，但周遭房屋都很陌生。”李亮问他李氏的亲族姓名及李简的生平细节，他没有不知道的。李简原来会制作竹器，于是他自己进屋，找来刀具，把竹子破成篾条，然后编成竹器。言谈举止，确实就是李简，最终此人没有再回汝阳。当时我的三从叔任蔡州司户，亲自验证过这件事。当年扁鹊让鲁公扈、赵齐婴互相换心，二人苏醒之后，彼此回到对方家里，两家人争执不下。由此看来，李简的事不是编造的。

注释

❶蔡州上蔡县：治今河南上蔡西南。 ❷痫（xián）疾：即癫痫。俗称羊痫风或羊角风。 ❸汝阳县：治今河南汝南。 ❹舍：古代以三十里为一舍。 ❺六司：唐府州置司功、司仓、司户、司兵、司法、司士六官。 ❻杂职：古代品官以外的办事人员。 ❼竹作：制作竹器。 ❽司户：官名。汉魏以下有户曹掾，主民户。唐制：府称户曹参军，州称司户参军，县称司户。 ❾扁鹊：战国时名医。原名秦越人，渤海郡鄚（今河北任丘北）人，一说为山东济南长清区人。现存《难经》题秦越人撰。 ❿稽：考证。 ⓫寓言：有所寄托的话。

这里指虚构的故事。

【原 文】

武宗六年[1]，扬州海陵县还俗僧义本且死[2]，托其弟，言："我死，必为我剃须发，衣僧衣三事[3]。"弟如其言。义本经宿却活，言："见二黄衣吏追至冥司，有若王者问曰[4]：'此何州县？'吏言：'扬州海陵县僧。'王言：'奉天符沙汰僧尼[5]，海陵无僧，因何作僧领来？'令回，还俗了领来。"僧遽索俗衣，衣之而卒。

【译 文】

武宗会昌六年，扬州海陵县还俗僧人义本临死前，嘱托他弟弟，说："我死后，一定要为我剃去胡须头发，穿上袈裟。"弟弟照他所说办了。过了一夜，义本却复活了，说："见两个黄衣吏员把我捉到冥司，有位像冥王的人问道：'这人来自哪个州县？'吏员说：'扬州海陵县僧人。'冥王说：'奉天子诏令裁汰僧尼，海陵县没有僧人，为何当作僧人领来？'让他回去，还俗后再领来。"义本还阳后随即问家人要来俗衣，穿上后就去世了。

注释

❶ 武宗六年：唐武宗会昌六年（846）。 ❷ 扬州海陵县：今江苏泰州。还俗：僧尼或出家的道士恢复世俗人的身份。 ❸ 僧衣：指僧伽梨（奉召入宫时所穿正装）、郁多罗僧（礼拜、听讲等集会场合衣着）、安陀会（内衣，为日常时贴身穿着）。此三衣统称袈裟。 ❹ 若：许本作"如"，今据《四部丛刊》本改。 ❺ 天符沙汰僧尼：指唐武宗会昌灭佛事。沙汰：淘汰。

【原 文】

汴州百姓赵怀正，住光德坊[1]。太和三年，妻阿贺常以女工致利。一日，有人携石枕求售，贺一环获焉[2]。赵夜枕之，觉枕中如风雨声。因令妻子各枕一夕，无所觉。赵枕辄复如旧，或喧悸不得眠[3]。其侄请碎视之，赵言："脱碎之无所见[4]，弃一百之利也。待我死后，尔必破之。"经月余，赵病死。妻令侄毁视之，中有金银各一铤[5]，如模铸者。所函铤处，无丝隙，不知从何而入也。铤各长三寸余，阔如巨臂。遂货之，办其殓及偿债，不余一钱。阿贺今住洛阳会节坊[6]，成式家雇其纫针，亲见其说。

【译 文】

汴州百姓赵怀正，住在光德坊。妻子阿贺经常做些针线活挣钱。太和三年的一天，有个人带着一个石枕来卖，阿贺用一百钱买下了石枕。赵怀正夜里枕着石枕睡觉，感觉石枕中好像有风雨声。于是他让妻子和儿子各枕一晚，二人并没什么感觉。赵怀正又枕着睡觉，枕中仍有风雨声，有时喧闹惊悸吵得他睡不着觉。他侄子请求把石枕砸碎一看究竟，赵怀正说："倘若砸碎了什么也没有，岂不白白损失一百钱。等我死后，你再把它砸碎。"过了一个多月，赵怀正得病而死。他妻子让侄子砸碎石枕来看，里面有一块金锭、一块银锭，像用模子铸成的。放置金银的地方，严丝合缝，不知道是怎样放进石枕中的。金锭和银锭各长三寸多，比大拇指还粗。阿贺于是卖了金锭和银锭，用来置办丧事，又偿还了债务，没剩下一个钱。阿贺如今住在洛阳会节坊，我家曾雇她做针线活，听她亲口讲述。

注释

❶ 光德坊：唐长安城坊。 ❷ 一环：结合后文，似指一百钱。环：通"锾"。 ❸ 悸：惊悸。 ❹ 脱：倘若。 ❺ 铤：熔铸成条块等固定形状的金银，重数两至数十两不等。 ❻ 会节坊：唐洛阳城坊。

【原 文】

成式三从房叔父某者，贞元末，自信安至洛[①]，暮达瓜洲[②]，宿于舟中。夜久弹琴，觉舟外有嗟叹声，止息即无。如此数四，乃缓轸还寝[③]。梦一女子，年二十余，形悴衣败，前拜曰："妾姓郑名琼罗，本居丹徒[④]。父母早亡，依于孀嫂。嫂不幸又殁，遂来扬子寻姨[⑤]。夜至逆旅，市吏子王惟举，乘醉将逼辱。妾知不免，因以领巾绞项自杀，市吏子乃潜埋妾于鱼行西渠中。其夕，再见梦扬子令石义留，竟不为理。复见冤气于江，石尚谓非烟之祥[⑥]，图而表奏。抱恨四十年，无人为雪。妾父母俱善琴，适听郎君琴声，奇音翕响[⑦]，心感怀叹，不觉来此。"寻至洛北河清县温谷[⑧]，访内弟樊元则[⑨]。元则自少有异术，居数日，忽曰："兄安得此一女鬼相随，请为遣之。"乃张灯焚香作法。顷之，灯后窣窣有声[⑩]，元则曰："是

【译 文】

我的三从叔父某，贞元末年，从信安去洛阳，傍晚到达瓜洲，晚上就住在船上。长夜漫漫，便抚琴打发时间，忽然听到船外有叹息声，他停下不弹，叹息声便随之消失。一连几次都是如此，叔父便松开琴弦回去睡觉。睡下后梦见一个女子，二十多岁，形容憔悴，衣裳破败，上前施礼说："我姓郑，名琼罗，家住丹徒。父母早亡，依靠寡嫂度日。嫂子不幸又去世了，便到扬子县投奔姨母。晚上到了客店，市吏子王惟举乘着酒醉要强行侮辱我。我知道不能逃脱，便用领巾自缢而死。王惟举便偷偷地将我埋在鱼行西面的沟渠中。那天晚上，我托梦给扬子县令石义留，他竟然不加理会。我又让冤气出现在江上，石义留竟说那是祥瑞之气，将之画成图像表奏朝廷。我心存怨恨四十年，没人替我昭雪。我父母都擅长弹琴，刚才听到您的琴声，奇妙和谐，心生感慨，不知不觉便来到这里。"叔父随后到洛北河清县温谷，探访他的内弟樊元则。元则从小就会一些法术，过了几天，樊元则忽然对我叔父说："怎么有一个女鬼跟随兄长？我为你打发走。"于是张灯焚香作法，一会儿，灯后发出窣窣的声响。

请纸笔也。”即投纸笔于灯影中。少顷，旋纸疾落灯前，视之，书盈于幅。书杂言七字，辞甚凄恨[11]。元则遽令录之，言鬼书不久辄漫灭。及晓，纸上若煤污，无复字也。元则复令具酒脯纸钱，乘昏焚于道。有风旋灰，直上数丈，及聆悲泣声。诗凡二百六十二字，率叙幽冤之意，语不甚晓，词故不载。其中二十八字曰：“痛填心兮不能语，寸断肠兮诉何处？春生万物妾不生，更恨魂香不相遇。”

樊元则说：“这是那女鬼在索要纸笔。”立即将纸笔投在灯影中。一会儿，那张纸旋转着飞起，飘落在灯前，一看，上面写满了字。像是七言杂诗，言辞凄婉。樊元则让人赶紧记下来，说鬼写的字一会儿就会消失。到天亮，那纸像被煤弄脏了，不再有字迹。樊元则又令人准备了酒菜纸钱，黄昏时在道上焚烧了。有风吹来把纸灰卷起，有几丈高，还听到悲伤哭泣的声音。那首诗一共二百六十二个字，表达的都是冤屈之意，话语不太明白，所以不再抄录全诗。其中有二十八字写道：“痛填心兮不能语，寸断肠兮诉何处？春生万物妾不生，更恨魂香不相遇。”

注释

❶ 信安：今浙江衢州。 ❷ 瓜洲：原为江中沙洲，因形似瓜而得名。在今江苏扬州邗江区南。 ❸ 轸：琴上调弦的小轴。 ❹ 丹徒：今江苏镇江丹徒区。 ❺ 扬子：扬子县。治今江苏扬州邗江区南。 ❻ 非烟：指庆云，五色祥云。 ❼ 翕：和谐。 ❽ 河清县：今河南孟州西南。 ❾ 内弟：妻子的弟弟。 ❿ 窣窣（sū）：拟声词。形容声音细小。 ⓫ 凄恨：犹哀怨。

【原 文】

庐州舒城县蚓[1]。成式三从

【译 文】

庐州舒城县蚯蚓。我的三从伯

房伯父，大和三年，任庐州某官。庭前忽有蚓出，大如食指，长三尺，白项，下有两足，足正如雀脚，步于垣下，经数日方死。

父，大和三年，在庐州任某职。一日，庭院前忽然爬出一条蚯蚓，有食指粗，长三尺，有白色的环节，身下有两只脚，正像鸟雀的脚，在墙下爬行，过了几天才死。

注释

❶庐州舒城县：今属安徽。

【原文】

荆州百姓孔谦蚓。成式侄女乳母阿史，本荆州人，尝言："小儿时，见邻居百姓孔谦篱下有蚓，口露双齿，肚下足如蚿[1]，长尺五，行疾于常蚓。谦恶，遽杀之。其年谦丧母及兄，谦亦不得活。"

【译文】

荆州百姓孔谦家蚯蚓。我侄女的奶妈阿史，原是荆州人，她曾说："小时候，在邻居孔谦家的篱笆下看到一条蚯蚓，嘴里露出一对牙齿，肚子下的脚像千足虫一样长一尺五寸，比平常的蚯蚓爬得快。孔谦看到后非常嫌恶，就杀了它。那年孔谦的母亲和哥哥都去世了，随后孔谦也死了。"

注释

❶蚿（xián）：虫名。即马陆。一种节肢动物，多足，像蜈蚣。

【原文】

越州有卢冉者[1]，时举

【译文】

越州有个人叫卢冉，当时中了秀才，

秀才，家贫未及入京，因之顾头堰，堰在山阴县顾头村，与表兄韩确同居。自幼嗜鲙，在堰尝凭吏求鱼。韩方寝，梦身为鱼，在潭有相忘之乐[②]。见二渔人乘艇张网，不觉入网中，被掷桶中，覆之以苇。复睹所凭吏就潭商价，吏即揭鳃贯绠，楚痛殆不可忍[③]。及至舍，历认妻子婢仆。有顷，置砧斫之[④]，苦若脱肤。首落方觉，神痴良久。卢惊问之，具述所梦。遽呼吏，访所市鱼处，洎渔子形状，与梦不差。韩后入释，住祇园寺[⑤]。时开成二年，成式书吏沈郅家在越州，与堰相近，目睹其事。

但因家贫，一时没能进京应考，于是就来到顾头堰，堰在山阴县顾头村，与表兄韩确同住。韩确从小就特别喜欢吃鱼，曾让小吏去顾头堰买鱼。有一天，韩确刚睡下，梦见自己变成了一条鱼，在水潭里自在地游来游去。忽然看见两个渔夫乘船撒网，韩确不知不觉进入网中，网出水后又被扔进桶里，桶上盖了芦苇。他又看见那位帮他买鱼的小吏在水潭边正同渔夫议价，那小吏揭开鱼鳃穿上绳子，痛得他难以忍受。小吏把鱼带回韩确家，韩确一一认出了自己的妻儿与婢仆。一会儿，韩确就被放到砧板上刮去鱼鳞，这种剧痛像被剥皮一样。直到鱼头被剁下，韩确方才醒来，半天没回过神。卢冉很吃惊，问他怎么回事，韩确把梦中情形告诉了卢冉。又立刻喊来买鱼的小吏，打听买鱼的地方，以及渔夫的相貌，果然与他梦中所见丝毫不差。后来韩确在祇园寺剃度出家。当时是开成二年，我的书吏沈郅家在越州，与顾头堰相邻，亲见此事。

注释

❶ 越州：治在今浙江绍兴。 ❷ 相忘之乐：指一种自由自在、无所拘束的生活状态。 ❸ 楚痛：疼痛。 ❹ 斫：斩，砍。这里指刮鱼鳞。 ❺ 祇园寺：在今浙江杭州萧山区。原是东晋名士许询的宅邸，他舍宅为寺。

【原 文】

曹州南华县端相寺[1]。时尉李蕴至寺巡检，偶见尼房中，地方丈余，独高，疑其藏物。掘之数尺，得一瓦瓶，覆以木槃。视之，有颅骨、大方隅颧下属骨两片，长八寸，开罅彻上，容钗股，若合筒瓦，下齐如截，莹如白牙。蕴意尼所产，因毁之。

【译 文】

曹州南华县端相寺。一次，县尉李蕴前往寺中例行检查，偶然发现尼姑房中，有一丈见方的地方高高隆起，李蕴怀疑里面藏了什么东西，命人往下挖了几尺，挖出一个瓦瓶，上面盖着木盘。打开一看，里面有颅骨、大方隅颧下属骨两块，长八寸，有一条裂缝纵穿骨片，容得下一根簪子，两片骨头扣在一起如同筒瓦相合，骨头下端整齐如同斩截，骨质莹白如牙。李蕴认为是尼姑所产私生子的骨殖，就把它销毁了。

注 释

❶ 曹州：治在今山东菏泽。南华县：唐天宝元年（742）以离狐县改名，治今山东菏泽西北李庄集。

【原 文】

中书舍人崔嘏弟崔暇，娶李续女。李为曹州刺史，令兵马使国邵南勾当障车[1]。后邵南因睡，忽梦崔、女在一厅中，女立于床西，崔暇在床东。女执红笺，题诗一首，笑授暇，暇因朗吟之。诗言：“莫以贞

【译 文】

中书舍人崔嘏的弟弟崔暇，娶李续的女儿为妻。李续时任曹州刺史，派兵马使国邵南负责障车之礼。后来，国邵南睡觉时忽然梦见崔暇和李续的女儿在一个大厅里，李续的女儿站在床西，崔暇站在床东。李续的女儿拿一张红笺，题诗一首，笑着递给崔暇。崔暇于是高声吟诵。诗写道：

留妾，从他理管弦。容华难久驻，知得几多年?”梦后才一岁，崔暇妻卒。

“莫以贞留妾，从他理管弦。容华难久驻，知得几多年?”此梦后才一年时间，崔暇的妻子就去世了。

注释

❶ 兵马使：职官名。唐代中后期藩镇节度使自辟的军将，总兵权，任甚重。勾当：办理。障车：唐人婚嫁，候新妇至，众人拥门塞巷，至车不得行，称为障车。

【原文】

李正己，本名怀玉，侯希逸之内弟也。侯镇淄青，署怀玉为兵马使。寻构飞语[①]，侯怒，因之，将置于法。怀玉抱冤无诉，于狱中累石象佛，默期冥报。时近腊日[②]，心慕同侪[③]，叹咤而睡[④]。觉有人在头上语曰：“李怀玉，汝富贵时至。”即惊觉，顾不见人。天尚黑，意甚怪之。复睡，又听人谓曰：“汝看墙上有青乌子噪[⑤]，即是富贵时至。”及觉，复不见人。有顷，天曙，忽有青乌数十如雀飞集墙上。

【译文】

李正己，本名叫李怀玉，是侯希逸的妻弟。侯希逸为淄青节度使，委任怀玉为兵马使。不久，李怀玉为流言构陷，惹恼了侯希逸，侯希逸把他囚禁起来，准备正法。怀玉满腹冤屈无处申诉，就在狱中用石头垒成佛像，默默期待神灵庇佑。这时将近腊八，他心里想着朋友们必然也开始腊祭了，由是辗转慨叹，不知不觉睡着了。梦中感觉有人在他头顶说：“李怀玉，你富贵的日子到了。”他被吓醒了，环视四周不见有人。此时天尚黑，他感到很奇怪。一会儿，他又睡着了，又听到有人对他说：“你看见墙头有乌鸦鸣叫，就是你富贵的时候到了。”醒来，仍不见有人。一会儿，天已放亮，忽然有几十只麻雀大小的乌鸦飞集在墙头。不一会儿就听到俄闻三军叫呼，逐出希逸，坏锁取怀玉，扶知留后[6]。成式见台州乔庶说[7]，乔之先官于东平，目击其事。

三军大噪，驱逐侯希逸，弄坏牢锁放出李怀玉，拥立他为留后。这是我听台州人乔庶所说，乔庶的先人在东平做官，亲见此事。

注释

❶构：构陷。飞语：亦作蜚语。流言或诽谤之语。 ❷腊日：古时岁终祭祀百神的日子，一般指腊八。 ❸同侪（chái）：同辈。 ❹叹咤：由于愤激而慨叹。 ❺青乌子：乌鸦。 ❻知：主持，掌管。留后：官职名。唐中叶后，藩镇坐大，节度使遇有事故，往往以其子侄或亲信将吏代行职务，称节度留后或观察留后。亦有叛将推翻统帅，自称留后，而后由朝廷补行正式任命者。 ❼台州：治在今浙江临海。

【原文】

河南少尹韦绚[1]，少时常于夔州江岸见一异虫[2]。初疑棘针一枝，从者惊曰："此虫有灵，不可犯之，或致风雷。"韦试令踏地惊之，虫伏地如灭，细视地上，若石脉焉。良久，渐起如旧。每刺上有一爪，忽入草，疾走如箭，竟不知是何物。

【译文】

河南少尹韦绚年少时曾在夔州江边见过一种奇异的虫子。起初以为是一根荆棘，随从惊恐地说："这种虫子有灵性，不能触犯它，否则会风雷大作。"韦绚让人跺地吓唬它，虫子蜷伏在地仿佛消失了，仔细看地上虫伏之处，有如石头的纹理。过了很久，它才渐渐恢复成以前的样子。这种虫每根刺上生有一只爪子，忽然钻进草丛中，快得像射出的箭一样，最终不知是什么东西。

注释

❶ 少尹：官名。唐初诸郡皆置司马，开元元年改为少尹，为府州的副职。❷ 夔州：治在今重庆奉节。

【原文】

永宁王相涯三怪[①]。淅米匠人苏润[②]，本是王家炊人，至荆州方知，因问王家咎征[③]，言宅南有一井，每夜常沸涌有声，昼窥之，或见铜厮罗[④]，或见银熨斗者，水腐不可饮。又王相内斋有禅床，柘材丝绳[⑤]，工极精巧，无故解散，各聚一处，王甚恶之，命焚于灶下。又长子孟博晨兴[⑥]，见堂地上有凝血数滴，踪至大门方绝，孟博遽令铲去，王相初不知也。未数月及难[⑦]。

【译文】

甘露之难前，宰相王涯永宁坊的家中发生过三件怪事。我家中有位淘米的帮厨，以前是王涯家中的厨工，我父亲徙官荆州后，我们才知道他的真实身份，便问他王家出事前有无征兆。他说王宅南边有一口井，每到夜间常有沸腾的声音，白天看那井，有时看见铜厮罗，有时看见银熨斗，井水腐臭不能饮用。另外，王相内室有禅床，用柘材和丝绳制成，做工极为精巧，无缘无故就散架了，还有序地聚成几堆，王相很是嫌恶，命人在灶间烧掉。还有，他的长子孟博早晨起来，看见厅堂地上有几滴血迹，一直延伸到大门口才消失，孟博马上叫人铲去，王相根本不知道这件事。没过几个月，王家就遭逢大难。

注释

❶ 永宁：永宁坊。唐长安城坊。王相涯：即宰相王涯，字广津。太原（今山西太原西南）人。贞元进士。“甘露之变”中，被宦官仇士良所杀。 ❷ 淅米：淘米。 ❸ 咎征：灾祸的征兆。 ❹ 铜厮罗：铜制的盥洗器具。 ❺ 柘

(zhè)：柘树。落叶灌木或乔木。 ❻ 晨兴：早起。 ❼ 难：指甘露之变。

【原文】

许州有一老僧[1]，自四十已后，每寐熟，即喉声如鼓簧[2]，若成韵节。许州伶人伺其寝，即谱其声，按之丝竹[3]，皆合古奏。僧觉，亦不自知。二十余年如此。

【译文】

许州有一位老僧，从四十岁以后，每当睡熟，喉咙里就发出吹笙一般的声音，有如奏乐一般。许州的艺人，等老僧睡熟，就把他发出的声音谱成曲子，用乐器演奏出来，很合乎古乐节奏。老僧醒了，也不知道这事。二十多年来都是如此。

注释

❶ 许州：今河南许昌。 ❷ 鼓簧：吹笙。簧：笙管中的簧片，借指笙。 ❸ 丝竹：弦乐器与竹制管乐器。亦泛指音乐。

【原文】

荆有魏溪[1]，好食白鱼[2]，日命仆市之，或不获，辄笞责[3]。一日，仆不得鱼，访之于猎者可渔之处，猎者绐之曰："某向打鱼，网得一麛[4]，因渔而获，不亦异乎？"仆依其所售，具白于溪。溪喜曰："审如是，或有灵矣。"因置诸榻，日夕荐香火，历数年

【译文】

荆州人魏溪，喜欢吃白鱼，每天命仆人到坊市去买，如买不到，就要拷打责罚。有一天，仆人没买到鱼，就向渔夫打听哪里可以捕到鱼，渔夫骗他说："我刚才捕鱼时，网到一头麛，捕鱼时竟然网得一头麛，这事奇异吗？"仆人信了他的话，买下那头麛，回家如实禀告魏溪。魏溪高兴地说："果真如此，这头麛可能有灵。"因而把麛放在榻上，日夜供奉香火，过了几年这头麛竟没腐

不坏，颇有吉凶之验。溪友人恶溪所为，伺其出，烹而食之，亦无其灵。

坏，还真能占验吉凶。魏溪的朋友厌恶他干的这件事，趁魏溪外出，就把麛烹煮吃了，也没见什么异常。

注释

❶ 荆：荆州。 ❷ 白鱼：此指白鲢。 ❸ 笞责：拷打责罚。 ❹ 麛（mí）：小鹿。

【原文】

成都坊正张和[1]。蜀郡有豪家子，富拟卓、郑[2]，蜀之名姝，无不毕致。每按图求丽，媒盈其门，常恨无可意者。或言："坊正张和，大侠也。幽房闺稚，无不知之，盍以诚投乎？"豪家子乃具籯金箧锦[3]，夜诣其居，具告所欲，张欣然许之。异日，谒豪家子，偕出西郭一舍，入废兰若，有大像岿然[4]。与豪家子升像之座，坊正引手扪佛乳揭之[5]，乳坏成穴，如碗，即挺身入穴，因拽豪家子臂，不觉同在穴中。道行十数步，忽睹

【译文】

成都坊正张和。蜀郡有一位富家子，家富堪比卓王孙、程郑，蜀中有名气的美女，无一不被他搜罗到手。他经常照着图籍搜罗美女，媒婆们把他家的门槛都踏破了，也没有一个他中意的。有人说："坊正张和，是一个大侠。哪家有深居闺中的佳丽，他都一清二楚，你何不诚心诚意地请他帮忙呢？"这位富家子就带上成筐的金银锦缎，在晚上来到张和家，向他述说自己的心思，张和欣然答应。隔了几天，张和去找富家子，二人一起出了西城三十里，进入一座废弃寺庙，这里有一尊大佛像高大独立。张和与富家子攀上佛像底座，张和伸手摸向佛像乳房的位置并用力一揭，弄出一个碗大的洞口，张和便身子一挺钻进洞中，又拽住富家子的胳膊，不知不觉间二人已同在洞中。走了十几步，

高门崇墉[6]，状如州县。坊正叩门五六，有丸髻婉童启迎[7]，拜曰："主人望翁来久矣。"有顷，主人出，紫衣贝带[8]，侍者十余，见坊正甚谨。坊正指豪家子曰："此少君子也[9]，汝可善待之。予有切事须返。不坐而去。"言已，失坊正所在。豪家子心异之，不敢问。主人延于堂中，珠玑缇绣[10]，罗列满目。又有琼杯[11]，陆海备陈。饮彻[12]，命引进妓数四，支鬟撩鬓，缥若神仙。其舞杯闪球之令[13]，悉新而多思。有金器容数升，云擎鲸口，钿以珠粒。豪家子不识，问之，主人笑曰："此涎皿也[14]，本拟伯雅[15]。"豪家子竟不解。至三更，主人忽顾妓曰："无废欢笑，予暂有所适。"揖客而退，骑从如州牧[16]，列烛而出。豪家子因私于墙隅[17]，妓中年差暮者，遽就谓曰："嗟乎，君何以至是？我辈早为所掠，醉其幻术，归路永绝。君若要归，第

忽然看见一处高墙和大门，就像州县城墙。张和上前敲了五六下门，一个留着圆髻的清秀小童开门迎接，施礼说："我家主人盼您老人家来很久了。"一会儿，主人出来，身穿紫衣，腰系贝壳装饰的腰带，有十几个侍从跟着，主人见到张和，十分恭敬。张和指着富家子道："这位少公子，你可要好好招待他。我有急事得马上返回，没时间坐了。"话音刚落，张和便不见了。富家子感到诧异，却又不敢问。主人将他请到中堂，但见珠玉锦绣，琳琅满目。又有玉杯斟满美酒，山珍海味尽皆呈列。饮完酒，主人命人带来几位歌妓，鬟髻云鬓，恍如神仙。她们所行的舞杯、闪球酒令，不但新奇而且颇有巧思。有一件金器，能容数升，云朵的装饰托着一个鲸鱼样的大口，遍镶珠玉。富家子不知这是何物，就问，主人笑笑说："这是接涎水的器皿，是照伯雅杯所制。"富家子茫然不知所谓。到了三更时，主人忽然回头对歌妓说："你们继续陪公子歌舞欢宴，我暂时出去一下。"他向客人作个揖就走了，从他骑马的侍从看像个州郡长官，一行人举着火把列队而出。富家子躲到墙角小便，有位年龄较大的歌妓走过来，对他说："哎呀！你怎么到这里来了？我们已被掳到此地多年，中幻术已深，永远回不了家了。你如果想回家，只管听我的。"于是给了他一条七尺长的白绢，叮嘱他说："你

取我教。”授以七尺白练，戒曰：“可执此，候主人归，诈祈事设拜，主人必答拜，因以练蒙其头。”将曙，主人还，豪家子如其教。主人投地乞命，曰：“死妪负心，终败吾事，今不复居此。”乃驰去。所教妓即共豪家子居。二年，忽思归，妓亦不留，大设酒乐饯之。饮既阑，妓自持锸[18]，开东墙一穴，亦如佛乳，推豪家子于墙外，乃长安东墙堵下。遂乞食方达蜀。其家失已多年，意其异物，道其初始信。贞元初事。

可拿着白绢，等主人回来，就假装有事相求向他跪拜，主人必然会回拜，这时候你用白绢蒙住他的头就行了。”天快亮时，主人回来了，富家子照那歌妓说的去做。主人跪倒在地乞求饶命，说：“那该死的老婆子负心，到底坏了我的事，现在不能住在这里了！”说完便跨上马奔驰而去。那位歌妓便与富家子同居了。两年后，富家子忽然想回家了，歌妓也不挽留，大设筵席为他饯行。筵席散后，那歌妓亲自拿把铁锹，在东墙挖开一个洞，和佛像乳房的洞一样，把富家子从洞口推到墙外，此处竟是长安城的东城墙下。富家子一路乞讨才得以回到蜀郡。家里人因他走失多年，怀疑他是鬼，他把事情的来龙去脉讲了之后，家人才相信。这是贞元初年的事。

注释

❶坊正：管理街坊的小吏。 ❷卓、郑：指卓王孙与程郑。皆为汉武帝时临邛富室。 ❸籯（yíng）：竹笼。 ❹岿（kuī）然：高大独立的样子。 ❺引手：伸手。 ❻崇墉：高墙，高城。 ❼丸髻：圆形发髻。 ❽贝带：以贝壳为饰的腰带。 ❾少君子：对年轻男子的美称。 ❿缇绣：赤缯与文绣。指高贵丝织品。 ⓫琼杯：玉制的酒杯。 ⓬彻：结束。 ⓭舞杯：即杯盘舞，即在地上排列盘或鼓，或盘鼓并列，舞者有男有女，在盘鼓周围或足踏盘鼓舞蹈。闪球：抛球行酒令。舞杯、闪球，这里均为酒令名。 ⓮涎皿：接涎水的器皿。 ⓯伯雅：古酒器名。 ⓰州牧：古代用以称一方诸侯之长。后因称刺史、知州等一州的长官。 ⓱私：此指小便。 ⓲锸（chā）：插地掘土的工具。

【原 文】

兴元城固县有韦氏女[1]，两岁能语，自然识字，好读佛经。至五岁，一县所有经悉读遍。至八岁，忽清晨薰衣靓妆，默存牖下[2]。父母讶移时不出，视之，已蜕衣而失[3]，竟不知何之。荆州处士许卑得于韦氏邻人张弘郢。

【译 文】

兴元府城固县韦家有个女孩，两岁便能说话，天生识字，喜欢读佛经。五岁时，全县所有的佛经都已读遍。八岁时，一天清晨，女孩用香熏衣，梳洗打扮，然后默默地坐在窗下一动不动。父母看她长时间没出来，觉得很奇怪，进去一看，只留下一套衣服，人不知到哪里去了。荆州处士许卑听韦氏邻居张弘郢说过这件事。

注 释

❶兴元：即兴元府。治在今陕西汉中。城固县：今陕西城固东北。 ❷默存：谓形不动而神游。 ❸蜕衣：谓肉体仙去留下衣服。

【原 文】

忠州垫江县县吏冉端[1]，开成初父死。有严师者，善山冈[2]，为卜地，云："合有生气群聚之物。"掘深丈余，遇蚁城，方数丈，外重雉堞皆具[3]，子城谯橹[4]，工若雕刻。城内分径街，小垤相次[5]，每垤有蚁数千，憧憧不绝[6]，径

【译 文】

忠州垫江县县吏冉端，开成初年时父亲去世了。有位严先生，善于看风水，为冉端的父亲选了块墓地，说："此地有生气，下面有生物群居。"挖到一丈多深，挖出一座蚂蚁城，纵横数丈，外城矮墙俱全，内城和望楼，精巧得像雕刻而成。城内街道纵横，蚁穴排列整齐，每个蚁穴有数千只蚂蚁，来来往往络绎不绝，街道上非常干净光滑。楼里面有两只蚂蚁，一只是紫色，有一

甚净滑。楼中有二蚁，一紫色，长寸余，足作金色；一有羽，细腰稍小，白翅，翅有经脉，疑是雌者。众蚁约有数斛。城隅小坏，上以坚土为盖，故中楼不损。既掘露，蚁大扰，若求救状。县吏遽白县令李玄之，既睹，劝吏改卜。严师伐其卜验[7]，为其地吉。县吏请迁蚁于岩侧，状其所为，仍布石，覆之以板。经旬，严师忽得病若狂，或自批触，秽詈叫呼[8]，数日不已。玄之素厚严师，因为祝祷，疗以雄黄丸方愈。

寸多长，脚是金色的；另一只有羽毛，细腰而体形稍小，白色翅膀，翅上有脉络，可能是雌蚁。蚂蚁加起来有好几斛。城墙一角稍有损坏，整座城市上面用坚固的土为盖儿，所以中楼没有损坏。蚁城被掘开后，蚁群大乱，好像在求救一般。县吏马上禀报县令李玄之，李玄之看后，劝县吏另选坟地。严先生自我夸耀，坚持认为这块地选得好。县吏请求把蚂蚁城迁到山岩边上，照蚂蚁城原貌，安放石块，上面再用板子盖上。过了十天，严先生忽然得病，就像疯了一样，有时自打耳光，有时张口辱骂，大喊大叫，一连几天不消停。李玄之一向与严先生交情深厚，于是为他向蚂蚁祝祷，并给他服下雄黄丸治疗，严先生才病愈。

注释

❶ 忠州：治在今重庆忠县。 ❷ 善山冈：长于看风水。 ❸ 雉堞：古代在城墙上修筑的齿状矮墙，守城的人可借以掩护自己。 ❹ 子城：大城所属的小城，即内城或附在城垣上的瓮城或月城。谯橹：城门上用来望敌守御的高楼。 ❺ 垤（dié）：蚂蚁做窝时堆在穴口的小土堆。 ❻ 憧憧（chōngchōng）：往来不绝。 ❼ 伐：自夸。 ❽ 秽詈（lì）：辱骂。

【原 文】

朱道士者，太和八年常游庐山，憩于涧石。忽见蟠蛇如堆缯锦[1]，俄变为巨龟。访之山叟，云是玄武[2]。朱道士又曾游青城山丈人观[3]，至龙桥，见岩下有枯骨，背石平坐，接手膝上，状如钩锁，附苔络蔓，色白如雪。云祖父已尝见，不知年代。其或炼形濯魄之士乎？

【译 文】

有个朱道士，太和八年曾游庐山，在山涧的大石上休息，忽然看到一条盘伏的蛇，犹如一堆锦缎，一会儿这条蛇忽然变成了一只巨龟。朱道士向山里老翁打听，回答说这是玄武。朱道士还曾游青城山丈人观，到了龙桥，看见岩下有一具枯骨，背靠大石，盘膝端坐，两手相接，放在膝上，手指勾连如同锁链，上面附着着苔藓和藤蔓，骨骼颜色雪白。朱道士说他祖父就曾见过这具骨骸，不知其年代。或许是某位炼形濯魄的道士吧？

注 释

❶ 蟠蛇：盘曲的蛇。缯锦：有彩色花纹的丝绸。 ❷ 玄武：道教所说的北方之神，其形为龟，或龟蛇合体。 ❸ 青城山：在今四川都江堰西南。

【原 文】

武宗之元年，戎州水涨[1]，浮木塞江。刺史赵士宗召水军接木，约获百余段。公署卑小地窄，不复用，因并修开元寺。后月余日，有夷人，逢一人如猴，著故青衣，亦不辨何制，

【译 文】

武宗会昌元年，戎州江水暴涨，浮木堵塞了江流。刺史赵士宗命水军打捞浮木，共打捞上来一百多根。戎州衙署低矮窄小，即便大肆修整也用不了这么多，于是将剩下的木头用来修建开元寺。一个多月后，有夷人碰到一个像猴子的人，那人穿一件旧青

云："关将军差来采木[2]，今被此州接去，不知为计，要须明年却来取。"夷人说于州人。至二年七月，天欲曙，忽暴水至。州城临江枕山，每大水，犹去州五十余丈。其时水高百丈，水头漂二千余人。州基地有陷深十丈处，大石如三间屋者堆积于州基。水黑而腥，至晚方落，知州官虞藏玘及官吏，才及船投岸。旬月后[3]，旧州地方干，除大石外，更无一物。惟开元寺玄宗真容阁，去本处十余步，卓立沙上[4]，其他铁石像，无一存者。

衣，从衣饰上也看不出是什么身份，说："关将军派我来采木头，如今全被此州截获，没办法，只好明年再来取。"夷人把这事遍告戎州人。到第二年七月，一天天将亮，忽然又发大水。州城临江靠山，每次发大水，距州城都有五十多丈远。这次水高一百多丈，两千多人被水流卷走。州城城基有的地方深陷十丈，有的地方堆积着三间房那么大的石头。江水又黑又腥，到了晚上才退去，这时候州署官员虞藏玘和其他官吏们，才能乘船靠岸。一个月后，州城原址的水才干，除遍地大石头以外，再没有任何东西。只有开元寺唐玄宗真容阁，被冲到距离原处十几步的地方，矗立在沙滩上。其他铁像、石像，无一幸存。

注释

❶戎州：治在今四川宜宾。　❷关将军：即三国蜀汉大将关羽。　❸旬月：满一个月。　❹卓立：独立。

【原文】

成都乞儿严七师，幽陋凡贱[1]，涂垢臭秽不可近，言语无度，往往应于未兆。居西市

【译文】

成都乞丐严七师，平凡卑贱，满身污垢又脏又臭，说话疯癫，但常常能预知未来。住在西市悲田坊，一

悲田坊[②]，常有帖衙俳儿干满川、白迦、叶珪、张美、张翱等五人为火[③]，七师遇于涂，各与十五文，勤勤若相别为赠之意。后数日，监军院宴[④]，满川等为戏以求衣粮。少师李相怒[⑤]，各杖十五，递出界。凡四五年间，人争施与。每得钱帛，悉用修观。语人曰："寺何足修。"方知折寺之兆也[⑥]。今失所在。

次，严七师在路上遇见常为地方官府演戏的杂剧演员干满川、白迦、叶珪、张美、张翱五人结伴而行，便各给他们十五文钱，满是依依惜别的样子。几天后，监军使在院里设宴，满川等人演完戏，讨要衣服粮食。太子少师李固言大怒，把他们各杖责十五下，押解出界。前后四五年间，人们争相施舍给严七师财物。每次得到钱财，严七师都用来修建道观。他对人说："寺庙没什么可修的。"后来，唐武宗会昌灭佛，人们才知道这句话就是预言。现在不知道严七师在哪里。

注释

❶ 幽陋：卑微。 ❷ 悲田坊：又称悲田养病坊。唐代官方福利机构，设于佛寺中，收容病患和无家可归之人。 ❸ 帖衙俳儿：即常出入地方官府的俳优戏艺人。火：古时兵制，十人为一火。后引申为同伴。 ❹ 监军：即监军使。唐开元二十年（732）诸道方镇置为监军使院长官，以宦官充任，一般任三年，职掌监视刑赏、奏察违谬，并掌握部分军队。 ❺ 少师李相：即李固言，因其曾任太子少师，故名。 ❻ 折寺之兆：指唐武宗会昌灭佛事。

【原 文】

荆州百姓郝惟谅，性粗率，勇于私斗。武宗会昌二年寒食日，与其徒游于郊外，蹴

【译 文】

荆州百姓郝惟谅，性格粗犷率直，好打架斗殴。唐武宗会昌二年寒食节那天，他与同伴到郊外游玩，一起蹴鞠、

鞠角力[①]，因醉于墦间[②]。迨宵分[③]，方始寤，将归。历道左里余，值一人家，室绝卑陋，虽张灯而颇昏暗，遂诣乞浆。睹一妇人，姿容惨悴，服装羸弊[④]，方向灯纫缝。延郝，以浆授郝。良久谓郝曰："知君有胆气，故敢陈情。妾本秦人，姓张氏，嫁于府衙健儿李自欢[⑤]。自欢自太和中戍边不返，妾遘疾而殁[⑥]，别无亲戚，为邻里殡于此处，已逾一纪，迁葬无因。凡死者肌骨未复于土，魂神不为阴司所籍，离散恍惚，如梦如醉。君或留念幽魂，亦是阴德，使妾遗骸得归泉壤[⑦]，精爽有托[⑧]，斯愿毕矣。"郝谓曰："某生业素薄[⑨]，力且不办，如何？"妇人云："某虽为鬼，不废女工。自安此，常造雨衣，与胡氏家佣作，凡数岁矣，所聚十三万，备掩藏固有余也。"郝许诺而归。迟明，访之胡氏，物色皆符，乃具以告。即与偕往殡所，毁瘗视之，散钱培

比武，醉酒后就睡在坟墓间。到了夜半时分才醒来，准备回家。沿着道左走了一里多路，看到路边有一户人家，房子十分低矮，屋里虽然点着灯但仍很昏暗，于是郝惟谅进屋讨水喝。看到有一个妇人，面色憔悴，神情凄惨，衣衫破烂，正对着灯做针线活。那妇人把郝惟谅请进屋，拿浆水给郝惟谅喝。过了一阵子，她对郝惟谅说："我知道你有胆量，所以才敢向您诉说。我本是秦地人，姓张，嫁给府衙役卒李自欢。李自欢在太和年间戍守边关一去不返，我也因病而死，在本地无亲无故，便被邻居将灵柩停放在这里，已经过了十二年，没有机会迁葬。凡死人遗体没能入土，阴魂就不被冥司收录，魂魄飘散，恍恍惚惚，游离不定。您如果可怜我死后灵魂无归，使我的遗骨入土为安，精魂有托，既了却我的心愿，也为您积了阴德。"郝惟谅说："我家里贫寒，恐怕力不能及，怎么办呢？"那妇人说："我虽然是鬼，但一直没有丢下针线活。自从住在这儿，常常缝制雨衣，给胡家做佣工，这么多年积攒了十三万钱，用来安葬应该足够了。"郝惟谅答应了她，就回家了。天快亮时，他到胡家打听，情形与那妇人所说相符，就把事情告诉了胡家的人。两人当即一同前往停放灵柩的地方，打开一看，钱都零散地堆在棺材外面，钱数与妇人所说一致。胡氏与郝惟谅既哀怜又惊异，又与

榇[10]，缗之数如言。胡氏与郝哀而异之，复率钱与同辈合二十万，盛其凶仪[11]，瘗于鹿顶原。其夕，见梦于胡、郝。

朋友凑了一笔钱，共计二十万，隆重地给她举行了丧仪，把她安葬在鹿顶原。当天晚上，那妇人就托梦给了胡、郝二人以表谢意。

注释

❶ 蹴鞠（cùjū）：我国古代的一种足球运动。角力：比武。我国古代体育活动项目之一。通常为徒手相搏。 ❷ 墦（fán）：坟墓。 ❸ 宵分：夜半。 ❹ 羸弊：破烂。 ❺ 健儿：军卒。 ❻ 遘（gòu）疾：生病。殁：死。 ❼ 泉壤：犹泉下，地下。指墓穴。 ❽ 精爽：魂魄。 ❾ 生业：谋生之业。 ❿ 榇（chèn）：棺材。 ⓫ 凶仪：丧葬礼仪。

【原文】

衡岳西原近朱陵洞[1]，其处绝险，多大木、猛兽。人到者率迷路，或遇巨蛇不得进。长庆中，有头陀悟空[2]，常裹粮持锡[3]，夜入山林，越兕侵虎[4]，初无所惧。至朱陵原，游览累日，扪萝垂踵，无幽不迹。因是跰跹[5]，憩于岩下，长吁曰："饥渴如此，不遇主人。"忽见前岩有道士，坐绳床[6]。

【译文】

衡山西原靠近朱陵洞，那里山势险峻奇绝，多有大树、猛兽，人到了这里大都会迷路，有时还会遇到巨蛇阻挡去路。长庆年间，有个叫悟空的头陀，曾带着干粮手持锡杖，在夜间进入山林，驱赶老虎等猛兽，毫不畏惧．到了朱陵原，游览了几天，攀援藤萝飞越沟壑，走遍所有深幽之处。因手脚长了茧，便在岩石下面休息，长叹道："如此又饿又渴，却遇不到主人！"忽见前面山崖上有个道士，坐在绳床上。悟空上前拜见，道士一动不动，悟空便责备他未尽宾主之礼，又告诉他自己饥饿困顿。道士忽

僧诣之，不动，遂责其无宾主意，复告以饥困。道士欻起，指石地曰："此有米。"乃持钁斸石[7]，深数寸，令僧探之，得陈米升余。即著于釜，承瀑敲火煮饭，劝僧食，一口未尽，辞以未熟。道士笑曰："君飧止此，可谓薄分。我当毕之。"遂吃硬饭。又曰："我为客设戏。"乃处木枭枝，投盖危石，猿悬鸟跂，其捷闪目。有顷，又旋绕绳床，劾步渐趍[8]，以至蓬转涡急，但睹衣色成规，倏忽失所。僧寻路归寺，数日不复饥渴矣。

然起身，指着石地说："这里有米。"就用镢头在石头上挖，挖了几寸深，叫悟空伸手去拿，得到一斗多陈米。道士随即将米放在锅里，接了些瀑布流下的水，敲石取火煮饭，做好后请悟空吃，悟空一口饭还没咽下去，就说饭没熟吃不下。道士笑着说："你只吃这么一点，可谓福分太浅。我当把其余的全吃了。"说完便去吃那硬邦邦的饭。道士又说："我为您玩几手把戏。"说完，便跃到柔软的树枝上，又张开双臂紧贴危石，时而像悬挂着的猿猴，时而像鸟儿站立枝头，令人看了眼花缭乱。一会儿，又绕着那个绳床快步走，越走越快，最后竟像飞蓬一样旋转起来，只能看到衣服颜色转成一个圆圈，突然一下道士就不见了。悟空寻到道路回到了寺庙，一连几天都不觉得饥渴。

注释

❶衡岳：南岳衡山，在今湖南境内。 ❷头陀：梵语音译。意为"抖擞"，即去掉尘垢烦恼。因用以称佛教苦行僧人。后亦指行脚乞食的僧人。 ❸锡：锡杖。佛教法器。杖高与眉齐，头有锡环。原为僧人乞食时，以代扣门，兼防牛犬之用。后用为法器。 ❹兕（sì）：古代指犀牛一类的动物（一说雌性犀牛）。 ❺跰胝（piánzhī）：手掌脚底因长期劳动而生的茧子。 ❻绳床：一种可以折叠的轻便坐具。以板为之，并用绳穿织而成。 ❼斸（zhú）：挖。 ❽劾步：快步。趍：同"趋"。

【原 文】

严绶镇太原，市中小儿如水际泅戏[1]，忽见物中流流下，小儿争接，乃一瓦瓶，重帛幂之[2]。儿就岸破之，有婴儿，长尺余，遂走，群儿逐之。顷间，足下旋风起，婴儿已蹈空数尺。近岸舟子遽以篙击杀之。发朱色，目在顶上。

【译 文】

严绶镇守太原时，城里的小孩子们在水中嬉戏，忽然看见一个东西顺流而下，小孩子纷纷上去争抢，原来是一个瓦瓶，用几层布覆盖着。小孩子将其拿到岸上打碎，里边有个一尺多长的婴儿，见了人起身就跑，小孩子们跟在后面穷追。顷刻间，婴儿脚下旋风大作，腾空数尺。碰巧有船夫撑船靠岸，用篙把婴儿打死了。婴儿的头发是红色的，眼睛长在头顶上。

注 释

❶ 泅戏：在水中嬉戏。 ❷ 幂：覆盖，罩。

【原 文】

王哲，虔州刺史[1]，在平康里治第西偏[2]，家人掘地，拾得一石子，朱书其上曰“修此不吉”。家人揩拭[3]，转分明，乃呈哲。哲意家人惰于畚锸[4]，自磨，朱深若石脉。哲甚恶之。其年，哲卒。

【译 文】

虔州刺史王哲，在平康坊修建西偏房，家人在挖地时，拾到一枚石子，上面有红字：“修此不吉。”家人把石子擦拭后，字迹更加清晰，就呈给王哲。王哲认为是家人躲懒而编造的谎言，亲自研磨石子验视，但那红色字迹就像石头纹理一样深。王哲十分嫌恶。当年，王哲就死了。

注释

❶虔州：治在今江西赣州。 ❷平康里：即平康坊。唐长安城坊。 ❸揩拭：擦拭。 ❹畚锸（běnchā）：泛指挖运泥土的用具。亦借指土建之事。畚：盛土器。锸：起土器。

【原文】

世有村人供于僧者，祈其密言[①]，僧绐之曰[②]：“驴。”其人遂日夕念之。经数岁，照水，见青毛驴附于背。凡有疾病魅鬼，其人至其所立愈。后知其诈，咒效亦歇。

【译文】

当世有个村民供养着一位僧人，祈求僧人教给他咒语，僧人骗他说：“驴。”这个人于是日夜念叨。过了几年，临水照影，看见有一头青毛驴附在自己的背上。从此，凡有人生病中邪，这人一到，病人就好了。后来，村民知道僧人骗他，咒语也就不灵了。

注释

❶密言：此指僧人持念咒语。 ❷绐：欺骗。

【原文】

秀才田瞫云：太和六年秋，梁州西县百姓妻[①]，产一子，四手四足，一身分两面，项上发一穗，长至足。时朝伯峻为县令。

【译文】

秀才田瞫说：太和六年秋天，梁州西县有个百姓的妻子生下一个儿子，此子有四只手四只脚，一个身子两张脸，脖子上有一绺长长的头发，一直垂到脚。当时朝伯峻为西县县令。

注释

❶ 西县：古县名。治在今陕西勉县。

【原文】

韦斌虽生于贵门[1]，而性颇厚质，然其地望素高[2]，冠冕特盛[3]。虽门风稍奢，而斌立朝侃侃[4]，容止尊严，有大臣之体。每会朝，未常与同列笑语。旧制，群臣立于殿庭，既而遇雨雪，亦不移步于廊下。忽一旦，密雪骤降，自三事以下[5]，莫不振其簪裾[6]，或更其立位，独斌意色益恭，俄雪甚至膝。朝既罢，斌于雪中拔身而去，见之者咸叹重焉。斌兄陟，早以文学识度著名于时[7]，善属文，攻草隶书，出入清显[8]，践历崇贵。自以门地才华[9]，坐取卿相，而接物简傲[10]，未常与人款曲[11]。衣服车马，犹尚奢侈。侍儿阉竖[12]，左右常数十人。或隐几搘颐[13]，竟日懒为一言。其于馔羞[14]，

【译文】

韦斌虽然生在显贵人家，而生性笃厚，他家地位声望一向很高，在朝做官的人很多。虽然门风稍显奢侈，而韦斌在朝为官一向刚直，望之俨严，很有大臣的气派。每次上朝，从不跟同僚们谈笑。按朝廷旧例，群臣上朝立于殿前庭上，即使遇到风雪，也不许走到廊下躲避。一天早晨，忽然天降暴雪，自三公以下，没有不掸掸帽子、抖抖衣服的，有的甚至改变了所站的位置，只有韦斌站立不动，神情极为恭敬，很快大雪没至膝盖。退朝时，韦斌才从雪中拔脚而走，看到的人都对他叹服敬重。韦斌的哥哥韦陟，年轻时便以文学和见识著称于世，擅长写文章，尤工草书、隶书，跟他来往的人都身居显位，清贵非常。韦陟自以为凭借门第与才华，可稳至公卿相位，因而待人接物简慢高傲，从不肯费心与人应酬。他穿的衣服、乘坐的车马，都特别奢华。侍奉左右的僮仆，常有几十人。有时倚着几案，以手托腮，整天不发一言。他对于饮食，尤其追求精美洁净，一直

犹为精洁，仍以鸟羽择米。每食毕，视厨中所委弃[15]，不啻万钱之直[16]。若宴于公卿，虽水陆具陈，曾不下箸。每令侍婢主尺牍[17]，往来复章，未常自札，受意而已，词旨重轻，正合陟意，而书体遒利[18]，皆有楷法，陟唯署名。自谓所书“陟”字如五朵云，当时人多仿效，谓之郇公五云体[19]。尝以五彩纸为缄题[20]，其侈纵自奉[21]，皆此类也。然家法整肃，其子允，课习经史，日加诲励，夜分犹使人视之。若允习读不辍，旦夕问安，颜色必悦。若稍怠惰，即遽使人止之，令立于堂下，或弥旬不与语。陟虽家僮数千人，应门宾客，必遣允为之，寒暑未尝辍也，颇为当时称之。然陟竟以简倨恃才[22]，常为持权者所忌。

用鸟羽挑选米。每次用餐完毕，厨房里丢弃的菜肴，价值何止万钱。到公卿同僚家赴宴，即便山珍海味俱全，韦陟也不动筷子。韦陟常让他的侍婢负责写东西，对于往来的信函他从不亲自书写，只是授意侍婢代为书写，侍婢遣词造句的分寸，正合韦陟心意，而字体遒劲流利，大有章法，韦陟只是署名而已。他曾自夸他签署的“陟”字宛若五朵云彩。当时人也多有效仿，称为“郇公五云体”。韦陟曾以五彩纸作信函封缄，他奢侈无度追求享受，大概是这样。然而韦陟家法严整，他的儿子韦允学习经史，他每天都加以教诲训励，晚上也派人去验看。如果韦允学习很用功，韦陟就在韦允早、晚问安时和颜悦色。如果韦允稍有懈怠，韦陟就立即派人叫韦允来，令其在厅堂罚站，有时十几天不跟儿子说话。韦陟虽然有家僮几千人，但是迎送宾客，必定派韦允亲力为之，不论寒冬酷暑从未间断，很受当时的人称道。然而，韦陟还是因为恃才倨傲，常被那掌权的人忌恨。

注释

❶韦斌：唐京兆万年（今陕西西安）人。韦安石子。世为关中著姓。景云初，授太子通事舍人。天宝中，为中书舍人，兼集贤院学士、太常少卿。天宝

五载（746），李林甫陷韦坚下狱，以亲属牵累贬巴陵、临安太守。安史之乱中，受伪黄门侍郎，旋忧愤卒。 ❷ 地望：魏晋以下，行九品中正制，士族大姓垄断地方选举等，一姓与其所在郡县相联系，称为地望。 ❸ 冠冕：仕宦的代称。 ❹ 侃侃：刚直的样子。 ❺ 三事：指三公。 ❻ 簪裾：古代显贵者的服饰。 ❼ 识度：识见与器度。 ❽ 清显：清要显达的官位。 ❾ 门地：门第。 ❿ 简傲：简慢高傲。 ⓫ 款曲：殷勤应酬。 ⓬ 阉竖：对宦官的蔑称。 ⓭ 隐几揞（zhī）颐：倚着几案，以手托腮。揞：同“支”，拄。 ⓮ 馔羞：精美的食品。 ⓯ 委弃：丢弃。 ⓰ 不啻：不止。 ⓱ 尺牍：书信。 ⓲ 遒利：遒劲流畅。 ⓳ 郇公：韦陟袭父爵封郇国公，故称。 ⓴ 缄题：信函的封题。 ㉑ 自奉：对自己生活的供养。 ㉒ 简倨：犹高傲。

【原 文】

天宝中，处士崔玄微，洛东有宅，耽道[①]，饵术及茯苓三十载[②]。因药尽，领童仆辈入嵩山采芝，一年方回。宅中无人，蒿莱满院[③]。时春季，夜间风清月朗，不睡，独处一院，家人无故辄不到。三更后，有一青衣云：“君在院中也。今欲与一两女伴过至上东门表姨处，暂借此歇，可乎？”玄微许之。须臾，乃有十余人，青衣引入。有绿裳者前曰：“某姓杨氏。”指一人曰：“李氏”。又一人曰：“陶氏。”又指一绯衣小女曰：

【译 文】

天宝年间，处士崔玄微在洛阳东边有座宅院，他爱好道术，服术和茯苓已有三十年。因为药已用尽，他就领着僮仆们进入嵩山采灵芝，一年后才回来。宅院在这段时间无人打理，回来时院中已长满野草。当时正是春天，夜晚风清月朗，崔玄微没有睡，独自待在一个院子里，家人没事不会前来搅扰。三更后，有一位身穿青衣的女子前来，说：“原来先生在院中。现在我要和一两个女伴到东门表姨家去，想要暂借此地歇息一下，可以吗？”崔玄微答应了。不一会儿，青衣女子便将十余位妙龄女子领了进来。有一个穿绿衣裳的上前说：“我姓杨。”她指着一人说：“这是李氏。”又指着一人说：“这是陶氏。”

"姓石，名阿措。"各有侍女辈。玄微相见毕，乃坐于月下，问行出之由，对曰："欲到封十八姨。数日云欲来相看，不得，今夕众往看之。"坐未定，门外报封家姨来也，坐皆惊喜出迎。杨氏云："主人甚贤，只此从容不恶，诸处亦未胜于此也。"玄微又出见封氏，言词泠泠[4]，有林下风气[5]。遂揖入坐，色皆殊绝，满座芬芳，馥馥袭人[6]。命酒，各歌以送之，玄微志其一二焉。有红裳人与白衣送酒，歌曰："皎洁玉颜胜白雪，况乃青年对芳月。沉吟不敢怨春风，自叹容华暗消歇。"又白衣人送酒，歌曰："绛衣披拂露盈盈，淡染胭脂一朵轻。自恨红颜留不住，莫怨春风道薄情。"至十八姨持盏，情颇轻佻[7]，翻酒污阿措衣。阿措作色曰："诸人即奉求，余不奉畏也。"拂衣而起。十八姨曰："小女弄酒[8]。"皆起，至门外别，十八姨南去，诸人西入苑中而别。玄微亦不至异。明夜又来，云欲往十八

又指着一个红衣少女说："她姓石，名阿措。"她们各自带着侍女。崔玄微与她们一一相见完毕，就坐到月下，询问她们为何出行。她们回答说："要到封十八姨那里去。她几天前说想要来看我们，没来成，今晚大伙去看她。"还没坐稳，门外通报说封家姨来了，在座的众女大喜，跑出去相迎。杨氏说："这家主人很贤良，这地方也清静，其他地方都比不上这里。"崔玄微又出来见过封氏，封氏语音清越，风度娴雅，举止大方。于是大家相揖入座，众女子姿色殊绝，满座芬芳，浓香袭人。崔玄微命人置酒，众女亦各自吟哦以助兴，崔玄微记下其中一两首。一首是红衣女郎给白衣女郎敬酒时所作，道："皎洁玉颜胜白雪，况乃青年对芳月。沉吟不敢怨春风，自叹容华暗消歇。"另一首是白衣女郎敬酒时所作，道："绛衣披拂露盈盈，淡染胭脂一朵轻。自恨红颜留不住，莫怨春风道薄情。"到十八姨举杯，表现得很轻佻，故意将酒洒到阿措衣服上。阿措翻脸说："大家奉承你，我不求你也不怕你。"说完，就拂衣而起。十八姨说："小女子醉后使性子。"大家都起来，到门外相别，十八姨往南去，其他人则向西进入花园之中。崔玄微也不觉得有什么奇怪。第二天晚上，她们又来，说要到十八姨那儿去。阿措生气

姨处。阿措怒曰："何用更去封妪舍，有事只求处士，不知可乎？"诸女皆曰："可。"阿措来言曰："诸女伴皆住苑中，每岁多被恶风所挠[9]，居止不安，常求十八姨相庇。昨阿措不能低回[10]，应难取力。处士倘不阻见庇，亦有微报耳。"玄微曰："某有何力，得及诸女？"阿措曰："但求处士每岁岁日[11]，与作一朱幡，上图日月五星之文[12]，于苑东立之，则免难矣。今岁已过，但请至此月二十一日，平旦，微有东风，即立之，庶可免也。"玄微许之，乃齐声谢曰："不敢忘德。"各拜而去。玄微于月中随而送之，逾苑墙，乃入苑中，各失所在。乃依其言，至此日立幡。是日，东风振地，自洛南折树飞沙，而苑中繁花不动。玄微乃悟，诸女曰姓杨、姓李，及颜色衣服之异，皆众花之精也。绯衣名阿措，即安石榴也[13]。封十八姨，乃风神也。后数夜，杨氏辈复至愧谢[14]，各裹桃李花数斗，劝

地说："何必还到封老婆子那里去，有事只求处士帮忙，不知行不行？"众女都说："行。"阿措上前对崔玄微说道："各位女伴都住在苑中，每年多次被狂风摧残，居止不得安宁，经常寻求十八姨庇护。昨天我没能迎合迁就她，估计很难得到她帮助了。处士如果能庇护我们，我们也会有所报答。"崔玄微说："我有什么本事，能保护各位姑娘？"阿措说："只要处士每年元旦那天，给我们制作一面红色旗幡，旗上画上日月五星图案，立于苑东，我们就能免遭灾难。今年已过，只请你在这个月的二十一日清晨，见东风微起就竖起旗幡，我等就可免罹祸难。"崔玄微答应了，众女子就一齐致谢说："不敢忘记处士的恩德。"说完，各自行礼而去。崔玄微在月下送别她们，见她们越过苑墙，走进苑中，就各自消失了。崔玄微依照她们所说，到了这天便把旗幡竖起来。这一天，东风从洛阳南边卷地而来，摧折树木，飞沙走石，然而西苑中繁花似锦，一动不动。崔玄微这才明白，众女子说姓杨，姓李，以及她们的衣服颜色各不相同，原来因为她们是各种花精。穿红衣的名阿措，就是安石榴。封十八姨，就是风神。过了几夜，杨氏等人又来致谢，她们各自带了数斗桃花、李花，劝崔玄微服食，并说："服用后可以延年

崔生："服之，可延年却老。愿长如此住，护卫某等，亦可致长生。"至元和初，玄微犹在，可称年三十许人。

却老。我们希望处士在此长住，庇护我们，处士亦可借此长生不老。"到了元和初年，崔玄微仍健在，看上去像是三十来岁的样子。

注释

❶耽道：指爱好道术。❷饵：服食，吃。❸蒿莱：野草，杂草。❹泠泠（línglíng）：形容声音清越。❺林下风气：指具有魏晋时竹林名士的风度气概。后多形容女子风度娴雅、飘逸。❻馥馥：形容香气很浓。❼轻佻：谓言语举动不庄重，不严肃。❽弄酒：谓醉后使性子。❾恶风：狂风。❿低回：迁就，迎合。⓫岁日：农历新年第一天。⓬五星：指金、木、水、火、土五行星。⓭安石榴：即石榴。因产自古安息国，故称。⓮愧谢：此指感谢。

续集卷四

贬误

【原 文】

小戏中[①]，于弈局一枰各布五子，角迟速[②]，名蹙融。予因读《坐右方》[③]，谓之蹙戎；又尝览王充《论衡》之言秦穆为缪（音谬）[④]；及往往见士流遇人促装[⑤]，必谓之曰“车马有行色”[⑥]；直台、直省者云“寓直”[⑦]：实为可笑。乃录宾语甚误者[⑧]，著之于此。

【译 文】

有种小游戏，对弈双方在一个棋盘上，各摆五子，较量快慢，名为蹙融。我读《坐右方》一书，书中将其称为蹙戎；又曾读王充《论衡》一书，书中称秦穆公为秦缪（音谬）公；还往往见读书人遇到急忙整理行装之人，必称之为“车马有行色”；称在台省当值的官员为“寓直”，实在可笑。我现在将那些最该抛弃的错误言辞，抄录在这里。

注 释

❶ 小戏：小游戏。 ❷ 角：较量。 ❸《坐右方》：也作《座右方》。南朝梁庾元威撰。 ❹ 秦穆：即秦穆公，春秋时期秦国国君。 ❺ 促装：谓急忙整理行装。 ❻ 车马有行色：应指车马经长途跋涉，有风尘之色。 ❼ 直台、直省：在台省当值。寓直：寄宿于别的署衙当值。后泛称夜间于官署值班。 ❽ 宾：通“摈”。排斥，弃绝。

【原 文】

予太和初，从事浙西赞皇公幕中[①]，尝因与曲宴[②]，中夜，公语及国朝词人优劣，云世人言“灵芝无根，醴泉无源”[③]，张曲江著词也[④]，盖取虞翻《与弟求婚书》[⑤]，徒以“芝草”为“灵芝”耳。予后偶得《虞翻集》，果如公言。开成初，予职在集贤[⑥]，颇获所未见书。始览王充《论衡》，自云“充细族孤门”[⑦]，或啁之[⑧]，答曰：“鸟无世凤凰，兽无种麒麟，人无祖圣贤。必当因祖，有以效贤，是则甘泉有故源，而嘉禾有旧根也[⑨]。”

【译 文】

太和初年，我在浙西观察使赞皇公李德裕府中做幕僚，一次参加私宴，到了夜半时分，赞皇公谈及本朝诗人的优劣，说世人常说“灵芝无根，醴泉无源”出自张九龄的词，其实是取自虞翻《与弟求婚书》，只是把其中的“芝草”变为“灵芝”而已。后来我偶然得到《虞翻集》，翻看此句，果如赞皇公所说。开成初年，我在集贤殿书院供职，读了很多之前从未见到的书。在这里，首次读到了王充的《论衡》，王充自称“细族孤门”，有人调笑他门第寒酸，他回答说：“鸟类没有世代相传的凤凰，兽类没有世代相传的麒麟，人也没有世代相传的圣贤。若一定要祖宗有贤名，子孙才能效仿圣贤，就像说甘泉必出自古源，而嘉禾必然发自老根一样狭隘。”

注释

❶浙西：指浙西观察使。赞皇公：即李德裕，赵郡赞皇（今属河北）人。宰相李吉甫之子，曾任浙西观察使，亦曾入朝为相，官拜太尉，初封赞皇县伯，后改封卫国公。　❷曲宴：私宴。　❸醴泉：甘甜的泉水。　❹张曲江：即张九龄，一名博物，字子寿。韶州曲江（今广东韶关西南）人。唐玄宗时名相，后为李林甫所谮，罢相。　❺虞翻：字仲翔。会稽余姚（今属浙江）人。三国吴经学家。　❻集贤：即集贤殿书院。负责收藏和校理典籍的机构。　❼细族：

寒族。孤门：指寒门。 ❽ 啁（diào）：调笑。 ❾ 嘉禾：生长得特别茁壮的禾稻。

【原 文】

范传正中丞举进士，省试《风过箫赋》①，甚丽，为词人所讽②。然为从竹之“箫”，非萧艾之“萧”也③。《荀子》云：“如风过萧，忽然已化。”义同“草上之风必偃”④，相传至今已为误。予读《淮南子》云：“夫播棋丸于地⑤，圆者趣窐⑥，方者止高，各从其所安，夫有何上下焉？若风之过箫也，忽然感之，可以清浊应矣。”高诱注云：“清，商⑦；浊，宫也⑧。”

【译 文】

范传正中丞当年考进士，会试时所作《风过箫赋》，辞藻华丽，为文人所传诵。然而，却把“萧”字误写成竹字头的“箫”，其实应是萧艾的“萧”。《荀子》说：“如风过萧，忽然已化。”语义与“草上之风必偃”相同，这句话传到现在已经讹误了。我读《淮南子》，其中说：“把棋子撒在地上，圆的滚向洼处，方的停在高处，各随其形而安身，又有什么上下之别呢？就像风声吹过排箫的孔窍，忽然鸣响，风声、箫声发出清浊之声，互相应和。”高诱注说：“清，商音；浊，宫音。”

注释

❶ 省试：唐代由尚书省礼部主持的考试，又称礼部试。元、明、清时称会试。 ❷ 讽：背诵。 ❸ 萧艾：艾蒿。 ❹ 草上之风必偃：语出《论语·颜渊》。“君子之德风，小人之德草，草上之风，必偃。”偃：伏。 ❺ 棋丸：棋子。 ❻ 窐（wā）：同“洼”，低洼。 ❼ 商：古代五声音阶中的第二个音级。❽ 宫：古代五声音阶中的第一个音级。

【原 文】

相传云，释道钦住径山[1]，有问道者，率尔而对[2]，皆造宗极[3]。刘忠州晏尝乞心偈[4]，令执炉而听，再三称“诸恶莫作，诸善奉行”。晏曰：“此三尺童子皆知之。”钦曰：“三尺童子皆知之，百岁老人行不得。”至今以为名理。予读梁元帝《杂传》云：“晋惠末[5]，洛中沙门耆域[6]，盖得道者。长安人与域食于长安寺，流沙人与域食于石人前，数万里同日而见。沙门竺法行尝稽首乞言[7]，域升高坐曰：‘守口摄意，心莫犯戒。’竺语曰：‘得道者当授所未听，今有八岁沙弥亦以诵之[8]。’域笑曰：‘八岁而致诵，百岁不能行。’嗟乎！人皆敬得道者，不知行即是得。”

【译 文】

相传，释道钦在径山寺传法时，有人来问道，他随口而答，都能达到教旨的极致。忠州刺史刘晏曾向他乞请心偈，道钦让他手捧香炉悉心聆听，反复说“诸恶莫作，诸善奉行”。刘晏说：“这是三尺童子都知道的话。”道钦说：“三尺童子都知道，百岁老人行不得。”这句话至今已成为至理名言。我读梁元帝《杂传》，文中提到：“晋惠帝末年，洛阳有个沙门耆域，是位得道高僧。长安人与耆域在长安寺里吃饭，同时流沙国人却与耆域在石人面前共餐，相隔几万里，他能在两个地方同时出现。沙门竺法行曾向他稽首乞求开示，耆域升高座说：‘守口摄意，心莫犯戒。’竺法行说：‘得道高僧应当传授我等平常没有听过的话，你今天的话，八岁小沙弥也能背诵。’耆域笑着说：‘八岁沙弥能背诵，百岁老人不能践行。’呜呼！世人都敬重得道的人，却不知只要身体力行就是得道。”

注释

❶ 释道钦：一作释法钦，唐代高僧。代宗时，赐号“国一禅师”。卒谥“大觉禅师”。径山：位于今浙江杭州，因有小径通天目山而得名。 ❷ 率尔：轻率

的样子。 ❸宗极：至高无上。引申为原理、本源。 ❹刘忠州晏：即刘晏，字士安。曹州南华（今山东菏泽西北）人。唐理财家。德宗即位后，其被杨炎诬陷而死。 ❺晋惠：即晋惠帝司马衷。 ❻耆域：晋代高僧。天竺人，西晋时自西域浮海而来。 ❼稽首：出家人所行常礼。 ❽沙弥：梵语音译的略称，指7岁以上20岁以下依戒律出家，已受十戒但未受具足戒的男性修行者。俗称“小和尚”。

【原 文】

相传云，韩晋公滉在润州[①]，夜与从事登万岁楼[②]。方酣，置杯不说[③]，语左右曰：“汝听妇人哭乎？当近何所？”对在某街。诘朝，命吏捕哭者讯之。信宿，狱不具[④]。吏惧罪，守于尸侧。忽有大青蝇集其首，因发髻验之，果妇私于邻，醉其夫而钉杀之。吏以为神。吏问晋公，晋公云：“吾察其哭声，疾而不悼[⑤]，若强而惧者。”王充《论衡》云：“郑子产晨出[⑥]，闻妇人之哭，拊仆之手而听。有间，使吏执而问之，即手煞其夫者也。异日，其仆问曰：‘夫子何以知之？’子

【译 文】

相传，晋国公韩滉在润州时，一天夜晚与僚属登上万岁楼喝酒。正喝得畅快时，韩晋公忽然放下酒杯很不高兴，对左右说：“你们听到女人的哭声了吗？是在附近的什么地方？”有人回答说在某条街。第二天一早，韩晋公令吏卒把昨夜啼哭的那名妇人抓来审问。过了两晚，案件仍未审结。吏卒害怕韩晋公怪罪，就守在妇人丈夫的尸体旁。忽然有大绿苍蝇聚集在死者的头顶，于是拨开发髻验看，原来是这妇人同邻居私通，将丈夫灌醉后，用钉子钉入他的头颅将他杀害。吏卒认为韩晋公是神明。其向韩晋公询问究竟，韩晋公说：“我察觉她的哭声，一味急促但不哀伤，像是因为害怕而勉强装出来的。”王充《论衡》记载：“郑国子产早晨出门，听到妇人的哭声，他扶着仆人的手仔细倾听。过了一会儿，派人将妇人抓来审问，果然这个妇女杀死了丈夫。隔了一天，仆人问郑子产：‘夫子是如何知道那妇人杀夫的？’子产说：‘大凡正常人对于自己所

产曰：‘凡人于其所亲爱，知病而忧，临死而惧，已死而哀。今哭已死而惧，知其奸也。’”

亲爱的人，知道他病了就会忧愁，知其快要死了就会害怕，等对方死了以后就会悲痛。现在这个女人的哭声里充满恐惧，就知道其中必有奸情。’”

注释

❶润州：治在今江苏镇江。 ❷万岁楼：古建筑名。东晋刺史王恭建。在今江苏镇江。 ❸说：同“悦”。 ❹具：完备。 ❺悼：哀伤。 ❻郑子产：又称公孙侨、东里子产，春秋时期郑国执政，郑穆公之孙。

【原文】

相传云，德宗幸东宫[1]，太子亲割羊脾[2]，水泽手，因以饼洁之。太子觉上色动，乃徐卷而食。司空赞皇公著《次柳氏旧闻》[3]，又云是肃宗。刘悚《传记》云[4]：“太宗使宇文士及割肉[5]，以饼拭手，上屡目之。士及佯不寤[6]，徐卷而啖。”

【译文】

相传，唐德宗驾临东宫，太子亲自为德宗割羊腿，洗完手却用饼擦手。太子觉察到皇上脸色不对，就顺势慢慢卷起擦手的饼吃了。司空李德裕所著《次柳氏旧闻》一书，又说这是唐肃宗做太子时的事。刘悚《传记》记载：“唐太宗让宇文士及割肉，士及用饼擦手，太宗不停地看他。士及假装没有意识到，慢慢卷起饼吃了。”

注释

❶德宗：即唐德宗李适。幸：旧指皇帝驾临。东宫：太子所居之宫。亦借指太子。 ❷太子：即后来的唐顺宗李诵。脾：通“髀”。大腿。 ❸《次柳氏旧

闻》：一名《明皇十七事》，一卷，李德裕撰。记唐玄宗时君臣逸事。 ❹刘餗(sù)：刘知幾之子。《传记》：指《隋唐嘉话》，又名《国朝传记》《国史异纂》，三卷。记录自南北朝至唐玄宗开元年间的朝野遗事和艺文佳话。 ❺宇文士及：字仁人。代郡武川（今内蒙古武川西）人，后徙居雍州长安（今陕西西安）。宇文述子，宇文化及弟。后归唐，从李世民平窦建德、王世充，进爵郢国公。太宗即位，拜中书令。转殿中监、蒲州刺史，入为右卫大将军。 ❻佯：假装。寤：通“悟”。觉悟，认识到。

【原文】

相传云，张上客艺过十全[①]。有果毅[②]，因重病虚悸[③]，每语腹中辄响，诣上客请治，曰：“此病古方所无。”良久，思曰：“吾得之矣。”乃取《本草》令读之，凡历药名六七不应，因据药疗之，立愈。据刘餗《传记》，有患应病者[④]，问医官苏澄。澄言：“无此方。吾所撰《本草》，网罗天下药，可谓周。”令试读之，其人发声辄应。至某药，再三无声，过至他药，复应如初。澄因为方，以此药为主。其病遂差。

【译文】

相传，张文仲医术高明，十治十愈。有位果毅都尉，身患重病，气虚心悸，一说话肚子里就咕咕作响，前来请张文仲医治。张文仲说：“这种病古方没有记载。”后又沉思良久说：“我明白了。”于是，拿来《本草》让他读，其中有六七味药，患者读到药材名时肚中没有作响，张文仲便将这些药配成药方为患者治疗，立时痊愈。据刘餗《传记》记载，有个患应病的人，向医官苏澄问诊。苏澄说：“没有治这种病的药方。我所撰写的《本草》，搜罗天下药材，可谓周全。”让病人试着读，病人一发声肚中就有应和之声，到某种药时，病人反复发声肚中都缄默异常，接下来读到其他药时，应和之声又恢复如初。苏澄便以那声音不应的药材为主配了药方。病人服下就好了。

注释

❶ 张上客：即张文仲，唐代洛州洛阳（今属河南）人。与同乡人李虔纵、韦慈藏一起行医，并称当时三大名医。天授初为侍御医，善治疗风病。武则天令其集当时各地名医共撰《疗风气诸方》。十全：谓治病十治十愈，医术高明。❷ 果毅：即果毅都尉，唐时武官名。 ❸ 虚悸：因虚弱引起的心跳加速、心神不宁的病症。 ❹ 应病：唐时传说中的一种怪病，患者说话，体内即有应声。

【原文】

今人云，借书、还书，等为二痴。据杜荆州书告贶云[①]：“知汝颇欲念学，今因还车致副书，可案录受之。当别置一宅中，勿复以借人。古谚云：‘有书借人为嗤，借人书送还为嗤也。’”

【译文】

今天的人称借书、还书为二痴。据杜预给儿子的家书中说：“我知道你读书很用功，现在趁有车回去给你捎去一套书，你抄录之后收好。最好找一个房间专门藏书，不要借给别人。古谚说：‘有书借给别人会被人嗤笑，借别人书后送还也会被人嗤笑。’”

注释

❶ 杜荆州：即杜预，字元凯。西晋京兆杜陵（今陕西西安东南）人。任镇南大将军，都督荆州诸军事，以灭吴之功封当阳县侯。晚年耽思经籍，著有《春秋左氏经传集解》等，成一家之学。书：许本阙，据《四部丛刊》本补。贶：杜预之子中并无此名者，疑其某子名之讹。

【原文】

世呼病瘦为崔家疾。据

【译文】

今人称使人瘦损的病为崔家病。

《北史》[①]，北齐李庶无须，时人呼为天阉[②]。博陵崔谌[③]，暹之兄也，尝调之曰：“何不以锥刺颐，作数十孔，拔左右好须者栽之？”庶曰：“持此还施贵族[④]，艺眉有验[⑤]，然后艺须。”崔家时有恶疾[⑥]，故庶以此调之。俗呼滹沱河为崔家墓田[⑦]。

据《北史》记载，北齐的李庶天生不长胡须，当时人称他是天阉。博陵人崔谌之兄崔暹，曾调侃李庶说：“为什么不用锥子在脸上刺几十个孔，再拔些身边人的美须栽上。”李庶说：“这种方法还是先在您家试用，如果种植眉毛成功了，我再种植胡须。”崔氏家族有麻风病，族人多眉毛脱落，因此李庶用这件事来嘲弄他。民间称滹沱河为崔家墓地。

注释

❶《北史》：“二十四史”之一。一百卷，唐李延寿撰。记述北魏至隋的历史，纪传体，无表志。 ❷天阉：指男子性器官发育不全，无生殖能力。 ❸博陵：今属河北。 ❹贵族：对他人宗族的敬称。 ❺艺：种植。 ❻恶疾：此处似指麻风病。人得了麻风病，眉毛会脱落。 ❼滹沱河：源出山西五台山东北泰戏山，流入河北平原。

【原文】

俗好于门上画虎头，书“聻”字[①]，谓阴刀鬼名，可息疟疠也[②]。予读《汉旧仪》[③]，说傩逐疫鬼[④]，又立桃人、苇索、沧耳、虎等[⑤]。“聻”为合“沧耳”也。

【译文】

民间喜欢在门上画虎头，书写“聻”字，说这是阴司鬼死之后的鬼，能辟除瘟疫。我读《汉官旧仪》，书中说傩神能驱逐疫鬼，又在门前竖立桃人，悬挂苇索、沧耳、老虎画像等。原来“聻”是由沧、耳两字竖写的误合。

注释

❶ 聻（jiàn）：鬼死后称为聻，民间贴此字于门，以辟邪魅，称辟邪符。 ❷ 疟疠：灾害瘟疫。 ❸《汉旧仪》：又名《汉官旧仪》，东汉卫宏撰。该书主要记述汉代各种仪注体式，对官职的设置、选举、职掌、秩禄等言之尤祥。 ❹ 傩（nuó）：古代在腊月举行的一种驱逐疫鬼的仪式。 ❺ 沧耳：传说中的鬼名。

【原文】

予在秘丘[①]，尝见同官说，俗说楼罗[②]，因天宝中进士有东西棚[③]，各有声势，稍伧者多会于酒楼食毕罗[④]，故有此语。予读梁元帝《风人辞》云："城头网雀，楼罗人着。"则知"楼罗"之言，起已多时。一云"城头网张雀，楼罗人会着"。

【译文】

我在秘书省时，曾听同僚说，民间所说楼罗，原是天宝年间考进士时分东西棚，士子各擅声势，稍微庸俗鄙贱的大多会在酒楼吃毕罗，故而有这个说法。我读梁元帝《风人辞》，其中写道："城头网雀，楼罗人着。"则知"楼罗"一词，由来已久。诗又作"城头网张雀，楼罗人会着"。

注释

❶ 秘丘：此指秘书省。 ❷ 楼罗：亦作"喽啰"，谓干练而善于办事的人。 ❸ 棚：朋党。 ❹ 伧（cāng）：粗野，鄙陋。

【原文】

世说曹著轻薄才，长于题目人[①]，常目一达官为"热鏊上

【译文】

人们都说曹著有才而为人轻薄，喜欢对人评头论足，曾称一位高官为

猢狲”[2]，其实旧语也。《朝野佥载》云[3]：“魏光乘好题目人。姚元崇长大行急[4]，谓之‘趁蛇鹳鹊’。侍御史王旭短而黑丑[5]，谓之‘烟薰木蛇’。杨仲嗣躁率[6]，谓之‘热鏊上猢狲’。”

“热鏊上猢狲”，其实这是前人老话。《朝野佥载》记载：“魏光乘喜欢对人评头论足。姚崇身材高大走路快，魏光乘便称其为‘抓蛇鹳鹊’。侍御史王旭身材矮小且又黑又丑，魏光乘便称其为‘烟薰木蛇’。杨仲嗣性情急躁，魏光乘便称其为‘热鏊上猢狲’。”

注释

❶题目：品评。 ❷鏊（ào）：烙饼器。铁制，平圆，中心稍凸，下有三足。 ❸《朝野佥载》：唐张鷟撰。该书记载隋唐两代朝野遗闻，对武后朝事多有讥评。 ❹姚元崇：即姚崇，本名元崇，字元之。陕州硖石（今河南三门峡陕州区东南）人。曾任武后、睿宗、玄宗三朝宰相。 ❺侍御史：唐代时掌纠弹百官，入阁承诏，受制出使，分判台事；又轮值朝堂，与给事中、中书舍人共同受理词讼。时号“台端”，尊称为“端公”。 ❻躁率：急躁轻率。

【原文】

蜀石笋街[1]，夏中大雨，往往得杂色小珠。俗谓地当海眼，莫知其故。蜀僧惠嶷曰：“前史说，蜀少城饰以金璧珠翠[2]，桓温恶其太侈[3]，焚之，合在此。今拾得小珠，时有孔者，得非是乎？”予开成初读《三国典略》[4]：“梁大同中骡

【译文】

蜀地的石笋街，夏天大雨过后，往往能拾到杂色小珠。民间说这地方正好是海眼，但不清楚这种说法有何依据。蜀僧惠嶷说：“据古史记载，蜀地少城的建筑用金璧珠翠装饰，桓温嫌太奢侈，就一把火烧了，少城旧址应当就在此地。现在拾得的小珠，时常有带孔的，莫非就是装饰少城的翠珠吗？”开成初年，我读《三国典略》，书中说：

雨，殿前有杂色珠。梁武有喜色，虞寄因上《瑞雨颂》[5]。梁武谓其兄荔曰：'此颂清拔[6]，卿之士龙也[7]。'"

"梁朝大同年间忽降大雨，宫殿前出现了许多杂色珠子。梁武帝面有喜色，虞寄因而献上一篇《瑞雨颂》。梁武帝对其兄虞荔说：'这篇颂文清新脱俗，虞寄就是你家的陆云。'"

注释

❶ 石笋街：成都古街。《华阳国志·蜀志》："时蜀有五丁力士，能移山，举万钧。每王薨，辄立大石，长三丈，重千钧，为墓志，今石笋是也，号曰笋里。"　❷ 少城：城名。在今四川成都城西。少，小。言少城，对成都大城而言。　❸ 桓温：字元子。谯国龙亢（今安徽怀远西北）人。东晋权臣，专擅朝政，图谋代晋自立，为谢安所阻，病死。　❹《三国典略》：唐丘悦撰。以关中、邺都、江南为三国区域，分别记述起自西魏，迄于北周事迹，并兼及东魏、北齐、梁、陈四朝。　❺ 虞寄：字次安，会稽余姚（今属浙江）人。历仕梁、陈两朝。　❻ 清拔：形容文字清新脱俗。　❼ 士龙：即西晋陆云，字士龙。陆云与其兄陆机文名俱高，并称"二陆"。

【原　文】

俗好剧语者云[1]："昔有某氏，破产贯酒，少有醒时。其友题其门阖云：'今日饮酒醉，明日饮酒醉。'邻人读之不解，曰：'今日饮酒醉，是何等语？'"于今青衿之子无不记者[2]。《谈薮》云："北齐高祖常宴群臣，酒酣，各令歌。武卫斛律丰乐歌曰[3]：

【译　文】

民间喜欢戏谑的人说："从前有个人，破产了仍旧赊酒喝，很少有酒醒之时。他的朋友就在他家门板上写道：'今日饮酒醉，明日饮酒醉。'邻居读了疑惑不解，问：'今日饮酒醉，这是什么话？'"而现在的读书人都知道这则故事。《谈薮》记载："北齐高祖曾宴请群臣，酒兴正浓，命群臣作歌。武卫

'朝亦饮酒醉，暮亦饮酒醉。日日饮酒醉，国计无取次。'帝曰：'丰乐不谄[4]，是好人也。'"

斛律羡唱道：'朝亦饮酒醉，暮亦饮酒醉。日日饮酒醉，国计无取次。'高欢说：'斛律羡不谄媚，是个好人。'"

注释

❶ 剧语：戏谑之语。 ❷ 青衿之子：指学子。青衿：亦作"青襟"。 ❸ 武卫：汉末曹操为丞相，设武卫营。曹丕为魏王，置武卫将军以统率禁旅。斛律丰乐：即斛律羡，字丰乐。北齐朔州（治今山西朔州西南）人，敕勒族。河清三年（564），出任都督幽、安等六州诸军事，幽州刺史。武平元年（570），加骠骑大将军，进爵荆山郡王。 ❹ 谄：巴结，奉承。

【原文】

相传玄宗尝令左右提优人黄翻绰入池水中[1]。复出，翻绰曰："向见屈原笑臣：'尔遭逢圣明，何尔至此？'"据《朝野佥载》：散乐高崔嵬善弄痴[2]，大帝令没首水底，少顷，出而大笑。上问之，云："臣见屈原，谓臣云：'我遇楚怀无道[3]，汝何事亦来耶？'"帝不觉惊起，赐物百段。又《北齐书》[4]：显祖无道[5]，内外各怀怨毒。曾有典

【译文】

相传唐玄宗曾令左右侍从提起伶人黄翻绰丢入池水中，再将其救出。黄翻绰说："臣刚才在水里遇见屈原，他笑话臣说：'你遇到圣明天子，怎么也投水呢？'"据《朝野佥载》记载：散乐高崔嵬善于装疯卖傻以娱人，皇帝命人将他的脑袋按入水底，一会儿将其提出水面，高崔嵬放声大笑。皇帝问他，他说："臣在水里遇见屈原，他对臣说：'我遭逢楚怀王残暴无道，才悲愤投水，你为什么也到水里来呢？'"皇帝一惊而起，命赏赐高崔嵬绸缎百匹。另外，《北齐书》记载：文宣帝高洋残暴无道，朝廷内外都心怀怨毒。曾有典御

御丞李集面谏[6]，比帝甚于桀、纣[7]。帝令缚致水中，沉没久之。后令引出，谓曰：“我何如桀、纣？”集曰：“向来弥不及矣。”如此数四，集对如初。帝大笑曰：“天下有如此痴汉！方知龙逄、比干非是俊物[8]。”遂解放之。盖事本起于此。

丞李集当面直谏，说文宣帝比夏桀、商纣更残暴。文宣帝命人将其捆绑后沉入水中，沉了很长时间。后来命人将他拉上来，问道：“朕比桀、纣如何？”李集说：“他们远不如您残暴。”如此数次，李集回答的都是这句话。文宣帝大笑道：“天下竟有如此固执的家伙！这才知道龙逄、比干也算不上杰出人物。”于是解开绳子将李集放了。大概黄翻绰、高崔嵬的两段故事是由李集之事演化来的。

注释

❶黄翻绰：即黄幡绰。唐宫廷艺人。 ❷散乐：古代乐舞名。原指周代民间乐舞。南北朝后，成为“百戏”的同义语。弄痴：装疯卖傻以娱人。 ❸楚怀：即楚怀王，战国时期楚国国君。 ❹《北齐书》：“二十四史”之一，五十卷，唐李百药撰。原名《齐书》，北宋时改称《北齐书》，以与萧子显的《南齐书》相区别。 ❺显祖：即北齐文宣帝高洋，庙号显祖。 ❻典御丞：即尝食典御丞。负责帝、后御膳的烹制及进奉，在进食前先为帝尝。 ❼桀、纣：夏桀和商纣的并称。 ❽龙逄：即关龙逄。夏桀之臣。桀荒淫无道，龙逄多次进谏，被桀囚而杀之。比干：商纣王叔父。纣淫乱暴虐，微子启、箕子屡谏不听。他屡次直言谏纣，被剖心而死。俊物：杰出人物。

【原文】

今人每睹栋宇巧丽，必强谓鲁般奇工也[1]。至两都寺中，亦往往托为鲁般所造，

【译文】

现在人只要看到房屋精美华丽，就必附会说这是鲁般的神奇工艺。甚至连长安和洛阳的寺庙，也往往假托是鲁般

其不稽古如此。据《朝野佥载》云："鲁般者，肃州墩煌人[2]，莫详年代，巧侔造化[3]。于凉州造浮图[4]，作木鸢[5]，每击楔三下[6]，乘之以归。无何，其妻有妊，父母诘之，妻具说其故。父后伺得鸢，击楔十余下，乘之，遂至吴会[7]。吴人以为妖，遂杀之。般又为木鸢乘之，遂获父尸。怨吴人杀其父，于肃州城南作一木仙人，举手指东南，吴地大旱三年。卜曰：'般所为也。'赍物具千数谢之。般为断一手，其日吴中大雨。国初，土人尚祈祷其木仙。六国时[8]，公输般亦为木鸢以窥宋城。"

建造，这些说法根本不曾查考古事。据《朝野佥载》记载："鲁般，是肃州敦煌人，生卒年代不详，技艺高超，巧夺天工。他在凉州建造佛塔时，制作了一只木鸢，只要敲击机关三下，就能乘坐木鸢回家。没多久，鲁般的妻子有了身孕，鲁般的父母责问她，妻子就说明了情况。后来，鲁般的父亲找机会拿到木鸢，一连敲击机关十几下，便乘坐木鸢一直飞到了吴会。吴人以为妖异，就杀了他。鲁般又制作了一只木鸢，飞到吴地把父亲的尸体运回了家。鲁般怨恨吴人杀死他父亲，就在肃州城南造了一个木仙人，让其举起手指向东南方，后来吴地大旱三年。吴地的人请人占卜，占卜的人说：'这是鲁般造成的。'于是，吴人带上几千件重礼向鲁般赔罪。鲁般断掉木仙人的一只手，当日吴中便得下大雨。国朝初年，吴地人仍有祭祷木仙人的习俗。战国时期，公输般也曾乘坐木鸢飞临宋城以刺探敌情。"

注释

❶ 鲁般：即鲁班。传为春秋时鲁国人，姓公输，名班（般），技艺超绝，被后世尊为建筑工匠的祖师。 ❷ 肃州：治在今甘肃酒泉。墩煌：即敦煌。 ❸ 巧侔造化：即巧夺天工。 ❹ 浮图：佛塔。 ❺ 木鸢：传说古时像鸟的木制飞行器。❻ 楔（xiē）：上粗下锐的小竹片，插进榫缝中使接榫固定或堵塞缝隙。 ❼ 吴会：秦时会稽郡治本在吴县，时俗以郡县连称，故云"吴会"。后世多沿袭这种说法。 ❽ 六国时：战国时期。指战国时位于函谷关以东的齐、楚、燕、

韩、赵、魏六国。

【原 文】

俗说沙门杯渡入梁[1]，武帝召之，方弈棋呼杀，阍者误听[2]，杀之。浮休子云[3]：梁有榼头师，高行神异，武帝敬之。常令中使召至，陛奏[4]："榼头师至。"帝方棋，欲杀子一段，应声曰："煞。"中使人遽出斩之。帝棋罢，命师入，中使曰："向者陛下令杀，已法之矣。师临死曰：'我无罪。前生为沙弥，误锄杀一蚓。帝时为蚓，今此报也。'"

【译 文】

据说僧人杯渡曾到梁国，梁武帝召见他，他进宫时帝正与人对弈，喊了声"杀"，守门人误听成下令杀人，就将杯渡杀了。浮休子说：梁朝有个榼头师，品行高尚且有神异，梁武帝很敬重他。一次，派中使召榼头师进见，中使在殿阶下奏报："榼头师到了。"梁武帝正和别人下棋，想要杀死对方一枚棋子，就随口答道："杀。"中使立即把榼头师带下去杀了。梁武帝下完棋，命榼头师进见，中使说："刚才陛下下令把他杀掉，我已遵旨把他杀了。榼头师临死时说：'我没罪。我前世做沙弥时，不小心锄死了一条蚯蚓。皇帝前世是那条蚯蚓，所以今天我有此报应。"

注释

❶ 杯渡：南朝僧人，不知姓名。传说其常乘木杯渡水，人因以杯渡名之。❷ 阍（hūn）者：守门人。 ❸ 浮休子：即张鷟，自号浮休子。 ❹ 陛奏：在殿廷上向皇帝当面进言。

【原 文】

予门吏陆畅，江东人，语多差误，轻薄者多加诸以为剧语。予为儿时，常听人说陆畅初娶董溪女，每旦，群婢捧匜[1]，以银奁盛澡豆[2]，陆不识，辄沃水服之。其友生问："君为贵门女婿，几多乐事？"陆云："贵门礼法，甚有苦者，日俾予食辣麨[3]，殆不可过。"近览《世说新书》云[4]："王敦初尚公主[5]，如厕，见漆箱盛干枣，本以塞鼻，王谓厕上下果，食至尽。既还，婢擎金漆盘贮水，琉璃碗进澡豆。因倒著水中，既饮之，群婢莫不掩口。"

【译 文】

我父亲的属吏陆畅，是江东人，说话常出错，轻薄的人便添油加醋地编派他。我小时候，曾听人说陆畅早年间娶了董溪的女儿，每天早晨，一群婢女都手捧匜，用银匣盛着澡豆，陆畅不认识澡豆，就和着水一同吃掉了。他的朋友问他："您做了贵家豪门的女婿，有多少高兴事？"陆畅说："贵家豪门规矩大，很让人痛苦，每天都让我吃辣炒面，几乎让人无法忍受。"我最近读《世说新语》，书中记载："王敦刚与公主成婚那会儿，上厕所时，看见漆箱里盛着干枣，这原本是用来塞鼻子的，王敦以为厕所里也陈设干果，竟把干枣吃光了。王敦上完厕所出来，婢女端着金漆盘，里面盛着洗手水，琉璃碗中盛着澡豆。王敦把澡豆倒入水里，一饮而尽，婢女们无不捂嘴偷笑。

注 释

❶ 匜（yí）：古代盥器。形如瓢，与盘合用，用匜倒水，以盘承接。 ❷ 澡豆：古代洗沐用品。合豆末、香料等制成的粉剂。有去污和营养皮肤的作用。❸ 麨（chǎo）：米、麦炒熟磨粉制成的干粮。 ❹《世说新书》：即《世说新语》，南朝宋刘义庆撰。该书分德行、言语、政事、文学等三十六门，主要记述东汉后期到东晋间一些名士的言行与逸事。 ❺ 王敦：东晋权臣。琅邪临沂（今山东临沂西北）人。王导堂兄，娶晋武帝之女襄城公主为妻。西晋灭亡之

后，与王导等拥立司马睿东晋政权。

【原 文】

焦赣《易林·乾卦》云[1]：“道陟多阪，胡言连蹇[2]。译喑且聋[3]，莫使道通。”据梁元帝《易连山》，每卦引《归藏》《斗图》《立成》《委化》《集林》及焦赣《易林》，乾卦卦辞与赣《易林》卦辞同[4]，盖相传误也。

【译 文】

焦赣《易林·乾卦》说：“道陟多阪，胡言连蹇。译喑且聋，莫使道通。”考梁元帝所著《易连山》，书中每卦都引《归藏》《斗图》《立成》《委化》《集林》及焦赣《易林》，其中乾卦卦辞与焦赣《易林》卦辞相同，应是相互传抄致误。

注 释

❶ 焦赣：即焦延寿，字赣。西汉梁人。延寿专治《易》学，自谓曾从孟喜问《易》，授《易》于京房，其学长于以《易》解说阴阳灾变，后人称为“焦京之学”。著有《焦氏易林》。乾卦：八卦之一，代表天。 ❷ 陟（zhì）：升，登。阪（bǎn）：山坡，斜坡。连蹇（jiǎn）：遭遇坎坷。 ❸ 喑（yīn）：哑。 ❹ 卦辞：解说卦义的文辞。

【原 文】

予别著郑涉好为查语[1]，每云：“天公映冢，染豆削棘，不若致余富贵。”至今以为奇语。释氏《本行经》云[2]，自穿藏阿

【译 文】

我在别的文章中提到郑涉喜欢怪诞隐语，他曾说：“天公映冢，染豆削棘，不如让我富贵。”至今都被认为是奇语。佛教《本行经》记载，有穿藏阿逻仙说：“磨棘画

逻仙言："磨棘画羽，为自然义。"盖从此出也。

羽，为自然义。"郑涉的话大概本于此。

注释

❶ 查语：怪诞或不拘礼度的话。 ❷《本行经》：即《佛本行集经》，通过神话传说叙述释迦牟尼及其主要弟子的"前生""今生""传道"三期活动。

【原 文】

《续齐谐记》云[①]："许彦于绥安山行[②]，遇一书生，年二十余，卧路侧，云足痛，求寄鹅笼中。彦戏言许之，书生便入笼中。笼亦不更广，书生与双鹅并坐，负之不觉重。至一树下，书生乃出笼，谓彦曰：'欲薄设馔。'彦曰：'甚善。'乃于口中吐一铜盘，盘中海陆珍羞方丈盈前[③]。酒数行，谓彦曰：'向将一妇人相随，今欲召之。'彦曰：'甚善。'遂吐一女子，年十五六，容貌绝伦，接膝而坐[④]。俄书生醉卧，女谓彦曰：'向窃一男子同来，欲暂呼，愿君

【译 文】

《续齐谐记》记载："许彦在绥安山中行走，遇见一个书生，二十多岁，躺在路旁，说自己脚痛，请求进到许彦的鹅笼里，捎自己一段路。许彦以为对方在开玩笑就答应了，书生便钻入鹅笼。鹅笼也没有变大，书生竟能与双鹅并坐，许彦挑着鹅笼也没觉着重。到了一棵大树下，书生从鹅笼里出来，对许彦说：'我想为你设一小宴。'许彦说：'很好。'书生于是从嘴里吐出一个铜盘，盘子里盛着各种山珍海味，一丈见方的地方摆满了食物。酒过数巡，书生对许彦说：'一直有一名女子随我同行，现在我想把她请来。'许彦说：'很好。'于是，书生又从嘴里吐出一名女子，年纪有十五六岁，容貌绝美，同他们促膝而坐。一会儿书生醉倒，那女子对许彦说：'我偷偷带了一名男子同来，想暂时把他召来，希望您保

勿言。’又吐一男子，年二十余，明恪可爱，与彦叙寒温，挥觞共饮。书生似欲觉，女复吐锦行障障书生[5]。久而书生将觉，女又吞男子，独对彦坐。书生徐起，谓彦曰：‘暂眠，遂久留君。日已晚，当与君别。’还复吞此女子，及诸铜盘，悉纳口中。留大铜盘，与彦别曰：‘无以藉意，与君相忆也。’”释氏《譬喻经》云[6]：“昔梵志作术，吐出一壶，中有女，与屏处作家室。梵志少息，女复作术，吐出一壶，中有男子，复与共卧。梵志觉，次第互吞之，拄杖而去。”余以为吴均尝览此事，讶其说，以为至怪也。

密。’于是，女子又从嘴里吐出一名男子，年纪有二十多岁，聪慧恭谨，很是可爱，与许彦寒暄畅叙，举杯共饮。见书生好像要醒了，女子又从嘴里吐出锦绣屏风，遮住书生。又过了好一会儿，书生就要醒了，女子又将男子吞入口中，独自面对许彦而坐。书生慢慢起身，对许彦说：‘小睡了一会儿，耽误了您的时间。天色已晚，与您就此别过。’又吞下女子，并那些食器纳入口中。最后留下一个大铜盘给许彦，说：‘没有其他东西能表达谢意，以此与您做个留念。’”佛门《譬喻经》记载：“以前梵志施法术，吐出一个壶，壶中有一个女子，与梵志张设屏风，睡在一起。梵志小睡时，女子又施法术，吐出一个壶，壶中有一名男子，女子便又与男子共卧。梵志醒来，女子先吞下男子，梵志又依次吞下壶和女子，拄杖而去。”我认为吴均曾读过这个故事，觉得很怪异，便写进了他的志怪小说里。

注释

❶《续齐谐记》：志怪小说集，南朝梁吴均撰。　❷绥安：治在今江苏宜兴西南。　❸方丈盈前：一丈见方的地方摆满了食物。谓菜肴罗列之多。　❹接膝：犹促膝。形容坐得很近。　❺行障：围屏之属，因其可以移动，故称。❻《譬喻经》：即《旧杂譬喻经》。

【原 文】

相传天宝中，中岳道士顾玄绩，尝怀金游市中。历数年，忽遇一人，强登旗亭，扛壶尽醉[①]。日与之熟，一年中输数百金。其人疑有为，拜请所欲。玄绩笑曰："予烧金丹八转矣[②]，要一人相守，忍一夕不言，则济吾事。予察君神静有胆气，将烦君一夕之劳。或药成，相与期于太清也。"其人曰："死不足酬德，何至是也。"遂随入中岳。上峰险绝，岩中有丹灶盆，乳泉滴沥，乱松闭景。玄绩取干饭食之，即日上章封罡[③]。及暮，授其一板云："可击此知更，五更当有人来此，慎勿与言也。"其人曰："如约。"至五更，忽有数铁骑呵之曰："避！"其人不动。有顷，若王者，仪卫甚盛，问："汝何不避？"令左右斩之。其人如梦，遂生于大贾家[④]。及长成，思玄绩不言之戒。父母为娶，有

【译 文】

相传天宝年间，中岳道士顾玄绩，曾怀揣金银在街市中闲游。过了几年，忽然遇见一个人，便强拉着那人上酒楼喝酒，频频举杯，喝得大醉。两人一天天熟悉起来，顾玄绩在这一年间就花了数百两银子。那人怀疑顾玄绩有事相求，就请顾玄绩相告。顾玄绩笑着道："我烧炼九转金丹已历八转，现需要一个人看守，只要对方忍住一个晚上不说话，我就能大功告成。我观您神色镇静有胆气，想麻烦您辛苦一晚。如果丹药炼成，你我将同登仙界。"那人说："我死都不足以报答您的恩德，哪里用得着如此客气。"于是跟随顾玄绩进入嵩山。嵩山峰岭险峻，山岩中有丹灶和丹盆，岩间乳泉滴沥，乱松遮天蔽日。顾玄绩取来干饭，二人吃了，当天上表祭告太清。到傍晚，顾玄绩交给那人一块云板说："敲击此板就可知是几更，五更时当有人来此，千万不要与他说话。"那人说："没问题。"到了五更，忽然有几名铁骑到来，对那人喝道："回避！"那人一动不动。一会儿，来了一位帝王模样的人，仪卫严整，问："你为什么不回避？"喝令左右侍从斩了他。那人恍然入梦，就托生在大商人家里。等长大后，一直牢记顾玄绩不说话的告诫，

三子。忽一日，妻泣："君竟不言，我何用男女为[5]！"遂次第杀其子。其人失声，豁然梦觉，鼎破如震，丹已飞矣。释玄奘《西域记》云："中天婆罗痆斯国鹿野东[6]，有一涸池，名救命，亦曰烈士。昔有隐者于池侧结庵，能令人畜代形，瓦砾为金银。未能飞腾诸天，遂筑坛作法，求一烈士，旷岁不获[7]。后遇一人于城中，乃与同游。至池侧，赠以金银五百，谓曰：'尽当来取。'如此数返，烈士屡求效命。隐者曰：'祈君终夕不言。'烈士曰：'死尽不惮[8]，岂徒一夕屏息乎！'于是令烈士执刀立于坛侧，隐者按剑念咒。将晓，烈士忽大呼，空中火下。隐者疾引此人入池。良久出，语其违约，烈士云：'夜分后惛然若梦[9]，见昔事主躬来慰谕，忍不交言，怒而见害。托生南天婆罗门家住胎，备尝艰苦，每思恩德，未尝出声。及娶，生子，丧父母，亦不语。年六

不曾说话。父母为他娶了妻子，生了三个孩子。忽然有一天，妻子哭着说："您不说话，我要这些儿女有何用！"就将孩子一个个杀死。那人失声惊呼，猛然梦醒，丹鼎破裂有如雷震，金丹已飞走了。释玄奘《大唐西域记》记载："中天竺婆罗痆斯国鹿野苑东边，有一口干涸的水池，名为救命池，也叫烈士池。以前有位隐士在池边搭建草庵，能使人畜改变形貌、瓦砾变为金银。因没能飞升天界，于是筑造祭坛作法，寻求一位刚烈之士，多年来都没找到。后来在城中遇见一个人，就与他结伴同游。到了池边，赠给他五百两银子，对他说：'用完再来取。'如此数次，烈士多次请求效命。隐士说：'希望您一晚不说话。'烈士说：'我死都不怕，何况一晚不说话呢！'于是，隐士令烈士执刀立在祭坛边，隐士则持剑念咒。天将亮，烈士忽然大呼一声，法术结界登时震破，空中降下大火。隐士急忙拉着此人跳入池中。过了很久，两人才从水池里出来。隐士责备烈士违背约定，烈士说：'半夜时神志不清恍然入梦，看见以前的雇主亲自前来抚慰，忍住不与他说话，雇主生气就把我杀了。继而，我托生在南天竺婆罗门家里，出生后备受艰苦，每每念及您的恩德，从未曾出声。后来娶妻，生子，父母去世，也没说过话。六十五岁时，妻子忽然发怒，

十五，妻忽怒，手剑提其子：‘若不言，杀尔子！’我自念已隔一生，年及衰朽，唯止此子，应遽止妻，不觉发此声耳。’隐者曰：‘此魔所为，吾过矣。’烈士惭忿而死。”盖传此之误，遂为中岳道士。

持剑拉着儿子，说：“你再不说话，我就杀了你儿子！”我想已隔一世，到了衰朽之年，只有这一个儿子，想着要立即制止妻子，没忍住就出了声。’隐士说：‘这是心魔作祟，是我的过错。’烈士羞惭忿恨而死。”这个故事流传过程中产生讹误，其中的人物就由隐士变成了中岳道士。

注释

❶ 扛（gāng）：双手举托。 ❷ 金丹：古代方士等用黄金炼成的“玉液”，或用铅汞等八石烧炼成的黄色药金。据称服之可以成仙。 ❸ 上章封罡：上表章祭太清。罡（gāng）：代指太清。《抱朴子·杂应》：“太清之中，其气甚罡，能胜人也。” ❹ 大贾：大商人。 ❺ 男女：儿女。 ❻ 婆罗痆斯国：今名瓦拉纳西，城濒恒河，是佛陀时代印度十六大国之一“迦尸”国的首都，又称“迦尸城”，后来被印度教认为最神圣的城市。鹿野：即鹿野苑。传说是释迦牟尼成佛后初转法轮处。 ❼ 旷岁：长年。 ❽ 不惮：不怕。 ❾ 惛然：神志不清。

【原 文】

相传云，一公初谒华严①，严命坐，顷曰：“尔看吾心在何所？”一公曰：“师驰白马过寺门矣。”又问之，一公曰：“危乎！师何为处乎刹末也②？”华严曰：“聪明果不虚，试复观我。”一公良久，泚颡③，面

【译 文】

相传，一行初次参谒华严大师时，华严大师命他坐下，过了一会儿问：“你看我的意念在何处？”一行说：“大师疾驰白马已过寺门了。”过了一会儿又问他，一行说：“危险！大师为何处在塔尖？”华严大师说：“你聪敏明悟，果不虚传，再试一次。”过了很久，一行额上冒汗，满

洞赤，作礼曰："师得无入普贤地乎[4]？"集贤校理郑符云："柳中庸善《易》，尝诣普寂公[5]。公曰：'筮吾心所在也。'柳云：'和尚心在前檐第七题[6]。'复问之，在某处。寂曰：'万物无逃于数也，吾将逃矣，尝试测之。'柳久之，瞿然曰[7]：'至矣。寂然不动，吾无得而知矣。'"又诜禅师本传云[8]："日照三藏诣诜[9]，诜不迎接，直责之曰：'僧何为俗入嚣湫处[10]？'诜微瞚[11]，亦不答。又云：'夫立不可过人头，岂容摽身鸟外[12]？'诜曰：'吾前心于市，后心刹末。三藏果聪明者，且复我。'日照乃弹指数十[13]，曰：'是境空寂，诸佛从自出也。'"予按《列子》曰："有神巫自齐而来处于郑，命曰季咸。列子见之心醉，以告壶丘子[14]。壶丘子曰：'尝试与来，以吾示之。'明日，列子与见壶丘子。壶丘子曰：'向吾示之以地文[15]，殆见吾杜德机也[16]。尝又与来。'

脸通红，向大师施礼说："大师莫非进入了普贤境界？"集贤校理郑符说："柳中庸精通《周易》，曾谒见普寂公。普寂公说：'你卜算一下我的意念所在。'柳中庸说：'和尚的意念在前檐第七根椽头。'又问他，又答对了。普寂说：'世间万物都无法逃出天数，我要逃上一逃，你试着占卜一下。'柳中庸占卜多时，吃惊地说：'大师进入极致境界了。您的意念寂然不动，我没有办法知道。'"另外，诜禅师本传说："日照三藏去见诜禅师，诜禅师不出迎，日照三藏直言责备他说：'僧人的意念为何到了纷扰的尘世？'诜禅师微微眨眼，也不回答。日照三藏又说：'站立之处不可高过别人的头部，你怎么能置身于飞鸟之外？'诜禅师说：'先前我的意念在市井，后来我的意念在塔尖。三藏果然是聪明人，你再试一下。'日照三藏就一连弹指数十下，说：'此境空寂，诸佛都从这里生成。'"我见《列子》一书记载："有神巫自齐国而来，到了郑国，名叫季咸。列子一见他便倾心拜服，并且告诉了老师壶丘子。壶丘子说：'你把他带来，让他相一相我。'第二天，列子与季咸一同拜见壶丘子。壶丘子说：'先前我传达的意念是山川丘陵之形，大概他认为我生机闭塞，将要寿终。你再带他来。'列子又带季咸去见壶丘子。

列子又与见壶丘子。壶丘子曰：'向吾示之以天壤[17]。'列子明日又与见壶丘子，出曰：'子之先生不齐[18]，吾无得而相焉。''吾示之以太冲莫眹[19]。尝又与来。'明日，又与之见壶丘子。立未定，失而走。壶丘子曰：'吾与之虚而猗移[20]，因以为茅靡[21]，因以为流波，故逃也。'"予谓诸说悉互窜是事也。如晋时，有人百掷百卢[22]，王衍曰："后掷似前掷矣。"盖取于《列子》"钧后于前"之义[23]，当时人闻以为名言。人之易欺，多如此类也。

壶丘子说：'这一次我传达的意念是天地相交之态。'第二天，列子又带季咸去见壶丘子，季咸出来说：'您老师没有斋戒，我没办法看相。'壶丘子说：'我适才传达的意念是太虚混沌、阴阳平衡之态。再带他来。'第二天，列子又带季咸去见壶丘子。季咸还没站定，转身就走。壶丘子说：'我的意念极为委曲顺从，像是茅草随风而倒，又像流水随波而去，他捉摸不定因此惊骇而逃。'"我认为前述的几个故事都改窜自《列子》中的这则故事。比如，晋时有人赌博，百掷百黑，王衍说："后掷如同前掷。"这是取自《列子》"钧后于前"之义，当时人听了都把这句话当作名言。人们容易被欺骗，大多都是这样的。

注释

❶ 一公：即僧一行。唐代高僧。天文学家。订有《大衍历》等。华严：即华严大师释法藏，俗姓康，康居国人。十七岁习《华严经》。武则天赐号"贤首"，被尊为华严宗三祖。 ❷ 刹：即佛塔顶部的相轮。亦指佛塔、佛寺。 ❸ 泚颡(cǐsǎng)：额上冒汗。 ❹ 普贤：即普贤菩萨。中国佛教中四大菩萨之一，象征着理德。 ❺ 普寂公：即释普寂，俗姓冯。唐蒲州河东（今山西永济西）人。年少遍寻高僧，以学经、律。后往荆州玉泉寺师事神秀。宣传以"守心""观心"为宗旨的禅宗北宗教义。卒谥大照禅师。 ❻ 题：物品的前端或顶端。 ❼ 瞿然：吃惊的样子。 ❽ 诜禅师：即释智诜，先事玄奘法师，后投黄梅五祖弘忍，住资州德纯寺。 ❾ 日照：即为释地婆诃罗，中天竺人。高宗时来唐传

法译经。 ⑩ 嚣湫（jiǎo）：尘嚣湫隘。指纷扰的尘世。 ⑪ 瞚：同“瞬”。眨眼。 ⑫ 摽（biāo）身：犹飞身。 ⑬ 弹指：佛家常用以表示欢喜、许诺、警告等。 ⑭ 壶丘子：名林，战国郑人，列子之师。 ⑮ 地文：谓山川丘陵之形。 ⑯ 杜德机：谓生机闭塞。 ⑰ 天壤：天地动静之态。 ⑱ 齐：同“斋”，古人祭祀前整洁身心，以示虔诚。 ⑲ 太冲：谓极其虚静和谐的境界。眹：征兆，先兆。 ⑳ 猗移：委曲顺从貌。 ㉑ 茅靡（mǐ）：应变不穷貌，随顺貌。 ㉒ 卢：古代的一种赌博游戏。共有五子，所掷五子全黑叫“卢”。 ㉓ 钧：通“均”。

【原 文】

相传江淮间有驿，呼露筋。尝有人醉止其处，一夕，白鸟咕嘬[①]，血滴筋露而死。据江德藻《聘北道记》云：“自邵伯埭三十六里[②]，至鹿筋，梁先有逻。此处多白鸟，故老云，有鹿过此，一夕为蚊所食，至晓见筋，因以为名。”

【译 文】

相传江淮间有一处驿站，民间称为露筋驿。曾有人醉倒其处，一晚的时间，被蚊虫啮食，血尽肉枯，筋骨显露而死。据江德藻《聘北道记》记载：“自邵伯埭走三十六里，到鹿筋驿，在梁以前有巡逻驻守的土堡。这里蚊虫很多，当地老人说有鹿经过此地，一晚时间被蚊虫啮食，到天亮时只剩下筋骨，因以鹿筋为名。”

注 释

① 白鸟：蚊子。咕嘬（chuài）：即咕嘬。叮咬，啮食。 ② 邵伯埭：东晋谢安主持修建的堤坝，在今江苏扬州。

【原 文】

昆明池中有冢，俗号浑子。

【译 文】

昆明池中有座坟，民间叫浑子。

相传昔居民有子名浑子者，尝违父语，若东则西，若水则火。父病且死，欲葬于陵屯处[1]，矫谓曰[2]："我死，必葬于水中。"及死，浑泣曰："我今日不可更违父命。"遂葬于此。据盛弘之《荆州记》云[3]："固城临沔水，沔水之北岸有五女激[4]。西汉时，有人葬沔北，墓将为水所坏。其人有五女，共创此激，以防其墓。"又云："一女嫁阴县佷子[5]，子家赀万金，自少及长，不从父言。临死，意欲葬山上，恐子不从，乃言：'必葬我于渚下碛上[6]。'佷子曰：'我由来不听父教，今当从此一语。'遂尽散家财，作石冢，以土绕之，遂成一洲，长数步。元康中[7]，始为水所坏。今余石成半榻许，数百枚，聚在水中。"

相传以前有户居民的儿子名叫浑子，浑子经常违背父亲的话，父亲叫他往东他就偏往西，让他提水那他一定去烧火。他父亲生病快要死了，想要葬在山丘上，假装说："我死后，一定要把我葬在水中。"父亲死后，浑子哭着说："我今天不能再违背父命了。"于是将父亲葬在了昆明池底。根据盛弘之《荆州记》记载："固城靠近沔水，沔水的北岸有处五女激。西汉时，有人葬在沔水北岸，他的墓即将被水冲毁。这个人有五个女儿，共同修造了这座五女激，以防沔水冲坏墓地。"又记载："一个女子嫁给阴县的一个逆子，逆子有万贯家财，从小到大，从不听他父亲的话。他父亲临死时，想葬在山上，担心儿子不听，就说：'一定要把我葬在江中的沙洲上。'逆子说：'我从来不听从父亲的教诲，今天就听他一回。'于是散尽家财，造了一座石坟，用土堤环绕，形成一座沙洲，有几步长。元康年间，沙洲才被水冲坏。至今留有半张床大小的一堆墓石，有几百块，堆在水中。"

注释

❶ 陵屯：山丘。 ❷ 矫：假装。 ❸ 盛弘之：南朝宋人，曾任临川王刘义庆侍郎，撰《荆州记》三卷，记述六朝时荆州地区的郡县城郭、山水名胜等。

❹激：堤坝前拦阻激流的石垒。❺阴县：治在今湖北老河口西北。佷（hěn）子：忤逆的儿子。❻碛（qì）：浅水中的沙石，亦指沙石上的急湍。❼元康：晋惠帝司马衷年号。

【原 文】

今军中将射鹿，往往射棚上亦画鹿[1]。李绘《封君义聘梁记》曰："梁主客贺季指马上立射[2]，嗟美其工[3]。绘曰：'养由百中[4]，楚恭以为辱[5]。'季不能对。又有步从射版，版记射的[6]，中者甚多。绘曰：'那得不射獐[7]？'季曰：'上好生行善，故不为獐形。'"自獐而鹿，亦不差也。

【译 文】

如今军中要猎鹿，往往在箭靶上也画上鹿形。李绘《封君义聘梁记》记载："梁朝主客郎中贺季指着站在马镫上的射手，赞叹箭靶上的鹿画工精美。李绘说：'养由基百发百中，楚恭王认为是耻辱。'贺季不能应对。又有步兵射版，版上只标靶心，射中的很多。李绘说：'靶上怎么没有画獐？'贺季说：'皇上好生行善，所以不画獐的图案。'"獐也好鹿也罢，都差不多。

注 释

❶射棚：箭靶。❷主客：即主客郎中。❸嗟美：赞叹称美。❹养由：即养由基。春秋时期楚国神射手。❺楚恭：即楚共王，春秋时期楚国国君。❻的（dì）：箭靶的中心。❼獐：亦称"河麂""牙獐"。

【原 文】

今言枭镜者[1]，往往谓壁间

【译 文】

现在所谓枭镜，往往把墙壁间的

蛛为镜，见其形规而匾[2]，伏子，必为子所食也。《西汉》[3]：春祠黄帝[4]，用一枭、破镜。以枭食母，故五月五日作枭羹也。破镜食父，如貙虎眼[5]。黄帝欲绝其类，故百物皆用之。傅玄赋云[6]：“荐祠破镜[7]，膳用一枭。”

一种蜘蛛当作镜，说它的形状又圆又扁，孵出幼虫后，必被幼虫吃掉。《汉书》记载：春季祭祀黄帝，用一只枭、一只破镜。因为枭会吃掉母亲，所以五月五日把枭肉做成羹汤吃。破镜会吃掉父亲，此兽形如貙目如虎。黄帝想灭绝这两种动物，所以各种祭祀都将它们当作祭品。傅玄有赋写道：“荐祠破镜，膳用一枭。”

注释

❶ 枭镜：即枭獍。旧说枭为恶鸟，生而食母；獍为恶兽，生而食父。比喻忘恩负义之徒或狠毒的人。 ❷ 匾：同“扁”。 ❸《西汉》：即《汉书》。 ❹ 春祠：春季的祭祀。古代宗庙四时祭之一。 ❺ 貙（chū）：古书上说的一种似狸而大的猛兽。 ❻ 傅玄：魏晋之际思想家、文学家。 ❼ 荐：祭，献。

【原文】

《朝野佥载》云：“隋末，有昝君谟善射，闭目而射，应口而中，云志其目则中目，志其口则中口。有王灵智学射于谟，以为曲尽其妙，欲射杀谟，独擅其美。谟执一短刀，箭来辄截之。唯有一矢，谟张口承之，遂啮其镝[1]，笑

【译文】

《朝野佥载》记载：“隋朝末年，有个叫昝君谟的人擅长箭术，闭着眼睛射箭，应声而中，他想射眼睛就射中眼睛，想射中嘴巴就射中嘴巴。有个叫王灵智的人跟昝君谟学射箭，认为已将昝君谟的射箭绝技学到手，就想射死昝君谟而独有这门绝技。昝君谟手持一柄短刀，王灵智射来箭，他便一一用刀拨落。最后一箭射来，昝君谟张开口接住，咬住箭头，笑着说：‘你跟我学了

曰：‘学射三年，未教汝啮镞法。’”《列子》云：“甘蝇，古之善射者。弟子名飞卫，巧过于师。纪昌又学射于飞卫，以燕角之弧[2]，朔蓬之簳[3]，射贯虱心。既尽飞卫之术，计天下敌己者一人而已，乃谋杀飞卫。相遇于野，二人交射，矢锋相触坠地，而尘不扬。飞卫之矢先穷，纪遗一矢，既发，飞卫以棘刺之端扞之[4]，而无差焉。于是二子泣而投弓，请为父子。刻臂以誓，不得告术于人。”《孟子》曰：“逢蒙学射于羿，尽羿之道，唯羿为愈己，于是杀羿。”

三年箭术，我一直没教你咬箭头的方法。’”《列子》记载：“甘蝇，是古时精于箭术的人。他有个弟子叫飞卫，射箭技术已超过他师父。纪昌又跟飞卫学习射箭，他用燕角作弓弧，用蓬矢作箭杆，一箭便能够射穿虱子的心。纪昌将飞卫的射箭绝技都学到手后，认为天下能与自己匹敌的只有飞卫一人，于是就想杀死飞卫。师徒二人在野外相遇，执弓互射，箭镞相撞同时坠地，而尘土不扬。飞卫的箭先射完，纪昌还剩下一支，便一箭射向飞卫，飞卫用棘刺的刺尖来抵御，而毫无偏差。于是，两人哭着将手中的弓扔在地上，相认为父子，并在手臂上刻下誓言，不把射箭的绝技告诉他人。”《孟子》记载：“逢蒙跟羿学习射箭，他将羿的射箭绝技都学到手后，认为只有羿胜过自己，于是把羿杀了。”

注释

❶ 镝（dí）：箭镞。 ❷ 燕角：燕地的牛角。弧：弓弧。 ❸ 朔蓬：指蓬梗。簳（gǎn）：箭杆。 ❹ 扞：同“捍”。

【原文】

予未亏齿时[1]，尝闻亲故说：“张芬中丞在韦南康皋幕

【译文】

我还没换牙时，曾听亲友说：“张芬中丞时在南康郡王韦皋幕府中，有一

中，有一客于宴席上，以筹碗中绿豆击蝇[2]，十不失一，一坐惊笑。芬曰：‘无费吾豆。’遂指起蝇，拈其后脚，略无脱者。又能拳上倒碗，走十间地不落。”《朝野佥载》云：“伪周藤州录事参军袁思中[3]，平之子，能于刀子锋杪倒箸，挥蝇起，拈其后脚，百不失一。”

位客人在宴席上用筹碗里的绿豆击打苍蝇，十击十中，现场的客人都惊讶大笑。张芬说：‘不要浪费我的豆子。’于是倏然出手，用手指捏住苍蝇的后腿，没有能逃脱的。又能在拳头上顶着碗沿，走十间房那么远也不掉落。”《朝野佥载》记载：“武周朝藤州录事参军袁思中，是袁平之子，能在刀尖上竖起一根筷子，挥手撵起苍蝇，拈住苍蝇的后腿，百无一失。”

注释

❶ 亏齿：指幼年换牙时门齿脱落。 ❷ 筹碗：放酒筹的器皿。 ❸ 伪周：即武则天临朝及称帝时期。藤州：今广西藤县东北。

【原文】

士林间多呼殿榱桷护雀网为罘罳[1]，其浅误也如此。《礼记》曰：“疏屏[2]，天子之庙饰。”郑注云：“屏谓之树，今罘罳也。列之为云气、虫兽，如今之阙。”张揖《广雅》曰：“复罳谓之屏。”刘熙《释名》曰[3]：“罘罳在门外。罘，复也。臣将入请事，此复重思。”《西汉》曰：“文帝

【译文】

读书人中多称呼宫殿屋椽下防护鸟雀的网为罘罳，他们的认知竟如此浅陋。《礼记》说：“疏屏，是天子太庙的饰物。”郑玄注说：“屏称作树，就是今天的罘罳。在屏上雕刻云气、虫兽，就像今天的阙。”张揖《广雅》说：“复罳称为屏。”刘熙《释名》说：“罘罳在门外。罘，就是复。臣子将要进殿奏事，见了罘罳可以提醒他们三思。”《汉书》说：“汉文帝七年，未央宫东

七年，未央宫东阙罘罳灾[④]。罘罳在外，诸侯之象。后果七国举兵[⑤]。”又：“王莽性好时日小数[⑥]，遣使坏渭陵、延陵园门罘罳[⑦]，曰：‘使民无复思汉也。’”鱼豢《魏略》曰[⑧]：“黄初三年[⑨]，筑诸门阙外罘罳。”予自筮仕已来[⑩]，凡见搢绅数十人[⑪]，皆谬言枭镜、罘罳事。

阙罘罳起火。罘罳设在殿门之外，正应诸侯之象。后来果然发生七国之乱。”另记载：“王莽迷信术数，篡汉之际，派人将渭陵、延陵园门的罘罳都毁掉，说：‘这样百姓就不会思念汉朝了。’”鱼豢《魏略》记载：“黄初三年，修造各门阙外的罘罳。”我自做官以来，见过几十位士大夫，都把枭镜、罘罳的意思弄错了。

注释

❶ 榱桷（cuījué）：屋椽。罘罳（fúsī）：古代设在宫门外或城角的屏，上面有孔，形似网，用以守望和防御。 ❷ 疏屏：古代天子宗庙中有雕饰的屏。 ❸《释名》：东汉刘熙撰。训诂专著。 ❹ 未央宫：汉代宫殿。故址在今陕西西安长安故城内西南隅。 ❺ 七国举兵：指汉景帝时吴楚七国之乱。 ❻ 小数：术数。 ❼ 渭陵：汉元帝刘奭陵，位于今陕西咸阳。延陵：汉成帝刘骜陵，位于今陕西咸阳。 ❽《魏略》：三国魏鱼豢撰。该书记曹魏史事。 ❾ 黄初：魏文帝曹丕年号。 ❿ 筮仕：指初出做官。 ⓫ 搢绅：插笏于绅带。绅：古代士大夫围于腰际的大带。后以搢绅代指官宦。

【原 文】

世说蓐泥为窠[①]，声多稍小者，谓之汉燕。陶胜力注《本草》云：“紫胸轻小者是越燕。胸斑黑声大者是胡燕，

【译 文】

世间传说用草和泥做巢，喜欢鸣叫、体形较小的，称作汉燕。陶弘景注《神农本草》说：“紫胸而体形小的是越燕。胸前有黑斑而叫声洪亮的是胡燕，

其作巢喜长。越巢不入药用。”越于汉，亦小差耳。

胡燕喜欢做长形的巢。越燕的巢不能入药。”越燕与汉燕，还是稍有差别的。

注释

❶ 蓐（rù）：草席，草垫。这里指草。

【原 文】

予数见还往说[1]，天后时，有献三足乌，左右或言：“一足伪耳。”天后笑曰：“但史册书之，安用察其真伪乎？”《唐书》云：“天授元年[2]，有进三足乌，天后以为周室嘉瑞。睿宗云：‘乌前足伪。’天后不悦。须臾，一足坠地。”

【译 文】

我多次听朋友说起，武则天执政时，有人进献三足乌，左右侍从有人提醒说：“有一只脚是假的。”天后笑着说：“只管让史官记录下来，何必考辨真假呢？”《唐书》载：“天授元年，有人进献三足乌，武则天认为是武周祥瑞。睿宗说：‘三足乌的前脚是假的。’武则天听罢很不高兴。不一会儿，三足乌的一只脚便掉落在地上。

注释

❶ 还往：往来之人。指亲朋。 ❷ 天授：周武则天年号。

【原 文】

《世说》：“挽歌起于田横[1]，为横死，从者不敢大哭，

【译 文】

《世说新语》载：“挽歌起源于田横，因为田横死后，他的随从不敢

为歌以寄哀也。”挚虞《新礼议》[②]：“挽歌出于汉武帝役人劳苦歌，声哀切，遂以送终，非古制也。”工部郎中严厚本云：“挽歌其来久矣。据《左氏传》[③]：‘公会吴子伐齐[④]，将战，公孙夏命其徒歌《虞殡》[⑤]，示必死也。’”予近读《庄子》曰：“绋讴所生，必于斥苦。”司马彪注云[⑥]：“绋，读曰拂，引柩索。讴，挽歌。斥，疏缓。苦，急促。言引绋讴者为人用力也。”

放声大哭，就作歌以寄托哀思。”挚虞《新礼议》记载：“挽歌出自汉武帝时役人的劳苦歌，因歌声凄切，于是被后世用来在送终时歌唱，并非上古礼制。”工部郎中严厚本说：“挽歌由来已久。据《左氏传》：‘鲁哀公会同吴王夫差讨伐齐国，出战前，齐将公孙夏命部众唱《虞殡》，以示必死之心。’”我最近读《庄子》，书中说：“绋讴所生，必于斥苦。”司马彪注解说：“绋，读音为拂，是拉棺材的绳子。讴，指挽歌。斥，是疏缓的意思。苦，是急促的意思。这句话是说牵引绋索并歌唱，为的是让大家一齐用力。”

注释

❶ 田横：战国时齐国贵族。楚汉战争中自立为齐王，后军败，不愿俯首称臣，自杀。 ❷ 挚虞：西晋文学家。 ❸《左氏传》：即《春秋左氏传》，旧传为春秋时期左丘明撰。该书记事起于鲁隐公元年（前722），迄于鲁悼公四年（前464），多用事实解释《春秋》。 ❹ 公：即鲁哀公，春秋时期鲁国国君。吴子：即吴王夫差，春秋时期吴国国君。 ❺《虞殡》：送葬歌曲。 ❻ 司马彪：字绍统，河内温县（今河南温县西南）人。西晋史学家，撰有《九州春秋》《续汉书》等。

【原文】

旧言藏钩起于钩弋[①]，盖

【译文】

前人说藏钩游戏起源于钩弋夫人，

依辛氏《三秦记》云："汉武钩弋夫人手拳，时人效之，目为藏钩也。"《列子》云："瓦抠者巧[2]，钩抠者惮，黄金抠者昏。"殷敬顺敬训曰："彄与抠同。众人分曹[3]，手藏物，探取之。又令藏钩，剩一人，则来往于两朋[4]，谓之饿鸱[5]。"《风土记》曰："藏钩之戏，分二曹以校胜负。若人耦则敌对[6]，若奇则使一人为游附，或属上曹，或属下曹，名为飞鸟。"又今为此戏，必于正月。据《风土记》，在腊祭后也。庾阐《藏钩赋序》云："予以腊后，命中外以行钩为戏矣。"

大概是依据辛氏《三秦记》所载："汉武帝的钩弋夫人两手蜷缩，无法伸展，当时人争相效仿，认为这就是藏钩之戏。"《列子》记载："用瓦器做赌注心情放松，就机变百出；用银钩做赌注就会担惊受怕；以黄金为赌注就会心乱神迷。"殷敬顺解释说："彄与抠同。众人分成两队，一队手中藏着东西，让另一队去猜藏在哪只手中，并探取它。如果分队后还剩下一个人，这个人就来往于两队之间，称为饿鸱。"《风土记》记载："藏钩这种游戏，将人分成两组，竞赛胜负。如果参加游戏的人数是偶数为正好；如果是奇数，就让多出来的这个人为游附，一次属于上队，一次属于下队，称为飞鸟。"另外，今天玩这种游戏，必在正月。据《风土记》记载，是在腊月祭祀之后。庾阐《藏钩赋序》写道："我在腊祭以后，才与宾客及家人玩藏钩的游戏。"

注释

❶藏钩：古代的一种游戏。　❷瓦抠：即瓦注。即以瓦器等贱物为赌注。❸分曹：分队。　❹朋：临时组成的群体。　❺鸱：鸱鸮或鹞鹰。　❻耦：通"偶"。配对。

【原文】

《世说》云："弹棋起自魏室，妆奁戏也。"《典论》云[1]："予于他戏弄之事少所喜[2]，唯弹棋略尽其巧。京师有马合乡侯、东方世安、张公子[3]，恨不与数子对。"起于魏室明矣。今弹棋用棋二十四，以色别贵贱，棋绝后一豆。《座右方》云："白黑各六棋，依六博棋形[4]，颇似枕状。又魏戏法，先立一棋于局中，余者间，白黑围绕之，十八筹成都[5]。"

【译文】

《世说新语》记载："弹棋起源于曹魏宫廷，是后宫玩的一种游戏。"曹丕《典论》说："我对于其他游戏都不感兴趣，唯独弹棋还玩得不错。当年京师有马合乡侯、东方世安、张公子等弹棋高手，遗憾生不同时，不能与他们几人对局。"由此得知，弹棋并非起源于曹魏宫廷。现在弹棋用二十四枚棋子，以颜色区别贵贱，棋弹完后用一颗豆计筹。《座右方》记载："白黑各六枚棋子，依照六博的开局排布棋形，棋形很像枕头。另外，曹魏时的玩法，是先在棋枰中央放一枚棋子，双方用其余的棋子进行博弈，白黑棋子围绕，赢取十八个筹码就算一都。"

注释

❶《典论》：魏文帝曹丕著，是我国最早的文艺理论批评专著。 ❷戏弄：游戏。 ❸马合乡侯：即马朗，东汉伏波将军马援之孙。 ❹六博：古代一种博戏。游戏双方各以六枚棋子争胜负，故称六博。 ❺筹：筹码。都：统计筹码的量词。

【原文】

《梁职仪》曰："八座尚书以紫纱裹手版[1]，垂白丝于首如

【译文】

《梁职仪》记载："八座尚书用紫纱包裹手版，手版顶端垂挂白丝

笔。”《通志》曰[2]：“令、录、仆射、尚书手版[3]，以紫皮裹之，名曰笏。梁中世已来，唯八座尚书执笏者，白笔缀头，以紫纱囊之，其余公卿，但执手版。”今人相传云，陈希烈不便税笏骑马[4]，以帛裹令左右执之，李右座见云[5]：“便为将来故事。”甚失之矣。

如同毛笔。”《隋书·礼仪志》记载：“尚书令、录尚书事、仆射、尚书的手版，用紫皮包裹，名为笏。梁朝中期以来，只有八座尚书执笏，以白毛点缀笏首，用紫纱囊盛着，其余的公卿，只执手版。”今人相传，陈希烈因骑马不便把笏别在腰上，就用帛裹着让随从拿着，李林甫看到说：“这会成为以后的定制。”这说法非常失实。

注释

❶八座尚书：历朝制度不一，所指不同。东汉以尚书令、仆射、六曹尚书为“八座”；魏晋至隋以尚书令，左、右仆射，诸曹尚书为“八座”；唐以六部尚书、左右丞为“八座”。 ❷《通志》：南宋郑樵撰。段成式不可能见到此书，似应为《隋书·礼仪志》。 ❸令：尚书令。录：录尚书事。 ❹陈希烈：宋州（今河南商丘南）人。天宝五载（746），被李林甫荐为宰相。安史之乱中降敌，后被赐死。 ❺李右座：即李林甫。因其曾为右相，故称。

【原文】

今人谓丑为貌寝，误矣。《魏志》曰[1]：“刘表以王粲貌侵[2]，体通侻[3]，不甚重之”。一云：“貌寝，体通侻，甚重之。”注云：“侵，貌不足也。”

【译文】

现在人把长得丑称为貌寝，其实用错了。《魏志》记载：“刘表因王粲貌侵，言行不拘小节，就不太看重他。”另外一种说法：“刘表因王粲貌侵，言行不拘小节，就很看重他。”注解说：“侵，指相貌平常。”

注释

❶《魏志》：即《三国志·魏书》。 ❷ 刘表：字景升。汉远支皇族。山阳高平（今山东微山西北）人。东汉末年任荆州刺史，割据一方。 ❸ 通侻：同“通脱”。放达不拘小节。

【原文】

予太和末，因弟生日，观杂戏。有市人小说[①]，呼“扁鹊”作“褊鹊”，字上声。予令座客任道昇正之，市人言：“二十年前，尝于上都斋会设此[②]，有一秀才甚赏某呼‘扁’字与‘褊’同声，云世人皆误。”予意其饰非[③]，大笑之。近读甄立言《本草音义》引曹宪云[④]：“扁，布典反。今步典，非也。”案，扁鹊姓秦，字越人，扁县郡属渤海。

【译文】

太和末年，我因为弟弟过生日，去观看杂戏。有市人说书时，称“扁鹊”为“褊鹊”，读音为上声。我让座客任道昇给予指正，市人说：“二十年前，我曾在长安斋会说书，有一个秀才非常赞赏我把‘扁’字读成‘褊’，说世人平时都读错了。”我心想他这是掩饰过错，就一笑了之。最近读甄立言《本草音义》引用曹宪的话说：“扁，读音为布典反。如今读作步典反，错了。”案，扁鹊姓秦，字越人，扁县属渤海郡。

注释

❶ 市人小说：本为古代城市中的一种说书艺术，又称说话。内容都为“古今惊听之事”。大概起于唐代，至宋时渐盛。后来经过文人记录整理，成为传世的通俗白话小说。 ❷ 斋会：禅寺在特定日期的集会。 ❸ 饰非：掩饰过错。 ❹ 曹宪：隋唐时扬州江都人。仕隋为秘书学士。入唐后太宗征其为弘文馆学士，不仕，即家拜朝散大夫。曹宪博学多识，撰有《文选音义》等。

【原 文】

今六博齿采妓乘[1]，“乘”字去声呼，无齿曰乘。据《博塞经》云：“无齿为绳，三齿为杂绳。”今樗蒲塞行十一字[2]。据《晋书》[3]：“刘毅与宋祖、诸葛长民等东府聚戏[4]，并合大掷，判应至数百万[5]，余人并黑犊已还[6]，毅后掷得雉。”

【译 文】

现在的六博之戏齿采妓乘，“乘”字读为去声，不用点数的玩法称作乘。据《博塞经》记载：“无齿为绳，三齿为杂绳。”现在樗蒲行棋，有十一种点数组合。据《晋书》记载：“刘毅与宋祖刘裕、诸葛长民等在东府聚赌，赌注极高，输赢应在几百万钱，其他人都掷得黑犊，刘毅后掷得雉。”

注 释

❶齿采妓乘：博戏术语。 ❷樗蒲（chūpú）：古代博戏。 ❸《晋书》："二十四史"之一，唐房玄龄等撰。该书记西晋、东晋史事，同时以“载记”形式，记述了十六国政权的状况。 ❹宋祖：即刘宋武帝刘裕。东府：东晋、南朝都建业时丞相兼领扬州刺史的治所。故址在今江苏南京。 ❺判：输赢。 ❻黑犊：古代博戏。用木制骰子五枚，每枚两面，一面涂黑，一面涂白，黑者刻二为犊，白者刻二为雉。掷之五子皆黑者为卢，胜采；二雉三犊为雉，次胜采；二犊三雉为犊，又次，“黑犊”即指此。

【原 文】

今阁门有宫人垂帛引百寮[1]，或云自则天，或言因后魏。据《开元礼疏》曰[2]：“晋康献褚后临朝[3]，不坐，则宫人传百寮拜。

【译 文】

如今殿阁门前有宫人垂帛引领百官，有人说该制始自武则天，有人说始自后魏。据《开元礼疏》记载：“晋康献太后临朝，不坐，由宫人传呼百官叩拜。有北朝使者见

有虏中使者见之，归国遂行此礼。时礼乐尽在江南，北方举动法之。周、隋相沿④，国家承之不改。”

了，回国后就奏行这种礼仪。当时礼乐都在江南，北朝多加效仿。北周、隋朝相沿不替，本朝也沿用不改。”

注释

❶ 阁门：此指便殿紫宸殿之门。 ❷《开元礼疏》：即《大唐开元礼》，开元二十年（732）成书颁行，分吉礼、宾礼、军礼、嘉礼、凶礼。为中国现存最早、最完整的中古礼仪制度的代表作。 ❸ 晋康献褚后：即褚蒜子，晋康帝司马岳皇后。 ❹ 周：即北周，北朝政权之一。557 年，宇文泰子宇文觉代西魏称帝，国号“周”，都长安（今陕西西安西北），史称北周。581 年为隋所代。

【原 文】

侍中，西汉秩甚卑，若今千牛官①。举中者皆禁中。言中严②，谓天子已被冕服，不敢斥，故言中也。今侍中品秩与汉殊，犹奏“中严”“外办”③，非也。

【译 文】

侍中一职，在西汉时品级极低，相当于今天的千牛卫。凡是提到中字，都指帝王所居。所谓中严，是说天子已穿好冕服，群臣不敢大声喧哗，故称中严。现在的侍中品级与汉代相差悬殊，却仍奏称“中严”“外办”，这就错了。

注释

❶ 千牛官：即禁卫官千牛备身、千牛卫等。掌执千牛刀，为君王护卫。千牛，本是刀名，言刀锋锐利，屠解千牛如新。 ❷ 中严：谓中庭戒备。古代帝王元旦朝会或郊祀等大典的仪节之一。 ❸ 外办：警卫宫禁，亦为朝会仪节。

【原 文】

《礼》："婚礼必用昏，以其阳往而阴来也。"今行礼于晓祭，质明行事[1]。今俗祭先又用昏，谬之大者矣。夫宫中祭邪魅及葬窳则用昏[2]。又，今士大夫家昏礼，露施帐，谓之入帐，新妇乘鞍，悉北朝余风也。《聘北道记》云："北方婚礼，必用青布幔为屋，谓之青庐。于此交拜，迎新妇。夫家百余人挟车俱呼曰：'新妇子，催出来！'其声不绝，登车乃止。今之催妆是也。以竹杖打婿为戏，乃有大委顿者。"江德藻记此为异，明南朝无此礼也。至于奠雁曰鹅[3]，税缨曰合髻[4]，见烛举乐，铺母卺童[5]，其礼太紊，杂求诸野。

【译 文】

《仪礼》："婚礼必在黄昏举行，取阳去而阴来的意思。"现在举行婚礼都在拂晓，天亮后办事。民间又流行在黄昏祭祀祖先，这是大错特错。皇宫中只有驱邪禳魅及埋葬窫窳时才在黄昏时分。另外，现在士大夫家举办婚礼，在屋外搭帐，称为入帐，又让新娘子乘坐马鞍，这都是北朝遗留的风俗。《聘北道记》记载："北朝的婚礼，必在外搭青布帐幔为屋，称为青庐。新人在这里行交拜礼，迎娶新娘。男方家带领一百多人拥着婚车齐声大喊：'新娘子，快出来！'喊声不能停，一直喊到新娘子登车为止。现在称为催妆。又用竹杖敲打新婿为乐，以至于有的新郎官被打得伤重不起。"江德藻在书中记下这种奇异风俗，说明南朝婚礼中没有这种礼仪。至于奠雁改用鹅，脱缨改为合髻，点烛奏乐、铺母卺童等，礼仪太过紊乱，其间夹杂着很多乡野之俗。

注 释

❶ 质明：天刚亮的时候。 ❷ 窳（yǔ）：即窫窳，传说中一种吃人的怪兽。 ❸ 奠雁：古代婚礼，新郎到女家迎亲，献雁为见面礼，称"奠雁"。 ❹ 合髻：唐宋时期的一种婚仪。新婚夫妻在饮交杯酒之前各剪一绺头发绾在一起表示结发同心。 ❺ 卺童：指婚礼上持合卺酒杯的男童。卺：一个瓠分成的两个瓢。

古时婚礼所用酒器。

【原 文】

今之士大夫丧妻，往往杖竹甚长[1]，谓之过头杖。据《礼》，父在，适子妻丧不杖，众子则杖。据《礼》，彼以父服我，我以母服报之，杖同削杖也[2]。

【译 文】

现在士大夫丧妻，往往会拄着很长的丧杖，称为过头杖。《仪礼》载，身为嫡子，若父亲健在，为妻服丧不用丧杖；为庶子，为妻服丧则用丧杖。据《仪礼》，妻子以父丧之制为夫服丧，丈夫以母丧之制为妻服丧，夫为妻服丧，应用削杖。

注 释

❶ 杖竹：即苴杖。以竹制成。古代服斩衰（子为父，父为长子，妻为夫，臣为君）所用之竹杖。斩竹为之，不加修饰，其貌粗恶，故称。 ❷ 削杖：古代居母丧时所执木杖，用桐木削成。后因以“削杖”指母丧。

续集卷五

寺塔记上

【原 文】

武宗癸亥三年夏①，予与张君希复善继同官秘丘，郑君符梦复连职仙署②。会暇日，游大兴善寺，因问《两京新记》及《游目记》③，多所遗略。乃约一旬寻两街寺，以街东兴善为首，二《记》所不具，则别录之。游及慈恩，初知官将并寺④，僧众草草⑤，乃泛问一二上人及记塔下画迹，游于此，遂绝。后三年，予职于京洛及刺安成⑥，至大中七年归京，在外六甲子⑦，所留书籍，揃坏居半⑧。于故简中，睹与二亡友游寺，沥血泪交⑨，当时造适乐事⑩，邈不可追。复方刊整，才足续穿蠹⑪，然

【译 文】

武宗会昌三年夏，我与张希复（字善继）同在集贤院任职，郑符（字梦复）也在集贤院连任。一日空闲，三人同游大兴善寺，细阅《两京新记》及《游目记》，发现其中多有遗漏。于是与他们二人相约用十天的时间考察两街寺院，从街东的大兴善寺开始，凡上述两《记》没有记载的，就随笔记录。游至慈恩寺，才知朝廷即将裁并佛寺，僧众内心不安，就简单询问了一两个僧人，并记录佛塔下的画迹，游寺之举，到此为止。此后三年，我任职于京洛，后又出任吉州刺史，到大中七年才回到长安，在外共六年，当年留在长安的书籍，损坏过半。翻检残破的旧稿，读到当年与二位亡友游览寺院所记，忍不住血泪交流，当时造访寺院的快乐情形，因时间久远不可追忆。经过修订整理，损坏的旧稿才勉强接续，但内容已缺

十亡五六矣。次成两卷，传诸释子。东牟人段成式，柯古。

失十之五六了。编成两卷，传给寺里诸位僧人。东牟人段成式，字柯古。

注释

❶武宗癸亥三年：唐武宗会昌三年（843）。❷仙署：指集贤殿书院。集贤殿于开元年间曾名集仙殿。❸《两京新记》：五卷，唐韦述撰。两京指西京长安和东都洛阳。❹官将并寺：指武宗欲废佛寺事。❺草草：忧劳，忧心。❻刺安成：指宣宗大中元年（847）段成式出任吉州刺史。吉州治所在庐陵（今江西吉安），安成即其属县安福。❼甲子：代指年岁。❽揃（jiǎn）坏：损坏。❾沥血：滴血，极言痛心。❿造适：寻访。⓫穿蠹（dù）：蛀蚀。此指蠹蚀之简册。

【原文】

靖善坊大兴善寺，寺取“大兴”两字、坊名取一字为名。《新记》云[1]：“优填像[2]，总章初为火所烧[3]。”据“梁时西域优填在荆州”，言“隋自台城移来此寺[4]”，非也。今又有旃檀像，开目[5]，其工颇拙，犹差谬矣。

【译文】

靖善坊大兴善寺，寺名取自隋文帝于北周时的封号“大兴郡公”前两字、坊名取自坐落之处“靖善坊”之“善”字。《两京新记》载：“优填像，总章初年被大火烧毁。”据其载“梁朝时西域优填像在荆州”，又说“隋朝时从台城移至大兴善寺”，这都不对。现在又有一尊旃檀雕刻的优填像，开光时我见过，工艺非常拙劣，差得太远了。

注释

❶《新记》：即《两京新记》。❷优填：即阿育王。印度摩揭陀国孔雀王朝

的国王。 ❸ 总章：唐高宗李治年号。 ❹ 台城：为东晋、南朝台省（中央政府）和宫殿所在地，故名。在今江苏南京。 ❺ 开目：开光。

【原 文】

不空三藏塔前多老松。岁旱，则官伐其枝为龙骨以祈雨。盖三藏役龙，意其树必有灵也。

【译 文】

不空三藏舍利塔前有多棵老松。干旱之年，官府就砍伐松树枝当作龙骨以求雨。不空三藏当年既能役使诸龙吐雨，人们便以为他塔前的老松也必有灵验。

【原 文】

行香院堂后壁上，元和中，画人梁洽画双松[①]，稍脱俗格。

【译 文】

行香院大堂的后墙上，留有元和年间画师梁洽所画双松图，格调超逸，不落窠臼。

注 释

❶ 梁洽：唐宪宗时画家。善画花鸟、松石、肖像，尤擅寺庙壁画。

【原 文】

曼殊堂工塑极精妙[①]，外壁有泥金帧[②]，不空自西域赍来者。

【译 文】

曼殊堂的造像做工极其精妙，外墙上有一幅泥金画，是不空和尚从西域带来的。

注释

❶曼殊堂：供奉文殊菩萨的佛堂。 ❷泥金：颜料名。用金箔和胶水制成的金色颜料，应用于书画、髹漆等方面，有青、赤两种。帧：画幅。

【原文】

发塔内有隋朝舍利[①]，塔下有记云："爰在宫中，兴居之所。舍利感应，前后非一。时仁寿元年十二月八日[②]。"

【译文】

发塔里供奉有隋朝舍利，塔下有文字记载："于深宫中，起居之所。亦可感应到舍利，前后不止一次。时为仁寿元年十二月八日。"

注释

❶发塔：供奉佛发的塔。舍利：佛教用以称高僧火化后的残余骨烬。 ❷仁寿元年：601年。仁寿：隋文帝杨坚年号。

【原文】

旃檀像堂中有《时非时经》[①]，界朱写之[②]，盛以漆龛，僧云隋朝旧物。

【译文】

供奉旃檀像的堂中有一部《时非时经》，用朱笔界栏，盛在漆龛里，僧人说是隋朝旧物。

注释

❶《时非时经》：佛教经典。指导僧人通过观测太阳投影，分辨时刻，以执

行“过午不食”的戒律。❷界朱：用朱笔在纸上画成框格以便工整书写。

【原 文】

寺后先有曲池，不空临终时，忽然涸竭。至惟宽禅师止住[①]，因潦通泉[②]，白莲藻自生。今复成陆矣。

【译 文】

大兴善寺后面先前有个曲池，不空和尚临终时，忽然枯竭。到惟宽禅师驻锡大兴善寺，因雨水疏通了泉眼，池里自然长出了白莲和水藻。现在又干枯成陆地了。

注释

❶惟宽禅师：唐代禅僧。❷潦：雨后地面积水。

【原 文】

东廊之南素和尚院，庭有青桐四株，素之手植。元和中，卿相多游此院。桐至夏有汗，污人衣如輠脂[①]，不可浣。昭国东门郑相[②]，尝与丞郎数人避暑[③]，恶其汗，谓素曰：“弟子为和尚伐此树，各植一松也。”及暮，素戏祝树曰：“我种汝二十余年，汝以汗为人所恶。来岁若复有汗，我必薪之。”自是无汗。宝历

【译 文】

东廊南边的素和尚院，庭中有四株青桐，是素和尚亲手种植的。元和年间，公卿将相多漫游此院。青桐树到了夏天就会渗出树脂，沾在衣服上就像车轴的润滑油一样，无法清洗干净。住在昭国坊东门的郑相国曾与几位丞郎在青桐树下避暑，厌恶其滴滴沥沥渗出树脂，对素和尚说：“弟子替大师砍了这些青桐，改种为松树罢。”到了傍晚，素和尚自嘲似的对着青桐树祝祷说：“我种下你们已二十多年，你们总是渗出树脂惹人厌恶。明年如果还渗出树脂，我就把你们砍掉当柴烧。”从此，

末[4]，予见说已十五余年无汗矣。素公不出院，转《法华经》三万七千部[5]。夜尝有貉子听经，斋时鸟鹊就掌取食。长庆初[6]，庭前牡丹一朵合欢，有僧玄幽题此院诗，警句曰："三万莲经三十春，半生不踏院门尘。"今有梵僧憍陈如难陀[7]，以粉画坛，性狷急[8]，我慢[9]，未甚通中华经。

青桐树不再渗出树脂。宝历末年，我听说青桐树已十五年没有渗出树脂了。素和尚不出庭院，一生诵念《法华经》三万七千遍。夜里曾有貉子听经，斋饭时鸟鹊在他掌中啄食。长庆初年，庭前的一株牡丹开出并蒂花，僧人玄幽为此院题诗，诗中警句写道："三万莲经三十春，半生不踏院门尘。"现在住在此院的梵僧憍陈如难陀，能在坛上作画，但他性情急躁，骄傲自大，不太懂中华本土佛经。

注释

❶ 輠（guǒ）脂：古代车轴润滑油。輠：古代车上盛润滑油的器具。 ❷ 昭国：即昭国坊。唐长安城坊。郑相：即郑絪。唐宪宗朝宰相。 ❸ 丞郎：唐尚书省的左右丞和六部侍郎的总称。 ❹ 宝历：唐敬宗李湛年号。 ❺ 转（zhuǎn）：诵经。 ❻ 长庆：唐穆宗李恒年号。 ❼ 憍陈如：乃佛陀最初之弟子。此指另一位梵僧。 ❽ 狷（juàn）急：急躁。 ❾ 我慢：佛教语。谓执我见而倨傲。

【原 文】

左顾蛤像[1]。旧传云，隋帝嗜蛤，所食必兼蛤味，数逾数千万矣。忽有一蛤，椎击如旧，帝异之，置诸几

【译 文】

左顾蛤像。旧时传说，隋朝皇帝嗜吃蛤，每餐必吃，不知吃了几千几万只了。一天，隋帝碰到一只蛤，无论怎么用椎子敲击外壳都敲不碎。皇帝觉得奇怪，就把它放置在几案上，这只蛤整夜

上，一夜有光。及明，肉自脱，中有一佛、二菩萨像。帝悲悔，誓不食蛤。非陈宣帝[2]。

都在发光。到天亮，蛤肉自动脱落，壳中有一尊佛像、两尊菩萨像。皇帝悲痛悔悟，发誓不再吃蛤。有人说这是陈宣帝时的事，错了。

注释

❶ 蛤像：指蛤壳内神像。 ❷ 陈宣帝：即陈宣帝陈顼。568 年，安成王陈顼废帝自立。

【原文】

于阗玉像，高一尺七寸，阔寸余，一佛、四菩萨、一飞仙，一段玉成，截肪无玷[1]，腻彩若滴。

【译文】

于阗玉像，高一尺七寸，宽一寸多，乃是一尊佛、四尊菩萨、一尊飞仙，系一整段玉石雕成，莹白无瑕，温润欲滴。

注释

❶ 截肪：切开的脂肪。喻颜色和质地白润。

【原文】

天王阁，长庆中造。本在春明门内[1]，与南内连墙[2]，其形大，为天下之最。太和二

【译文】

天王阁，建于长庆年间。原本在春明门内，与南内墙垣相连，其形制之大，为天下之最。太和二年，敕命迁移

年，敕移就此寺。拆时，腹中得布五百端[③]，漆数十筩。今部落鬼神形像隳坏[④]，唯天王不损。

到本寺。拆卸时，在天王像腹中得到五百端布帛，几十桶漆。现在天王像周遭那些鬼神塑像都已残坏，只有天王像没有损坏。

注释

❶ 春明门：唐长安城东三门之中门。 ❷ 南内：唐长安的兴庆宫。在蓬莱宫之南，原系玄宗为藩王时故宅，故称为“南内”。 ❸ 端：古代布帛计量单位。❹ 隳（huī）坏：毁坏。

【原文】

辞。二十字连句[①]：乘晴入精舍[②]，语默想东林[③]。尽是忘机侣[④]，谁惊息影禽[⑤]。（善继）有松堪系马，遇钵更投针。记得汤师句[⑥]，高禅助朗吟[⑦]。（柯古）一雨微尘尽，支郎许数过[⑧]。方同嗅薝葡[⑨]，不用算多罗[⑩]。（梦复）

【译文】

辞。二十字连句：乘晴入精舍，语默想东林。尽是忘机侣，谁惊息影禽。（善继）有松堪系马，遇钵更投针。记得汤师句，高禅助朗吟。（柯古）一雨微尘尽，支郎许数过。方同嗅薝葡，不用算多罗。（梦复）

注释

❶ 连句：即联句。旧时作诗的一种方式，两人或多人共作一诗，相联成篇（多用于上层饮宴及朋友间应酬）。 ❷ 精舍：本指书斋、学舍，集生徒讲学之所。后亦称道士、僧人修炼居住之所。这里指寺院。 ❸ 东林：指庐山东林寺。

❹ 忘机：消除机巧之心。常用以指甘于淡泊，与世无争。 ❺ 息影：栖息。 ❻ 汤师：南朝宋诗僧惠休。俗姓汤，故称“汤师”。 ❼ 朗吟：高声吟诵。 ❽ 支郎：代指僧人。 ❾ 薝葡：植物名。产西域，花甚香。或即栀子花。 ❿ 多罗：树名。即贝多树。其叶可供书写，称贝叶。

【原 文】

蛤像连二十字绝句：虽因雀变化，不逐月亏盈。纵有天中匠，神工讵可成[1]。（柯古）相好全如梵[2]，端倪秖为隋[3]。宁同蚌顽恶，但与鹬相持。（善继）

【译 文】

蛤像连二十字绝句：虽因雀变化，不逐月亏盈。纵有天中匠，神工讵可成。（柯古）相好全如梵，端倪秖为隋。宁同蚌顽恶，但与鹬相持。（善继）

注 释

❶ 讵（jù）：岂。 ❷ 相好：佛教语。佛经称释迦牟尼有三十二种相，八十种好。梵：佛。 ❸ 端倪：头绪，迹象。秖（zhī）：只，但。

【原 文】

圣柱连句（上有铁索迹）[1]：天心助兴善[2]，圣迹此开阳[3]。（柯古）载恐雷轮重[4]，縆疑电索长[5]。（善继）上冲扶蝃蝀[6]，不动束银铛[7]。（柯古）饥乌未曾啄，乖龙宁敢藏[8]。（善继）

【译 文】

圣柱连句（上有铁索迹）：天心助兴善，圣迹此开阳。（柯古）载恐雷轮重，縆疑电索长。（善继）上冲扶蝃蝀，不动束银铛。（柯古）饥乌未曾啄，乖龙宁敢藏。（善继）

注释

❶圣柱：传说东汉初洛阳开阳门始成，有一根木柱从琅邪飞来，止于门楼上。光武帝派人缚住圣柱，于其上刻记年、月、日。 ❷兴善：即大兴善寺。唐长安名寺。后世遵为密宗祖庭。 ❸开阳：即开阳门。 ❹雷轮：代指雷神之车。 ❺縆（gēng）：粗索。 ❻蝃蝀（dìdōng）：彩虹。 ❼锒铛：铁锁链。 ❽乖龙：传说中的孽龙。宁敢：岂敢。

【原文】

语。各征象事须切[①]，不得引俗书[②]：一宝之数[③]，无钩不可[④]。（鼎上人）唯猊可伏[⑤]，非驼所堪。（柯古）坑中无底，迹中无胜。（文上人）与马同渡，负猴而行。（善继）色青力劣，名香几重。（梦复）尾既出牖，身可取兴。（约上人）六牙生花[⑥]，七支拄地[⑦]。（柯古）形如珂雪[⑧]，力绝羁琐。（善继）园开胁上，河出鼻中。（柯古）一醉难调，六对曾胜。（日高上人）

【译文】

语。各征象事须切，不得引俗书：一宝之数，无钩不可。（鼎上人）唯猊可伏，非驼所堪。（柯古）坑中无底，迹中无胜。（文上人）与马同渡，负猴而行。（善继）色青力劣，名香几重。（梦复）尾既出牖，身可取兴。（约上人）六牙生花，七支拄地。（柯古）形如珂雪，力绝羁琐。（善继）园开胁上，河出鼻中。（柯古）一醉难调，六对曾胜。（日高上人）

注释

❶象事：关于大象的典故。切：贴切。 ❷俗书：此指佛经以外的书。 ❸一宝：指七种王者之宝中的白象。 ❹无钩不可：指以铁钩驯象。 ❺猊（ní）：也称“狻猊”，即狮子。 ❻六牙：谓六牙白象。佛教谓象柔顺而有力。“六

牙”表示六种神通。菩萨自兜率天降生，即化乘六牙白象入胎。亦指普贤菩萨的坐骑。 ❼ 七支：即大象的四足、尾、根、牙。 ❽ 珂雪：白雪。

【原 文】

长乐坊安国寺[1]。红楼，睿宗在藩时舞榭[2]。

【译 文】

长乐坊安国寺。寺里的红楼，是睿宗为藩王时的舞榭。

注 释

❶ 安国寺：即大安国寺。原为唐睿宗李旦藩邸，睿宗即位后舍宅为寺。因李旦曾封安国相王，故称。位于唐长安城长乐坊。 ❷ 在藩：为藩王时。榭：建在高土台上的房屋。

【原 文】

东禅院，亦曰木塔院，院门北西廊五壁，吴道玄弟子释思道画释梵八部[1]，不施彩色，尚有典刑[2]。禅师法空影堂，世号吉州空者，久养一骡，将终，鸣走而死。有弟子允嵩患风[3]，常于空室埋一柱锁之，僧难，辄愈。

【译 文】

东禅院，也称木塔院，院门以北西廊有五面廊壁，吴道子弟子释思道在其上画有天龙八部，不施彩绘，古意盎然。禅师法空的影堂也在此，法空禅师，世称吉州空，他有一头骡子，养了许多年。法空临终时，骡子悲鸣狂奔而死。法空有位弟子允嵩，精神失常，法空在空室埋下一根柱子将他锁住，唐武宗会昌灭佛后，允嵩的病也好了。

注释

❶吴道玄：即吴道子。唐代画家，被奉为“画圣”，有《送子天王图》（宋摹本）存世。释梵八部：即天龙八部。佛教天神。佛教分诸天、龙及鬼神为八部。因八部中以天、龙二部居首，故称。　❷典刑：谓旧法、常规。　❸恚风：指精神失常。

【原文】

佛殿。开元初，玄宗拆寝室施之[①]。当阳弥勒像，法空自光明寺移来[②]。未建都时，此像在村兰若中，往往放光，因号光明寺。寺在怀远坊[③]，后为延火所烧，唯像独存。法空初移像时，索大如虎口，数十牛曳之，索断不动。法空执炉，依法作礼九拜，涕泣发誓，像身忽曝曝有声，迸分竟地，为数十段。不终日移至寺焉。

【译文】

佛殿。安国寺佛殿是开元初年时唐玄宗拆掉宗庙后殿所建。佛殿朝南的弥勒像，是法空禅师从光明寺移来。长安未建都时，弥勒像处在村庄的寺院中，因其常常放光，这座寺院便得名光明寺。光明寺在怀远坊，后被毁于大火，只有这尊弥勒像保存下来。法空禅师初移弥勒像时，使用虎口粗的绳索，几十头牛拉拽，直至绳索崩断，佛像岿然不动。法空禅师手执香炉，依法作礼，接连九拜，涕泣发誓，佛像全身忽然发出曝曝的声音，自行迸裂掉落在地，分为几十段。不到一天时间，佛像就移到了大安国寺。

注释

❶寝室：古代帝王宗庙的后殿。　❷光明寺：即大云经寺，位于唐长安城怀远坊东南隅。　❸怀远坊：唐长安城坊。

【原 文】

利涉塑堂[1]。元和中，取其处为圣容院，迁像庑下[2]。上忽梦一僧，形容奇伟，诉曰："暴露数日，岂圣君意耶?"及明，驾幸验问，如梦，即令移就堂中，侧施帷帐安之。

【译 文】

利涉塑堂。元和年间，以此处为圣容院，以供奉帝王的真容，便将高僧利涉的塑像迁至廊屋下。某天夜间，宪宗忽然梦到一位僧人，形貌奇伟，向宪宗控诉说："一连几天让我风吹日晒，这难道是圣君的意思吗?"到天亮，宪宗驾临大安国寺查问，见到利涉的塑像，果如梦中所说，当即下令将塑像移至堂中圣容之侧，并张挂帷帐安放好。

注 释

❶ 利涉：唐代高僧。本西域人，开元年间驻大安国寺讲经。 ❷ 庑（wǔ）：堂下周围的廊屋。

【原 文】

光明寺中[1]，鬼子母及文惠太子塑像[2]，举止态度如生。工名李岫。

【译 文】

光明寺中的鬼子母及文惠太子塑像，举止形态栩栩如生。造像的工匠名叫李岫。

注 释

❶ 光明寺：此为唐长安城开明坊内光明寺。 ❷ 鬼子母：佛教神名。以为五百鬼子之母，故称。保护小儿之神。

【原 文】

山庭院。古木崇阜[1]，幽若山谷，当时辇土营之。

【译 文】

山庭院。古木参天，像山谷一样幽静，当时是用车子运土营建的。

注 释

❶崇阜：高冈，高丘。这里指树木高大。

【原 文】

上座璘公院[1]。有穗柏一株，衢柯偃覆[2]，下坐十余人。

【译 文】

上座璘公院。院中有一株穗柏，枝干横斜，浓荫如盖，树下可坐十几人。

注 释

❶上座：佛教语。一寺之长，与寺主、维那合称“三纲”。 ❷衢柯：交错四出的树枝。偃覆：遮蔽。

【原 文】

辞。红楼连句，隐侯体[1]：重叠碎晴空，余霞更照红。蟾踪近鳷鹊[2]，鸟道接相风[3]。（善继）苔静金轮路[4]，云轻白日宫。（元和中帝幸此处）壁诗传谢客[5]，（词人陈至

【译 文】

辞。红楼连句，永明体：重叠碎晴空，余霞更照红。蟾踪近鳷鹊，鸟道接相风。（善继）苔静金轮路，云轻白日宫。（元和中帝幸此处）壁诗传谢客，（词人陈至题此院诗云：“藻非尚寒

题此院诗云："藻非尚寒龙迹在，红楼初启日光通。"）门榜占休公[6]。(广宣上人住此院[7]，有诗名，号为《红楼集》。柯古)

龙迹在，红楼初启日光通。"）门榜占休公。(广宣上人住此院，有诗名，号为《红楼集》。柯古)

注释

❶ 隐侯体：即永明体。南朝齐武帝永明时期所形成的诗体。其特点是强调声律，对近体诗的形成有重要影响。隐侯：即沈约。卒谥"隐侯"。其博通典籍，永明年间总结前人诗文得失利病，提出"四声八病说"，所作诗讲求声律协调，世称永明体。 ❷ 鳷（zhī）鹊：传说中的异鸟名。 ❸ 鸟道：鸟儿在天空飞行的踪迹。相风：相风铜乌。东汉天文学家张衡所造测风的仪器。 ❹ 金轮：代指金饰之车舆。 ❺ 谢客：指南朝宋谢灵运。灵运小字客儿，故称。 ❻ 休公：即诗僧汤惠休，亦即前文所提"汤师"。 ❼ 广宣上人：诗僧。俗姓廖，宪宗元和间入长安，后奉诏住安国寺红楼院。以诗应制供奉十余年。当时诗人白居易、韩愈、元稹、刘禹锡等，皆与其有诗唱和。

【原文】

穗柏连句：一院暑难侵，莓苔可影深[1]。标枝争息鸟[2]，余吹正开衿[3]。(柯古）宿雨香添色[4]，残阳石在阴。乘闲动诗思，助静入禅心。(善继)

【译文】

穗柏连句：一院暑难侵，莓苔可影深。标枝争息鸟，余吹正开衿。(柯古）宿雨香添色，残阳石在阴。乘闲动诗思，助静入禅心。(善继)

注释

❶莓苔：青苔。 ❷标枝：树梢的枝条。息鸟：栖息的鸟。 ❸开衿：敞开衣襟。 ❹宿雨：前夜的雨。

【原文】

题璘公院（一言至七言，每人占两题）：静，虚。热际[①]，安居[②]。（梦复）龛灯敛，印香除[③]。东林宾客，西涧图书。檐外垂青豆，经中发白蕖[④]。纵辩宗因衮衮[⑤]，忘言理事如如[⑥]。（柯古竟）泉台定将入流否[⑦]，邻笛足疑清梵余[⑧]。（柯古新续）

【译文】

题璘公院（一言至七言，每人占两题）：静，虚。热际，安居。（梦复）龛灯敛，印香除。东林宾客，西涧图书。檐外垂青豆，经中发白蕖。纵辩宗因衮衮，忘言理事如如。（柯古竟）泉台定将入流否，邻笛足疑清梵余。（柯古新续）

注释

❶热际：谓盛暑。 ❷安居：佛教语。原意为“雨期”。又称坐夏。僧徒每年在雨期的三个月内不外出，静心坐禅修学，以免误伤草木小虫。安居的日期，因各地气候不同，亦不一。中国安居期在农历四月十六日至七月十五日。 ❸印香：用多种香料捣末和匀做成的一种香。 ❹白蕖：白莲花。 ❺宗因：佛教因明学说中的第一和第二支。借指佛学逻辑。衮衮：滔滔不绝貌。 ❻理事：佛教术语。道理与事相，理为真谛，事为俗谛。如如：佛教术语。谓诸法皆平等不二的法性理体。 ❼泉台：黄泉，阴间。入流：佛教术语。谓初入圣人之流。 ❽邻笛：邻家的笛声。后世即用“邻笛”作为伤逝怀旧的典实。清梵：谓僧尼诵经的声音。

【原 文】

语（征释门中僻事须对）[1]：麋字，莎灯。华绵，象荐[2]。（昇上人）集鬘地，效殿林。（柯古夜续，不竟）

【译 文】

语（征释门中僻事须对）：麋字，莎灯。华绵，象荐。（昇上人）集鬘地，效殿林。（柯古夜续，不竟）

注 释

❶ 释门中僻事：佛教中生僻的典故。 ❷ 象荐：象牙制的席。一作骑乘大象所用鞍鞯。

【原 文】

常乐坊赵景公寺，隋开皇三年置。本曰弘善寺，十八年改焉。南中三门里东壁上[1]，吴道玄白画《地狱变》[2]，笔力劲怒，变状阴怪，睹之不觉毛戴[3]。吴画中得意处。

【译 文】

常乐坊赵景公寺，隋文帝开皇三年建造。本名弘善寺，开皇十八年更名。南中三门内东面墙壁上，有吴道子白描《地狱变》，笔力苍劲，鬼怪形象阴森怪异，看了让人不觉寒毛倒立。这是吴道子的得意之作。

注 释

❶ 三门：指寺院大门。寺院正门一般为三门并立结构建筑，故称正门为“三门”。 ❷ 白画：即白描。变：据佛经所述内容绘制的图像。 ❸ 毛戴：寒毛竖立。形容恐惧。

【原 文】

三阶院西廊下，范长寿画《西方变》及十六对事[1]，宝池尤妙绝[2]，谛视之，觉水入深壁。院门上白画树石，颇似阎立德[3]。予携立德《行天祠》粉本验之[4]，无异。

【译 文】

三阶院西廊下，有范长寿所画《西方变》及十六观故事，其中宝池画得尤其精妙，仔细看去，感觉墙壁上水波荡漾。院门上白描的树木、石头，笔法很像阎立德。我带着阎立德《行天祠》画稿前往比对，果然笔法相同。

注 释

❶范长寿：唐代画家。师法张僧繇，善画风俗画和道释人物。十六对：即十六观。佛教所倡导十六种摆脱尘世烦恼、达到极乐境界的方法。 ❷宝池：即十六观之一的宝池观。 ❸阎立德：名让，以字行。唐雍州万年（今陕西西安）人。父毗，弟立本，同有画名，俱传家法。以营建昭陵有功，官至工部尚书。画有《文成公主降蕃图》《玉华宫图》《斗鸡图》等。 ❹粉本：画稿。古人作画，先施粉上样，然后依样落笔，故称画稿为粉本。

【原 文】

西中三门里门南，吴生画龙及刷天王须[1]，笔迹如铁。有执炉天女，窃眸欲语[2]。

【译 文】

西中三门里门南，有吴道子画的龙及用刷涂抹的天王胡须，笔迹如铁。另有一位手执香炉的天女，眼神顾盼，如有所语。

注释

❶ 吴生：即吴道子。 ❷ 窃眸：偷眼窥视。

【原 文】

华严院中，鍮石卢舍立像[1]，高六尺，古样精巧。

【译 文】

华严院中，有一尊黄铜铸造的卢舍那佛立像，高六尺，形象古朴精巧。

注释

❶ 鍮（tōu）石：黄铜。卢舍：毗卢舍那的简称，意即“光明遍照”，是对佛真身的尊称。

【原 文】

塔下有舍利三斗四升，移塔之时，僧守行建道场[1]，出舍利，俾士庶观之。呗赞未毕[2]，满地现舍利，士女不敢践之，悉出寺外。守公乃造小泥塔及木塔近十万枚葬之，今尚有数万存焉。

【译 文】

塔下有舍利子三斗四升，移塔之时，守行法师建了道场，然后请出舍利，供百姓观瞻。颂赞声还没停，满地惊现舍利，信众不敢踩踏，都躲出寺外。守公法师就造了近十万座小泥塔及木塔供奉舍利，至今仍有几万枚舍利存放在寺里。

注释

❶ 道场：指僧、道二教做法事的场所。 ❷ 呗赞：指佛教徒赞颂佛的功德。

【原 文】

寺有小银象六百余躯，金佛一躯长数尺，大银象高六尺余，古样精巧。又有篏七宝字《多心经》小屏风[1]，盛以宝函，上有杂色珠及白珠，骈甃乱目[2]。禄山乱[3]，宫人藏于此寺。屏风十五牒，三十行，经后云："发心主司马恒存[4]，愿成主上柱国索伏宝息、上柱国真德为法界众生造黄金牒经[5]。"善继疑外国物。

【译 文】

安国寺里有六百多尊小银佛，一尊高数尺的金佛，一尊高六尺多的大银佛，形象古朴精巧。还有用七宝镶嵌了《多心经》的小屏风，盛在宝匣里，宝匣上面有各色宝珠及白珠，成对镶嵌，光彩夺目。安史之乱时，宫人携来藏在寺里。小屏风共计十五片，经文三十行，经文之后的落款是："发心主司马恒存，愿成主上柱国索伏宝息、上柱国真德为法界众生造黄金牒经。"善继怀疑这是域外之物。

注 释

❶ 篏：同"嵌"。《多心经》：即《般若波罗蜜多心经》，亦称《心经》。 ❷ 骈：对偶，并列。甃（zhòu）：装饰。此指镶嵌。 ❸ 禄山乱：即安史之乱。 ❹ 发心：发善愿者。 ❺ 愿成主：刻经活动的捐资者。法界：佛教术语。泛指现象的本源和本质。

【原 文】

辞。吴画连句：惨淡十堵内[1]，吴生纵狂迹。风云将逼人，鬼神如脱壁。（柯古）其中龙最怪，张甲方汗栗[2]。黑夜窸窣时[3]，安知不霹雳。

【译 文】

辞。吴道子所画佛像连句：惨淡十堵内，吴生纵狂迹。风云将逼人，鬼神如脱壁。（柯古）其中龙最怪，张甲方汗栗。黑夜窸窣时，安知

（善继）此际忽仙子，猎猎衣舄奕[4]。妙瞬乍疑生[5]，参差夺人魄[6]。（梦复）往往乘猛虎，冲梁耸奇石。苍峭束高泉[7]，角睐警欹侧[8]。（柯古）冥狱不可视，毛戴腋流液[9]。苟能水成刹，那更沉火宅[10]。（善继）

不霹雳。（善继）此际忽仙子，猎猎衣舄奕。妙瞬乍疑生，参差夺人魄。（梦复）往往乘猛虎，冲梁耸奇石。苍峭束高泉，角睐警欹侧。（柯古）冥狱不可视，毛戴腋流液。苟能水成刹，那更沉火宅。（善继）

注释

❶ 惨淡：谓尽心思虑。堵：墙壁。 ❷ 汗栗：因恐惧而出汗。 ❸ 窸窣（xīsū）：形容细碎轻微的声音。 ❹ 猎猎：这里指风吹动仙女衣裙时所发出的声音。舄（xì）奕：连续不断，流传久远。 ❺ 妙瞬：谓美目流波。 ❻ 参差：仿佛。 ❼ 苍峭：峭崖。 ❽ 角睐：用眼角斜视。欹侧：倾斜，歪斜。 ❾ 流液：流汗。 ❿ 火宅：佛教术语。比喻燃烧着烦恼火焰的俗界。

【原 文】

语（各录禅师佳语）：兰若和尚云："家家门有长安道[1]。"（柯古）荆州些些和尚云："自看工夫多少。"（善继）无名和尚云："最后一大息须分明。"（梦复）

【译 文】

语（各位禅师佳语）：兰若和尚说："家家门有长安道。"（柯古）荆州些些和尚说："自看工夫多少。"（善继）无名和尚说："人生最后一口气须意念坚定。"（梦复）

注释

❶ 长安道：喻指修行法门。

【原 文】

题约公院（四言）：印火荧荧[①]，灯续焰青。（善继）《七俱胝咒》[②]，四《阿含经》[③]。（柯古）各录佳语，聊事素屏。（梦复）丈室安居[④]，延宾不扃[⑤]。（昇上人）

【译 文】

题约公院（四言）：印火荧荧，灯续焰青。（善继）《七俱胝咒》，四《阿含经》。（柯古）各录佳语，聊事素屏。（梦复）丈室安居，延宾不扃。（昇上人）

注 释

❶ 荧荧：微光闪动的样子。 ❷《七俱胝咒》：即《佛说七俱胝佛母准提大明陀罗尼经》。俱胝：梵语音译，量词，意为千万。 ❸ 四《阿含经》：即《长阿含经》《中阿含经》《增一阿含经》《杂阿含经》。 ❹ 丈室：佛教术语。相传毗耶离（在中印度）维摩诘大士以称病为由，与前来问疾的文殊等讨论佛法，妙理贯珠。其卧疾之室虽一丈见方而能容纳无数听众。后因以“丈室”称寺主的房间。 ❺ 延：延请。扃（jiōng）：门、窗、箱、柜上的插关。

【原 文】

大同坊云花寺[①]。大历初，僧俨讲经[②]，天雨花[③]，至地咫尺而灭。夜有光烛室，敕改为云华。俨即康藏之师也[④]。康本住靖恭里毡曲[⑤]，忽睹光如轮，众人皆见，遂寻光，至俨讲经所灭。佛殿西廊，立高僧一十

【译 文】

常乐坊云花寺。大历初年，智俨法师在此讲经时，天上花瓣如雨而降，距离地面一尺高时纷纷散灭。当晚有光照彻法堂，皇帝因此下诏改称云华寺。智俨法师即法藏大师的师父。法藏大师原本住在靖恭坊的毡曲，忽然看到光芒如同巨轮，众人也都看到了，于是一起追随光轮，光轮到了智俨法师讲经的地方就散灭了。佛殿的西廊，画有十六位高

六身，天宝初自南内移来，画迹拙俗。

僧立像，天宝初年从南内移至本寺，画工粗俗。

注释

❶ 大同坊：唐长安城并无大同坊。疑为“又同坊”之讹，即上文所指常乐坊。 ❷ 僧伻：即智伻，俗姓赵，为华严宗二祖。 ❸ 天雨花：天花乱坠。 ❹ 康藏：即释法藏。俗姓康，故称。 ❺ 靖恭里：即靖恭坊。唐长安城坊。曲：此指小巷。

【原文】

观音堂，在寺西北隅。建中末[1]，百姓屈伻患疮且死，梦一菩萨摩其疮曰：“我住云花寺。”伻惊觉汗流，数日而愈。因诣寺寻检，至圣画堂，见菩萨，一如其睹。倾城百姓瞻礼[2]，伻遂立社建堂移之。

【译文】

观音堂，在云花寺的西北角。建中末年，百姓屈伻身患恶疮将死，梦到一位菩萨抚摸着他的恶疮说：“我住在云花寺。”屈伻从梦中惊醒，大汗淋漓，几天后病竟好了。屈伻于是前往云花寺找寻，到了圣画堂，看见菩萨画像，与梦中所见一模一样。全城百姓都来瞻礼，屈伻于是另外立社建堂将观音像移了过去。

注释

❶ 建中：唐德宗李适年号。 ❷ 瞻礼：瞻仰礼拜。

【原 文】

圣画堂中，构大枋为壁，设色焕缛[①]。本邵武宗画[②]，不知何以称圣。据《西域记》："菩提树东有精舍，昔婆罗门兄弟欲图如来初成佛像，旷岁无人应召。忽有一人自言善画如来妙相[③]，但要香泥及一灯照室，可闭户六月。终怪之，余四日未满，遂开户，已无人矣。唯右膊上工未毕。"盖好事僧移此说也。堂中有于阗鍮石立像，甚古。

【译 文】

圣画堂中，建有一堵高大的木质墙壁，着色鲜艳华丽。原本为邵武宗所画，不知为何称为圣画。据《大唐西域记》记载："菩提树东有处精舍，当年婆罗门兄弟想图绘如来成道时的佛像，一年多过去都没人应召。一天，有一人前来，自称善画如来妙相，只需要造像所用香泥及一盏灯照明即可，但要闭门六个月。众人终究还是感到奇怪，距离六个月还差四天时，就打开门，室内已没人了。佛像只有右臂还没绘制完毕。"也许是好事的僧人张冠李戴。圣画堂中有于阗黄铜佛像，甚是古朴。

注 释

❶ 设色：着色。焕缛：鲜明缛丽。 ❷ 邵武宗：唐画家。会昌（841）以前人。 ❸ 妙相：佛教术语。庄严的相貌。

【原 文】

《游目记》所说刺柏[①]，太和中伐为殿材。

【译 文】

《游目记》中提到的刺柏，早在太和年间就砍掉做了佛殿的建材。

注释

❶ 刺柏：常绿小乔木，耐水湿，可用来造船或做桥柱。

【原文】

辞。偶连句：共入夕阳寺，因窥甘露门[1]。（昇上人）清香惹苔藓，忍草杂兰荪[2]。（梦复）捷偈飞钳答[3]，新诗倚杖论。（柯古）坏幡摽古刹，圣像焕崇垣。（善继）岂慕穿笼鸟，难防在牖猿。（柯古）一音唯一性[4]，三语更三幡[5]。（善继）

【译文】

辞。偶连句：共入夕阳寺，因窥甘露门。（昇上人）清香惹苔藓，忍草杂兰荪。（梦复）捷偈飞钳答，新诗倚杖论。（柯古）坏幡摽古刹，圣像焕崇垣。（善继）岂慕穿笼鸟，难防在牖猿。（柯古）一音唯一性，三语更三幡。（善继）

注释

❶ 甘露门：佛教术语。喻超脱生死，引入涅槃的无上妙法。 ❷ 忍草：即忍辱草。佛经中说，牛食此草，其乳则成醍醐。忍：或作“荵”。兰荪：即菖蒲。一种香草。 ❸ 飞钳：一种辩论方法。 ❹ 一音：佛教称佛说法之音为“一音”。后亦以“一音”指高僧大德宣讲佛法之音。一性：佛性。 ❺ 三语：佛说法的三种语，一为随自意语，二为随他意语，三为随自他意语。三幡：道家谓色、空、观三者最易摇荡人心，故以三幡为喻。

【原文】

道政坊宝应寺[1]。韩幹，蓝田人[2]，少时常为贳酒家送

【译文】

道政坊宝应寺。韩幹，蓝田人，年轻时经常为赊酒的人家送酒。王维兄弟

酒[3]。王右丞兄弟未遇[4]，每一贯酒漫游。幹常征债于王家，戏画地为人马。右丞精思丹青，奇其意趣，乃岁与钱二万，令学画十余年。今寺中释梵天女[5]，悉齐公妓小小等写真也[6]。寺有韩幹画《下生帧》，弥勒衣紫袈裟，右边仰面菩萨及二狮子，犹入神。

还没做官时，经常赊酒喝，酒后便四处游玩。韩幹常被派到王家去讨酒钱，一次到了王家，家中没人，他便在地上胡乱画人马图案。王维擅长绘画，很欣赏画中的意趣，于是每年给韩幹两万钱，让他学画，一学就是十多年。现在宝应寺中的释梵天女画像，都是依照齐国公王缙的宠姬小小等人肖像所画。寺里还有韩幹画的一幅《下生帧》，弥勒身穿紫色袈裟，右边是仰面菩萨及两头狮子，尤为生动传神。

注释

❶ 道政坊：唐长安城坊。宝应寺：本王维弟王缙之宅。 ❷ 蓝田：今属陕西。 ❸ 贳酒：赊酒。 ❹ 王右丞兄弟：即王维及其弟王缙。王维官至尚书右丞，故称。未遇：未出仕。 ❺ 释梵：帝释和梵天。佛经中天的名称。 ❻ 齐公：即王缙，封齐国公。

【原文】

有王家旧铁石及齐公所丧一岁子，漆之如罗睺罗[1]，每盆供日出之[2]。寺中弥勒殿，齐公寝堂也。东廊北面，杨岫之画鬼神，齐公嫌其笔迹不工，故止一堵。

【译文】

宝应寺中有一块王家的旧铁石及齐国公王缙夭折的一岁幼子，那幼子被漆成罗睺罗的样子，每年盂兰盆会时，便拿出来祭奠超度。寺中的弥勒殿，原本是齐国公王缙的寝室。东廊北边，有杨岫之画的鬼神壁画，齐国公嫌他笔法不精，所以只让他画了一堵墙。

注释

❶ 罗睺（hóu）罗：释迦牟尼之子，后来的佛陀十大弟子之一。 ❷ 盆供日：即盂兰盆节。汉地佛教根据《佛说盂兰盆经》于每年农历七月十五日举行的超度亡灵的法会。

【原文】

辞。僧房连句：古画思匡岭[1]，上方疑傅岩[2]。蝶闲移忍草[3]，蝉晓揭高杉。（柯古）香字消芝印[4]，金经发茝函[5]。井通松底脉，书拆洞中缄[6]。（善继）

【译文】

辞。僧房连句：古画思匡岭，上方疑傅岩。蝶闲移忍草，蝉晓揭高杉。（柯古）香字消芝印，金经发茝函。井通松底脉，书拆洞中缄。（善继）

注释

❶ 匡岭：江西庐山的别称。 ❷ 上方：住持僧居住的内室。也借指佛寺。傅岩：古地名。相传商代贤士傅说为奴隶时版筑于此，故称。 ❸ 忍：或作"忍"。 ❹ 香字：犹香篆。指焚香时所起的烟缕。 ❺ 金经：指佛道经籍。此指佛经。茝（chǎi）：古书上说的一种香草。 ❻ 缄：书信。

【原文】

哭小小写真连句：如生小小真，犹自未栖尘。（梦复）揄袂将离壁[1]，斜柯欲近人[2]。（柯古）昔时知出众，清宠占横陈[3]。（善继）

【译文】

哭小小写真连句：如生小小真，犹自未栖尘。（梦复）揄袂将离壁，斜柯欲近人。（柯古）昔时知出众，清宠占横陈。（善不遣游张巷，岂教窥宋邻[4]。（梦复）庾楼吹笛裂[5]，弘阁赏歌新。（柯古）蝉怯折腰步[6]，蛾惊半额颦[7]。（善继）图形谁有术，买笑讵辞贫[8]。（柯古）复陇迷村径，重泉隔汉津[9]。（梦复）同心知作羽，比目定为鳞[10]。（善继）残月巫山夕[11]，余霞洛浦晨[12]。（柯古）

继）不遣游张巷，岂教窥宋邻。（梦复）庾楼吹笛裂，弘阁赏歌新。（柯古）蝉怯折腰步，蛾惊半额颦。（善继）图形谁有术，买笑讵辞贫。（柯古）复陇迷村径，重泉隔汉津。（梦复）同心知作羽，比目定为鳞。（善继）残月巫山夕，余霞洛浦晨。（柯古）

注释

❶ 揄袂：挥动衣袖。 ❷ 柯：草木的枝茎。 ❸ 横陈：玉体横陈，美人横卧的姿态。 ❹ 窥宋邻：用宋玉好色典故，指女子对意中人的爱慕。 ❺ 庾楼：又名庾公楼，在今江西九江。传说为晋庾亮镇江州时所建。后亦泛指楼阁。 ❻ 蝉：指蝉鬓。折腰步：谓走路时腰肢扭捏作态。 ❼ 蛾：指蛾眉。颦：古同“颦”，皱眉。 ❽ 买笑：以金钱买得美人一笑。 ❾ 重泉：九泉。汉津：银河。 ❿ 比目：即比目鱼。比喻恩爱的夫妻。 ⓫ 巫山：取宋玉《神女赋》中楚襄王梦遇巫山神女的典故。 ⓬ 洛浦：借指洛神。

【原文】

安邑坊玄法寺。初，居人张频宅也。尝供养一僧，僧以念《法华经》为业，积十余年。张门人谮僧通其侍婢[1]，因以他事杀之。僧死后，阖宅常闻经声不绝。张寻知其冤，惭悔不

【译文】

安邑坊玄法寺。起初，此地是居民张频的宅院。张频曾供养一位僧人，僧人以念《法华经》为业，供养了十多年。张频的门人诬陷僧人与侍婢私通，张频就找了个借口杀了僧人。僧人死后，整座宅院中诵经声不绝于耳。不久，张频查清僧人确

及。因舍宅为寺，铸金铜像十万躯，金、石龛中皆满，犹有数万躯。东廊南观音院，卢奢那堂内槽北面壁画《维摩变》。屏风上相传有虞世南书②。其日，善继令彻障，登榻读之，有“世南献”之白，方知不谬矣。

系蒙冤，非常愧疚懊悔。因而将宅院改为寺院，又铸造了十万尊金铜佛像，所有佛龛中都摆满了，还有几万尊无处安放。东廊南观音院中，卢奢那堂内槽北面有壁画《维摩变》。屏风上相传有虞世南的书法。一天，善继令撤去步障，登上榻细读，有“世南献”落款，这才知道传言不虚。

注释

❶谮：进谗言。通：私通。 ❷虞世南：字伯施。慈溪人，能文辞，工书法，与欧阳修、褚遂良、薛稷并称“唐初四大书家”。

【原文】

西北角院内，有怀素书、颜鲁公《序》①，张谓侍郎、钱起郎中《赞》。

【译文】

西北角院内，有怀素所书颜真卿《怀素上人草书歌序》，以及张谓侍郎、钱起郎中的《赞》。

注释

❶怀素：僧人。俗姓钱，僧名怀素。唐杰出书法家，以草书闻名。颜鲁公：即颜真卿，字清臣，小名羡门子，别号应方。京兆万年（今陕西西安）人。安史之乱时与从兄杲卿起兵平乱，得封鲁郡公，故称“颜鲁公”。颜真卿书法精妙，世称“颜体”。

【原 文】

曼殊院东廊，大历中，画人陈子昂[1]，画廷下象、马、人、物[2]，一时之妙也。及檐前额上有相观法，法拟韩[3]，混同。西廊壁，有刘整画双松，亦不循常辙。

【译 文】

曼殊院东廊，大历年间，保存着画工陈子昂画在庭下的象、马、人、物，堪称一时的妙品。另外，檐前额上画有相观法，笔法效仿韩幹，几可乱真。西廊壁上，有刘整画的双松图，也是别出心裁。

注 释

❶ 陈子昂：唐大历年间画家，非诗人陈子昂。 ❷ 廷：通“庭”。 ❸ 拟：仿效。

【原 文】

征内典中禽事[1]（须切对）：鹫头作岭[2]，鸡足名山[3]。（梦复）孔雀为经[4]，鹦鹉语偈[5]。（善继）共命是化，入数论贪。（柯古）未解出笼，岂能献果。（昇上人）鶵居其上[6]，雁堕于前。（柯古）巢顶既安，入影不怖。字中疑鹤，珠里认鹅。（柯古）

【译 文】

征集佛经中禽事（须切对）：鹫头作岭，鸡足名山。（梦复）孔雀为经，鹦鹉语偈。（善继）共命是化，入数论贪。（柯古）未解出笼，岂能献果。（昇上人）鶵居其上，雁堕于前。（柯古）巢顶既安，入影不怖。字中疑鹤，珠里认鹅。（柯古）

注释

❶内典：佛教徒称佛经为内典。 ❷鹫头作岭：即灵鹫山。在古印度摩揭陀国王舍城东北。相传释迦牟尼曾在此讲经多年。因代称佛地。 ❸鸡足名山：即鸡足山。位于摩揭陀国，乃摩诃迦叶入寂之地。 ❹孔雀为经：指《佛母大孔雀明王经》。 ❺鹦鹉语偈：指《佛说鹦鹉经》。 ❻鵽（duò）：即沙鸡。

【原文】

征兽中事（须切对）：金翅鸟王[1]，银角犊子[2]。（柯古）地名鹿苑，塔号雀离[3]。（善继）啐啄同时[4]，㦬悷调伏[5]。（昇上人）

【译文】

征集兽中事（须切对）：金翅鸟王，银角犊子。（柯古）地名鹿苑，塔号雀离。（善继）啐啄同时，㦬悷调伏。（昇上人）

注释

❶金翅鸟：即迦楼罗，天龙八部之一。 ❷银角犊子：即《银蹄金角犊子经》。 ❸雀离：指佛塔、佛寺。 ❹啐啄同时：鸡子孵化时，小鸡将出，即在壳内吸吮，谓之“啐”；母鸡为助其出而同时啮壳，称为“啄”。佛家因以“啐啄同时”比喻机缘相投或两相吻合。 ❺调伏：佛教谓调和身口意三业，以制伏诸恶。

【原文】

征马事：加诸楚毒。（昇上人）乾陟[1]。（善继）马宝[2]。（梦复）驮经[3]。（柯古）爱马。（昇上人）

【译文】

征集马事：加诸楚毒。（昇上人）乾陟。（善继）马宝。（梦复）驮经。（柯古）爱马。

绀马。(善继) 马麦约食粳[4]。(柯古) 铁马。(昇上人) 先陀和。(柯古) 胜步。(昇上人) 游入正路。(柯古)

(昇上人) 绀马。(善继) 马麦约食粳。(柯古) 铁马。(昇上人) 先陀和。(柯古) 胜步。(昇上人) 游入正路。(柯古)

注释

❶ 乾陟：一种骏马。 ❷ 马宝：转轮圣王七宝之一。 ❸ 驮经：即白马驮经。东汉明帝遣使天竺求经，以白马驮经而回。汉因立白马寺，佛教亦从此传入中土。 ❹ 马麦：马所食之麦。

【原文】

平康坊菩提寺，佛殿东西障日及诸柱上图画[1]，是东廊迹，旧郑法士画[2]。开元中，因屋坏，移入大佛殿内槽北壁。食堂东壁上，吴道玄画《智度论色偈变》[3]，偈是吴自题，笔迹遒劲，如磔鬼神毛发[4]。次堵画礼骨仙人[5]，天衣飞扬，满壁风动。

【译文】

平康坊菩提寺，佛殿东西障壁及列柱上的图画，原是东廊旧迹，早先由郑法士所画。开元年间，因廊宇毁坏，移入大佛殿内槽北壁。食堂东壁上，有吴道子所画《智度论色偈变》，偈语是吴道子亲笔题写，笔法雄健有力，犹如鬼神毛发怒张。第二堵壁上画有礼骨仙人像，天衣飘扬，满壁风生。

注释

❶ 障日：用以遮蔽日光的墙壁。 ❷ 郑法士：曾仕北周，入隋授中散大夫。工画，师张僧繇。善绘故实，尤长佛道人物，气韵标举，风格遒俊。 ❸ 智度

论：即《大智度论》，一百卷，古印度龙树著，后秦鸠摩罗什译。 ❹ 磔（zhé）：张开。 ❺ 礼骨仙人：一说指释迦牟尼。

【原 文】

佛殿内槽后壁面，吴道玄画《消灾经》事，树石古崄[1]。元和中，上欲令移之，虑其摧坏，乃下诏择画手写进。佛殿内槽东壁《维摩变》，舍利佛角而转睐[2]。元和末，俗讲僧文淑装之[3]，笔迹尽矣。

【译 文】

佛殿内槽后墙上，有吴道子所画《消灾经》故事，画中古树参天，山石险峻。元和年间，唐宪宗想把这幅画搬进宫中，担心把画损坏了，于是下诏选画师临摹进献。佛殿内槽东墙上的《维摩变》，画中舍利佛微微侧目。元和末年，俗讲僧文淑装饰佛殿，结果把画迹污损殆尽。

注 释

❶ 崄（yán）：高峻的样子。 ❷ 舍利佛：即"舍利弗"。释迦牟尼十大弟子之一。 ❸ 俗讲：隋唐五代流行的一种寺院讲经形式。多以佛经故事等敷衍为通俗浅显的变文，用讲唱形式宣传一般经义。其主讲者称为"俗讲僧"。

【原 文】

故兴元郑公尚书题北壁僧院诗曰："但虑彩色污，无虞臂胛肥[1]。"置寺碑阴，雕饰奇巧，相传郑法士所起样也。初，会觉上人以施利起宅十余

【译 文】

已故兴元郑尚书题北壁僧院诗写道："但虑彩色污，无虞臂胛肥。"……置于寺院石碑背面，雕饰奇巧，相传是郑法士起的画稿。当初，会觉上人用信众布施的财物建起一处十几亩大的寺舍。完工后，酿酒一百石，

亩。工毕，酿酒百石，列瓶瓮于两庑下，引吴道玄观之。因谓曰："檀越为我画[②]，以是赏之。"吴生嗜酒，且利其多，欣然而许。予以踪迹似不及景公寺画。中三门内，东门塑神，善继云是吴生弟子王耐儿之工也。其侧一鬼有灵，往往百姓戏犯之者得病，口目如之。寺之制度，钟楼在东，唯此寺缘李右座林甫宅在东，故建钟楼于西。寺内有郭令玳瑁鞭及郭令王夫人七宝帐[③]。寺主元竟，多识释门故事，云："李右座每至生日，常转请此寺僧就宅设斋。有僧乙尝叹佛[④]，施鞍一具，卖之，材直七万。又僧广有声名，口经数年，次当叹佛，因极祝右座功德，冀获厚衬[⑤]。斋毕，帘下出彩篚[⑥]，香罗帕籍一物，如朽钉，长数寸。僧归，失望惭惋数日。且意大臣不容欺己，遂携至西市，示于商胡[⑦]。商胡见之，惊曰：'上人安得此物？必货此，不违价。'僧试

将酒坛摆放在东西两廊下，引吴道子前来参观。因而对吴道子说："施主为敝寺作画，这些酒就送给您。"吴道子是嗜酒之人，眼见有这许多美酒，就高兴地答应了。我细看画迹，好像不如景公寺中所画。中三门里，东门塑有神像，善继说是吴道子弟子王耐儿所塑。神像旁边有一小鬼像，颇为灵验，但凡有百姓冒犯它就会得病，嘴和眼睛变得与小鬼一样。一般来说，寺庙的建筑规制，钟楼是在东边，只有这座寺因为李林甫的宅院在东边，所以将钟楼建在了西边。寺里有郭令公的玳瑁鞭及郭夫人王氏的七宝帐。住持元竟法师，多记得佛门掌故，说："李林甫每到过生日时，常请本寺僧人到他府上去，为僧人设下斋饭。有位僧人曾在李府以偈文赞唱佛德，获施一具马鞍，僧人将马鞍卖掉，获利七万钱。又有一位僧人广有名声，讲经数年，轮到他赞佛，就极力夸赞李林甫的功德，希望获得丰厚的施舍。斋会完毕，帘下递出一彩色竹篮，里面垫着香罗帕，上置一物，如生锈的铁钉，有几寸长。僧人回到寺里，连续几天，又是失望，又是惋惜。又想那么大的官不会欺骗自己，于是将东西带到西市，拿给胡商看。胡商看了，大吃一惊，说：'上人怎么会有这东西？我一定要买，绝不还价。'僧人试着要价十万，胡人大笑说：'太低了。

求百金，胡人大笑曰：‘未也。’更极意言之，加至五百千，胡人曰：‘此直一千万。’遂与之。僧访其名，曰：‘此宝骨也[8]。’”

您可大胆加价。’僧人加至五十万，胡人说：‘这个东西价值千万。’僧人就按价卖给了胡商。僧人问胡商那东西是什么宝物，胡商说：‘这是佛骨舍利。’”

注释

❶ 臂胛：肩膀。 ❷ 檀越：施主。 ❸ 郭令：即郭子仪。因曾任中书令，故称。 ❹ 叹佛：谓佛教僧徒以偈文赞唱佛德。 ❺ 衬：施舍。 ❻ 篚（fěi）：古时盛东西的一种竹器。 ❼ 商胡：指当时至唐经商的胡人。多指粟特、大食商人。 ❽ 宝骨：佛骨舍利。

【原文】

又寺先有僧，不言姓名，常负束藁坐卧于寺两廊下[1]，不肯住院。经数年，寺纲维或劝其住房[2]，曰：“尔厌我耶？”其夕，遂以束藁焚身。至明，唯灰烬耳，无血膋之臭[3]。众方知异人，遂塑灰为像。今在佛殿上，世号束草师。

【译文】

元竟大师又说，寺里先前有位僧人，不知道他的姓名，只是见他常常身背一捆干草坐卧在僧房两廊之下，不肯到僧房里住。过了几年，寺院里的司事僧劝他住进僧房，那僧人反问道：“你嫌弃我了？”当晚，僧人就背着那捆干草自焚了。天明后，只有干草灰烬而已，没有血与脂膏的臭味。众人这才知道那僧人是位异人，就用草灰为僧人塑了一尊像。现在此像还在佛殿上，世人称之为束草师。

注释

❶ 藁（gǎo）：藁草，干草。 ❷ 纲维：寺庙中的司事僧。 ❸ 血膋（liáo）：血与脂膏。

【原文】

辞。书事连句[1]：悉为无事者，任被俗流憎[2]。（梦复）客异干时客[3]，僧非出院僧。（柯古）远闻疏牖磬[4]，晓辨密龛灯[5]。（善继）步触珠幡响[6]，吟窥钵水澄。（梦复）句饶方外趣[7]，游惬社中朋。（柯古）静里已驯鸽，斋中亦好鹰。（善继）金涂笔是褩[8]，彩溜纸非缯。（昇上人）锡杖已克锓，田衣从坏塍[9]。（柯古）占床惭一胁，卷箔赖长肱[10]。（善继）佛日初开照[11]，魔天破几层。（柯古）咒中陈秘计，论处正先登。（善继）勇带绽针石，危防丘井藤。（昇上人）

【译文】

辞。书事连句：悉为无事者，任被俗流憎。（梦复）客异干时客，僧非出院僧。（柯古）远闻疏牖磬，晓辨密龛灯。（善继）步触珠幡响，吟窥钵水澄。（梦复）句饶方外趣，游惬社中朋。（柯古）静里已驯鸽，斋中亦好鹰。（善继）金涂笔是褩，彩溜纸非缯。（昇上人）锡杖已克锓，田衣从坏塍。（柯古）占床惭一胁，卷箔赖长肱。（善继）佛日初开照，魔天破几层。（柯古）咒中陈秘计，论处正先登。（善继）勇带绽针石，危防丘井藤。（昇上人）

注释

❶ 书事：用典。 ❷ 俗流：世俗之人。 ❸ 干时：犹言治世、用世。 ❹ 疏牖：格子稀疏的或破损的窗。 ❺ 龛灯：佛龛、神龛前的长明灯。 ❻ 珠幡：

饰珠的旗幡。 ❼ 方外：尘世之外。 ❽ 褧（jiǒng）：古代用细麻布做的单罩衣。 ❾ 田衣：袈裟。出家人所穿的衣裳。袈裟多方格形图案，类似水田畦畔纵横，故名。 ❿ 长肱：长臂。 ⓫ 佛日：对佛的敬称。佛教认为佛法广大，普济众生，像日普照大地，故称。

续集卷六

寺塔记下

【原 文】

宣阳坊奉慈寺[1]。开元中，虢国夫人宅[2]。安禄山伪署百官，以田乾真为京兆尹[3]，取此宅为府，后为郭暧驸马宅[4]。今上即位之初，太皇太后为升平公主追福[5]，奏置奉慈寺，赐钱二十万，绣帧三车，抽左街十寺僧四十人居之。今有僧惟则，以七宝末摹阿育王舍利塔，自明州负来。寺成后二年，司农少卿杨敬之小女，年十三，以六韵诗题此寺，自称关西孔子二十七代孙，字德邻。警句云："日月金轮动，旃檀碧树秋[6]。塔分鸿雁翅，钟挂凤凰楼。"事因见，敕赐衣。

【译 文】

宣阳坊奉慈寺。开元年间，为虢国夫人府邸。安禄山攻陷长安后建立伪朝并置百官，任命田乾真为京兆尹，以此宅为府，后此宅又成为郭暧的驸马府。当今皇上即位之初，太皇太后为升平公主祈冥福，奏请改此宅为奉慈寺，赐钱二十万，绣像三车，抽调左街十寺的四十名僧人入驻。现在有僧人释惟则，以七宝粉末仿造阿育王舍利塔，从明州背负至该寺。寺成两年后，司农少卿杨敬之的小女儿，年才十三，为此寺题了一首六韵诗。她自称是关西孔子第二十七代孙，字德邻。诗中警句写道："日月金轮动，旃檀碧树秋。塔分鸿雁翅，钟挂凤凰楼。"题诗之事后被皇上知道了，诏令赏赐衣物。

注释

❶ 宣阳坊：唐长安城坊。 ❷ 虢国夫人：杨贵妃姊。 ❸ 田乾真：安禄山部将。 ❹ 郭暧：郭子仪第六子。娶代宗女升平公主。 ❺ 追福：为死者做功德，祈祷冥福。 ❻ 旃檀：檀香木。这里指旃檀佛像。

【原文】

征释门衣事（语须对）[①]：如象鼻[②]，捉羊耳[③]。（柯古）五纳[④]，三衣[⑤]。（善继）惭愧[⑥]，斗薮[⑦]。（昇上人）坏衣，严身。（约上人）畜长十日[⑧]，应作三志。（入上人）离身四寸，掩手两指。（柯古）裸形，刀贱。（善继）其形如稻，其色如莲。（昇上人）赤麻、白豆，若青、若黑。（柯古）

【译文】

征释门衣事（语须对）：如象鼻，捉羊耳。（柯古）五纳，三衣。（善继）惭愧，斗薮。（昇上人）坏衣，严身。（约上人）畜长十日，应作三志。（入上人）离身四寸，掩手两指。（柯古）裸形，刀贱。（善继）其形如稻，其色如莲。（昇上人）赤麻、白豆，若青、若黑。（柯古）

注释

❶ 门衣：指佛门中的衣服。 ❷ 象鼻：即象鼻相着衣方式。袈裟的右上角，本应搭在左肩，垂于背后。若搭在左肘或垂在胸前，即象鼻相。 ❸ 捉羊耳：亦为一种不规范的着袈裟方式。僧人披着袈裟时，身体左侧的衣角握在左手中，出角如羊耳状。 ❹ 五纳：即五纳衣。纳衣为多种布片缀纳而成，其中自具五色，故曰五纳衣。 ❺ 三衣：指僧伽梨（大衣）、郁多罗僧（上衣）、安陀会（内衣）。 ❻ 惭愧：即无上惭愧衣，指袈裟。 ❼ 斗薮：抖落衣上尘土。 ❽ 长：长衣，指“三衣”之外的衣物。

【原 文】

光宅坊光宅寺[1]，本官蒲萄园。中禅师影堂，师号惠中，肃宗上元二年征至京师[2]，初居此寺。征诏云："杖锡而来，京师非远。斋心已久[3]，副朕虚怀。"

【译 文】

光宅坊光宅寺，从前是皇家的葡萄园。寺中有中禅师影堂，禅师号惠中，肃宗上元二年应上意来到京师，起初就住在这寺里。征诏上写道：法师杖锡而来，京师并不遥远。寡人清心已久，汝定然不负朕望。

注 释

❶ 光宅坊：唐长安城坊。 ❷ 上元二年：761 年。上元：唐肃宗李亨年号。❸ 斋心：使心神凝寂。

【原 文】

建中中，有僧竭造曼殊堂，将版基于水际[1]，虑伤生命，乃建三日道场，祝一足至多足、无足令他去。及掘地至泉，不遇虫蚁。又以复素过水[2]，有虫投一井水中，号护生井，至今涸。又铸铜蟾为息烟灯，天下传之。今曼殊院尝转经[3]，每赐香。宝台甚显[4]，登之，四极眼界。其上层窗下尉迟

【译 文】

建中年间，有位僧人竭建造曼殊堂，在水边修筑墙基时，担心伤及生灵，于是先做了三天的道场，祝祷有脚的、无脚的生灵到别处去。然后掘地直至挖出泉水，土壤中也没有一只虫蚁。又用多层白绢滤水，滤出的虫子都投入一口井里，号称护生井，现在已经干涸。又铸造铜蟾为息烟灯，天下广为流传。现在曼殊院每唱诵佛经，皇帝必赐香。寺中的七宝台非常高大，登台瞭望，四极一览无余。七宝台上层的窗下为尉迟乙僧的画作，

画[5]，下层窗下吴道玄画，皆非其得意也。丞相韦处厚，自居内廷至相位，每归，辄至此塔焚香瞻礼。

下层的窗下为吴道子的画作，都算不上二人的得意手笔。丞相韦处厚，自供奉内廷而官至相位，每次回家时必到此塔焚香瞻拜。

注释

❶ 水际：水边。 ❷ 复素：多层白绢。 ❸ 转经：佛教语。唱诵佛经。 ❹ 宝台：即七宝楼台。 ❺ 尉迟：即尉迟乙僧，于阗贵族。其父尉迟跋质那以善画闻名于隋朝，人称"大尉迟"。尉迟乙僧于贞观初至长安，任宿卫官，袭封郡公。工画佛教人物、花鸟，将于阗技法融入中原画技，人称"小尉迟"。

【原 文】

普贤堂，本天后梳洗堂，蒲萄垂实，则幸此堂。今堂中尉迟画，颇有奇处，四壁画像及脱皮白骨，匠意极崄[1]。又变形三魔女，身若出壁。又佛圆光[2]，均彩相错乱目。成讲东壁佛座前锦[3]，如断古标[4]。又左右梵僧及诸蕃往奇，然不及西壁，西壁逼之摽摽然[5]。

【译 文】

普贤堂，本是天后武则天的梳洗堂，葡萄成熟时，天后就驾幸此堂。现在堂中尉迟乙僧的画颇有奇异之处，四壁的画像及所画脱皮白骨像，匠心独运，画意惊悚。又绘有变形三魔女，身体欲破壁而出。还有所绘佛的圆光，色彩相错，缭乱眼目。讲经堂东壁佛像底座前锦，就像撕裂的古时旗帜。佛像左右所绘梵僧及外族人，都非常奇特，然而不如西壁画得好，西壁的画靠近看时有种仰视感。

注释

❶匠意：巧妙的创作意念。 ❷圆光：一说为佛、菩萨头顶放出的圆轮形光明。 ❸成讲：讲经堂。 ❹标：旗帜。 ❺摽摽：高大貌。

【原文】

辞。中禅师影堂连句：名下固无虚，敖曹貌严毅[①]。洞达见空王[②]，圆融入佛地[③]。(善继) 一言当要害，忽忽醒诸醉。不动须弥山，多方辨无匮[④]。(梦复) 坦率对万乘[⑤]，偈答无所避。尔如毗沙门[⑥]，外形如脱履。(柯古) 但以理为量，不语怪力事。木石摧贡高[⑦]，慈悲引贪恚。(昇上人) 当时乏支许[⑧]，何人契深致。随宜讵说三，直下开不二[⑨]。(柯古)

【译文】

辞。中禅师影堂连句：名下固无虚，敖曹貌严毅。洞达见空王，圆融入佛地。(善继) 一言当要害，忽忽醒诸醉。不动须弥山，多方辨无匮。(梦复) 坦率对万乘，偈答无所避。尔如毗沙门，外形如脱履。(柯古) 但以理为量，不语怪力事。木石摧贡高，慈悲引贪恚。(昇上人) 当时乏支许，何人契深致。随宜讵说三，直下开不二。(柯古)

注释

❶敖曹：即昂藏。形容人仪表雄伟、气宇不凡。严毅：严正刚毅。 ❷空王：佛的尊称。 ❸圆融：佛教语。破除偏执，圆满融通。 ❹无匮：不缺乏，无穷匮。 ❺万乘：指皇帝。 ❻毗沙门：即毗沙门天王，又名多闻天王，俗称托塔天王。佛经所说四天王之一。 ❼贡高：佛教语。骄傲自大。 ❽支许：晋代高僧支遁和高士许询的并称。两人友善，皆善谈佛经与玄理。 ❾不二：即不二法门。佛教用以称直接入道、不可言传的法门。

【原 文】

翊善坊保寿寺[①]，本高力士宅。天宝九载，舍为寺。初铸钟成，力士设斋庆之，举朝毕至，一击百千，有规其意[②]，连击二十杵。经藏阁规构危巧[③]，二塔火珠[④]，受十余斛。[⑤]

【译 文】

翊善坊保寿寺，本是高力士的旧宅。天宝九载，高力士舍宅为寺。寺钟刚铸成时，高力士设斋会以示庆贺，满朝文武皆至，击一下钟就表明捐钱十万，有人揣摩到高力士的用意，连击二十杵。寺里的经藏阁高大精巧，两座塔尖的火珠，足有十余斛大。

注 释

❶ 翊善坊：唐长安城坊。 ❷ 规：通“窥”，揣摩。 ❸ 规构：规模结构。 ❹ 火珠：指佛塔顶饰物。塔顶所置宝珠形饰物，其周围以火焰图案装饰，称为火珠。 ❺ 斛：十斗为一斛。

【原 文】

河阳从事李涿，性好奇古，与僧智增善，尝俱至此寺，观库中旧物。忽于破瓮中得物如被，幅裂污坌[①]，触而尘起。涿徐视之，乃画也。因以州县图三及缣三十获之[②]，令家人装治之[③]，大十余幅。访于常侍柳公权，方知张萱所画《石桥图》也[④]。玄宗赐

【译 文】

河阳从事李涿，生性喜好珍奇古玩，与僧人智增交好，他曾与智增一起到保寿寺，参观库中所藏旧物。忽然，他们在一只破瓮中发现一件像被子的东西，破裂脏污，一触立即尘埃四起。李涿慢慢地打开来看，原来是一幅古画。李涿用三幅州县图和三十匹绢跟僧人换得，让家人修复装裱好，画有十几张纸那么大。李涿求教常侍柳公权，才知道是张萱所画《石桥图》。当年，唐玄宗赏赐给高力士，由是留在了寺中。后

高，因留寺中。后为鬻画人宗牧言于左军[⑤]，寻有小使领军卒数十人至宅，宣敕取之，即日进入。先帝好古，见之大悦，命张于云韶院[⑥]。

来，卖画人宗牧把这件事告诉了左神策军的人，很快就有一小使领着几十个兵卒来到李涿家，宣明旨意，把画取走了，当天就将这幅画进献宫中。唐文宗也非常喜爱古物，看到这幅画特别高兴，让人将它张挂在云韶院。

注释

❶坌（bèn）：尘埃。 ❷缣：双丝淡黄色绢。 ❸装治：装裱古籍或字画。 ❹张萱：唐代画家。京兆（治今陕西西安）人。善画贵族妇女。存世作品有《捣练图》《虢国夫人游春图》等。 ❺左军：即左神策军，是由宦官统领的禁军。 ❻云韶院：唐代宫中教习流行歌舞的场所之一。

【原文】

寺有先天菩萨帧，本起成都妙积寺。开元初，有尼魏八师者，常念《大悲咒》[①]。双流县百姓刘乙[②]，名意儿，年十一，自欲事魏尼，尼遣之不去，常于奥室立禅[③]。尝白魏云："先天菩萨见身此地。"遂筛灰于庭，一夕，有巨迹数尺，轮理成就[④]。因谒画工，随意设色，悉不如意。有僧杨法成自言能画，意儿常合掌仰

【译文】

保寿寺中有先天菩萨画像，本系成都妙积寺之物。开元初年，妙积寺中有个叫魏八师的尼姑，常常诵念《大悲咒》。双流县百姓刘某，名意儿，才十一岁，自愿以师徒之礼侍奉魏八师，魏八师赶他也不走。刘乙经常在内室参禅。一次，他对魏八师说："先天菩萨在此现身。"于是，就在寺内庭院筛铺草灰。一天晚上，灰上出现了几尺长的巨大足迹，连传说中菩萨脚掌上特有的轮形印纹都很清晰。因此请来画工，让画工按照刘意儿的意思设色，但结果都不如意。有个僧人杨

祝，然后指授之。以近十稔，工方毕。后塑先天菩萨凡二百四十二首，首如塔势，分臂如意蔓。其榜子有一百四十日鸟树[5]，一凤四翅，水肚树，所题深怪，不可详悉。画样凡十五卷，柳七师者，崔宁之甥，分三卷往上都流行。时魏奉古为长史，进之。后因四月八日赐高力士[6]。今成都者，是其次本。

法成，自称擅长绘画，刘意儿双手合十仰祝上天，然后指点他作画。杨法成花了近十年才画成。后来为先天菩萨塑像共有二百四十二个头，头排列如塔形，手臂有如万千枝蔓。其榜子中有一百四十棵日鸟树，一只四翅凤凰，水肚树，画风非常怪异，不能尽知。画稿共十五卷。柳七师是崔宁的外甥，把画稿合为三卷，带往长安传布。当时魏奉古为长史，把画卷进献给朝廷。后来，玄宗皇帝在四月八日将它赏赐给高力士。现在成都收存的是它的摹本。

注释

❶《大悲咒》：佛教的观世音菩萨经咒之一。 ❷ 双流县：今属四川成都。 ❸ 奥室：内室，深宅。 ❹ 轮理：谓佛、菩萨足底的轮形印纹。 ❺ 榜子：图样。 ❻ 四月八日：佛的生日。

【原 文】

辞。先天帧赞连句：观音化身，厥形孔怪。施腷淫厉[1]，众魔膜拜。（善继）指蔓鸿纷[2]，榜列区界。其事明张，何不可解？（柯古）阎河德川，大士先天。众象参罗[3]，暾暾田田[4]。（梦复）百亿花发[5]，百千灯

【译 文】

辞。先天帧赞连句：观音化身，厥形孔怪。施腷淫厉，众魔膜拜。（善继）指蔓鸿纷，榜列区界。其事明张，何不可解？（柯古）阎河德川，大士先天。众象参罗，暾暾田田。（梦复）百亿花发，百千灯燃。

燃。胶如络绎，浩汗连绵[6]。（善继）焰摩界戚，洛迦苦雾。正念皈依[7]，众眚如彗[8]。（柯古）戾滓可汰[9]，痴膜可蜕[10]。稽首如空，睟容若睇[11]。（善继）阐提墨屎[12]，睹而面之。寸念不生，未遇乎而。（柯古）

胶如络绎，浩汗连绵。（善继）焰摩界戚，洛迦苦雾。正念皈依，众眚如彗。（柯古）戾滓可汰，痴膜可蜕。稽首如空，睟容若睇。（善继）阐提墨屎，睹而面之。寸念不生，未遇乎而。（柯古）

注释

❶䏲脑：开裂。淫厉：暴戾。 ❷鸿纷：宏伟多彩。 ❸参罗：森罗。 ❹暾暾：明亮的样子。田田：盛密。 ❺百亿：佛教语。指世界及众生。 ❻浩汗：浩瀚。 ❼正念：佛教语。谓随时都清楚地知道当下的心念。 ❽眚（shěng）：灾异，疾苦。彗：扫，拂。 ❾戾滓：众生的罪垢。 ❿痴膜：臭皮囊。 ⓫睟（suì）容：温润的面容。睇（dì）：眼睛斜看。 ⓬墨屎（méichì）：狡诈，无赖。

【原文】

事征（高力士）：呼二兄（柯古），呼阿翁（善继），呼将军（梦复），呼火老（柯古），五轮砲[1]（善继）。初施棨戟[2]（梦复），常卧鹿床[3]（柯古），长六尺五寸[4]（善继），陪葬泰陵[5]（梦复）。咏荠（柯古），齿成印（善继），上国下国（梦复），梦鞭（柯古），吕氏生髭（善继）。

【译文】

事征（高力士）：呼二兄（柯古），呼阿翁（善继），呼将军（梦复），呼火老（柯古），五轮砲（善继）。初施棨戟（梦复），常卧鹿床（柯古），长六尺五寸（善继），陪葬泰陵（梦复）。咏荠（柯古），齿成印（善继），上国下国（梦复），梦鞭（柯古），吕氏生髭（善继）。

注释

❶ 硙（wèi）：磨子。 ❷ 棨戟：有缯衣或油漆的木戟。古代官吏出行时用作仪仗。 ❸ 鹿床：指坐卧之具。古人所谓“坐榻”。 ❹ 长六尺五寸：此指高力士身高。 ❺ 泰陵：唐玄宗李隆基的陵墓。在陕西蒲城东北金粟山。

【原文】

宣阳坊静域寺，本太穆皇后宅[①]。寺僧云：“三阶院门外，是神尧皇帝射孔雀处[②]。”禅院门内外，《游目记》云王昭隐画[③]。门西里面，和修吉龙王有灵[④]。门内之西，火目药叉及北方天王[⑤]，甚奇猛。门东里面，贤门也，野叉部落鬼首上蟠蛇，汗烟可惧。东廊树石崄怪，高僧亦怪。西廊万菩萨院门里南壁，皇甫轸画鬼神及雕，形势若脱。轸与吴道玄同时，吴以其艺逼己，募人杀之。

【译文】

宣阳坊静域寺，本是唐高祖太穆皇后娘家的宅邸。寺里的僧人说：“三阶院门外，是高祖皇帝锦屏射孔雀得为窦氏婿的地方。”院门内外所画鬼神，据《游目记》说是王昭隐所画。门西里面，和修吉龙王有灵验。门内以西，画有火目药叉及北方天王，非常奇猛。门东里面是贤门，画满夜叉，恶鬼头上盘着蛇，让人一见生惧，汗流浃背。东边走廊所画树木石头，十分险怪，高僧的形象也很怪异。西廊万菩萨院门里的南壁上，有皇甫轸画的鬼神和大雕，势若破壁而出。皇甫轸与吴道子是同时代人，吴道子因为皇甫轸的画艺直逼自己，就雇人把他杀了。

注释

❶ 太穆皇后：即唐高祖李渊皇后窦氏，北周武帝外甥女。唐开国后，追谥“太穆皇后”。 ❷ 神尧皇帝：即唐高祖李渊。尊号神尧皇帝。 ❸ 王昭隐：又

作王韶应。唐画家，擅山水、人马。尤精鬼神，深有气韵。❹和修吉龙王：又称多头龙王。❺药叉：即夜叉。北方天王：即多闻天王，为佛教护法的天神，四天王之一。

【原 文】

万菩萨堂内有宝塔，以小金铜塔数百饰之。大历中，将作刘监有子[①]，合手出胎[②]，七岁念《法华经》。及卒，焚之，得舍利数十粒，分藏于金铜塔中。善继云："合是刘铭[③]。"佛殿东廊有古佛堂，其地本雍村，堂中像设悉是石作[④]，相传云隋恭帝终此堂[⑤]。

【译 文】

万菩萨堂内有座宝塔，塔身由几百个小的金铜塔装饰。大历年间，将作监刘姓官员妻子临盆产下一子。此子降生时双手合十，七岁时就能诵念《法华经》。他死后，焚化遗体，得到几十粒舍利子，分别收藏在小金铜塔中。善继说："这些小金铜塔应是刘某铸造。"佛殿东廊有间古佛堂，其地本为雍村，古佛堂中的神佛塑像都是石雕，相传隋恭帝就死在古佛堂内。

注 释

❶将作：此指"将作监"。官署名，掌营缮宫室、宗庙、城门、东宫、王府诸中央官署及京都的其他土木工程。❷合手：两手相合。❸铭：铭刻。这里指铸造。❹像设：所祠祀的人像或神佛供像为"像设"。❺隋恭帝：即隋恭帝杨侑，隋炀帝孙。618年让位于李渊，封酅国公。619年，卒。

【原 文】

三门外画，亦皇甫轸迹也，

【译 文】

三门外的画，也是皇甫轸的手

金刚旧有灵[1]。天宝初，驸马独孤明宅与寺相近[2]。独孤有婢名怀春，稚齿俊俏，常悦西邻一士人[3]，因宵期于寺门，有巨蛇束之，俱卒。

笔，所画金刚从前颇为灵验。天宝初年，驸马独孤明的宅邸与静域寺距离很近。独孤明有个婢女名叫怀春，年轻俊俏，曾喜欢西邻一个读书人，两人约定晚间在寺门前幽会，结果有条来历不明的大蛇将两人缠住勒死了。

注释

❶ 金刚：为金刚力士的略称。执金刚杵守护佛法的天神。 ❷ 独孤明：唐玄宗李隆基婿，尚信成公主。 ❸ 悦：喜欢。

【原 文】

佛殿内，西座蕃神甚古质[1]。贞元已前，西蕃两度盟，皆载此神立于坛而誓，相传摩时颇有灵。

【译 文】

佛殿内，西座的吐蕃神像极为古雅质朴。贞元以前，吐蕃与大唐两度结盟，每次都把此尊吐蕃神像立于神坛前，而后盟誓，相传当时颇为灵验。

注释

❶ 蕃：这里指吐蕃。古质：古雅质朴。

【原 文】

辞。三阶院连句：密密助堂堂[1]，隋人歌麇桑[2]。双弧摧孔雀，一矢陨

【译 文】

辞。三阶院连句：密密助堂堂，隋人歌麇桑。双弧摧孔

贪狼。（柯古）百步望云立，九规看月张[3]。获蛟徒破浪[4]，中乙漫如墙[5]。（善继）还似贯金鼓，更疑穿石梁[6]。因添挽河力，为灭射天狂[7]。（柯古）绝艺却南牧[8]，英声来鬼方[9]。丽龟何足敌[10]，殪豕未为长[11]。（善继）龙臂胜猿臂[12]，星芒超箭芒。虚夸绝高鸟，垂拱议明堂[13]。（柯古）

雀，一矢陨贪狼。（柯古）百步望云立，九规看月张。获蛟徒破浪，中乙漫如墙。（善继）还似贯金鼓，更疑穿石梁。因添挽河力，为灭射天狂。（柯古）绝艺却南牧，英声来鬼方。丽龟何足敌，殪豕未为长。（善继）龙臂胜猿臂，星芒超箭芒。虚夸绝高鸟，垂拱议明堂。（柯古）

注释

❶三阶院：当年李渊射孔雀求婚处。密密：勤勉。这里代指窦皇后。堂堂：形容人仪表庄伟。这里代指唐高祖。 ❷檿（yǎn）桑：山桑木制的弓。弓性强劲。 ❸九规：古指月亮运行的九道圆弧形轨迹。百步、月张等语，皆言挽弓及射术。 ❹获蛟：言汉武帝射杀江中巨蛟之事。 ❺中乙：言孙权射虎之事。 ❻穿石梁：与前“贯金鼓”，均指膂力过人。 ❼射天狂：指隋炀帝暴虐无道。 ❽南牧：向南牧马。比喻南下征服诸地。 ❾鬼方：殷周时北方部族，西周时常侵扰边境。 ❿丽龟：射中禽兽背部隆起的中心处。 ⓫殪（yì）：杀死。 ⓬龙臂：指唐高祖。猿臂：形容臂长如猿，灵活矫健。 ⓭垂拱：垂衣拱手。多指帝王无为而治。明堂：古代天子举行大典的地方。

【原 文】

崇义坊招福寺，本曰正觉，国初毁之，以其地立第赐诸王，睿宗在藩居之。乾封二年[1]，移长宁公主佛堂于此[2]，重建此

【译 文】

崇义坊招福寺，本名正觉寺，国朝初年被毁，那块地就建起宅第赐给诸王，睿宗做藩王时曾在此居住。乾封二年，高宗把长宁公主的佛堂设在

寺。寺内旧有池，下永乐东街数方土填之[3]。今地底下树根多露。长安二年[4]，内出等身金铜像一铺，并九部乐[5]。南北两门额，上与岐、薛二王亲送至寺[6]，彩乘象舆[7]，羽卫四合[8]，街中余香，数日不歇。景云二年[9]，又赐真容坐像，诏寺中别建圣容院，是睿宗在春宫真容也[10]。先天二年[11]，敕出内库钱二千万[12]，巧匠一千人，重修之。

此地，重建了这座寺院。寺院里原本有池塘，从永乐坊东街取了几方土填平了。现在常有树根从地底露出来。长安二年，宫里颁赐等身的金铜佛像一尊，并设九部乐。南北两门的匾额，由玄宗与岐王、薛王亲自送到寺里，用象拉着彩车，卫队和仪仗前呼后拥，散发出的香气，街道上一连几天都还能闻到。景云二年，睿宗又颁赐真容坐像，诏令在寺中另建一处圣容院，供奉睿宗做太子时的真容。先天二年，玄宗敕令从内府库拿出两千万钱，拨能工巧匠一千人，重新修缮招福寺。

注释

❶ 乾封二年：667 年。乾封：唐高宗李治年号。 ❷ 长宁公主：唐中宗李显之女。 ❸ 永乐：即永乐坊。 ❹ 长安二年：702 年。长安：周武则天年号。 ❺ 九部乐：隋唐宫廷燕乐。 ❻ 岐、薛二王：即唐睿宗第四子李范和第五子李业。 ❼ 象舆：用象拉的车。 ❽ 羽卫：帝王的卫队和仪仗。 ❾ 景云二年：711 年。景云：唐睿宗年号。 ❿ 春宫：封建时代太子居住的宫室。 ⓫ 先天二年：713 年。先天：唐玄宗李隆基年号。 ⓬ 内库钱：皇宫的府库。

【原 文】

睿宗圣容院门外，鬼神数壁，自内移来，画迹甚异。鬼所执野鸡，似觉毛起。库院鬼

【译 文】

睿宗圣容院门外，有几幅鬼神壁画，是从宫内移来，画法奇异。画中的鬼手执野鸡，看上去似乎鸡毛都竖起来

子母，贞元中李真画，往往得长史规矩[①]，把镜者犹工。寺西南隅僧伽像[②]，从来有灵，至今百姓上幡伞不绝[③]。先，寺奴朝来者，常续明涂地[④]，数十年不懈。李某为尹时，有贼引朝来[⑤]，吏将收捕，奴不胜其冤，乃上钟楼，遥启僧伽而碎身焉。恍惚间，见异僧以如意击曰："无苦，自将治也。"奴觉，奴跳下数尺地，一毛不损。囚闻之，悔懊自服，奴竟无事。

了。库院的鬼子母像，是贞元年间李真所画，笔法颇得长史周昉法度，其中手拿镜子的小鬼画得尤为精妙。寺院西南角的僧伽像，向来灵验，至今百姓还不断上供幡幢伞盖。起先，寺里有一个名叫朝来的小奴，每日添加灯油、擦拭地面，几十年不懈怠。李某为府尹时，有个盗贼诬陷朝来，官府将朝来收捕，朝来不能忍受被冤枉，就登上钟楼，远远对着僧伽像诉说冤屈而后纵身跃下。恍惚间，只见一位怪异的僧人手执如意敲敲他说："不要烦恼，自当还你清白。"朝来醒来时，已经从钟楼落到地面，竟毫发无损。盗贼听闻此事，非常懊悔，自己承认诬陷之事，朝来最终无事。

注释

❶ 长史：此指唐画家周昉传世作品。据说有《簪花仕女图》《挥扇仕女图》等。规矩：法度。 ❷ 僧伽：即释僧伽，西域僧人。 ❸ 幡伞：幡幢伞盖。 ❹ 续明：添加灯油。涂地：擦拭地面。 ❺ 引：此指诬陷。

【原 文】

辞。赠诸上人连句：翻了西天偈[①]，烧余梵宇香。撚眉愁俗客[②]，支颊背残阳。（柯古）洲号唯思沃，山名秖记匡。辩中摧世智，定里破

【译 文】

辞。赠诸上人连句：翻了西天偈，烧余梵宇香。撚眉愁俗客，支颊背残阳。（柯古）洲号唯思沃，山名秖记匡。辩中摧世智，定里破魔强。（善继）

魔强。(善继) 许睿禅心彻[3]，汤休诗思长。朗吟疏磬断，久语贯珠妨。(柯古) 乘兴书芭叶，闲来入豆房[4]。漫题存古壁[5]，怪画匝长廊。(善继)

许睿禅心彻，汤休诗思长。朗吟疏磬断，久语贯珠妨。(柯古) 乘兴书芭叶，闲来入豆房。漫题存古壁，怪画匝长廊。(善继)

注释

❶ 翻：翻译。西天偈：指佛经。 ❷ 撚眉：手捻眉毛。有所思貌。 ❸ 禅心：谓清静寂定的心境。 ❹ 豆房：即青豆房，指僧舍。 ❺ 漫题：信手书写的文字。

【原 文】

事征（释门古今谜字）：争田书贞字[1]。(善继) 焉兜知伯叔。(柯古) 解梦羊负鱼[2]。(梦复) 问入日下人[3]。(善继) 塔上书师子。(柯古)

【译 文】

事征（释门古今谜字）：争田书贞字。(善继) 焉兜知伯叔。(柯古) 解梦羊负鱼。(梦复) 问入日下人。(善继) 塔上书师子。(柯古)

注释

❶ 争田书贞字：用梁武帝事。 ❷ 羊负鱼：用高僧佛图澄事。 ❸ 日下人：用高僧鸠摩罗什事。

【原 文】

征前代关释门佳谱：何充志大宇宙[1]。（善继）此子疲于津梁[2]。（柯古）生天在丈人后[3]。（梦复）二何佞于佛。（善继）问年，答“小如来五岁”[4]。（柯古）答四声，云“天保寺刹”[5]。（梦复）菩萨嚬眉，所以慈悲六道[6]。（善继）周妻何肉[7]。（柯古）

【译 文】

征前代关释门佳谱：何充志大宇宙。（善继）此子疲于津梁。（柯古）生天在丈人后。（梦复）二何佞于佛。（善继）问年，答“小如来五岁”。（柯古）答四声，云“天保寺刹”。（梦复）菩萨嚬眉，所以慈悲六道。（善继）周妻何肉。（柯古）

注 释

❶ 何充志大宇宙：《晋书·何充传》载，“而性好释典，崇修佛寺，供给沙门以百数，糜费巨亿而不吝也。亲友至于贫乏，无所施遗，以此获讥于世。阮裕尝戏之曰：‘卿志大宇宙，勇迈终古。’充问其故，裕曰：‘我图数千户郡尚未能得，卿图作佛，不亦大乎！’于时郗愔及弟昙奉天师道，而充与弟准崇信释氏，谢万讥之云：‘二郗谄于道，二何佞于佛。’” ❷ 此子疲于津梁：《世说新语·言语》载，“庾公尝入佛图，见卧佛，曰：‘此子疲于津梁。’” ❸ 生天在丈人后：谢灵运揶揄孟颉之言。 ❹ 小如来五岁：《太平广记》引《谈薮》，“北齐使来聘梁。访东海徐陵春，和者曰：‘小如来五岁，大孔子三年。’谓七十五也”。 ❺ 答四声，云“天保寺刹”：指梁帝萧衍问何为“四声”之事。 ❻ 菩萨嚬眉，所以慈悲六道：《太平广记》引《谈薮》，“隋吏部侍郎薛道衡尝游钟山开善寺，谓小僧曰：‘金刚何为努目？菩萨何为低眉？’小僧答曰：‘金刚努目，所以降伏四魔；菩萨低眉，所以慈悲六道。’道衡怃然不能对。” ❼ 周妻何肉：《南齐书·周颙传》载，“时何胤亦精信佛法，无妻妾。太子又问颙：‘卿精进何如何胤？’颙曰：‘三涂八难，共所未免。然各有其累。’太子曰：‘所累伊何？’对曰：‘周妻何肉。’其言辞应变，皆如此也”。

【原 文】

昭国坊崇济寺。寺内有天后织成蛟龙披袄子及绣衣六事[①]。东廊从南第二院，有宣律师制袈裟堂[②]。曼殊堂有松数株，甚奇。

【译 文】

昭国坊崇济寺。寺内有天后武则天织成的蛟龙披袄子及绣衣等六件衣物。东廊从南起第二院，院中有律宗道宣大师制作袈裟的殿堂。曼殊堂有几株松树，非常奇特。

注 释

❶ 披袄子：后世称披风。贵族女性所着上衣。 ❷ 宣律师：即释道宣，俗姓钱，唐代高僧，为佛教律宗创始人。

【原 文】

辞。宣律和尚袈裟绝句：共覆三衣中夜寒，披时不镇尼师坛[①]。无因盖得龙宫地，畦里尘飞业相残。（善继）和前：南山披时寒夜中[②]，一角不动毗岚风[③]。何人见此生惭愧，断续犹应护得龙。（柯古）

【译 文】

辞。宣律和尚袈裟绝句：共覆三衣中夜寒，披时不镇尼师坛。无因盖得龙宫地，畦里尘飞业相残。（善继）和前：南山披时寒夜中，一角不动毗岚风。何人见此生惭愧，断续犹应护得龙。（柯古）

注 释

❶ 尼师坛：佛教徒所说六物之一。即随坐衣。坐卧时铺在地上、卧具上的长方形布，以敷地护身。 ❷ 南山：指南山大师释道宣。 ❸ 毗岚：意为迅猛的风，狂风。

【原 文】

奇松二十字：柳桂何相疏[1]，榆枷方迴屑。无人擅谈柄[2]，一枝不敢折。（柯古）半庭苔藓深，吹余鸣佛禽。至于摧折枝，凡草犹避阴。（善继）僻径根从露，闲房枝任侵。一株风正好，来助碧云吟[3]。（梦复）时时扫窗声，重露滴寒砌[4]。风飐一枝遒[5]，闲窥别生势。（昇上人）偃盖入楼妨，盘根侵井窄。高僧独惆怅，为与澄岚隔[6]。（柯古）

【译 文】

奇松二十字：柳桂何相疏，榆枷方迴屑。无人擅谈柄，一枝不敢折。（柯古）半庭苔藓深，吹余鸣佛禽。至于摧折枝，凡草犹避阴。（善继）僻径根从露，闲房枝任侵。一株风正好，来助碧云吟。（梦复）时时扫窗声，重露滴寒砌。风飐一枝遒，闲窥别生势。（昇上人）偃盖入楼妨，盘根侵井窄。高僧独惆怅，为与澄岚隔。（柯古）

注 释

❶柳：一作“杉”。 ❷谈柄：古人清谈时手里所拿的拂尘。僧人讲法或执如意，故有谈柄之名。 ❸碧云：天空中的浮云。多用于表达赠别之情。 ❹寒砌：寒凉的台阶。 ❺飐（zhǎn）：风吹物使其颤动。 ❻澄岚：清新的山间水气。

【原 文】

永安坊永寿寺。三门东，吴道子画，似不得意。佛殿名会仙，本是内中梳洗殿。贞元中，有证智禅师，往往著灵验，或时

【译 文】

永安坊永寿寺。三门东边，有吴道子的画，似乎不是其得意之作。佛殿原名会仙殿，本是宫中梳洗殿。贞元年间，寺里有位证智禅师，往往有灵验之事，有时白天在张椟寺

在张楱兰若中治田[1]，及夜，归寺。兰若在金山界，相去七百里。

院中种田，当天晚上便回到了永寿寺。永寿寺在金山地界，两地相距七百里。

注释

❶ 治田：种田。

【原文】

辞。闲中好：闲中好，尽日松为侣。此趣人不知，轻风度僧语。（梦复）闲中好，尘务不萦心[1]。坐对当窗木，看移三面阴。（柯古）闲中好，幽磬度声迟。卷上论题肇[2]，画中僧姓支[3]。（善继）

【译文】

辞。闲中好：闲中好，尽日松为侣。此趣人不知，轻风度僧语。（梦复）闲中好，尘务不萦心。坐对当窗木，看移三面阴。（柯古）闲中好，幽磬度声迟。卷上论题肇，画中僧姓支。（善继）

注释

❶ 尘务：世俗的事务。萦心：牵挂心间。 ❷ 肇：即僧肇，俗姓张。京兆（治今陕西西安）人。东晋高僧，鸠摩罗什弟子。著有《肇论》等。 ❸ 僧姓支：谓东晋高僧支遁。

【原文】

崇仁坊资圣寺。净土院门

【译文】

崇仁坊资圣寺。净土院门外的壁

外[①]，相传吴生一夕秉烛醉画，就中戟手，视之恶骇。院门里，卢楞伽画[②]。卢常学吴势，吴亦授以手诀[③]。乃画总持寺三门[④]，方半，吴大赏之，谓人曰："楞伽不得心诀[⑤]，用思太苦，其能久乎？"果画毕而卒。

画，相传是吴道子一天晚上酒醉后秉烛而作，画中鬼神戟手指人，看上去凶恶恐怖。院门里面的壁画，是卢楞伽所画。卢楞伽曾向吴道子学画，吴道子向其传授笔法诀窍。后来，卢楞伽为总持寺三门作画，才画一半，吴道子便大加赞赏，私下却对别人说："卢楞伽学画不得心法，构思太苦，怕是活不长久吧？"卢楞伽果然画完就去世了。

注释

❶ 净土：佛教认为佛、菩萨等居住的世界，没有尘世的污染，所以叫净土。❷ 卢楞伽：一作卢棱伽，唐长安（今陕西西安）人。吴道子弟子，擅绘佛像、经变。其存世作品有《六尊者像》。❸ 手诀：笔法诀窍。❹ 总持寺：在唐长安城永阳坊。隋炀帝为文帝所立，初名大禅定寺。唐高祖武德年间改名总持寺。❺ 心诀：要诀，要旨。

【原文】

中门窗间，吴道子画高僧，韦述赞，李严书。中三门外，两面上层，不知何人画人物，颇类阎令[①]。寺西廊北隅，杨坦画[②]。近塔天女，明睇将瞬[③]。团塔院北堂，有铁观音，高三丈余。观音院两廊四十二

【译文】

中门窗之间，有吴道子所画高僧像，韦述作赞，李严书写。中三门外，两面上层，有不知什么人画的人物，很像阎立本的技法。寺院西廊的北角，有杨坦所画天女图。天女明亮的眼睛中微微眨动神光。团塔院北堂，画有高三丈多的铁观音像。观音院两边廊上有四十二贤圣图，这是韩

贤圣，韩幹画，元中书载赞。东廊北头散马，不意见者，如将嘶蹀[4]。圣僧中龙树、商那和修[5]，绝妙。团塔上菩萨，李真画。四面花鸟，边鸾画[6]。当药上菩萨顶[7]，莪葵尤佳[8]。塔中藏千部《法华经》。

幹所画，宰相元载作赞。东廊北头所画的散马，不经意间看见，仿佛一群真马在嘶鸣奔踏。圣僧像中的龙树、商那和修，画得尤为精妙。团塔上的菩萨像，为李真所画。四面的花鸟，为边鸾所画。药上菩萨头顶上的蜀葵画得尤其好。塔里藏有上千部《法华经》。

注释

❶ 阎令：即阎立本，唐代画家，存世作品有《历代帝王图》（传）、《步辇图》（宋摹本）等。 ❷ 杨坦：唐画家。善画佛像、鬼神。 ❸ 瞬：眨眼。 ❹ 蹀（dié）：踏。 ❺ 龙树：古印度大乘佛教中观学派理论体系的建立者之一。 ❻ 边鸾：唐代画家。攻丹青，最长于花鸟。 ❼ 药上菩萨：药王菩萨之弟，号净藏如来。 ❽ 莪（róng）葵：即蜀葵。二年生草本植物。

【原 文】

辞。诸画连句（柏梁体）[1]：吴生画勇矛戟攒。（柯古）出奇变势千万端。（善继）苍苍鬼怪层壁宽[2]。（梦复）睹之忽忽毛发寒。（柯古）棱伽之力所疼瘢[3]。（柯古）李真、周昉优劣难。（梦复）活禽生卉推边鸾。（柯古）花房嫩彩犹未干。（善继）韩幹变态如激湍。（梦复）惜哉

【译 文】

辞。诸画连句（柏梁体）：吴生画勇矛戟攒。（柯古）出奇变势千万端。（善继）苍苍鬼怪层壁宽。（梦复）睹之忽忽毛发寒。（柯古）棱伽之力所疼瘢。（柯古）李真、周昉优劣难。（梦复）活禽生卉推边鸾。（柯古）花房嫩彩犹未干。（善继）韩幹变态如激湍。（梦复）惜哉壁画势未殚。

壁画势未殚[4]。（柯古）后人新画何漫汗[5]。（善继）

（柯古）后人新画何漫汗。（善继）

注释

❶ 柏梁体：属七言诗体，采用联句方式，每人一句，每句用韵。传说汉武帝在柏梁台命群臣联句赋诗，后人因称这种诗体为“柏梁体”。 ❷ 层壁：指高大的墙壁或岩壁。 ❸ 棱伽：即卢楞伽。瘆（tān）：疲乏。形容人或马处于疲惫状态。 ❹ 未：许本疑误为“难”，今据《四部丛刊》本、《四库全书》本、《太平广记》改。 ❺ 漫汗：漫无边际。

【原文】

楚国寺[1]。寺内有楚哀王等身金铜像[2]，哀王绣袄半袖犹在。长庆中，赐织成双凤夹黄袄子，镇在寺中。门内有放生池。太和中，赐白毡黄胯衫。寺墙西，朱泚宅。

【译文】

楚国寺。寺内有楚哀王李智云的等身金铜像，哀王的绣袄半袖还在。长庆年间，赐织就的双凤夹黄袄子，作为镇寺之宝。寺门内有放生池。太和年间，赐白毡黄胯衫。寺院墙西，曾是朱泚宅第。

注释

❶ 楚国寺：位于唐长安城晋昌坊。 ❷ 楚哀王：即李智云，唐高祖李渊第四子。后因李渊起兵太原，李智云被解送长安，为阴世师杀害。武德初追封楚王，谥号哀。等身金铜像：原作“等金身铜像”，今据文义改。

【原 文】

事征：地狱等活[1]。（约上人）八抹洛伽[2]。（义上人）波咤[3]。（昇上人）坏从狱不生。（柯古）铅河。（约上人）剑林[4]。（义上人）烊铜。（昇上人）

【译 文】

事征：地狱等活。（约上人）八抹洛伽。（义上人）波咤。（昇上人）坏从狱不生。（柯古）铅河。（约上人）剑林。（义上人）烊铜。（昇上人）

注 释

❶ 地狱等活：即佛教中所谓等活地狱。因罪人于此地狱中受苦而死，后继续复活受苦，故称等活地狱。 ❷ 八抹洛伽：疑为“摩睺罗伽”，大蟒神，为天龙八部之一。 ❸ 波咤：苦难，折磨。 ❹ 剑林：即剑林地狱。佛教中十六小地狱之一。

【原 文】

诸上人以予该悉内典，请予独征：无中阴[1]。五无间[2]。黑绳[3]。赤树。火厚二百肘。风吹二千年。陆陀罗炭。钵头摩鬘。镬量五十由旬。舌长三车赊。铜鹫。铁蚁。阿鼻。十一义。九千钵头摩。如一婆诃麻[4]，百年除一尽。（并柯古）

【译 文】

各位上人认为我熟知佛典，请我一人征引：无中阴。五无间。黑绳。赤树。火厚二百肘。风吹二千年。陆陀罗炭。钵头摩鬘。镬量五十由旬。舌长三车赊。铜鹫。铁蚁。阿鼻。十一义。九千钵头摩。如一婆诃麻，百年除一尽。（并柯古）

注释

❶ 中阴：佛教术语。谓轮回中死后生前的过渡状态。 ❷ 无间：指无间地狱，亦称“阿鼻地狱”。 ❸ 黑绳：黑绳地狱。 ❹ 婆诃麻：胡麻。

【原 文】

慈恩寺。寺本净觉故伽蓝[①]，因而营建焉。凡十余院，总一千八百九十七间，敕度三百僧。初，三藏自西域回，诏太常卿江夏王道宗设九部乐，迎经像入寺，彩车凡千余辆。上御安福门观之。太宗常赐三藏衲[②]，约直百余金，其工无针綖之迹。初，三藏翻因明[③]，译经僧栖玄，以论示尚药奉御吕才[④]，才遂张之广衢，指其长短，著《破义图》[⑤]。其序云：“岂谓《象》《系》之表[⑥]，犹开八正之门[⑦]；形器之先，更弘二知之教。”立难四十余条[⑧]。诏才就寺对论，三藏谓才云：“檀越平生未见《太玄》[⑨]，诏问须臾即解；由来不窥象戏[⑩]，试造旬日即成。

【译 文】

慈恩寺。此寺本为净觉寺故址，就地营建而成。共有十几重禅院，一千八百九十七间，敕令可剃度三百名僧人。当初，玄奘法师从西域回到长安，诏令太常卿江夏王李道宗设九部乐，出动彩车一千多辆迎请经书、佛像入寺。太宗亲临安福门观看。太宗赏赐玄奘法师袈裟一件，价值百余金，袈裟制作非常精良，全无针线痕迹。当初，玄奘法师翻译因明论典时，译经僧人栖玄，把译出的部分拿给尚药奉御吕才看，吕才就抄下来张贴在大街上，指出其中诸多不足之处，并著《因明注解立破义图》。其序言写道：“所谓《象传》《系辞》，也开修行法门；物质世界之先，佛法早已弘扬。”对玄奘法师的译文提出四十多条反驳意见。皇上诏令吕才前往慈恩寺当面辩论，玄奘法师对吕才说：“听说施主从未读过《太玄》，但遇皇上诏问，片刻间就能解答；从来没接触过象戏，稍研究几天即成高手。以有限的心智，欲破解天下学

以此有限之心，逢事即欲穿凿[11]。”因重申所难，一一收摄[12]，析毫藏耳[13]，衮衮不穷[14]，凡数千言。才屈不能领，辞屈礼拜。塔西面画湿耳师子，仰摹蟠龙，尉迟画。及花，千钵曼殊，皆一时绝妙。

问，难免牵强附会。”于是，罗列吕才提出的反驳意见，一一回应总结，分析透彻，滔滔不绝，共有几千言。吕才难以领会其中奥妙，理屈词穷礼拜而退。佛塔西面画有湿耳狮子，高处画有蟠龙，均为尉迟乙僧所画。还绘有趺心花、千钵文殊菩萨像，都是一时绝妙之作。

注释

❶伽（qié）蓝：寺院。 ❷衲：僧徒的衣服，常用许多碎布补缀而成，因以为僧衣的代称。 ❸因明：亦称“因明论”。古代印度五明之一。音译为醯都费陀，意译为因明。“因”指原因、根据、理由；“明”义为学术。因明即关于逻辑推理的学说，随佛教传入中国。 ❹尚药奉御：掌合御药及诊候之事。 ❺《破义图》：即《因明注解立破义图》。 ❻《象》《系》：即《周易》的《象传》和《系辞》。 ❼八正之门：即佛教修行的八种基本法门。 ❽立难：提出反驳意见。 ❾《太玄》：《太玄经》，十卷，汉扬雄撰。该书吸收了汉代哲学及天文学思想，以天地人三玄为本，重点阐述宇宙生成、天道人事变化规律。 ❿象戏：古象棋。 ⓫穿凿：犹牵强附会。 ⓬收摄：收束，总结。 ⓭析毫：剖析毫芒。 ⓮衮衮不穷：滔滔不绝。

【原 文】

寺中柿树、白牡丹，是法力上人手植。上人时常执炉循诸屋壁，有变相处，辄献虔祝，年无虚月。又殿庭

【译 文】

慈恩寺里的柿树、白牡丹，都是法力上人亲手种植。法力上人时常手执香炉沿墙行走，到有敷演经文的地方就献香虔诚祝祷，年年月月都是如此。另外，佛殿庭院里有大莎罗树，是大历年间安西都护府

大莎罗树，大历中安西所进。其木桩赐此寺四橛，橛皆灼固。其木大德行逢自种之，一株不活。

进献的，连同赏赐的还有加固树株用的四根木橛子，木橛子都经过烧灼处理。后来高僧行逢也种过大莎罗树，不过一棵也没活。

续集卷七

《金刚经》鸠异

【原 文】

贞元十七年，先君自荆入蜀[①]，应韦南康辟命[②]。洎韦之暮年[③]，为贼辟谗构[④]，遂摄尉灵池县[⑤]。韦寻薨，贼辟知留后。先君旧与辟不合，闻之连夜离县。至城东门，辟寻有帖，不令诸县官离县。其夕阴风，及返，出郭二里，见火两炬，夹道百步为导。初意县吏迎候，且怪其不前，高下远近不差，欲及县郭方灭。及问县吏，尚未知府帖也。时先君念《金刚经》已五六年，数无虚日。信乎至诚必感，有感必应，向之导火，乃《经》所著迹也。后辟逆节渐露[⑥]，诏以袁公滋为节度使。成式再从叔少从军，知

【译 文】

贞元十七年，先父段文昌从荆州入蜀，接受南康王韦皋的任命。到了韦皋晚年，先父被逆贼刘辟谗言构陷，于是暂任灵池县尉。不久，韦皋去世，刘辟自任节度留后。先父过去与刘辟不和，听到此消息，就连夜逃离灵池县。到了县城东门，刘辟已张贴告示，不准各县官员离县。那天晚上阴风四起，等到返回灵池县时，在外城二里处，看见有两把火炬，夹道百步为导引。起初以为是县吏迎候，奇怪他们为何不上前迎接，且火炬时高时低若即若离，快到县城外墙时才熄灭。问起县吏，他们还不知道府里的告示。当时先父诵念《金刚经》已经五六年了，无一日间断。确信是至精至诚有所感应，有感应必会灵验，先前引路的火炬，就是《金刚经》显现的灵验。后来刘辟的叛逆之心逐渐败露，朝廷下诏以袁滋为节度使。我

左营事，惧及祸，与监军定计，以蜡丸帛书通谋于袁。事旋发，悉为鱼肉[7]。贼谓先君知其谋。于一时，先君念《经》夜久，不觉困寐。门户悉闭，忽觉闻开户而入，言“不畏”者再三，若物投案，嚗然有声。惊起之际，言犹在耳，顾视左右，吏仆皆睡。烛桦四索[8]，初无所见，向之关扃已开辟矣。先君受持此经十余万遍[9]，征应事孔著[10]。成式近观晋、宋已来，时人咸著传记彰明其事。又先命受持讲解有唐已来《金刚经灵验记》三卷，成式当奉先命受持讲解。太和二年，于扬州僧栖简处听平消《御注》一遍。六年，于荆州僧靖奢处听《大云疏》一遍。开成元年，于上都怀楚法师处，听《青龙疏》一遍。复日念书写，犹希传照罔极[11]，尽形流通。摭拾遗逸[12]，以备阙佛事，号《〈金刚经〉鸠异》。

的再从叔年少从军，负责管理左营，害怕被刘辟牵连，就与监军商定计谋，用蜡丸帛书将此事通报于袁滋。事情很快暴露了，相关人等都被刘辟残害。刘辟认为先父知道了他的计谋。有一天，先父诵念《金刚经》一直到夜深时分，不觉困乏而睡。当时门窗都关着，先父忽然听到有人开门进来，再三对他说“不怕”，好像有东西投到桌案上，嚗然有声。先父从梦中惊醒之时，感觉声音就在耳边，环顾四周，吏员、仆人都在睡觉。先父手持蜡烛四下查看，什么也没看见，只是先前关着的门打开了。先父诵念《金刚经》已十多万遍，显现灵验的事很多。我近来读两晋、刘宋以来的著作，关于《金刚经》显灵的记载很多。另外，先父命我受持讲解唐以来《金刚经灵验记》三卷，我自当奉先父之命受持讲解。太和二年，在扬州僧人栖简那里听他讲解《御注金刚经》一遍。太和六年，在荆州僧人靖奢那里听讲《大云疏》一遍。开成元年，在长安怀楚法师那里听讲《青龙疏》一遍。我每天诵念抄写，还望这一经典传照无穷，永世流通。我摭拾相关的遗闻逸事，以备补充佛典之阙失，称为《〈金刚经〉鸠异》。

注释

❶先君：已故的父亲。即段成式之父段文昌。❷辟命：征召，任命。❸洎：到。❹贼辟：即刘辟，贞元年间进士，永贞元年（805）因韦皋死，其自称留后。元和元年（806），上表朝廷求都统三川，宪宗不许。刘辟遂发兵攻取梓州，后被剿灭。谗构：构陷。❺摄：代理。灵池县：今四川成都龙泉驿区。❻逆节：叛逆的念头或行为。❼鱼肉：借指受宰割者。❽烛桦：用桦木皮卷成的烛。❾受持：佛教术语。谓领受在心，持久不忘。❿征应：犹证验，应验。⓫罔极：无穷。⓬摭拾：搜集。

【原文】

张镒相公先君齐丘，酷信释氏。每旦，更新衣执《经》，于像前念《金刚经》十五遍，积数十年不懈。永泰初[①]，为朔方节度使。衙内有小将负罪，惧事露，乃扇动军人数百[②]，定谋反叛。齐丘因衙退[③]，于小厅闲行，忽有兵数十，露刃走入。齐丘左右唯奴仆，遽奔宅门，过小厅数步回顾，又无人，疑是鬼物。将及门，其妻女奴仆复叫呼出门，云有两甲士，身出厅屋上。时衙队军健闻变，持兵乱入。至小厅前，见十余人仡然庭[④]中，垂手张口，投兵

【译文】

张镒相公已故的父亲张齐丘，特别信奉佛教。每天早晨，换上新衣手持经书，在佛像前诵念《金刚经》十五遍，几十年坚持不懈。永泰初年，张齐丘任朔方节度使。府衙内有一个小将犯了罪，怕事情败露，于是就煽动几百名军人，商定谋反之计。齐丘办公之余，在小厅漫步，忽然有几十名士兵，手持兵刃走了进来。齐丘身边只有几名奴仆，便急忙奔向内门，跑过小厅几步，回头一看，又没有人，怀疑是鬼怪之类。快到门口时，他的妻女奴仆又叫喊着冲出门来，说有两个士兵身披铠甲，现身在厅屋上。当时府衙卫士听说有兵变，携兵器一拥而入。到了小厅前，看见十几个人站在院子里，屹然不动，垂手而张口，兵器扔在地上，卫士就把他们

于地，众遂擒缚。五六人喑不能言，余者具首云[5]："欲上厅，忽见二甲士长数丈，嗔目叱之，初如中恶。"齐丘闻之，因断酒肉。张凤翔[6]，即予门吏卢迈亲姨夫，迈语予云。

擒住了。有五六个人喑哑不能说话，其余的人都认罪说："刚要上厅，忽然看见两名身高几丈的甲士瞪眼叱责，我们便像中了邪一样。"齐丘听闻之后，从此戒了酒肉。张镒，就是我的门吏卢迈的亲姨夫，这事是卢迈告诉我的。

注释

❶永泰：唐代宗李豫年号。 ❷扇动：同"煽动"。怂恿，挑起。 ❸衙退：谓官衙办公之余。 ❹仡（yì）然：屹然不动貌。 ❺具首：招认，认罪。 ❻张凤翔：因张镒曾任凤翔陇右节度使，故称。

【原文】

刘逸淮在汴时，韩弘为右厢虞候，王某为左厢虞候，与弘相善。或谓二人取军情，将不利于刘。刘大怒，俱召诘之。弘即刘之甥，因控地碎首[1]，大言数百，刘意稍解。王某年老，股战不能自辩。刘叱令拉坐，杖三十。时新造赤棒，头径数寸，固以筋漆，立之不仆，数五六当死矣。韩意其必死，及昏，

【译文】

刘逸淮镇守汴州时，韩弘为右厢虞候，王某为左厢虞候，王某与韩弘关系很好。有人告发他二人窃取军情，将对刘逸淮不利。刘逸淮大怒，把他二人召来责问。韩弘是刘玄佐的外甥，于是跪在地上使劲叩头，大声辩解，刘逸淮的怒气才稍微消解。王某年纪大了，吓得两腿发颤不能自己申辩。刘逸淮喝令将他拉出去，杖打三十军棍。当时新制的红木军棍，棍头直径有几寸粗，缠着筋腱涂上漆，立在地上不倒，打人只要五六下便可致死。韩弘心想王某必死无疑，等到黄昏，到王某家造访，奇怪的

造其家，怪无哭声，又谓其惧不敢哭。访其门卒，即云大使无恙[2]。弘素与熟，遂至卧内问之。王云："我读《金刚经》四十年矣，今方得力。记初被坐时，见巨手如簸箕，翕然遮背[3]。"因袒示韩，都无挞痕[4]。韩旧不好释氏，由此始与僧往来。日自写十纸，及贵，计数百轴矣。后在中书，盛暑，有谏官因事谒见，韩方洽汗写经[5]，谏官怪问之，韩乃具道王某事。予职在集仙，常侍柳公为予说。

是王家并无哭声，又想他们可能因为害怕不敢哭。询问守门的隶卒，隶卒说王某安然无恙。韩弘一向与王某相熟，于是径直走进卧室问他，王某说："我诵念《金刚经》四十年了，现在才得到法力护佑。我当初被拉倒在地时，看见像簸箕一样的大手合拢遮住后背。"于是脱去衣服给韩弘看，一点伤痕都没有。韩弘以前不信佛，从此开始与僧人往来。每天亲自抄写十页佛经，等后来显贵时，共计抄写几百卷了。后来韩弘任职中书，正值盛夏，有一个谏官因事来拜见他，只见韩弘正汗流浃背地抄写佛经。谏官很奇怪，就问他，韩弘就把王某的事告诉了他。我在集贤院任职时，常侍柳公权对我讲过这件事。

注释

❶ 碎首：碎裂头颅。 ❷ 大使：唐制，节度使有节度大使、副大使知节度事之别。这里代指王某。 ❸ 翕然：这里指双手合拢。 ❹ 挞痕：伤痕。 ❺ 洽汗：汗流浃背。

【原 文】

梁崇义在襄州[1]，未阻兵时[2]，有小将孙咸暴卒，信宿却苏。梦至一处，如王者所

【译 文】

梁崇义镇守襄州时，还未拥兵自重，有个小将孙咸突然死了，过了两晚又苏醒过来。自称梦中到了一个地

居，仪卫甚严，有吏引与一僧对事[③]。僧法号怀秀，亡已经年。在生极犯戒，及入冥，无善可录，乃绐云："我常嘱孙咸写《法华经》。"故咸被追对。咸初不省，僧故执之，经时不决。忽见沙门曰："地藏尊者语云：'弟子若招承，亦自获祐。'"咸乃依言，因得无事。又说对勘时，见一戎王，卫者数百，自外来，冥王降阶，齐级升殿。坐未久，乃大风卷去。又见一人，被拷覆罪福，此人常持《金刚经》，又好食肉，左边有《经》数千轴，右边积肉成山，以肉多，将入重论。俄经堆中有火一星，飞向肉山，顷刻销尽，此人遂履空而去。咸问地藏："向来外国王，风吹何处？"地藏云："彼王当入无间，向来风即业风也[④]。"因引咸看地狱。及门，烟焰扇赫[⑤]，声若风雷，惧不敢视。临回，镬汤跳沫，滴落左股，痛入心髓。地藏乃令一吏送归，不许漏泄

方，像是君王的居所，仪卫甚是严整，有一个官吏领着他与一名僧人对质。僧人法号怀秀，死了已经一年了，活着时严重违反戒律，到了冥间，没有什么善行可记，于是他撒谎说："我曾嘱托孙咸抄写《法华经》。"因此，孙咸被找来对证。孙咸起初没明白怎么回事，僧人坚称嘱托过他，过了很久不能决断。忽然，有一位沙门前来对他说："地藏菩萨说：'您如果招认此事，自己也可获得福佑。"孙咸就依照僧人所说承认有这回事，因而太平无事。孙咸又说对质时，看见一个蕃王，带领着几百卫士，从外面进来，冥王走下台阶，而后两人一齐升殿。坐了没多久，蕃王就被大风卷去。又看见一个人，被查核一生的福祸，这个人经常诵念《金刚经》，又好吃肉，左边有《金刚经》几千卷，右边的肉堆积成山，因为肉多，将要被重罚。不一会儿，经书堆中冒出一粒火星，飞向肉山，顷刻间肉山被烧光，这个人也腾空而去。孙咸问地藏菩萨："刚才那位蕃王，被风吹到哪里去了？"地藏菩萨说："那位国王应当进入无间地狱，刚才的那阵风就是业风。"于是领着孙咸观看地狱。到了地狱门前，只见烟焰炽烈，声如风雷，孙咸吓得不敢看。临回阳间时，镬里的飞沫溅在孙咸的左大腿上，痛入心髓。地藏菩萨令一冥吏送孙咸还阳，告诫他不许泄露冥

冥事。及回，如梦，妻儿环泣已一日矣。遂破家写《经》，因请出家。梦中所滴处成疮，终身不差。

间的事。等回到家，如梦初醒，妻子儿女围着他已哭了一天了。孙咸于是卖掉家产抄写佛经，并请求出家为僧。梦中被飞沫滴溅的地方成了疮疡，终生没有痊愈。

注释

❶梁崇义：唐京兆长安（今陕西西安）人。初在山南东道节度使来瑱部下为将，后为山南东道节度使，常怀不轨之心。唐德宗时，朝廷令淮西节度使李希烈讨伐他，兵败自杀。 ❷阻兵：拥兵自重。 ❸对事：对质。 ❹业风：指恶业所感之猛风或劫末大风灾时及地狱等所吹之风。 ❺扇赫：谓火焰炽烈。

【原文】

贞元中，荆州天崇寺僧智灯，常持《金刚经》，遇疾死。弟子启手足犹热，不即入木[1]。经七日却活，云初见冥中若王者，以念经故，合掌降阶，因问讯，言："更容上人十年在世，勉出生死。"又问："人间众僧中后食薏苡仁及药食？此大违本教。"灯报云："律中有开遮条[2]，如何？"云："此后人加之，非佛意也。"今荆州僧众中后无饮药者。

【译文】

贞元年间，荆州天崇寺的僧人智灯，经常持念《金刚经》，后来生病而死。弟子摸他的手脚还有余温，就没有将他入殓。过了七天，智灯又活过来了，说最初看见像是冥王的人，因为自己持念《金刚经》，对方便合掌走下台阶，前来问讯，说："再容上人在世十年，您要勉力超脱生死轮回。"又问："人间众僧有过午服食薏苡仁及其他药食的吗？这些都严重违背了本教戒律。"智灯说："戒律中有'开遮'一说，是怎么回事？"冥王回答说："这是后人杜撰的，并非佛祖本意。"现在荆州众僧过午之后再也没有吃药的了。

注释

❶ 入木：入殓。 ❷ 开遮：佛教术语。开：开许。遮：禁止。

【原文】

公安潺陵村百姓王从贵妹[1]，未嫁，常持《金刚经》。贞元中，忽暴疾卒。埋已三日，其家复墓[2]，闻冢中呻吟，遂发视之，果有气，舆归。数日能言，云："初至冥间，冥吏以持经功德，放还。"王从贵能治木，常于公安灵化寺起造，其寺禅师曙中常见从贵说。

【译文】

公安潺陵村百姓王从贵的妹妹，没有出嫁，常常持念《金刚经》。贞元年间，忽然暴病而死。下葬三天后，他的家人前来省墓，听到墓中有呻吟声，于是就掘开坟墓，妹妹果然还有气，就用车接回家。几天后能说话了，她说："刚到冥间，冥吏因我持念《金刚经》的功德，放我回来。"王从贵会做木匠活儿，曾参与修造公安灵化寺，寺里的曙中禅师曾听王从贵说起这事。

注释

❶ 公安：县名。今属湖北荆州。 ❷ 复墓：旧俗埋葬三日后家人省墓。

【原文】

韦南康镇蜀，时有左营伍伯[1]，于西山行营与同火卒学念《金刚经》[2]。性顽，初一日，才得题目。其夜堡

【译文】

南康郡王韦皋镇守蜀地，当时有一个左营的役卒，在西山行营与同火役卒学念《金刚经》。他生性顽劣，第一天，只学得题目。当天夜里，他去堡外捡柴草，被吐

外拾薪，为蕃骑缚去，行百余里乃止。天未明，遂踣之于地③，以发系橛，覆以驼毯，寝其上。此人惟念《经》题，忽见金一铤，放光止于前。试举首动身，所缚悉脱，遂潜起逐金铤走。计行未得十余里，迟明，不觉已至家。家在府东市，妻儿初疑其鬼，具陈来由。到家五六日，行营将方申其逃。初，韦不信，以逃日与至家日不差，始免之。

蕃骑兵抓去，对方走了一百多里才停下来。当时，天还没亮，骑兵就将他丢在地上，把他的头发系在木桩上，覆盖一块驼毡，然后睡在他身上。这人只能默念《金刚经》的题目，忽然看见一锭黄金，闪闪发光，就在他面前停下来。他试着抬头动身，结果捆绑的绳索都脱落了，于是就偷偷起身跟着金锭走。估计走了不到十里远，天还没亮，不知不觉已经到家了。他家在成都府东市，妻儿起初怀疑他是鬼，他把事情的来龙去脉都告诉家人。到家五六天后，行营的将官才上报他出逃之事。起初，韦皋不相信他的解释，结果经计算发现他的出逃之日和到家之日一点不差，这才免了他的罪。

注释

❶ 伍伯：衙门中行刑的役卒。此处指伍长。 ❷ 同火：古代兵制，十人共灶同炊，称为“同火”。 ❸ 踣（bó）：摔倒。

【原文】

元和初，汉州孔目典陈昭①，因患病，见一人著黄衣至床前云：“赵判官唤尔。”昭问所因，云：“至自冥间，刘辟与窦悬对事，要君为证。”昭即留

【译文】

元和初年，汉州孔目官陈昭患病卧床，一日看见一个身穿黄衣的人走到床前说：“赵判官叫你。”陈昭问他原因，对方答道：“我来自冥间，刘辟与窦悬对质，请你去作证。”陈昭便留他坐下。片刻间，又有一人，手

坐。逡巡[②]，又有一人，手持一物，如球胞[③]。前吏怪其迟，答之曰："缘此，候屠行开。"因笑谓昭曰："君勿惧，取生人气，须得猪胞。君可面东侧卧。"昭依其言，不觉已随二吏行。路甚平，可十余里，至一城，大如府城，甲士守门焉。及入，见一人怒容可骇，即赵判官也。语云："刘辟取东川，窦悬捕牛四十七头送梓州[④]，称准辟判杀，辟又云先无牒[⑤]。君为孔目典，合知是实。"未及对，隔壁闻窦悬呼："陈昭好在?"及问兄弟妻子存亡。昭即欲参见，冥吏云："窦使君形容极恶，不欲相见。"昭乃具说杀牛实奉刘尚书委曲[⑥]，非牒也。纸是麻面，见在汉州某司房架。即令吏领昭至汉州取之，门馆扃锁[⑦]，乃于节窍中出入。委曲至，辟乃无言。赵语昭："尔自有一过，知否?窦悬所杀牛，尔取一牛头。"昭未及对，赵曰："此不同人间，不可抵假。"须臾，见一卒挈牛头而至，昭

拿一个像猪胞的东西。先前到的官吏埋怨他来晚了，对方答道："只因为这个，须等屠宰行开门。"于是笑着对陈昭说："您不要害怕，取活人气息，必须用猪胞。您可面向东躺下。"陈昭按他的话做，不知不觉已经随着两名官吏上路了。路很平坦，走了十多里，到了一城，像府城那么大，有甲士守门。等进了城，看见一个人神情愤怒，令人害怕，这就是赵判官。赵判官说："刘辟攻取东川时，窦悬捕捉四十七头牛送往梓州，说是刘辟准许宰杀的。刘辟却说没有批复公文。您作为孔目官，应当知道实情。"陈昭还没来得及回答，便听到隔壁窦悬的呼叫："陈昭近来可好?"并问他兄弟、妻子的生死状况。陈昭便想见他，冥吏说："窦悬形貌太恐怖，不想与你相见。"陈昭就详细说了杀牛的事确实是奉刘辟尚书的手谕，但不是公文。手谕是写在麻面纸上，现在汉州某司房的档案架上。赵判官于是派官吏带领陈昭到汉州去取，到那里一看，门馆上了锁，就从孔穴中出入。取到手谕后，刘辟无言以对。赵判官对陈昭说："你自己也有一罪，知道吗?在窦悬所杀的牛中，你取走了一个牛头。"陈昭没来得及回答，赵判官说："这里不同于人间，不能抵赖。"不一会儿，只见一个士卒带着牛头到来，陈昭立刻恐惧求救。赵

即恐惧求救。赵令检格，合决一百[8]，考五十日[9]。因谓昭曰："尔有何功德？"昭即自陈设若干人斋，画某像。赵云："此来生缘尔。"昭又言曾于表兄家转《金刚经》。赵曰："可合掌请。"昭依言。有顷，见黄襆箱经自天而下，住昭前。昭取视，即表兄所借本也，有烧处尚在。又令合掌，其经即灭。赵曰："此足以免。"便放回。复令昭往一司曰生禄，检其修短[10]。吏报云："昭本名钊，是金傍刀，至某年改为昭，更得十八年。"昭闻惆怅，赵笑曰："十八年大得作乐事，何不悦乎？"乃令吏送昭。至半道，见一马当路，吏云："此尔本属，可乘此。"即骑，乃活，死已一日半矣。

判官命人翻查律令，判定责打一百杖，拷问五十天。于是对陈昭说："你有什么功德？"陈昭自述曾设了若干斋戒，画过多少佛像。赵判官说："这是来生的福报，现在没用。"陈昭又说曾在表兄家诵念《金刚经》。赵判官说："你可合掌请经。"陈昭按他的话做。过了一会儿，只见裹着黄包袱的经箱从天而降，在陈昭面前停下。陈昭取出一看，就是表兄所借的那本，被烧的地方还在。赵判官又让他合掌，那个经书就消失了。赵判官说："这足以赦免你。"便放他回阳间。又令陈昭去生禄司，说查看他寿命的长短。冥吏说："陈昭本名钊，是金旁刀，到了某年改为昭，还有十八年的寿命。"陈昭听了后很惆怅，赵判官笑着说："十八年可做很多乐事，为什么不高兴呢？"于是让冥吏送陈昭回阳间。到了半路，看见一匹马当道而立，冥吏说："这是你本人的属相，您可骑着它。"陈昭骑上马，即刻就复活了，醒来后发现自己已死去一天半了。

注释

❶ 孔目典：即孔目官。古代各府州及方镇中掌文书簿籍或财计出纳事务的小官吏。 ❷ 逡巡：此指顷刻之间。 ❸ 球胞：指猪膀胱。 ❹ 梓州：治今四川三台。 ❺ 牒：公文。 ❻ 委曲：手札，手谕。 ❼ 扃（jiōng）锁：锁闭。

❽决：判决。 ❾考：拷问。 ❿修短：长短。指人的寿命。

【原 文】

荆州法性寺僧惟恭，三十余年念《金刚经》，日五十遍。不拘僧仪，好酒，多是非，为众僧所恶。后遇疾且死。同寺有僧灵岿，其迹类惟恭，为一寺二害。因他故出，去寺一里，逢五六人，年少甚都[1]，衣服鲜洁，各执乐器，如龟兹部，问灵岿："惟恭上人何在?"灵岿即语其处，疑其寺中有供也。及晚回，入寺，闻钟声，惟恭已死，因说向来所见。其日，合寺闻丝竹声，竟无乐人入寺。当时名僧云："惟恭盖承经之力，生不动国[2]，亦以其迹勉灵岿也。"灵岿感悟，折节缁门[3]。

【译 文】

荆州法性寺僧人惟恭，三十多年来一直诵念《金刚经》，每天念五十遍。他不遵守僧人戒律，好饮酒，搬弄是非，为众僧所厌恶。后来得病快死了。同寺有个僧人叫灵岿，他的举止很像惟恭，与惟恭并称为寺中的两大祸害。灵岿因事外出，走到离寺一里远的地方，遇到五六个人，年轻貌美，衣服光鲜整洁，每人手拿乐器，就像龟兹部。问灵岿："惟恭上人在哪里?"灵岿就告诉了他们，以为是寺里设供养之人。晚上回到寺里，听到钟声，得知惟恭已经死了，于是讲了他白天出寺的所见所闻。那天，整个寺中都听到丝竹声，但没有奏乐的人进入寺内。当时的一位高僧说："惟恭大概是承《金刚经》的法力，转生不动国，也以他的事迹来劝勉灵岿。"灵岿感悟，从此遵守戒律，诚心皈依佛门。

注 释

❶都：美盛，漂亮。 ❷不动国：即不动地。菩萨十地（修行阶位）中的第八地。 ❸缁门：佛门。因僧人多着黑衣，故称佛门为"缁门"。

【原 文】

董进朝，元和中入军。初在军时，宿直城东楼上。一夕月明，忽见四人著黄从东来，聚立城下，说己姓名，状若追捕。因相语曰：“董进朝常持《金刚经》，以一分功德祝庇冥司，我辈久蒙其惠，如何杀之？须枉命相代。若此人他去，我等无所赖矣。”其一人云：“董进朝对门有一人，同姓同年，寿限相埒[1]，可以代矣。”因忽不见，进朝惊异之。及明，已闻对门复魂声[2]。问其故，死者父母云：“子昨宵暴卒。”进朝感泣说之，因为殡葬，供养其父母焉。后出家，法号慧通，住兴元唐安寺。

【译 文】

董进朝，元和年间参军。刚参军时，夜里住在直城县的东楼上。一天晚上，月色明亮，他忽然看见四个穿着黄衣的人从东面走来，聚立在城下，听见提到自己的姓名，像是在追捕他。这几人商议说：“董进朝经常诵念《金刚经》，用一分功德祝祷庇祐冥司，我等蒙受他的恩惠，怎么能杀他呢？必须找一个人替他死。如果董某不在了，我们就没人可依靠了。”其中一人说：“董进朝对门有一个人，和他同姓同岁，寿限也相同，可以让他代替。”说完，这些人忽然就不见了，进朝感到很奇怪。到天亮时，听到对门的招魂声。前去询问，死者的父母说：“儿子昨天夜里突然得病死了。”进朝大为感动，哭着说了昨天晚上的事，并出钱为死者殡葬，供养他的父母。进朝后来出家为僧，法号慧通，住在兴元唐安寺。

注释

❶ 相埒：相等。 ❷ 复魂：丧仪中的招魂仪式。

【原 文】

元和中，严司空绶在江陵[1]，时涔阳镇将王沔[2]，常持《金刚经》。因使归州勘事[3]，回至咤滩[4]，船破，五人同溺。沔初入水，若有人授竹一竿，随波出没，至下牢镇著岸[5]，不死。视手中物，乃授持《金刚经》也。咤滩至下牢三百余里。

【译 文】

元和年间，司空严绶任职江陵，当时涔阳镇将王沔，经常持念《金刚经》。王沔因公到归州办事，回程时行至咤滩，船破了，五人同时落水。王沔刚落入水中，就好像有人给他一根竹竿，他抓着竹竿，随着水波浮沉，漂到下牢镇靠岸，免于一死。看手中所持东西，原来是一部《金刚经》。从咤滩到下牢镇有三百多里。

注 释

❶江陵：今属湖北荆州。 ❷涔阳：今湖北公安南。 ❸归州：今湖北秭归。 ❹咤滩：长江三峡秭归附近的一处险滩。 ❺下牢：在湖北宜昌西北。

【原 文】

长庆初，荆州公安僧会宗，姓蔡，常中蛊得病骨立，乃发愿念《金刚经》以待尽。至五十遍，昼梦有人令开口，喉中引出发十余茎。夜又梦吐大螾[1]，长一肘余，因此遂愈。荆山僧行坚见其事[2]。

【译 文】

长庆初年，荆州公安僧人会宗，俗姓蔡，曾身中蛊毒，病得形销骨立，于是发愿诵念《金刚经》以待命尽。念至五十遍时，于白天梦到有人让他张开嘴，从他的喉咙中扯出十多根头发。夜里又梦到吐出一条大蚯蚓，有一肘多长，病就痊愈了。荆山僧人行坚亲见此事。

注释

❶ 蟥：同“蚓”，蚯蚓。 ❷ 荆山：在今湖北西部、武当山东南、汉江西岸。

【原文】

江陵开元寺般若院僧法正[1]，日持《金刚经》三七遍[2]。长庆初，得病卒。至冥司，见若王者，问：“师生平作何功德？”答曰：“常念《金刚经》。”乃揖上殿，令登绣坐，念《经》七遍。侍卫悉合掌，阶下拷掠论对[3]，皆停息而听。念毕，后遣一吏引还。王下阶送云：“上人更得三十年在人间，勿废读诵。”因随吏行数十里，至一大坑。吏因临坑，自后推之，若陨空焉。死已七日，唯面不冷。法正今尚在，年八十余。荆州僧常靖亲见其事。

【译文】

江陵开元寺般若院僧人法正，每天诵念《金刚经》二十一遍。长庆初年，得病而死。到了冥司，看见一个像冥王的人，对方问他：“法师平生有什么功德？”法正回答说：“经常持念《金刚经》。”冥王于是揖请上殿，让他登上绣座诵念《金刚经》七遍。侍卫都双手合十，阶下拷问质对的鬼使都停下来听。法正诵念完毕，冥王就派一冥吏送他还阳。冥王走下台阶相送，说：“上人还能在人间活三十年，不要中断诵经。”法正就跟随冥吏走了几十里，到了一处大坑。冥吏对着大坑，从背后把法正推下去，法正感觉像从空中坠落一样。苏醒过来，才知道自己已死了七天了，只是面部不冷。荆州僧人常靖亲见此事。

注释

❶ 般若（bōrě）：佛教术语。智慧。 ❷ 三七遍：三个七遍。即二十一遍。

❸ 拷掠：鞭打。多指刑讯。

【原文】

石首县有沙弥道荫[1]，常持念《金刚经》。宝历初，因他出夜归，中路忽遇虎，吼掷而前[2]。沙弥知不免，乃闭目而坐，但默念《经》，心期救护，虎遂伏草守之。及曙[3]，村人来往，虎乃去。视其蹲处，涎流于地[4]。

【译文】

石首县有一个沙弥道荫，经常诵念《金刚经》。宝历初年，他有事外出，夜里归来时在半路上忽然遇见一只老虎，咆哮跳跃着奔来。沙弥自知难免一死，就闭目静坐，只是于心中默念《金刚经》，期望得到救护，老虎就趴在草边守着他。到天亮，村里人来来往往，老虎就离开了。过去看那老虎蹲伏的地方，满地都是口水。

注释

❶ 石首县：古县名，西晋置，治今湖北石首。 ❷ 吼掷：咆哮跳跃。 ❸ 曙：破晓，日出。 ❹ 涎：口水。

【原文】

太和三年，贼李同捷阻兵沧景，帝命李祐统齐德军讨之[1]。初围德州城，城坚不拔。翌日又攻之，自卯至未[2]，十伤八九，竟不能拔。时有齐州衙内八将官健儿王忠幹[3]，博野

【译文】

太和三年，叛贼李同捷拥兵自重割据沧景一带，皇帝命李祐率齐德军进讨。起初包围德州城，城防坚固未能攻克。第二天，继续攻城，从卯时到未时，将士伤亡十之八九，还是无法攻克。当时有个齐州衙内八将官健儿王忠幹，是博野人，经常诵念《金

人[4]，常念《金刚经》，积二十余年，日数不阙。其日，忠幹上飞梯，将及堞[5]，身中箭如猬，为檑木击落[6]。同火卒曳出羊马城外[7]，置之水濠里岸，祐以暮夜，命抽军，其时城下矢落如雨，同火人匆忙，忘取忠幹尸。忠幹既死，梦至荒野，遇大河，欲渡无因，仰天大哭。忽闻人语声，忠幹见一人长丈余，疑其神人，因求指营路。其人云："尔莫怕，我令尔得渡此河。"忠幹拜之，头低未举，神人把腰掷之空中，久方著地。忽如梦觉，闻贼城上交二更。初不记过水，亦不知疮，抬手扪面，血涂眉睫，方知伤损。乃举身强行，百余步却倒。复见向人持刀叱曰："起！起！"忠幹惊惧，遂走一里余。坐歇，方闻本军喝号声，遂及本营。访同火卒，方知身死在水濠里，即梦中所过河也。忠幹见在齐德军。

刚经》，坚持了二十多年，一天也不曾落下。那天，王忠幹登上飞梯，将要到城堞上时，身上被箭射得像刺猬一样，后为滚木击落城下。同火兵卒把他拖出羊马城外，放在水濠里岸。李祐因为天黑下令撤军，当时城上放箭有如雨下，同火忙乱之中，忘记带走忠幹的尸体。忠幹死后，梦见自己到了一处荒野，遇见一条大河，想要渡河却没有办法，就仰天大哭。忽然听到有人说话，忠幹看见一个身高一丈多的人，疑心他是神人，便请求他指明通向军营的路。那人说："你不要害怕，我可以让你渡过这条河。"忠幹低头下拜，头还没抬起来，神人便抓住他的腰把他扔向空中，过了很久他才落地。忽然像梦醒了一样，听到叛贼城上打了二更。他起初不记得渡河的事，也不知道自己受了伤，抬手摸脸，满脸是血，这才知道受了伤。于是，起身勉强行走，走了一百多步就倒下了。又看见刚才那个神人拿着刀呵斥道："起来！起来！"忠幹又惊又怕，就往前走了一里多路。坐下来休息时，正好听到本军的喝号声，于是返回军营。问起同火兵卒，才知道自己曾死在水濠边，也就是梦中所过的那条河。忠幹如今还在齐德军。

注释

❶帝：即唐文宗。齐德军：齐州和德州的军队。齐：齐州，今山东济南。德：德州，今属山东。 ❷卯：卯时，相当于五点到七点。未：未时，相当于十三点到十五点。 ❸官健儿：唐代开元以后长期戍守边远地区的雇佣兵。健儿终身免除课役，装备、给养全由国家供应，因此又叫官健儿。 ❹博野：今属河北保定。 ❺堞：城上齿形的矮墙。 ❻檑（léi）木：古代防守用的圆木。作战时将其从高处推下打击敌人。 ❼羊马城：为御敌在城外筑的类似城圈的工事。

【原文】

何轸，鬻贩为业①。妻刘氏，少断酒肉，常持《金刚经》。先焚香像前，愿年止四十五，临终心不乱，先知死日。至太和四年冬，四十五矣，悉舍资装供僧②。欲入岁假③，遍别亲故。何轸以为病魅④，不信。至岁除日⑤，请僧受入关⑥，沐浴易衣，独处一室趺坐⑦，高声念经。及辨色⑧，悄然，儿女排室入看之，已卒，顶热灼手。轸以僧礼葬，塔在荆州北郭⑨。

【译文】

何轸，以贩卖为生。妻子刘氏，年轻时就断绝酒肉，经常诵念《金刚经》。早年在佛像前焚香礼拜，希望只活到四十五岁，临终时心不慌乱，事先就知道自己去世的日子。到太和四年冬天，已四十五岁了，她便施舍钱财供养僧人。快年底时，就与所有亲朋故友告别。何轸认为是鬼魅作祟，不相信她会死。到了除夕，她请来僧人帮助闭关静修佛法，又沐浴更衣，独自在一间屋子里趺坐，高声诵念《金刚经》。等到黎明，屋内悄无声息，儿女推开门一看，刘氏已经死了，头顶热得烫手。何轸就用僧家葬仪将妻子安葬，塔在荆州北郊。

注释

❶ 鬻（yù）：卖。 ❷ 悉：许本无此字，《四部丛刊》本、《四库全书》本皆有，今据补。 ❸ 岁假：指年底。 ❹ 病魅：迷信谓因鬼魅作祟而呈现病态。 ❺ 岁除：年终。旧俗于腊岁前一日击鼓驱疫，谓之逐除，故谓。 ❻ 入关：闭关。谓佛教徒闭居一室，静修佛法。 ❼ 趺（fū）坐：指佛教徒盘腿端坐。 ❽ 辨色：犹黎明。谓天色将明，能辨清东西的时候。 ❾ 郭：外城。

【原文】

蜀左营卒王殷，常读《金刚经》，不茹荤饮酒。为赏设库子[1]，前后为人误累，合死者数四，皆非意得免。至太和四年，郭钊司空镇蜀[2]，郭性严急，小不如意皆死。王殷因呈锦缬[3]，郭嫌其恶弱[4]，令袒背，将毙之。郭有番狗，随郭卧起[5]，非使宅人，逢之辄噬，忽吠数声，立抱王殷背，驱逐不去。郭异之，怒遂解。

【译文】

蜀左营军卒王殷，经常诵念《金刚经》，不吃荤不饮酒。王殷任职赏设库子，先后因人失误连累，好几次都应是死罪，均意外得到豁免。到了太和四年，司空郭钊镇守蜀地。郭钊性情严厉躁急，手下稍不合心意就都处死。某天，王殷进呈锦缬，郭钊嫌质量粗劣，就令王殷露出后背，要杖杀他。郭钊养了一条番狗，与郭钊形影不离，只要不是节度使院里的人，碰到就咬。这时，番狗忽然大叫几声，立即抱住王殷的后背，怎么赶也不下来。郭钊感到奇怪，怒气也就消解了。

注释

❶ 赏设库子：负责管理犒赏之物的人员。 ❷ 郭钊：郭子仪之孙。母为升平公主。 ❸ 锦缬（xié）：印染花纹的丝织品。 ❹ 恶弱：粗劣。 ❺ 卧起：寝卧和起身。多指日常生活诸事。

【原 文】

郭司空离蜀之年，有百姓赵安，常念《金刚经》。因行野外，见衣一襆遗墓侧。安以无主，遂持还家。至家，言于妻子。邻人即告官赵盗物，捕送县。贼曹怒其不承认[1]，以大关挟胫[2]，折三段。后令杖脊，杖下辄折。吏意其有他术，问之，唯念《金刚经》。及申郭，郭亦异之，判放。及归，其妻云："某日，闻君经函中震裂数声，惧不敢发。"安乃驰视之，带断轴折，纸尽破裂。安今见在。

【译 文】

郭司空离开蜀地那年，有个百姓赵安，经常诵念《金刚经》。一次，行路野外，看见一包袱衣物遗失在坟墓旁边。赵安以为是无主之物，就拿回了家。到家后，将此事告诉了妻子。邻居闻知，立即向官府举报赵安盗窃财物，将赵安捉拿起来送至县衙。因为赵安拒不承认盗窃，主管盗事的官吏大怒，用夹棍夹他的小腿，结果夹棍折为三段。后又下令杖责脊背，一打下去杖就折了。官吏猜测他有法术，就问他，回答说只是常诵念《金刚经》。后来，案子申报到郭钊那里，郭钊也感到奇怪，就判决放了他。等赵安回到家，他妻子说："有一天，听到您放经卷的盒子里发出几次震裂的声音，我害怕，不敢打开看。"赵安急忙打开看，经卷的带子断了，卷轴也折了，纸张全部破裂。赵安现仍健在。

注 释

❶ 贼曹：主管捕盗、刑法的官吏。 ❷ 大关：旧时刑具，即夹棍。

【原 文】

太和五年，汉州什邡县百姓王翰[1]，常在市日逐小利。忽

【译 文】

太和五年，汉州什邡县百姓王翰，每天在集市挣点小钱。一天忽然

暴卒，经三日却活，云冥中有十六人同被追，十五人散配他处，翰独至一司，见一青衫少年，称是己侄，为冥官厅子[2]，遂引见推典[3]。又云是己兄，貌皆不相类[4]。其兄语云："有冤牛一头，诉尔烧畲[5]，枉烧杀之。尔又曾卖竹与杀狗人作箜篌[6]，杀狗两头，狗亦诉尔。尔今名未系死籍，犹可以免，为作何功德?"翰欲为设斋及写《法华经》《金光明经》[7]，皆曰不可，乃请曰："持《金刚经》日七遍与之。"其兄喜曰："足矣。"及活，遂舍业出家。今在什邡县。

暴病身亡，过了三天又活了。据他说，在冥间被追命的共有十六人，十五个人被分散到各地，唯独王翰被带到一处衙门。他看见一个身穿青衫的少年，声称是自己的侄子，做了冥间的差役，领他去见推官。推官又说是自己的哥哥，但容貌并不相似。他哥哥告诉他说："有一头冤枉的牛，控诉你烧畲时无意中烧死了它。你又曾把竹子卖给杀狗的人制作箜篌，请他杀死了两只狗，狗也控诉你。现在你的名字还未入死籍，还可以赦免，准备为它们做什么功德?"王翰说想为它们设斋及抄写《法华经》《金光明经》，哥哥都说不行。王翰请求说："每天为它们诵念七遍《金刚经》。"他的哥哥高兴地说："够了。"等到他复活，就舍弃家业出家了。如今还在什邡县。

注释

❶什邡（fāng）县：今四川什邡。 ❷厅子：旧时官厅的差役。 ❸推典：职司刑狱、审问的官吏。 ❹皆：许本作"甚"，今据《四部丛刊》本、《四库全书》本改。 ❺烧畲（shē）：烧荒种田。 ❻箜篌（kōnghóu）：古代弦乐器，分卧式、竖式两种，弦数因乐器大小而不同。 ❼《金光明经》：又名《金光明最胜王经》，法师义净译。

【原文】

太和七年冬，给事中李公石为太原行军司马[①]。孔目官高涉，因宿使院[②]，至鼕鼕鼓起时[③]，诣邻房，忽遇一人，长六尺余，呼曰："行军唤尔。"涉遂行。行稍迟，其人自后拓之[④]，不觉向北。约行数十里，至野外，渐入一谷底。后上一山，至顶四望，邑屋尽眼下。至一曹司，所追者呼云："追高涉到。"其中人多衣朱绿[⑤]，当案者似崔行信郎中，判云："付司对。"复引出至一处，数百人露坐，与猪羊杂处。领至一人前，乃涉妹婿杜则也，逆谓涉曰[⑥]："君初得书手时[⑦]，作新人局[⑧]，遣某买羊四口，记得否？今被相债，备尝苦毒。"涉遽云："尔时只使市肉，非羊也。"则遂无言。因见羊人立啮则。逡巡，被领他去，倏忽又见一处，露架方梁，梁上钉大铁环，有数百人皆持刀，以绳系人头，牵入环中刳

【译文】

太和七年冬天，给事中李石担任太原行军司马。孔目官高涉，因事在使院留宿，听到街鼓声响起，就去邻房，忽然遇见一人，高六尺多，喊高涉说："行军叫你。"高涉就跟着去。走得稍慢，那个人就从后面推他，不知不觉就向北走去。走了大约几十里，到了野外，渐渐进入一个深谷，然后登上一座山，到山顶上四面一望，城里的房舍尽收眼底。高涉被带到一处衙门，那人喊道："高涉已追到。"里面有许多官吏，案前当中坐着的人好像是崔行信郎中，说："交付有司对质！"于是，高涉又被领到一处，几百人露天而坐，与猪羊混杂在一起。高涉被领到一人面前，原来这人是高涉的妹夫杜则。杜则迎着高涉说："你当初刚做孔目官时，庆贺新职设宴请客，派我买了四只羊，还记得吗？现在我被羊追命还债，痛苦难耐。"高涉急忙说："我当时只让你去买肉，不是买羊。"杜则无言以对。就看见羊像人一样站立着啃咬杜则。过了片刻，高涉又被领到别处去，只见这处地方于露天中架着方梁，梁上钉着大铁环，有几百个人都手里拿刀，用绳索系着人头，牵入铁环中吊起来剖腹挖心。高涉害怕地走出来，

剐之[9]。涉惧走出，但念《金刚经》。倏忽逢旧相识杨演，云："李尚书时，杖杀贼李英道，为劫贼事，已于诸处受生三十年[10]。今却诉前事，君常记得无？"涉辞以年幼不省。又遇旧典段怡[11]，先与涉为义兄弟，逢涉云："先念《金刚经》莫废，忘否？向来所见，未是极苦处，勉树善业。今得还，乃经之力。"因送至家，如梦，死已经宿。向所拓处，数日青肿。

只是诵念《金刚经》。忽然碰到老相识杨演，对方说："李尚书时，因为抢劫的事，杖杀了劫贼李英道，李英道已在别处投胎三十年了。现在又申诉以前的事，你还记得吗？"高涉推说当时自己年幼不记得了。又遇到先前的孔目官段怡，段怡之前和高涉结拜为兄弟，迎着高涉说："先前您诵念《金刚经》坚持不懈，没有忘记吧？刚才您所看见的，还不是最痛苦的地方，务必努力做好事。现在你能够重返阳间，也是靠着《金刚经》的法力。"段怡于是送高涉回家，高涉像是大梦初醒，实则已经死了一夜了。先前被推的地方，青肿了好几天。

注释

❶ 给事中：唐时为门下省重职，掌封驳诏敕章奏，事权甚重。 ❷ 使院：节度使出征、入朝，或死而未有后代，皆有留后摄其事，称节度留后。节度留后治事之官署，称使院。节度使便坐治事，抑或就使院。 ❸ 鼕（dōng）鼕鼓：街鼓的俗称。唐时设置在京城街道的警夜鼓。 ❹ 拓：推。 ❺ 朱绿：唐四品、五品官服用朱，六品以下用绿。引申为当官。 ❻ 逆：迎着。 ❼ 书手：抄写人员。这里指孔目官。 ❽ 局：筵席，宴会。 ❾ 刳（kū）剐：剖杀，割剥。 ❿ 受生：投生，投胎。 ⓫ 旧典：先前的孔目典。

【原文】

永泰初，丰州烽子暮

【译文】

永泰初年，丰州一名守卫烽火台的

出[1]，为党项缚入西蕃易马。蕃将令穴肩骨，贯以皮索，以马数百蹄配之。经半岁，马息一倍[2]，蕃将赏以羊革数百，因转近牙帐[3]。赞普子爱其了事[4]，遂令执纛左右，有剩肉余酪与之。又居半年，因与酪肉，悲泣不食。赞普问之，云："有老母，频夜梦见。"赞普颇仁，闻之怅然，夜召帐中语云："蕃法严，无放还例。我与尔马有力者两匹，于某道纵尔归，无言我也。"烽子得马极骋，俱乏死，遂昼潜夜走。数日后，为刺伤足，倒碛中。忽有风吹物，窸窣过其前，因揽之裹足。有顷，不复痛，试起步走如故。经信宿，方及丰州界。归家，母尚存，悲喜曰："自失尔，我唯念《金刚经》，寝食不废，以祈见尔，今果其誓。"因取《经》拜之，缝断，亡数幅，不知其由。子因道碛中伤足事，母令解足视之，所裹疮物乃数

士兵晚上出去，被党项人抓到吐蕃换马。吐蕃军将叫人在他的肩胛骨上开洞，穿上皮绳，并把几百匹马安排给他喂养。经过半年，马群繁殖了一倍，吐蕃军将就赏给他几百张羊皮，又派他在牙帐中做事。赞普对他像儿子一样喜欢，看他做事精明能干，就命他在身边执掌大旗，平时有剩肉和奶酪都给他吃。又过了半年，一次赞着给他肉和奶酪时，他悲泣不吃。赞普问他，他说："家有老母，频频在夜里梦见她。"赞普颇为仁义，听了之后也很难过，夜里把他召进帐中，说："吐蕃法令极严，没有放还的先例。我给你两匹有脚力的马，在某条路上放你回去，不要说是我放的。"烽卒得到马就急速奔驰，两匹马都累死了，他便白天躲藏，夜晚赶路。几天后，烽卒的脚被荆棘刺伤了，倒在沙漠中。忽然有风吹起一个东西，窸窸窣窣飘到他面前，他拿过来把脚裹上。一会儿，他的脚便不再疼痛，试着起身行走，和从前好时一样。又经过两晚上，才到丰州地界。回到家里，老母还健在，看到他后，悲喜交加地说："自从失去你后，我只诵念《金刚经》，睡觉吃饭时都不停下，祈求能再见到你，现在果然应验了。"于是取来《金刚经》恭敬礼拜，发现经书的缝线断了，丢了几页经文，不知道什么缘故。儿子说起在沙漠中脚部受伤的事，母亲让他解开来看，用来包裹伤口的竟是那

幅《经》也，其疮亦愈。

几页经书，伤口也全好了。

注释

❶ 丰州：今内蒙古五原西南一带。烽子：烽火台守卒。 ❷ 息：繁殖。 ❸ 牙帐：将帅所居的营帐。前建牙旗，故名。 ❹ 赞普：吐蕃君长的称号。子爱：慈爱，爱如己子。了事：精明能干。

【原 文】

大历中，太原偷马贼诬一王孝廉同情[1]，拷掠旬日，苦极强首[2]，推吏疑其冤，未即具狱[3]。其人惟念《金刚经》，其声哀切，昼夜不息。忽一日，有竹两节，坠狱中，转至于前，他囚争取之。狱卒意藏刃，破视，内有字两行云："法尚应舍，何况非法[4]。"书迹甚工。贼首悲悔，具承以匿嫌诬之。

【译 文】

大历年间，太原盗马贼诬陷一位王孝廉是其同谋，王孝廉被刑讯十多天，痛苦难耐勉强认罪。审案的官吏怀疑他确实蒙冤，没有给他定罪。这个人只是诵念《金刚经》，声音哀切，昼夜不停。忽然有一天，有两节竹子，落在狱中，滚到王孝廉面前，其他囚犯都去争抢。狱卒怕里边藏着兵刃，破开竹子一看，里面有两行字："佛法尚应舍下，何况不是佛法。"字迹非常工整。那盗马贼悲痛悔恨，承认与王孝廉有旧怨才诬陷于他。

注释

❶ 同情：犹同谋。亦指同谋者，同伙。 ❷ 强首：勉强认案。 ❸ 具狱：定案。 ❹ 法：佛法。非法：不是佛法。

续集卷八

支动

【原 文】

北海有木兔[1]，类鵂鹠[2]。

【译 文】

北海有一种鸟叫木兔，像猫头鹰。

注 释

❶ 北海：即北海郡。在今山东潍坊。木兔：鸟名。晋郭璞曰："木兔也，似鵄鵂而小，兔头，有角，毛脚，夜飞，好食鸡。" ❷ 鵂鹠（qiáoliú）：即猫头鹰。

【原 文】

鼠食盐则身轻。

【译 文】

老鼠吃盐后身体就会变轻。

【原 文】

乌贼鱼骨，如通草[1]，可以刻为戏物。

【译 文】

乌贼鱼骨，如同通草一样，可以雕刻成玩物。

注释

❶通草：即通脱木。茎中含有大量白色髓。树皮可造纸；茎髓可入药；采髓制成薄片，可做通草花或其他饰品。

【原文】

章举[1]，每月三八则多。

【译文】

章鱼，每月的初八、十八、二十八这三天最多。

注释

❶章举：章鱼。

【原文】

虾姑[1]，状若蜈蚣，管虾。

【译文】

虾姑，样子很像蜈蚣，又叫管虾。

注释

❶虾姑：俗称“皮皮虾”。形似虾而扁，第二对胸足特大，很像螳螂的前足。

【原文】

南海有水族，前左脚长，

【译文】

南海有一种水生动物，它的左前脚

前右脚短，口在胁傍背上。常以左脚捉物，置于右脚，右脚中有齿嚼之，方内于口。大三尺余。其声“术术”，南人呼为海术。

长，右前脚短，嘴长在胁旁背上。经常用左脚抓捕猎物，然后放在右脚上，右脚中有牙齿可以将猎物咬碎，然后放入嘴里。其身有三尺多长。它的叫声是“术术”，南方人称它为海术。

【原 文】

猎者不杀豺，以财为同声。又，南方恶豺向人作声。

【译 文】

猎人不捕杀豺狼，因为“豺”与“财”同声。另外，南方人忌讳豺狼对着人嚎叫。

【原 文】

卫公幼时[1]，常于明州见一水族，有两足，觜似鸡，身如鱼。

【译 文】

卫公李德裕年幼时，曾经在明州见过一种水生动物，这种动物有两只脚，嘴像鸡，身子像鱼。

注 释

❶ 卫公：即李德裕，李吉甫之子，“牛李党争”中李党之魁，爵封卫国公，故称。

【原 文】

卫公年十一，过瞿

【译 文】

卫公李德裕十一岁时，经过瞿塘峡，

塘[1]，波中睹一物，状如婴儿，有翼，翼如鹦鹉。公知其怪，即时不言。晚风大起方说。

看到江流中有一种动物，样子像婴儿，有翅膀，就像鹦鹉的翅膀一样。卫公知道是怪物，当时没吱声。夜里忽起大风时才对人说起。

注释

❶瞿塘：即瞿塘峡，长江三峡之首。西起重庆奉节白帝城，东至巫山大溪。

【原文】

句容赤沙湖食朱砂鲤[1]，带微红，味极美。

【译文】

句容赤沙湖有一种食朱砂的鲤鱼，鱼身微红，味道极为鲜美。

注释

❶句容：在今江苏西南。朱砂鲤：鲤鱼的一种。

【原文】

负朱鱼，亦绝美，每鳞一点朱。

【译文】

负朱鱼，也美味绝伦，每片鳞甲上都有一点朱红的斑。

【原文】

向北有濮固羊，大而美。

【译文】

往北有濮固羊，体形大，肉味肥美。

【原 文】

丙穴鱼①，食乳水②，食之甚温。

【译 文】

丙穴鱼，饮用钟乳石所滴之水，人吃这种鱼甚能补养。

注 释

❶ 丙穴鱼：因常在丙日游出洞穴而得名。形状像鲤鱼而鳞细如鳟鱼，肉味肥美。 ❷ 乳水：钟乳石所滴之水。

【原 文】

蜃①，身一半已下，鳞尽逆。

【译 文】

蜃，下半身的鳞片都是逆向生长。

注 释

❶ 蜃（shèn）：传说中的蛟龙之属。

【原 文】

太和七年，河阴忽有蝇①，蔽天如蝗，止三日。河阳界，经旬方散。有李犨，时为尉，向予三从兄说。

【译 文】

太和七年，河阴忽然出现一种蝇，遮天蔽日有如蝗灾。这种异象持续了三天才结束。河阳地界经过十天，飞绳才消散。当时李犨任县尉，向我的三从兄说起过。

注释

❶ 河阴：在今河南荥阳。

【原文】

南中玳瑁[①]，斑点尽模糊，唯振州玳瑁如舶上者[②]。尝见卫公先白书[③]，上作此"毒（目冒）"字。

【译文】

南中的玳瑁，斑点全都模糊不清，只有振州的玳瑁如同海外舶来品。我曾见卫公的一份奏报，上面写作"瑇瑁"字样。

注释

❶ 玳瑁：爬行纲，海龟科，四肢呈桨状，尾短小，甲壳为棕褐色，具褐色和淡黄色相间的花纹，生活在热带和亚热带海中。 ❷ 振州：今海南三亚。 ❸ 先白书：呈进长官或宰相的报告书。

【原文】

卫公言："鹅警鬼，鵁鶄厌火[①]，孔雀辟恶。"

【译文】

卫公李德裕说："鹅能警备鬼物，鵁鶄能厌胜火灾，孔雀能驱邪避灾。"

注释

❶ 鵁鶄（jiāojīng）：即池鹭。活动于湖沼、稻田一带，以鱼类、蛙类等水生动物为食。

【原 文】

洪州有牛尾狸[1]，肉甚美。

【译 文】

洪州有牛尾狸，肉味非常鲜美。

注 释

❶ 洪州：今江西南昌。

【原 文】

威远军子将臧平者[1]，好斗鸡。高于常鸡数寸，无敢敌者。威远监军与物十匹强买之，因寒食乃进。十宅诸王皆好斗鸡[2]，此鸡凡敌十数，犹擅场怙气[3]。穆宗大悦[4]，因赐威远监军帛百匹。主鸡者想其跖距[5]，奏曰："此鸡实有弟，长趾善鸣，前岁卖之河北军将[6]，获钱二百万。"

【译 文】

威远军子将臧平，喜欢斗鸡。他的一只斗鸡比普通斗鸡高几寸，没有斗鸡敢与之对敌。威远军监军给了臧平十匹布帛强行将斗鸡买去，趁着寒食节进献给了唐穆宗。当时皇室诸王都喜欢斗鸡，这只鸡连战十几场，仍威风凛凛，气势不减。穆宗非常高兴，因而赏赐威远军监军一百匹布帛。管理斗鸡的主司察看鸡爪，觉得似曾相识，上奏说："这只鸡其实有个弟弟，爪趾长且善于鸣叫，前年卖给了河北道的军将，获利两百万钱。"

注 释

❶ 威远军：即威远营，分左右，属鸿胪寺，唐建中元年改隶金吾卫，属驻扎京师的一支禁军。子将：唐武官名。隶属于大将之下，为掌布列行阵、金鼓及部署卒伍的副将、偏将。 ❷ 十宅：即十王宅。唐玄宗诸子年长封王之后所共

居的大宅。 ❸擅场：谓强者胜过弱者，专据一场。后谓技艺超群。怙气：指仗恃勇气。 ❹穆宗：即唐穆宗李恒。 ❺跖（zhí）距：指鸡爪。 ❻河北：即河北道。辖境相当于今北京、天津、河北、辽宁大部，河南、山东古黄河以北地区。

【原 文】

韦绚云："巴州兔作狸班。"

【译 文】

韦绚说："巴州的兔子长着狸猫那样的斑纹。"

【原 文】

凡鸷鸟，雄小雌大，庶鸟皆雄大雌小。

【译 文】

大凡鹰、雕之类猛禽，都是雄鸟体形小而雌鸟体形大，普通的鸟都是雄鸟体形大、雌鸟体形小。

【原 文】

予同院宇文献云："吉州有异虫[1]，长三寸余，六足，见蚓必啮为两段，才断，各化为异虫，相似无别。"

【译 文】

我在集贤院的同僚宇文献说："吉州有一种异虫，长三寸多，有六只脚，发现蚯蚓必咬作两段。蚯蚓刚被咬断，两段就各自变化为这种异虫，与本体非常相似，几乎看不出差别。"

注释

❶吉州：今江西吉安。

【原 文】

又有赤腰蜂，养子于蜘蛛腹下。

【译 文】

还有一种赤腰蜂，把幼虫寄生在蜘蛛腹下。

【原 文】

鯸鮧鱼[①]。肝与子俱毒。食此鱼，必食艾[②]，艾能已其毒。江淮人食此鱼，必和艾。

【译 文】

河豚，肝与卵都有毒。食用河豚，一定要同时食用芦蒿，芦蒿能解其毒。江淮人食用河豚时，必配芦蒿。

注 释

❶ 鯸鮧（hóuyí）鱼：河豚。 ❷ 艾：这里指水艾，即芦蒿。

【原 文】

夔州刺史李贻孙云："尝见木枝化为蚓。"

【译 文】

夔州刺史李贻孙说："曾见到树枝变成蚯蚓。"

【原 文】

道书以鲤鱼多为龙[①]，故不欲食，非缘反药。庶子张文规又曰："医方中畏食鲤鱼，谓若鱼中猪肉也。"

【译 文】

道教典籍多把鲤鱼视为龙，因此道士多不食用，并非因为它与丹药药性相克。庶子张文规又说："医方中忌食鲤鱼，说鲤鱼相当于鱼中猪肉。"

注释

❶ 道书：道教典籍。

【原文】

卫公画得峡中异蝶，翅阔四寸余，深褐色，每翅上有二金眼。

【译文】

卫公李德裕画有三峡中的奇异蝴蝶，翅膀宽四寸多，深褐色，每只翅膀上有两只金眼。

【原文】

公又说："道书中言，獐鹿无魂，故可食。"

【译文】

卫公又说："道书中说，獐鹿没有灵魂，因此可以食用。"

【原文】

予幼时，尝见说郎巾[①]，谓狼之筋也。武宗四年[②]，官市郎巾，予夜会客，悉不知郎巾何物，亦有疑是狼筋者。坐老僧泰贤云："泾帅段祐宅在招国坊[③]，尝失银器十余事。贫道时为沙弥，每随师出入段公宅，段因令贫道以钱一千[④]，诣西市贾胡求郎巾。出至修竹

【译文】

我年幼时，曾听说过郎巾，以为就是狼的筋。武宗四年，官市上有卖郎巾的，我夜间会客，大家都不知道郎巾是何物，也有人怀疑就是狼筋。在坐的老僧泰贤说："泾原节度使段祐府邸在昭国坊，有一次丢失了十多件银器。贫僧当时为沙弥，常随师父出入段公府邸。段公就给贫僧一千钱，让我到西市胡商处买郎巾。我行至修竹南街的金吾铺，偶然问及官健朱秀，朱秀回答说：'这东西很容易

南街金吾铺[5]，偶问官健朱秀，秀曰：‘甚易得，但人不识耳。’遂于古培摘出三枚[6]，如巨虫，两头光，带黄色。祐得，即令集奴婢环庭炙之。虫栗蠕动，有一女奴脸唇瞤动[7]，诘之，果窃器而欲逃者。”

得到，只是世人不认识而已。’于是就从旧屋后墙下挖出三只，像大虫子，两头发光，身带黄色。段祐得到郎巾，即召集奴婢在庭院中站成一圈，在当中用火烤郎巾。虫子栗栗蠕动，这时只见一名女奴面部抽搐，神情怪异，一审，果然是盗窃银器而准备逃跑的人。”

注释

❶郎巾：一种体形巨大的虫蛹。 ❷武宗四年：即唐武宗会昌四年（844）。❸招国坊：据《唐两京城坊考》应为“昭国坊”。 ❹段：许本阙此字，今据《四部丛刊》本、《四库全书》本增补。 ❺金吾铺：金吾卫士卒所居之处。❻古培：旧墙壁。 ❼瞤（rún）：眼皮跳动。

【原文】

象管。环王国野象成群[1]，一牡管牝三十余[2]。牝牙才二尺，迭供牡者水草，卧则环守。牡象死，共穵地埋之[3]，号吼移时方散。又国人养驯，可令代樵。

【译文】

象管。环王国的野象成群结队，一头雄象管理着三十多头雌象。雌象的象牙才二尺长，它们轮流供给雄象水草，睡觉时就环守在雄象周围。雄象死后，象群便合力挖一个坑将其掩埋起来，哀嚎良久方离去。另外该国人驯养大象，驱使它们代替人打柴。

注释

❶ 环王国：又称占城国，在今越南中南部。 ❷ 牡：雄。牝：雌。 ❸ 牡象：原作“牝象”，疑为“牡象”之讹，据文义改。空：同“挖”。

【原文】

熊胆。春在首，夏在腹，秋在左足，冬在右足。

【译文】

熊胆。春季在熊的头部，夏季在腹部，秋季在左脚，冬季在右脚。

【原文】

南安蛮江蛇。至五、六月，有巨蛇泛江岸，首如张帽，万万蛇随之，入越王城。

【译文】

南安蛮江蛇。到五、六月时，就有大蛇浮江登岸，蛇头像张开的帽子，成千上万条蛇都跟着它涌入越王城。

【原文】

野牛。高丈余，其头似鹿，其角丫戾①，长一丈，白毛，尾似鹿，出西域。

【译文】

野牛。高一丈多，它的头像鹿，角盘曲如叉，长一丈，全身白毛，尾巴似鹿，出自西域。

注释

❶ 丫戾：盘曲成叉形。

【原 文】

潜牛。勾漏县大江中有潜牛[1]，形似水牛。每上岸斗，角软还入江水，角坚复出。

【译 文】

潜牛。勾漏县大江中有一种潜牛，外形像水牛。每每上岸争斗，犄角变软时就潜回江中，犄角变硬又出水争斗。

注 释

❶ 勾漏县：在今广西北流。

【原 文】

猫。目睛暮圆，及午竖敛如whom[1]。其鼻端常冷，唯夏至一日暖。其毛不容蚤虱。黑者，暗中逆循其毛，即若火星。俗言猫洗面过耳，则客至。楚州射阳出猫，有褐花者。灵武有红叱拨及青骢色者。猫一名蒙贵，一名乌员。平陵城，古谭国也[2]，城中有一猫，常带金锁，有钱，飞若蛱蝶，土人往往见之[3]。

【译 文】

猫。它的瞳孔傍晚是圆的，到中午收束成一条竖着的线。它的鼻尖总是凉的，只有夏至那一天是暖的。它的皮毛不生跳蚤虱子。黑猫，在暗处逆着毛摩挲，似能迸出火星。民间传说猫洗脸时爪子若超过耳朵，就有客人来。楚州射阳县出产猫，生着褐色花。灵武有红叱拨和青骢色的猫。猫，又叫“蒙贵”，别名“乌员”。平陵城，就是古时的谭国，城里有一只猫，经常挂着一把金锁，有钱形斑纹，跑起来像蝴蝶飞舞，当地人经常看到它。

注释

❶ 竖敛如綖（xiàn）：收束成一条竖着的线。綖，古同“线”。 ❷ 谭国：周朝时诸侯国，在今山东济南。 ❸ 土人：或作“士人”。

【原文】

鼠。旧说鼠王，其溺精，一滴成一鼠。一说，鼠母头脚似鼠，尾苍口锐，大如水中獭，性畏狗，溺一滴成一鼠。时鼠灾多起于鼠母，鼠母所至处[1]，动成万万鼠。其肉极美。凡鼠食死人目睛，则为鼠王。俗云，鼠啮上服有喜。凡啮衣，欲得有盖，无盖凶。

【译文】

老鼠。旧时传说，鼠王的精液，一滴就能变成一只老鼠。还有一种说法，说鼠母的头和脚像老鼠，尾巴灰白，嘴形尖锐，大小有如水獭，天性怕狗，溺尿一滴就变成一只老鼠。当时的鼠灾多半是鼠母造成的，鼠母所到之处，动不动就会有成千上万只老鼠。老鼠肉味道鲜美。凡是吃了死人眼睛的老鼠，就能成为鼠王。民间传说，老鼠咬了上衣预示有喜事。老鼠咬衣服，被咬的衣服一定要盖住，不然不吉利。

注释

❶ 鼠母：许本缺“鼠母”二字，今据《四部丛刊》本、《四库全书》本增补。

【原文】

千岁燕。齐鲁之间，谓燕为乙。作巢避戊己。《玄中记》

【译文】

千岁燕。齐鲁一带，把燕子叫作乙。燕子做巢会避开戊己日。《玄中云："千岁之燕，户北向。"《述异记》云[1]："五百岁燕，生胡髯。"

记》说："千岁的燕子，巢口向北开。"《述异记》说："五百年的燕子，长胡须。"

注释

❶《述异记》：志怪小说集，南朝梁任昉撰。

【原文】

鹧鸪。飞数逐月，如正月，一飞而止于窠中，不复起矣。十二月，十二起，最难采，南人设网取之。

【译文】

鹧鸪。其飞翔的次数随着月份而变化，如正月，飞一次后就待在巢中，不再飞了。十二月，飞十二次，最难捕捉，南方人就张网捕捉它们。

【原文】

鹊窠。鹊构窠，取在树杪枝[1]，不取堕地者，又缠枝受卵。端午日午时，焚其窠灸病者，疾立愈。

【译文】

鹊窠。喜鹊筑巢，只选取树木的枝条末梢，不选掉在地上的树枝，另外喜鹊能传枝受孕。端午节这天的午时，焚烧鹊巢来灸疗病人，病立马就好。

注释

❶树杪：树梢。

【原 文】

勾足。鸜鹆交时[1]，以足相勾，促鸣鼓翼如斗状[2]，往往坠地。俗取其勾足为媚药。

【译 文】

勾足。八哥交配时，脚爪互相勾着，叫声急促，不停地扇动翅膀，像是争斗的样子，因而往往坠落在地。民间用它们的勾足当作媚药。

注 释

❶ 鸜鹆（qúyù）：即八哥。 ❷ 鼓翼：犹振翅。

【原 文】

壁镜[1]。一日江枫亭会，众说单方[2]。成式记治壁镜用白矾。重访许君，用桑柴灰汁，三度沸，取汁，白矾为膏，涂疮口即差，兼治蛇毒。自商、邓、襄州[3]，多壁镜，毒人必死。坐客或云："巳年不宜杀蛇。"

【译 文】

壁镜。一天在江枫亭聚会，众人谈论起治病的单方。我记下治壁镜咬伤可用白矾。后来重访许君，得以补全单方内容，即用桑木灰调成汁，煮沸三次，合入白矾调成膏状，用来涂抹疮口立可痊愈，这种膏还能解蛇毒。商、邓、襄州一带，壁镜很多，毒到人必死。在座者还有人说："巳年不宜杀蛇。"

注 释

❶ 壁镜：虫名。蜘蛛的一种。体扁平，黑色，腿长易脱落，常在墙上织成白色扁圆形的囊，用以孵卵。 ❷ 单方：流传于民间的药物组成较为简单的药方。 ❸ 商：商州。今陕西商洛。邓：邓州。今属河南。

【原文】

大蝎。安邑县北门县人云[①]："有一蝎如琵琶大，每出来，不毒人，人犹是恐。其灵积年矣。"

【译文】

大蝎。住在安邑县北门的人说："有一只像琵琶大的蝎子，经常出来，并不蜇人，但人们还是很害怕它。因为它作为精灵已经很多年了。"

注释

❶安邑县：治今山西运城东北。

【原文】

红蝙蝠。刘君云："南中红蕉[①]，花时，有红蝙蝠集花中，南人呼为红蝙蝠。"

【译文】

红蝙蝠。刘君说："南方红色美人蕉开花时，有一种红色蝙蝠聚集在花中，南方人称之为红蝙蝠。"

注释

❶红蕉：指红色美人蕉。

【原文】

青蚨[①]。似蝉而状稍大，其味辛，可食。每生子，必依草叶，大如蚕子。

【译文】

青蚨。像蝉而体形稍大，味道辛辣，可以食用。青蚨每次产卵，一定将卵附在草叶上，卵大如蚕卵。人们把幼青蚨带回人将子归，其母亦飞来，不以近远，其母必知处。然后各致小钱于巾，埋东行阴墙下，三日开之，即以母血涂之如前。每市物，先用子，即子归母；用母者，即母归子。如此轮还，不知休息。若买金银珍宝，即钱不还。青蚨，一名鱼伯。

家，母青蚨也会飞来，不论远近，母青蚨都能找到幼青蚨所在的地方。后来人们利用青蚨母子相寻的特性，把小钱包在手巾中，埋在东向背阴的墙脚下，三天后挖出，再用母青蚨的血涂在另外的钱上，重复前面的步骤。每当买东西时，若用涂了幼青蚨血的子钱，子钱会自己返回母钱处；若用涂了母青蚨血的钱，母钱也会自动返回子钱处。如此循环，无休无止。如果买了金银珍宝，那钱就不回来了。青蚨，又叫鱼伯。

注释

❶ 青蚨：亦称“鱼伯”，传说中的虫名。

【原文】

寄居之虫[1]。如螺而有脚，形似蜘蛛。本无壳，入空螺壳中，载以行。触之缩足，如螺闭户也。火炙之，乃出走，始知其寄居也。

【译文】

寄居蟹。像螺而有脚，形状像蜘蛛。寄居蟹原本没有壳，它们钻入空的螺壳中，带着壳爬行。如果受到触碰，寄居蟹的脚爪就会缩进壳里，像螺关闭甲壳一样。用火烤，寄居蟹就会爬出甲壳逃走，这才知道它是寄居的。

注释

❶ 寄居之虫：此指寄居蟹。

【原 文】

蜾蠃[1]。今谓之蠮螉也[2]。其为物，纯雄无雌，不交不产。取桑虫之子，祝之，则皆化为己子。蜂亦如此耳。

【译 文】

蜾蠃。如今叫蠮螉。这种虫全是雄性没有雌性，因此不交配，不产卵。它们夺取螟蛉的幼虫，祝祷一番，这些幼虫就都变成了蜾蠃幼虫。蜂也是这样。

注 释

❶ 蜾蠃（guǒluǒ）：即蜾蠃，一种寄生蜂。 ❷ 蠮螉（yēwēng）：土蜂。又称细腰蜂。

【原 文】

鲫鱼。东南海中有祖州，鲫鱼出焉，长八尺，食之宜暑而避风。此鱼状，即与江湖小鲫鱼相类耳。浔阳有青林湖，鲫鱼大者二尺余[1]，小者满尺，食之肥美，亦可止寒热也。

【译 文】

鲫鱼。东南海中有个祖州，出产鲫鱼，鱼长八尺，吃了它能解暑避风。这种鱼长得同江湖中的小鲫鱼差不多。浔阳有个青林湖，所产鲫鱼大的有二尺多长，小的也有一尺长，吃起来味道肥美，也能解暑避寒。

注 释

❶ 鲫：许本无“鲫”字，今据《四部丛刊》本、《四库全书》本补。

【原 文】

黄魟鱼[1]。色黄无鳞，头尖，身似大槲叶[2]。口在颔下，眼后有耳，窍通于脑。尾长一尺，末三刺，甚毒。(魟音烘)

【译 文】

黄魟鱼。黄色无鳞，头尖，身子像一片大的槲树叶。嘴在颔下，眼睛后面有耳朵，耳孔通到脑部。鱼尾长一尺，末端有三根刺，剧毒。(魟音为烘)

注 释

❶ 黄魟（hóng）鱼：魟属。身体扁平宽大，无鳞，尖吻，尾部细长，尾稍有毒刺。 ❷ 槲（hú）：一种落叶乔木，叶呈倒卵形，结球形坚果，木材坚硬。壳斗及树皮可提栲胶。

【原 文】

䗃䲛。傍海大鱼，脊上有石十二时，一名篱头溺，一名䗃䲛。其溺甚毒。

【译 文】

䗃䲛。是近海的一种大鱼，背脊上长有石头，对应十二时。一名篱头溺，一名䗃䲛。这种鱼的尿液毒性很大。

【原 文】

郫县侯生者，于沤麻池侧得鳝鱼[1]，大可尺围。烹而食之，发白复黑，齿落更生，自此轻健。

【译 文】

郫县侯生，在沤麻池里捉到一条鳝鱼，约有一尺粗。他把这条鱼炖着吃掉后，白发变黑，掉落的牙齿又重新长了出来，从此身轻体健。

注释

❶ 沤麻：将麻茎或已剥下的麻皮放入水中浸泡数小时至数日，达到部分脱胶的目的。

【原文】

剑鱼。海鱼千岁为剑鱼。一名琵琶鱼，形似琵琶而喜鸣，因以为名。虎鱼老则为蛟。江中小鱼化为蝗而食五谷者，百岁为鼠。

【译文】

剑鱼。海鱼活一千年就化为剑鱼。剑鱼又叫琵琶鱼，长得像琵琶又喜欢鸣叫，因而得名。虎鱼老了就化为蛟。江里的小鱼有的会化为蝗虫蚕食庄稼，这类鱼一百年后将化为老鼠。

【原文】

金驴。晋僧朗住金榆山，及卒，所乘驴上山失之。时有人见者，乃金驴矣。樵者往往听其鸣响，土人言："金驴一鸣，天下太平。"

【译文】

金驴。晋朝竺僧朗住在金榆山，他圆寂后，所骑的驴跑到山上走失了。不时有人见到它，那驴已变成一头金驴。樵夫常常听到金驴的鸣叫，当地人说："金驴一鸣，天下太平。"

【原文】

圣龟。福州，贞元末，有村人卖一笼龟，其数十三，贩药人徐仲以五镮获之①。村人

【译文】

圣龟。唐德宗贞元末年，福州一村民卖一笼龟，共有十三只，卖药人徐仲用五镮钱买了下来。村里人说："这是

云："此圣龟，不可杀。"徐置庭中，一龟藉龟而行，八龟为导，悉大六寸。徐遂放于乾元寺后林中，一夕而失。

圣龟，不能杀。"徐仲便把龟放在院子里，其中一只龟伏在另一只龟的背上借以前行，另有八只龟为前导，这些龟全都有六寸长。徐仲就把龟放生在乾元寺后的树林里，一晚就都消失了。

注释

❶ 锾（huán）：古代重量单位，或说约等于六两，或说约等于六两半。

【原文】

运粮驴。西域厌达国有寺户[①]，以数头驴运粮上山，无人驱逐，自能往返，寅发午至[②]，不差晷刻[③]。

【译文】

运粮驴。西域厌达国有为佛寺服役的民户，用几头驴运粮上山。这些驴不用人驱赶，自己就能往返，寅时出发，午时到达，时间一点不差。

注释

❶ 厌达国：西域古国名。6世纪，为突厥和波斯联军所灭。寺户：为佛寺服役的民户。 ❷ 寅：凌晨三点至五点。 ❸ 晷（guǐ）刻：时刻，时间。

【原文】

邓州卜者。有书生住邓州，尝游郡南，数月不返。其家诣卜者占之，卜者视卦

【译文】

邓州占卜者。有一位书生住在邓州，曾到州郡南部游历，几个月都没有返回。他的家人请卜者为他卜卦，卜者看了卦象

曰："甚异！吾未能了。可重祝。"祝毕，拂龟改灼，复曰："君所卜行人，兆中如病非病，如死非死，逾年自至矣。"果半年，书生归，云："游某山深洞，入值物，螫如中疾，四支不能动，昏昏若半醉。见一物自明入穴中，却返。良久又至，直附身，引颈临口鼻，细视之，乃巨龟也。十息顷方去。"书生酌其时日，其家卜吉时焉。

说："太奇怪了！这卦象我没看明白。请重新祝祷。"家人祝祷完毕，卜者拂拭龟甲换个地方重新烧灼，又说："你所占卜的行人，在卦象中似病非病，似死非死，过一年他自己就会回来。"果然，过了半年，书生回来了，说："我游玩到某一处深洞，进入洞口时恰巧被什么东西蛰了下，就像得了病一样，四肢都不能动，昏昏沉沉犹如半醉。这时看见一个东西从亮处进入洞中，又退了出去。过了很久，那东西又折了回来，伸长脖颈凑近我的嘴和鼻子，仔细审视，原来是一只巨龟。巨龟停留大约喘息十次的时间才离去。"书生推算当时的时间，正是家人请人为他占卜的时刻。

【原 文】

五时鸡[1]。影娥池北有鸣琴苑[2]，伺夜鸡鸣，随鼓节而鸣，从夜至晓，一更为一声，五更为五声，亦曰五时鸡。

【译 文】

五时鸡。影娥池北边有鸣琴苑，到了夜晚，司夜鸡会随着更鼓而鸣，从黑夜至拂晓，一更时分鸣一声，五更时分鸣五声，因此也称五时鸡。

注释

❶ 五时鸡：夜间能按更报时的鸡。 ❷ 影娥池：汉未央宫中池名。

【原 文】

鹧鸪。似雌雉，飞但南，不向北。杨孚《交州异物志》云[1]：“鸟像雌雉，名鹧鸪。其志怀南，不向北徂。”

【译 文】

鹧鸪。样子像雌野鸡，只向南飞，不向北飞。杨孚《交州异物志》载：“有一种鸟像雌野鸡，名叫鹧鸪。它心里只想着南方，不向北飞。”

注释

❶《交州异物志》：又作《交趾异物志》，东汉杨孚撰。该书专记岭南风物。

【原 文】

猬。见虎，则跳入虎耳。

【译 文】

刺猬。见到老虎，就跳进老虎耳朵里。

【原 文】

鹞子。两翅各有复翎，左名撩风，右名掠草。带两翎出猎，必多获。

【译 文】

鹞子。两只翅膀各生有复翎，左翅复翎名叫撩风，右翅复翎名叫掠草。带着有复翎的鹞子打猎，猎获必多。

【原 文】

世俗相传云，鸱不饮泉及井水[1]，惟遇雨濡翮[2]，

【译 文】

民间传说，鸱不饮泉水及井水，只有遇到下雨打湿了翅膀，才会喝一些翅翎上

方得水饮。

的雨水。

注释

❶ 鸱（chī）：鹞鹰。 ❷ 翮（hé）：此指鸟的翅膀。

【原文】

开元二十一年，富平县产一角神羊[1]，肉角当顶，白毛上捧。议者以为獬豸[2]。

【译文】

开元二十一年，富平县出现了一种独角神羊，肉角正当头顶，周围有白毛攒聚。议者认为这是獬豸。

注释

❶ 富平县：今属陕西。 ❷ 獬豸（xièzhì）：传说中的独角神兽，能辨曲直，见人相斗，则以角触无理者。

【原文】

獬豸。见斗不直者触之，穷奇见斗不直者煦之[1]。均是兽也，其好恶不同。故君子以獬豸为冠，小人以穷奇为名。

【译文】

獬豸。看见人类争斗就会用角攻击理屈的一方，而穷奇会对理屈的一方施以恩惠。两者均为兽类，然而好恶不同。因此，君子以獬豸为冠名，穷奇则成为小人的代名词。

注释

❶ 穷奇：传说中的恶兽名。见斗：许本作“见闻”，今据《四部丛刊》本、《四库全书》本改。煦：恩惠。

【原文】

鼠胆在肝，活取则有。

【译文】

老鼠的胆在肝上，活体剖取才能得到。

续集卷九

支植上

【原 文】

卫公平泉庄[1]，有黄辛夷、紫丁香[2]。

【译 文】

卫公李德裕的平泉庄，种有黄辛夷、紫丁香。

注 释

❶ 平泉庄：李德裕在洛阳游息的别墅。 ❷ 辛夷：即紫玉兰。

【原 文】

都胜。花紫色，两重心。数叶卷上如芦朵，蕊黄，叶细。

【译 文】

都胜。开紫色花，两重花心。几片叶子翻卷向上，状如芦花，花蕊为黄色，叶子非常细。

【原 文】

郁提槿。花紫色，两重叶，外重叶卷心，心中抽

【译 文】

郁提槿。开紫色花，有两重叶，外面那重叶向花心卷曲，花心抽发出一根茎，

茎，高寸余。叶端分五瓣如蒂，瓣中紫蕊，茎上黄蕊。

高一寸多。叶端分成五瓣，形同花蒂，紫蕊吐绽其间，茎上有黄蕊。

【原 文】

月桂。叶如桂，花浅黄色，四瓣，青蕊。花盛发如柿蒂。出蒋山[1]。

【译 文】

月桂。叶子近似桂树，开浅黄色花，花有四瓣，花蕊青色。花盛开时就像柿蒂。出自钟山。

注 释

❶ 蒋山：江苏南京的钟山。东汉末秣陵尉蒋子文葬此，遂改名。

【原 文】

溪荪[1]。如高良姜。生水中。出茆山[2]。

【译 文】

溪荪。长得很像高良姜。生长在水中。出自茅山。

注 释

❶ 溪荪（sūn）：水菖蒲的别名。生于溪涧，故名。 ❷ 茆山：即茅山。在今江苏西南。

【原 文】

山茶。似海石榴[1]，出

【译 文】

山茶花。形似石榴花，出自桂州。蜀

桂州[2]。蜀地亦有。

地也有。

注释

❶海石榴：即石榴。因系海外传入，故称。 ❷桂州：治在今广西桂林。

【原文】

贞桐[1]。枝端抽赤黄条，条复旁对，分三层。花大如落苏[2]，花作黄色，一茎上有五六十朵。

【译文】

贞桐。于枝梢抽发出赤黄色的新枝，枝条侧旁对生，分为三层。花有茄子那么大，黄色，一枝花轴上有五六十朵花。

注释

❶贞桐：即赪桐，又名状元红。落叶灌木。叶大花艳，色红如火，可供观赏。 ❷落苏：即茄子。

【原文】

俱那卫[1]。叶如竹，三茎一层，茎端分条如贞桐，花小，类木槲。出桂州。

【译文】

夹竹桃。叶子像竹叶，三茎一层，茎端分生新枝，一如贞桐，花朵小，类似木槲。出自桂州。

注释

❶ 俱那卫：夹竹桃的别名。

【原文】

瘴川花。差类海榴[1]，五朵簇生。叶狭长重沓[2]，承于花底，色中第一，蜀色不能及。出黎州按辔岭[3]。

【译文】

瘴川花。略似石榴花，五朵一簇。叶片狭长重叠，承托于花底，论色为花中之冠，蜀地诸花皆不能及。出自黎州按辔岭。

注释

❶ 海榴：即海石榴。许本疑衍“石”字，今据《四部丛刊》本、《四库全书》本删改。 ❷ 重沓：重叠。 ❸ 黎州：治今四川汉源西北。

【原文】

木莲花。叶似辛夷，花类莲花，色相傍。出忠州鸣玉溪，邛州亦有[1]。

【译文】

木莲花。叶子像紫玉兰，花像莲花，颜色也与莲花相近。出自忠州鸣玉溪，邛州也有。

注释

❶ 邛州：今四川邛崃。

【原 文】

牡桂[1]。叶大如苦竹叶[2]，叶中一脉如笔迹，花蒂叶三瓣，瓣端分为两歧，其表色浅黄，近歧浅红色，花六瓣，色白，心凸起如荔枝，其色紫。出婺州山中。

【译 文】

牡桂。叶片大小如同苦竹叶，叶片中有一条脉络如同笔迹，花蒂的叶片为三出复叶，复叶末端又分为二，叶片表面呈浅黄色，靠近分叉处为浅红色。花有六瓣，白色，花心凸起如同荔枝，为紫色。出自婺州山中。

注 释

❶ 牡桂：即木桂。桂的一种，与肉桂异。皮薄而味淡，叶似枇杷叶，色浅黄。花六瓣，色白，心紫。 ❷ 苦竹：又名伞柄竹。高达四米。箨鞘细长三角形，箨叶披针形。笋有苦味，不堪食用。

【原 文】

簇蝶花。花为朵，其簇一蕊，蕊如莲房[1]，色如退红[2]。出温州[3]。

【译 文】

簇蝶花。花朵丛聚成簇，花簇中有一花蕊，花蕊形如莲蓬，颜色浅红。出自温州。

注 释

❶ 莲房：莲蓬。 ❷ 退红：指粉红色。 ❸ 温州：今属浙江。

【原 文】

山桂。叶如麻，细花，紫色，黄叶簇生，如慎火草[1]。出丹阳山中[2]。

【译 文】

山桂，叶片像麻，开紫色小花，黄叶簇生，像慎火草。出自丹阳山中。

注 释

❶ 慎火草：即景天，多年生草本植物。 ❷ 丹阳：今属江苏。

【原 文】

那伽花。状如三春无叶花，色白，心黄，六瓣。出舶上。

【译 文】

那伽花。形状如暮春三月的无叶花，花色洁白，黄蕊，六瓣。由海外传入。

【原 文】

安南有人子藤[1]，红色，在蔓端有刺，其子如人状。昆仑烧之集象[2]。南中亦难得。

【译 文】

安南有一种人子藤，红色，藤蔓末端有刺，结的子实形状像人。昆仑岛人通过焚烧它来召唤大象。再往北一些的南中地区就很难见到这种藤了。

注 释

❶ 安南：即安南都护府，治所在交州（今越南河内）。 ❷ 昆仑：古岛屿名。即今越南湄公河出海口外的昆仑岛，为古代海舶往来东西洋必经之地。

【原 文】

三赖草。如金色，生于高崖，老子弩射之①，魅药中最切用②。

【译 文】

三赖草。色如黄金，生长在高崖上，猓子用弓箭射取。这种草所做媚药，药效极强。

注 释

❶老子：即猓子。古时对西南少数民族的称呼。 ❷魅药：媚药。

【原 文】

卫公言："桂花三月开，黄而不白。"大庾诗皆称"桂花耐日"①，又张曲江诗"桂华秋皎洁"②。妄矣。

【译 文】

卫公李德裕说："桂花三月开，黄而不白。"大庾诗都称"桂花耐日"，另外张九龄诗云"桂华秋皎洁"。可知，是卫公说错了。

注 释

❶大庾：疑为庾肩吾，字子慎。南阳新野（今属河南）人。南朝梁文学家。❷张曲江：即张九龄，字子寿，韶州曲江（今广东韶关西南）人。

【原 文】

木中根固，柹为最，俗谓之柹盘。

【译 文】

树木当中以柹树扎根最为牢固，民间称柹树的根为柹盘。

【原 文】

曹州及扬州、淮口，出夏梨。

【译 文】

曹州及扬州、淮口等地，出产夏梨。

【原 文】

卫公言："滑州樱桃，十二枚长一尺。"

【译 文】

卫公李德裕说："滑州出产的樱桃，十二颗排列起来有一尺长。"

【原 文】

韦绚云："湖南有灵寿花[1]，数蒂簇开，视日，如槿[2]，红色，春秋皆发。非作杖者[3]。"

【译 文】

韦绚说："湖南有灵寿花，数蒂簇聚而开，像太阳般，花似木槿，红色，春秋都开花。此花并不是可制作手杖的灵寿木。"

注 释

❶ 湖南：唐、五代方镇名。唐广德二年（764）置，下辖衡、潭、邵、永、道、郴、连等州。 ❷ 槿：即木槿。锦葵科，落叶灌木。 ❸ 非作杖者：意谓此灵寿花，非制作拄杖之灵寿木。

【原 文】

又言："衡山祝融峰下

【译 文】

韦绚又说："衡山祝融峰下的法华寺

法华寺，有石榴花如槿，红花。春秋皆发。”

内，有石榴花像木槿，花为红色，春秋都开花。”

【原 文】

卫公又言：“衡山旧无棘，弥境草木无有伤者。曾录知江南[1]，地本无棘，润州仓库或要固墙隙，植蔷薇枝而已。”

【译 文】

卫公李德裕又说：“衡山原本没有荆棘，全境没有伤人的草木。我曾任职江南，那里本无荆棘，润州仓库有时需要加固墙隙，就只能栽植蔷薇枝。”

注释

❶录知：任职。

【原 文】

卫公言：“有《蜀花鸟图》，草[1]花有金粟、石阚、水礼、独用将军、药管[2]。石阚叶甚奇，根似棕，叶大。凡木叶，脉皆一脊，唯桂叶三脊。近见菝葜[3]，亦三脊。”

【译 文】

卫公李德裕说：“有一幅《蜀花鸟图》，画的草花有金粟、石阚、水礼、独用将军、药管等。石阚的叶子很奇特，根似棕，叶片大。大凡木类叶片，都有一条叶脊，只是桂叶有三条叶脊。最近，我发现菝葜的叶子，也是三条叶脊。”

注释

❶ 草：许本疑漏之，今据《四部丛刊》本、《四库全书》本补。 ❷ 金粟：桂花的别名。因其色黄如金，花小如粟，故称。 ❸ 菝葜（báqiā）：俗称金刚刺、金刚藤。落叶攀缘状灌木，茎有刺，叶互生，花黄绿色。浆果球形，红色。根茎可入药。

【原文】

莼根。羹之绝美，江东谓之莼龟。

【译文】

莼根。做羹鲜美绝伦，江东人称之为莼龟。

【原文】

王旻言[①]："萝葡根茎[②]，并生熟俱凉。"

【译文】

王旻说："萝卜的根茎，不论生熟都是凉性的。"

注释

❶ 王旻：唐朝道士，号太和先生。玄宗时征至京师，玄宗见其童颜鹤发，颇加恩礼。著有《山居要术》。 ❷ 萝葡：即萝卜。

【原文】

重台朱槿[①]。似桑，南中呼为桑槿。

【译文】

重台朱槿。像桑树，南方人称之为桑槿。

注释

❶重台：复瓣的花。

【原文】

金松。叶似麦门冬[1]，叶中一缕如金綖。出浙东[2]，台州犹多。

【译文】

金松。叶片像麦门冬，叶片中有一缕叶脉如同金线。出自浙江东道，台州尤其多。

注释

❶麦门冬：也叫麦冬。多年生常绿草本植物。叶呈线形，丛生。块根呈纺锤状，可入药。 ❷浙东：即浙江东道，统领越、台、衢、婺、明、处、温七州。

【原文】

卫公言："回纥草鼓[1]，如鼓。及难，果能菜。"

【译文】

卫公李德裕说："回纥草鼓，像鼓。遇到饥荒时，果实能充当蔬食。"

注释

❶回纥：古族名。为东部铁勒的一支，以游牧为主，逐水草而居，主要活动在鄂尔浑河和色楞格河流域。

【原 文】

江淮有孟娘菜，并益肉食。

【译 文】

江淮一带有孟娘菜，适宜配肉同食。

【原 文】

又青州防风子[1]，可乱毕拨[2]。

【译 文】

另外，青州所产防风的子实，冒充毕拨几可乱真。

注 释

❶ 防风子：防风的子实。 ❷ 毕拨：胡椒科植物。果实呈青黑色，味辛辣，可用以烹调或入药。

【原 文】

又太原晋祠[1]，冬有水底蘋，不死，食之甚美。

【译 文】

另外，太原晋祠里，冬季有一种水底蘋，遇寒不死，味道非常鲜美。

注 释

❶ 晋祠：周代晋国开国君主唐叔虞的祠庙。在今山西太原西南悬瓮山下。

【原 文】

卫公言："蜀中石竹[1]，有碧花。"

【译 文】

卫公李德裕说："蜀地的石竹，有时开碧绿色的花。"

注 释

❶ 石竹：多年生草本植物。全株无毛，粉绿色。叶子线状披针形，花瓣淡红色或白色，边缘浅裂成锯齿状。生长在山野里，也可栽培供观赏。

【原 文】

又言："贞元中，牡丹已贵。柳浑诗：'近来无奈牡丹何，数十千钱买一窠。今朝始得分明见，也共戎葵校几多。'"成式又尝见卫公图中有冯绍正《鸡图》[1]，当时已画牡丹矣。

【译 文】

卫公李德裕又说："贞元年间，牡丹已很名贵。柳浑有诗写道：'近来无奈牡丹何，数十千钱买一窠。今朝始得分明见，也共戎葵校几多。'"我又曾见卫公收藏的一幅冯绍正所画《鸡图》，可知当时的画上就已经在画牡丹了。

注 释

❶ 冯绍正：唐代画家，尤善绘鹰、鹘、鸡、雉，曾于禁中画五龙堂，有降云蓄雨之感。

【原 文】

卫公庄上，旧有同心蒂木芙蓉[1]。

【译 文】

卫公李德裕庄园里以前种有同心蒂木芙蓉。

注 释

❶ 木芙蓉：俗称芙蓉花。落叶灌木，花冠为白色或淡红色。花和叶子可入药。

【原 文】

卫公言："金钱花损眼。"

【译 文】

卫公李德裕说："金钱花损伤眼睛。"

【原 文】

紫薇[1]。北人呼为猴郎达树，谓其无皮，猿不能捷也。北地其树绝大，有环数夫臂者。

【译 文】

紫薇。北方人称为猴郎达树，是说这种树没有树皮，猿猴不能敏捷地爬上去。在北方，这种树非常高大，有的需要好几人才能合抱。

注 释

❶ 紫薇：亦称"百日红"，落叶小乔木，其树干平滑，叶椭圆形，花瓣淡红色、紫色或白色，木材可制家具等，树皮、叶和花亦可入药。

【原 文】

卫公言："石榴甜者，谓之天浆，能已乳石毒。"

【译 文】

卫公李德裕说："石榴的甜汁称作天浆，能解钟乳石之毒。"

【原 文】

东都胜境有三溪，今张文规庄近溪，有石竹一竿生瘿[1]，今大如李。

【译 文】

东都洛阳名胜有三溪，今人张文规的庄园临近三溪，那里有一竿石竹生了虫瘿，如今有李子那么大。

注 释

❶瘿（yǐng）：树木受虫、病菌等寄生后长出的瘤状物。

【原 文】

麻黄[1]。茎端开花，花小而黄，簇生。子如覆盆子[2]，可食。至冬枯死，如草，及春却青。

【译 文】

麻黄。于茎端开花，花非常小，黄色，从簇而生。它的果实类似覆盆子，可以吃。到冬天会枯死，像枯草一样，等到春天又会返青。

注 释

❶麻黄：常绿小灌木，丛生，雌雄异株，茎枝可入药。 ❷覆盆子：落叶灌木，羽状复叶。夏季开花，花生在茎的顶上，白色，总状花序。果实红色，可

以吃，也可入药。

【原 文】

太常博士崔硕云：“汝西有练溪，多异柏。及暮秋，叶上敛，俗呼合掌柏。”

【译 文】

太常博士崔硕说：“汝州以西有个地方叫练溪，此地长着很多奇异的柏树。这些柏树一到晚秋，叶子就向上收束，民间称之为合掌柏。”

【原 文】

洛中鬻花木者言：“嵩山深处有碧花玫瑰，而今亡矣。”

【译 文】

洛阳卖花木的人说：“嵩山深处有一种碧色玫瑰，现在已绝迹了。”

【原 文】

崔硕又言：“常卢潘云：衡山石名怀。”

【译 文】

崔硕又说：“常卢潘说：衡山的石头，名字叫怀。”

【原 文】

三色石楠花[①]。衡山石楠花有紫、碧、白三色，花大如牡丹，亦有无花者。

【译 文】

三色石楠花。衡山的石楠花有紫色、碧色和白色三种，花朵大如牡丹，也有不开花的。

注释

❶ 石楠：亦称“千年红”，蔷薇科常绿乔木。

【原文】

卫公言：“三鬣松与孔雀松别。”又云：“欲松不长，以石抵其直下根，便不必千年方偃[1]。”

【译文】

卫公李德裕说：“三鬣松和孔雀松有所区别。”又说：“要想使松树不往高里长，只需用石头抵住它往下延伸的根，这样不用等到千年就能结成伞盖状的树冠。”

注释

❶ 偃：偃盖，指古松枝条横垂如伞盖。

【原文】

东都敦化坊百姓家，太和中，有木兰一树，色深红。后桂州观察使李渤看宅人以五千买之，宅在水北，经年花紫色。

【译文】

太和年间，东都洛阳敦化坊的一个百姓家里，有一棵木兰树，花色深红。后来桂州观察使李渤的看宅仆人用五千钱买下这棵木兰树，李渤的宅院在河的北边，经过一年，花变成紫色。

【原文】

处士郑又玄云：“闽中

【译文】

处士郑又玄说：“闽地多佛桑树，树

多佛桑树[①]，树枝叶如桑，唯条上勾。花房如桐花，含长一寸余[②]，似重台状。花亦有浅红者。”

枝和叶像桑树，只是枝条向上勾曲。花房像桐花，花苞长一寸多，开放时有如重瓣。花色也有浅红的。”

注释

❶ 佛桑树：即朱槿。 ❷ 含：含苞待放。指花苞。

【原文】

独桓树。顿丘南应足山有之[①]。山上有一树，高十余丈，皮青滑，似流碧，枝干上耸，子若五彩囊，叶如亡子镜，世名之仙人独桓树。

【译文】

独桓树。顿丘以南的应足山上有这种树。山上有一棵树，高十多丈，树皮色青而光滑，像流动的碧玉，树干高耸，子实像五彩囊，树叶像亡子镜。世人把它称作仙人独桓树。

注释

❶ 顿丘：在今河南浚县西。

【原文】

木龙树。徐之高冢城南[①]，有木龙寺，寺有三层砖塔，高丈余。塔侧生一大树，萦绕至

【译文】

木龙树。徐地高冢城南有一座木龙寺，寺中有个三层砖塔，高一丈多。塔旁有一棵大树，树枝盘曲，直至塔顶。

塔顶，枝干交横，上平，容十余人坐。枝杪四向下垂，如百子帐。莫有识此木者，僧呼为龙木。梁武曾遣人图写焉。

枝干纵横交错，树冠平正，能容纳十几人坐在上面。树梢四面下垂，就像百子帐。没有人知道这是什么树，寺里的僧人称它为龙木，梁武帝曾派人前去把这棵树画下来。

注释

❶ 高家城：在今江苏盱眙一带。

【原 文】

鱼甲松①。洛中有鱼甲松。

【译 文】

鱼甲松。洛阳有鱼甲松。

注释

❶ 鱼甲：此指树皮呈鱼鳞状。

续集卷十

支植下

【原 文】

青杨木。出峡中。为床，卧之无蚤。

【译 文】

青杨木。出自三峡一带。用青杨木做成床，寝卧不会滋生跳蚤。

【原 文】

夏州槐[1]。夏州唯一邮有槐树数株[2]，盐州或要叶[3]，行牒求之[4]。

【译 文】

夏州槐。夏州地方只在一个驿站中有几棵槐树，盐州有时想要槐树叶，需发公文相求。

注 释

❶ 夏州：治今陕西靖边东北。 ❷ 邮：古代传递文书的驿站。 ❸ 盐州：治今陕西定边。 ❹ 行牒：行移公文。

【原 文】

蜀楷木。蜀中有木类

【译 文】

蜀楷木。蜀地有一种树类似柞树，其

柞，众木荣时，如枯桋[1]，隆冬方萌芽布阴，蜀人呼为楷木。

他草木繁荣之时，这种树就枯萎，在隆冬时节才发芽长出浓密的树荫，蜀人称为楷木。

注释

❶ 枯桋（niè）：犹枯萎。

【原文】

古文柱。齐建元二年夏[1]，庐陵长溪水冲击山麓崩[2]，长六七尺，下得柱千余根，皆十围[3]。长者一丈，短者八九尺。头题古文，字不可识。江淹以问王俭，俭云："江东不闲隶书[4]，秦汉时柱也。"

【译文】

古文柱。齐建元二年夏天，庐陵长溪水冲垮了一段山麓，造成长六七尺的塌方，土石下面现出一千多根柱子，都是十围粗。长的有一丈，短的有八九尺。柱头上题写着古文字，都不认识。江淹去请教王俭，王俭说："江东人不熟悉隶书，这是秦汉时期的柱子。"

注释

❶ 建元：齐高帝萧道成年号。 ❷ 庐陵：今江西吉安。 ❸ 围：量词。两只手的拇指和食指合拢起来的长度，或指两只胳膊合抱的长度。 ❹ 闲：通"娴"。熟悉，熟练。

【原 文】

色绫木。台山有色绫木，木理如绫文。百姓取为枕，呼为色绫枕。

【译 文】

色绫木。台山有一种色绫木，纹理如同绫纹。百姓拿它做枕头，称为色绫枕。

【原 文】

鹿木。武陵郡北有鹿木二株[①]，马伏波所种，木多节。

【译 文】

鹿木。武陵郡北边有两棵鹿木，为伏波将军马援所种，树上有很多结节。

注 释

❶ 武陵郡：治今湖南常德。

【原 文】

倒生木。此木依山生，根在上，有人触则叶翕[①]，人去则叶舒。出东海[②]。

【译 文】

倒生木。这种树依山生长，树根在上，遇人触碰，叶子就会合拢，人走后叶子又会张开。出自东海。

注 释

❶ 翕（xī）：合，聚。 ❷ 东海：今东海海域。

【原 文】

黝木。节似盅兽，可以为鞭。

【译 文】

黝木。树节像盅兽，可以制作木鞭。

【原 文】

桄榔树[1]。古南海县有桄榔树[2]，峰头生叶有面，大者出面百斛。以牛乳啖之，甚美。

【译 文】

桄榔树。古南海县有桄榔树，峰顶的叶子能出面粉，大树可以出产面粉一百斛。用牛奶调和食用，特别好吃。

注 释

❶ 桄榔树：又名砂糖椰子。一种常绿乔木。 ❷ 古南海县：今广东广州。

【原 文】

怪松。南康有怪松[1]，从前刺史每令画工写松，必数枝衰悴[2]。后因一客与妓环饮其下，经日松死。

【译 文】

怪松。南康有一种怪松，从前本郡刺史每次让画工画这棵松树，一定会有几个树枝枯萎。后来因为一个客人与歌妓围坐在松树下饮酒作乐，过了一天松树就死了。

注 释

❶ 南康：今属江西。 ❷ 衰悴：衰败。

【原 文】

河伯下材。中宿县山下有神宇，溱水至此，沸腾鼓怒。槎木泛至此沦没，竟无出者，世人以为河伯下材。

【译 文】

河伯下材。中宿县山下有座庙宇，溱水流经这里，波涛滚滚，咆哮沸腾。木筏漂到这里都会沉没，再也不能浮出水面，世人都认为是河伯在此取用木材。

【原 文】

交让木。《武陵郡记》："白雉山有木[1]，名交让，众木敷荣后[2]，方萌芽，亦更岁迭荣也。"

【译 文】

交让木。《武陵郡记》："白雉山上有一种树，名叫交让，各种树木开花繁茂后它才萌芽，也是每年交替荣枯。"

注释

❶ 白雉山：在今湖北鄂州。 ❷ 敷荣：开花。

【原 文】

三枝槐。相国李福，河中永乐有宅[1]，庭槐一本，抽三枝，直过堂前屋脊，一枝不及。相国同堂兄弟三人，曰石，曰程，皆登第宰执，唯福一人，历七镇使相而已[2]。

【译 文】

三枝槐。相国李福，在河中永乐县有一所宅院，庭院里栽着一棵槐树，一根主干分出三个枝杈，其中两枝高过堂前的屋脊，另一枝还没超过。李福兄弟三人，李石和李程都登相位，只有李福一人仅做过七镇使相而已。

注释

❶ 河中永乐：在今山西芮城一带。 ❷ 使相：唐代中期凡为宰相者必曰同平章事，故称加同平章事衔的节度使为使相。

【原 文】

无患木。烧之极香，辟恶气。一名噤娄，一名桓。昔有神巫曰瑶眊，能符劾百鬼，擒魑魅，以无患木击杀之。世人竞取此木为器用却鬼，因曰无患木。

【译 文】

无患木。烧后气味极香，能够避恶气。又叫噤娄，又叫桓。从前有个神巫叫瑶眊，能用符咒降伏百鬼，擒拿精怪，然后用无患木击杀它们。世上争相用这种木制成器具驱鬼，于是称为无患木。

【原 文】

醋心树。杜师仁常赁居[①]，庭有巨杏树。邻居老人每担水至树侧，必叹曰："此树可惜！"杜诘之，老人云："某善知木病，此树有疾，某请治。"乃诊树一处，曰："树病醋心。"杜染指于蠹处尝之[②]，味若薄醋。老人持小钩披蠹，再三钩之，得一白虫，如蝠。乃傅药于疮中，复

【译 文】

醋心树。杜师仁曾租房居住，所住庭院里有一棵大杏树。邻居老人每次挑水走过树旁，都会叹息说："这树可惜了！"杜师仁问他怎么回事，老人说："我熟知树木的病虫害，这棵树病了，我来帮它医治吧。"于是，他诊视了树的某一处，然后说："树得的是醋心病。"杜师仁用手指在虫咬处蘸了一下放到嘴里一尝，味道如同薄醋。老人拿一把小钩子在虫蛀处往外钩虫子，再三地钩，终于钩出一条小白虫，样子像蝙蝠。然后在树疮中敷了药，又叮嘱说：

戒曰："有实自青皮时，必摽之[3]，十去八九，则树活。"如其言，树益茂盛矣。又云："尝见《栽植经》三卷，言木有病醋心者。"

"树结果之后，果实还是青皮时，就要打落果实的十之八九，这样树才能活。"杜师仁照他说的去做，杏树果然更加茂盛了。又说："我曾看过三卷《栽植经》，里面说有种树木病害叫醋心病。"

注释

❶赁居：租房住。 ❷蠹（dù）：蛀蚀。 ❸摽（biào）：落，坠落。

【原文】

女草。葳蕤草，一名丽草，亦呼为女草，江湖中呼为娃草。美女曰娃，故以为名。

【译文】

女草。葳蕤草，又名丽草，也称为女草，江浙一带称为娃草。当地人称美女为娃，所以叫它娃草。

【原文】

山茶花。山茶，叶似茶树，高者丈余。花大盈寸，色如绯，十二月开。

【译文】

山茶花。山茶，叶子像茶树，高的有一丈多。花朵大小超过一寸，大红色，十二月开。

【原文】

异木花。卫公尝获异木一

【译文】

异木花。卫公曾得到一株奇异的花

株，春花紫。予思木中一岁发花，唯木兰。

木，春天时开紫色花。我想各种花木里在岁初开花的，只有木兰。

【原 文】

王母桃。洛阳华林园内有之[①]，十月始熟，形如栝蒌[②]。俗语曰："王母甘桃，食之解劳。"亦名西王母桃。

【译 文】

王母桃。洛阳的华林园里有王母桃。十月，果实才成熟，形状像栝蒌。俗语说："王母甜桃，吃了能解除疲劳。"也叫西王母桃。

注 释

❶ 洛阳华林园：本东汉芳林园，魏正始初因避齐王芳讳改，故址位于今河南洛阳东洛阳故城内。 ❷ 栝蒌（guālóu）：亦称"瓜蒌""苦蒌"。许本作"栝楼"，今据《四部丛刊》本、《四库全书》本改。

【原 文】

胡榛子。阿月生西国[①]，蕃人言与胡榛子同树，一年榛子，二年阿月。

【译 文】

胡榛子。阿月出自西域各国，西域人说阿月与胡榛子生长在同一棵树上，树在第一年结榛子，第二年结阿月。

注 释

❶ 阿月：即阿月浑子，亦称无名子。

【原 文】

橄榄子。独根树，东向枝曰木威，南向枝曰橄榄。

【译 文】

橄榄子。独根树，枝干向东的叫木威，枝干向南的叫橄榄。

【原 文】

东荒栗。东方荒中有木，名曰栗。有壳径三尺二寸，壳刺长丈余。实径三尺，壳亦黄。其味甜，食之多，令人短气而渴。

【译 文】

东荒栗。东方大荒中有一种树，名叫栗。果实外壳直径三尺二寸，壳上的刺长一丈多。果实直径三尺，果壳也是黄色的。它的味道甘甜，吃多了会让人气短口渴。

【原 文】

猴栗。李卫公一夕甘子园会客，盘中有猴栗，无味。陈坚处士云："虔州南有渐栗[1]，形如枣核。"

【译 文】

猴栗。李卫公一天晚上在甘子园会客，果盘中有猴栗，没什么味道。处士陈坚说："虔州的南边有渐栗，外形像枣核。"

注释

❶虔州：治今江西赣州。

【原文】

儋崖芥[①]。芥高者五六尺，子大如鸡卵。

【译文】

儋崖芥菜。这种芥菜的植株高达五六尺，子实大如鸡蛋。

注释

❶ 儋崖：儋州与崖州的合称。均在今海南。

【原文】

儋崖瓠[①]。儋崖种瓠，成实，率皆石余。

【译文】

儋崖葫芦。儋、崖二州所种葫芦，结出的葫芦大都能装一石多。

注释

❶ 瓠：葫芦。

【原文】

童子寺竹[①]。卫公言：“北都惟童子寺有竹一窠[②]，才长数尺。相传其寺纲维每日报竹平安。”

【译文】

童子寺竹。卫公说：“北都太原只有童子寺中有一丛竹子，才几尺高。相传寺院里的司事僧每天都要报告竹子是否平安。”

注释

❶ 童子寺：位于今山西太原龙山，建于北齐天保年间。 ❷ 北都：今山西太原。一窠（kē）：犹一丛。

【原文】

石桂芝。生山石穴中，似桂树而实石也。高大如绞尺[①]，光明而味辛，有枝条。捣服之，一斤得千岁也。

【译文】

石桂芝。生长在山石洞穴中，像桂树而质地为石质。高一尺多，菌盖直径约一尺，光滑明亮而味道辛辣，长有枝条。石桂芝捣碎后服食，一斤便可延寿千年。

注释

❶ 绞尺：疑"径尺"之误。

【原文】

石发。张乘言："南中水底有草，如石发。每月三、四日始生，至八、九日已后可采，及月尽悉烂，似随月盛衰也。"

【译文】

石发。张乘说："南中地区水底有一种草，好像石头的头发。每月三、四日开始生长，到八、九日以后就可采收，等到月底就全部烂掉，似乎是随着月相盈亏而盛衰。"

【原文】

席箕[①]。一名塞芦，生北胡

【译文】

席箕。又名塞芦，生长在塞北

地。古诗云："千里席箕草。"

胡地。古诗云："千里席箕草。"

注释

❶ 席箕（jī）：塞北牧草名，可饲马。

【原文】

泉州莆田县破冈山[①]，武宗二年，巨石上生菌，大如合篑，茎及盖黄白色，其下浅红，尽为过僧所食，云美倍诸菌。

【译文】

武宗会昌二年，泉州莆田县破冈山的巨石上长出一株菌子，有两个竹筐合起来那么大，茎及菌盖是黄白色，其下浅红色，都被过路的僧人吃了，说比其他蘑菇美味得多。

注释

❶ 泉州莆田县：在今福建莆田。

【原文】

大食勿斯离国石榴[①]，重五六斤。

【译文】

大食勿斯离国所产的石榴，重五六斤。

注释

❶ 大食勿斯离国：今伊拉克西北的摩苏尔。

【原 文】

南中桐花，有深红色者。

【译 文】

南方的桐花，有深红色的。

【原 文】

东官郡[1]，汉顺帝时属南海，西接高凉郡[2]。又以其地为司盐都尉，东有芜地，西邻大海。有长洲，多桃枝竹，缘岸而生。

【译 文】

东官郡，汉顺帝时属南海郡，西边与高凉郡相接。汉末曾在其地设置司盐都尉，城东边有荒芜之地，西邻大海。郡中有处长洲，岛上多桃枝竹，沿着海岸生长。

注 释

❶ 东官郡：东晋咸和六年（331）置，辖境相当于今广东深圳、东莞、惠州等一带。 ❷ 高凉郡：东汉建安二十五年（220）孙权分合浦郡置，辖境相当于今广东阳江、阳春、恩平、电白、高州、化州、吴川、茂名等地。

【原 文】

枫树。子大如鸡卵，二月华，已乃著实，八、九月熟，曝干，烧之香馥[1]。

【译 文】

枫树。子实大如鸡蛋，二月开花，花谢后结果实，八、九月成熟，晒干后用火烧，馨香馥郁。

注 释

❶ 香馥：馨香馥郁。